新 潮 文 庫

# エトロフ発緊急電

佐々木 譲 著



新 潮 社 版

5202

# 目次

# エトロフ発緊急電

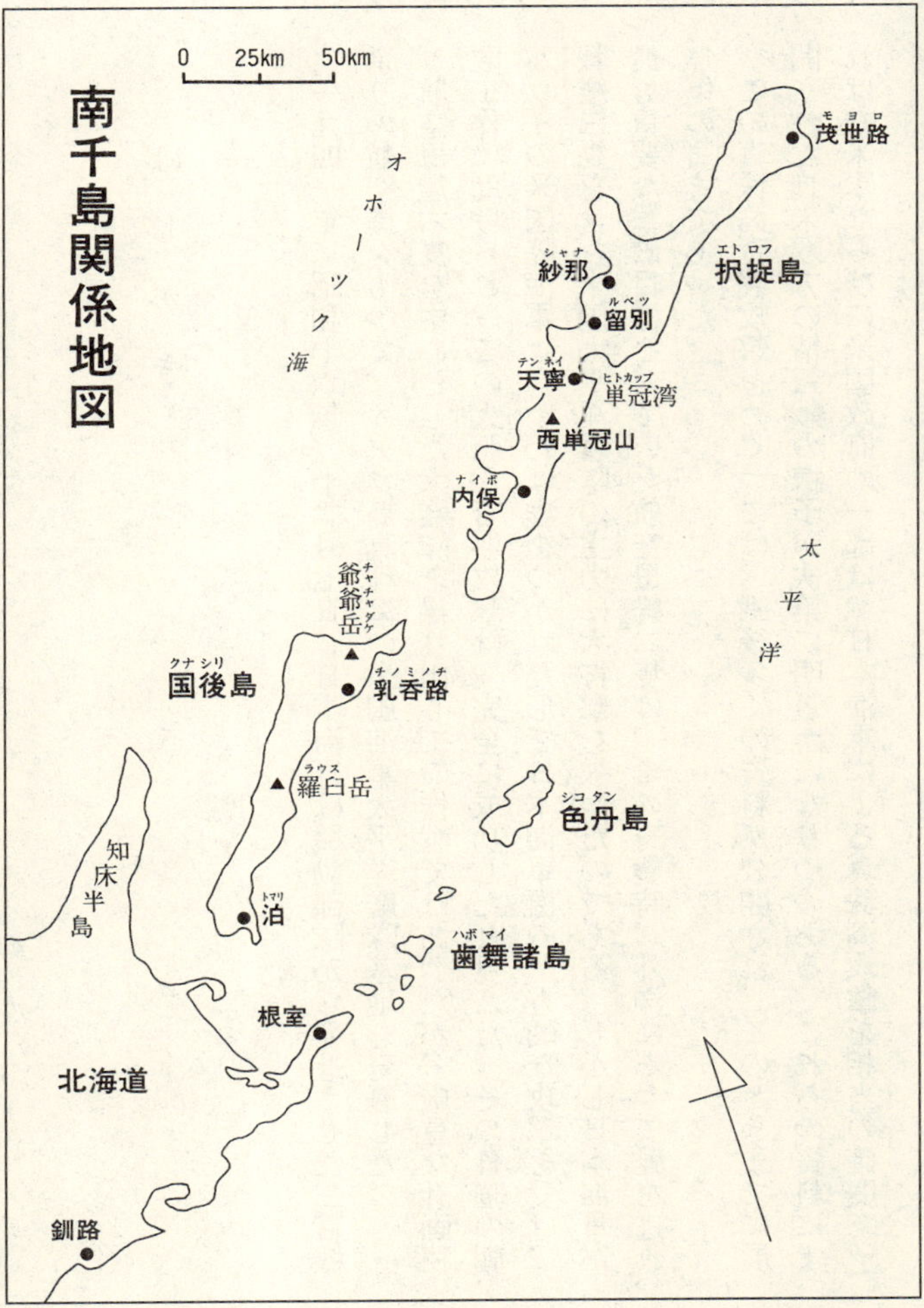
南千島関係地図
0
25km
50km
オホーツク海
茂世路《モヨロ》
択捉島《エトロフ》
紗那《シャナ》
留別《ルベツ》
天寧《テンネイ》
単冠湾《ヒトカップ》
西単冠山
内保《ナイボ》
太平洋
爺爺岳《チャチャダケ》
国後島《クナシリ》
乳香路《チノミノチ》
羅臼岳《ラウス》
色丹島《シコタン》
知床半島
泊《トマリ》
歯舞諸島《ハボマイ》
根室
北海道
釧路

# はしがき

一九四一年（昭和十六年）十二月七日、日本海軍は機動部隊から発進させた三百機余りの航空機をもって、オアフ島真珠湾の米国海軍太平洋艦隊基地を奇襲した。航空母艦六隻《せき》を中心とした大艦隊を繰り出しての作戦ではあったが、厳重な計画秘《ひ》匿《とく》工作に助けられ、この大胆な奇襲攻撃は、完全に成功したと見えた。その日曜の朝、ハワイの米国陸海軍は、いわば虚をつかれた形で日本海軍機の一方的な攻撃を受け、戦艦三隻を含む米国太平洋艦隊の主力に大打撃を被《こうむ》ったのである。しかし日本海軍が最も重要な撃破目標としていた航空母艦二隻は、この奇襲時、外洋にあって難を逃れ、無傷のままであった。

この真珠湾奇襲攻撃をめぐっては、戦後多くの資料が公開され、このときまでに展開された日米双方の情報戦の様子が次第に明らかになりつつある。これらの資料によれば、米軍ならびに米国政府の一部は、日本海軍による真珠湾攻撃を相当の確度で予測していた。ルーズベルト大統領自身も真珠湾攻撃の情報を得ていた、との見方をとる研究者さえいる。攻撃の直前にもいくつかの情報が奇襲を予測し、複数の情報担当者が警報を発していたのだが、これらの情報はその重要性を認められず、あるいは故意に無視されるかして、然《しか》るべき部門なりレベルへは伝わらなかった。結果として、日本海軍の真珠湾奇襲攻撃は成功したのである。

当時、米国側が実施した情報収集工作としては「マジック」または「ウルトラ」と呼ばれた暗号解読作戦が有名であるが、今日これとともに重要視されなければならないのは、「グーフボール」と称された一連の諜報《ちょうほう》活動であろうと考えられる。

公開された「グーフボール」関連資料によれば、日米開戦の前、米国海軍情報部は日本国内に複数の協力者からなる諜報網をつくりあげていた。この諜報網はゾルゲ事件関係者の一斉《いっせい》摘発と前後してほぼ解体したが、米国海軍側にとって情報収集面におけるその功績はけっして小さなものではなかった。とりわけ「フォックス」のコードネームで発信されたいくつかの暗号電は、日本海軍による真珠湾奇襲攻撃の帰趨《きすう》を決するほどのものであった。

「フォックス」による最後の通信は、四一年十一月二十六日、択捉島《エトロフ》単冠《ヒトカップ》湾から発信されている。この通信の中で、「フォックス」は二十二日来単冠湾に集結していた日本海軍機動部隊の出撃を報告、あわせてその目的地を予測していたのである。

著者

# プロローグ

一九三八年十月　スペイン

渓谷《けいこく》の東岸の斜面に、ハモニカの音色が低く小さく流れてきていた。

リンカーン大隊のその分隊の義勇兵たちにとっては、すでに聴き慣れた旋律だった。スコットランドの古い民謡だ。ちょうど牧草地の上をわたる風のようにたっぷりと湿りけをおびた、澄んだメロディ。聴くものすべてに、故郷や故郷に残してきたものを想《おも》い起こさせる濡《ぬ》れた感傷を含んでいる。分隊の義勇兵たちはみな一様に押し黙り、その音色がかきたてるやるせない郷愁に耐えていた。義勇兵たちのいる瓦礫《がれき》の位置からは、谷をはさんではるかに、フランコ軍の陣地が遠望できた。

谷とは反対の側、街道の方角からは、退却を始めた部隊の軍靴《ぐんか》の音が響いてくる。

国際義勇軍第十五旅団のうちのマッケンジー・パピノオ大隊のものだ。靴音《くつおと》には、かつて彼らが勇んで進軍していたときのような弾みや軽さは感じられない。誰もが足を負傷しているかのような、濁った重い音だ。街道の向こう、ピコーサ山の斜面が残照に黄色く染まっている。

一九三八年十月初頭の、エブロ河流域ガンデーサの山地。大戦闘のあとの、束の間《つかのま》の平和があたりを支配した、おだやかな夕刻のことだった。この日、フランコ軍側にも目立った動きは見ることができない。国際義勇軍はすでにスペインからの撤退が決まり、いま整然と前線をあとにしてゆくところだった。

「ケニー」と、義勇兵のひとりが、瓦礫によりかかっている男に小声で呼びかけた。

ケニーと呼ばれた義勇兵が振り返った。東洋人だった。戦闘帽の下から、黒い髪がはみだしている。頰がこけ、蒙古人《もうこじん》特有の高い頰骨が目立っていた。肌《はだ》は赤く陽に灼《や》けている。暗いまなざしの、どこか人を拒むような印象のある男だった。

五人の白人義勇兵たちが膝《ひざ》を折り、身をかがめて、東洋人を取り囲んでいる。ひとり、呼びかけた年長の義勇兵が、重い表情で言った。

「決めた。同意する」

その東洋人は、念を押すかのように、白人兵たちの目をひとりひとりのぞきこんでいった。ある者はうなずき、またある者はイエスと答え、またある者は首を縦に振りつつも目を伏せた。

白人兵たちの意思を確かめると、東洋人はこぶしを突き出した。藁屑《わらくず》が握られている。

「引け」東洋人は言った。「長い藁を引いた者が、やつを処刑するんだ」

年長の義勇兵がためらいがちにその藁屑の一本を引いて、ふっと吐息をもらした。藁屑の長さは五センチばかり。兵士は藁屑を仲間たちに見せると、自分の足もとにそっと落とした。

ふたり目の義勇兵も、押し黙ったままで藁屑を引いた。

「はずれた」

義勇兵は、ひきつった笑みを見せた。

三人目の義勇兵が引き、四人目がすぐに続いた。ふたりとも、藁屑の長さがわかると、ふっと緊張を解いて藁屑を地面に落とした。

東洋人の拳《こぶし》の中に残った藁屑は二本だけとなった。東洋人は、ひとり身を引いている義勇兵の前に拳を突き出した。分隊の最年少の隊員だった。デトロイトからやってきた十八歳。

若い義勇兵はおそるおそる手を伸ばし、数秒迷った末に、一本の藁屑に指をかけて引いた。引いた瞬間に、彼の頬はゆるんだ。

「決まった」東洋人は最後の藁屑を握りしめると、立ち上がりながら言った。「おれの役目だ」

東洋人は小銃を肩にかけ、五人の白人兵たちをその場に残して、納屋《なや》へ向かって歩きだした。いつのまにか、ハモニカのメロディはべつのスコットランド民謡に変わっていた。

斜面のいくらかゆるやかな場所に、ひとつ崩れかけた納屋があった。西側の石壁は、一週間前の砲撃のためにすっかり破壊されている。分隊が先日来起居してきた建物だった。ハモニカを吹いている兵士は、その破壊された壁の背後で、弾薬箱に腰をかけていた。小銃は脇《わき》に立てかけてある。金髪を短く刈り上げた、二十代なかばの白人だった。

東洋人が近づいていくと、白人義勇兵はハモニカをやめて顔を上げた。あいさつを口にしようとしたらしいが、その顔はそのまま凍りついた。東洋人の様子に異様な空気を感じとったようだ。

東洋人は白人兵に近寄って素早く彼の小銃を取り上げ、脇にのけた。白人兵はハモニカをおろすと、腰であとじさった。東洋人は白人兵のすぐ右隣りに腰を下ろし、足を地面に投げ出した。白人兵は瓦礫と男とにはさまれ、身動きができなくなった。白人兵の目が落ち着きなくあたりに走った。誰かに救いでも求めたのかもしれない。しかしその位置からは、撤退にかかっている部隊の誰ひとりをも見ることはできなかった。分隊の仲間たちも、納屋の陰になっている。

長い沈黙のあとに、とうとう白人兵が東洋人に訊《き》いた。

「どうしてもか」

東洋人はうなずいた。

「こうなることは、わかっていたろう」

喉《のど》の奥にこもった、低い声だった。その右手は、戦闘服の下に収められている。

「どうして」と、金髪の兵士は訊いた。声がかすれていた。「どうして、きょう、この日なんだ」

「撤退が始まったからさ」

「どうして撤退まで待った」

「みんな、お前が戦闘で死ぬことを期待していたんだ。それであれば、誰もいやな役目を引き受けずにすむ」

「おれは、弁明できないのか」

「あいつらはみんな、弁明も許されずに銃殺されていったんだ」

白人の兵士はしばらくのあいだハモニカを見つめていたが、やがてそのハモニカを戦闘服の胸でこすりながら言った。

「すべてにおれが関《かか》わっていたわけじゃない」弱々しく自信なげな口調だった。

東洋人は何の反応も見せない。黙って白人兵を見つめているだけだ。

白人兵は続けた。

「トミーは正真正銘の裏切り者だったんだ。ファシストと内通していた」

東洋人はなおも無言だ。言い分があればすべて話せ、とでも言うように、白人兵に視線を据《す》えている。

白人兵は卑屈そうに笑いを見せ、また口を開いた。

「ボブはトミーの内通を知っていながら、黙っていたんだ。結果として、共和国軍の作戦を危機に陥《おとしい》れた」

白人兵は言葉を切った。

「続けろ」東洋人が言った。

「ジョーイを告発したのはおれじゃない」

「お前は共産党員なんだ。ジョーイの反革命の嫌疑《けんぎ》を晴らすことができた」

「それをやったら、おれまでファシストのスパイと見なされたろう」

「だからジョーイは銃殺されてもよかったというのか」

「疑われるだけの根拠はあったんだ」

「そうじゃないことは、お前も知っていた」

「戦争の真っ最中のことだ。多少のまちがいはあるさ」

東洋人は首を振り、おだやかに言った。

「ボブもジョーイもアンディも、みんなファシストと闘うためにやってきたんだ。そのために家族も捨て、恋人とも別れてきた。なのにみんな、同志と信じた連中から告発され、アンドレ・マルティの銃殺隊の前に引き出されて粛清されたんだ。あいつらの無念が、お前にはわからないのか」

「革命は、ああいう連中に足もとをすくわれて堕落するんだ。戦線のこちら側にいようと、連中が革命を裏切る者であったことはまちがいないんだ」

「もうよせ」東洋人はようやく感情らしい感情を見せた。憤怒をかろうじて押しとどめたかのような、鋭い口調だった。「いまさらそんなことを論じたくはない。革命の大義も、共和国の理想も糞《くそ》くらえだ。やつらは戦友だった。おれの隣りで戦った同志だった。おれは連中を殺した者を、ほうってはおかない」

「おれを私刑にかけるのか」

「おれが殺す」

「どうしても許してはもらえないのか」

「だめだ」

「ケニー」白人兵は長い吐息をつき、首を振って言った。「あんたがやると言うんだ。ほんとうにやるんだろうな」

「そのとおりだ」

「党の同志がほうっておかないよ。同志を殺した者を、そのままにしてはおかない」

ケニーは言った。

「おれたちは、この戦線を最後に離脱する。お前がどちらに殺されたのか、わかることはないんだ」

言い終わらないうちに、東洋人はナイフを白人兵士の胸に突き刺していた。白人兵は、ほとんどうめき声もあげぬうちに事切れた。ハモニカが乾いた地面に落ちて転がった。

東洋人がハモニカを手にして五人の兵士たちのもとに戻っても、しばらくのあいだ、誰も口を開かなかった。みな重い沈黙を守り、互いに目を見交わすこともなく、渓谷の対岸や街道へ目を向けていた。

東洋人は分隊の兵士たちから離れた瓦礫の上に腰を下ろし、手にしたハモニカを口に当てた。最初、濁った耳ざわりな音が出て、兵士たちがみな東洋人を振り返った。東洋人はかまわず、ひとつの曲を吹き始めた。いましがた、あの白人兵士が吹いていた曲。緑なすスコットランドの民謡。その旋律は黄昏《たそがれ》どきのガンデーサの山地に、あたかもレクイエムのようにもの哀《かな》しく流れ、漂った。

東洋人が曲を吹き終えたとき、分隊の最も若い白人兵が、彼に声をかけた。

「ケニー、さっきの籤《くじ》はいんちきだね」

東洋人は答えずにハモニカを雑嚢《ざつのう》にしまい、その兵士に背を向けた。

# 第一部

一月　広島

その巨大な鉄の構造物は、内海の奥深く、波のおだやかな海面に、微動だにすることもなく浮かんでいた。

遠くから眺《なが》めるなら、それは小島であり、また神殿の遺跡のようにも見えた。近づくと、それは大小無数の筒と柱と塔とを組み合わせた、巨大な工業施設とも見えないこともなかった。無骨でまがまがしい容貌《ようぼう》をもってはいるが、それはまたまぎれもなく女性であり、あるいは女性形で語られる、男たちの不可解な熱情の対象であった。べつの言い方をするなら、それは甲鉄板におおわれ、内部に三千人の水兵と数千トンの火薬弾薬を抱えた、戦いの船であった。

船は全体が灰色に塗装されており、背の高い艦橋構造やさまざまな武装が、船に複雑で陰影深い外観を与えていた。広くしなった下部構造部分は内側から大きくふくらみ、大量の海水をおしのけて、その上部に建ち並ぶ鋼鉄の機械や設備を支えている。

前甲板には二門の砲身を持つ砲塔が二基、高さをちがえて並んでおり、同じ規格の砲塔が後部の甲板にも二基設けられていた。その砲塔から黒光りするつややかな砲身が、ほんの少しだけ角度をつけて持ち上がっている。艦体の左右では多くの高角砲や機銃の銃身が空をにらんでいた。

艦首から見上げると、艦橋はちょうど鎧兜《よろいかぶと》に身を固めた巨人が、すっくと背を伸ばして立っている姿を想像させる。後部マストに掲げられた大将旗から、その船が艦隊の旗艦であることが見てとれた。

昭和十六年一月初旬の瀬戸内海広島湾、帝国海軍連合艦隊の錨地《びょうち》、柱島である。

巨艦の上に拡《ひろ》がる空は、この朝さえざえと澄み切っていた。温《ぬく》みのない大気はどこまでも透明に冷やかに張りつめ、艦の隔壁や甲板を凍らせていた。上空はるか高い位置に、絵具を刷毛《はけ》で薄くのばしたような層雲が見える。層雲の形は大陸から吹きこむ寒気の流れをそのまま映していた。

午前九時、その巨艦の通路を、ひとりの長身の海軍佐官が、背をかがめるようにして歩いていた。大貫誠志郎中佐である。一種軍装に参謀肩章《けんしょう》をさげている。

大貫中佐は艦橋にある作戦室へ向かっているところだった。少し前、連合艦隊司令長官からじきじきに呼ばれたのである。

艦尾にある長官公室ではなく、作戦室へ、という点が妙だったが、同僚たちの話では、長官は熟考するときなどよく艦橋に昇るのだという。おそらく何か重大な決定か命令が伝えられるのだろうと、大貫は推測していた。

人ひとりすれちがうのがやっとの細い通路には、さまざまな種類のパイプが走り、頭上注意やら、熱湯危険やら、ほうぼうに赤い文字の注意書きがあった。隔壁の部分は床も天井もせり出していて、大貫は頭をさげつつ足もとにも気を配らなくてはならなかった。

靴音《くつおと》を響かせて鉄の階段を昇り、艦橋の目差す層まで上がって、大貫は作戦室の前に立った。そこは艦橋内の副砲予備指揮所の奥にあたり、海図室のちょうど真上に位置している。

ドアをノックすると、入れ、と短く返事があった。大貫はドアノブをまわして、その小さな部屋に身体《からだ》を入れた。

それは作りつけのテーブルのついた簡素な空間であった。小さな窓があるものの、天井は低く、壁には配管がむき出しであり、狭さと圧迫感はぬぐいようもない。塗料の匂《にお》いがかすかにこもっている。

司令長官はテーブルのうしろで、ひとり腕をうしろに組んで立っていた。壁に向かい合っている。大貫がテーブルの前に立っても、視線は壁に貼《は》られた太平洋の地図に据《す》えられたままだった。

少しのあいだ、大貫は司令長官の横顔を見つめたままでいた。長官は小柄《こがら》ではあるが姿勢がよく、威厳ある顔立ちをした提督であった。そのしっかりしたあごといい、きつく結ばれた厚い唇《くちびる》といい、なにより強い光をたたえたその大きな目といい、彼が意志の人であることを示している。同時に恰幅《かっぷく》のいいその身体つきからは、この人は喜ぶときも怒るときも全身全霊をかけてそうするにちがいないと思わせるような精力と豊かな内面が感じられた。山本五十六《いそろく》大将である。

やがて山本は顔をめぐらして大貫に目を向けてきた。目のふちに疲労がにじんでいる。昨夜は熟睡していないのだろうか、と大貫はいぶかった。

山本は少しのあいだ大貫を真正面から見つめていたが、ようやく口を開いた。

「きょう、東京へ飛べるか」

「は」大貫は背を伸ばして答えた。「いつでも発《た》てます」

「及川大臣に会ってもらいたいのだ。わたしからの書簡を、直接きみから手渡してもらいたい」

大貫は山本の言葉を繰り返した。

山本はうなずくと、テーブルの上の図嚢《ずのう》から一通の書類袋を取り出してきた。厳重に封緘《ふうかん》されたクラフト紙の封筒だった。

「対米戦のありようについては」と、長官は封筒をテーブルの上に置き、その封緘をなでながら言った。「長いこときみたちと検討を重ねてきたが、わたしは昨日、答えを出した。やはり漸減邀撃《ぜんげんようげき》作戦は捨てる」

「では」

「そうだ。先手を打って出る。米国太平洋艦隊を、その集結地でたたく」

山本は再び壁の地図に目を向けた。大貫も地図を見た。長官の視線は地図のほぼ中ほど、ハワイ諸島のあたりに注がれている。

ハワイか、と大貫は思った。赴任してきて以来、何度か長官自身の口から聞いた地名。ハワイ。

開戦劈頭《へきとう》、米国海軍をハワイでたたく。

要約するならその意味のことを、山本はこのひと月、参謀たちに向かって何度か口にしていたのだ。

日米開戦やむなきに至ったときは、帝国海軍は開戦初日に米国太平洋艦隊をハワイで撃滅せねばならない……。

それは帝国海軍が想定していた日米戦計画を根底からくつがえす大胆な構想であった。それまで海軍は、漸減邀撃作戦を対米戦の基本としていた。開戦直後、まずフィリピン、グアムを攻撃して米国海軍の勢力を減殺《げんさい》、同時に米国海軍主力部隊を早期に日本近海へと引出し、艦隊決戦で雌雄を決しようというものである。米国主力艦隊との決戦海面は、小笠原《おがさわら》諸島以西と想定されていた。

これに対し山本長官は、もし今後日米戦が開始されたときは、日露戦争時のような艦隊決戦の形はありえないだろうと断じていた。ましてや、戦艦が艦隊の主力として、互いに巨砲から砲弾を撃ち合うことはない。航空機、そして航空母艦が戦いの主力となるだろう。巨大な戦艦を並べて敵艦隊を迎え撃つという構想は、その根本からすでに時代錯誤であり、敗北主義であるとの持論だったのである。

山本はそもそも日米間の緊張の深化を憂慮していたし、前年の日独伊三国同盟締結に関しても、これを狂気の沙汰《さた》と評し、最も強く異議を唱えた提督のひとりであった。ハーバード大学に留学し、ワシントンに武官として勤務したことのある彼は、日米戦を意図すること自体が無謀であると口にしてはばからなかった。

大貫も、山本が語ったという言葉を何度か同僚から聞かされたことがある。山本はあるときこう言ったのだという。

「テキサスの油田とデトロイトの自動車工場を見ただけで、日本が近代戦でアメリカに立ち向かうことなど不可能だとわかる」と。

しかし彼は、それでももし日米が戦わねばならないのだとしたら、緒戦において徹底的に米国海軍をたたくしかないと考えていた。こうして少なくとも半年間はその行動を不能とすることが不可欠であると。航空母艦部隊をもってハワイの米国太平洋艦隊基地を奇襲するという構想は、ここから導き出されてきたものであった。

大胆に過ぎ、危険な賭《か》けである、という参謀たちの意見はなおあるものの、まったくの荒唐無稽《むけい》な案というわけでもない。ただ、日本海軍きっての見識ある提督が、それ以外に方途はないと思いつめているということは、大貫にはやはり意外であった。

長官は地図に目を向けたままで言った。

「馬鹿者《ばかもの》たちが言っている。海軍に山本あれば、日米開戦おそるるに足らずと。迷惑千万なことだ。もし日米開戦ともなれば、我々が行くべきところはグアムじゃない。フィリピンじゃない。ハワイやサンフランシスコでもないんだ。ワシントンだよ。あの国の西海岸に上陸し、砂漠《さばく》を渡り、ロッキーを越え、ワシントンにたどりついてようやく講和となるんだ。それを連中はわかっているのか。その覚悟がほんとうにできているのか。我が陸海軍の力で、それが可能だと思っているのかね」

それは質問ではなかった。怒りを押し殺した独白であった。大貫は黙したままで長官の次の言葉を待った。

「そう。ハワイだ。ハワイの太平洋艦隊をたたけば、六カ月の猶予《ゆうよ》はできるだろう。

六カ月あれば、現状維持という線で和平交渉が可能な程度には、南方を固めることができるかもしれん。できるだろう。だが、できてもせいぜいその程度なのだ」長官はふたたび大貫に顔を向けてきた。「ハワイ攻撃はやらねばならん。しかしもし開戦一日目にして米国艦隊主力の撃破ができなかった場合は、事態は危機以上のものになる。米国はこの報復として、一挙に帝都攻撃をしかけてくるにちがいない。いや、東京ばかりか内地の多くの大都市が焼かれることになろう。米国にはそれができる。それを二年でも、三年でも続けることができるのだ。失敗は許されない」

大貫は言った。

「軍令部は、そう簡単には同意しないでしょう。漸減邀撃の基本方針を変更させるには、性根を据えて説得にあたらねばなりません」

「承知している。本省首脳部や軍令部は猛反対してくるだろう。連中はいまだに日露戦争当時の海戦を繰り返すことしか考えていない。この五年あまりのあいだに、海戦の概念が一変してしまったことに気づいていないのだ。四十六センチ砲を積んだ巨大戦艦が、これからの戦争でなお有効だと信じている連中なのだからな」

「井上航空本部長も長官とはよく似た主張をされていると聞いております。本省内部にも、まったく賛同者が期待できないわけでもありますまい」

「だといいがな。とりあえずは、根回しにかからねばならん。わたしはまず及川大臣に諒承《りょうしょう》してもらうつもりだ。彼を味方に引きこむ」

「ハワイ作戦を、正式に軍令部での検討課題とするよう求めるのですね」

「そう。零《れい》式艦上戦闘機の性能は期待していた以上のものがあるし、配備計画も順調に推移している。ハワイ作戦をあきらめねばならぬ理由は、もうほとんどない」

「浅深度魚雷の開発も、めどはついたと報告を受けました。洋上補給技術の問題も解決可能とのことですが」

「そうだ。だからこそいよいよハワイ奇襲攻撃を上申しなければならんのだ。同時にわたしは、この書簡の中で人事の異動を願い出た。わたしは大臣に新しい職を要求する」

大貫は驚いて口を開けた。山本は真顔だった。連合艦隊司令長官という、帝国海軍最高の地位にある提督が、いったいどんな人事を希望しているというのか。この上どんな地位を求めるというのか。

「人事異動を願い出た」と長官は繰り返した。「わたしは、ハワイ作戦の実施にあたっては、航空艦隊司令長官を拝命して、攻撃部隊を直率するつもりだ。ハワイ作戦を構想、上申する者として、わたしは攻撃部隊を率いる責務がある。この作戦についてわたしほど熟考した者はいないし、その重要性を認識している者もいない。わたし以外に、この作戦の責任をとりうる者もない」

長官が封筒を大貫に手渡してきた。そうとう長文の手紙が入っているのだろう。手にしてみると、その紙封筒は見かけ以上に厚く重かった。

長官は言った。

「きょう、すぐにでも東京へ向かってくれ。及川大臣にはわたしから連絡してある。くれぐれも言うが、直接手渡すのだ。そうして目の前で読んでもらえ。確実に読んでもらうのだ。何か質問はあるか」

「ひとつだけ」大貫は封筒を黒い革製の図嚢に収めて訊《き》いた。「ご返答を求められますか。大臣のご返答を受け取って帰るべきなのでしょうか」

「いや」山本は首を振った。「きょうはそこまでは求めぬ。彼とても即答はできまい」

「ただちに東京へ向かいます」

大貫中佐は図嚢を小脇《こわき》に抱えたまま敬礼した。

作戦室の窓から、広島湾に停泊する連合艦隊の多くの艦船が見えた。この十年来、米国海軍を仮想敵として猛訓練に明け暮れてきた海軍の、その主力部隊であった。日本がその国力を傾けてまで拡充強化につとめてきた、戦う船の群れである。見方によっては、これほど機能美にあふれた端正で美しい船の集合はない。しかしいまはどの船も一月の鈍色《にびいろ》の海に怠惰な水鳥のように浮かんでいるだけだ。大貫は背を折り曲げて、戦艦・長門《ながと》の作戦室を出た。

その日、大貫中佐は岩国基地で海軍の九六式陸上輸送機に搭乗《とうじょう》、東京羽田飛行場へと飛び、午後遅い時刻には海軍省に入っていた。

大貫誠志郎は昨年末中佐に昇進したばかり。まだ四十代に入って間もない海軍佐官である。中佐昇進と同時に連合艦隊司令部戦務参謀の辞令を受け、柱島に赴任していたのだった。

大貫はそれまでは海軍省に副官として出仕していた。髪を短く刈り、銀縁の眼鏡をかけた、堅苦しい印象を与える男である。背は高いほうだが、極端にやせており、けっして豪胆な、あるいは勇猛な軍人とは見えなかった。むしろ能吏といった印象のほうが強いだろう。しかし数年前の陸軍部隊の叛乱《はんらん》の際には、海軍横須賀《よこすか》陸戦隊を率いて本省の警備にあたった経歴を持っている。このとき最悪の場合は、宮城に突入して陛下を救出するよう命じられていた。見かけ以上に不敵で気骨ある男、との評判をとっている。及川古志郎《こしろう》海軍大臣をはじめ、海軍首脳に信頼の厚い佐官であった。

大貫中佐が連合艦隊司令部の参謀のひとりとなったとき、山本五十六連合艦隊司令長官が赴任の前に彼の人となりを調べたことがある。大貫とは海軍兵学校で同期であったというある士官は、山本の問いに対してしばらく考えたすえに、たったひとつのことだけを思い出した。

「やつには、仇名《あだな》がありませんでしたな」

しかし堅苦しく実直であることは、大貫の職務上けっして不利益となることではなかった。じっさい大貫は前年、日独伊三国同盟締結にともなういくつかの煩瑣《はんさ》な実務をこなし、海軍省内部でいっそうの信頼を得ていたのだ。零式艦上戦闘機を極秘のうちにドイツへ送る計画にもかかわっていた。彼は実務の能力にもたけた有能な海軍軍人であった。

赴任して旬日もたたぬうちに、その見識と判断力はすぐに山本長官に注視されるところとなった。先任参謀たちをさしおき、長官がまず大貫に意見を求めることもしばしばだったのである。彼は赴任後ひと月たったこのころには、山本長官から最も重用される参謀となっていたのだった。このたびの任務も、山本の信頼ゆえのものだった。

東京・霞《かすみ》ケ関《せき》にある海軍省ビルは、赤レンガづくりの重厚な建物である。二階建てだが、半地下のフロアがあるせいで、三階建てと誤解されることが多い。海軍大臣室は正面側の二階にあり、窓は中庭に面していた。海軍省副官室、書記官室がそれぞれ同じフロアに並んでいる。

大貫中佐は大臣執務室で、及川古志郎海軍大臣に向かい合った。海相は大きなローズウッドのテーブルの向こうで、一種軍装に大将の襟章《えりしょう》をつけて椅子《いす》に身を沈めている。ほかには誰もいない。天井の高いその部屋は暖房がきいておらず、空気は冷え冷えとしていた。

長官からの書簡を手渡すと、大臣は大貫をその場に待たせたまま、すぐに封を切って書簡を読み始めた。

及川海相の小さな目がみひらかれた。鼻の下の口ひげが居心地悪そうに動いた。五分ほどの後、便箋《びんせん》何枚にもわたる長文の書簡を読み終えると、海相は顔を上げて訊いてきた。

「長官は、わたしの返事を持ってこいと言っていたかね」

「いえ」大貫は威儀を正して答えた。「直接お渡しし、確かに読んでいただけとだけ指示されました」

「確かに読んだ、と伝えてくれ」海相は言った。顔からいくぶん血の気が引いているようだった。「確かに、とな」

山本五十六連合艦隊司令長官が海軍大臣及川古志郎大将にハワイ作戦の構想を伝える書簡を書いたのは、昭和十六年一月七日のことである。

連合艦隊司令長官がついにハワイ奇襲攻撃を決意し、計画は動き始めた。それまでは単なる構想のひとつ、可能性評価の対象でしかなかったものが、具体的な研究課題となったのである。もとより極秘の計画ではあるが、計画が帝国海軍の組織の中で胎動を始めた以上、完全な機密保持は不可能であった。

和平交渉の行方を注視する海相の経路からも、何人かの退役した海軍提督や政府部内の親しい高官らに、この計画の概要が伝わった。その退役提督や政府高官たちもまた、それぞれ自分の相談役や顧問格の人物に計画を話した。日本の支配機構内部に張りめぐらされたネットワークの中で、計画はひそやかに語られ、疑問を投げかけられ、現実性が議論され、評価された。そのネットワークの中に、小さな、しかし重大なほころびがあったのである。

一月　函館

降りしきる雪の向こうから、汽笛の音が響いてきた。深い井戸の底へ向かって吐息を吹きこんだような、低くもの悲しい音だった。

岡谷ゆきはいったん顔を上げて、角巻《かくまき》にかかった雪を払いのけた。汽笛は長く余韻を残し、白一色の空をいったん沈黙させてから、再び響きわたった。坂の正面に見えるはずの函館港は、きょうは雪に隠れて見えない。あれは午後四時の連絡船の汽笛だろう。青森へ向けて出港してゆくところのはずだ。

ゆきはひと息ついてから、また歩きにくい雪の坂を下りだした。ゴム長靴の下で雪がきゅうきゅうと鳴った。函館にはめずらしく、軽い粉雪だ。気温がそうとう下がっているようだ。指先がすっかりかじかんでいた。元町の料亭までウニと数の子を届けた帰り道だ。道路には十五センチばかりの雪が積もっており、通行人の足跡がその雪の中に深くつけられていた。ゆきは長靴の中に雪が入らぬよう、慎重にその坂道を進んだ。

ゆきの勤める店は、函館駅の南、海産物の問屋や加工工場の建ち並ぶ一角にあった。ゆきが店に帰り着いたのは、午後の四時半すぎだ。そろそろ雪の空は光を失ってきていた。

店の正面には「水産加工・卸　丸三荏原《えばら》商店」と、大きな看板が掲げられている。ゆきはその看板の下を通り、裏口から店に入った。

たたきに身体を入れると、店の奥で番頭格の男が怒鳴るように言った。

「遅かったな。なにぐずぐずしてるんだよ」

「すいません」ゆきも大声で答えた。「雪が積もっていて、こいでいかなくちゃならなかったんです」

「もっと早く届けてこなくちゃだめだよ」

「ほんとうに申しわけありません」

ゆきは角巻と毛糸のミトンを壁の釘《くぎ》にひっかけた。そばに端の欠けた細長い鏡がかけられている。ゆきはその鏡をのぞきこむと、手早く髪をととのえた。

肌《はだ》の白い、大きすぎる瞳《ひとみ》を持った女が、鏡の中からこちらを見つめ返している。漂白したような赤っぽい髪と、澄んだとび色の瞳は、ロシア人の父親譲りだった。細い鼻すじと、強情そうな輪郭のはっきりした唇は母親似だと言われる。このところ、少しやつれて見える二十四歳。

指先をもみほぐしてから、ゆきは店の裏手の作業場に入った。ゆきが外出していたあいだに、タラの加工作業も一段落してしまったようだ。ゴムの前掛けをつけた何人かの女たちが手を休めて話しているところだった。

ひとりが訊いてきた。

「また人が撃たれたんだって。知ってるかい、ゆきちゃん」

「いいえ」ゆきは首を振った。「何があったんです」

「今朝、函館山に登ろうとしていた男が警察に見つかってね、鉄砲で撃たれて死んだって話さ。望遠鏡を持っていたって」

「またスパイがいたっていう話ですか」

「ほんとうだよ。警察の人が話していったらしい」

「あれは、函館山に近づくのをやめさせるために、警察がわざと噂《うわさ》を流してるんだって言うひともいますよ」

「そうかねえ」女は同意できないと言うように顔をしかめた。「それにしても、こういうご時世なんだねえ。スパイだなんて。やっぱり戦争は支那《シナ》だけじゃなくなるのかね」

「函館山には、ほんとうは何があるんでしょうね。砲台ってことになってるけど、ほんとは何もなかったりして」

「港を見るだけでもいけないってことなんだろうね。海軍の警備隊も、おかしな振舞いをする人間を見たら、すぐドンと撃ってくるってよ」

べつの女がゆきに声をかけてきた。

「店のほうで、旦那《だんな》さんが呼んでたよ」

「はい。すぐいきます」

前掛けをつけてから、奥の事務室に入った。太り肉《じし》の主人が、ダルマ・ストーブの横の机に向かい、帳面に目を落としている。ゆきが入ってゆくと、主人は眼鏡をずり上げ、横目で言った。

「ゆきさん。そこに封筒がある。それを持っていってくれ」

ゆきはまわりを見た。そばの事務机の上に一通、真っ白の封筒が置かれていた。主人がうなずいたので、ゆきはいぶかりながらその封筒を手にとった。中に便箋がたたまれている。

その場で便箋を引き出して読んだ。

短くこう書かれていた。

『一月末日まで勤務のこと』

ゆきは驚いて顔を上げた。

主人は言った。

「そういうことなんだ。よく働いてもらった。ご苦労さま」

ゆきはとまどって確かめた。

「一月いっぱいでくびってことでしょうか」

「早く言えばね」

「とつぜん言われても困ります」

「不景気なんだよ。あれも統制これも統制で、商売はみんな上がったりになってる。所帯を持った大の男が大勢失業してるんだ。うちもふたり、親類に泣きつかれてる。その連中を引き受けなきゃあなんないのさ。悪く思わないでくれ」

「次の仕事の当てなんてありません」

「どうしようもないんだよ」

「わたし、慣れていないということで、ほかの人よりも安い日当で働いてきました。加工だけでなく、帳面つけでも届けものでも、なんでもしてきましたが」

「わかってる。高等女学校も出てるんだしね。ほんとによく働いてくれたよ。でも、あんたにやめてもらうしかないんだ」

「いま仕事を失《な》くしたら、わたし、食べていけません」

「それだけの器量よしなんだ」主人は椅子を回転させ、身体をまっすぐに向けてきた。「前の仕事にもどったらどうだね。二号さんでも、女給でも。あんたの身体なら、いい値がつくんじゃないのかい」

声を失った。

ゆきは目の前の、その小太りの中年男をあらためて見つめた。店の若い雇い人に片っ端から手をつけてきたという噂の主人だ。家の外に三人の子供がいるという話もある。昨年の秋、ゆきがこの店で働くようになったときも、松風町の待合にくるよう言ってきたことがあった。ゆきはきっぱりと断っていたが、この男はそれをずっと根に持っていたのかもしれない。

身体にいい値がつく。

ゆきは苦い想《おも》いを飲み下した。たしかにゆきは、十九歳のときに故郷の択捉《エトロフ》島を出奔、函館のとある写真館の主人のもとに囲われた経歴をもっている。男と別れたあとは、松風町のダンスホールで働き、カフェで女給勤めをした時期もあった。ロシア人との混血というせいもあり、男たちがゆきの容姿にとくべつの関心を抱くようだということも承知している。じっさい、言い寄られた経験はなにもこの男との一件だけではない。しかし身を売ったことはないのだ。写真館の主人とのことも、ゆきにとっては世間知らずの生娘《きむすめ》の最初の恋であったのだから。結婚できなかったのは男の側に理由があったのであって、ゆきの身持ちのせいではなかった。

ゆきは主人の顔を長いこと凝視していた。

主人がやがてばつが悪そうに視線をそらしたところを見ると、たぶんゆきの顔にはさげすみと嫌悪《けんお》の情があらわだったのだろう。

「わかりました」ゆきは精一杯気丈に言った。「今月末までは働かせていただきます」

「すまなかったね」

ゆきは頭を下げて事務室を出ると、前掛けをはずし、再び角巻を身にまとった。奥で番頭格の男がまた何か怒鳴ったが、応《こた》えなかった。

外はいっそう暗くなっていた。雪は深い闇《やみ》の奥から、無限に湧《わ》き続けているようだ。ゆきは角巻を襟元《えりもと》できつく合わせると、音の消えた奇妙に静まり返った夜の路上へと駆け出した。

岡谷ゆきは、南千島の択捉島の出身だった。択捉島の東海岸、単冠《ヒトカップ》湾に面した小さな漁村で生まれ育った。

母親の名は、みつ、という。父親の名は戸籍簿には記されていないが、伯父たちの話によれば、アレクセイ・イワノフ、である。

やはり伯父が語ってくれたところによれば、一九一五年(大正四年)の十一月のある暴風雨の夜のこと、ちょうど付近を航行中だったロシアの貨物船が嵐《あらし》を避けて単冠湾に避難しようとしてきた。北洋が最も厳しい表情を見せる季節である。海は激しくうねり、唸《うな》り、わずか三百トン足らずのその貨物船を翻弄《ほんろう》していた。天然ゴムを大量に積んだ船はついに操舵《そうだ》不能となり、湾の入り口、植別《ウエンベツ》岬の沖で転覆した。

大部分の船員たちは荒れる海に投げ出された。近くの天寧《テンネイ》の集落に住む住民たちは、手に手にランプや松明《たいまつ》をもって、浜に駆けつけた。みぞれまじりの大嵐の中では、住民たちにもなすすべはなかった。川崎船に八人の漁師たちが乗りこみ、沖へ向かって漕《こ》ぎだしたが、三十メートルも進むことができなかった。住民たちの目の前で、何人もの船員たちが力つき、波に呑《の》まれていった。翌朝、いくらか波が収まるまでに、十人以上の船員の水死体が単冠湾のほうぼうの浜に漂着した。

たったひとり、灯舞《トウマイ》の海岸に流れ着いた若いスラブ系の船員だけが息を吹き返した。青年は村の駅逓《えきてい》に保護され、僚船の引き取りを待つことになった。

このとき、単冠湾・灯舞の村で駅逓を管理していたのは、岡谷伝二郎という男であった。父親の代に択捉島に移住してきた二代目である。

岡谷伝二郎には娘がひとりいた。みつ、である。当時十八歳。食事作りや清掃など、駅逓の雑用一切を受け持っていた。とうぜんロシア人青年の世話をするのも、みつの仕事のひとつだった。みつとロシア人青年とが親しくなるのに、さほどの時間は必要なかった。漂着から六週間後、単冠湾にロシア船が入港し、青年が島を去っていったとき、みつはすでに子供を身ごもっていたのである。

伝二郎は昔かたぎの偏狭な中年男だった。娘の妊娠を知ったとき、伝二郎は度を失い、そして激怒した。伝二郎にとって、それは信じがたく許しがたい娘の不品行だったのである。伝二郎は毎日のように娘をののしり、周囲にあたり散らした。何度も娘に出てゆけと叫び、縁を切ると宣言し、手を振り上げた。とうとうみつは、実家を出て年萌《トシモエ》の集落に住む兄夫婦のもとに身を寄せることになったのである。

年萌の集落で、みつは女の子を生んだ。恩根登山《オンネノボリ》に初冠雪があった日のことだ。赤ん坊はその朝の雪にちなみ、ゆき、と名づけられた。名づけ親は、みつの兄、徳市である。

徳市夫婦には子供がなかった。そのせいもあり、ふたりはゆきに優しかった。我が子のようにゆきを可愛《かわ》いがり、愛情こめてその成長を見守った。ゆきは淡いブラウンの瞳を持った、愛くるしい女の子に育っていった。

ゆきが六歳になった年、灯舞の実家で法事が営まれた。法要の場で、伝二郎はひさしぶりに帰ってきたみつにまたつらく当たった。おれの顔に泥《どろ》を塗った、となじり、道産馬《ドサンコ》ほどの貞操もない、とののしった。伝二郎の興奮がいよいよ高まったとき、とつぜん伝二郎は倒れた。脳溢血《のういっけつ》だった。法要に集まった親族一同の注視の中で、伝二郎は言葉と半身の自由を失ったのである。みつはその日の夜、灯舞の浜から海に入り、みずから命を断った。

徳市夫婦が半身不随の伝二郎に代わって駅逓を切り盛りすることになった。このころ灯舞の駅逓は官馬十二頭を預かり、ほかに三十頭近い道産馬を所有していた。部屋の数は八つ。十六人の旅行者を泊めることができた。伝二郎はまた、村でただ一軒の商店も経営していた。伝二郎の残された妻だけでは、駅逓の管理も商いを続けることもむずかしかったのである。ゆきも伯父夫婦と一緒に年萌の村から灯舞へと移り住んだ。

祖父の病気と、母親の自殺。そのふたつの大事の原因となっていたものは、ゆきの存在であった。混血児であり、しかも私生児。となれば、周囲の目はけっしてゆきに温かいものではなかった。とくに岡谷家と縁戚《えんせき》関係にある家ではそうだった。戸数二十ばかりのその集落で、ゆきはいわれのない偏見と悪意にさらされて育った。

駅逓を取扱い、商店も経営していたので、徳市夫婦の家庭は裕福だった。ゆきは着るものも人形も、集落一のものを与えられていた。桃の節句に内裏雛《だいりびな》を飾ることができたのは、ゆきだけだった。村の子供たちは、ゆきに対しては屈折した接しかたを見せた。ふだんは卑屈に振る舞っているが、何かことがあるとゆきの出生の事情を口にし、その容姿をからかうのだった。成長し混血児特有の華やかな美貌《びぼう》が目立つようになると、それがまたいっそうゆきへの風当たりを強くした。ゆきは口数の少ない、伏目がちの少女として成長していった。

十二歳になったとき、ゆきは根室の高等女学校に入学した。学校の教師宅に下宿して通うようになったのである。漁業基地として栄える根室は、灯舞とは比べものにならないほどの大きな町であった。電気が引かれ、商店が軒を並べ、常設の映画館があり、鉄道が通っていたのである。そのうえ周囲も、ゆきが私生児ということにはほとんどこだわりをみせなかった。少なくとも、表だってそれを口にすることはなかった。ゆきはこの町で初めて中傷や陰口から解放され、顔を上げて生きることができるようになった。友人をつくり、仲間たちと笑い興じることができるようになった。学校では家政の授業のほかに、演劇にも熱を入れた。小泉八雲や鈴木三重吉を舞台劇にした作品で、いつも主要な役を割り振られた。根室商業中学の生徒から激しい恋文を受け取り、風紀指導の教師にきつく事情を問い質《ただ》されたこともあった。十六歳になったころのことである。

十七歳の春、灯舞の村に帰ったときには、おとなしかった色白の女の子は、ていねいに、しかしきっぱりと自分を主張する美少女に変わっていた。祖父も祖母も、すでに亡《な》くなっていた。

そんなゆきが、村の住民たちにあのみつとロシア青年との顚末《てんまつ》を連想させる事件を起こしたのは、それから二年後、ゆきが十九歳のときのことである。ゆきは、駅逓の泊まり客であった若い写真家を追って家を出たのだ。一九三六年（昭和十一年）の初秋だった。それ以来五年、ゆきは故郷の択捉島には帰ったことがない。

ゆきは元町の粗末なアパートの前まできて、回想を断ち切った。

この寒さだ。ひと気のない部屋はすっかり冷えきっていることだろう。ストーブに火を入れても、部屋が暖まるまでには三十分ばかりかかる。今夜は早めに布団《ふとん》を敷き、湯たんぽを入れてもぐりこんでしまうのがいいかもしれない。二月からの暮らしをどうするかは、明日また考えたらいい。きょう何かうまいことを思いつけるほど、頭は冴《さ》えてはいないのだ。加工場での作業と届けものとで、身体は疲れきっていた。明日考えることにしよう。

玄関の開き戸を開けて、身体を中に入れた。下駄箱《げたばこ》の上に何通かの郵便物が置かれている。一通、自分宛《あ》てのものがあった。

差し出人の名を見た。択捉島の徳市伯父からのものだった。前の手紙で身体の具合がおもわしくないと知らされていたが、その後の経緯を知らせる手紙なのだろうか。ゆきは封筒を胸に入れて、ゴムの長靴を脱いだ。港の方角から、またこもったような音色の汽笛が聞こえてきた。

一月　ニューヨーク

みぞれはいつしか雪に変わっていた。

リムジンを降りると、パウエルは舌打ちしてカシミアのコートの襟《えり》を立てた。息が白く変わり、微細な氷の粒が口のまわりの肌に張りついた。石畳の路面には、もう雪が半インチばかり積もっている。革靴《かわぐつ》を通して、雪の冷たさが足先にしみこんできた。目の前の排水溝《こう》から、湯気が高く沸き上がっている。

そこはロウワー・イーストサイド南の倉庫街のはずれで、道の向こうにブルックリン側の埠頭《ふとう》が見える。午後の六時、もう荷役作業も終わりというこの時刻、あたりは暗く静まり返り、人影もまったく見当たらない。路上駐車のトラックもなく、デリバリー・バンのひしめきもなかった。

ディック・パウエルは運転手に顔を向けてうなずいてから、倉庫の通用口へと向かって歩いた。

雪が帽子を濡《ぬ》らし始めている。早く中に入り、用件をすませ、それからすぐにマーレイヒルの自分の部屋に戻るのだ。四十歳になろうという身には、湿気と寒さはいい友人とはいいがたい。こんな天気の日には、むしろ自分には暖炉の火と上等のアイリッシュ・ウイスキー、それにいくらか小太りぎみの女が必要なのだ。三つともすでに用意はしてあるが、それらにひたる前にまずこの用事を片づけてしまわなければならない。

ステップを八段降りてからドアの表示を確かめた。奇妙な中国文字と英語とが上下に書かれていた。

英語のほうはこうだ。

「売り倉庫、管理　チン・シンファ・トレーディング・カンパニー」

ドアをノックしたが、返事はなかった。パウエルはもう一度ノックしてから、そっとドアノブを回した。重いドアは、きしみ音をたてて内側に開いた。

内部は真っ暗だった。パウエルは壁に手を伸ばして、明かりのスイッチを探した。

奥の暗がりから声があった。

「そのまま、まっすぐ歩け」

病人の吐息のような、暗く抑揚のない男の声だった。

パウエルは声のした方向に向かって言った。

「暗くて、とても歩けやしないぜ」

「ドアを閉めて、まっすぐ歩いてくればいいんだ。右手を壁につけてこい。足もとには邪魔ものはないよ」

パウエルは言われたとおりにドアをうしろ手に閉じた。外の薄明かりも遮断《しゃだん》され、パウエルは完全な闇の中に閉じこめられた。右手を伸ばすと、すぐ壁があった。声はさほど遠くから聞こえたわけではない。この壁に沿って、十歩も歩けばよいのだろう。

パウエルはそっと足を踏み出した。

十歩ばかり歩いてから、パウエルは立ち止まって聞いた。

「ケニー、どこにいるんだ」

「こっちだ」と、背後から声があった。

金具がかちりと音を立てた。パウエルはあわてて両手を上げて言った。

「よせ、ケニー。仕事の依頼だと言ったろ。敵じゃない」

「なにをびくついてる」ケニーは言った。「ドアをロックしただけだよ」

ふいに明かりがついた。パウエルは振り返った。その天井の高い半地下室の向こう、いまパウエルが入ってきたドアの前に、男がひとり立っていた。あまり上背のない東洋人。くたびれた外套《がいとう》を着て、ポケットに両手をつっこんでいる。不精ひげが伸びていた。

「寒い部屋だな」パウエルは愛想笑いを見せて言った。「よくこんなところで暮らしているもんだ」

「ぜいたくは言ってられないのさ」とケニー。「イタリア人たちが、おれを探しまわっているらしいからな」

「カナル通りから北には行かないほうがいいようだ。お前に賞金がかかったというもっぱらの噂だ」

「あんたがその賞金に目がくらんでいなければいいが」

「はした金であんたを売るものか。おれの商売ははやってるんだ」

「ご同慶の至りさ。いまは何人の女を抱えてるんだ。十人くらいにはなったのか」

「女は商売の一部だよ。おれは四軒の酒場の経営者として、財務省に税金を収めてるんだぜ」パウエルはコートの下に手を入れ、葉巻を一本取り出した。葉巻に火をつけると、パウエルは訊《き》いた。「どこかに座れないか」

ケニーがあごでパウエルの背後を示した。パウエルが木箱の陰をのぞいてみると、そこに粗末な寝台と椅子が一脚あった。椅子の上に古ぼけたハモニカが置いてある。

パウエルはそのハモニカをベッドの上にほうって、椅子に腰をおろした。

ケニーもやってきて、パウエルに向かい合う形でベッドに腰をかけた。ふたりのあいだには、二メートルばかりの距離。

パウエルは葉巻をくゆらしながら、あらためてこの東洋人を見つめた。黒い髪に濃い茶色の瞳を持った日系人。まぎれもなく黄色人種の顔立ちをしているが、目の上の蒙古《もうこ》ひだはさほど目立たず、角度によってはメキシコ人のように見えないこともない。年齢は二十五、六歳としか見えないが、東洋人の見かけは当てにならない。おそらく三十歳前後だろう。何カ月か前、魚市場に近い安酒場で初めて見かけたときと同様、何ひとつ意味あるものを見てはいないような、動きの少ない暗い目をしている。身なりは粗末で汚れており、このままではまったくの浮浪者にまで落ちるのに、そう時間はかからないにちがいない。度胸があって、金次第で危険な仕事も見事に果たす、という噂を聞いていなければ、パウエルがけっして訪ねたりすることはない男だ。ケニー・サイトウ。スペインから帰ってきたという、義勇兵の哀れな残骸《ざんがい》。

「早く用件に入ってくれ」焦《じ》れたようにケニーが言った。「おれの観察は、もうそのくらいでいいだろう」

パウエルは葉巻を口から離すと、少し身を乗り出して言った。

「先日の話で、相手が誰かは見当がついているだろう」

「壊し屋《トラッシャー》ビリー」

「おれがあいつを二度説得したことも」

「最後通牒《つうちょう》を突きつけた、とは聞いている」

「やつは、自分が阿呆《あほう》であったことの責任をとらなくちゃならない」

「あんたよりは評判のいい男らしいが」

「泥棒《どろぼう》だよ。おれの商売に割りこみ、女を引っこ抜き、相場を崩し、市場を荒した」

「あんたがやりすぎた、と感じている連中も多いと聞いたよ」

「おいおい」パウエルは葉巻の先を木箱に押しつけて言った。「いちいち文句をつけなきゃ、話ができないのか」

「すまなかったな。続けてくれ」

「おれは明日からフロリダに行くんだ。こんな天気とおさらばして、プールサイドで水着ひとつになって、甘ったるいカクテルを飲むのさ」パウエルは自分のゆとりを強調できるようにと、足を組んだ。ズボンの折り目の位置が気になったので、ズボンに手を添えてもう一度組み直した。「フロリダに行って十日間帰ってこない。運転手のジミーも連れて行くし、そのあいだ女たちも、商売に手を抜くってことができるわけだ。おれってなかなか人情味があるだろう」

ケニーが口の端で笑って肩をすくめた。皮肉で傲岸《ごうがん》そうなしぐさだった。理由はわからないが、パウエルを小馬鹿《こばか》にして嘲《あざけ》ったようにも見える。浮浪者一歩手前の男が、フロリダへ避寒に出かける男を前にしてとってよい態度ではない。パウエルはひそかに決意した。仕事がすめば、きっとこいつをリミニ・ファミリーに売ってやる。リトル・イタリーのあのレストランのオーナーに、一本電話を入れてやる。

内心の想いはおくびにも出さず、パウエルは続けた。

「その十日のあいだにやってくれ。おおっぴらに、できるだけ目立つように。報酬の半分は、いま払う」

「現金がほしい」

パウエルは用意してきた二十ドル札を十枚、脇《わき》のベッドの上にほうった。ケニーの目は札を追って動いた。

「これだけの大金、触ったことがあるか、敗残兵よ」

ケニーは視線をパウエルに戻してきた。暗い瞳に、一瞬炎が走ったかのように見えた。熱のない、青白い炎。パウエルはその瞳にひんやりとするものを感じ、あわててつけ加えた。

「残りは、おれがフロリダから帰ってきてからだ。仕事が片づいたことを確かめたうえで支払う。お前はそのあと、カリフォルニアでもカナダでも、好きなところに行けばいい。マンハッタンを出る手引きはやってやるぜ」

「銃は用意してくれたのか」

パウエルはもう一度コートの下に手を入れ、ハンカチでくるんだ拳銃《けんじゅう》を取り出した。スナップノーズのリボルバー。シリアルナンバーを削り落としたサタデイナイト・スペシャルだ。これを渡せば、スーツの型くずれの心配はなくなるだろう。

ケニーがその拳銃を受け取り、素早く弾倉を確かめた。

「予備の弾が必要かな」

「いや」ケニーは銃を握ると、まっすぐにそれをパウエルに向けてきた。

「よせ、冗談ごとじゃないぞ」

「そう、冗談じゃないんだ、ミスター・パウエル」

「なに」

「お前の女たちのひとりから、ひとつ頼まれたことがあるんだ。おれがどうしてあんたの持ちかけた話にあっさり乗ったのか、どうしてここまできてもらったのか、想像はつかないか」

ひと呼吸の遅れはあったが、意味は理解できた。パウエルの肥満した身体《からだ》から、血の気が急速に引いていった。パウエルは思わず身震いして、椅子の上でよろめいた。パウエルは組んでいた足をほどき、両足で身体を支えた。

「待て」手を広げ、パウエルは早口で言った。「金なら出そう。いくらだ。いくらあればいいんだ」

皮肉な調子で、ケニーは言った。

「いま、触ったこともないだけの金をもらったぜ」

「そうじゃない。相手の倍出そう。いや、三倍出す。いったいいくら受け取ったんだ」

「六十二ドル」

「六十二ドル!」パウエルは驚きのあまり、椅子ごとうしろへひっくり返りそうになった。「たった六十二ドルで、おれを殺そうってのか。一晩ナイトクラブへ行けば消えてしまう金だ。それでおれを殺すってのか」

「しわくちゃの一ドル札が六十二枚だったんだ。客からのチップを大事にためたんだろうな。四十歳になるという女だったぜ」

「エステルか」パウエルはもらした。「あの醜女《しこめ》が」

「顔が腫《は》れあがっていたよ。かわいそうに、お前が手を振り上げたんだってな。四十歳の、病気がちの醜い娼婦《しょうふ》に、お前は手を振り上げたんだってな」

ケニーが銃口をぴたりパウエルに向けたまま、ゆっくりと撃鉄を引き起こした。

パウエルは絶叫した。

「ジミー！」

「聞こえないよ」ケニーは顔をしわくちゃにゆがめた。あるいは、ほほ笑んだのかもしれない。「いくら呼んでも、外には聞こえないんだ」

「ジミー！」叫びながらパウエルはケニーに飛びかかった。眼前で爆発があった。目もくらむ光と大音響がパウエルを襲った。衝撃が額から背骨へと抜け、全身に散った。

床に転がったとき、遠くからケニーの言葉が聞こえた。

「パウエル。選べる場合であれば、おれだって仕事を選ぶんだぜ」

たった、六十二ドルで……。

パウエルはそう言おうとした。その驚愕《きょうがく》をもう一度口にしようとした。信じがたいことだ。ディック・パウエルの殺害をたった六十二ドルで引き受ける男がいるとは。しかしその言葉が果たして自分の口から出たものかどうか、それを確かめることもないまま、パウエルは息絶えた。

一月　東京

東京・芝区の三田松坂町、市電通りから一本入った屋敷町の一角に、こぢんまりとした質素なキリスト教会が建っている。

米国のメリーランド州に本部を持つプロテスタントの一教団が、一九一二年に開設した東京改心基督《キリスト》教会である。教団は宣教師を代々米国の教団本部から送り、この教会を拠点に日本での布教活動を行っていた。

現在の宣教師はロバート・スレンセン。今年三十歳になったばかりで、中国滞在の経験も持つ独身男である。東京滞在はすでに二年以上になる。背が高く日本語が巧みで、信徒たちからは、スレンさん、と呼ばれて親しまれている。

礼拝堂の建物は北米大陸東海岸によく見られる様式の木造二階建てで、急勾配《きゅうこうばい》の屋根と小さな鐘楼を持っている。壁は下見板貼りで、薄いグレーに塗装されていた。建ってから三十年近くたつ建物であり、いかにも異国的なその外観も色彩も、いまは三田松坂町の屋敷町にすっかりなじみ、とけこんでいる。

礼拝堂の裏手に二階建ての宣教師館があり、スレンセンのほかに日本人使用人夫婦と米国籍の老婦人が住んでいる。宣教師館の並び、庭の奥まった一角には、教団が経営する幼稚園の建物があった。英語と洋楽を教えることから近在の中産階級の住民に人気があったのだが、二年前の宗教団体法施行以来、園児の数は激減、いまは五、六人の幼児が通っているだけだ。敷地全体は大谷石づくりの塀《へい》に囲まれており、幼稚園児たちの帰宅する午後ともなれば、教会の周辺はひっそりと静まりかえる。

教会にその男がやってきたのは、日曜の夜のことだった。教会では毎週二回、木曜と日曜の夜に聖書の講話会を開いているが、男はその夜ちょうど会が終了する時刻、夜の八時に教会堂に現れたのだ。

スレンセンはすぐに思い出した。木曜日にもやってきた日本人だ。

十人ばかりの日本人信徒たちが席を立ち、スレンセンにあいさつしながら、教会堂を出てゆくところだった。男は正面出口の脇に立って、教徒たちをやり過ごしている。ということは、聖書の講話にも会合にも興味がないということなのだろう。つまりは、自分に用があるということだ。

小柄《こがら》で猫背《ねこぜ》ぎみの男だった。歳《とし》のころは五十なかばか。髪をきれいに横わけしている。度の強い眼鏡をかけているせいか、顔に特徴を見いだすことはむずかしかったが、着ているものや容貌《ようぼう》、雰囲気《ふんいき》から、おそらくは役所勤めだろうと想像がついた。それも、かなり上級職の。

男は木曜の夜の集まりにも顔をのぞかせていた。会が始まってから教会堂の中に入ってきて、最後方の席で十分ばかりスレンセンの話を聞いていたのだ。男が入ってきた瞬間、スレンセンは特別高等警察の捜査官ではないかと危惧《きぐ》したのだが、すぐに男にはそれほどの強い権力臭がないことに気づいた。スレンセンを見る目にも、敵意や威嚇《いかく》めいた感情は感じられない。むしろ何度か目が合ったときに感じたのは、男のおびえとためらいであった。もちろんそれはかすかな、ほんのわずかの感情の表出でしかなかったのだが、仕事柄、人の悩みを我がことのように感じ取ることが習い性になっている。スレンセンの印象にそう大きなまちがいはないはずだった。ただ、彼の抱えているおびえや困惑、躊躇《ちゅうちょ》は、宗教的に解決される種類のものではないように見えた。男の苦悩は、むしろ実際的で現世的なものだ、とスレンセンは判断した。

男の正体への不安が去り、再びスレンセンは講話の内容に意識を集中した。ヨハネの黙示録第十六章を読み終え、聴衆たちの反応を見るべく顔を上げたとき、男は消えていた。それが、ちょうど三日前のことだ。

信徒たちはすべて退出していった。スレンセンは説教壇に立ったまま、男を注視した。黒い厚手の外套に、暖かそうなキャメル色の襟巻《えりまき》。黒革の手袋をはめている。どこに出て行っても恥ずかしくはない身なりだが、男のおびえと困惑ぶりは、三日前よりもっと顕著だった。何か大きな物音でもしたなら、そのまま外へ駆け出してゆきそうに見える。

スレンセンは日本語で声をかけた。

「こちらへ。近くへいらっしゃいませんか。お悩みのことがあれば、お伺いしましょう」

男はスレンセンをしばらく見つめていたが、ようやく決心がついたように、ベンチのあいだの通路を歩いてきた。

スレンセンは説教壇を降り、最前列のベンチの端に腰を下ろした。男もためらいがちに、そのベンチの反対側に腰かけた。頬が青ざめている。そうとうに緊張しているようだ。

スレンセンは男に斜に身体を向けて、笑みを見せた。男は目を何度かそらし、また視線を戻した。唇《くちびる》が数回開きかけたが、言葉は出てこない。

「お気を楽に。わたしは急ぎません」

「あ、ありがとうございます」どもりながら男は言った。「ミスター・スレンセンですな」

男が少し反っ歯ぎみであることに気づいた。度の強い眼鏡とその反っ歯だ。男は新聞漫画に出てくる日本人のカリカチュアにそっくりだった。しかし声の質は、男がそうとう高い教育を受けたことを示している。あるいは、外国語を話す人物であるかもしれない。

「ロバート・スレンセンです」

「牧師さん、とお呼びすればよいのですか」

「スレンさん、と呼ばれていますよ。よろしければ、そうお呼びください」

「その、スレンさん。話す前にひとつお願いがあるのですが」

「おっしゃってください」

「その」男は自分の革手袋に目を落として言った。「わたしが何者であるか、それを聞かないと約束してほしいんですが」

「お約束しましょう。でも、あなたのことを、なんとお呼びしましょうか」

「呼び名も必要ありません。ただ、わたしの話を聞いていただければいいのです」

「宣教師としてのわたしに、胸のうちを明かしたいというのですね」

「ちがいます」男は顔を上げて首を振った。「米国海軍省アーノルド・テイラー少佐の友人としてのスレンさんにお話したいのです」

予想がついていたことなので、スレンセンは微笑した。

「どこでわたしの友人と出会ったか、お伺いすることもいけませんか」

「数年前、米国のとある街で、とだけお答えすることで、ご容赦願いたい」

「そのとき、彼のニックネームを聞かされましたか」

「ぐうたら野郎《グーフボール》」

スレンセンはこんどははっきりと了解の意味を伝えるために微笑した。いつのころか米国海軍情報部の一工作者の播《ま》いた種が、いまようやく実り、こうして刈り取りを待っているというわけだ。

男は声をひそめて言った。

「わたしは、その、愛国者なのです。それをまずご理解ください」

「愛国心は、声高に叫ばれれば叫ばれるほど胡散《うさん》臭く聞こえる種類の感情です。そうひとことおっしゃっていただくだけで十分ですよ」

「ここには、あなただけですね」

「いま、残っているのはわたしひとりです」スレンセンは、薄暗い照明の教会堂内部を見渡しながら言った。隅《すみ》で石炭ストーブに火が入っているが、室内の空気は冷えている。外の寒気が、きょうはとくべつ強いようだ。スレンセンは言った。「聞き耳を立てている者はおりません。なんなりと、率直にお話ください」

自分は国を売るつもりはないのだ、と男はもう一度言った。

スレンセンがうなずくと、男は昨今の日米関係についての危惧を、硬い言葉で話し始めた。自分はこのままでは日米が決定的な敵対関係に入ってしまうのではないかと恐れていると。

男の言うとおり、日米関係は昨年の日独伊三国同盟締結と、これに前後した日本軍の北部仏印進駐により、いっそう険悪化していた。米国政府はこの数年、日本の対中国政策をめぐる非難のトーンを日々強め、南進政策に警告を発していたが、ついに昨年九月二十六日、日本軍の北部仏印武力進駐の直後、屑鉄《くずてつ》の全面禁輸を発表したのである。米国からの屑鉄輸入に頼って近代工業を発展させてきた日本にとって、それは国内の工場をすべて閉鎖しろと言われたに等しいできごとであった。確かに日米通商条約はすでに失効し、再締結のめどもたってはいない。しかしまさか経済制裁まではあるまいと見ていた日本政府は、完全に米国の出方を読みちがえていたことになる。

このあと日米関係がさらに深刻化するなら、やがて石油や工作機械、ボーキサイト、アルミニウムなども禁輸となることだろう。それは輸入品の四割以上を米国に仰ぐ日本にとって、近代産業が崩壊することを意味する。明治維新以来の国家経営の根幹が崩れ去ることになるのだ。

政府指導部では泥沼《どろぬま》化する事態打開のために、さまざまな方策が検討されていた。米国の要求を呑み全中国から撤退することもその選択肢《し》のひとつではあったが、軍部と世論はこれを聞く耳を持ってはいない。二・二六事件の衝撃もまださめやらぬ時期である。対中国政策の処理を誤るなら、あらためて軍事クーデターが起こることすら予想されていた。

となると、残された選択の幅はごく狭いものでしかなくなる。困窮状態に甘んじて戦争回避か、戦争決意のもとになんとか日米関係改善の試みを続けるか、それとも南方に打って出て、日米戦争に入るか。昭和十六年初頭、日本政府の取りうる道は、ほぼこのような方向で整理されつつあった。

男は暗い顔で話を続けた。

いま日米関係が完全に断たれたなら、日本の経済は瓦解《がかい》する。未曾有《みぞう》の不況が日本を襲い、商品は不足し、巷《ちまた》には失業者があふれ、農村では娘が売られ、社会不安がいよいよ増大するだろう。ましてや米国と戦争にでもなったら、国家そのものが滅亡する。自分は祖国日本の将来のためにも、決定的な破局だけは避けてほしいと願う。

スレンセンは辛抱強く男の主張を訊《き》いた。相手がいくらかでも教育のある男の場合には、結論だけを求めても無駄《むだ》なことがしばしばある。彼自身に十分論理を語らせ、納得させなければならないのだ。それを省略すると、相手は結論を口に出すことをあきらめる。

男は言った。

「すでに軍部は、外交交渉による事態解決への期待を捨てたようなのです」

「空気は存じております。新聞の論調も、いよいよ激しいものになってきていますね」

「日米開戦が、現実味を帯びてきています」

「戦争準備が少しずつ整えられているようだ、ということは、わたしのような宗教家にも感じ取ることができます。しかし、だからといって、確実に戦争が始まるとは考えるべきではないでしょう。いくらかでも道理のわかる人物なら、日米戦争が日本の決定的敗北で終わるしかないことは承知しているはずだ」

「乾坤一擲《けんこんいってき》という言葉をご存じですか」

「いいえ」スレンセンは首を傾けた。驚いたことに、相手はこの教会堂内部の冷えた空気の中で、額に汗を浮かべている。「どういう意味なのです」

「運命を賭《か》けて、一か八《ばち》かの大勝負に出ることです」

「というと軍部は、思い切った作戦を取ることで、日米戦争に勝つ見込みがあると信じているというわけですか」

「そのとおりです。あるいは、フィフティ・フィフティの勝負に持ちこむことができると考えているのかもしれません」

「信じられません。日本の軍部のトップが、それほど愚かだとは」

「わたしは愛国者です」と、男はまた言った。「破局を避ける方法はいくつかあるが、いまわたしにできることがあれば、それをいますべきであると信じます。たとえそれが、表面的には国を売る行為と映ろうともね」

「おっしゃってください。どうなさりたいのです」

「開戦は最悪、最低の選択肢であると、軍部の各層に知らしめたい」

「具体的には」

「日本海軍が予定している軍事行動に対し、米国が公然と対策を取られてはいかがでしょうか。日本海軍の意図はすべて見透かしていると。どのような作戦も勝算はないと」

スレンセンは少しだけ腰をずらして背を丸めた。

「日本海軍の対米作戦を、ご存じというのですね」

「検討されている、という程度のものかもしれません。ただ」

「ただ?」

「検討を命じたのが、日本海軍の最も人望ある首脳のひとりであり、日本海軍きっての見識ある提督であったとしたらどうです」

「それだけ真剣に受けとめねばなりませんね」

「わたしが伝えたいのはこういうことです。ひとつ、日本海軍は対米戦が始まるとき、奇襲先制で米国海軍を叩《たた》くでしょう」

スレンセンは耳を男に寄せたまま、次の言葉を待った。奇襲先制、それで。

「ひとつ」男はいったん言葉を切って唾《つば》を呑みこんだ。喉《のど》の鳴るのがスレンセンにも聞こえた。「攻撃目標は、ハワイの真珠湾です」

「真珠湾を」スレンセンは思わず繰り返していた。「真珠湾、とおっしゃいましたか」

「そうです」

男はスレンセンの反応をうかがってくる。自分が冗談を語ったのだと誤解されてはいないか、それを案じているような表情だった。

とまどったまま相手の目を見つめていると、男は続けた。

「ハワイ奇襲攻撃です。奇策であり、大胆不敵とは思いますが、それだけに成功の可能性は高い、とわたしは見ます。そうして不幸にもこの作戦が成功したら、逆に帝国の破滅は避けられません」

男は立ち上がって、つけ加えた。

「ぐうたら野郎《グーフボール》に伝えてください。わたしの言葉にどう対処すべきか、彼ならわかっているはずだ」

「誰の言葉、と伝えたらいいんです。わたしはあなたの名前を教えていただいていない」

「反っ歯《バッキー》。それでわかるはずです」

「もうひとこと」

「失礼します。それでは」

男はくるりと背を向けた。スレンセンも立ち上がった。もう少し、聞かねばならない。それだけでは、とても情報の名には値しない。

「お待ちください」

しかし男は振り返りもせずに、通路を足早に歩いていった。

「ぜひ、もうひとこと」

男は扉《とびら》を外に押し開けた。風が教会堂の内部に吹きこんできた。外の電線が風に揺れてうなっている。男の姿が扉の向こうに消えた。

スレンセンは入り口まで追った。ドアが真冬の冷えた風に揺れていた。押し開けて道路に目をやったが、暗い街路は静まりかえっている。靴音は聞こえなかった。ただ強い風の音がするだけだ。男の姿は、すでに見当たらなかった。


宣教師館に戻ってから、スレンセンはすぐに電話機に歩いた。

相手が出て、短くハローとの声。

スレンセンは訊いた。

「いま、話はできますか」

「かまわない。急用だね」と、相手が言う。米国東部なまりの、中年男の声。

「そうなんです。しばらくあなたともご無沙汰《ぶさた》なのでね、近々に顔合わせの機会はもてないものかと思って」

「わたしは明日の夜、友人の家に招かれているのだが、一緒にどうかね。きみのほうの都合はどうだい」

「かまいません。伺いますよ」

「六時。麻布・盛岡町のメイフィールドの屋敷だ。知っているね」

「ええ。二度、行ったことがある」

「明日は夫人の誕生パーティなんだ。花でも持って行ったらどうだろう」

「そうします。では」

受話器を戻してから、スレンセンは少しのあいだ、その場に立ったままでいた。自分が軽率すぎたように思えたのだ。

「日本海軍がハワイ・真珠湾の奇襲攻撃を検討中」

これはほんとうに、すぐに反応しなければならなかったほどの情報だろうか。価値のない流言飛語、風評のたぐいであったのではないか。これを伝えることで、以降自分が得る情報の信憑性《しんぴょうせい》が疑われることになりはしないだろうか。

だいいちこの情報は、その出所すら明確ではないのだ。反っ歯《バッキー》と名乗る日本人が、前後脈絡なしに口にした言葉にすぎない。スレンセンには、彼がどの程度信用おける人物なのか、彼がどの程度その情報に近い位置にいるのか、何もわかってはいないのだ。ただわかっているのは、何年か前にあの男が米国海軍の情報工作担当者と接触したことがあるらしい、という点だけだ。

いや、とスレンセンは思い直した。テイラー少佐がスレンセンの名を伝えているのだ。テイラー自身には、あの反っ歯が信用するに足る男だと、将来はきっと米国に有益な情報を流すことになる男と信じることができたのだろう。そうでなければ、諜報《ちょうほう》網《もう》の一部が摘発されることを覚悟で、スレンセンの名を出すはずがない。おそらくテイラーとあの日本人とのあいだには、とおりいっぺんという以上のつきあいがあったのだ。日本の表現を借りるなら、「腹を割って」語り合ったような経験さえあったのだろう。あの日本人の言葉は信用すべきだ。たとえ伝えられた内容がどれほど奇想天外で荒唐無《む》稽《けい》であろうと。

スレンセンは自分の疑念を振り払うと、同居のミラード夫人に就寝のあいさつを言って二階に上がった。

二階の寝室の空気は冷えきっていた。一度身体を震わせると、スレンセンはカラーをはずして、聖職衣の上に古ぼけた外套をひっかけた。暖房のないこの部屋では、さすが一月の寒気は身にしみた。

腕を組んで寝台に腰を下ろした。あと三十分もすると、使用人の日本人が湯たんぽをもってきてくれる。それまではこうして、古外套にくるまって、信仰によってさえなお救うことのできない不幸な魂と向かい合っているのがいい。

スレンセンは顔だけを動かして、ベッドサイドのテーブルの上に目を向けた。欠けた象牙《ぞうげ》細工の腕輪と、写真立てが置いてある。写真立ての中の写真には、幸福そうに正面を見つめる男女ふたりが写っていた。スレンセンと、彼が愛した中国娘だ。写真のスレンセンはいまよりも四歳若く、いかにも米国中流階級の出身らしい好ましい快活さにあふれている。まなざしには翳《かげ》りのかけらもなく、その微笑にはどんな種類のシニスムも見当たらない。メジャーリーグの期待の新人三塁手、と表現してもおかしくはないほどだ。もしいまのスレンセンしか知らぬ者が見たなら、その明るく健康そうな青年をスレンセンと名指しするのは困難だろう。四年前の姿なのだ。

写真を撮った場所は、南京《ナンキン》城外・玄武湖の中の島だった。一九三七年の夏。日本軍による南京攻略が開始される四カ月前のものだ。

あのよく晴れた休日の午後、写真に収まった直後に、スレンセンはとうとう思い切って娘にささやいたのだった。

「きみを愛している」

娘はスレンセンを見上げ、蘭《らん》の花のような微笑を浮かべて言った。

「知っているわ」

「いいや。きみは知らない。ぼくがどんなにきみを愛しているか。どんなにきみに恋い焦《こ》がれているか。どんなにきみを想《おも》っているか。きみは知らない」

「知っていてよ、ボブ」娘は繰り返した。「知らないと思っていたの？　わたしが気づいていないとでも。あなたがわたしを見るときの目に。わたしに話しかけるときの声に。わたしの手に触れるときの震えに。わたしが何ひとつ感じ取ってはいなかったと思ってるの」

「ぼくは自制心の強い男だ。ぼくの胸のうちを、きみに気づかれたはずはないと思っていたよ。ぼくはいまのいままで、この気持ちを誰にも口にしたことはなかったんだよ」

「ボブ。もしかして、あなたは南京で一番のおばかさんよ」

「どうして」

「あなたの気持ちは、みんな知ってた。寮監のおかあさん。校長先生、わたしのお友だち。あなたのアメリカ人の友だちもみんな。知らないと思っていたのは、あなただけよ」

「ほんとうかい」

「うそじゃない。きょう寮を出てくるとき、寮監のおかあさんが言うのよ。ボブがきょう、その言葉を口にしなかったら、揚子江《ようすこう》にたたきこんでやるって。中国女をじらす悪い白人だって、南京じゅうに触れまわるって」

「ぼくはとても役者には向かないみたいだな」スレンセンは笑って言った。「それで、きみはどうなんだい」

「それ、質問だったの」

「知ってる、じゃあ答えにならないんだよ」

「あなたはほんとうにおばかさんよ。わたしの気持ちがわからないの。こんなにはっきりしていることなのに。こんなにわかりやすいことなのに。わたしの心臓の音が聞こえないの。まるで銅鑼《どら》がなっているみたいに、わたしの心臓はどきどきしてるのよ。あなたにそう言ってもらって、幸せだから。その言葉を待っていたから。いまにも空に舞い上がっていきそうな気持ちだから」

スレンセンは娘を抱き寄せた。身長百八十センチメートルのスレンセンがその小柄な娘にキスをするには、娘が爪先《つまさき》立ちするだけでは不足だった。スレンセンは娘を抱き上げた。彼女はスレンセンの首に手をまわしてしがみついてきた。それから娘の笑みも、玄武湖の水面の輝きも、南京の空に湧《わ》く夏の雲も、何もかもが白い陽光の中に溶けていった。あの冬の悲劇を予兆するものなど何ひとつない、美しく平和な午後。まだスレンセンが、世界はときどき美しい、と口にすることができた最後の夏。一九三七年八月の南京。

スレンセンは娘の名を口にした。

「美蘭《メイラン》……」

ロバート・スレンセンが中国に渡ったのは、一九三五年のことである。南京のＹＭＣＡで聖書と英語を教えるために、サンフランシスコからハワイ、横浜を経由して中国に上陸したのだった。

それまでスレンセンは、メイン州の小都市で小学校の教員をしていた。といっても、たった一年、教壇に立っただけだ。彼は故郷ミネソタ州の州立大学で農学と生物学を学んだあと、マサチューセッツの私立大学に入り直して神学を学んだ経歴を持つ。もともと信仰厚いスウェーデン移民の子孫ではあったが、さほど堅苦しく寡欲《かよく》な性格であったわけではない。むしろ彼は写真と森歩きの好きな陽気な青年であった。とつぜんＹＭＣＡの募集に応じる気になったのも、宗教的な、あるいは博愛主義的な理由からというよりは、むしろ好奇心と冒険心からであった。

スレンセンは教員を辞めると、両親への手紙に書いた。

「この仕事は、たぶんメキシコに行くよりも面白そうです」と。

スレンセンは当時国民党政府の首都であったこの古い都で、屈託のない米国青年の典型のような生活を始めた。ＹＭＣＡのクラスでは、若い中国人たちに冗談を交えて英語を教え、聖書を読み、キリスト教世界の、というよりは北米の白人社会の生活や風俗を語ってきかせた。この街に住む若い米国人たちとつきあい、ひんぱんにパーティを開いた。米国人旅行者が現れるとすぐに声をかけ、仲間に引きこんでは一緒に騒いだ。中国軍と日本軍との戦いを憂慮していたが、それが自分自身の運命と関わるとは想像だにしていなかった。二十五歳になったばかりだったのである。

やがてスレンセンは、ＹＭＣＡの英語のクラスにやってくるひとりの中国娘と親しくなった。名を美蘭といい、国民党政府の官吏の次女だった。知り合ったとき彼女は二十になったばかり。南京の名門、金陵女子文理学院で哲学と中国文学を学んでいた。

美蘭は、スレンセンがそれまで見てきた中国娘の中でも、とびきり表情が豊かで愛《あい》嬌《きょう》のある娘だった。目鼻だちはとくべつ漢民族の特徴から離れていたわけではないが、瞳《ひとみ》はいつも強く輝き、くるくるとよく動いた。美蘭が沈黙しているとき、口もとはいくらかすねているように見えたが、ひとたび口を開くと、それは破壊力のある微笑のみなもととなった。かといって美蘭は、あくびをするとき、茘枝《レイシー》の果実を口にするときでさえも、育ちのよさを感じさせるその天衣無縫な美しさを失うことはなかった。

美蘭とスレンセンが並ぶと、彼女の頭はやっとスレンセンの肩に届くか届かないかといったところだった。しかし身体つきは均整が取れており、中国服が見事に似合った。あるときＹＭＣＡのパーティに美蘭がスリットの入った金色の中国服で現れたとき、米国人ばかりでなく、中国人の出席者たちもが賛嘆の声をもらした。英語の講習中に何度か、スレンセンは自分が美蘭に見とれていることに気づいたことがあった。美蘭がスレンセンの視線を受けとめ笑みをもらして、初めてスレンセンは自分がうわのそらになっていたことを知るのだった。

「美蘭」と、スレンセンが決心して声をかけたのは、そんなことが幾度か続いたあとのことだった。「つぎの休みには、ぼくと湖に舟遊びに行かないか」

そのとき美蘭の頬にバラ色の光が走ったように見えたのは、必ずしも錯視ではなかったのだろう。美蘭は言った。

「寮まで迎えにきてくれるの」

「もちろん」

「寮まで送ってくれる」

「もちろん」

「でも」

「でも、なあに」

「寮のおかあさんと相談しなくちゃ」

「きみの気持ちは、どう」

「イエス」

「きょう、寮まで送っていこう。そこで寮のおかあさんにぼくから話すよ。どう」

「それもいいわね」

一九三七年の夏。盧溝橋《ろこうきょう》での発砲事件から一カ月、中国軍と日本軍とが上海で再び大規模な軍事衝突を引き起こす直前のことであった。

スレンセンはサイドテーブルの上の象牙細工の腕輪に手を伸ばした。一部が折れて欠け、半月状になった、小さなブレスレット。南京の朱雀路の古美術商でスレンセンが買って、美蘭に贈ったものだ。美蘭の白磁質の細い腕によく似合っていた。もちろん贈ったときは、どこにも欠けた部分などなかった。明代のものの模刻《もこく》品だろう、と美蘭は言っていた。

スレンセンがその腕輪を差し出すと、「ずっと大事にするわ」と美蘭が言い、キスを返してくれた。玄武湖へ行った翌週のことだったろう。あの夏の日の思い出の品だった。

「美蘭」と、スレンセンは腕輪を手にしてもう一度その名を口にした。声は冷えた室内にむなしく漂い、散った。

翌日の夜、六時十五分に、スレンセンはメイフィールド邸の正面玄関の呼鈴を鳴らした。

庭にはすでに五、六台の乗用車が停まっている。中に見覚えのあるパッカードも混じっていた。米国大使館一等書記官のH・J・アームズはもう着いているようだ。

屋敷の主《あるじ》は、貿易商のスタン・メイフィールドである。ニューヨーク出身の米国人で、銀座にオフィスを構えていた。陽気で磊落《らいらく》な性格から、東京在住の米国人たちに人気のある男だ。野球チーム、トーキョー・ヤンキースの監督であり、外国人相撲愛好者クラブの幹事であった。屋敷ではひんぱんにパーティが開かれることで有名であり、スレンセン自身、アームズとの接触にこの屋敷でのパーティを何度か利用させてもらっていた。

玄関口でメイフィールド夫人に花を渡した。夫人はおおげさに喜び、スレンセンをホールへと招じ入れてくれた。緊迫の度合を深める日米関係をよそに、ここでは二十人ばかりの米国人客が集まって酒と料理と会話とに興じている。皿を運ぶ女中のほかには、東洋人の姿はひとりも見当たらなかった。スレンセンはワインのグラスを受け取り、しばらくのあいだ集まっている客たちと、たわいのない会話を交わして過ごした。

やがて夫人がオルガンの前に腰かけ、ガーシュインの曲を歌い始めたとき、スレンセンはアームズに目で合図した。アームズはすぐに気づいて、ウイスキー・グラスを持ったまま近づいてきた。

駐日米国大使館一等書記官のH・J・アームズは、米国陸軍を退役した後、外交官に転身した男である。みなりをろくにかまおうとせず、いつもひとサイズ大きすぎるようなスーツを着ていた。その金髪には、櫛《くし》が通っていたためしがない。きょうも後頭部の髪がひとふさ、はねている。スレンセンは、その外見は彼が自分の本来の任務をごまかすための演出と考えていたが、やはりそれは地なのではないかと思いなおすこともあった。

スレンセンとアームズはホールから廊下へと出て、階段下の薄暗がりまで歩いた。パーティのにぎわいは聞こえてくるが、ここでの会話がホールのほかの客に聞こえることはあるまい。

スレンセンはアームズ書記官に言った。

「じつは、この情報にどれだけの価値があるものなのか、ぼくも疑問に思っているんだけれども」

アームズはてのひらを上に向けて先をうながした。

「その判断は本国でやってくれるさ。まず言ってみたまえ」

スレンセンはつとめて平板な調子で言った。

「日本海軍は、ハワイの真珠湾を狙《ねら》っているそうですよ」

アームズの目が大きくみひらかれた。口が少しだけ開いた。

スレンセンはあわてて弁解した。

「いや、ばかばかしい情報だとは思ったんです。ただ、頭から否定できない状況で聞いた話なものだから」

「ちがうよ」アームズは言った。「ばかばかしいとは思っていない」

「ずいぶん驚いたように見えましたが」

「きょう、その話を聞かされたのは、二度目なんだ」

こんどはスレンセンが驚く番だった。

「同じことを」

「そう。それも、某国の大使からだ。きみは、誰からだい」

スレンセンは前夜の模様を順を追って説明した。反っ歯《バッキー》というニックネームを持つ日本人のこと。その現れた状況、彼の印象、発散する雰囲気、言葉づかい。また彼が開陳した日米関係についての認識、彼が語った彼自身の苦衷、そして日本海軍内部で真珠湾先制攻撃が検討されているという彼の言葉も、できるかぎり正確に伝えた。

アームズは相槌《あいづち》も打たずに黙って聞いていた。何度もまばたきがあった。情報の重みを嚙《か》みしめているかのような表情だった。一笑にふされることを懸念《けねん》していたスレンセンにとって、アームズのその真剣な表情は意外なものだった。

すべてを話し終えると、ようやくアームズは言った。

「その計画が具体的に動き出していると考えていいな。誰かひとりの胸にとどまっていることじゃなくなったんだろう。きっと関与する人間が急に増えてきたんだ」

スレンセンは訊《き》いた。

「突飛すぎる情報とは思わないんですか」

「一日に二度、べつべつのルートから聞かされるとね」

「あるいは、わたしたちが引っかけられているのか」

「引っかけてくるなら、もっと信用されそうな情報を餌《えさ》にするよ。考えても見たまえ、東京とハワイのあいだはおよそ六千キロメートルはあるだろう。ハワイを奇襲先制攻撃するには、この距離に大艦隊を繰り出し、しかも攻撃直前までそれを隠し通さなくてはならない。無謀で大胆すぎる計画だ。我が国の防衛担当者をやすやすと引っかけることができる情報とは思わん。それだけに」

「いっそう」と、スレンセンはあとを引き取った。「信憑性《しんぴょうせい》があると言うんですね」

アームズはグラスに口をつけて、ウイスキーを喉に流しこんだ。

「しかしそれにしても、彼がきみの想像するように日本の中央官庁の高官なら、きみを通さずともほかのルートはいくらでもあったろうがな」

「理由に見当はつきますがね」

「どうしてなんだ」

「あの男は、片一方で自分の行為の意味を殺したいんです。どうしても売国奴になるのはいやだと抑制が働いたんですよ。だからこそ彼は、もしかするとまったく役に立たないかも知れないルート、つまりわたしを選んだ。これがもし、大使館の職員なりなんなりに接触して話したとしてみましょう。するとこれは彼が心配するように、ほんとうに国を売ったことになる。彼はおそらく、自分のやった行為の重大さに耐えかねて、神経衰弱になってしまうことでしょう。国家機密をもらす相手としては、わたしが手頃だったんですよ」

「いささかきみを見くびっていたというわけだ」

「わたしは宣教師です。諜報員としては素人《しろうと》ですからね」

「きみは地獄を見てきた宣教師だよ。ある意味では、これ以上強く確固たる意思を持った存在はない。わたしはきみの諜報員としての資質には、大いに敬意を表するものだよ」

スレンセンが応えずにいると、アームズはそばの飾りテーブルにグラスを置いて言った。

「わたしはすぐに大使館に戻ろうかと思う。きょうじゅうに大使にこれを伝えたい。きみはどうするね」

「わたしも帰ることにしますよ」

「申し訳ないが、尾行が気になる。きみを送ってはいかないよ」

アームズは手を振って廊下を大股《おおまた》に歩み去っていった。

同じころ、駐日ペルー公使リカルド・リベラ・シュライバーも、数人の知人からこの驚くべき情報を耳にしていた。シュライバーは日本滞在の長いベテラン外交官で、日本の外務省にばかりではなく、一般の企業や庶民のあいだにも多くの日本人の知己を作っていた男である。もちろん東京に滞在する外国人のあいだにも、彼の人脈は根を広げていた。

ほとんど同時に同じ噂《うわさ》を耳にして、シュライバーはそれまで経験したことのない不安に襲われた。日米関係はいよいよ憂慮すべき時期にまできており、それは決して聞き流してよい風聞とは思えなかった。シュライバーはただちに米国人の友人である米国大使館一等書記官のエドワード・S・クロカーを訪ねた。

「噂の出所を追及しないでいただきたいのだが」と、シュライバーは口ごもりながら言った。「というのも、それをされると、情報提供者の立場を著しく困難なものにしかねないのでね」

諒解《りょうかい》した、とクロカーは答えた。

シュライバーは聞いたばかりの情報を簡潔にクロカーに伝えた。

クロカーはただちにこれを駐日大使グルーに伝えた。

グルーはその直前、もうひとりの一等書記官アームズからも、まったく同じ情報を受け取っていた。しかもひとつの情報の出所は、彼が全幅の信頼を置いているペルー公使シュライバーである。グルーは海軍武官とただちにこの情報の検討に入り、ワシントンに打電するだけの価値のあるものと判断した。グルーは、それが単なる風評ではないことを強調するため、報告書ではシュライバーの情報についてのみ言及した。

「ペルー人のわたしの友人が、日本人ひとりを含む多数の筋から、日本軍は米国と開戦の場合、その軍事力を総動員して、真珠湾に対し大規模な奇襲を加える計画を持っている、という話を聞いた旨《むね》、わたしの部下のひとりに語った。彼はさらに、この計画は空想的なものに聞こえるが、あまりにも多くの筋からこの話を聞いたので、急いでこの情報を伝えなければならないという気になった、とつけ加えた」

報告書はすぐに大使館の暗号係に手渡された。大使館からワシントンに発信されたのは、一九四一年（昭和十六年）の一月二十七日である。

報告は米国国務省を経て海軍省へと通報された。この報告は、両省ではさして意味のある情報とは受け取られなかった。情報源があいまいであり、しかも刻限が示されていない。現実の日本海軍の動向にこれを裏づけるものも、とくに見当たらないのだ。それは平凡な一警告として、関係者のデスクに配布された。

それでも幕僚会議は、発信人が駐日大使本人であることを考慮し、いちおうハワイの太平洋艦隊司令官には通報することに決めた。その指示は米国海軍情報部（ONI）の部長から極東課長に伝えられた。

極東課長のアーサー・H・マッカラム中佐は、かつて似たような設定の空想科学小説を読んだことがあった。東京の情報提供者は、おそらくその小説のアイディアを、現実の情報と混同してペルー公使に伝えたものだろう。駐日海軍武官の経験を持ち、日本海軍の幹部たちとも面識のあったマッカラムは、彼らが空想科学小説を下敷きにそのような大胆な作戦を構想するとは信じなかった。彼はグルーの電文全文に自身の解釈をつけ加えて打電した。

「海軍情報部では、これらの噂に信用を置いていない。さらに現在における日本の陸海軍部隊の配置と運用に関し、知りえた情報から判断すれば、真珠湾に対する差し迫った動きは見られず、また予想しうる将来のために、それを計画した事実もない」

米国海軍が黙殺しようとしたこの情報に、ひとりだけ強い関心を抱いた情報士官がいた。米国海軍省情報部で、マッカラム中佐と同じ極東課に勤務していたアーノルド・テイラー少佐である。その鈍重そうな巨体のせいで、ぐうたら野郎《グーフボール》、というニックネームを持つ佐官であった。

テイラー少佐は報告書の写しを前にして、彼がかつて説得して東京に送りこんだ、ひとりの協力者のことを思い出していた。スウェーデン系の長身の青年で、改心派教会の宣教師だった。ロバート・スレンセン。彼にひとり、手足となる男をつけてやらねばならない。この真珠湾奇襲の情報の真偽を確かめるために。そしてそれが現実のものとならぬように。

三月　横浜

スレンセンは紅茶のカップを受け皿に戻して、古い腕時計に目をやった。午後の六時三分すぎ。すでに日は落ち、横浜港の空はすっかり明るさを失っていた。山下公園に面したそのホテルのコーヒーショップは閑散としており、スレンセンのほかには三組ばかりの外国人客があるだけだ。三月初旬の土曜の夕刻、寒のもどりなのか、冷たい風の吹く夕刻だった。

スレンセンはつい先日受け取った、本国のぐうたら野郎《グーフボール》からの指示を思い起こしていた。ぐうたら野郎は、大使館経由のメッセージの中で、こうスレンセンに書いていた。

「一、布教活動援助のため、雑用全般を受け持つ男を手配中。追っての連絡を待たれたし。

一、携帯可能な送信機を手配のこと。指示あるまで、厳重保管を要す」

その指示の後段に従って、スレンセンはこの日、とある日本人と会う手筈《てはず》を整えたのだった。相手との約束は午後六時ちょうどである。

腕時計から視線を上げたとき、コーヒーショップにちょうどひとりのやせた日本人青年が入ってくるところだった。近視用の眼鏡をかけた、どこか山羊《やぎ》を思わせる風貌《ふうぼう》の男だ。カーキ色の国民服を着て、手には風呂敷《ふろしき》包みをさげている。青年はスレンセンの姿を認めると、歯を見せていくらかおおげさな笑みを作った。

日本海軍の横須賀技術研究所に勤務する技術士官で、盛田という名の青年技師だ。電気工学を専門としている。スレンセンが時間をかけて協力者として仕立てあげた男だ。もちろん盛田自身は、自分が米国の諜報活動の網の中にからめとられているとは気づいてはいない。

盛田はコーヒーショップの奥へと歩いてきてスレンセンの前に立つと、礼儀正しくお辞儀をした。

「ごぶさたしています、ミスター・スレンセン。お待ちになりましたか」

スレンセンは立ち上がって盛田の手を握った。

「早くきて、港をぼんやり眺《なが》めていたんです。おかわりはありませんか」

「忙しくってたいへんです」盛田はスレンセンの向かいの椅子《いす》に腰を下ろした。「なかなか音楽を聞いている暇もありません」

「洋楽のお好きなあなたには、つらい時代になってきたようですしね」

「ベートーベンはいいが、ガーシュインはいかんという。よくわからない話です」

しばらくのあいだ、ふたりはその喫茶室で音楽だけを話題にして楽しんだ。スレンセンはハイスクール時代にブラスバンドのメンバーでサクソフォーンを吹いていた経験がある。グレン・ミラーを愛していた。盛田は盛田で、当時の日本人男性には珍しく、子供時代にピアノの手ほどきを受けていた。クラシックから現代のアメリカ音楽まで、好みの範囲は広い。ふたりが音楽を話題にすると、しばしば収拾がつかなくなった。

スレンセンが盛田に初めて会ったのは、彼が日本にやってきた直後のことである。本郷の東京帝国大学に近い喫茶店で、スイング・ジャズのレコードコンサートのあった日に知り合ったのだった。

趣味が似通っていたことから、盛田はスレンセンには無警戒だった。スレンセンの宣教師という立場のせいかもしれない。知り合ったその日のうちに、盛田は自分が東京帝大で電気工学を学んでいる学生であること、大学に在籍したまま近々海軍の研究所へ引っ張られることになっていることを打ち明けていた。スレンセンは学生の価値を見抜き、この優秀な電気工学のエンジニアの卵を、慎重に抱きこみにかかった。初めはささやかなプレゼントだった。米国音楽のレコード・ディスクを、何度か盛田に贈ったのだ。自分はすり切れるほど聴いたのだが、それでもよければ受け取ってくれと。盛田は感激し、スレンセンに心を開くようになった。自分の生い立ちや私生活についてもみずから語るようになったし、問われれば自分が赴任してゆく技術研究所の仕事の内容や組織についても、おおまかなところを明かしてくれた。

スレンセンは、自分には盛田同様電気工学を専門にする友人がいる、と盛田に信じこませ、米国の学会誌のバックナンバーを何冊か贈った。中には、遠視装置《テレ・ビジョン》の新技術を解説した号や、磁性体を使った音声記録についての最新の研究レポートが載った号もあった。盛田はスレンセンが予想していた以上に驚喜し、横須賀の海軍技術研究所勤務になってからも、こうして交流を続けることを望んだのだ。

昨年の夏になって、スレンセンは盛田に、短波の国際放送を聞く設備を安く作ることはできないか、と持ちかけてみた。ボイス・オブ・アメリカやＢＢＣなど、英語の放送に飢えているのだと。盛田はふたつ返事で引き受けてくれた。国産の三球式ラジオ「シーク」の回路をベースにして、性能のいい短波放送受信機の製作が可能だという。部品などを一点一点、銀座のマツダランプなどで買い集めるなら、既製品を買うよりもずっと安く作ることができる、と盛田は保証した。

スレンセンが百円の金を渡すと、盛田はそれでは多すぎると断ってきた。残りはあなたの手間賃だ、とスレンセンは盛田に金を押しつけて言った。本代にでもしてもらえるなら、あなたの友人として自分もうれしいのだと。盛田は結局これを受け取り、一カ月後に手製の短波受信機を作ってきてくれた。

盛田のほうから希望を伝えてきたこともある。昨年十月ころのことだ。盛田はスレンセンに、米国製無線電話装置の回路図は手に入らないか、と問い合わせてきたのだ。盛田はそれが必要な理由を明らかにしなかったが、彼の技術研究所内部での仕事で必要とされていることは明らかだった。

スレンセンは米国大使館のアームズ書記官と相談し、モトローラ社の民生用無線電話装置の回路図を盛田に手渡した。とくべつ機密性の高い図面ではなかったし、それが実際に盛田の役に立ったかどうかもわからなかったが、盛田がスレンセンにいっそうの恩義を感じるようになったのは確かだった。

この一件のあと、アームズはアームズで本国に報告している。「日本海軍は艦船や航空機に対して、より高性能の無線電話装置を標準装備することを計画しているものとみられる」と。盛田はじっさいには、ベルリンへ空輸することに決まった二機の零式艦上戦闘機のために特別製の無線電話装置の製作にかかっていたのだが、スレンセンもアームズもそのことについては知るよしもなかった。

この日ふたりが会うのは、ほぼ二カ月ぶりだった。あらかじめ手紙で連絡をとり、この土曜の夕刻、スレンセンは横浜へと出向いてきたのだった。横須賀に下宿中の盛田と会うのは、もっぱらこの山下公園に面したホテルのコーヒーショップと決まっていた。

音楽を話題にした会話が途切れたところで、スレンセンはＭＩＴが発行している「テクノロジー・レビュー」の最新号をテーブルの上に置いた。

「友人は読んでしまったものです。お役に立つようでしたら、写しを取ってお返しください」

盛田は恐縮して言った。

「いつもおそれいります。大学を離れてしまうと、なかなかこのような文献を読む機会もないんです。最近はとくに、ドイツからの文献は事実上入ってはこなくなりましたし、米国のものも入手がむずかしくなりました」

「ところで」とスレンセンは、いよいよ本題へ入ることにした。「あの短波放送の受信機は、とても気に入ってますよ。宣教師館を訪れるわたしの友人たちにも評判がいい。日本人の知り合いの手作りなのだと言うと、みんな驚くんです」

「素人の作った、無骨なラジオですよ」盛田は謙遜《けんそん》して言った。「でも性能に関しては、市販品と比べても決して遜色《そんしょく》はないとは思ってますが」

「最高です。パーフェクトだ」とスレンセン。「ところで、きょうもまた盛田さんに、その魔法の指を使ってもらえないかというお願いなんですがね」

「またラジオを組み立てるんですか」

「いえ。素人が使う無線送信機です」

「送信機」

盛田の表情が怪訝《けげん》そうに変わった。

「そうです。わたしの友人には、アマチュアの無線愛好家がいましてね。週末になると世界じゅうと交信して、例のなんとかカードってやつを集めてるんですよ。その男が、米国から持ってきていままで使っていた送信機が、とうとう働かなくなってしまったと言うんです。わたしが盛田さんのことを話したところ、そんな人がいるなら、ぜひ送信機を作ってもらえないかと」

「無線送信機ですか」

盛田は頭をかいた。とつぜん自分がただのエンジニアではなく、日本海軍の技術士官であることを思い出したかのような表情だった。自分が関わってよい遊びごとではないと思い始めたのかもしれない。ましてや依頼してきたのが、外国人なのだから。

盛田は溜息《ためいき》をつきながらもう一度言った。

「ラジオじゃなく、送信機ですか」

しかしスレンセンは盛田の懸念には気づかぬふうを装った。

「盛田さんには、手に負えないお願いですかな」

「いえ、そういうわけじゃあ」

「やはり、米国製のものを本国に注文しろと言うべきでしょうか」

「いえ、そんなことはないんですが」

「部品集めもたいへんなのでしょうね。技術のことはよくわかりませんが、ラジオとちがって機構も複雑なんでしょう。米国製のものを使うべきだと言ってやりますよ」

盛田は腕組みをして考えている。困惑しきっていた。

「いや、忘れてください」スレンセンは引き下がったふりを見せた。「わたしは無理なお願いをしてしまったようだ。彼には、多少時間はかかっても、米国に注文するよう言いましょう。そのほうが、きっと信頼性のあるものが手に入る」

「いや、ちょっと待ってください」

盛田は風呂敷包みからノートを取り出すと、手早く何ごとかを書きつけた。スレンセンがのぞきこむと、それは回路の概念図のようだった。

「製作そのものは、べつにむずかしくはないんです」と、盛田は図面を鉛筆で示しながら言った。「米国ＲＣＡにＵＸ２ＪＯという真空管があります。こいつを二本並列で使い、百ボルトの電圧を変圧器で八百あたりまで昇圧してやれば、送信機ができる。いくつか抵抗とかコンデンサーが必要ですが、これは国産品で間に合います。三球式ラジオよりも構造は簡単なくらいだ。問題は大きさですが、そのお友だちは、これまでどの程度の大きさのものを使っていたんですか」

「ごく小さなものだったように思います。部屋から部屋へ持ち運べる程度のものだったはずです」

「であれば、整流器は使えませんね。真空管には交流よりも直流を流してやったほうが、発信はクリアになるんですが、整流器を省略しても実用上はさしつかえありません」

「作っていただけますか」

「ええ。ほかでもないスレンセンさんの頼みですからね。ただひとつだけお願いがあるんですが」盛田は声をひそめた。「正直言いまして、このサイドワークについては、あまりおおっぴらにやりたくはないんです。作ることは作りますが、わたしが作ったことは内緒にしていただけますか」

「わたしの友だちにもですか」

「べつの友人が作ったことにして渡すといいでしょう」

「そうしましょう。盛田さんのお名前は、彼にも忘れてもらいます」スレンセンは百五十円の入った封筒をテーブルの上の「テクノロジー・レビュー」の中にはさみこんだ。「これで部品を集めてください。前回同様、もし残ったら、それは盛田さんの手間賃ということにされて結構です」

「ありがとうございます」

「いつできあがりますか」

「ひと月くらいあとではどうですか。物が完成したところで、電話いたします」

「友人から自動車を借りて引き取りにゆきますよ」

スレンセンは立ち上がって盛田の手を握った。盛田は何かやましい約束でもしてしまったかのように、目をそらしてうなずいた。

どうやらこの男の抱きこみは、完全に成功したと考えていいようだ。経緯が経緯だし、いまでは彼の側にもかなりの弱みがある。要求を過度なものにしないかぎり、疑念を深めたり、恐慌《きょうこう》をきたしたりすることはあるまい。段階を踏み、相手の立場に配慮しつつ要求を拡大してゆく限りは、彼はこの先もずっとよき協力者であっていてくれるはずだ。外国人に妙な依頼を受けたと、憲兵隊や特別高等警察に駆けこむこともないだろう。

自分たちの関係はそれでいいし、またそれが限界でもある。米国の諜報活動を支えるひとりではあるが、しかしあくまでも自分はマキャベリの下僕ではなく、神の子なのだから。異教徒に神の言葉を伝える宣教師なのだから。

五月　択捉島《エトロフ》

島は何ひとつ変わっていないように見えた。

すべてはあの日、千島汽船の連絡船で島を後にしたときのままだ。優美な裾《すそ》を引く恩根登山《オンネノボリ》の山容も、まだ山に残る雪渓《せっけい》の形も、山裾の黒い蝦夷松《えぞまつ》の原生林の拡《ひろ》がりも、なにもかも五年前と同じだった。

変わっていないわ。

デッキのてすりにもたれかかり、食い入るように単冠湾《ヒトカップ》の風景を見つめながら、ゆきは思った。

ぜんぜん変わっていない。世の中からすっかり忘れられていたみたいに、時代がこの島をよけて通りすぎていったみたいに、ここは変わっていない。

岡谷ゆきは、自分が涙ぐんでいることに気づいた。自分でも思いがけない高ぶりだった。あの日、択捉島を出るときには、自分が再びこの島に帰ることはあるまいとまで思いつめていたのだ。ましてや、懐《なつ》かしさやらうれしさやら、あるいはいたたまれない苦い想《おも》いやつらさまでひっくるめて、自分が涙を流すことになろうとは。

船は短くたて続けに三度、汽笛を鳴らした。ゆきは涙をぬぐうと、あらためて択捉島・単冠湾の風景に目をやった。

千島笹《ざさ》の淡い緑におおわれた島は、いかにも北国らしい厳しい表情を見せて目の前に横たわっている。かつて一度も耕されたことがなく、鍬《くわ》や鋤《すき》によってはその姿を変えられたことのない大地だ。苛酷《かこく》な四季は植物にも動物にも、この島の地表での豊かな繁殖を許していない。貧しい植生が島の表面の色彩を単純なものにし、気ままに振る舞う風や雨や雪は、地表の景観を繊細さのない粗削りなものにしていた。雪解けはようやく終わったばかり、千島桜が咲くまでまだ二週間以上あるというこの季節、故郷の島は荒涼として冷やかで、どこか寂しげでさえあった。

船は灯舞《トウマイ》の集落の真正面、栈橋《さんばし》から二百メートルほどの沖に錨《いかり》を下ろした。集落の一軒一軒の家がはっきり見える。海岸沿いの道を歩く人々の姿も、舟揚げ場の川崎船も、魚網を干す網場の様子も、すっかり鮮明に見渡すことができた。艀《はしけ》が粗末な桟橋を離れて、こちらへ向かってこようとしている。

艀が接舷《せつげん》したので、ゆきは行商の男女たちにまじって、その艀に乗り移った。五人ばかりの客を乗せると、艀は汽船を離れ、単冠湾の静かな海面をまっすぐ灯舞の部落の桟橋へと向かった。

「ゆき嬢さあん」

誰かが呼んでいる。艀の客たちが一斉《いっせい》にゆきを見た。

「ゆき嬢さあん」

桟橋の突端で、大きく手を振り回している男がいる。まだ若い男。その彫りの深い顔だちは、ひと目で見分けがついた。宣造。伯父の家で下働きをしていたクリル人の青年だ。ニコライ、という洗礼名を持っている。ゆきが島を離れたときは、十七か八、まだ徴兵検査前という歳だったはずだ。いま、遠くからでも彼がひとまわりたくましく、男っぽくなっているのがわかる。ゆきは宣造に向かって手を振った。宣造の顔がほころび、白い歯が見えた。

宣造のうしろに、何人か村の男女が出ていた。郵袋《ゆうたい》を受け取りにきた郵便局長や、駐在の巡査の制服が見分けられるようになった。小学生が何人か、無邪気に手を振っている。とくに誰を迎えに出たというわけでもないのだ。ただ、千島汽船の船の入港がうれしくてしかたがないのだろう。定期船にはときどき、猿使《さるつか》いやら手品師やら駄《だ》菓子《がし》の行商人も乗ってくるのだ。

艀が桟橋に着くと、宣造がすぐにゆきに手を差し伸べてきた。ゆきは宣造に手を預けて桟橋に上がった。船員がゆきの行李《こうり》をふたつ、桟橋に無造作に転がした。

ひとりが軽くとまどいを見せてゆきに頭を下げてきた。見知った顔だ。水産会社の監督だった男のはずだ。ゆきも会釈《えしゃく》を返した。彼の表情を見るかぎり、五年前の出奔はやはりいまだに悪い噂として、この灯舞の村に残っているようだ。

ゆきと宣造は向かい合った。宣造は最初、ためらいがちに笑みを見せたが、その顔はすぐに曇った。笑みをもらしたことが不謹慎であったと悟ったかのように表情を変え、眉間《みけん》に皺《しわ》をよせた。

その表情でわかった。函館で電報を受け取ったときから、覚悟していたこと。

「じゃあ、伯父さまは」

「ええ」宣造がうなずいた。「一昨日、とうとう」

単冠湾の水面を渡る風が強くなった。艀の艫《とも》につけられた旗が音を立ててひるがえった。桟橋の杭《くい》の周囲で波が盛り上がり、また返った。

ゆきは目を伏せて言った。

「間に合わなかったのね」

「一昨日、容体が急に悪くなったんです。おれが留別《ルベツ》の本村まで医者を呼びに走ったんですが、戻ってきたときは手遅れでした」

ゆきは、伯母の様子を訊《たず》ねた。伯母もこのところずっとふせっている、と、最近の徳市伯父からの手紙にあったのだ。

年萌《トシモエ》の実家に帰っている、と宣造は答えた。通夜《つや》にも出ることはできなかった。医者の話ではやはり長いことはないだろうと、宣造はつけ加えた。

「それじゃあ、いま、駅逓《えきてい》は」

「内保《ナイボ》から親戚《しんせき》の者がきて手伝ってました。馬のほうは、おれがみてました。旦那《だんな》さんは、駅逓のほうも店のほうも、ゆき嬢さんにあとを継いでもらいたがっていたんです。駅逓のほうは早く手続きをしないと、取扱人の権利が取り上げられてしまいます」

「わたしに、駅逓を」ゆきは驚いて、顔の前で手を振った。「無理だわ」

「力仕事はおれが全部やります。嬢さんは、飯を作って帳簿をつけていればいいんです」

「とつぜん言われたって」

「坊さんやら、校長先生らが集まってますよ。そのことを嬢さんと相談したいそうです」

宣造はゆきの行李を軽々と両手に下げると、桟橋をゆきの先に立って歩きだした。ゆきも小走りに宣造のあとを追った。

「旦那さんは、お嬢さんにお会いになるのを、とても楽しみにしてました」

「何度も手紙をもらっていたの。いつ帰ってきてもいいんだって。でも、そういうわけにはいかなかった」

「函館では、いろいろおありだったんでしょう」

「ええ」ゆきは短く答えた。

いずれ、この五年間のことを面白おかしく語るときがくるかもしれないが、いまはまだその時期ではない。伯父がすでになきいま、彼がこの村で、いや択捉島全島でただひとりの、ゆきの味方であるだろうことは疑いないが、しかしこの五年間のゆきの行状についても、無条件に支持してくれるとは限らないのだ。

この五年のあいだ、伯父からは何度も身を案じる手紙を受け取っていた。早く帰ってこい、とも。伯父はゆきが函館でどんな境遇にいたのか、すべて承知しているようだった。知己がいるという函館の水産会社の関係から、ゆきの噂を聞き出していたのかもしれない。伯父からの愛情あふれる手紙を読むたびに、ゆきは申し訳なさで胸がいっぱいになった。世の中でただひとり、裏切ってはならない人物がいるとしたら、それは伯父であった。なのにゆきは、前後見さかいのない衝動に身をまかせて、伯父を深く悲しませたのだ。

ゆきは小さく首を振り、唇《くちびる》をかんだ。謝ることもすませていないのに、伯父はすでにこの世の人ではない……。

遠くから爆音が響いてきた。ゆきは気を取りなおして顔を上げた。飛行機の発動機の音のようだ。

ゆきは歩きながら空を見上げた。キモントー沼に降りる水上機だろうか。あの沼には、ときおり海軍の連絡機が降りることがあった。北千島へ向かう途中の、あるいはその帰路の中継地として使われているのだ。

それにしては、方角がちがう。爆音は単冠湾の西の方角の空から聞こえてくる。

ようやく、その飛行機の姿を認めた。飛行機はラッコ岩のはるか向こう、ちょうど天寧《テンネイ》の集落の方を低空飛行していた。ゆきには、機種までは区別がつかなかった。大きな浮材のような足をつけていないところを見ると、水上機ではないのだろう。

「あんなほうに、飛行機が降りるようになったの」ゆきは足をとめて宣造に訊いた。

「海軍が滑走路を造ったんです」宣造も立ちどまり、西の空に目をやりながら答えた。「天寧の裏手の高台です。農事試験場を造るってことで、大勢労務者やタコが入ってました。じっさいは滑走路だったんですよ。立ち入り禁止になってますが」

「航空隊がいるの」

「いえ、警備隊だけです。ほんの十二、三人」

「滑走路ができるなんて、単冠湾がそのうち軍港になってしまう兆《きざ》しなんじゃないのかしら」

「どうですかね。ここは確かに冬もほとんど凍結しませんし、千島の中では波の静かな方だとは思いますが、軍港になるほどのところでしょうかね」

「函館では、もうなにもかもが戦時色一色よ。函館山は要塞《ようさい》になってるって話だし、そのうち英国やアメリカとも戦争が始まるかもしれないって、みんな噂してる。戦争が始まったら、ここだって函館のようになっても不思議はないわ」

機影は天寧の集落の後方、平坦《へいたん》な台地の方向へ消えていった。

ゆきは道路を渡って、駅逓の建物へ向かった。駅逓は桟橋の真正面、三叉路《さんさろ》の左手にある。駅舎自体は和式の木造建築で、裏手に厩舎《きゅうしゃ》があった。正面、桟橋の側を向いて、雑貨を商う岡谷商店の建物があり、ここが母屋《おもや》ということになる。いまその母屋の玄関口には、忌中を示す提灯《ちょうちん》がさげられていた。


ゆきの故郷・択捉島は、千島列島を構成する島のひとつで、北海道の東端からおよそ百五十キロメートルの距離にある。北海道側から数えるなら、千島列島ふたつ目の島ということになる。

択捉島を地図で見るなら、島は経線を突き上げるように南から北東へと細長く伸びている。長さはおよそ二百キロメートル。幅は狭く、最も細い位置ではほんの六キロ、最大の幅のところでも、三十キロメートルほどしかない。太平洋の北部海域に放り出された獣骨のようにも見えるし、周辺が朽ちかけた古い刀身のようにも見える。

また少し目をこらすなら、等高線や海岸線に火山活動の跡を見いだすことも難しくはない。カルデラ地形や、成層型火山の特徴を持ついくつもの独立峰、クレーターに海が浸食した深い湾……。その位置と地形から容易に想像できるように、この島の風土も気候も大自然も、日本本土とは大きく様相を異にしていた。訪れる人に、実際の緯度よりもさらに北にあるように感じさせ、実際の距離よりもさらに遠く内地から隔たっているように思わせる島である。

千島列島そのものは、北海道東部からカムチャツカ半島最南端までの約千二百キロメートルのあいだの海に連なっている火山性の弧状列島である。千島のもともとの住民はアイヌ人であり、彼らは海を生活の中心に置いて、もっぱら魚、鯨の捕獲、海獣の猟に従事していた。長いこと彼らには税金を収める義務もなく、労役に狩り出す主人もなかった。裁判所も留置場も必要とせず、手形や売掛表を知らなかった。ただ宗教だけが、彼らの生活の規範であり、柱であった。

この島々に国家が影を落としてくるのは、十七世紀以降のことである。この島嶼《とうしょ》の領有をめぐって、日本とロシアとが、さまざまな外交的、軍事的接触を引き起こすことになったのだ。双方は互いに精密な測地と地図作りを競い、領有を示す標識を争って立てた。ロシアは原住民から毛皮税を取り立ててこれを支配の根拠とし、日本は原住民との交易関係が領有の証明だと主張した。住民不在の争いが、二世紀以上にわたって繰り広げられた。両国のあいだでどうにか国境が定められたのは、一八五五年(安政元年)のことである。このとき締結された日露和親条約によって、日露の国境は択捉島と得撫島《ウルップ》とのあいだ、択捉海峡と定められたのである。

一八七五年（明治八年）に至って、日露両国の国境はあらためられた。千島・樺太《カラフト》交換条約が締結され、ロシアが樺太全土を領有する代わりに、日本が千島全島を確保する、という合意がなされたのである。国後島《クナシリ》から占守島《シュムシュ》までの全千島列島が日本の領土と定められた。

しかし日本政府は、択捉海峡から温禰古丹《オンネコタン》海峡に到るあいだの島には、原則として民間人の定住を認めなかった。これらの島には、海獣保護と養狐《ようこ》事業のためにごく少数の農林省の吏員が派遣されただけであり、一般船舶の理由なき寄港も禁止された。温禰古丹海峡から北の北千島各島には、漁場が拓《ひら》かれ、漁期には多くの漁師や加工場の工員たちが島に渡ったが、彼らも漁期が終わると、苛酷な冬が訪れる前に早々に島を引き揚げるのがふつうであった。

逆に言うなら、南千島の国後、択捉ふたつの島のうち、北に位置する択捉島が、一般の日本人にとっての事実上の最果《さいは》ての島であった。択捉島であれば、日本人は何の許可証も資格もなしに住みつくことができ、かつ冬を通して暮らすことができた。しかし択捉海峡から北の島では、それは法的にも実際上も、望むことはできなかったのである。

地図上の南北とは異なり、択捉島に住んだ日本人たちは、島の北側の海岸線を西海岸、島の南側のそれを東海岸と呼んだ。村落は西海岸に偏《かたよ》っており、漁場も多く開設されていたが、東海岸は断崖《だんがい》が多く、港と呼べるほどのものはいくつもなかった。ただ、東海岸中央の単冠湾だけは地形に恵まれ、天寧、灯舞、年萌の三つの漁場が拓かれていた。

ゆきはその年萌の漁村で生まれ、灯舞の村で育っていた。単冠湾がゆきの故郷と言えた。

ゆきの伯父、徳市の葬儀のあった日にも、駅逓と店とを休むわけにはいかなかった。伯父の埋葬を済ませると、ゆきはすぐに駅逓にとって返し、駅逓と店の帳簿を丹念に調べた。

駅逓は国設の施設であり、宿泊用の建物と官馬とを預かって、任命された取扱人がこれを管理している。取扱人の権利は開設されるごとに公募され、保証金を支払って買うことができた。灯舞の駅逓は、明治の中ごろにゆきの曾祖父《そうそふ》にあたる男が権利を買っていたのである。

公務員は島内の各集落に置かれた駅逓で食事と部屋の提供を受け、官馬を借り出すことができた。馬はべつの駅逓で乗り捨ててゆくこともできるという制度である。公務員が利用するぶんには、無料もしくは規定の低い使用料を支払うだけですむ。もちろん民間人も利用することができた。道路の整備が遅れ、鉄道はもちろん自動車も走らないという千島には欠かせぬ制度であった。

取扱人は官馬を預かるだけではなく、べつに馬を所有していることが多かった。灯舞の駅逓の場合、岡谷徳市は三十頭ほどの荷馬を所有しており、西海岸やべつの村へ荷を運ぶ商人たちに用立てていた。

ゆきは数字仕事には不慣れだが、駅逓も商店もどちらも手に余るほどの規模のものではなかった。なんとか帳簿を読みとってゆくことができた。

徳市伯父の仕事ぶりは堅実で廉直《れんちょく》だった。身のほど知らずの借金もなく、投機にも手を出してはいない。店の改築の支払いはほぼ終わっており、灯舞郵便局には二千円ばかりの貯金さえある。経営状態は満足すべきものだった。

徳市はほかにも伝二郎から東海岸トマリオンブソの浜の漁業権を受け継いでおり、そこでの操業を函館の水産会社に任せていた。鮭《さけ》・鱒《ます》の回遊する浜である。乱獲のせいか年々漁獲高が落ちていたとはいえ、それでも前年の収入は一千円ほどあった。

ゆきは帳簿を調べていて、宣造の給与が低すぎることに気づいた。伯父らしくもない節約ぶりだ。

宣造を帳場に呼んで確かめてみると、彼は答えた。

「おれは十四のときからずっと面倒みてもらってたんです。人並みの仕事もできないうちからです。服も食べ物もこちらでいただいてますし、ものを買うこともありません。不自由はしてないんです」

「あなたはもう一人前の男じゃない。もっともらっていいわ」

「もらったって、使い途《みち》がありませんよ。旦那さんにも、そう言っていたんです」

「貯金しておいて、冬になったら根室に行くといい。映画も見ることができる。あの町にはお芝居だってくるのよ」

「おれは根室になんて行きたいとは思ってません。映画も見たいとは思わないんです」

「どこかほかに行きたいところがあるの」

「ひとつだけ行きたい所があるとしたら、占守島ですが」

「ずっとそれを言っていたわね。でも、クリル人は追い出されてしまったんでしょう。ほんとに戻ることができるものなの」

ゆきが言及したのは、明治十七年の、占守島からのクリル人強制移住の事実である。

ときの明治政府は、主に国防上の理由から、千島列島最北端の島・占守島に住む百人ばかりのクリル人を有無を言わさずに北海道の色丹島《シコタン》に移した。この島のクリル人たちはロシアの影響を強く受け、ギリシア正教を信仰し、ロシア名を持ち、ロシア語を話していた。海獣猟と漁労に従事する人々である。

移住した人々は、生活の激変と慣れぬ風土での労苦のせいで、つぎつぎと病に倒れていった。半年のあいだに、一族九十七人は八十四人に減少していたという。しかも色丹島は、占守島と比較するなら、海獣もほとんど棲息《せいそく》せず、水産資源にも乏しい、自然の恵み薄い島である。彼らは色丹島を「涙の島」と呼んで、自分たちの一族に降りかかった悲運を嘆いた。

一族根絶の危機に直面したクリル人たちは、占守島への帰還願いを繰り返したが、政府はこれを頑《がん》として退けた。占守島がむずかしいなら、中千島南端の得撫島《ウルップ》でもかまわない、との譲歩案も却下された。明治三十年になり、ようやく北千島への出猟が認められたが、すでにこの一帯には密猟船が横行して資源は涸渇《こかつ》寸前、海獣猟は終焉《しゅうえん》を迎えるところだったのである。明治四十二年、彼らはついに銃と船を捨て、色丹島での海草の採取に露命をつなぐことになった。

こうして昭和の初期には、クリル人の人口は当初のおよそ半分以下、倭人《わじん》と混血した者を入れても、わずか四十人ばかりにまで減っていた。色丹島での生活を嫌《きら》って、島からひそかに消えたクリル人もいた。残った人々は消えた男女のことを、故郷に帰った、と噂《うわさ》しあったが、そのうちの何人が実際に占守島まで帰りつけたのか、誰ひとり知る者はなかった。

宣造はそのクリル人の子孫であり、おそらくは最後の純血クリル人のひとりであったろう。彼は昭和十年の秋、灯舞と天寧とを結ぶ道の途中で倒れていたところを徳市に発見されたのだ。両親を相次いで亡《な》くしたため、彼は父祖の島へ帰ることを決意して色丹島を出て、択捉島に渡ってきたのだった。その年、十四歳だった。発見されたときは、疲労と栄養不足から、自力では立ち上がることもできなかったという。徳市は連れていた馬に少年を乗せ、灯舞の駅逓まで連れ帰って介抱した。それ以来、宣造は灯舞の駅逓で働いている。いまは駅逓裏手の放牧場の近くに小屋を建てて住んでいた。

宣造は言った。

「なんといっても北千島の端ですからね。簡単には行けませんけど、そのうち日魯《にちろ》漁業の漁場に雇ってもらえるかもしれない。それが駄目《だめ》だとしても、何年かかけるなら島伝いにだって行ける。おれの爺《じい》さんたちのころには、そうやって手漕《てこ》ぎの船で、千島をいったりきたりしていたんです」

「行っても住めるわけじゃないわ。軍隊が駐屯《ちゅうとん》してるはずよ」

「占守海峡の幅はたった十キロです。海峡の向こうは、カムチャツカのロパトカ岬《みさき》だ。あっちのほうには、おれと同じクリル人が大勢いるそうですよ。どうしても占守島に住めないなら、そっちへ渡ったっていいんです。あっちが色丹島よりも暮らしにくいってことはないと思いますし」

「あなたは日本人よ。国境を越えて、ロシア人になってしまうと言うの」

「おれはクリル人です」と、宣造は胸を張って言った。「爺さん婆《ばあ》さんを無理やり色丹島に連れてきて、日本人みたいな名前をつけさせたって、クリル人の血には変わりはないんですよ」

「わかったわ」ゆきは話題を打ち切った。「でも、岡谷の駅逓が、下働きの男にろくな給金も払ってないって言われたくないわ。日本人なみの額に上げるわよ」

「ゆき嬢さんがそう言ってくれるなら」

「お仕置きされてるような顔をしないで。ほんとに何か欲しいものはないの。占守島に帰るときに役に立つものだってあるでしょ」

「ひとつだけ」と、宣造はその彫りの深い顔をほころばせた。「ひとつだけ、あることはあるんです」

「なあに」

「鉄砲です。鉄砲があれば、どこの島に渡っても生きていけます。ウサギやトドをとるにも使える。キツネや鷲《わし》なら、金とか小刀と換えることができます」

「ときどき、うちの鳥撃ち銃を使っていたわね」

「村の爺さんに、鉄砲の扱いを教えられたんです」

「とにかく来月からお給料を上げるわ」

「ありがとうございます」宣造は屈託のない笑みを見せて引き下がっていった。

初七日がすむと、ゆきは駅逓取扱人引き継ぎの手続きのため、村役場まで出向かねばならなくなった。灯舞の集落は択捉島・留別村の行政域に入っており、役場は西海岸の留別本村にある。喪が明けたところで、ゆきはひとりでその約三十キロの道のりを出かけることにした。

択捉島には自動車の通れる道がなく、とうぜんただの一台の乗用車もなかった。馬が交通の主要な担《にな》い手だった。島民たちはべつの集落や漁場へ出かけるとき、自宅で飼っている馬に乗るか、駅逓で馬を借りるのが普通だった。使われている馬は、道産馬《ドサンコ》と呼ばれる小型の用役馬が多かった。寒さにも粗食にもよく耐えられることで重宝されていた。冬には同じ馬が橇《そり》を引いて走った。

灯舞の村から留別の本村に出るには、ふたつの道があった。

単冠湾沿いの道をまず年萌へと行き、ここから島を横断する形で西海岸へと向かう経路がひとつ。島の横断とは言っても、年萌と留別とのあいだはちょうど島を貫く山脈の鞍部《あんぶ》となっており、さほど険しい道ではない。約七時間の行程であった。

もうひとつは、灯舞の集落から灯舞街道と呼ばれる粗末な山道を使って標高二百メートルほどの丘陵を越え、島の西海岸側へ抜ける道である。勾配《こうばい》のある通りにくい道だが、五時間ばかりの行程だった。ゆきはこの日、遠回りだが整備された年萌経由の道を使うことにした。

出かける際、ゆきはネル地のシャツの上に毛糸で編んだカーディガンを着て、木綿の雪袴《もんぺ》をはいた。足もとは足首までをすっかり包む編み上げ靴《ぐつ》で、頭にはフェルト地のトロッター帽をかぶった。靴も帽子も、ある洋画家が贈ってくれたものだ。雪袴はともかく、とゆきは思った。帽子も靴もカーディガンも、またひとしきり単冠湾の話題になるにちがいない。それは実用的ではあるが、やはり都会の風俗そのものだったからだ。馬の背には、書類の入った鞄《かばん》のほかに、水筒と着替え入れの小さな行李を載せた。灯舞を出発したのは、朝の八時だった。

ゆきにとって、小型の道産馬の背に揺られての留別行きは、出発前に想像していた以上にきついものとなった。函館に出てからは、まったく馬には乗っていなかったのだ。途中ひんぱんに停まって、馬と自分自身とを休めねばならなかった。年萌に着いたころには、シャツが汗ばんでいた。

年萌の駅逓で馬を替えることにした。

ゆきの顔を見ると、駅逓の主人は驚きを隠さずに訊《き》いてきた。

「どうしてまた、函館からこんな島に帰ってきたんだい。いい暮らしをしてたって聞いていたがね」

囲われていたことも、女給勤めもすべて知られているというわけだ。ゆきは答えた。

「つまんない噂を笑い飛ばせるようになったんです。わたしも少しは鍛えられましたから」

「いくつになったんだったい」

「二十四です」

「別嬪《べっぴん》になったもんだね。あんたがいじめられて毎日のように泣いていたころが嘘《うそ》のようだ」

「泣かされたぶん、函館では殿方にとても優しくしてもらっていました。話はお聞きでしょうけど」

「詳しくは知らんが」と、主人は馬の手綱を手渡してきた。「あんたが鍛えられたことだけはわかるよ。これからもずっとその調子で通すつもりかね」

「泣いているよりは楽だってことを知りましたから」

年萌の集落を出ると、年萌湖の湖岸を北に進んだ。湖の周辺は標高百五十メートル前後の丘陵地帯であり、一帯は蝦夷松の深い原生林に覆《おお》われている。湖ごし、丘陵のはるか西方には、海抜千五百メートル級の峰が連なる単冠山の山地を望むことができた。やがて道は湖から離れて、浅い谷に入った。馬はとくに指示を出すまでもなく、踏み分け道も同然の道を進んでいった。

いよいよ谷を抜け、留別の町はずれに達するというあたりで、道路の工事が行われていた。道幅を広げているらしい。人夫たちが二十人ばかり、ツルハシを振るったり、スコップで土をさらったり、モッコを担《かつ》いだりしていた。みな汗と泥《どろ》に汚れたアンダーシャツ姿だった。ゆきは現場の手前で馬を停めた。

「ほらほら」と、監督らしい男が怒鳴った。ハンチング帽にニッカーボッカーをはいた、背の低い中年男だ。長い棒を手にしている。まさかりの柄《え》のようだ。「女の人が通るだろうが。手ぇ休めて脇《わき》によれ」
ひとりの人夫が力尽きたようにその場にへたりこんだ。監督らしき男は振り向いて
その男のそばに駆け寄った。
ゆきが息を呑《の》むことが起こった。ハンチングの男はその人夫の背中をまさかりの柄
で無造作に殴りつけたのだ。筋肉に堅いものがくいこむ音がした。男は一回大きくの
けぞってからうずくまった。
「この野郎」男は怒鳴っていた。「甘ったれるんじゃない。早く脇によけろ」
もうひとり、背の高い男が駆け寄ってきた。頭をそりあげ、そこに何か虫のような
絵柄《えがら》の入れ墨を入れている。入れ墨の男は、うずくまっている人夫の腰を蹴《け》り上げた。
人夫は小さくうめき声をもらした。
監獄部屋《タコ》なんだわ。
ゆきは思わず手綱を強く引っ張っていた。馬が苦しげにいなないた。
監督らしき男がゆきに顔を向けて言った。
「奥さん、気にせんと、行ってください」
返事も出なかった。全身の筋肉がこわ張っている。失禁直前の恐怖だった。
ゆきは顔をそむけた。自分がこんな場面に遭遇したことを悔やんだ。これほど醜悪

で不快なものを目撃したことを、恨めしく思った。これほどの非道も無法も、監獄部屋の飯場のできごととなれば止めようもない。自分には何のなすすべもないのだ。自分はただ無力な通りすがりでしかなかった。

「さ、行っていいから」男がもう一度言った。

ゆきは馬の横腹を靴で小突いた。馬は再び歩き始めた。倒れた人夫の脇を通るとき、その人夫が顔を上げた。ゆきと目が合った。二十代の、まだ若い男だった。長い屋外労働のせいなのだろう。顔は赤く陽に灼《や》け、肌《はだ》は荒れ放題に荒れている。哀願するかのような瞳《ひとみ》の中に、ゆきは一瞬、熱くたぎった憎悪《ぞうお》と呪詛《じゅそ》とを見た。ゆきを慄然《りつぜん》とさせ息をとめさせるほどの、激しい怨嗟《えんさ》と殺意のほとばしりだった。つぎの瞬間、男は顔を伏せた。痛みに耐えかねたような、小さなうめき声が聞こえた。

ゆきは人夫の脇を抜けた。前方に留別の町並みが見えてきている。ゆきはもう一度、馬の脇腹を蹴った。馬は留別の町を目差して速足となった。

留別村本村は、択捉島第二の村落である。人口はおよそ七百人。村役場のほか、警察署、営林署、郵便局などの公的施設が揃《そろ》っている。旅館は二軒、料亭も一軒ある。漁具や馬具、雑貨の店はもちろん、専業の呉服店、洋品店や書店さえあった。留別村各集落の住民たちは、年に何度かはこの本村まできて買物をする。北海道から択捉島各地の漁場へ移動してゆく漁師たち、漁場から北海道へ帰ってゆく労働者たちも、まずこの村に一回足を止めることが多かった。たくましい身体《からだ》つきの男たちの姿が、とくべつ目立つ村だ。港も整備され、毎日何十隻《せき》もの漁船が出入りしていた。

その日、ゆきは留別の駅逓に投宿した。一日がかりで灯舞の部落からやってきたのだ。役場での用事はすべて翌日にまわすつもりだった。馬を預け、風呂《ふろ》に入り、夕刻のいっときを町の散策に当てた。

目抜きの通りを歩きながらも、昼間に見た情景が鮮烈すぎて、おだやかな気分にはなれなかった。納屋《なや》制度はとうに内地ではなくなっていると聞いていたが、この島ではまだまだ現実であり、堂々とその存在を誇って恥じるところがない。ゆきは暗澹《あんたん》たる想いを押し殺し、自分があらためて日本の辺境近くにまで帰ってきたことを意識した。

翌日、役場で引き継ぎの手続きをすませると、ゆきは早々に留別の町をあとにした。工事の現場を通るときは緊張したが、ちょうどお昼どきで、人夫たちはふたりの男に監視されながら、道路脇で食事中だった。速足で道路を抜けながら、昨日の若い人夫を探した。男の姿を見分けることができなかった。きょうは起き上がれぬほどの怪我《けが》だったのかもしれない。あるいはもう傷のことなどおかまいなしに引っ立てられて、ほかの人夫たちと変わらぬ仕事に就いていただろうか。

工事現場を抜けてから、ゆきはその不幸な人夫のことを想った。たとえば宣造のような少年だって、その不幸な境遇と世間知らずのせいで、監獄部屋に入ってしまうということは十分に想像できたのだ。あの若い男が監獄部屋に入るきっかけはいったいなんだったのだろう。巷間《こうかん》よく言われているように、博打《ばくち》好き女好きの末路なのか。前科者なのか。植民地から連れてこられた男だったのか。それともまったくのお人良しだったのか。

灯舞の部落へ戻るまで、ゆきは前日見た男の目の色を忘れることができなかった。

事務手続きを済ませて、ゆきは駅逓の正式の取扱人となった。官設灯舞駅逓の管理人となったのである。駅逓取扱人として、同時に岡谷商店の女主人としての新しい生活が始まった。

駅逓の客は、公務員のほかには、行商人や島の各地の漁場の男たちが多かった。灯舞に下ろした荷を方々の漁場や集落へ運ぶ内地の商人たちもいた。大学の研究者や登山家、自然愛好家もときおり泊まっていった。みな馬に乗り、荷をさらに何頭かの馬に載せて、次の駅逓を目差すのだ。商人たちは十頭も二十頭もの馬をつなげるのがふつうだった。数多く馬が必要なときは、宣造がそのつど、裏手の放牧地から集めてきた。

冬のあいだは、千島汽船の連絡船も月に一、二度しかやってはこなくなる。それでも単冠湾は流氷の進出限界の位置にあり、めったに流氷に閉ざされることはない。西海岸の港が凍結する時期には、西海岸の部落へ運ぶ荷は、すべて灯舞や年萌の桟橋に下ろされるのだった。灯舞の駅逓はおおむね一年を通じて繁盛していた。

駅逓で、ゆきは客の応対をし、食事の世話をし、帳簿をつけた。土間で客の世間話の相手をし、ときに酒の燗《かん》をつけ、タラの干ものを焼いて振る舞った。馬の世話をはじめ、荒仕事は宣造がすべて呑みこんでいる。引き継いでさほどの日にちがたたぬうちに、ゆきは仕事を手際《てぎわ》よくこなしてゆけるようになっていた。

夜になり、客が寝入ってしまうと、ゆきは駅舎から母屋《おもや》にもどり、板敷きの茶の間で大型の薪《まき》ストーブの前に陣取った。そこは徳市伯父がお気に入りだった場所で、横浜製のゆったりした木椅子《いす》が置かれていた。夜半、床につくまでのいっとき、ゆきはその木椅子に身体を預けて果実《フレップ》の酒を少しだけなめるのだった。

果実酒は伯母が仕込んでおいたものらしく、台所には何本もの瓶《びん》が貯《たわ》えられていた。

イジッチャリ（イワツツジの実）やコケモモの実のものがほとんどだった。ゆきも幼いころは毎年のようにこれらのフレップを摘みにいったものだ。

壁には、家族の記念写真がかかっていた。伯父夫婦が椅子に並んで腰をかけ、そのうしろにゆきと宣造が立っている。四人ともよそゆきを着て、いくらか緊張した面持《おもも》ちで写っていた。周囲は楕円形《だえんけい》にぼかされている。五年前に、函館の若い写真家が撮ってくれたものだった。

客の少ない静かな夜などには、ゆきはよくフレップの酒を手にしてその写真を眺め、家出以来の五年間を振り返るのだった。

それは昭和十一年の秋のことだった。択捉島・単冠湾に、ひとりの若い写真家がやってきた。ドイツ製の高価そうな写真機を持ち、見習いの小僧をひとり連れていた。

男は函館市の住吉町に繁盛する写真場をかまえていた。男の実家は港に何棟もの倉庫を持つ富商だったが、男は家業を父親と兄にまかせ、自分は趣味の写真を生業《なりわい》としたのだ。東京の写真学校で学び、若手の写真家たちと組んで芸術写真の団体を結成していた。函館の写真場で記念写真やら肖像写真を撮るかたわら、ひんぱんに写真の公募展などにも応募していた。函館の若手文化人のひとりであり、レコードの収集や競走馬の育成にも熱を入れる道楽者であった。択捉島にやってきたときも、ツイード地の上下に糊《のり》のきいた白いシャツを着こんでいて、島の者たちを驚かせた。その年、二十九歳だった。

男が択捉島にきたのは、この島の自然や暮らしの写真を撮るためだった。男の言葉によれば、択捉島の風景や風俗はほとんど内地には紹介されておらず、島は新鮮な被写体にあふれているのだという。灯舞の駅逓にも一週間近く滞在していった。

滞在中に、男は日露混血のゆきの美貌《びぼう》に目をつけ、何枚かの写真を撮って、ゆきを誘った。

「函館にこないか。面倒は見るから」

首を横に振ったゆきではあったが、男が去ってふた月後に函館から写真が届き、気持ちは大きく揺れた。その肖像写真はゆき自身でさえ見惚《みと》れるほどよく撮れていた。

ゆきは十日後、小さな風呂敷包みを持って天寧の集落へ行った。写真を運んできた連絡船が、島をひとまわりして再び単冠湾に戻ってきていたのだ。ゆきは人目を避けて天寧から船に乗りこみ、択捉島をあとにした。

伯父の家族に不満があったわけでもない。駅逓の仕事がきつすぎたわけでもなかった。陰口や中傷にも慣れていた。ただ、ゆきにはそのとき、自分をどこかに解き放ってくれる男が必要だったのだ。美しい、とささやいてくれる男。欲しい、と求めてくれる男を切望していたのだ。島には、いるはずもなかった。ゆきはその年、美しく成熟した十九歳の混血娘だった。

函館のその写真場へと訪ねてゆくと、意外にも男には妻子があった。ゆきはひどく落胆したが、いまさら択捉島に帰ることもできない。男の庇護《ひご》のもとに入るしかなかった。ゆきはその男に抱かれて女となり、男の愛人となった。男はゆきのために、元町の英国領事館の裏手に部屋を借りてくれた。

不実な男ではあったが、彼はそれなりにゆきをかわいがってくれた。ゆきにとっては初めて、ということばかりを、男はおもしろがって体験させてくれた。懐石料理も牛肉料理もうんちくつきでごちそうしてくれたし、ダンスホールにも連れていってくれた。

ゆきに音楽の歓《よろこ》びを教えてくれたのも、その男だった。男はゆきの部屋に蓄音機と自分のお気に入りのレコードを何十枚も運びこんだ。情事のあと、男の胸に抱かれて、欧米の楽団の音楽に耳を傾けることが習慣となった。男が大好きだという米国の大衆音楽よりも、ゆきはむしろ英国の素朴《そぼく》な民謡の響きのほうを愛するようになった。

また男はゆきをモデルに、無数の裸婦写真を撮った。そのうちのいくつかは東京の公募展で入賞し、またあるものは写真雑誌のグラビアページを飾った。これに目をとめた鎌倉在住の洋画家が、函館まで訪ねてきたこともある。ゆきは請われてその洋画家のためにもモデルとなった。その絵はいま、東京・大手町の銀行倶楽部《クラブ》のロビーに飾られているという。

三年後に男は新しい女をつくり、ひと騒ぎあった後に、ゆきは男と別れた。造船会社を経営する男が、手当てを出そうかと言ってきたが、ゆきはこれを断りダンスホールに勤めるようになった。ダンスホールが不景気で閉鎖されたあとは、カフェでも短期間働いた。仕事の合間には洋裁と帳簿つけを習った。やがてカフェも客の不入りで閉鎖となり、昨年秋からは水産加工場で働くようになったのだった。

択捉島から、伯父の徳市が倒れたとの手紙が届いたのは、その水産加工場を解雇になって四カ月目、函館港の貯木場で皮はぎの雑労働に従事するようになっていたころのことである。こんどこそ絶対に帰ってこい、と手紙は指示していた。手紙が届いて三日後には、伯父危篤《きとく》、の電報が届けられた。

ゆきには、その五年のあいだ、故郷では自分のことがどんなふうに話題とされているのか、十分想像がついていた。ゆきの母の例を想い起こせばよいだけのことだ。この五年間に、とつぜん灯舞の住民たちが寛容になったはずもない。ゆきは望郷の想いからではなく、よくしてくれた伯父への恩義から、島へ帰ることを決意したのだった。またそれは、部屋代の支払いにもこと欠くようになったゆきにとって、寒波の中で差し出された熱いお茶のように、あらがいがたい申し出でもあった。

帰ってみると、やはり想像していたとおりの陰口を何度か小耳にはさむことになった。「夜中に客の部屋にしのびこむんじゃないのかね」と。「あの母親もそうやってロシア人の子供をはらんだ。娘は娘で、客にぞっこんになってしまった。函館まで追いかけていくんだから、並みの女じゃないよね。まったくあの商売が似合ってるよ」

ゆきはその類《たぐい》の噂には、徹底して知らぬふりを通すことに決めていた。悪びれることなく表を出歩いた。小学校の学芸会にも出向いたし、やはり小学校の校庭で行われた村の相撲大会も見物に行った。そんな場所では、ゆきに気づくと男たちはなぜか落ち着かない表情で煙草《たばこ》をふかしはじめ、女たちは逆に顔をよせてひそひそ話を始めるのが常だった。

一度、聞こえよがしに言われたことがあった。

「函館で男相手にしてきたんだもの。島の男たちたぶらかすなんて、軽いものじゃないのかい」

ゆきはそれを口にした女に向き直り、そのとおり、と言うように婉然《えんぜん》とほほ笑んで見せた。

そんなふうにして、ゆきの新しい生活は始まっていったのだった。

# 第二部

七月　カリフォルニア

斉藤賢一郎は男の背後から声をかけた。

「ミスター・マッツィオ」

名を呼ばれて、その白人男はステップの上で振り返った。光沢のある白っぽいスーツを着た中年男だ。ポーチライトの明りの下で、男は怪訝《けげん》そうに眉《まゆ》をひそめた。

賢一郎はポーチの脇《わき》の暗がりから歩み出た。

「ミスター・マッツィオだね」

男は賢一郎をにらんで答えた。

「そうだ。何の用だ、人の家の庭先で」

答えるかわりに、賢一郎はジャケットの下から拳銃《けんじゅう》を抜き出し、男の頭に銃口を向けた。恐慌《きょうこう》がマッツィオの顔に走った。

賢一郎は引金を絞った。乾いた破裂音が響いて、マッツィオの眉間《みけん》に穴が開いた。マッツィオの黒い髪が、風にあおられたように乱れた。もう一度引金を引いた。マッツィオの身体《からだ》がくるりとひねられ、扉《とびら》にぶつかって崩れ落ちた。

扉の中で悲鳴が上がった。すぐ内側に家の者がいたようだ。賢一郎は拳銃をかまえなおした。

扉が勢いよく開け放たれた。中から光がもれた。

扉の内側に立っていたのは、少女だった。十二、三歳か。まだあどけない顔の白人少女。少女の目は驚愕《きょうがく》にみひらかれている。視線はいったん賢一郎の顔に突き刺さり、それから足もとの死体に移った。再び悲鳴が、夜の庭全体に響きわたった。

賢一郎は拳銃を下ろすと、門へ向かって駆け出した。屋敷の中が急に騒がしくなった。少女の泣き声に混じり、いくつもの叫び声が重なって聞こえた。

庭の奥のガレージから、男がひとり飛び出してきた。手に何か黒いものを持っている。賢一郎は駆けながら男を撃った。男ははじかれたようにのけぞり、庭の玉砂利の上に倒れた。

賢一郎は芝生の庭をまっすぐに表通りに向かって駆けた。通りの右手に自分が乗ってきた乗用車が見える。車までおよそ五十メートル。と、道の先の角を曲がって、一台の大型車が突っこんできた。助手席の人影が窓から身を乗り出していた。閃光《せんこう》がふたつ、たて続けに光った。

乗用車はタイヤをきしませて急停車した。賢一郎の行く手をふさぐ態勢だった。背後からは足音が迫ってくる。また銃声。

賢一郎は背をかがめて通りの向かい側の屋敷の庭に飛びこんだ。あたりの家の窓に明かりがともりはじめた。方々の家で犬が吠《ほ》え出している。

道まで出たとき、後方からまたべつの乗用車が突っこんできた。ナラの巨木の陰に身を隠したが、乗用車はそのすぐ脇で急停車した。

後部席のドアが開き、中で男が怒鳴っていた。

「早く！　これに」

味方か？　賢一郎は短くためらった。雇い主の側がつけた監視チームか。それともサポート班が編成されていたのか。

ぐずぐずしている余裕はなかった。賢一郎はすぐその乗用車に飛びこんだ。ドアを閉じないうちに、乗用車は急発進した。賢一郎の身体は自動車の中で大きく振り回された。

ふたりの男が乗っていた。若い男が運転しており、後部席、賢一郎の隣りには、灰色熊《ぐま》を思わせるほどの巨体を持った男がいる。見覚えのある顔ではなかった。ふたりとも白人だった。

若い男は運転が巧みだった。ほとんど速度を落とすことなくいくつかのコーナーを抜け、何台か強引に車を追い抜いた。

警察車の警報器の音が、深夜のサンフランシスコ南郊の空を駆け巡っている。三台、いや五台ばかりの警察車がこの地区へ急行しているようだ。

自動車はやがて住宅地を抜けて、サンタクララ方向へ向かう幹線道に入った。見ず知らずの自動車に飛び乗ってから、三分あまりの時間が経過していた。

やっと呼吸が落ち着いたので、賢一郎は言った。

「誰か知らないが、礼を言う」

運転席の男が、ちらりとうしろを振り返った。

「ここまで配慮してくれているとは思ってなかった」

「なんのことだ」と、隣りの男が訊《き》いてきた。

「このサポートのことだ。はじめから用意してくれていたんだろう」

「何か誤解があるようだな」と、男。

「とにかく助かった。おれはサンブルーノあたりでおろしてもらえたらいい」

「そうは行かないんだ。ミスター斉藤」

「え？」

男は大型の軍用拳銃を突きつけてきた。

「米国海軍の者だ。きみに用があるんで、午後からきみをつけていた。予想外のことが起こってしまったが、ま、相談といこう。まず、拳銃を渡してもらおうか」

銃口はぴたりと自分の額に向けられている。男の目には真剣な光があった。冗談ごとではない。賢一郎は自分のスミス&ウエッソンを差し出すしかなかった。

灰色熊のような白人男は、拳銃を受け取ると、慣れた手つきで賢一郎に手錠をかけた。

「ひとつ訊いていいか」賢一郎はシートの上で腰の位置を直してから言った。

「何かね」

「すべて目撃していたのか」

「きみがダウンタウンのアパートを出たときから」

「この車があの私道に停まっていたのは、気にはなっていたんだ」

「どうしてもきみのやっていることに興味があってね。それで一部始終を目撃させてもらった」

「きょうのことをあらかじめ知っていたのか」

「いや。きみがあの植えこみの陰に潜むまで、想像もしていなかった」

「おれはどこに連れて行かれるんだ」

男は答えた。

「サンディエゴ。米国海軍基地まで」

斉藤賢一郎は、その夜オークランド南方の米国海軍航空隊モフェットフィールド基地へ連行され、何の説明もないままに営倉らしい地下室に監禁された。賢一郎の側から男たちはその理由を一切賢一郎に明らかにしようとはしなかった。賢一郎の側からも、それを訊《たず》ねなかった。彼らが警察とはちがっていようと、合衆国統治機構の一部であることはまちがいないのだ。賢一郎は殺人の現場を目撃され、いわば現行犯の形で逮捕されているのである。罪状は明々白々であり、何か弁解がましい言葉を吐くことも無意味だった。自分がサンフランシスコ市警察の手に委《ゆだ》ねられなかったからといって、それが何か吉兆のようなものであるはずもない。手続きはどうも正規のものとはちがうようだが、いずれ軍警察の係官らから正式な尋問ということになるのだろう。

翌朝になって、賢一郎はふたりに同行されて輸送機で南カリフォルニアのノースアイランド基地へと護送された。さらにここからサンディエゴの米国海軍基地へと運ばれ、基地の最も奥まった一角にある建物の地下に収監されたのである。軍警察の詰所のようで、地下の独房は営倉ということなのだろう。コンクリートと鉄格子《てつごうし》の、冷え冷えとした小部屋だった。

独房に入れられたとき、賢一郎は巨漢に訊いた。

「おれはまだ逮捕状も見せられてはいない。逮捕理由の開示もない。おれが米国海軍によって勾留《こうりゅう》されることについては、正式の手続きが取られているのか」

大男は言葉を選ぶようにゆっくりと答えた。

「確かに正式手続きは踏んではいない。だが、手続きを無視することがお互いのためだと思うが」

「おれのためとは思わないが、あんたにはそのほうが得だということなのだな」

「いや、きみのためでもあるんだ」男は言った。「昨夜の事件についてはいくらか情報も得たのだが、請託殺人の疑いが濃いそうだな。となると一級殺人。そのうえあの少女をべつにしても目撃者がふたりおり、しかも犯行に使われた凶器は我々が押収ずみだ。きみはそれでも正式の手続きを要求し、まともに裁判を受けることを望むかね。判決はきみにも十分予想がつくと思うが」

「おれは夢想家ではない。現実はよく見えているつもりだ」

「明日、我々を取り巻く現実について、じっくり話そう」

男は賢一郎を残して、営倉の廊下を去って行った。

翌日の朝、食事のあとに独房を出された。賢一郎は警備兵の指示に従って地下から一階に上がった。

廊下を少し歩いて、促されるままにひとつのドアを開けた。部屋には三人の男女がいた。熊のような身体の男は、この朝は米国海軍の白い士官服を身につけている。階級章は少佐を示していた。自動車を運転していた青年は、下士官服を着て壁ぎわに立っている。それにもうひとり、縁なしの眼鏡をかけた私服姿の中年女性がいた。

女はデスクの向こう側で椅子《いす》に着いており、書類の束を手にしていた。大男は腕を組んで壁によりかかっている。

女と士官はふたりとも姿勢がよく、アングロサクソンの顔立ちだった。知的な風貌《ふうぼう》といい、顔に満ちている自信といい、この国の支配層の出であることが容易に見てとれた。

「おはよう、ミスター斉藤」女が言った。どのような態度で接すべきか、まだ決めかねているかのような、あいまいな表情だった。「よく眠れたかしら」

「人をひとり殺したあとだ」賢一郎はドアのそばに立ったまま答えた。「うなされて眠れなかった、とでも答えたほうが、あんたたちの心証をよくすることになるのだろうな」

「正直であることが一番よ。楽にしたら」

賢一郎は室内をあらためて観察した。

それは十フィート平方ほどの、ほぼ正方形に近い部屋で、壁も床もデスクも灰色だった。デスクの背後には窓があるが、外から鉄格子がはまっている。天井でファンがゆっくり回っていた。

賢一郎はデスクの前の木椅子に腰を下ろした。少佐もデスクの横に椅子を引いてその巨体を沈めた。

「まず自己紹介といきましょうね」中年女性は言った。濃いブラウンの髪をひっつめにして、地味なスーツに身を固めている。眼鏡のせいか、その男仕立てのスーツのせいか、女には大学の教官といった風情《ふぜい》があった。「わたしはキャスリン・ウォード。合衆国海軍の軍属で中佐の待遇を受けているわ」

賢一郎が黙ったままでいると、キャスリンと名乗った女は隣りの男に顔を向けた。

「テイラー少佐だ」男は横柄《おうへい》な調子で言った。「米国海軍情報部に所属している」

下士官は黙ったままだ。

賢一郎はキャスリン・ウォードをまっすぐに見つめて言った。

「ケニー・ケンイチロウ・サイトウ。米国市民」

互いが名乗り合ったにもかかわらず、その灰色の部屋の空気がなごむことはなかった。キャスリンは握手を求めてはこなかったし、テイラー少佐はそのまま猛禽《もうきん》を思わせる目で賢一郎をにらみつけている。天井扇がその部屋のささくれだった空気を攪拌《かくはん》していた。

やがてキャスリン・ウォードはデスクの上で書類の端に指を触れながら言った。

「あなたのなんたるかを説明するのに、それだけなの」

「あなたたちと比べて、とくべつ素っ気ないわけでもないだろう」賢一郎は皮肉に答えた。「それに、二日前拾ってもらったときも、みなわたしのことを先刻承知のようだった」

「少しは知っているわ」キャスリンは手元の書類に目を落とした。「ケニー・サイトウ。一九一一年、オレゴン州ポートランド生まれ。日本名は賢一郎。賢い長男、という意味ね。三十歳。両親は米国永住権を持つ日系移民。父親の職業は庭師。弟がひとり。

二九年、ポートランド市立エドモント高校を三番の成績で卒業。高校卒業後、ワシントン州シアトルで船員となる。米国船員組合シアトル支部の活動家。三五年、大規模な港湾ストライキがあった年、公務員に対する暴行の容疑で逮捕さる。ただし不起訴。

三七年、米国の中立政策を無視してスペインの国際義勇軍に参加、リンカーン大隊の義勇兵となる。二度負傷。三八年の義勇軍引き揚げの際には、国際連盟の引き揚げ船に乗ることを拒否、そのままバルセローナにとどまる。三九年春、スペイン戦争終結直後、フランスに脱出。四〇年初頭、帰国。

政治的立場は無政府主義者《アナーキスト》と推測しうる、と記録にはあるわ。でも無政府主義者の結社や組織の構成員であるという証拠は見つかってはいない」

記述は正確か、とでも言うように、キャスリンが顔を上げた。

賢一郎は肩をすくめた。そうとでも要約する以外にはないだろう。

キャスリンは続けた。

「帰国後のことは、これほど詳しくはわかっていないの。去年、あなたはニューヨークで一度、警察の取調べを受けているわね。リトル・イタリーでノミ行為常習の男が殺害された際、参考人として。でも証拠不十分で逮捕はされてはいない。カリフォルニアにきたのが、今年の春。サンフランシスコの港湾労働者相手の酒場で下働きをしている。そうして二日前の夜、港湾労働者組合を牛耳るボスを拳銃で撃ち殺した。大胆にも、男の屋敷の庭でね」

賢一郎はうなずいた。

「完璧《かんぺき》な調査だ。つけ加えることはない」

「この殺人のことは驚きだったけれど、わたしたちが得た情報では、あの男はそういう人に恨みを買っていたようね。高利貸しや賭博《とばく》の元締もやっていたとか。三度、暴力行為の罪状で逮捕されたことがある。法律上はともかく、あの殺人を歓迎する声が聞かれないでもない。とくにサンフランシスコの沖仲仕たちのあいだでは」

「それについては、ノーコメントだ」

キャスリンは賢一郎の言葉を無視するように続けた。

「FBIから提供されたこのレジュメを読んで、あなたの説明を受けたいことがいくつかあるわ。あなたの履歴には、納得のゆかないことが多すぎる。それを説明してくれると、次の話が早いのだけれど」

賢一郎は逆に訊いた。

「これは取調べなのか」

「何の」

「こちらの少佐が目撃したという殺人事件の」

横からテイラー少佐が言った。

「いつでもそれに切り替えることができる。だから、もう少し協力的になりたまえ」

「何に協力しろと言うのだ」

「米国海軍に。いや、合衆国政府に」

賢一郎は鼻先で笑った。

「あんたたちの調査でも、おれの政治的立場は無政府主義と書かれているのではなかったか。その無政府主義者に、合衆国政府や米海軍が何を期待するんだ」

「言葉を換えてもいいのよ」キャスリンが言った。「あの殺人事件が起きてしまったので、わたしたちもあなたをどう扱うべきか、意見調整をしなければならなかった。でも、最初の予定どおりの言葉で言いましょうか。つまりわたしたちは、あなたがかつてスペインで守ろうとしたもののために、もう一度ひと働きしてほしいのよ」

「おれがスペインで守ろうとしたものなど、何もない」

「そうかしら」キャスリンは首をかしげた。「国際義勇軍の解散式のときの様子を、雑誌の記事で読んだわ。スペイン共産党のラ・パッショナリアの演説、その一部を覚えているわよ。『あなたがたは歴史です。あなたがたは伝説です。あなたがたは、民主主義の団結と普遍性の英雄的な模範です。我々はあなたがたを、忘れないでしょう……』ちがったかしら。あなたは、あのときそのままスペインを去ることもできたのに、なおもあの国にとどまった。そうしてあの国が世界に示していたデモクラシーの理想を守るために、カタロニアでの最後の激戦を戦い抜いた。ファシストが勝利を収めたあと、やっとスペインを脱出して、帰国してきたんでしょう。この記録は、そう読めるわ」

「いや。おれはヨーロッパで道に迷い、荒野をさまよい歩いていただけだ」

「まさか自分が何をしているのか、わかってはいなかったと言っているのではないでしょうね」

「自分が愚かなことをしている、ということだけは確信していた。おれは自分自身の愚かさにつくづく幻滅して帰ってきたんだ」

「義勇軍への参加が愚行だったと言うの。デモクラシーを守るための戦いが、愚かなことだったと」

「すべてが愚劣だった。共和国の理想も、デモクラシーも、革命も」

キャスリンは短く溜息《ためいき》をついた。

「それは安っぽい虚無主義よ。愛したものから十分な見返りがなかったからと言って、かつて自分が何かを愛したという事実すら否定してしまうのは」

「おれの行為の意味を知っているのは、おれだけだよ」

「キャスリン」テイラー少佐が割って入った。「わたしたちの人選がまちがいだったようだ。この男はただの人殺しだ。あのとき、こいつをあの場に残して、あとは警察にまかせておいたほうがよかったんだ」

キャスリンは少佐を手で制して言った。

「少佐、わたしたちには、いまもうひとつ手があるのよ。自主的、自発的な協力を頼むことができないなら、彼を脅《おど》すだけだわ」

賢一郎は言った。

「最初から脅してきたほうが、話が早かったかもしれん」

「では率直に話しましょうか」キャスリンはいくらか鼻白んだように言った。「あなたが自分には理想も大義もないと言うなら、わたしたちもそれに期待をかけたりはしないわ。こちらから持ち出すのは、あの殺人事件をめぐる処理だけにに期待をかけたりはし

たちは、あなたの殺人には、条件つきで目をつぶってもいいという結論に達しているの。条件さえ折り合えば、わたしたちはあなたを、あのマッツィオという組合ボス射殺の咎《とが》で、サンフランシスコ市警察に突き出すことはない」

「口振りでは、どうもあなたの本意には聞こえないが」

「そうよ」キャスリンはうなずいた。「この取引きは、わたしにはどうしても不正なものに感じられる。あなたは、たとえいっとき追及されるのを猶予《ゆうよ》されたとしても、いずれはきちんと自分が為《な》したことの責任をとるべきだ、というのが、わたしの見解なの」

「では、なぜこういう結論が出たのだ」

「さまざまな要素がからんでいるのよ。ことの重要性、時期、緊急性、対案の有無、その他いくつかのことが」

「結局はあなたも諒承《りょうしょう》したのだな」

「不本意ながら」

「それで、条件というのは、なんだ」

「わたしたちの協力者となって欲しいの。二日前、あんなことさえ起こらなければ、わたしたちはあなたをこのサンディエゴ軍港に招待し、まずあなたの人となりについていろいろ聞かせてもらうつもりだった。その上で、この仕事を持ちかけるつもりだったのよ。でも事態は一変してしまった。もうこのことであなたと交渉する必要はなくなっている。わたしたちはあなたに、要求をつきつけるわ。答えはイエスかノーだけよ」

「イエスと答えるなら、おれを無罪放免としてくれるのか」

「いいえ」キャスリンはきっぱりと言った。「約束できるのは、警察に突き出したりしないということだけよ。減刑や赦免を約束するわけではない。ただあなたが、わたしたちの忠実な協力者であるかぎり、わたしたちはあなたをかばうということだけ」

天井でファンが回っている。窓の外には、まばゆいサンディエゴ基地の空があった。米国人の大半が憧《あこが》れる南カリフォルニアの空だ。外からは、行き交う水兵たちの声が漏れ聞こえてくる。屈託のない若い声音。何かスポーツ試合でも行われているのだろうか。ときおり歓声がまじる。明るくおだやかな夏の朝の光と音だった。

賢一郎は四年前のアルバセーテの街の情景をふいに思い起こした。国際旅団の訓練基地があったあの街の、国際旅団クラブと名づけられた喫茶店の内部。あの店にはやはり天井扇があり、白い壁があり、外では義勇軍の青年たちの若々しく弾んだ声が飛び交っていた。まだ世界には人が生命を捧《ささ》げるに足る何かが存在すると信じることができた当時の、愚かしくも懐《なつ》かしい空気と光。そして幾人かの男たちの瞳《ひとみ》の輝き。

賢一郎は窓からキャスリンの顔へとゆっくり視線をめぐらし、訊いた。

「おれは何をすればいいんだ」

キャスリンがほっとしたように言った。

「情報収集」

「スパイということだな。危険で汚くて報いの少ない仕事だ」

キャスリンは否定しなかった。

「外国で地下活動を担当してほしいの。あなたのスペインでの戦歴、射撃や爆破の技術、船員として身につけているはずの、船の扱いや通信の技術。そういったものを買いたいのよ」

「あいにくだが、おれはドイツ語はできない。何ひとつ役に立てぬうちにゲシュタポに逮捕される。拷問《ごうもん》を受けてたちどころにあんたたちの名前を口にしてしまうことになる」

「誰がドイツへ潜入してほしいと言ったかしら」

「ドイツがロシアに攻めこんだんだ。対独参戦も近いんだろう」

「戦争が迫っているのは、ただドイツとばかりじゃないわ」

短い時間考えてから、賢一郎は思わずまばたきしていた。

「じゃあ」

「そう」

横からテイラー少佐が言った。

「日系人のきみに、日本に潜入してもらいたいのだ」

どれほどの時間がたっていたろう。テイラー少佐の言葉が大脳のありとあらゆる脳細胞の中を通過し、ひとつの意味となってもう一度賢一郎の言語中枢《ちゅうすう》に帰ってくるまで、あるいは三分や五分の時間が経過していたかもしれない。我にかえったとき、キャスリンは賢一郎を凝視しており、テイラーもまた身じろぎもせずに賢一郎の反応を注視していた。ファンの鈍い回転音が、部屋の中に耳障りに響いていた。

ようやくの想《おも》いで、賢一郎は言った。

「おれがどんな男なのか、あんたたちはすでにかなりの情報を得ている。それでもおれに日本へ行ってスパイをやれとは、実に独創的な思いつきだな」

「独創的だが、論理的でもある」と、テイラーが言った。「きみは無政府主義者で、合衆国を含め、世界のどの政府にも忠誠の対象を持っていない。またきみはなかば失業者であり、連邦警察の監視対象者だ。仕事をぜいたくに選ぶことのできる身ではない。一方できみはスペインで丸二年、野戦、市街戦を体験し、生き延びてきた。ついでに言えばFBIは、きみが米国共産党員ヘンリー・マクダウェルのエブロ河渓谷《けいこく》における失踪《しっそう》にも関わっていると推測している。またきみはこれまで、金で殺人を請け負ったことが少なくとも二度あり、つい先日の件も含め、二度とも成功している。系統的な訓練は受けていないものの、スパイにするにはまあ適格といえる男と、おれたちは判断しているんだ」

「その程度の男なら、米国にはざらにいるだろう」

「他の者は、大事ないくつかの点で資格に欠ける」

「なんだ」

「きみは日本語を不自由なく話す。ポートランドの日本人学校にも三年、週末ごとに通ったそうだな。生粋《きっすい》の日本人並みとはいかないが、簡単な読み書きもできる。あの奇怪な象形文字を五百くらい解する、と報告にはある。なにより、きみの顔、容姿は、まぎれもなく大和族のそれだ。これだけの条件を充《み》たす男の数は、米国にも少なくてな。候補者の数はかなり限られてくる」

「実に当を得た説明だな」

キャスリンが訊いた。

「イエスか、ノーか。答えてもらえる」

「選択の余地はない、というのが、おれの判断だが」

「どっち」

「イエス。しかし」

「イエスね」

「イエス」

「よかったわ」キャスリンは決して演技とは見えぬ笑みを浮かべて言った。「ではもう少し質問を続けるわ。正直に答えてちょうだい」

「どうしてだ。おれはイエスと答えた。あんたたちはおれのいささか暗い経歴もすっかり承知している。このうえ何を聞きたいんだ」

「できるだけ、あなたの人となりを知りたいのよ」

「だから、なぜ」

「あなたの性格や人柄《ひとがら》次第で、あなたに指示する任務の中身も変わってくる。どこまで信用できるか。どれほどの困難に耐えられるか。どこまで任せることができるか。それを知っておきたいの」

テイラー少佐が言った。

「お前が使いものにならない男だとわかるかも知れない。そのときは、ここからサンフランシスコ市警察に電話をすることになる」

「なるほどね。では慎重に答えなければならないわけだな」

「ひとつ」とキャスリン。「あなたの高校時代の成績は、ほぼ全科目でAプラス。卒業時の席次が二百二十人中の三番よ。あの高校はポートランドの公立高校の中でも、大学に進む生徒が多い高校だそうね。でもあなたは大学に行かなかった。何か特別の理由はある?」

「経済的な事情だ」賢一郎は答えた。「父の収入では、おれは大学に進むわけにはゆかなかった」

「日系人は子供の教育には熱心だと聞いたわ。たとえどれほどの負担になろうと、子供に高等教育を受けさせるって」

「父はポートランド郊外に農園を借りるため、いくらか貯金していたがね。おれはそいつを自分のために出せとは言えなかった」

「奨学金制度を使うわけにはいかなかったの」

「毎年、卒業生のうち上位五人くらいには、州内の大学から特待生としての誘いがくる。あの年も例外ではなかったが、三番の生徒にはなぜか誘いがなかった。ついでに言うと、おれの地元にはフェアモント基金という奨学制度があって、当然おれも申しこんだのだが、この年この基金で大学に進んだのは、席次が七番と八番と二十六番の生徒だった」

「二十六番というのは、どんな子だったの」

「チアガールズのリーダーで、ポートランドのバラの女王コンテストでは、準ミスになった女の子だった。大学は二年で脱落し、いまハリウッドで身体を売ってるそうだ」

キャスリンはいったん賢一郎から視線をそらし、べつの質問を向けてきた。

「それだけ成績優秀なあなたが奨学金を受けることができなかったのは、なぜかしら」

「おれは、自分が日系人だからだ、とは思わないことにしている」

「大学には行きたかったのね」

「日系移民の息子を入れてくれる大学になら」

「ジュニア・ハイスクールの卒業アルバムで、あなたは将来の夢として、弁護士になりたいと書いているわね」

「そこまで知っているのか」

「FBIは、あなたに関する公的な記録をすっかり揃《そろ》えてくれていたの。船員組合の活動家だったころは、ずいぶん目立った存在だったようね」

「ピケットを張るときは、いつも先頭に回されたものでね」

「弁護士になる希望はどうなったの」

「子供の見た夢だ」

「夢がついえたことで、誰かを恨んでいるかしら」

「誰も。誰もおれに恨まれるほどの意味ある存在ではない。この世界は、おれが真面《まじ》目《め》に怒らなくちゃならないほどの価値はない」

キャスリンはまた書類に目を落とした。

「高校の記録によれば、あなたは奉仕活動などの課外活動にほとんど参加していないことになっている。義勇兵になったあなたのことだから、奉仕の精神に欠けていたとは思えないわ。何か理由があるかしら」

「学校が終わっても、おれは父の仕事を手伝わなくちゃならなかった。時間がなかった」

「では、国際義勇軍に志願した理由は」

「船会社を馘首《くび》になった。時間がたっぷりあったんだ。それまでカナダ以外の外国を見たこともなかったしな」

「正直に答えて」

「嘘《うそ》は言っていない」

「真実のすべてを答えてもいないわね」

「おれが信用ならない男だと思っておけばいいじゃないか。そのほうが、もしものとき、あんたたちの被害も少ない」

テイラー少佐が、同意するようにうなずいた。

キャスリンは質問を変えた。

「一昨日の殺人現場で、あなたは家の人に顔を見られているそうね。テイラー少佐の話では、女の子とまともに顔を合わせたとか。あなたはその子を殺すこともできたのに、殺さなかった。なぜ」

「契約にも予定にもなかったことだ」

「契約であれば、子供でも殺したの」

「そういう契約はしたことがない」

「無政府主義者、というFBIの評価は、どの程度真実なの」

「この偉いさんが言うとおり」と、賢一郎は横のテイラー少佐をあごで示した。「おれは世界じゅうのどの政府にも忠義を尽くすつもりはない。その意味では、FBIの報告にあるとおりだ」

「スペイン人民戦線政府にも」

「政府と名のつくものすべてに」

それから三十分ばかり、似たような質問が続いた。FBIから提供されたらしい報告書の、その隙間《すきま》に落ちた事実。事実のくいちがい。そのときどきの住所や仕事の中身……。賢一郎の答えはどれもぶっきらぼうなものに終始した。

小一時間の後、キャスリンの質問が途切れ、テイラーも横から口をはさまなかった。どうやら、取調べの一段階は終わったようだ。

「終わったのかな」賢一郎のほうからキャスリンに訊いた。「おれの素敵な半生に、感激してもらえたらうれしいんだが」

キャスリンが書類をまとめて顔を上げた。

「午後に、またきてもらうことになるわ」

「おれはあんたたちの面接試験を通ったのか」

「それをテイラー少佐と協議しなくちゃならないの」

「まだ、おれがサンフランシスコ市警察に突き出される可能性も残っているわけだな」

テイラー少佐が言った。

「たとえ採用が決まったとしても、その可能性はこの先ずっとついてまわる。消えることはない」

「おれのほうからもひとつ聞いていいか」

「どうぞ」とキャスリン。

「おれをもし日本に潜入させたとして、おれがそのままあんたたちの監視を離れて逃げてしまうとは思っていないのか。そういう心配はしていないのか」

「思わないわ」キャスリンは首を振った。「いずれあなたに日本社会についての講義をしなくちゃならないと思うけど、わたしはあなたが、あのファシズムと神秘主義の不公正な社会で、幸福に生きてゆけるとは考えていない」

「そいつは、あんたたちに危険任務を押しつけられることよりも耐え難いものだと、あんたは信じているわけだな」

「ソノトオリヨ」と、キャスリンは日本語で言った。「ワタシハ、アノ国デ三年間暮ラシタワ。少ナクトモ、米国デ教育ヲ受ケテ育ッタ者ガ、アノ国デ居心地ヨク暮ラセルトハ思ワナイ。特ニ、アメリカト日本トノ間デ戦争ガ心配サレルコレカラハ」

「達者なものじゃないか」

ニァスリンはまた英語に戻って言った。

「礼儀正しく、清潔で、徳の厚い人々の国。それが行く前のわたしの日本に対する認識だったわ。帰ってくるまでに、見方はかなり変わっていた。大多数の日本人はともかく、いま社会を支配しているのは、好戦的で狡猾《こうかつ》、無恥な連中よ。あなたなら、きっと三日で武装蜂起《ほうき》を決意するでしょうね」

「おれは身を隠したあと、どこかべつの国へ逃げることもできる」

「私見だけれど、あの国の不正と堕落を見て、あなたがそこからさっさと逃げ出すとは思わない。あなたの経歴を聞いたいまは、それを確信しているわ。あなたはあの国の世界制覇《せいは》の野望を挫《くじ》くためなら、喜んでわたしたちの命じる危険な任務に就くはずよ」

「あまりうれしくない誤解だな」

「テロリストとは思われたくないというのね」

「ちがう。三十歳を越えたいまでも、それほど愚かだと思われているってことがさ」

「二時に、またこの部屋で会いましょう」

ケニー斉藤は警備兵につき添われて部屋を退出していった。

靴音《くつおと》が消えると、キャスリンはコーヒーカップを持ち上げ、ぬるくなったコーヒーをひと口のどに流しこんだ。

ためらいがあった。ケニー斉藤は、確かに人好きのする男ではない。ホームパーティへ招待するには、他の多くの友人を失うことを覚悟しなければならないだろう。しかし自分たちが求めているのは、日本での地下工作を担《にな》える男なのだ。人あたりの良し悪《あ》しは問題になるだろうか。

これまで自分が会った日本人の面影《おもかげ》が、早回しの映画フィルムのようにつぎつぎと思い出された。合衆国東部のマサチューセッツで学生時代を送ったキャスリンには、西海岸の米国人のような、日本人といえば庭師、と連想するような偏見はなかった。むしろ彼女が若いころ知り合った日本人は、たいがいは政府から派遣されて米国の一流大学に留学してきた優秀な男たちであった。家柄《いえがら》もなかなかのものなら、その後の将来も輝かしい、サラブレッドのような日本人ばかりを見てきたのである。朝鮮と中国と日本との区別を知らなかったキャスリンは、何人かの日本人留学生と知り合うことで、蒙《もう》を啓《ひら》かれ、極東の文化への理解を深めていったのだった。

ボストン郊外の私立女子大学で東洋文化一般を学んだあと、キャスリンはさらに日本文化について学ぶことを希望した。東部の名門大学の中にはいくつか日本学科を持つ大学はあったが、女子学生を受け入れてはくれない。やむなくキャスリンはマサチューセッツ州立大学に入学した。この学校の大学院には、日本文学を教える教授がいたのである。

一方でキャスリンは、ボストンに留学中の何人かの日本人留学生と親交を深め、日本語の手ほどきを受けるようになった。一年後には、キャスリンは漢字まじりの日本語を使って、簡単なレポートを書くことができるようになった。現代語の小説もほぼ満足できる水準で読むことができた。

「キャスリン、きみも日本へ行ってみたら」と、ある留学生が勧めてくれた。「ドルはあの国ではここでの十倍以上の力を持っているよ。きみはボストンで二カ月暮らす費用で、東京で一年間、何ひとつ不自由のない生活ができる」

しかしキャスリンがじっさいに日本の地を踏むのは、それからほぼ五年の後のことである。彼女は母校で日本文学科の研究員となっていた。その彼女が、東京女子大学の講師として招聘《しょうへい》されたのである。三年間東京で暮らすことになった。一九三一年のことであった。

東京での三年間は、驚きの一年、幻滅の一年、そして嫌悪《けんお》の一年、と要約できた。

彼女が東京に暮らした時代は、日本が世界不況の影響で息もたえだえとなっていた時代と重なっていたのである。キャスリンの目に映ったものは、けっして美しくはなく、優雅でも神秘的でもない、荒々しい近代社会だった。経済原理の大波に飲みこまれ、一方で軍靴《ぐんか》の響きが通奏低音のように鳴り渡る、息苦しい社会だったのだ。

農家の娘の悲惨な身売り話はそこここで聞くことができたし、米国の黒人以下の差別を受ける人々の姿も見た。軍部は満洲《まんしゅう》で専横をふるっていたし、総理大臣は軍人らによるテロに倒れた。リベラルな学者たちが国立大学を追われ、著名な文学者は警察の拷問《ごうもん》で虐殺《ぎゃくさつ》された。東京滞在最後の年、キャスリンは息を殺して、ひたすら契約が切れるのを待った。

契約が終わり帰国して、キャスリンはボストンの東洋研究所に迎えられた。ここで主任研究員として四年過ごしたところに、こんどは海軍省から招請があった。海軍情報部通信保全課で、翻訳要員として選抜した軍人たちに日本語を教えてくれないか、という誘いである。キャスリンは日本の拡張主義の行く末を案じていたから、一週間考えた後に承諾した。キャスリン・ウォードはサンディエゴの米国海軍太平洋艦隊基地の中に設けられた訓練所で、暗号解読班のむくつけき男たちを相手にする教師生活を始めたのである。中佐待遇となったのは、彼女の年収をこれまでの額と合わせるための措置で、彼女が佐官クラスの軍人と同等の権力を行使できるという意味ではなかった。

それから二年、いよいよ日米関係の行方に暗雲が拡《ひろ》がり始めてきた今日、キャスリンは訓練所の教官であると同時に、海軍情報部対日工作班のブレーンとしての職務を、あらたに与えられたのである。その最も最近の、そして差し迫った任務が、日本へ送りこむ工作員の選定であった。

回想に引きこまれていたキャスリンに、テイラー少佐が訊いた。

「キャシー。あなたはまだ迷っているように見えるが」

キャスリンは我にかえり、テイラー少佐に顔を向けてうなずいた。

「彼は無政府主義者で、職業的犯罪者。つい二日前にも、殺人事件を起こしたばかりよ」

「そのおかげで、我々は彼に任務を呑《の》ませることができた」

「わたしは少佐ほど実際的にはなれないのよ。目的は手段を浄化するかしら」

「この場合はね。我々が判断を誤れば、多くの米国青年が死ぬことになる」

「そうね」キャスリンは溜息をついた。「候補に上げた中では、やはり彼だわ。彼しかいない。それはわかっているの。でも、わたしにはやはり、彼が理想も大義も信じないと答えたことが気になっている。あの言い方にはいくらか強がりめいたものも感じるのだけど、ほんの少しでも彼に自発性がほしいの。それなりの使命感を持って日本に行ってもらいたいのよ」

「末端の地下工作員に使命感などは不要です。それに、彼以外の候補にだって、そいつは期待できない」

キャスリンは、三人で検討した書類を思い浮かべてみた。候補に上がっていたのは三人。残りのふたりのうちひとりは、ガス・ステーションを襲って従業員ひとりを殺した日系人で、いまサンフランシスコ湾のアルカトラズ連邦刑務所にいる。電気工だ。もうひとりはロサンジェルスにいる日本・メキシコの混血児でトラック・ドライバー。犯罪歴はない男だが、会話はともかく、日本語の読み書きができない。キャスリンはふたりを書類ではねていた。

キャスリンはケニー斉藤の暗く皮肉な風貌を想い起こしながら言った。

「彼がひとこと、自分はスペインに行ったことを誇りに思うと言ってくれたらよかったのに」

「あなたはあの男が、下町の路上で日中から酒をあおり、ホールドアップを繰り返してる連中と一緒だと言うんだね」

「ちがう」キャスリンはあわてて首を振った。「ちがう。そうじゃないの。そう、確かに彼はすさんでいるし、自分の人生を投げているようには見える。でも、まったくの性格破綻者《はたんしゃ》のようには見えない。自堕落に身をまかせてはいないわ。少なくとも彼は、スペインから帰国するまでは自分の生活に原則を持とうとしてきた。それはわたしたちとはちがう種類の原則かもしれないけれど、何か意思をもって自分の生活に筋を通そうとしてきたことは確かだわ」

「じゃあ、一応彼はあなたのお眼鏡にはかなっているんだ」

「そうね。わたしは、いま話しているあいだじゅう、彼を不愉快な存在とは感じなかった。もしこれが少女暴行犯や単純な粗暴犯であればきっと感じたにちがいない不快さを感じなかったの。彼は、そう、哀《かな》しい人だわ。ほんの少し、ほんの少しだけれど、わたしはあの人に共感すら感じたのよ。もしわたしたちの社会がもっと公正で偏見のないものであったなら、彼は何かちがった存在であったかもしれない。わたしたちとファースト・ネームで語り合えるような男性であったかもしれない、という気がするの。あなたはどうなの、少佐」

キャスリンはテイラー少佐を見つめた。この巨漢の海軍佐官は、中西部の富農の出身で、海軍兵学校に入学したとき、新入生中ただひとりの金鎚《かなづち》だったというエピソードを持つ。身長は五フィート八インチほどだが、体重は三百ポンドを越えているだろう。その鈍重そうな体格のせいで、ぐうたら野郎《グーフボール》、というニックネームをもらっているが、そのじつ彼が人並み以上に精力的な働き手であることは、誰もが認めていることだった。

そのテイラー少佐はこの年の四月、ワシントンの海軍省情報部から、サンディエゴ軍港に設置された対日工作チームへと派遣されてきていた。暗号解読班の拡充と、対日情報収集活動の強化が主要な任務である。彼は駐日海軍武官事務所に勤務した経験もあり、片言の日本語を話した。そもそも経験ある地下工作専従者を日本へ潜入させることは、テイラー少佐の発案によるものである。

テイラー少佐は言った。

「わたしたちは、彼を選ぶしかないという点で一致している。でもその理由は百八十度ちがっているようですな。わたしは彼が、理想も大義も信じないと言っていることが気に入ってるんです。彼の持っている技術や資格は申し分ない。彼は優秀な破壊工作員になりますよ」

「じゃあ、ケニー斉藤で決りね」

「無条件に、というわけにはいかない。訓練のあとで、一回テストが必要です。最終的な判断はそのあとにしたい」

「どんなテストが必要なの」

「ひととおり訓練を終えたところで、彼の能力と忠誠心をテストしましょう」

「方法は」

「わたしたちが新しい工作者を使う際のやりかたで」

「彼がそのテストに失敗したときはどうなるの」

「あらためて選定にかかりますか」

「そんな余裕はあるかしら。わたしには、もうセルズニックの映画のように、クライマックスに向かって高鳴っていく音楽が聞こえているわ」

「わたしも同じですよ」

「彼に賭《か》けるしかないわね」

「やつがだめなら、あきらめるしかない」

キャスリンは書類をまとめて立ち上がった。

「じゃあ、二時に、もう一度ここで」

二時ちょうどになって、賢一郎はあらためて一階の小部屋に連れてゆかれた。

部屋に入ると、テイラー少佐が賢一郎の顔を見てふしぎそうに言った。

「くつろいだようだな」

賢一郎は会釈《えしやく》を返した。

「事情が飲みこめたのでね」

「念のため、こちらの結論を伝える前に確かめたいんだが、気持ちに変化はないかね。潜入先が日本ということで、何かこだわるものがあるようだったら、そう言ってほしいんだが」

「まったく気にしていない」

「そういう答えを望んでいたんだ」

キャスリンが言った。

「あなたを、使うことに決めたわ」

「いつ、どうやって行って、何をすればいいんだ」

「まず訓練を受けてもらうわ。わたしたちは八週間のプログラムを組んでいるのだけれど」

「何を学ぶことになるんだ」

「暗号、無線機の扱い、尾行のしかたや、尾行をまく方法、金庫の開けかた、建物に侵入する方法、そのほか地下工作に要求される技術全般」

「おれはもの覚えがいいよ。四週間でいい」

「ほかにもまだあるのよ。日本の近代史や風俗、社会についての講義。日本政府の昨今の悪行、日本軍部の中国や満洲での野蛮な振る舞い。こういったことはわたしが講義することになるわ。さらに漢字をもっと覚えてもらうし、日本の軍制についても十分な知識を得てもらう。日本海軍の軍艦の形と名もすっかり暗記してもらうわ」

横からテイラー少佐がつけ加えた。

「格闘術、銃器や爆弾の取扱いについても、訓練する」

「スペインの経験を買ってくれたんじゃないのか」

「お前はしょせん素人《しろうと》の義勇兵なんだ。もし国際義勇軍が本物の兵隊たちで構成されていたら、スペインでは敗《ま》けてはいなかったろう」

「その場にいなかった者にかぎって、おれさえいたら、と胸を張るものだぜ」

「どちらにせよ、お前にとって不利益となる訓練ではない」

「明日朝八時から始めるわ」とキャスリンが言った。「訓練に耐えきれない、と感じたときは、すぐに言ってちょうだい。引きとめたりはしないわ」

賢一郎の訓練が開始された。

営倉を住居にしたまま、基地の中の建物を移動する毎日が始まったのだ。訓練中は黄色いTシャツか、黄色の作業着上下の着用を義務づけられた。ほかの水兵や軍属、労働者たちと区別するためだろう。胸につけた身分証明書には、監視下の囚人、の文字が大きく記されていた。

午前中は座学が中心であり、午後に格闘術や機械操作の訓練。肉体強化のためのカリキュラムも組まれていた。どの訓練教程でも、教官はひとり、監視兵が二名ついた。監視兵は賢一郎が洗面所へゆくときもシャワーを浴びるときも、賢一郎から目を離すことはなかった。賢一郎が監視兵から十メートル離れたときは無条件で発砲してよいと指示されているという。賢一郎はあえてその真偽のほどを試そうとは思わなかった。逃走を試みるとしたら、べつの機会、べつの場所だ。

訓練のごく初めのころ、賢一郎はキャスリンから日本の軍国主義についてまとめた映画を見せられた。日本の軍部が朝鮮や満洲、中国で何をやってきたのか、記録フィルムを整理したものだ。キャスリン自身が解説した。

その日、三巻目の映画のフィルムをセットしながら、キャスリンが言った。

「次のフィルムには、わたしは何もつけ加えないことにするわ。自分で判断してちょうだい」

「どんなフィルムなんだ」

「南京が日本軍の手に陥《お》ちたときの記録よ。南京の残虐行為については、何か聞いたことがあるかしら」

「三七年十二月の事件だな。大勢の民間人が殺され、捕虜も皆殺しになった。女たちはレイプされ、町じゅうが掠奪《りゃくだつ》の被害に遭ったと聞いている。スペインでは同じ年の四月に、ゲルニカという町が爆弾の雨の下で廃墟《はいきょ》となった。知っているかい」

「わたしたち、それぞれファシストたちのやったことについては、それなりの知識を持っているみたいね」キャスリンは映写機の電源を入れると、部屋のあかりを消した。リーダーの数字が映り出した。「これは、ＹＭＣＡに勤めるフィッチという宣教師が、大混乱の中でカメラを回して撮ったものなの。彼は外国人が避難したあとも南京に残った、数少ない欧米人のひとりだったのよ。中に出てくるスチール写真は、やはりＹＭＣＡにいた米国人青年が撮ったものよ」

十分後にフィルムはリールに巻き取られた。部屋に明りがついた。

キャスリンが賢一郎のうしろから聞いてきた。

「これが、あなたの行く国の、軍隊のやったことよ。正視できたかしら」言葉は途切れ途切れで、かすれた、力のない声だった。

「見聞を広めてくれたことには感謝する」賢一郎は言った。「しかし、おれがこれに衝撃を受けたとは思わないほうがいい。おれは人類がいったいどこまで残忍になれるか、とうに知ってるつもりだ」

振り返った賢一郎の目に映ったものは、蒼白《そうはく》になったキャスリンの顔だった。手を口にあてている。嘔吐《おうと》をこらえているようだった。監視兵のふたりは、目に怒りと憎《ぞう》悪《お》をたぎらせて賢一郎を見つめていた。

無線装置の取扱いについて講義を受けたときのことだ。教官になった海軍情報部の特務下士官が賢一郎に言った。

「こいつはジェネラル・エレクトリック社の無線送受信機だ。お前が日本で使うことになるのは、たぶんハンドメイドのものだが、原理は同じことだ」

賢一郎はラジオの原理を教わり、三日目には無線送受信機をいったん分解し、またハンダごてを使って組み立てることができるようになった。

「おれには考えられないよ」と、講義の合間にその下士官は言った。「やつらには、ジェネラル・エレクトリックも、ジェネラル・モーターズもないんだぜ。あるのは、あんまり頭がよさそうには見えない将軍《ジェネラル》たちだけだ。ろくな無線設備もなく、自動車工場もないっていうのに、やつら本気で戦争に勝てると思ってるんだろうかね」

賢一郎が答えられることではなかった。

日本陸軍の軍制を教授したのは、陸軍省から特別に派遣されてきた情報将校だった。階級の区分、階級の呼称、制服の見分けかた、階級章のちがい、師団とその配置、標識等について、写真と彩色された絵を使っての訓練が行われた。歩兵操典や軍人勅諭もひととおり覚えさせられた。

「まあ、いいだろう」講義の最後の日に、その情報将校は言った。「きみを参謀本部へ潜りこませるっていうわけでもないんだろう。だったらこれくらいの知識で十分だ。師団司令部の出入りを観察する程度のことはできる」

日本海軍については、テイラー少佐が直接担当した。テイラー少佐は日本海軍の編制と組織、機構について講義し、陸軍の場合と同様、階級区分や制服の見分けかたについて、詳細にその知識を伝授してきた。何人かの海軍提督については、その写真を何度も見せられて、名と略歴、地位を教えこまれた。

テイラー少佐は、一昨年連合艦隊の司令長官となった提督の写真を示して言った。

「この提督は、ハーバードに留学し、ワシントンにも駐在武官として赴任していたことがある。ひじょうに視野の広い国際人であると同時に、伝統的な武人の魂を持つ男だ。わたし自身、駐日武官として東京にいたとき、何度か顔を合わせている。個性の強い思索家の一面と、ひと晩じゅうでもポーカーや将棋に熱中する勝負師の一面を併せ持った人物だ。すぐれた戦略家であり、かつ一種ファナティックな愛国心を持った軍人、と言うこともできるな。

それだけにわたしは、彼がいま連合艦隊の最高指揮官となっていることに危惧《きぐ》を抱いている。彼はおそらく日本海軍内部では最も強硬な米日開戦反対派の高官だろうが、しかしこと開戦やむなしとなれば、最も大胆不敵な作戦で我が海軍に挑《いど》んでくるにちがいないのだ」

「何か、根拠でも」と賢一郎は訊《き》いた。

テイラー少佐は明確には答えなかった。

「それを示唆《しさ》するものは、いくつもあるんだ。我々がきみを必要としているのもそのためだ」

階級の呼称の講義の翌日、テイラー少佐は頭をかきながら言った。

「昨日、航空隊の下士官パイロットの呼称を、航空兵曹《へいそう》、略して、空曹、と説明した。これを訂正する。つい先日、日本海軍は呼び名をあらためていた。四一年六月一日からは、飛行兵曹、略して、飛曹、と呼ぶのが正しい」

テイラー少佐の知識は、絶えず最新のものによって置き換えられていたのだった。

テイラー少佐がもっとも熱を入れてきたのは、日本海軍の軍艦を艦影図を使って見分ける訓練であった。賢一郎には、要求される水準がまるで潜水艦の乗組員に必要なほどのものと思えた。ほんの短い時間図を見せられ、直ちにその名を、あるいはどのタイプの艦船かを当てねばならなかった。艦首だけ、艦尾だけの図面で見分ける訓練もあった。

日本海軍が保有している軍用飛行機についても、その形や武装、機能を教えこまれた。

テイラー少佐は言った。

「九七艦上攻撃機と、九九艦上爆撃機。この二機種を配備したことで、日本海軍の航空戦力は我が軍のそれとほぼ拮抗《きっこう》したと想定しうる。それだけでも危機感を持つに十分だが、中国からはもっと高性能の戦闘機についての情報も入ってきているんだ。米国陸軍を退役したパイロットでシェンノート大尉《たいい》という男がいる。こいつが蔣介石《しょうかいせき》の空軍に入って義勇飛行士たちを率いているんだが、こいつから入ってきた情報によれば、日本海軍は航続距離二千キロ以上の、強力で俊敏な戦闘機を中国戦線に投入しているという。その戦闘機部隊の前に、さすがのシェンノートもいまお手上げの状態だそうだ。我が軍の航空専門家は、新鋭機投入の事実はともかく、その性能については、シェンノートの情報を一笑にふしているのだがね」

この一連の訓練の執拗《しつよう》さから、逆に賢一郎は、いずれ与えられることになる任務の内容に当たりをつけていた。さまざまな指令が出されるのであろうが、最大の課題は日本海軍の艦船部隊の動向の探察のようだ。けっして日本海軍の士官服の納入元調査などではない。

賢一郎は新聞を読むこともラジオを聞くことも許されなかったが、代わりにキャスリンが毎日ニュースを伝えてくれた。キャスリンはまた、ここ数カ月の日米間の外交交渉の経緯についても要領よくまとめて教えてくれた。緊張はいよいよ極限にまで近づいているとはいえ、日本政府の内部にはなお米国との交渉継続に道をつなぐ者がいること。新任の野村大使と、国務長官のハルとのあいだで、開戦阻止へ向けて真摯《しんし》な交渉が続けられていること。しかしキャスリン自身、開戦が避けられる可能性は三十パーセント以下と見ていた。

第三次近衛《このえ》内閣の成立があったのも、この訓練期間中のことだった。いったん総辞職した内閣が、松岡外務大臣ほか数名を除いてそのまま留任と決まったのだ。キャスリンの説明によれば、これは事実上、主戦論者の松岡を除外するための総辞職なのだという。新しい外務大臣は海軍出身の豊田貞次郎という退役提督だった。

「松岡をはずして再組閣、っていうのは、戦争を避けるためにはいい判断だわ。でもこの豊田提督は外交にはまったくの素人よ。ある意味では逆に交渉はむずかしくなったのかもしれない」

賢一郎は、日本政府の閣僚の交替劇などには、さほどの関心もなかった。知る必要のないことでもある。新内閣が、キャスリンたちに危機感を抱かせるだけの愚劣な内閣であってくれたら、それでよかった。駄目《だめ》な内閣が続くかぎり、米国海軍は賢一郎を必要とするし、つまり賢一郎の生命は保証されるのである。

訓練が始まって二週間ほどたったある日のこと、営倉で昼食をとっている賢一郎のもとにキャスリンがやってきた。

賢一郎は手をとめて彼女に訊いた。

「悪い報《しら》せだな。もしかして、戦争が始まってしまったのか」

「そうではないんだけど」キャスリンは言いにくそうに言った。「あなたが喜ぶニュースでもないわ。でも、どうせ耳に入るでしょうから、わたしから伝えておきたい。それがフェアなことだと思うから」

「おれが聞いて悲しむようなニュースなんて、あるはずもないがね」

「米国は、いましがた、米国内の日本の資産をすべて凍結したわ」

長い沈黙があった。

キャスリンは居心地悪そうに独房の入り口に突っ立っている。その目は許しを乞《こ》うようでもあり、何ものかにおびえているようでもあった。この自信に満ちた意志的な女性が、それまで見せたことのない態度だった。賢一郎の激昂《げきこう》を予想しているということなのだろう。

賢一郎はつとめておだやかな声で訊《たず》ねた。

「まさか、貧乏で勤勉な日本人庭師からも、トラックや芝刈機を取り上げるというのではないだろうな。いつか土地が持てるようになったときのためにと、親父《おやじ》がコツコツ預金していたドルも、いっさい没収されたというのではないだろうな」

「もしそうだとしたら、あなたはこの任務を拒否するかしら」

「おれには選択の余地はなかった」賢一郎の声は低くこもったものになった。「たとえ合衆国政府がどれほど破廉恥《はれんち》な真似《まね》をしようと、おれにはこの任務を断る自由はない。ルーズベルトがフランコ以下の、ヒトラー以下の下司《げす》野郎だろうと、おれはあんたたちの言いなりになるしかないんだ」

「なんと言ったらいいのか」キャスリンは心底恐縮しているように見えた。「こんなことを伝えなくちゃならないなんて」

賢一郎の目に憤怒の炎がともったのにちがいない。キャスリンは一歩あとずさりした。ふたりの監視兵が、キャスリンをかばうように前へ出た。

賢一郎はキャスリンに指を突きつけて言った。

「覚えておけ。貴様らの標榜《ひょうぼう》するデモクラシーなど、ただのお題目だ。圧政と搾取《さくしゅ》を糊塗《こと》するためのきれいごとのスローガンでしかない。国内では黒人やメキシコ人やアジア人をどう扱っているか。中米ではどれほど好き勝手のし放題をしているか、胸に手を当てて考えてみろ。おれが日本に潜入するのも、そんな合衆国政府にほんのわずかでも共鳴しているからだ、などとは夢にも思うな。おれがこの訓練を受けているのも、ただ実際的な理由からだ。それ以外のものじゃないんだ」

キャスリンはうなだれて言った。

「承知しておくわ」

その日の夕刻、キャスリンのもとに水兵がひとり駆けこんできた。ケニー斉藤の格闘術訓練では、その相手になっていた男である。

「どうかした」と、キャスリンは水兵に訊いた。

「あの日本人が」水兵はいまいましげに報告した。「訓練中、教官の腕の骨を折りました。教官はいま病院に運ばれていったところです」

四週間たつと、賢一郎の訓練は第二段階に入った。暗号と無線通信技術についての集中訓練が始まったのである。

当初、海軍情報部の担当士官は、斉藤賢一郎の理解能力に不安を抱いていた。果たして暗号理論を教えこむことができるかどうか、危惧していたのである。士官は賢一郎のことを、海軍情報部の管理下にある囚人、とだけ聞かされていたせいであった。

士官は賢一郎に、まず換字暗号と語句暗号の概念を説明し、簡単なビジュネール暗号の技術を教授した。賢一郎の呑みこみが早いことを見てとると、士官は少しずつ複雑で高度な説明に入り、応用の問題を賢一郎に与えてもみた。賢一郎は苦もなくこれを解いた。乱数表を使って、短い通信文を片っ端から五字組の暗号とする方法も教えたが、賢一郎の呑みこみは早かった。暗号を複雑化する手順を二段、三段増やしてみても同じだった。

士官は言った。

「きみは、論理学を学んだ経験があるようだな」

賢一郎は答えた。

「おれはハイスクールしか出ていないが」

「きみの理解度を見ると、プログラムは短縮できそうだ」

「それはいい。おれはこんな訓練が退屈でならないんだ」

ある朝、目を開けると、営倉の鉄製寝台の脇《わき》にテイラー少佐が立っていた。苦りきった表情で、賢一郎を見下ろしている。

賢一郎はまぶたをこすり、意識が完全に目覚めるのを待った。身体《からだ》の節々が痛んだ。前夜のことが堰《せき》を切ったように思い出されてきた。賢一郎はひとつ唸《うな》ってうつぶせになり、枕《まくら》に顔をうずめた。頭が内側から破裂しそうに感じられた。

「思い出したか」テイラー少佐が訊いた。「酒保で飲めるように手配してやったのは、おれのささやかな好意のつもりだったんだ。しかし、派手に暴れてくれたものだな」

賢一郎は顔を枕にうずめたまま、訊いた。

「あんたの好意？」

「午後の講義のあと、お前がビールをたかってきたんだ。猛訓練の合間には、息抜きがほしいと言ったじゃないか」

その事実も思い出した。

「おれはいくらか飲みすぎたようだな。いま、何時だ」

「日曜の朝十時だ。昨日のことを覚えていないのか」

「さんざん酒を飲んで、六人の水兵を相手に立回りをやったんだろう。記憶は確かさ」

「それは最後だ。初めに古参の水兵ふたりにからんだ。騒ぎはそこから始まったんだ」

「おれは勝ったんだろうな」

「あのふたりとも、面目は丸つぶれだったようだな。三十分後に仲間たちが応援に駆けつけて、ようやくきみにもパンチを数発返すことができたそうだ。ついでに言えば、酒保のテーブルやらビールサーバーやらが壊れた。損害分については情報部に請求がくるそうだ。百二十ドルだ」

「おれに契約金のようなものが入るんなら、そこから引いておいてくれ」

「軽口を叩《たた》くのもほどほどにしておけ。酒癖が悪すぎるようなら、この任務はまかせられない。サンフランシスコ警察に電話することになるんだ」

賢一郎は悪態をついた。「糞《くそ》ったれが。あんたの情報工作がどうなろうと、おれの知ったことか。好きなようにするといいさ」

テイラー少佐は長い溜息《ためいき》をついてから言った。

「いつからそんなふうに自棄《やけ》な生きかたをしているんだ。スペインに行く前から、そんな酒の飲みかたをしていたのか」

「どういう意味だ」

「いまのきみは、自分の身を自分で切り刻んでいるように見える。サンフランシスコの組合ボス射殺のときも、大胆というよりは、派手な撃ち合いや追跡を最初から望んでいたように見えた。誰かを殺すのに、わざわざそいつの自宅前で待ち構えていることはない。きみならもっと巧妙で危険の少ない手段も取れただろうに」

「おれはものごとの単純な解決が好きなのさ」

「自殺は、確かに最も簡単な解決法ではあるな」

「行ってくれ、少佐」頭と筋肉の痛みに耐えながら、賢一郎は言った。「こんな朝には、おれはいつも、たったひとつの言葉を胸の底から引っ張り上げては、そいつをなめさすって楽しむんだ」

「そいつは、どんな言葉なんだ」

「世界は、おれが生きるには値しないってことだ。世界はとことん馬鹿《ばか》馬鹿しく、くだらない」

「二日酔いの朝には、そう決めつけて頭を抱える男は多いものだ」

「男たちはみんな、その認識を大切にすべきなのさ」

「来週も講義は続く」テイラー少佐の声の調子が変わった。かすかに憐《あわれ》むような響きがあった。「体調を万全にして出てこい」

鉄の扉《とびら》が閉じられた。靴音はコンクリートの床に大きく反響して、遠ざかっていった。

七月　択捉島《エトロフ》

ゆきが島に戻ってふた月がすぎ、夏となった。

択捉島の夏には、内地の夏ほどには苛烈《かれつ》な日差しもなく、うだるほどの熱気も、また激しい夕立もなかった。むしろそれは穏やかでみずみずしい、淡彩の風景画のような季節だった。長さで言うならほんの四週間ばかり、それも盛夏といえるのはせいぜい一週間ほどの、はかなく頼りなげな夏だ。

それでもこの季節、絨毯《じゅうたん》を敷きつめたように見える千島笹《ざさ》の原野も、蝦夷松《えぞまつ》の森の濃い緑も、みな明るくつややかに輝いて見えた。単冠《ヒトカップ》山に残る雪渓《せっけい》の白さは目にまぶしいほどで、浜の裏手や砂丘では、ハマナスが奔放に咲き乱れていた。ゆきは毎朝駅逓《えきてい》の裏手を散策し、この美しい季節を楽しんだ。部落の住民たちとの関係は相変わらずだが、島に帰ってきたことを嘆く理由は見当たらなかった。ゆきはチシマフウロやノコギリ草などの野草を摘んできては、それを駅舎の軒下にかけて乾し花を作った。

一方で、島の暮らしはしだいに窮屈なものに変わっていた。前年以来、灯舞《トウマイ》でも隣組が組織され、愛国婦人会が結成されるなど、日々の暮らしがはっきりと戦争を意識したものに変わってきていたのである。小学校は国民学校とあらためられたし、外来語の排撃が行われるようになった。内地のほうから、国粋主義の風が吹くようになってきていた。

東京や大阪では、すでに米が配給制となっていた。マッチ、砂糖も昨年来、割当切符制が実施されている。ゆきの店でも、めっきり商品の数が少なくなった。漁船への燃料の割当量が減り、留別《ルベツ》や紗那《シャナ》の村では、漁師と業者、警察とのあいだでひんぱんにもめごとが起こるようになったという。毎年六月にやってきていた猿使《さるつか》い師が、その年はとうとう姿を見せなかった。

「八百屋の前にも行列ができるんだよ」と、東京からやってきた行商人が、ゆきに教えてくれた。「月に二回は肉なし日だと。偉いさんたちは、あとの二十八日、あたしたちが肉を食べてるとでも思ってるのかね」

灯舞の捕鯨場でも、余り肉の管理がうるさくなった。それまでは解体作業の途中で出る屑肉《くずにく》は、住民たちが望めばいくらでももらうことができた。サイカスと呼ばれる舌も、蒸しものにする腸も、塩ぐるみで貯蔵する腹の皮も。それらは長いこと住民たちの既得権であり、食卓に欠かせない海の幸であったものだ。捕鯨場に知人がいる住民であれば、須《す》の子肉さえもらうことができた。しかしこの年は、解剖長は住民たちが解体場にやってくることにいい顔をしなくなった。どんな屑肉も缶詰《かんづめ》として出荷するよう指示が出ているのだという。住民たちは捕鯨場の持ち主の片桐水産を、口をきわめてののしった。

事件が起こったのは、その年の夏、七月末のことである。ある意味では、その事件は択捉島にその後広がる暗雲の最初の兆《きざ》しであったのかもしれないのだが、当時そのことに気づいたものはひとりもなかった。

よく晴れた、心地よい風の吹く朝のことだった。ゆきは七時すぎに、三人の商人たちを駅逓から送り出していた。天寧《テンネイ》の集落へ向かう行商人たちである。ひとり、馬に慣れない商人をあいだにはさんでの、全部で八頭の隊列だった。

彼らを見送ると、ゆきは宣造に言った。

「あとで、うちの馬を十頭くらい集めておいてちょうだい。明日は千島汽船が入るから、いつもの倍は必要になるわ」

宣造は心得た顔でうなずき、厩舎《きゅうしゃ》に入っていった。

ゆき自身は駅舎で朝食のあと片づけにかかった。食器類を流し場で洗っているときのことだ。開け放した窓から、馬の蹄《ひづめ》の音が聞こえてきた。ゆきは顔を上げた。留別へと通じる灯舞街道の向こうから、数人の男たちが馬で駆けてくる。まるで秋祭りの競馬のときのような急ぎようだった。四頭の馬のうしろで土煙が上がっていた。

乗っている男たちが識別できるようになった。白い制服の男がふたりいる。巡査のようだ。それに私服姿がふたり、巡査に続いている。馬の足の速さはただごととは思えなかった。ゆきは前掛けで手をぬぐうと、下駄《げた》を引っかけて駅舎の外に出た。

男たちは灯舞川沿いの道を疾走してきた。そのまままっすぐに単冠湾にでも飛びこんでゆきそうな勢いだった。ゆきは身を引いて、玄関の軒下に入った。

四人の男たちはゆきの目の前で馬を停《と》めた。ちょうど駅逓の駅舎の前の三叉路《さんさろ》である。馬同士が音を立ててぶつかりあい、はじきあった。急に停められたせいか、馬は不服げにいななき、立ち上がった。

巡査のうちのひとりは恰幅《かっぷく》のいいひげの男。もうひとりは童顔の青年だった。ひげの巡査の制服の下に弾帯がのぞいている。サーベルのほかに、ふだんは身につけない拳銃《けんじゅう》を携行しているようだ。若い巡査の馬の横には、銃のケースが見える。民間人はふたりともニッカーボッカー姿で、背中に銃をかけていた。頭をそりあげた男と、ハンチング帽のふたりである。

「あの男……」

ゆきは目を見張った。

民間人たちには見覚えがある。この五月、留別へゆく道の途中で見ている。監獄部屋《タコ》の工事現場でのことだ。ひとりはハンチング帽。もうひとりは、そりあげた頭に入れ墨だ。見まちがいではない。

男たちは三叉路で馬をなだめながら、油断のない目であたりを見渡した。灯舞の部落は、単冠湾沿いの道の山側に人家が並んでおり、この三叉路はちょうど部落の中心にあたる。角に駅逓があり、岡谷商店、駐在所、郵便局と、公的な施設が並んでいた。ただならぬ馬の蹄の音を聞きつけたらしい。駐在の巡査、大塚が制服のボタンをはめながら道に飛び出してきた。五十をいくつか越えた、小太りの男である。丸眼鏡をかけていた。

大塚は馬上のひげの巡査に気づくと、背筋を伸ばして言った。

「署長！」

相手は紗那の警察署長のようだ。

いなく馬を制止しながら、署長と呼ばれた男が言った。

「タコが逃げた。人ひとり、殺してる」

「人殺し、ですか！」

「振別《フレベツ》の飯場で、朝鮮人が棒頭《ぼうがしら》を殺して脱走したんだ。部落に変わったことはないか」

「いえ、署長」大塚は緊張を見せて言った。「郵便局のほうに電話をいただければ、警戒していたところですが」

「ずっと馬を走らせてきたんだ。追いつくことが先決だった」

「こっちへ向かったのですか」

「ああ。やつはまちがいなく、灯舞街道を通った。途中でそいつの手拭《てぬぐい》をひろった」

「そいつは、武器でも持っているのですか」

「山刀を一本奪ってる」

「ご指示を。どうしましょうか」

「年萌《トシモエ》と天寧の村に連絡してくれないか。道路を封鎖するんだ」

「は。ほかには」

「住民全員を集めて、様子を聞くんだ。一軒ずつ、家捜しが必要になるかもしれん」

近くの家からも住民が少しずつ外に出てきた。外の騒ぎを聞きつけたようだ。

またひとつ、灯舞街道の先から蹄の音が聞こえてきた。その場の全員が道の先へ目を向けた。これも巡査のようだ。巡査は馬をあおるだけあおっている。

その巡査は三叉路の前の人だかりの中に突っ込んできた。人垣《ひとがき》がさっと割れた。馬を停めると、その巡査は署長に向かって大声で言った。

「孵化《ふか》場の小屋で、男が怪我《けが》をしています！」

住民たちのあいだに、驚きの声が走った。

灯舞川の上流には、一周三キロメートルほどの沼があって、鮭《さけ》の天然孵化場が設けられている。浜と川の漁業権は、根室に本社のある片桐水産という会社が持っていて、この沼には密漁を監視するために管理人を置いていた。巡査は、灯舞街道から沼へ出て、この管理小屋の様子を見てきたのだろう。

巡査は署長に続けた。

「今朝がた、寝ているところを襲われたそうです。タコは、銃を奪っています」

署長の顔色が変わった。

「弾も、何もかもか」

「薬包も、弾もだそうです」

「まずいぞ。鉄砲まで手にしたとなると」

「男の怪我は、命にかかわるようなものではありません。うなってはいますが、せいぜいコブを作った程度でしょう」

「海軍に応援を頼みますか」と大塚。「兵隊を割いてくれるかもしれません」

「すぐにやってくれ」署長は言った。「それから半鐘を鳴らして部落の全員を学校の校庭に集めるんだ」

「どうするんです」

「家を一軒一軒あらためる」

「山に逃げこんだのかもしれません」

「いや、村の中だ」署長はきっぱりと言った。「やつは船を盗む気だったはずだ。そうでなければ、ここまでこない」

「年萌か天寧に向かったのでは」

「孵化場を襲ったのが明け方だというなら、まだこの近所に潜んでいるはずだ。天道《てんとう》さまが上がってから、道をのこのこ逃げていくか」

「わかりました。船のほうはすぐに確かめてみましょう」

署長は、横の若い巡査に言った。

「年萌側の道を警戒しろ」

頭をそった男には、

「あんたたちは天寧側を抑えてくれ。銃を奪っているんだ。見つけ次第撃ってもかまわん」

頭をそりあげた男は頬をゆるめて歯を見せた。赤い歯茎がむきだしになった。唇《くちびる》の裏も歯茎もぬめりをおびて光っている。

ゆきは背筋に悪寒《おかん》が走るのを覚えた。その微笑は獲物《えもの》を前に舌なめずりする野獣のもののようでもあり、生肉を呑《の》みこんで目を細める餓鬼のもののようでもあった。

駐在所の横手の物見櫓《やぐら》の上で、半鐘が鳴り出した。半鐘の音は夏の単冠湾の空気を引き裂き、いらだたしげに、潮風をかきまわした。

国民学校の校庭に住民たちが揃《そろ》うまで、十分あまりもかかった。

そのあいだ半鐘は鳴り続けていた。警察署長が馬で道を何度も駆けて往復し、外に出てくるよう呼びかけた。駐在の大塚は天寧側から一軒一軒民家の戸を叩き、全員学校の校庭に出るよう指示していた。ゆきも大塚に背中を押されて校庭へと向かった。

住民たちの大半は、事情を知らないままに引っ張りだされ、馬に乗った巡査や銃を手にした男たちの姿を見て、目を丸くした。いくらか先に外に出た住民がいきさつを話して聞かせると、彼らは例外なしに首をすくめ、あたりをこわごわとうかがいながら学校を目差すのだった。年老いた住民たちも、容赦なく家から外へと引っ張り出された。

校庭へ向かうとき、ゆきは署長と大塚とのやりとりを耳にした。

「この村に空き家はあるのか。あるいは、いま使われていない建物は」と署長。

「ありません」大塚が答えていた。「この季節は捕鯨場もまだ操業していますし、片桐水産の番屋にも雇いが大勢入っています」

「漁場の倉庫はどうだ。米倉や網倉は」

「あ、なるほど。それも調べさせます」

「盗まれた船はないんだな」

「いまのところ申し出はありません」

捕鯨場や漁場の雇い人を含め、校庭には百人ばかりの住民が集まった。みなそここに固まり、額を近づけては、この事態を語りあっている。子供たちはこの突然の騒ぎに興奮し、はしゃぎまわっていた。人のあいだを縫って駆けまわり、鉄砲を撃つ真似をし、のけぞったり、うめいて倒れたり、大人たちの不安とおびえをよそに勝手に戯《たわむ》れていた。

やがて半鐘がやんだ。住民すべてが校庭に集まったようだ。大塚は住民たちにその場に座りこむよう指示した。住民たちは砂まじりの校庭の土の上に腰をおろした。私語がしだいに静まっていった。

「全員いるな」と大塚が聞いている。「家族全員、隣りの家の者全員が集まっているな」

ゆきはふと気づいた。

宣造。彼の姿が見えない。騒ぎが始まってからずっと。この校庭にやってきてからも、目にしていない。まだ小屋のほうなのだろうか。

ゆきは砂丘ごしに、放牧場へと目をやった。宣造の小屋はゆるい傾斜のついた放牧場の端にあり、集落から二百メートルばかり離れてぽつりと建っている。宣造自身が廃材や流木を集めて自分で建てたものだ。クリル人の伝統を生かしたものらしい、半地下づくりの小屋である。外から小屋の中の様子はうかがい知ることができなかった。まったく無人のようでもあり、何か異常なことが起こっているようでもある。

大塚が校庭の中に踏み入ってきて、なおも聞いてまわっている。

「全員いるな。みな揃っているな」

ゆきはおずおずと立ち上がった。

大塚がゆきに怪訝《けげん》そうに顔を向けてきた。

ゆきは思い切って言った。

「宣造が、見えないわ」

大塚は顔色を変えて振り返った。大塚の振り返った先に、宣造の小屋が見える。

大塚はつぶやいた。

「あそこは、まだ、見ていない」

さらに十分後、住民たちは逆に各自の家へと追い立てられた。

巡査たちによって、村のすべての建物、すべての施設の捜索が済んだのだ。ただ一軒、宣造の小屋を除いて。警察署長は住民たちを校庭から追い払うと、巡査と監獄部屋の男たちを駅逓の厩舎の陰に集めた。ここから小屋までは五、六十メートル。牧草地の隅《すみ》にある宣造の小屋を監視するには都合のよい場所だ。

ゆきは署長に問われて答えた。

「宣造は、朝、客を送りだすときまではいたわ。そのあと厩舎に入って仕事をしていた。署長たちが駆けてきたのは、それからしばらくしてからだと思うけど、そのあとは見ていない」

「半鐘は聞いたはずだな」と署長。

「よっぽど遠くへ行っていなければね。でもきょうは、遠出する用事もないし、そんなことを口にしてもいないわ」

「仕事をすませて、小屋に戻ったんだろう」

「そこへタコに銃を突きつけられた」と、大塚。「姿が見えないのは、そのせいだ」

「確かめてみる必要があるな」

大塚と巡査たちが顔を見合わせた。村全戸の捜索とはちがい、ひどく確率の高い賭《か》けをしなくてはならない。しかも相手はひとりの男を殺し、ひとりに怪我を負わせた凶悪犯である。巡査たちの逡巡《しゅんじゅん》ももっともであった。

ゆきは署長に訊いた。

「誰かがあの小屋の戸をたたいてみなけりゃならないのね」

「やってみてくれるかね」

大塚が横から口をはさんだ。

「もし中に朝鮮人がいたなら、人質はふたりになってしまうことになる」

「なんとか中の様子を確かめることはできないかな」と署長。「空っぽの可能性も否定できないのだ。だとしたら、我々はとんでもない無駄《むだ》なことをやっていることになる。べつの場所を捜索すべきときにね」

「裏手からまわってみますか」

ゆきは言った。

「裏手の斜面も、正面も、小屋からすっかり見渡せるはずよ。こっそり近づくのは無理」

「火をつけましょう」若い巡査が言った。「あぶりだせば出てきますよ」

「よして」と、ゆきはその巡査をにらんだ。「宣造が自分で作った小屋よ。大事なものも入っている。そう簡単に燃やすわけにはいかないわ」

頭に入れ墨の男が口を開いた。

「ぐだぐだ言ってないで、正面から行ってみりゃあいいんだ」

全員が男を見た。

男は銃を横抱きにして、厩舎の扉によりかかっている。残忍そうな笑みを浮かべていた。

男はその場のひとりひとりの顔を見渡して言った。

「鉄砲を盗んだからといって、使えるとは限らねえだろう。旧式の熊《くま》撃ち銃だって聞いたぜ。弾をこめるんだって、素人には無理だ。鉄砲なんか屁《へ》でもねえよ。それに怪我もしているはずだ。動きは鈍いはずだぜ」

署長が男を見上げて訊いた。

「そうやって確かめてみるのはいいが、しかし危険すぎる作戦だな。志願する者がいるかどうか」

「おれたちが行ってやらあ」

もうひとり、ハンチング帽の男もうなずいた。

署長は答えに満足したようだ。ひげ面《づら》をゆるめて、入れ墨の男の肩をたたいた。その言葉を待っていたのかもしれない。それまでの言葉は、そう言わせるための伏線であったのかもしれない。

「よし」署長は急にきっぱりとした口調になった。「小屋を囲め。逃げ出す隙《すき》を作るな。銃が見えたら、すぐ撃っていい。銃声を聞いたら、あんたたちもそれ以上のことを確かめる必要はない。すぐ引き返せ。中にやつがいることさえわかれば、とりあえずそれでいいんだ。あとは海軍の応援を待とう」

署長の指示で、駐在の大塚もふたりの巡査も散っていった。

署長はゆきに向き直って言った。

「騒がせてしまいましたな」

「宣造を危険にさらさないでください。無謀なことをすれば、宣造が傷つけられる」

「放っておけば、もっと被害がひろがる。ま、ご心配なく」

監獄部屋の小頭たちは、自分たちの銃の具合を確かめると、厩舎の陰から表の道へと出た。そこから宣造の小屋までは二百歩ばかりか。道を北に歩き、途中、牧柵《ぼくさく》の切れ目から放牧地の斜面へと入ってゆくのだ。入れ墨の男は猟銃をかまえ、ハンチングの男は拳銃を抜いた。男たちは歩調を合わせるように、大股《おおまた》でゆっくりと小屋へ向かっていった。

ゆきは厩舎に入り、裏手の扉の隙間から様子をうかがった。男たちふたりが牧柵を越えて、斜面にかかったところだった。横手のくさむらにも、裏の這松《はいまつ》の陰にも、巡査の白い制帽が見えた。

男たちは五メートルばかりの間隔を置き、傲岸《ごうがん》そうに身体を揺らして小屋に近づいてゆく。潮風が長く伸びた牧草をゆらしていた。緑色の光が斜面を走り、風の向きと形を知らせている。小屋には何の動きも見えない。

と思った直後だった。小屋の扉の脇で白い煙が上がった。次の瞬間、銃声。ゆきは思わず身を引いた。入れ墨の男がはじかれたようにうしろへ転がった。小屋の真正面十メートルばかりの場所だ。ハンチングの男はくるりと振り返って逃げ出した。帽子が飛んで牧草の上に落ちた。

「くそ！」署長が表で怒鳴っていた。「タコが。朝鮮人が」

入れ墨の男は立ち上がらない。身動きひとつしていないようだ。

ハンチングをかぶっていた男は、蒼白《そうはく》の顔で厩舎の陰まで逃げ帰ってきた。男のニッカーボッカーの前が濡《ぬ》れていた。

署長が言った。

「とにかく、中に隠れていたことはわかった。あとは、海軍を待つしかないな」

天寧飛行場から日本海軍・天寧警備隊の水兵たちが駆けつけたのは、騒ぎが始まってから二時間以上もたってのことである。

駐在の大塚は、灯舞の郵便局からまず紗那の本局へ電話を入れ、ここから天寧の飛行場警備隊へ回線をまわしてもらったのだった。連絡を受けた警備隊では、紗那警察署長の意向を受け、十二名の隊員のうち半数に武装させて、急遽《きゅうきょ》灯舞の村へと向かった。

灯舞と天寧飛行場とのあいだはおよそ八キロ。道は必ずしも平坦《へいたん》ではなく、途中ラッコ岩の断崖《だんがい》をまかなければならない。自動車の使えぬ島では、軍隊であろうとこの八キロの距離を徒歩で移動せざるを得なかった。警備隊の隊長である士官だけは馬に乗っていた。

警備隊が到着したとき、住民たちはすべてそれぞれの家に閉じこもっていた。屋外へ出ることも、窓からあたりをうかがうことも禁止された。通りにも浜にも人影ひとつ見ることはできず、ただ数匹の犬だけが、息をひそめた家々のあいだを歩きまわっている。

警備隊は士官に率いられた下士官以下六名。兵たちは全員が陸戦隊用の野戦服に小銃という装備である。

駅舎の裏手で、警察署長たちが警備隊を迎えた。

士官が馬をおりた。野戦服姿で腰に拳銃をさげた士官は、歳《とし》のころ二十五、六か。ゆきとほとんど変わらぬ年頃《ごろ》と見える。階級章は中尉《ちゅうい》を示していた。

ゆきは意外に思った。天寧警備隊の隊長は、下士官上がりの年配の特務中尉、と聞いたことがあったからだ。二十代なかばの年で中尉となれば、明らかに海軍兵学校の出だろう。しかし天寧飛行場の警備隊の規模を考えると、兵学校出の士官が赴任してくることは不自然だった。

ゆきは士官をすばやく観察した。若いことは若いが、目には年不相応な不遜《ふそん》な光がある。輪郭のはっきりした端正な顔立ちで、口許《くちもと》は皮肉っぽく結ばれていた。

士官もゆきの顔に目をとめた。その瞳孔《どうこう》が大きく広がったのを、ゆきは見逃さなかった。函館にいたころも、男たちの似たような反応はよく経験していた。

士官は口の端を少しだけ持ち上げると、署長に向き直って言った。

「状況は」

署長は手みじかに説明した。士官は退屈を隠そうともせずにそれを聞いていた。厩舎の陰から顔を出して、宣造の小屋にも目をやり、ひとりうなずく。署長の説明が終わると、士官は訊いた。

「その朝鮮人を取り調べる必要はありますか」

「いえ」と署長。「まずこれ以上の被害をくいとめることです」

「なら簡単です。まかせてください。すぐに片づけましょう」

士官が下士官に何ごとか指示した。下士官は水兵たちを引き連れて厩舎の陰から去っていった。

ゆきは士官に訊《たず》ねた。

「どうするんです」

士官はゆきを見つめてきた。こんどは遠慮なしに、じっくりと。視線がゆきの顔から胸、そして身体全体へと流れた。

「あなたは」と、士官が訊いてきた。

「ここの駅逓《えきてい》の取扱人です。あの小屋は、うちの雇い人が使っているものなんです」

「お名前は」

「岡谷ゆき、ですわ」

「帝国海軍中尉、浜崎真吾。天寧飛行場警備隊長です」くせのない声で、言葉には出身の地方を特定できるような訛《なまり》はなかった。「ずいぶんお若くお見受けしますが、本来の取扱人さんなのですか」

「この春、伯父から引き継ぎました」

「わたしは先月、天寧に赴任してきたばかりです。初めてお目にかかりますね。天寧の村だけではなく、こちらにもあいさつに回るべきだったようだ」

ゆきはいらだちを感じながら言った。

「どうやって宣造を助けだすつもりなんです。それをうかがいたいのですが」

「ご心配なく。すぐに片づきます」

「宣造に怪我をさせないでください。無茶はしないでいただきたいんです」

「もう中で殺されているかもしれないのですよ。時間をかけることがこちらの有利になるようでもない」

「中尉」と、警察署長が士官に声をかけた。

浜崎と名乗った士官は、ゆきをまっすぐに見つめたまま微笑した。話はいずれまたあとで、と言ったようでもあり、べつの話をじっくりと、と言ったようでもあった。

ゆきはその微笑にかすかに淫《みだ》らなものを感じて、一歩しりぞいた。

浜崎と署長は、厩舎の横から駐在所のほうへ歩み去っていった。

不安を抱えたまま、ゆきは再び厩舎の中に入り、奥の扉の隙間から外をのぞいた。牧草地の中ほどにある宣造の小屋では、まったく動きはない。小さなガラス窓にも人影が映ることはなく、戸は閉じられたままだ。正面の草の上には、あの入れ墨の男が横たわっている。彼も身動きひとつしないところを見ると、すでに死んでしまったのだろう。監獄部屋《タコ》を脱走したという朝鮮人労働者は、これでふたりの男を殺したことになる。極刑はまずまちがいのないところだ。ただ飯場を逃げ出しただけなら、いまから手を上げて出てくることもできるだろうが、ふたりの人間を殺していては、あとはただ逃げられるだけ逃げるしかないのかもしれない。

宣造は無事だろうか。

ゆきは、おそらく中で捕らえられているにちがいない宣造のことを案じた。彼は体格もよく、力仕事にも慣れている青年だった。そう簡単に組み伏せられたり、縛り上げられたりすることはないはずだ。たとえ相手が銃を持っていたにせよ、いきなり撃たれるのでもないかぎり、そうやすやすと人質になるとは考えられない。それだけにいっそう宣造の身が気がかりであった。手遅れになっているのでなければよいが。

外に目をこらしていると、水兵たちが匍匐《ほふく》でそろそろと小屋に近づいてゆくのがわかった。小屋の背後の斜面にも、鉄兜《てつかぶと》が見え隠れしている。もちろん小屋からも水兵たちの動きは見えているはずだが、さっきまでとはちがい、いまは包囲の人数が六人。接近を知ったとしても、ひとりではじゅうぶん応戦することもむずかしいだろう。

やがて水兵たちの動きが止まった。小屋から十五メートルばかりの距離で、小屋に銃を向けたまま静止したのだ。

牧草地の中で下士官らしい男が手を振った。

それが合図だったようだ。何秒かの静寂のあとに、とつぜん爆発音が起こった。

あ、と思わずゆきは声を上げていた。

小屋の裏手で白煙が散った。煙に材木の砕片や土がまじっている。放牧地の馬が驚いていななないた。

手投げの爆弾？　あの士官は、宣造も一緒に吹き飛ばそうというのか。

しかしゆきの一瞬の想像とはちがい、小屋は吹き飛ぶことなく、そのまま残っている。爆弾は小屋の中に投げこまれたものではないようだ。すぐ外で爆発したものらしい。

やがてパチパチと木材の爆《は》ぜる音が聞こえてきた。爆発のときとはべつの白い煙が昇ってくる。小屋の裏手に火がついたようだ。あの海軍士官は、警察がいったんあきらめた手段で事態を解決しようとしている。

先に飛び出してくるのは、宣造だろうか。それとも脱走した人夫だろうか。

ゆきは息をとめて小屋の戸口を見つめた。水兵たちは、そのふたりを区別できるだろうか。宣造がまず先に小屋から飛び出し、そこを水兵たちに撃たれるということも考えられる。ゆきは浜崎という士官の胸倉をつかみ、おもいきりゆすってののしりたい気分だった。

炎がはっきりとわかるようになった。煙はもう十メートル以上の高さにまで上がっている。きな臭い匂《にお》いがあたりに漂ってきていた。厩舎の馬たちも騒ぎだしている。

ふいに小屋の戸が開かれた。中から転げ出してくるひとつの影。影はいったんくさむらの中に倒れこんだが、すぐに起き上がった。宣造だった。

ゆきは厩舎の扉を押し開け、叫んだ。

「撃たないで！　ちがうわ」

宣造は頭をかかえ、背をかがめて走り出した。

厩舎の脇からは大塚の声。

「撃つな！　撃つな！」

宣造は牧柵まで駆けてこれを飛び越え、道の脇の地面に腹ばいになった。

見ていると、小屋の戸口に新しい人影。銃を手にしている。男は銃をかまえたまま、戸口から数歩歩み出た。

三方から銃声が起こった。

男はうしろへはじかれたように飛んだ。両手を広げて、どうとうしろ向きに。男は戸口の前に仰向《あおむ》けに倒れ、そのまま動かなくなった。

水兵たちが背を低くしたまま近づいていった。男は倒れたままだ。起き上がらない。三、四人の水兵が、銃を突きつけて男を囲んだ。ひとりが人夫の身体を足で転がした。

下士官がこちらに向かって手を振った。

それを合図に、厩舎の陰から士官と署長が駆け出した。

「宣造！」

ゆきも宣造に向かって駆けた。

宣造の上体がゆっくりと地面から持ち上がった。あたりをうかがっている。無事のようだ。少なくとも大怪我はしていない。ゆきは足をゆるめた。

「だいじょうぶです」宣造は立ち上がった。息が荒い。「ボンと音がしたときはびっくりしましたが、撃たれてはいませんよ」

「中がどうなっているのかわからなくて、気が気じゃあなかったわ」

「殴られて、縛られていたんです。いま、縄《なわ》を切ってくれて、尻《しり》を蹴《け》とばされた」

「海軍さんは、誰彼かまわずに撃つ気だったわ」

また短く破裂音があった。

ゆきは音のしたほうを振り返った。士官が倒れた人夫に拳銃を向けている。彼が発砲したようだ。とどめを刺した？　士官は拳銃をホルスターに収めた。

宣造が言った。

「軍隊ってのは、荒っぽいものですね」

ゆきは口の中にしみだしてきた苦汁を飲みこんだ。足もとがあやしくなり、思わず宣造の肩に手をかけた。宣造があわててゆきを支えてきた。貧血を起こしかけたようだ。

「だいじょうぶ。だいじょうぶよ」

気を取りなおして、ゆきは小屋へと足を向けた。完全に燃えつきてしまわぬうちに、少しでも中の家財を運びだすべきと思ったのだ。宣造がすぐうしろからついてきた。煙はもう屋根と壁との隙間からもうもうと上がっている。中は火の海となっているかもしれない。

歩いてゆくと、途中の草の上にあの頭をそりあげた男が転がっていた。額の上の、ちょうど入れ墨の部分に穴が開いていた。死んでいる。巡査がひとり、しゃがみこんで、男の様子を確かめていた。

小屋の前から、水兵たちが死んだ人夫の死体をひっぱってきた。

ゆきたちは署長や士官らのうしろから、ふたりの男を殺したという凶悪犯の姿をのぞきこんだ。死体は仰向けで、胸のあたりが真っ赤に染まっている。顔には傷はなく、目はみひらかれたままだ。その目にはまだ、激しい憎悪《ぞうお》と呪詛《じゅそ》が浮いていた。

「あっ」ゆきは短く声を上げた。

「どうしました」と宣造。

ゆきは小声で答えた。

「この人、見たことがあるわ」

「どこでです」と、宣造も小声で訊《き》く。

「帰ってきたばかりのころ、留別へ行く途中の道路工事の現場で見たの。顔をはっきり覚えている」

「さっき小屋の中で少しだけ話をしましたよ。二年くらい前に、故郷の村に警官がやってきて、有無を言わさずに九州の炭坑へ連れてゆかれたんだそうです。炭坑を逃げ出して、あちこちを逃げまわり、そうしてとうとうタコ部屋に入ってしまったんだと言ってましたよ」

「人質になっていたのに、悪くは思ってないようね」

「爺《じい》さん婆《ばあ》さんのことを思い出したんです。爺さんたちも、ある日とつぜん日本の軍隊がやってきて、色丹島《シコタン》へ移住しろと言い渡されたんですからね」

「あなたも日本人をうらんでるのかしら」

宣造は答えなかった。

「島づたいにロシアへ逃げたいって言ってました。うまくすれば、一緒に連れてってやることもできたんですがね」

火勢が強くなってきた。小屋は激しい音を立てて燃え上がっている。

水兵たちが労務者の死体を持ち上げた。

ゆきたちも火勢にあおられてその場から離れた。

「乱暴なやりかたね」ゆきは顔をしかめて言った。「あなたの小屋を焼かなくたって」

「国は、この補償をしてくれるんでしょうか」

「当てにしないほうがいいかもしれない。きょうから、駅舎のほうで寝泊まりして」

「すぐに小屋を建てなおしますよ」

士官がゆきに顔を向け、傲岸そうな笑みを見せた。首尾に満足しきっているような、自信たっぷりの微笑だ。拍手でも期待しているかのように見える。

ゆきはその微笑を黙殺して、士官に背を向けた。

八月　東京

大貫誠志郎中佐の目の前で、激しいやりとりが続いている。

「だめだ。ハワイ作戦など、絶対に認めるわけにはいかん」

「わからない人だな。なんのために我々がこれまで、猛訓練を重ねてきたと思っているんだ」

論陣を張る一方は、海軍・軍令部第一課長の富岡定俊大佐。もう一方は連合艦隊司令部首席参謀の黒島亀人《かめと》大佐である。

大貫誠志郎中佐は、流れ出る汗をぬぐいながら、ふたりのやりとりを黙したままで見守っていた。東京・霞《かすみ》ケ関《せき》。海軍省ビルの二階、中央に巨大なテーブルの置かれた作戦室である。壁ぎわにひとつ、小型の扇風機が設置されていたが、部屋の男たちの額から汗を揮発させるほどの力はなかった。同僚の水雷参謀、有馬高泰中佐も、大貫の横で腕を組み、議論に聞きいっていた。

この日、山本五十六《いそろく》連合艦隊司令長官が、東京の軍令部に参謀たちを派遣したのである。開戦いよいよ近しと見て、対英米蘭作戦の内示を求めたのだった。戦務参謀の大貫誠志郎中佐も、ふたりの先任参謀に同行して海軍省に出頭していた。

ところが軍令部が提示した計画案の中には、ハワイ奇襲作戦は織りこまれていなかった。この年の一月、山本司令長官が直接海軍大臣に諒解《りょうかい》を求め、同時に研究にかかっていたハワイ作戦である。とうぜん軍令部の作戦計画の一環として採用されていてしかるべきものであった。しかしこれがまったく無視されていたのである。連合艦隊司令部の参謀たちは激昂《げきこう》した。軍令部側と連合艦隊司令部の側とのあいだで激論が始まった。

「繰り返すが」と、軍令部の富岡課長は頭を振って言った。「このハワイ奇襲作戦は、計画の秘匿《ひとく》が成否を決める。作戦が絶対に漏れないということに賭けなければならないのだ。つまりこれは博打《ばくち》だ。投機的すぎる。そんな作戦を認めるわけにはいかない」

黒島大佐は、顔を真っ赤に染めて反論していた。

「計画秘匿には万全を期する。確かに本作戦には予測しえない要素も多い。それは認めますよ。投機的であるし、冒険的とも言えましょう。しかしながら、戦争に冒険はつきものだ。冒険をおそれて戦争ができますか」

「いいかね」と富岡課長。「これほど成功の確実性が薄い作戦を実行することは、重要な兵力を無為に遊ばせることでもあるし、へたをすると虎《とら》の子の兵力を失うことになりかねない。それは主作戦たる南方作戦をつまずかせることになるだろう。南方作戦は、我が持久態勢確立のうえからも、対ロシア顧慮の面からもすみやかに完了する必要がある。そのため、マレーとフィリピンに同時に大部隊を投入しなければならないのだ。ハワイ作戦のために航空母艦を割く余裕はない」

「南方作戦を成功させる前提としても、米国太平洋艦隊を撃破しておく必要があるんだ」

「同意できないな。それにまだある。国交が極度に緊張した時期に機動部隊を進出させることは、もしこれが発見されたとき、日米交渉が完全に決裂してしまうことになる。このような危険を冒してまで実行する価値がある作戦とは思えないのだ」

一九四一年八月の七日であった。

これよりちょうど一週間前の八月一日、米国政府はあらたな対日経済制裁を発動させていた。石油の全面輸出禁止を発表したのである。七月二十六日の在米日本資産の凍結に引き続き、英国、オランダも対日経済封鎖を発表しており、いわゆるＡＢＣＤ

包囲網がこの日完成を見たのであった。

日本政府は石油の全面禁輸の措置に激しい衝撃を受けた。日本がアメリカから石油を輸入できなくなれば、数カ月以内に備蓄は底をつく。石油タンクが空となれば、コンビナートの火は消え、街からトラックや乗用車の姿がなくなるのである。日本の近代産業は崩壊し、社会そのものが機能麻痺《まひ》に陥《おちい》ることは明白であった。よもや、と思われていた事態ではあったが、ここでも日本政府は、米国の出方に対して見通しが甘すぎたことを知らされたのだった。

国内の世論は、この制裁処置に憤激した。南方への進出がいっそう声高に主張されるようになった。フィリピンからマレー半島、そうしてオランダ領東インドの軍事占領を求める声がいよいよ高まったのである。南方の油田や鉱山を確保し、できるだけ早い時期に自給体制を作れというものである。しかし南方進出は、日米開戦を決定的にする。対英米蘭戦争の幕が切って落とされることになるのである。

総理大臣の近衛文麿《このえふみまろ》は、かくなるうえは首脳会談以外に事態打開の道はないと確信するに至っていた。直接ルーズベルト大統領と会談を持ち、日本の中国政策、南方政策の変更を伝えようとしたのである。海軍首脳も首脳会談の開催を支持したので、近衛はさっそく外務省ルートで、米国側に首脳会談を申し入れることに決めた。場所は、日本と米国本土とのちょうど中間、中部太平洋のハワイではどうかという提案であった。

首脳会談の申し入れは八月八日になされることになったが、政府のこの動きとはべつに、連合艦隊司令部は南方進出は不可避とみて、対英米蘭作戦の準備にかかろうとしていたのだった。

軍令部の富岡課長はなおも言った。

「こんな大兵力を使用する作戦では、準備期間中の機密保持にも懸念《けねん》がある。また二週間近い航行日数を要するから、途中で敵艦船や航空機に遭遇することも考えられる。そうなったとき、奇襲攻撃の意図は挫《くじ》かれ、強襲とならざるをえない。敵勢力が手ぐすね引いて待ちかまえているところを攻撃するとなれば大きな戦果は期待できず、かえって我が損害のみが大きくなることも予測しうるではないか」

黒島参謀も一歩も引かずに言った。

「太平洋艦隊主力をたたいておかなければ、南方作戦を成功させることはおぼつかない。南方作戦を成功させる前提としても、米艦隊主力を空襲しておくことが必要不可欠なのだ」

議論は堂々めぐりとなっている。どちらにも主張を引っ込める意思は毛頭なく、互いに相手を論破しようとして懸命だった。議論が始まってもう数時間、ふたりの顔には疲労の色がにじみ出ていた。

とうとう両者が言葉を使い尽くした。作戦室に沈黙が満ちた。大テーブルをはさんで、黒島参謀も富岡課長も腕を組んだまま口をつぐんだ。

張りつめた長い沈黙を破って、ようやく黒島参謀が大貫に声をかけた。

「もうにっちもさっちもいかん。このままでは柱島に帰ることもできんし、どうしたものかな」

「は」大貫はあごを引き、黒島と富岡の顔を交互に見た。「山本長官は、事態の急展開にかんがみ、例年末に行われている海軍図上演習の時期を繰り上げてもらいたいと要請されております。ここは我々も軍令部もいったん引き、双方相手の主張を考慮した上で、作戦計画を練り直してはいかがでしょうか。その結果を図上演習でさらに詳細に研究してはと存じますが」

「図上演習の繰り上げは考えていた」富岡課長が言った。「石油まで禁輸となってしまった。悠長《ゆうちょう》なことは言ってはいられない。山本長官の要請を受け、来月早々にでも開催しよう」

大貫が訊いた。

「いま、日程を決められますか」

富岡は壁の暦に目をやって言った。

「軍令部としては、十一日あたりからが適当と思うがどうかね。場所は例年どおり海軍大学校の大ホール」

黒島参謀が立ち上がった。

「十一日から図上演習。長官がじきじきにハワイ作戦を統裁されることになろう」

大貫中佐ら連合艦隊司令部の参謀たちは、軍令部の富岡課長に敬礼して作戦室を出た。


午後三時になっていた。昼をはさんで、延々四時間近くも激論が続いていたことになる。さすがに大貫も疲労を感じてきていた。

ひと休みしてから、広島への帰路につこうということになった。大貫はふたりの先任参謀たちと吹き抜けのあるホールで別れると、かつての職場であった副官室に顔を出した。首席副官以外の副官たちと、何人かの若手書記官らが机を並べている部屋だ。

年のころ三十前後の、まだ若い書記官が顔を上げた。調子がよく遊び好きの男だが、仕事はできる。大貫とはなぜかうまが合った。山脇という名だ。彼と会うのは、一月に及川海相のもとへ山本長官からの書簡を届けにきたとき以来だった。

大貫は山脇書記官をホールへと誘い出し、しばらくのあいだ世間話に興じた。日米関係の行方から、近衛内閣の対米政策、支那《シナ》事変の見通しなど、さすが政府中央に近いところにいるだけあって、山脇の情報は豊富だった。たぶん海軍内部ばかりではなく、陸軍省や外務省にも、いくつかの情報源を持っているにちがいなかった。またそれでなければ、海軍省書記官としては仕事を十全にこなすことができないのかもしれない。

世間話のあとに、山脇書記官は言った。

「わたしは、この冬に結婚しようと思うんですが」

「ほう」と、大貫は相手の顔を見つめなおした。「独り身をぞんぶんに楽しんでいるようだったが、とうとう年貢《ねんぐ》を収めるんだな」

「よしてください」書記官は顔を赤らめて言った。「相手は、あの安藤大尉《たいい》の妹さんなんです。覚えてらっしゃいますか」

「安藤大尉」

覚えているどころではない。海軍航空隊の搭乗員《とうじょういん》で、零《れい》式艦上戦闘機に乗っていた士官だ。南京《ナンキン》航空戦をはじめ、重慶爆撃掩護《えんご》作戦など幾多の航空戦に参加、めざましい戦果を挙げていた。米国人の母親と、海軍佐官だった父とのあいだに生まれた混血男である。いまベルリンの駐独海軍武官室に勤務している。

大貫は海軍省副官であった昨年末、同盟国ドイツの空軍の要請に応じて、二機の零式艦上戦闘機をひそかにベルリンへ送り出していた。ビルマ、インド、イラクという英国の勢力圏を隠密裡《おんみつり》に突破させたのだ。山脇書記官と組んでの仕事だった。安藤大尉は、そのときの搭乗員に選んだひとりだ。

その山脇が、安藤大尉の妹と結婚するとは意外だった。大貫は訊いた。

「いつからの知り合いなんだ」

「昨年秋から」と山脇が答えた。「安藤大尉たちが長距離飛行訓練にかかっていたころです。横浜のダンスホールで、安藤大尉に紹介されました」

「彼女も、混血だったか」

「そうですが。気になりますか」

「いや。だが苦労が多いだろうってことは、覚悟しておかねばな。アメリカ人と結婚したってことで、安藤大尉の父君は海軍内部で冷飯を食らったんだ。きみはその娘さんを引き受けるんだぜ」

「いろいろあるかもしれませんが、承知のうえです」

大貫はその若い書記官の背をたたいて言った。

「とにかく、いまは家庭を持とうって男にはいい時代じゃない。ましてや海軍省勤務となればな。大事にしてやりたまえ」

「結婚式には出ていただけますか」

「可能なら出る。早めに連絡をくれないか」

「長門《ながと》宛《あ》てに電報を打ちます」

大貫中佐は、いくらかなごんだ気分で山脇書記官と別れた。

彼が結婚する。めでたいことにはちがいない。たとえ大戦争と軌を一にして始まる結婚生活であってもだ。たとえ困窮と耐乏の中で重ねられる蜜月《みつげつ》であってもだ。めでたいことにはちがいない。

大貫は、山脇の結婚式が開戦後とはならないことを切望した。開戦直前の緊張のさなかで行われないことを願った。彼は山脇の結婚式には、なんとしてでも出席したかった。彼を祝福し、その新妻となる女性にはなむけの言葉を伝えたかった。安藤大尉の妹、と聞いただけで、大貫には彼女の容姿と人柄《ひとがら》が想像できるような気がした。山脇にふさわしい、美しく快活で積極的な女性であるはずだ。

安藤啓一大尉の妹か。

大貫はあらためてあの戦闘機搭乗員の面影《おもかげ》を想《おも》い起こした。大貫は、自分が零式艦戦の空輸計画に選抜したあの孤高な飛行機乗りが好きだった。一度その反抗的な態度をとがめて殴ったことがあったが、それでも彼はあの搭乗員が好きだったのだ。

九月　サンディエゴ

訓練が始まって七週間たった週末の午後、賢一郎は夕食のあとに海軍憲兵隊《SP》詰所の前庭へと出た。このころには監視の目もゆるやかになっており、賢一郎は基地の内部をかなり自由に散策することができた。監視兵たちも、目の届く範囲でなら賢一郎の行動を制限することはなくなっていたのである。

庭に植えられたオレンジの木の陰に、賢一郎は腰をおろした。

南カリフォルニアの苛烈《かれつ》な陽の光が、軍港全体に降り注いでいた。基地の緑の芝生と、白い建物の対比が鮮やかだった。基地の中の通りを行き交っているのは、純白の制服を着た水兵たち士官たちだ。どの制服にもよくプレスがきいており、しみひとつ見当たらなかった。彼らの表情にも、ほとんど緊張らしいものは見当たらない。日々険悪になっているという米日関係の影響も、このサンディエゴ軍港の表面からは窺《うかが》うことにできなかった。港に浮かぶ灰色の艦船の姿を無視するなら、基地は清潔で整然とした郊外住宅地のようであった。

賢一郎は芝の上で、ハモニカを取り出した。サンフランシスコでテイラー少佐の乗用車に飛び乗ったときも持っていたものだ。銀色の輝きも失《う》せた、小型のクロマチック・ハモニカ。訓練が始まって二日目に、テイラー少佐から直接返されていた。

賢一郎はそのハモニカを口に当て、さっと音の調子を確かめると、ひとつの曲を吹き始めた。通しで演奏することのできる、数少ない曲のうちのひとつだった。

吹き終えたとき、脇《わき》で拍手する者があった。賢一郎が見上げると、キャスリンだった。

「お上手なのね」キャスリンは賢一郎の脇に腰を下ろし、足を芝生に投げ出した。

「スコットランドの民謡ね」

賢一郎はハモニカを振って、パンツの生地で唾《つば》をぬぐった。

「スペインで覚えた曲だ」

「スペインでスコットランド民謡？　どういうことなの」

「リンカーン大隊に、スコットランド生まれの義勇兵がいたんだ。十二のときにアメリカに移民してきたという男だ。おれと同時期に国際義勇軍に志願して、ずっと一緒の部隊で戦った。そいつがこの曲をいつも吹いていたんだ」

「そのハモニカで、という意味なのかしら」

「そう。このハモニカで」

「その人はどうなったの」

「死んだ。エブロ河の渓谷《けいこく》で。このハモニカはそいつの形見なのさ」賢一郎は話題を変えた。「さて、おれに何の用だ。また悪い報《しら》せを持ってきたのか」

「いいえ」キャスリンは首を振った。「訓練が終わったことを伝えにきたのよ」

「もう一週間あるはずだが」

「あなたは予定していたすべてのプログラムを完全に習得したわ。ほかの教官たちと相談してきたところなんだけど、これ以上の訓練は必要ないと意見が一致したの」

「じゃあ、いよいよ潜入ということになるんだな」

「月曜日に、テイラー少佐があなたを飛行艇基地へ連れてゆくわ。あなたはそこから日本へ向かうことになる。だから、わたしたちが顔を合わせるのは」

キャスリンがためらいを見せたので、賢一郎が後を引き取った。

「これが最後になるかもしれない」

キャスリンはうなずいた。

「ええ。最後になるかもしれないのよ」

「危険な任務だってことは承知している。あんたが感傷的になることはない」

「そういうことを話しにきたんじゃないのよ。ひとつだけ、質問していい」

「いくつでも」

キャスリンは真顔で賢一郎の瞳《ひとみ》をのぞきこんできた。

「あなた、日本へ潜入することについては、まだほんのひとかけらの自発性も持ってはいないかしら。いまでもこれは、強《し》いられた任務としか感じていないかしら。あの国の無法と暴虐《ぼうぎゃく》を止めることが正義だからとは、まったく信じることはできないかしら」

賢一郎はもう一度ハモニカを口に当て、いま演奏していたスコットランドの民謡の最初の一小節を吹いた。

「どうなの」キャスリンが訊いた。

賢一郎はハモニカを離して、視線を遠くへ向けた。司令部の白いビルの屋上で、星条旗がひるがえっている。

賢一郎は星条旗に目を据《す》えたまま言った。

「あんたが公平で偏見のない人だということはわかっている。正義や道徳についても、じつに健全な思想の持ち主だということも知ってる。この訓練中、あんたは日本を非難する言葉で、米国の歴史も断罪してきた。ただの国粋主義者じゃない。それは認める。だけどおれに言わせれば、ナイーブな理想主義は、現実の世の中ではむしろ厄介《やっかい》で危険なだけだ。世界をいっそう複雑で、やりきれないものにする。おれはあんたのそんなナイーブな理想主義のために、自分の命を投げだすわけにはいかない」

「スペインで戦ったあなたが、理想を追うことを笑うとは意外だわ。人が夢見ることを否定するのね」

「スペインの話はそれまでにしてくれないか。確かにおれたちはスペインに友愛の地を準備しようとした。そのために銃をとったし、バリケードを築いた。しかしおれたち自身は、友愛を示すことはできなかったんだ。教えてやろうか」賢一郎はハモニカをかざして言った。「このハモニカの持ち主は、おれに殺されたんだ。戦線の同じ側で、塹壕《ざんごう》に肩を並べていた同志だったが、おれがやつの胸にナイフを突き刺して殺した。おれがスペインでやってきたのは、そういうことだ」

キャスリンは意味がとれなかったかのように賢一郎の顔を見つめていた。身体《からだ》をほんのわずか引いたかもしれない。やがて彼女は青ざめた顔で言った。

「マクダウェルとかいう米国共産党員のことを言ったのかしら。FBIの記録では、行方不明になったとかいう」

「そう。前線を撤退するどさくさの中で、おれに殺されたんだ」

「それ相応の理由があったんでしょうね。内戦中の共産主義者と無政府主義者の対立のことは、わたしも知らないわけじゃない」

「いや。そんな大層なものじゃなかった。おれにあったものは、ただの個人的な憎しみだ。激しい殺意だ。それだけさ。論理も正当性も持ってはいなかった。正義の名を口にすることもできなかった」

「それでもあなたが、国際義勇軍に身を投じたという事実は変わらない」

「国際義勇軍の栄光は、あんたが最初の日に言ったとおり、伝説なのさ。作られた神話だ。じっさいに参加したおれたちの頭の上に、光の輪があったわけじゃないんだ」

「わたしは」とキャスリンも遠くへ視線を向けた。「いつかあなたがこの任務を終えて帰ってきたとき、あなたを家に招《よ》ぼうかと考えたことがあるの。あなたの任務の成功と、わたしたちの計画の成就《じょうじゅ》を祝うためにね。あなたを親しい友人たちに紹介し、一緒にワインを空け、肉を切り分けて食事をすることを考えたことがあったのよ。でも、やはりわたしたちは、同じことを喜び合える人間同士ではなかったようね」

「おれはデモクラシーの戦士なんかじゃないんだ。そのことについては、よくわかってもらえたつもりだったんだが」

キャスリンが口調を変えて言った。

「伝え忘れるところだったわ。あなたのコードネームは、フォックスよ。これからは、あなたは斉藤賢一郎でもケニー斉藤でもなく、わたしたちのあいだではフォックスと呼ばれることになるわ」

「白頭ワシでもよかったんだが」

「あなたを直接監督するのは、テイラー少佐よ。あとのことはすべてテイラー少佐から聞いて」

「熊《くま》とキツネの組合せか。ウォルト・ディズニーみたいな図だな」

キャスリンは立ち上がった。

賢一郎もその場に立って、キャスリンを見つめた。どうやらこれが、卒業式ということなのだろう。地下工作者の訓練終了にはふさわしい、素っ気ない簡潔な区切りの示しかただ。

「じゃあ、ミスター・フォックス。もう会うことはないかもしれない。グッド・ラック」

キャスリンは手を差し出すこともなく、くるりと背を向けて歩きだした。

賢一郎はしばらくのあいだ、そのうしろ姿を見守っていた。肩の落ちた、どこか力のない歩みに思えた。キャスリンが二十歩ほど離れたところで、賢一郎は声をかけた。

「ミセズ・ウォード」

キャスリンは立ち止まったが、振り返らなかった。

賢一郎はかまわず言った。

「ミセズ・ウォード。あんたはおれをひどく誤解しているが、さっきのご招待の話はうれしかった。実現することはあるまいが、あんたの心づかいには感謝する。ありがとう」

キャスリンは反応を見せずに、また歩きだした。賢一郎は彼女が対日工作チームの訓練所のビルへ消えるまで、キャスリンのうしろ姿を見守っていた。


翌週月曜日になって、テイラー少佐が営倉を訪れた。革製のスーツケースをふたつ手にしていた。

賢一郎はちょうどひげを剃《そ》り終えたところだった。

「すぐにでも出発できる」賢一郎はタオルで顔をふきながら言った。「あんたのほうの支度はできたのか」

「全部持ってきた」テイラー少佐は、寝台の上でスーツケースを広げた。「衣類から書類まで、ひと揃《そろ》いだ。確認しろ」

賢一郎は品物に素早く目を通した。

すぐ目につくものは、二着のスーツだった。暗い灰色と、杉綾《すぎあや》のツイード地のものが一着ずつだ。サンディエゴでは着ることができそうもないほどの、厚手の生地で仕立てられていた。四季がはっきりしているというあの国では、そろそろ夏が終わろうとしているのだろう。そのスーツは両方ともいくらかくたびれているように見える。新品ではあろうが、故意に畳み皺《じわ》をとらなかったのかもしれない。ほかにシャツが数枚。替えズボンが一本。黒い短靴が一足。建築作業員が履くような、丈夫そうな編み上げの靴も一足あった。それに鳥撃ち帽。タイは見当たらない。

賢一郎は言った。

「銀行員に変装させるつもりはないようだな」

テイラー少佐は、にこりともせずにうなずいた。

「きみはニューウエストコースト・ラインに勤務する作業員だ。これは米国の旅券。ケネス・サイトウの名で発行されている。あとでサインを書きこんでくれ」

革装のパスポートを受け取って、写真を眺《なが》めた。つい先日撮られたばかりの写真が貼《は》られていた。髪を横分けにし、口もとからは努めて皮肉な印象を消した正面向きの写真だ。

中のページを繰ってみたが、出国のスタンプはひとつも押されていない。ケネス・サイトウは、しごくつつましやかに小さな世界で生きてきたことになっているようだ。

テイラー少佐は、べつの書類を渡してきた。

「ここにきみの履歴書がある。頭にたたきこめ。生まれてから働き出すまでは、きみのじっさいの経歴をそのまま踏襲している。ふいの質問を受けてもまごつくことは少ないはずだ」

「船会社の作業員が、日本に何をしに行くんだ」

「日本の親族を訪ねるんだ。こっちの手紙は、親族がきみあてに出したものだ」

賢一郎は封筒に記された差し出し人の住所を見た。読みにくい文字だったが、大阪市から投函《とうかん》されたことになっているようだ。スタンプの部分は、水がにじんでまったく判読することができない。

「この斉藤弁治郎って人は、じっさいに存在するのか」

「いや。すでに死んでしまった日本人の名を借りたものだ。日本の警察も、この差し出し人から事情を確かめることはできない」

「念の入ったことだな」

「海軍といっても、やはり官僚機構のひとつなんだ。こういった書類を揃えるのはお手のものさ」

「日本に潜入したのちも、おれは米国籍を持った日系人で通すのか」

「いや。最初の入国管理のときだけだ。東京に入ってからは、基本的には日本人になってもらう。向こうで、国民服というユニフォームみたいな服を買うんだ。ただし米国人としてのパスポートが役に立つときは、そいつを使ってもいい」

「どんなときだ」

「いろいろあるが、たとえばホテルのレストランで食事をするときだ。外国人であれば、日本人には割当てのないものも食べることができる」

「他人が食べていないものを食べていると、さぞかし目立つだろうな」

「ときと場合に応じて使い分けろ」

スーツケースにはほかに洗面用具や下着類が詰まっていたが、双眼鏡や拳銃《けんじゅう》は収まっていなかった。もちろん無線通信機もない。

なぜだ、とテイラーに訊くと、少佐は答えた。

「背中にスパイと張紙をつけて入国することはできまい。そういった品は、すべて日本で渡す」

その代わりに、とテイラー少佐は、スーツケースの隠しを指で示して言った。

「ここに二十ドル金貨が五枚入っている。困ったときには、拳銃以上に役に立つかもしれん」

賢一郎は、ポケットに入っている懐中時計と指輪とに目をとめた。

「高級品のようだな。指輪も金か」

「やはり、いざというときの換金用だ」

「暗号書は持たないのか」

「それも東京で渡す」

賢一郎はテイラーの指示でスーツの両方を着てみた。サイズはぴったりだった。直しの必要はない。独房には全身を映す鏡はなかったが、たぶん似合っていることだろう。初めての外国旅行でいくらか緊張し、同時に晴れがましくも感じている労働者。精一杯めかしこんで父祖の故国へ赴こうとしている米国二級市民。そんな風情《ふぜい》があるはずだった。

賢一郎は帽子をかぶってから訊いた。

「このまま出発するのか」

テイラー少佐は首を振った。

「いや、いったんスーツケースにしまって、こっちのパンツとシャツに着替えろ。ここよりもっと南国に行かねばならないんだ」

「どこだ」

「ハワイ」

「ハワイ経由の船に乗るということか」

「輸送機で行く。そこできみに最初の任務を与える」

「ミセズ・ウォードには、よろしくと伝えてくれ」

「伝えよう。ついでに教えるが、彼女はミス・ウォードだ。ミセズではない」

「それは失礼してしまった。ずっとミセズ・ウォードで通してきたが、あの人は訂正してきたことはなかったんだ」

「もとの職場に戻れば、あの人はプロフェッサー・ウォードと呼ばれてるんだ。口には気をつけておくべきだったな」

「最初に言ってくれりゃよかった」

「ハワイでの任務が首尾よく終わったら、マニラに飛んでもらう。マニラからの船便で横浜入りするんだ」

賢一郎は少佐と一緒に、白く塗装された海軍憲兵隊《SP》の車に乗りこんだ。この日もやはりふたりの監視兵が、両側から賢一郎をはさみこんできた。手錠こそかけられなかったが、監視下の囚人、という立場には、この日も変わりはなかった。

ゲートの警備兵が、車をのぞきこんできた。賢一郎は警備兵に愛想よく敬礼した。七週間過ごしたサンディエゴ軍港だったが、連行されて以来、そのゲートをくぐるのは初めてだった。たぶんもう一度この基地に戻ってくることはあるまい。自分がそれを望むこともない。ゲートの車止めが上がり、SP車は基地の外へと滑り出した。賢一郎はシートの上で腰を直し、足を伸ばした。

車はいったん基地を出ると、すぐに軍港に隣接する水上機飛行基地に到着した。

基地の沖では、マーチンの四発飛行艇が待機中だった。民間航空会社の保有機のようだが、胴体と尾翼に米国航空輸送司令部の認識マークをつけている。徴用されたものなのだろう。四基のエンジンにはすでに火が入っていた。賢一郎たちが着くのを待っていたようだ。賢一郎とテイラー少佐はランチに乗ってその輸送機へと向かった。

鯨を思わせる巨大な銀色の飛行艇は、機体を振動させ唸《うな》っていた。

機内のシートには、すでに二十人ばかりの先客がいた。前方には士官、後方のシートには水兵たちが着いている。ハワイの太平洋艦隊基地へ赴く連中なのだろう。奥には筒状のシーバッグが積まれ、網がかけられていた。何人かはあからさまに私服姿の東洋人に好奇の目を向けてきたが、賢一郎もテイラーもその視線を黙殺した。ドアがすぐに閉じられ、輸送機は沖へと移動を始めた。

滑走水面に入ったところで、輸送機はまた停止した。機内に響くエンジン音がいくぶん小さくなった。

操縦席から搭乗員がひとりやってきて、テイラー少佐に大声で言った。

「少佐。いま通信所のほうにワシントンからの最新の暗号電の翻訳が入ったそうです。届けられるのを待ちます」

五分後に飛行艇の横腹の扉《とびら》が開き、通信隊の水兵が飛び乗ってきた。水兵は書類ホルダーをテイラー少佐に渡した。情報部長からです、と言ったのが、賢一郎の耳にも聞こえた。水兵が消え、扉が再び閉じられると、やっと輸送機は離水に入った。爆音が急に大きくなった。

水平飛行になるのを待たずに、テイラー少佐は書類ホルダーに目を落とした。

少佐は暗号電の最初の数行を読んで苦笑した。

「昨日、東京でモーニング・ミーティングがあったそうだ」テイラー少佐は、賢一郎に顔を向けずに言った。「まだまだ暗号解読班の翻訳を信用することはできないな。

午前中の会議じゃないはずだ。御前会議の意味だ。天皇の前で、重大会議が開かれたってことだ」

テイラー少佐の顔が曇った。

「おれの訓練が無駄《むだ》になったか」賢一郎は訊いた。「天皇がルーズベルトに土下座することを決めたのか」

テイラー少佐は、書類から顔を上げて言った。

「昨日、天皇の前で、日本政府の当面の国策の大方針が決定されたようだ。重大な決定のようだが、詳細は明らかではない」

「いよいよ開戦か」

「微妙なところだ。我々が解読している外交通信では、日本は大統領と近衛首相との首脳会談の実現に希望をつないでいるように受け取れる。もっともおれは、野村大使さえ、本国の意図を隠すための駒《こま》に使われているように判断しているんだがね」

「いま、外交通信の解読、と言ったか」

テイラー少佐はかすかに狼狽《ろうばい》を見せた。

「ちがう。外交通信の解釈、と言うつもりだった」

「人間が作った暗号で解けないものはない、と、暗号担当の教官が教えてくれたよ。

あんたたちの情報組織は、もう日本の外交通信を解読しているということなのだな」

「いや」テイラー少佐はもう一度否定した。「交換公文の行間を解釈しているだけだ。そういう意味で言ったんだ」

賢一郎はテイラーのあわてぶりを楽しみながら言った。「少佐、日本海軍の提督たちの顔を区別できるってことが、あんたたち情報部の知識のすべてとは思っていないよ」

飛行艇は右に機体を傾けて旋回した。離水上昇から巡航飛行の航路へと向かうところなのだろう。身体の中で内臓が一方へ押しつけられた。賢一郎は口をつぐんで窓の外に目をやった。眼下にはカリフォルニア沖の波のないおだやかな太平洋が見えた。飛行艇の目的地はこの海の四千キロメートルの彼方《かなた》にある火山諸島であり、賢一郎の最終目的地はさらにその先六千キロの海の果てにあるのだった。賢一郎は椅子《いす》のパイプをつかんで身体を支え、太平洋のその青い海面に見入った。

九月　東京

サンディエゴの水上機基地から日系人工作員が西へ向かって飛び立ったその日、太平洋の反対側では、とある米国人諜報《ちょうほう》協力者が、ひとりの日本人女性の訪問を受けていた。九月八日、月曜日の夕刻のことである。

ロバート・スレンセンは宣教師館の窓から、園路を歩いてくる客の姿を確かめた。その女性客は背が高く、少なく見ても平均的な日本人女性の身長を三インチは上回っている。黒目がちの大きな目と、隠しごとができそうもない表情豊かな口をもっていた。髪はほんの少し赤みがかかり、軽くウエーブしている。ひと目で混血とわかる顔立ちだった。年齢は二十代の後半で、女学校の制服を仕立て直したような、地味な灰色の上下を着ていた。

玄関口で呼鈴が鳴った。スレンセンは宣教師館の扉を開けて手を広げ、女を迎えた。

「ようこそ、真理子さん。このたびはおめでとうございます」

真理子と呼ばれた女は、頬を染めて言った。

「ミスター・スレンセン。ありがとうございます」

「こちらこそ、わざわざ横浜からきていただいて、恐縮です」

「大切なお願いごとですから」

「わかっていますよ。この教会で、結婚を誓いたいというのですね」

「そうなのです。ミスター・スレンセンさえ、快く承諾していただけるなら」

「どうしてわたしが断ったりします。さ、お入りください。細かなことは、お茶を飲みながらということにしませんか」

真理子は屈託のない微笑をみせ、宣教師館のホールへと入ってきた。多くの日本女性とはちがって、彼女は過度の遠慮も見せず、かしこまりすぎることもない。スレンセンが若い白人男性であることを意識している様子も見せなかったし、不健全な信仰の虜《とりこ》になっているようでもなかった。スレンセンと会うとき、真理子の態度にはいつも敬意とくつろぎとがほどよい比率で混じり合っていた。ちょうど兄の友人に接しているときもこのようであるにちがいない、とスレンセンは感じていた。

スレンセンと真理子が知り合ったのは、二年ほど前のことになる。日本へやってきた直後、横浜にある分教会へ派遣されたときに、教会のバザーの会場で出会ったのだ。真理子は看護婦だと自己紹介した。キリスト教徒ではなかったが、米国にいた当時の習慣から、帰国後もプロテスタントの教会の礼拝にはときおり出席しているのだという。その日はクッキーやお茶のサービス係だった。

話を聞いてみると、真理子は混血だった。父親は日本海軍の士官。母親はイギリス系白人の米国人だという。父親がワシントンに武官として赴任していたときに母と出会い、結婚したのだ、と真理子は説明した。しかしその両親ともすでになく、いまは身内といえば海軍航空隊に入った兄だけ。真理子自身は横浜市内の病院に看護婦として勤め、寮に住んでいるとのことだった。

真理子が英語をいくらか話したので、日本への着任間もないスレンセンにはありがたかった。スレンセンは真理子と語り合い、すっかりうちとけた。米国の思い出から音楽や船旅、ハロウィンや感謝祭などの季節の行事まで、ふたりのあいだには共通する話題がいくつもあった。いつしかスレンセンは、横浜へ用事で出かけるときは必ず真理子と連絡を取るようになっていた。

その真理子から、婚約したと聞かされたのは、この春のことになる。ちょうど新しい治安維持法が公布された日のことだ。相手は兄から紹介された男性で、海軍省に勤務している文官とのことだった。スレンセンはその報《しら》せを聞いて、真理子を心から祝福した。極端な民族純血主義をとるこの国で、真理子の恋がそれまで多くの障害に出遭ってきたことは容易に予想がついたからである。

お茶の用意をしてから椅子に着き、スレンセンは訊《たず》ねた。

「式の日取りは決まったのですか」

真理子はうなずいて言った。

「十月なかば。希望は十八日の土曜日ですわ」

スレンセンは壁のカレンダーを見た。ほぼ六週間の後ということになる。

「あまり時間がありませんね。もう少し先のことかなと思っていましたが」

「婚約者が、早めようと言うものですから」

「たしか海軍省の書記官という方でしたね。その方にはいつご紹介いただけるのです」

「きょう、ここにまいりますわ。先にわたしが着いたのです」

スレンセンは視線をティーカップに落とした。自分の目が鋭敏に反応したことを勘づかれたくはなかった。スレンセンの認識に誤りがなければ、海軍省書記官というのは海軍大臣の職務を補佐する文官である。つまり日本海軍のトップの意思決定に直接関わることのできる男が、この宣教師館にやってくるのだ。願ってもない僥倖《ぎょうこう》だった。興奮に声が震えそうに思えた。

スレンセンは視線をもどして言った。

「真理子さんのお顔を見ていると、わたしまでが幸福な気分になる。気持ちのよい、いい式になることでしょうね」

「彼はキリスト教徒ではありませんが、かまいません？」

「かまいませんよ。いまの日本で、あえてキリスト教会で結婚式を挙げようという男性です。国家神道《しんとう》の信奉者ではないのでしょう」

「海軍省に勤務しているせいか、いいえ、海軍省に勤務しているというのに、ずいぶんリベラルな考えの持ち主ですわ」

「ご親族の方々も、もちろん賛成されているのですね」

少しだけ真理子の顔が曇った。

「この結婚に賛成か、とお訊《き》きになったのですか」

「いいえ、この教会で式を挙げることに、です」

真理子は目を伏せた。

「親族は、ほんの少しだけしか集まらないと思います。彼のご両親と兄弟だけということになるでしょう」

「真理子さんのお兄さまはいかがです。出席されるのですか」

「兄はいまベルリンにいます。出席は無理ですわ。フィアンセには兄が引き合わせてくれたようなものですので、なんとか兄の前で式を挙げたかったのですが」

「お兄さまはパイロットとうかがっていましたが、またなぜベルリンにいらっしゃるのです」

「駐独海軍武官事務所に配属となったのです。去年の末に赴任しました。そうこうしているうちに、ドイツはロシアに攻めこんでしまいましたし、もう手紙のやりとりも難しくなってしまいましたわ」

玄関口でまた鈴が鳴った。

真理子が立ち上がって言った。

「きっと彼ですわ」

スレンセンも立って玄関口へ歩き、扉を開けた。

歳《とし》のころ三十前後の男が立っていた。仕立てのよい背広を着て、帽子と鞄《かばん》を手にしている。額が広く、口もとは法律用語でも言い慣れているかのように締まっていた。

男はスレンセンを見上げて言った。

「山脇と言います。安藤真理子の婚約者です」

「もういらしてますよ」スレンセンは身体を引いて男を招じ入れた。「このたびはおめでとうございます」

宣教師館のホールの小さなテーブルを囲んで歓談が始まった。スレンセンは真理子の婚約者、山脇順三とは初対面だったが、すぐにうちとけた。山脇の応対ぶりは如才がなく、海軍省の書記官にふさわしい有能さと同時に、官吏らしからぬ軽みも感じさせた。この時代、国民服も着ずに勤めに出ている男だ。そうとうの洒落《しゃれ》好きなのだろうとスレンセンは思った。相手を探るような最初のやりとりのうちに、スレンセンは山脇が東京帝国大学法科の卒業であること、米国プリンストン大学に留学して国際法を学んだ経歴を持っていることを知った。

お茶を飲みながら、山脇は自分たちがキリスト教会で式を挙げる理由について、率直に明かしてくれた。

彼によれば、やはり山脇の親族たちは、安藤真理子の血筋を気にしているのだという。山脇の一族は長州の士族の出で、多くの高級官僚を輩出している。閨閥《けいばつ》も日本の上層階級に枝を広げており、とうぜん山脇順三にも、そこそこの家から嫁をとることが期待されていた。

しかし彼が選んだのは、あまり世渡りが上手とはいえなかった海軍軍人の家庭の娘で、しかも混血の女性であった。真理子が看護学校を卒業して病院で働いていることも、一族の婚姻の伝統を大きくはずれていた。山脇の兄弟親族の中で、自ら労働した経験を持つ嫁をめとった者は皆無だったのである。

大蔵次官を務めたことのある大伯父は強くこの結婚に反対した。山脇の父親はふしょうぶしょう折れてはいたが、大伯父をはじめ口やかましい親族をすべて説得するだけの力はない。山脇は、一族とは疎遠《そえん》になることを覚悟で、この結婚を押し切ったのだった。

どうせ祝福されないならば、と山脇は決断した。世間体をそれ以上気にすることもない。真理子の顔立ちにはやはり打掛けに角隠しよりは白いウエディング・ドレスが似合うだろうし、真理子はこの改心基督《キリスト》教会の宣教師とは親しい。この教会が麻布・竹谷町の山脇の実家にも近いという点も好都合だった。同僚や先輩たちが、なぜわざわざキリスト教式でといぶかるかもしれないが、文官である山脇には海軍内部での昇進を気にかける必要も薄いのである。そんな事情から、山脇はこの東京改心基督教会での結婚式を決めたのだった。

「勇気のある方だ」と、スレンセンは言った。「真理子さん、あなたは素晴らしい男性を選ばれた」

「ちがいますわ」真理子は首を振った。「この人がわたしを選んでくれたのです。こんなにも難点の多いわたしなのに」

山脇の手が真理子の手に伸びた。スレンセンは、山脇の手が軽く真理子の手の甲をたたいたのを見た。それ以上は言うな、とでも言っているかのような手の動きだった。

スレンセンは山脇に顔を向けて訊いた。

「真理子さんから婚約されたことは聞いていたのですが、式の件は昨日の電話で初めて知らされたのです。結婚はもうしばらく先というお心づもりだったのではありませんか」

山脇が答えた。

「忙しくなりそうなのです。いまを逃すと、ハニムーンも取れなくなりそうなので」

「海軍省のお仕事は、やはり年末がお忙しいということなのでしょうね」

山脇ははっきりとは答えなかった。

「年末というか、これからの時代と言いますか」

「書記官と言いますと、具体的にはどんなことをされているのです。わたしはどうも軍隊の機構については疎《うと》いものですから、山脇さんのお仕事がいまひとつよくわかりません」

「雑務全般ですよ。海軍省の法律顧問のようなものです。海軍の軍政一般について、法律上の問題を整理したり、アドバイスしたり、そういったことです」

「作戦計画の立案といったようなことにも関わられるのですか」

「いいえ」

「艦隊に船を割り振りされるとか」

「ちがいます」

山脇はその話題を避けている。スレンセンはそれ以上の深入りをやめた。いまはむずかしくても、つきあいが続けばそのうち彼の口が軽くなるときがあるかもしれない。

話題は再び、ふたりの結婚式へと戻った。

スレンセンは十月十八日の挙式を引き受けた。出席者はせいぜい二十人くらいでしょう、と山脇は言った。披露宴《ひろうえん》は、そのあと山脇の実家でつつましく開くつもりだという。

それから小一時間、スレンセンは山脇たちと式次第について打ち合わせた。山脇と真理子のふたりが宣教師館を辞去していったのは、午後七時前である。

ふたりが立ち去ると、スレンセンはあらためてカレンダーを眺めた。

あの冬の夜、正体不明の中年の日本人がやってきてから、もう八カ月近くになる。日本海軍が真珠湾攻撃を準備している、という衝撃的な情報を聞いて我が耳を疑ったのは、一月二十六日のことだった。あれ以来、あの日本人は姿を見せてはおらず、真珠湾攻撃に関する噂《うわさ》もその後は耳にはしていない。アメリカと日本とのあいだの緊張は、その後の野村大使の派遣によってもゆるむことはなく、日ソ中立条約の締結やら独ソ戦の開始、米国による経済制裁の実施など、開戦の要因は日毎《ひごと》に増えてゆく印象だった。

米国大使館のアームズ書記官の解釈でも、米国はなおルーズベルトと近衛首相との首脳会談に期待をかけている素振りを見せてはいるが、じっさいは事実上日本との戦争を決意しているはずだという。八月に行われたルーズベルトとチャーチルとのあいだの大西洋会談では、対日戦争問題が具体的に話し合われたにちがいない、とアームズは断言していた。

スレンセンはいまこの部屋にいた山脇の言葉をあらためて思い起こした。海軍大臣室の隣りに仕事場を持つ男たちのひとりで、国際法を学んだ文官。海軍省のいわば法律顧問。その男が言ったのだ。

「忙しくなりそうなのです。ハニムーンも取れなくなるかもしれない」

スレンセンの耳には、時を刻む時計の音が聞こえてくるようだった。最悪の日、最後の瞬間へ向けて、秒針が小刻みに鳴っていた。

刻限はおそらく十月十八日以降の、そう遠くない将来である。

スレンセンは、この日の雑談の内容も米国大使館のアームズ書記官に伝えようと決めた。山脇には問いかけをはぐらかされたが、しかしまったく無価値なやりとりというわけでもないだろう。

スレンセンはカレンダーの十月十八日の数字の上に小さく印をつけた。

いっぽう三田松坂町の東京改心基督教会を出た安藤真理子と山脇順三は、市電の通る通りへ出て麻布・竹谷町の山脇の実家へ向かった。結婚式の次第を決めたことを、山脇の両親兄弟に報告するためであった。

道すがら、真理子は山脇に言った。

「きのう、電話をいただいて驚きました。とつぜん、式を早めるとおっしゃるんですもの」

山脇が低い声で言った。

「先任の書記官から伝えられたんだ。いよいよ米英と戦争になりそうだ」

真理子は驚いて山脇を見た。

山脇は真顔でうなずいた。

「二日前、土曜に開かれた御前会議で、米英戦を覚悟することが決まった。めどは十月上旬。このころまでに外交的な解決の見込みが立たない場合は、米英戦を決意するという。十月末までには開戦の準備を整えるそうだ。ぼくらの新婚生活は、ひどい大戦争の中で始まるんだと覚悟してもらったほうがいい」

「天皇陛下も、アメリカとの戦争を認められたということなんですの」

「いや。噂では、陛下は対米英戦にははっきり異議を唱えられたそうだ。内奏の際には、参謀総長の杉山大将が見通しのいい加減さを厳しく叱責《しっせき》されたらしい。こういった場で陛下が発言されたこと、それも異議を申されたなどということは、まったく異例のことだ。居並ぶ重臣たちは粛然として声もなかったそうだ」

「陛下が賛成されないなら、どうして戦争になるんです」

「帝国国策遂行要領を決めたのは政府なんだ。陛下の意思が平和にあることははっきりしたが、政府と大本営連絡会議は戦争準備でまとまってしまった。あとは陛下の意を受けて、近衛さんがどれだけ外交交渉でがんばることができるかだ」山脇は言い過ぎたと気づいたようだ。「いまぼくが言ったことは忘れてくれ。ぼくらの結婚を早めなければならない事情というのは、要するにそういうことだ。十八日という日取りでさえ、もしかしたら遅すぎたかもしれないほどなんだ」

通りは配電統制のために暗かった。

行き交う人の姿もほとんどない。リアカーを引いたオートバイが一台、甲高いエンジン音を引いて一ノ橋方面へ走り去っていった。

ふたりは肩を並べ、そっと手を握り合って歩いた。

古川橋交差点の手前まできたとき、自転車がふたりを追い越していった。巡査が乗っていた。巡査はふたりの前をふさぐように自転車を停めると、下りてふたりの前に立ちはだかった。似合わぬ口ひげをはやした、中年の巡査だった。

真理子は山脇の手を離して足をとめた。山脇も立ちどまった。

巡査は山脇の背広を上から下まで眺め渡すと、横柄《おうへい》に訊いてきた。

「どこへ行くんだ」

「なぜだ」と、山脇は挑発《ちょうはつ》的に訊き返した。「不審な点でも」

「この非常時に、背広を着て女連れときた。不謹慎ではないかね。しかもアメリカ人の家から出てきたな。何者で、何をやっているんだ？」

「あの教会からつけてきたのか」山脇は首をかしげた。「わたしたちの結婚式の件で、あそこのキリスト教会に寄っていた。それが何かの法令に抵触したというのか」

巡査は答えずに訊いた。

「どこへ行くんだ」

「うちへ帰るところだ。家はこの先の竹谷町だ」

「こちらは水商売の人かね。パーマをかけているようだが」

「彼女の髪は生まれつきだ」

巡査は真理子の顔をのぞきこむと、ようやくそのことに気づいたかのように言った。

「外人か。旅券を」

山脇は真理子をかばうように一歩前へ出た。

「彼女は日本人だぞ」

巡査は意外そうに目をむき、あらためて山脇に向き直った。

「それではお前の鞄の中身を見せてもらう」

「どうしても見せなければならないのか」

「連行してもいいんだが」

山脇は胸ポケットから身分証明書を取り出し、巡査の前に突き出した。

「海軍省書記官だ。高等官で大尉《たいい》待遇を受けている。鞄の中身は軍機に属する。どうしても見たいというなら、それなりの手続きを取ってもらうぞ」

巡査は身分証明書を一瞥《いちべつ》すると、顔色を変えた。証明書と山脇の顔を見較《みくら》べる。

巡査は一歩下がり、敬礼しながら言った。

「失礼しました。海軍さんとは思わなかったものですから」

「行っていいのか」

「どうぞ。お通りください」

山脇は頬をこわばらせたまま、無言で歩きだした。真理子が従った。巡査はもう一歩下がって脇《わき》によけた。

それから十分あまり、山脇の実家に着くまで、山脇は口を開かなかった。真理子にも声ひとつかけてはこなかった。

九月　ハワイ

賢一郎たちの乗った飛行艇が降下の体勢に入ったのは、サンディエゴを飛び発《た》ってからおよそ十八時間の後だった。

賢一郎は機内でほとんど一昼夜を過ごしていた。太平洋の上空で真昼と黄昏《たそがれ》を、夜を、そうして夜明けを体験していたのである。このあいだに四度、熱いコーヒーがサービスされた。民間人の乗員は、このマーチンＭ―一三〇型飛行艇には調理室さえあるのだと自慢した。賢一郎は何度かその広い機内を歩き、手足を伸ばしていた。

携帯食の朝食をとり終えたころ、テイラー少佐が言った。

「見ろ。ハワイだ。そろそろ着くぞ」

賢一郎は首を伸ばして、外に目を向けた。東からの陽光を受けて、朝の中部太平洋は鏡のように照り輝いていた。手前の海の色は深い緑色で、水平線へ近づくにつれて銀色に変わっている。ちぎれ雲がいくつも後方へ流れていった。海の前方に、紫色にかすむ陸地が見えてきている。

「ハワイ准州《じゅんしゅう》、オアフ島だ。この飛行機はオアフ島真珠湾の太平洋艦隊基地に着水する」

賢一郎はオアフ島に目を向けたまま言った。

「米国人の強欲さによって滅ぼされた王国だな。米国人の言う地上の楽園という呼びかたは、おれには皮肉にしか聞こえない」

テイラー少佐は賢一郎の皮肉にもこたえた様子を見せなかった。

「地上の楽園。そして絶対に安全で難攻不落の要塞《ようさい》だそうだ。太平洋のジブラルタル、と呼ぶ者もいる」

「ちがうのか。米国陸軍の大部隊が駐屯《ちゅうとん》し、太平洋艦隊が基地を置いている。誰が攻め落とすことができると言うんだ」

「日本海軍ならやれないことはない。太平洋艦隊司令長官のキンメルも着任早々警告を発してる。日本海軍は開戦の布告に先立って、真珠湾の太平洋艦隊を奇襲するかもしれないってね」

「まさか。日本から六千キロ以上も離れているんだろう。奇襲なんてできるものか」

「いったん戦争をやると決めたら、六千キロの距離などいくらの障害でもない。じっさい今年に入ってふたつばかり研究報告が提出されているんだ。日本海軍の戦力と組織力をもってすれば十分可能だそうだ」

「大艦隊がここまではるばる遠征してくるというのか」

「ああ」テイラー少佐は大きくうなずいて言った。「研究報告では、日本海軍はそれをやるとき、ハワイから半径五百四十キロ以内まで近づいて、早朝に航空攻撃をしかけてくるだろうという。もっと具体的な研究では、日本海軍は最大六隻《せき》の航空母艦を繰り出し、オアフの北から攻撃をかけてくるだろうとのことだ」

「予想がついているなら、防御も完璧《かんぺき》なのだろう」

「観念では認めても、それを信じられないということがある。ハワイ攻撃についても、それが言えるな。キンメルが自分の信念に従って警戒を強めていてくれたらいいんだが」

「おれが日本に潜入する理由というのも、そのことに関係しているのか。真珠湾攻撃を阻止するためであるとか」

テイラー少佐は言葉を濁した。

「さあ。どうかな」

飛行艇は次第に高度を下げていった。どうやら島の北東側から近づいているようだ。

島の山岳部の鋭角的な稜線《りょうせん》が鮮明に見えてきた。地質学的には、島の成立は比較的新しい時代なのだろう。浸食の跡は荒々しく、山肌《やまはだ》も渓谷《けいこく》も刃物を連想させる鋭さだった。谷には朝の陽光がくっきりと黒い影を作っていた。平地には道路らしい線や建物が見えるようになった。

やがて飛行艇は岬《みさき》を巻いて、ひとつのクレーターの左手に航路を取った。

「ダイアモンド・ヘッドだ」とテイラー少佐が言った。「写真で見たことはないか」

「火山の火口跡だとは知らなかった」

「この島はクレーターだらけなんだ。地球のにきび跡だよ」

椰子《やし》の繁《しげ》る海岸線を右手に見て、飛行艇はさらに高度を下げていった。海岸に引き続いて、白っぽい印象の町並みが目に入ってきた。ホノルルらしい。

町並みを通りすぎると、軍港らしい施設が見えてきた。道路が縦横に走り、白い建物が整然と建ち並んでいる。石油タンクらしい円筒形の構造物が集中する一角もあった。ひと目で飛行場だと区別がつく敷地があり、舗装された滑走路や巨大な格納庫が見えた。駐機場に多くの軍用機が並んでいる。基地の外側を、明るい緑色の大地が取り巻いていた。農地のようだ。たぶんサトウキビが栽培されているのだろう。

海岸線が内陸へ深く入りこんでいる。狭い水道の奥に、大きな湾が広がっていた。

湾の中央部には平坦《へいたん》な島があり、その周辺に多くの艦船が停泊している。

「真珠湾だ」テイラー少佐がぽつりと言った。「飛行場はヒッカム基地。真ん中の島はフォード島だ。通常、飛行艇はカネオヘの海軍基地のほうに着水するんだが、これは直接真珠湾へ飛んできたんだ」

飛行艇は湾の入り口付近から大きく右へと旋回した。湾に浮かぶ艦船の形がはっきりと区別がつくようになった。戦艦や巡洋艦が見える。航空母艦がある。駆逐艦や哨《しょう》戒艇《かいてい》の姿も見極めることができるようになった。その合間を、何隻もの小型の船舶やランチが走っている。潜水艦基地らしい一角もはっきり目にとめることができた。

それは賢一郎の想像以上に巨大で整備された軍港だった。港というよりは、ひとつの都市であり、コンビナートであり、同時に米国の軍人たちが自慢するように、最大限の防御を施された軍事要塞であった。

賢一郎には、テイラー少佐やキンメルの懸念《けねん》は、やはりどこか非現実的な妄想《もうそう》に近いものであるように思えた。この要塞を叩くには、少なく見積もっても百や二百の爆撃機、雷撃機、さらにはほぼ同数の掩護《えんご》戦闘機が必要だろう。それも、完全な奇襲攻撃にならない限りは、成功はおぼつかないように思えた。要塞全体がありとあらゆる火器を空に向けて待ちかまえているならば、攻撃は強襲となり、むしろ攻撃側の被害の方がはるかに甚大《じんだい》なものとなるにちがいない。米海軍側もハワイ准州周辺の哨戒は怠りないはずであり、日本海軍の大航空母艦部隊がやすやすと接近できるとは信じられない。奇襲攻撃は、賢一郎のような素人《しろうと》の目にはまず不可能と映る。キンメル司令長官の警告というのも、おそらく士気引き締めのための訓話以上のものではないのだろう。

飛行艇はどんどんと高度を下げ、フォード島南側の水面に着水した。機体に軽く水の衝撃が感じられた。一回水面を跳ねたようだ。もう一度、こんどは確かな抵抗があり、速度がすっと落ちた。後方の席から歓声と指笛が上がった。

テイラー少佐が言った。

「あとできみの最初の任務を言い渡す。心がまえはできているかな」

「楽しみにしている」と賢一郎。「どんな任務だって、あのサンディエゴ軍港で退屈な訓練を受けることよりはましだろう。おれはいったい何をやればいいんだ」

テイラー少佐はシートベルトをはずしながら答えた。

「日系人スパイをひとり、始末してもらうのさ」

軍港内のSP本部で、テイラー少佐は賢一郎にひと揃いの書類を渡してきた。米国海軍情報部がスパイとして監視中の、とある日系人に関する調査報告書だった。

その報告書によれば、スパイは五十歳の日系人で、ホノルルのダウンタウンで安酒場とホテルを経営していた。ポップ・ジミーという名の店だ。中華街に近い場所にあり、海軍の水兵たちがよく出入りするという。売春と賭博《とばく》がなかば公然と行われていた。

男の名はジミー江森といい、連邦警察の調べでは、ここ数年来の日本海軍の諜報協力者であると推定されていた。店にくる水兵たちからひそかに太平洋艦隊の動向をめぐる情報を探っているようだという。

テイラー少佐は、賢一郎に指示した。

「きみの最初の任務はこうだ。この江森という男が日本海軍の協力者である証拠を突きとめ、彼を処分すること。きみに与える時間は、四十八時間だ」

賢一郎は江森という日系人の写真を眺めながら訊いた。

「証拠をつかめと言うが、ＦＢＩに確証があるわけではないのか」

「状況証拠からそう判断される、というところまでだ。決定的な証拠はつかんでいない」

「いつから始めるんだ」

「きょうの午前十一時から」

「そのあいだ、おれはひとりで勝手に動き回れるのか」

「四十八時間は、きみの動きを制約しない。しかし、尾行や監視がつかないとは思わないほうがいいだろう。港湾や飛行場にも、海軍情報部のエージェントが配置される。もちろん日本総領事館の周辺にも警備がついている。任務を捨てて逃げようとしたり、日本政府に保護を求めようとすることなどは、時間と労力の無駄だということは言っておく」

「ありがとう。確かめる手間がはぶけた」

「ついでにもうひとつ言っておく。四十八時間たって、きみが所定の場所に戻ってこなければ、アル・マッツィオ殺人犯として、手配書がハワイ全島に回る。凶悪犯として発見次第射殺してもかまわないという手配書だ。きみが我々の保護と監視を離れ、自由の身で生きたままオアフ島から出てゆくことは絶対にありえない」

「最初の任務をやらせるには、うまい場所を選んだものだな」

「成功を祈る。おれはワイキキのモアナ・ホテルというところに泊まっている。四十八時間以内にすませたら連絡しろ」

午前十一時に、賢一郎は解放された。基地とホノルルのダウンタウンとを結ぶ連絡バスに乗り、基地のゲートをくぐったのだ。小さなボストンバッグひとつと拳銃《けんじゅう》、それに二百ドルばかりの金を手にしていた。

連絡バスはダウンタウンのハワイ准州政庁舎前で水兵たちを下ろした。

賢一郎はバスの背後を素早く確かめた。基地のゲートを出た直後から、黒い乗用車が尾行してきていたのだ。いまその乗用車は、一ブロックほど離れたところに停まっている。中に三人の男が乗っているようだ。

賢一郎はそばに駐車中のタクシーに乗り、ホノルル港へ行くように告げた。タクシーが走り出すと、尾行してきた乗用車はまた動き出した。尾行を隠そうという意図もないようだった。

ホノルル港の桟橋《さんばし》には一隻の大型客船が接岸中だった。本土からの客を満載してやってきたものらしい。この日は下船や上陸の手続きなどはなかったようで、桟橋ビルの広い待合室は閑散としていた。港そのものの見学にでもやってきたらしい観光客の姿が見えるだけだ。

待合室の内部を見渡すと、ふたり、どうもこの楽園の表玄関には似つかわしくない男たちがいた。姿勢といい、目つきといい、服装といい、ひと目で官憲とわかる男たちだ。テイラー少佐の言う、海軍情報部のエージェントなのかもしれない。まさか海軍情報部が自分ひとりのためにオアフ全島に非常警戒を敷いているとは思わないが、要所を固めていることはまちがいないようだった。

賢一郎は待合室の売店でこまごまとしたものを買った。ホノルルの市街図とオアフ島の全体図、ハワイの観光案内、それにサングラスと帽子だった。

待合室を出ると、アロハ・タワーの入場券を買って、ホノルル港を見下ろすこのタワーに昇った。展望台からは、ホノルルの市街地と港の全景を見渡すことができた。東の方角にはワイキキの海岸線、さらにその遠くに、優美な稜線を見せるダイアモンド・ヘッドがある。西に目を向けて見たが、真珠湾までは望むことはできなかった。

賢一郎はアロハ・タワーの展望台からホノルルの市街地を見渡し、ていねいに地図と見較べた。三十分ばかり展望台にいたが、尾行者らしい人物は、さすがこの展望台までは上がってこなかった。賢一郎は地図と観光案内書をバッグに収めると、サングラスをかけてタワーを降りた。

尾行を無視してもう一度タクシーに乗りこみ、市街地を一巡するよう頼んだ。タクシーは港から中華街をまわり、官庁街、商業地区と走った。日本総領事館の前では徐行して走るよう運転手に指示した。領事館の周辺ではすぐそれとわかるような監視は見当たらなかったが、賢一郎は米国政府がそれほど鷹揚《おうよう》だとも愚かだとも信じなかった。近所のビルの一室には、まちがいなく双眼鏡とカメラが設置され、三交替の監視がついているはずである。

ひととおり土地勘をつけたと思えたところで、ひとつのホテルの名を告げた。観光案内書で選んだワイキキの小ホテルだった。アラモアナ大通りから内陸側に一本入った通りにある。クヒオ・アパートメント・ホテルというのがその名だった。全部で二十室というから、ほとんど下宿屋に近いホテルだろう。タクシーは米国人観光客がそぞろ歩くアラモアナ通りから海岸とは反対側に折れて、そのホテルの正面に横づけした。

明らかにポリネシア系とわかる主人が出てきて、愛想よく言った。

「アローハ」

「二泊したい」賢一郎は主人に言った。「静かな部屋がいい。それと、レンタカーの営業所の場所を教えてくれ」

言ってから、表の通りを振り返った。尾行の乗用車が道の反対側に停まったところだった。

チェックインをすませた後、午後いっぱいをかけて、賢一郎はレンタカーでホノルル市街からその郊外にかけての道を丹念に走った。自動車を運転するのは久しぶりだった。つい鼻唄《はなうた》が出た。賢一郎は尾行をまこうともせずに、乗用車を走らせた。コンバーチブルの自動車を借りなかったことが少々くやまれた。

島には甘いフルーツの香りが強く漂っており、日差しは苛烈《かれつ》だった。ドライブの途中、小さな食料品店に寄って、ビールを半ケース仕込んだ。パリ峠の展望台では、賢一郎はビールをあおり、七週間ぶりの解放感を味わった。駐車場の端に停まった尾行車の存在も気にならなかった。

午後遅い時刻になって、真珠湾北側のカメハメハ・ハイウェイを走った。道の両側は一面のサトウキビ畑だった。左手のサトウキビ畑ごしに、真珠湾を一望することができる。賢一郎は道の脇に自動車を停め、車から降り立った。尾行の車は、後方半マイルほどの距離に停まった。

そばで東洋人らしい男たちが農道の工事にあたっていた。七、八人の作業員たちが、道の荒れた路面をならし、両側の排水路を広げている。耳をすましてみると、彼らがしゃべっているのはかなり訛《なまり》の強い日本語だった。語尾がよく聞き取れない。労働者たちは、賢一郎を気にしながらも手を休めることなく働いていた。ひとり、賢一郎の父親とよく似た風貌《ふうぼう》の老人がいた。老人と目が合ったとき、賢一郎は思わず声を上げるところだった。その誠実そうな光をたたえた目も、寡欲《かよく》そうな口もとも、長年の労働によって刻まれたにちがいない深い皺《しわ》も、みな賢一郎の父親のものによく似ていた。賢一郎は濃い緑のサトウキビ畑と、多くの艦船に埋まった真珠湾を眺めて、その場で長い時間を過ごした。労働者の一団はしだいにサトウキビ畑の奥へと移動してゆき、賢一郎の視界から消えた。ときおり背後の山脈から風が吹きおりてきて、サトウキビのつややかな長い葉をゆらした。風が吹くたびにサトウキビ畑には微細な光の糸が無数に生まれ、束ねられて、風の走った跡を賢一郎に知らせるのだった。やがて陽はゆっくりと傾き、西の空、真珠湾の右手方向の雲がかすかに黄色味がさしていった。賢一郎はけっきょく、午後六時近くまで、真珠湾を見下ろすその高台のハイウェイから動かなかった。

いったんホテルに戻ると、賢一郎は部屋でシャワーを浴びた。

再びホテルを出たのは、すっかり夜になってからのことである。出るさい、ボストンバッグは部屋に残したが、拳銃だけはシャツでくるんで手に持った。ロビーを出ると、日中とはべつの乗用車が表に停まっていた。かまわずに賢一郎はタクシーをつかまえ、ダウンタウンへ向かうよう運転手に告げた。

ワイキキからホノルルのダウンタウンに入ったところで、賢一郎は運転手に金を渡して言った。

「先の交差点を右に回ったら、すぐにおれをおろしてくれないか。停まらなくてもいい。ちょっと速度をゆるめてくれればいいんだ」

「まずいことかね」と、白人の運転手が顔を半分だけうしろに向けて言った。「あたしは、真面目《まじめ》な市民なんだよ」

「女に会いに行くんだ」賢一郎は運転手の肩をたたいて言った。「あいにくその女は他人《ひと》さまの女房でね。ちょっとこじれてるのさ」

「信用しないが、頼みは聞いてやるよ。もう二ドル出しな」

賢一郎は言われたとおりの金を追加した。

「おれが降りたら、できるだけ早くダウンタウンを抜けて、北のほうへ走ってくれ」

「やってやるよ」

タクシーは交差点を右折して速度をゆるめた。賢一郎は素早くドアを開けて、転がるように舗道に飛び出た。ドアを勢いよく閉めてやると、タクシーはすぐに速度を上げた。賢一郎はそばの建物へ駆け寄り、暗がりへ身を隠した。尾行していた車が角を回ってきて、そのままタクシーを追っていった。

その酒場に着いたのは、八時を回った時刻だった。

人いきれと煙草《たばこ》の煙の充満する店で、客の大半は水兵のようだった。水兵服以外の青年たちも、その髪型や腕の入れ墨から判断するなら、大部分が米国海軍関係者だろう。客の数と同じくらいの若い女たちがいて、さかんに客に流し目を送っていた。女たちの顔立ちは、みな東洋系だった。

賢一郎はカウンターに着いて包みを脇に置き、ビールを注文した。江森という日系人の姿は、店の中には見当たらなかった。

小柄《こがら》な女が賢一郎の横にきて微笑した。

「日本人なの？」英語だった。

賢一郎はグラスを持ち上げて答えた。

「国籍はアメリカだ。きみは」

「日本人よ。四年前にハワイにきたの」

「おれも日本語は話せるよ」

女はもう一度笑った。

「じゃあ、日本語を使うわ。わたしはミチコ。何かごちそうになっていい」

「好きなものを」

ミチコと名乗った女は、バーテンダーにジンジャーエールを注文した。賢一郎は女を観察した。頰骨《ほおぼね》が高く、小さな目のまわりに濃い影を入れていた。口もとは子供のように未発達で、不揃《ふぞろ》いな歯がのぞいている。薄手のスカートにサンダルばき。鮮やかなピンクのシャツを着ていた。広く開いた胸元に、ひと目でまがいものとわかるパールのネックレスをつけている。二十をいくつか越えたあたりか。

ミチコの分の勘定を払い、ふたりはグラスを合わせた。

賢一郎は言った。

「ケニーって言うんだ。ハワイには着いたばかりだ」

「観光なの」

「いや。職探しさ」

「本土のほうが、仕事の口はあるでしょうに」

「本土にはいられない事情ができたのさ。どうせなら日本へ行こうと思って、ここまできた」

賢一郎はミチコの手をとり、拳銃の包みの上に置いた。その感触に思い当たったのだろう。ミチコは納得したようにうなずいた。

「きみとつきあうには、どうしたらいいんだ」

ミチコは言った。

「十ドル、先に払って。二階でわたしを一時間自由にできるわ」

賢一郎は金を支払った。ミチコの手を引こうとすると、ミチコは言った。

「その物騒なものはだめよ。ここに預けていって」

ミチコはもう一度バーテンダーに合図した。バーテンダーは近寄ってきてその包みを手にとった。顔色がほんの少し変わった。

「さ、いきましょう」ミチコが賢一郎の尻《しり》をなでてきた。

賢一郎もミチコの尻をなでながら、階段へと向かった。


ミチコとの行為は、その手続きにふさわしく簡単であっけないものだった。ミチコがそれほど無愛想だったわけでもなく、職業的な使命感に欠けるわけでもなかったが、やはり恋人同士のように濃密で親密な情事となるはずもなかった。

情交の前の会話で、賢一郎はミチコが二十二歳であること。岩手県一関《いちのせき》の出身であることを知った。農家の生まれで、八人兄妹《きょうだい》の三番目。昭和十二年の秋に身売りさせられたのだという。横浜の娼館《しょうかん》で三カ月働いた後、ハワイの女衒《ぜげん》に買われてオアフ島へやってきた。借金をすっかり返し終わるまであとわずかなのだという。

米国人の水兵は優しい、とミチコは言った。彼らには自分の顔立ちがまるで十二、三歳の女の子のものに見えるらしい。背の低い自分を、幼女に接するときのように扱ってくれる。チップもはずんでくれる。みんな人がよく気前もいい。自分はこの国が気に入っている、と。

「戦争が始まりそうなんだってね」行為のあと、衣類を身につけながらミチコは言った。「水兵たちは、その日がいつかで賭《か》けをやってるわ。遅くとも来年一月までには開戦だろうって噂してる。このアメリカさんと戦争する気になるなんて、日本って馬《ば》鹿《か》みたいよね」

「どうしてだ」と賢一郎は訊いた。

「だって、あたしの住んでるところは中華街の安アパートだけど、お便所は水で流れるし、シャワー部屋では栓《せん》をひねるとお湯が出るのよ。日本では考えられないわよ。なんていうか、金持の程度がちがうわ。同じ貧乏してても、こっちなら貧乏の中身がちがうの。娘を売り飛ばさなきゃ食べられないなんて話は、あたしのまわりじゃ見つからないわ。そんな金持の国と戦争して勝てるわけがないじゃない。軍隊の鉄砲の数も、お弁当の量もちがうんだもの」

「本土じゃあ、メキシコ人や黒人たちの多くは、日本の百姓以下の暮らしをしてるさ」

「少しはそうでしょうけどもね」ミチコはなおも言った。「この島の海岸に行ってみたらいいわ。空き缶《かん》やら屑鉄《くずてつ》なんかがあっちこっちに散らばってるのに、誰も拾おうとしないのよ。日本じゃ、空き缶を集めて軍艦を作ってるっていうのに、ここじゃそんなもの拾っても、小学生のお小遣い稼《かせ》ぎにもならないのよ」

「日本の政府が馬鹿なのは確かだが、おれは、勝てない戦争はすべきじゃない、とも思わないがね」

「男はみんな馬鹿なのかもね」ミチコは溜息《ためいき》をついた。「とにかく、戦争は起こって欲しくはないわ。借金はまだ返し終わっていないし、いま水兵たちに出ていかれたら、あたしは干上がってしまうもの」

自分の身支度を整えてから、賢一郎はミチコに訊いた。

「ここの主人の名前はなんて言うんだ」

「マスターのこと？」ミチコもシャツに腕を通しながら言った。「エモリって日系人よ」

「会いたいと言えば、会ってもらえるのかな」

「マスターにどうして会いたいのよ」

「いい話を聞かせてやれるかもしれん」

「危ない話じゃないんでしょうね」

「いい話だ。きっと興味を引いてくれると思う」

「マスターは、客の与太話なんか聞きやしないわ」

「どうして」

「商売で忙しいわ」

「酒場の経営と、女たちの世話と、賭場《とば》の管理と、ちょっとした情報の売り買いってことだろ」

「何を言ってんの」ミチコは首をかしげた。「マスターは帳簿つけてんのよ。いまごろの時間は、店になんか出てこないわ」

「ミチコ、きみが下に降りていって、マスターに伝えてくれ。ケニーという名の日系人がきているって。そうしてこう言うんだ。そいつは、米国海軍情報部の情報を買いたくはないかって言ってるって」

「あんた、おかしいんじゃない」

「そう。おれはかなりおかしい。だけど、言ったことは本気さ。伝えてくれるかい」

ミチコは不安そうに賢一郎を見つめ、それからサンダルをつっかけると、素早く部屋を出ていった。

十分後に、ふたりの男が部屋に入ってきた。

ひとりの顔はもう知っていた。江森という日系人だ。写真で見ていたとおり、頭が薄く勘定高そうな小さな目をしている。花柄《はながら》のアロハ・シャツを着ていた。もうひとりはポリネシア系らしい巨軀《きょく》の青年だった。白いTシャツ姿だ。用心棒なのだろう。太い腕を組んで、ドアの脇に立った。

賢一郎はベッドの端に腰を下ろしたままで、そのふたりの男を迎えた。窓から夜の風がかすかに吹きこんできている。ピンクのカーテンが揺れていた。部屋からはすでにもういましがたの汗と体液の匂《にお》いは消えている。

江森はわざとらしい微笑を見せた。

「お客さん、何か誤解があるようだね」訛の強い日本語だった。「あたしは酒場を切り盛りしてるだけだよ。酒を出すライセンスは持ってるが、中古の自動車や古道具は扱ってはいないんだ」

「あんたも誤解があるようだ」賢一郎は言った。「おれは中古の自動車も盗品も売りつけようなんてしていないぜ。女が正確に伝えたと思うが、米国海軍情報部の内情について、いくらか情報を持ってるって言ってるんだ。どうだ。興味はないか」

江森はおおげさに驚いて見せた。

「どうしてあたしがそんなものに興味を持つんだね。だいたいうちの店は水兵たちが多いんだよ。米国海軍の情報なら、あたしのほうが多く手にしてるかもしれん」

「細切れの屑みたいな情報ばかりだろう。おれの情報の出どこは米国海軍情報部の極東課と対日諜報《ちょうほう》工作班だ。重みがそうとうちがうんじゃないかね」

「だから、いったいなぜあたしがそんな情報に興味を持つと言うんだね」

賢一郎は相手をまっすぐに見つめて言った。

「あんたが日本の諜報協力者だって聞いたからさ。はっきり言えば、スパイだ」

江森は口もとの微笑を消さなかったが、目はもう芝居を続けてはいなかった。

賢一郎は続けた。

「あんたはホノルルの米国海軍情報部に監視されてる。あんたがスパイだってことは、おれは連中から聞かされたんだ。どうだ、否定するかい」

「いいがかりだね」

江森は横の青年に目で合図した。

青年が一歩前に出てきた。賢一郎は一瞬もためらわなかった。立ち上がると、一歩横に飛んでから回し蹴《げ》りを入れた。爪先《つまさき》に確かな質量を感じた。青年はみぞおちに蹴りをくらって、目をむいた。こうとつぜんに立ちまわりが始まるとは予想していなかったらしい。青年が腹を抱えて屈《かが》んだので、間髪を入れずにもう二度、青年の首筋を蹴り上げた。青年は身をよじって身体《からだ》を縮めた。身体が前に倒れ、後頭部が無防備になった。そこへ手刀をたたきこんだ。青年はひとことも発しないままにその場に膝《ひざ》をついた。

江森はあっけにとられたように口を開いた。

「水兵たちを相手にして、負けたことのない男なんだよ」

「おれも同じだ」賢一郎は呼吸を整えながら言った。「米国海軍の格闘術の教程を、おれは最優秀で修了したんだ」

「いま、米国海軍で、と言ったかい」

「連中の工作員となるための訓練を受けてきたのさ」

江森の目の輝きが強くなった。いっそう警戒したようにも見えたし、好奇心が首をもたげてきたようでもあった。

「おれは拳銃も渡してあんたに話を通そうとしてるんだぜ。まだ話を聞く気にはなれないのか」

青年がゆっくりと頭を持ち上げた。眉間《みけん》に皺をよせ、歯をくいしばっている。江森は青年に向かってあごをしゃくった。青年は抗弁しなかった。唇《くちびる》をかんだままのっそりと立ち上がると、部屋を出ていった。

江森はそばの椅子《いす》を引くと、そっと浅く腰をおろした。

賢一郎はもう一度ベッドの端に腰かけた。

江森は首をかしげて訊いてきた。

「誰があたしをスパイと言っていたって」

「米国海軍情報部極東課の幹部だ」

「それをほんとに信じているのかい」

「それを確かめにきた。米国海軍も、まったく見当はずれのことを伝えてくれたわけじゃあるまい」

「あんたが米国海軍の工作員だっていう話だって、あたしには眉《まゆ》つばものに聞こえるんだがね」

「身分証明書を持っているわけじゃないが、おれの話を聞けば信用してもらえるさ。

総領事館にはたぶん本物のスパイがいるだろう。そいつに尋問させてみればいい」

「あたしが日本のスパイだとして、あんたはあたしに何を望むんだね。情報を売るから金をよこせってことかね。言っておくが、その手の冗談を持ちかける水兵はけっして少なくないよ。先日なんかは、太平洋艦隊基地の隊内電話番号簿を売りつけようとしてきた男がいた。見るやつが見るなら、艦隊の配備がすっかりわかるだろうってね」

「買ったのか」

江森は首を振った。

「買うものか。あたしは日本のスパイなんかじゃないんだから」

賢一郎は江森の否定に耳を貸さなかった。

「おれは日系二世で、七週間前に米国海軍のスパイとなることを強要されたんだ。サンディエゴ軍港で訓練を受けた。この間にいろいろ有意義な情報を聞かされたんだがね。連中が日本海軍の動向をどう判断しているか。日本国内にどの程度の諜報網を作りあげているか。暗号解読はどの程度まで進んでいるか。そういったようなことだ。専門家が分析するなら、おれの持っている情報からかなりのことが引き出せるだろう。どうだ、こういったことには、値段はつかないか。金の額が折り合えば、話してやってもいいんだが」

「あたしには関係のないことだって」

「あんたは窓口になるだけだって言うんならそれでもいいのさ」

「しかし、米国のスパイになれと言われた男が、どうしてあたしの店なんかにのこのこやってくるのかね。直接日本領事館に行ってもいいだろうに」

「あんたを殺すよう命令されたからさ」

江森は顔を上げた。ドアの外を気にしたのがわかった。

「安心しろ」賢一郎は言った。「命令されたが、おれにはそのつもりはない。監視もまいてきたよ。おれは連中の目をくらまして、日本に行きたいんだ。おれは米国生まれだが、血は日本人だよ。連中にはそれがわかっていない」

江森は腰を少しだけドアの方へずらしながら訊いてきた。

「ハワイには、いつきたと言ったね」

「きょう。今朝着いたばかりだ」

「きょうホノルル港に入港した船はないがね」

「飛行艇できたんだ」

江森の目にまた強い警戒の色。疑念が生じたのかもしれない。

「パンナムのチャイナ・クリッパーがくるのは三日後だ。嘘《うそ》を答えても無駄《むだ》だよ。ハワイの事情については、あたしほどよく知ってる者はいないんだ」

「旅客便じゃない。パンナムからの徴用機だった。マーチンの飛行艇だったが、米国航空輸送司令部のマークがついていた。サンディエゴから二十人ばかりの海軍関係者を乗せて、きょう着いたんだ」

「カネオヘ基地に着水したんだね」

「ちがう。真珠湾に直接飛んできた。フォード島の南側の水面に着水したよ。おれは基地のSP本部の建物に連れてゆかれた。おれはそこであんたに関する書類ひと揃いを見せられたんだ」

「どんな建物か、言うことができるかね」

「白い木造二階建ての建物だ。窓には全部鉄格子《てつごうし》がはまっていて、玄関の両側に一本ずつパームツリーが植えられている。太平洋艦隊司令部の三階建ての建物とは、プールをはさんで向かい合っていた」

長い沈黙のあとで、ようやく江森が口を開いた。

「どうだい。仕事が欲しいのなら、何か世話をしてやろう。あんたの与太話はこれ以上聞いていたくないが、腕っぷしの強さは認めてやるよ。ひとつくらい仕事の口を探してやれると思う」

「いま言ったことしか望んでいないんだがね」

「要するに金だろう。少し時間をくれないか」

「情報を買ってくれるかどうか、それをはっきりさせてくれ」

「あんたの話は、あたしには何の」

「もういい」賢一郎は強い調子で江森の言葉をさえぎった。「いらないと言うなら、おれは消える。きょう明日はワイキキのクヒオ・アパートメント・ホテルというところにいる。買う気になったら電話してくれ。ただし、おれはおれの情報を買うという場合以外は、あんたとは話もしたくない」

江森は当惑したように言った。

「少し、考えてみるよ。誰かが興味を示すかもしれん」

「おれはあんたとしか取引きしないつもりだが、それでいいな」

「あたしが電話するよ」

賢一郎はベッドから腰を上げた。江森の前を歩いてドアを開けてみると、廊下の反対側であの青年が壁によりかかっている。目に怒りをたぎらせていた。賢一郎は青年に微笑を見せ、慇懃《いんぎん》に会釈《えしゃく》して階段へと向かった。青年は首をめぐらしてきたが、その場を動こうとはしなかった。

江森からホテルに電話が入ったのは、午後十時をまわった時刻だった。主人がわざわざ部屋までそれを知らせにきてくれた。

賢一郎は拳銃をジャケットの下につるすと、ロビーへと降りた。電話室はカウンターの真正面にある。電話室に入って受話器を取ると、江森が名乗る前に言った。

「しゃべるな。いま店か」

「そうだが」と、とまどったような江森の声。

「こちらから電話する」

すぐに電話を切って、ホテルの外へと出た。数時間前にいったんまいた乗用車が、また表の通りに停まっている。賢一郎が江森の店から戻ってきたときには、連中もまたその場所に戻っていたのだ。車内は暗くてよく見えないが、ふたりの男が中からホテルを凝視しているようだ。

賢一郎は通りを半ブロック歩き、アラモアナ大通りの角で公衆電話のブースに入った。尾行車が徐行して近づいてきて、十メートルばかり後方に停まった。賢一郎は自動車に背を向けて、覚えておいた番号をまわした。すぐに受話器が取られた。

「ケニー」と、賢一郎は短く名乗った。

「あたしだ」江森の声。「用心深いんだね」

「さ、話をしてくれ」

「取引先が、あんたの話に興味を示してる」

「買い値は」

「まだ中身を知らないんだよ。値をつけるわけにはいかない。だが、相応の額を支払うそうだ」

「あんたが払ってくれるのかい」

「あたしは仲介するだけさ。あたしの取引先が支払うんだ。相手にはきょう引き合わせる。細かな話は、そっちにしてもらいたいんだがね。あんたを迎えに行くよ。それから一緒に、取引先が待っているところまで行く。向こうはあんたのために部屋と食事を用意するそうだよ。そこで一日。ことによったら二、三日、質問攻めになるんだ。その結果、あんたがただの駄法螺《だぼら》吹きでないことがわかって、情報に価値があると判断されたら、金が支払われる。ついでに、あんたが日本へ帰る算段についても相談に乗るそうだ」

「取引先というのは誰なんだ。それだけ複雑な手続きを取るってことは、日本政府の関係者だと考えていいのか」

「いまははっきりとは言えない。でも、ほかにどんなところが、あんたの情報を欲しがるかね」

「それが日本政府の関係者だってことは証明してもらえないか」

「どうしても必要なのかね」

「いいか、あんたはいまだに自分が日本の諜報協力者であることを認めていないんだ。米国海軍の情報部はあんたを日本のスパイだと決めつけて、おれに殺すよう命じたが、おれもその言葉を百パーセント信じているわけじゃない。あんたが信用できる仲介相手だってことを知っておかなくちゃならない。おれは米国海軍情報部を裏切って、日本へ逃げようとしているんだからな」

「どうすればいいんだ」

「なんとかおれを信用させてくれ」

江森はしばらく沈黙していたが、やがて言った。

「電話帳を調べて、日本総領事館の電話番号を探してくれないかね。領事館の中に、一等書記生の森村という男が住んでいる。その男を呼び出してもらうんだ。いま外出しているという返事が返るはずだ。あたしの名を出して、出先を聞いてみろ。春潮楼という日本料亭に行っていると教えてくれる」

「その森村という書記生が」

「そうだ。あんたの接触する相手だ。森村というのは偽名。外務省の書記生というのも表向きのことだよ。日本海軍の情報工作員だ。彼はいま春潮楼で、あたしからの電話を待っている」

「このまま電話口で待っていてくれ」

賢一郎はいったん電話を切った。

尾行車は十メートルほど離れた位置に停まったままだ。賢一郎はブースの中で電話帳を引っ張りだし、ライターの明かりで日本総領事館の電話番号を確かめた。

番号をまわすと、中年男の声が出た。

「日本領事館」

賢一郎は言った。

「一等書記生の森村さんをお願いします」

「ええと。彼はいま出てますがね」

「外出先はおわかりになりますか」

「そこまではちょっと」

「江森さんの用事なんですが」

ほんの少しだけ間があって、相手は答えた。

「春潮楼です」

「料亭の」

「ええ」

「ありがとう」

電話のフックスイッチを指で下げ、次のコインを投入して、あらためてポップ・ジミーの店の番号をまわした。最初のコールが終わらぬうちに江森が出た。

「どうだね」

賢一郎は答えた。

「どうやら信用していいみたいだな」

「じゃあ、店にきてくれ。案内するよ」

「春潮楼にか」

「それはこれから連絡をとってみる。どこかべつの場所に連れてゆくことになるのかもしれん」

「おれはいまも尾行されてる。あんたの店に直接ゆくのはまずい。ちがう場所でピックアップしてくれないか」

「それじゃあ、ワイキキの」

「いや」江森が言いかけたところを、賢一郎がさえぎった。「ホノルル港の第七桟橋にきてくれ。おれはなんとか尾行をまいていく。一時間後ではどうだ」

江森は不服そうだった。

「ホノルル港でか」

「第七桟橋。いいか、江森さん。こういう事情で、おれはかなり神経質になっている。あんたひとりできてくれないか。おれとあんたとふたりで、その森村という書記生を訪ねよう。いいな」

「いいだろう」

賢一郎は受話器を戻して、うしろを確かめた。尾行車はそのままの位置にいる。

賢一郎はアラモアナ大通りの方向へ歩きだした。さすがこの時刻、通りは閑散としている。街灯だけは頼りなげな光を散らしているものの、もう出歩く観光客の姿はほとんどない。ときおり乗用車や清掃サービスのトラックが夜にせきたてられているかのように通り過ぎて行くだけだ。背後で尾行車が動きだしたのがわかった。

五十メートルほど歩いたところで、タクシーがつかまった。賢一郎は運転手に、深夜まで開いている酒場を訊《たず》ねた。どんなところが望みか、と運転手が訊《き》き返す。大きくて裏口があるところがいい、と答えると、運転手は荒っぽく車を発進させた。ギアを上げながら、運転手は言った。夜景のきれいなガーデン・レストランがある。車で十分くらいの距離、ホノルル市街を見下ろす丘の中腹にあるのだという。そこでいい、と賢一郎は言った。

車が走り出してからも、賢一郎は振り返らなかった。尾行がぴったりついてきていることははっきりしていた。一度は失策を犯している連中だ。ほとんど車間距離も取らずに尾《つ》いてきているにちがいない。

市街地を抜け、ゆるい勾配《こうばい》の道をしばらく進んでから、丘をまく道に入った。右へ左へ何度も大きく曲がりながら、タクシーは次第に標高を上げてゆく。曲がるたびに背後にホノルルの市街地の明りが広がっていった。

やがてこうこうと照明に照らされた施設が見えてきた。丘の尾根の上に張り出した位置に、何棟かの建物と駐車場がある。かなり広い敷地を占めているようだ。駐車場には、深夜に近い時刻というのに、まだ二十台以上の車が停まっている。

マキキ・レストランだ、と運転手が言った。言っておくが、安くはないぜ、と。

賢一郎にタクシーを降りると、まっすぐそのガーデン・レストランへ向かった。

尾行車が駐車場の中に入ってきた。入り口で振り返ると、助手席からひとりが降りたところだった。アロハ・シャツを着た若い男だ。髪はクルーカット。情報部勤務の水兵だろう。

賢一郎はボーイに、約束がある旨《むね》を告げた。ボーイはどうぞと言うように奥のテラスの席を示した。

賢一郎はそのままレストラン奥のテラスへと出た。目の前にホノルルの市街が一望できた。無数の小さな光が散らばり、細長く左右に広がっている。街灯の列と行き交う車のライトから、道路網を識別することができた。ホノルル港の方面には、アロハ・タワーのものらしい回転灯の光が見えた。

夜景を楽しむには少し遅い時刻かも知れないが、それでもこれだけの数の光が眼下一面に広がるさまは、それなりに見ものと言えた。たぶん日没どきから宵《よい》の口にかけてが、このレストランの稼ぎどきなのだろう。その時間帯であれば、光の量は、この二倍から三倍はあるはずだ。

テラスの左手では七、八人編成のバンドが甘いハワイアン音楽を奏《かな》でていた。数組の男女が踊っている。白い制服を着た海軍士官がふたりまじっていた。

もう一度振り返った。若い男は、レストランの入り口でためらっている。賢一郎は人を探しているかのように席のひとつひとつをていねいに眺《なが》めた。少しテラスの奥へと進み、顔を一巡させてみる。

ボーイが近づいてきた。賢一郎は腕時計に目を落とし、指を二本上げた。ボーイは承知したというようにうなずき、奥まったテーブルに賢一郎を案内して、メニューを二冊、向かい合わせに置いた。

賢一郎は席に着いてからシェリーを注文し、うしろを素早く確かめた。尾行の男はテラスの出口に近い席に着いた。

シェリーが届いたとき、賢一郎は運んできたウエイターに電話のある場所を訊ねた。電話をかけるしぐさをはっきりと見せた。ウエイターは指でバー・カウンターの横を指さした。尾行の男からも見える位置に、電話機がかけられている。賢一郎はうなずき、小銭をテーブルの上に並べてから、席を立った。

尾行の男は席に着いたままだ。賢一郎は電話機に着いて、コインを入れた真似《まね》を見せ、ダイヤルを回した。数秒待ってから、適当に口を動かす。とおりがかったウエイターに、手振りで鉛筆とメモ用紙を頼んだ。ウエイターはいったん奥へ消えてから、短い鉛筆と紙切れを持ってきた。賢一郎はそれを受け取って、紙に米国地図の模様を描いた。

またべつのウエイターがとおりかかった。賢一郎は自分の股《また》ぐらを指さしてトイレの位置を訊ねた。ウエイターは賢一郎のしぐさに眉をひそめたが、それでも手でトイレの位置を教えてくれた。テラスとは反対側。バー・カウンターの裏手になる。

受話器を戻すと、メモ用紙を丸めて足もとに落とした。横目で尾行の男をうかがった。ちょうどウエイターに注文をとられているところのようだ。賢一郎はズボンのベルトに手をかけながら洗面所へと向かった。男の視線から逃れたところで、素早く出口を探した。従業員の通用口らしいスイング・ドアがあった。ビールの箱が脇《わき》に積み上げられている。

賢一郎は早足で表へと出た。建物と建物とのあいだの隙間《すきま》を進むと、駐車場の隅《すみ》に出た。目の前に灌木《かんぼく》の植え込みがあり、一台のデリバリーバンが停まっている。顔を出して駐車場をうかがった。尾行のフォードが駐車場の出口のすぐそばに停まっている。エンジンはかかったままだ。賢一郎はシャツの下から拳銃《けんじゅう》を取り出した。

暗がりを選んで駆け、フォードのうしろに回った。そっとうかがうと、運転席にいるのは、ずんぐりとした体型の中年男だった。地味なシャツ姿だ。男の視線はレストランの入り口に向いている。手はステアリングに添えられていたが、武器は手にしてはいなかった。助手席のグラブケースの蓋《ふた》が開いており、軍用の半自動拳銃が収まっている。

賢一郎は腰をかがめて運転席側にまわり、息をためてからさっとドアを開けた。目の上に男の顔があった。仰天していた。

賢一郎は拳銃を突きつけて言った。

「出ろ」

男がためらいを見せた。賢一郎は拳銃を男の眉間に当てた。

「撃つな」男は手を上げて言った。

「出ろ。早く」

男は手を上げたまま車を降りてきた。賢一郎は男を振り返らせて両の足をいっぱいに広げた。シャツの下を探ったが、拳銃は携行していない。

「レストランへ行け」

賢一郎は男の襟首《えりくび》をつかんで向きを変え、レストランへ向かって突き飛ばした。男はよろめきながら数歩歩いた。

賢一郎は運転席に素早く身体を入れた。男は駐車場の途中で立ちどまっている。レストランの入り口の明かりの下に、あの若い男の姿が見えた。

賢一郎はギアをつなぐと、車を急発進させた。視線の隅で、中年男が大きく腕を振り回したのが見えた。糞《くそ》でもくらえという意思表示なのかもしれない。若い男がレストランから出て、駐車場を懸命に走っている。賢一郎は急ステアリングで車を道路へ出した。足もとから車体のきしみ音が伝わってきた。

ホノルル港第七桟橋の周辺は、暗く静まりかえっていた。係留されている貨物船も、ほとんどの明かりを消して深い眠りについている。あたりにはもう荷役作業のトラックも見当たらなければ、沖仲仕たちの姿もなかった。数本の街路灯が距離を置いて立っているが、桟橋や周辺の路上を照らし出すほどの光量はない。ただ深夜の港ににぶい光の球を見せているだけだ。

賢一郎は建ち並んだ倉庫と倉庫のあいだの暗がりに身をひそめていた。情報部の尾行者たちから奪った乗用車は、二ブロックほど離れた路上に停めてある。すでにこの場所で待機に入ってから二十分の時間が経過していた。そろそろ十一時。約束の時刻になる。

この間、第七桟橋の周辺で妙な動きを見せた者はない。きびきびとした身のこなしの男たちが闇《やみ》の中に散っていくようなこともなかったし、不審な自動車がやってきてそのまま誰も車から降りずに停まっているといったこともなかった。おそらく半径百メートル以内では、目覚めて息を殺している人間は賢一郎しかいないにちがいない。

港の右手、ダウンタウンの方角から自動車のエンジン音が聞こえてきた。賢一郎は音の方向に目をやった。黒っぽい乗用車が角をまがって姿を見せた。速度をゆるめて桟橋へ近づいてくる。

自動車は桟橋のたもとまできて停まった。ヘッドライトが消え、ひと呼吸の間があってから、ひとりの男が降りてきた。賢一郎は目をこらした。薄明かりの下ではあったが、一度間近に見ている相手だ。江森、と識別できた。アロハ・シャツ姿も夕刻のときのままだ。

江森はボンネットの脇に立ったまま、首だけをまわしてあたりを見渡してきた。桟橋の奥に目をやってしばらく動かず、つぎに倉庫街に顔を向けて静止する。それから少しだけ身体の向きを変え、闇の奥に目をこらすように首を突き出すのだった。片手は車から離れることはない。その様子は、ちょうど目隠し鬼になった子供がじっと周囲の音に耳をこらしているように見えた。

やがてこらえきれなくなったように江森が叫んだ。

「ケニー。いるのかい」

賢一郎は答えなかった。

江森はあたりに顔をめぐらしながら、もう一度叫んだ。

「ケニー、どこだ」

呼ばれるままにしておいた。すべての神経を最大限に働かせてみる。乗用車の中にはほかに人のいる気配はない。桟橋周辺の空気にも、それと気づくほどの変化はなかった。少なくとも賢一郎には感じとることができなかった。あたりには二十分前と同様の静寂があるだけだ。かすかな靴音《くつおと》ひとつ、ささやき声ひとつ聞こえてはいない。ましてや、拳銃の撃鉄が引き起こされたような音もない。

賢一郎は暗がりにひそんだまま、江森に怒鳴った。

「ミスター・エモリ。自動車から離れろ」

江森はぴくりと背を伸ばした。両手がわずかに持ち上がった。背中にナイフでも突きつけられたような格好で、身体を倉庫のほうへ向けてくる。声がどこから聞こえてきたか、はっきりと聞き分けられたようではなかった。

「どこにいるんだ、ケニー」江森の声には、いくらかおびえが感じられた。「あんたを連れて行かなくちゃならないんだ」

「おれの車で行こう」賢一郎は言った。「十一番の倉庫に向かってゆっくり歩け」

江森は今度はほぼ正確に賢一郎のひそむ位置に顔を向けてきた。

「そこにいるのかい、ケニー」

「十一番倉庫へ向かって歩け。倉庫の五、六歩手前まできたら停まるんだ」

「何の真似だい」

「保険だよ。あんたとふたりきりで行きたいんだ。早くしな」

「わかったよ、ケニー」

江森は両手を腰の脇まで持ち上げ、慎重に足を進めてきた。地雷原を歩けと命令されたとき、人はこのような歩きかたになるのかもしれなかった。江森の靴の音が、奇妙に大きく響いた。江森は桟橋前の広い道路を中ほどまで進んできたが、途中で足をとめた。賢一郎のいる位置からは、十メートルばかり離れている。

「もっとこっちへ」賢一郎は江森をうながした。

「出てきてくれ、ケニー。あたしがまだ信用できないってのかい」

「信用してるさ。さ、こっちへ」

「こわいんだよ、ケニー。あんたの姿を見せてくれ」

しかたがなかった。これだけの距離があれば、確実な射撃はおぼつかない。賢一郎は暗がりから道路へと進み出て、江森の前に身体をさらした。

賢一郎と江森は向かい合った。

江森はすぐに賢一郎の拳銃に気づいたようだ。はじかれたように両手を高々と上げた。反応の素早さを考えると、賢一郎が拳銃を持ち出すことを予測していたのかもしれない。

江森が大声で訊いてきた。

「待てよ。どういうことなんだい、ケニー」

切迫した調子の声が人気《ひとけ》のない深夜の栈橋周辺に響き渡った。

賢一郎はもう一歩前へ歩み出た。

「気が変わったんだ」

言いながら腕を伸ばし、銃口をまっすぐに江森の顔に向けた。

眼前にふいに光がほとばしった。真正面から、強烈なライト。賢一郎は思わず片手で目をおおった。探照灯が正確に賢一郎を射ている。賢一郎は横飛びに飛んで光の輪から逃れようとした。そこにも別方向からのライトがあたった。

拡声器を通した声が響きわたった。

「そこまでだ、ケニー」聞き覚えのある声だった。「撃つな。テイラー少佐だ。ケニー、任務はそこで中止だ」

張り詰めていた空気が爆《は》ぜた。周囲が急にざわついた。靴音が聞こえてくる。何人かの男たちが自分に向かって駆けてくるようだ。銃を操作するような金属音もまじっている。賢一郎自身は、探照灯の強い光のために周辺を見透かすことができない。探照灯のひとつは、桟橋の貨物船のもののようだ。拡声器もおそらくそこに備えられているのだろう。テイラー少佐はもしかすると、二十分以上も前から貨物船のブリッジに隠れ、賢一郎の行動の一部始終を見ていたのかもしれない。

賢一郎は片手で光をさえぎりながら、江森に目をやった。江森は強い光に照らされて、夜の桟橋のたもとに浮かび上がっている。両手はまだ上げたままだ。足もとに何本もの影が伸びていた。

「どういうことだ」賢一郎は訊いた。「なぜ、テイラー少佐がここにいる」

「わかんないのかね」江森は口から大きく息を吐いて言った。「あんたはテストされていたんだ。あたしは米国海軍のお役に立ってる者なんだよ」

賢一郎は拳銃をおろし、撃鉄を戻した。

その夜、賢一郎はワイキキ海岸に面した高級ホテルの一室へ連れてゆかれた。テイラー少佐が宿泊しているスイート・ルームだった。壁紙もカーテンの模様もポリネシアの意匠を強調したもので、いかにもハワイらしい印象でまとめられている。家具や照明も凝っていて、スペインの塹壕《ざんごう》やニューヨークの安アパートを見慣れてきた目には、いささかきらびやかで贅沢《ぜいたく》すぎた。隅のテーブルの上には南国の花がたっぷりと盛られ、その周囲に酒とオードブルの用意がある。窓の外にはかすかに潮騒《しおさい》が聞こえた。部屋のチェストの上に、見覚えのあるスーツケースがふたつ載っていた。賢一郎がサンディエゴで渡されたものだ。

テイラー少佐はウイスキー・グラスをかざして言った。

「きみの忠誠心と、実際の処理能力やら判断力やらを試したんだ。悪く思うな」

少佐は部屋に入った直後から、ウイスキーを生《き》のままで数杯あおっていた。その容量のありそうな巨体のせいか、顔にはまったく変化はない。カウチをひとり占めしていた。

「パスしたんだな」

賢一郎もその夜何杯目かの強い酒を飲みながら訊いた。神経がたかぶっていた。なかなか酒はまわっていく様子を見せない。

少佐はうなずいて言った。

「正直に言うと、ほんとうに我々を裏切ったのではないかと疑った。あの男に拳銃を突きつけた瞬間まで、疑っていたと言っていい」

「あと半秒遅かったら、おれは引金を引いていた」

「あの男は我々の貴重な協力者なんだ。じっさいに日本海軍の工作員と接触している。彼を殺されては、たいへんな損失になるところだった。尾行の連中だけでは制止できない場合を考え、我々は桟橋の周囲に三人、海軍有数の狙撃手《そげきしゅ》を待機させていた」

「いつからだ。おれが第七桟橋を指定したのは、接触のぎりぎり近くになってからだ」

「彼の店に電話があったあとすぐだ。おれがあの貨物船のブリッジに乗りこんだ直後にきみがやってきた。間一髪だった」

「おれを尾行していた連中は給料泥棒《どろぼう》だぜ。あれじゃあ、羊でも追っていたほうがいい」

「再訓練キャンプに入れてやる」

「おれがほんとうに裏切る気なら、陽《ひ》が高いうちに領事館に駆けこむことができたよ」

「それは想定していたんだ。日本の総領事館の近辺にも、我々の工作員がふた組配置されていた。連中は、きみが領事館の門の前にきたときには、無条件で撃つことになっていた。二百メートル離れた距離から、キウイ・フルーツを撃ち抜く連中だ」

「近くまで行ってみたが」

「知ってる。車から降りなくて幸運だったな」

賢一郎のグラスが空いた。新しくウイスキーを注《つ》ぎ足すと、瓶《びん》もすっかり空になった。手もとがそろそろあやしくなっているのがわかった。

テイラー少佐も、テーブルの上から新しいスコッチを一本手にとって、自分のグラスになみなみと注いだ。

賢一郎は訊いた。

「試したということだが、こんな手のこんだことをする必要があったのか」

「きみの自発性を誰も信用していないからな」と、テイラー。「もし日本人を殺さねばならなくなったときでも、きみが果たしてやり通せるかどうか、それをはっきり確かめておきたかった」

「その点については、おれは実際的だよ。あれこれ悩んでいる余裕は、おれにはないんだ。そんな男が必要だったんだろう」

「そうにはちがいない。そう」テイラー少佐は低い声でうなずいた。手のグラスが揺れて、氷が音をたてた。視線が床に向いている。「それにしてもずいぶん直接的な方法をとったものだな。やつが日本のスパイだということを確認するのに、おれはきみがあの男の家か店に忍びこんで、いくつか証拠になるものを盗み出すものと想像していた。きみがそれを我々に示し、そこで初めて殺害の具体的な計画に入ることになるだろう。そのとき種を明かすつもりだったんだがね。半日でここまで進めてしまうとは意外だった」

「いやな任務は、さっさと終わらせたい。せっかく地上の楽園と呼ばれる島にいるんだ。二日間の期限の残りは、さんざん酒を飲んで過ごしたかったのさ」

「二日、休暇をやる。三日後の朝、パンナムのチャイナ・クリッパーに乗ってくれ。ミッドウェー、ウェーク島を経由してマニラへ行ってもらう。日本に入るのは、マニラからの船便を使うんだ。おれは飛行場でお前を見送ったあと、本土に戻る」

「監視が解かれることはないんだろうな」

「試してみるがいい」

「やめておこう。しかし、あんたはそれまでの二日間をずいぶん豪勢な部屋で過ごすようだが、おれには事前のボーナスのようなものはもらえないのか」

「この部屋を使え。そのためにとっておいたんだ」

テイラー少佐はのっそりと腰を上げると、賢一郎に敬礼のしぐさを見せた。その魁《かい》偉《い》な身体に似合わぬひょうきんなしぐさだったが、目は笑ってはいなかった。むしろ不可解なもの醜悪なものを見たあとのような、とまどいとも嫌悪《けんお》ともつかぬ光がある。
賢一郎がやはり敬礼でこたえると、少佐はくるりと背を向けてドアの外に出ていった。

# 第三部

九月　東京

「機動部隊が全滅か」

誰かが小声でつぶやいた。

「六隻《せき》の空母を失うとは」と、またべつの提督の声。

あとに発言は続かない。

部屋にいる三十人ばかりの出席者は、当惑し、押し黙ったままだ。

九月十六日、午後四時三十分。東京・長者丸にある海軍大学校。大ホールに隣接した部屋である。帝国海軍の高官たちが大きなテーブルを取り囲み、一様にぐったりと椅子《いす》の背に身体《からだ》をあずけていた。煙草《たばこ》の煙が、そのさして広くはない部屋に充満している。

ハワイ作戦をめぐる第一回の図上演習が終了したばかりだった。判定結果は、攻撃する帝国海軍機動部隊の完敗と出ていたのである。

大貫誠志郎中佐は、そっとその室内を見渡してみた。部屋には太平洋の海図やハワイ諸島の地図、そのほか多くの書類が散らかっている。地図の上には、艦船のウォーター・ライン・モデルが並べられ、青や赤の小旗が林立していた。参加者や軍令部の見学者たちはテーブルを取り囲むようにして着席している。

九月六日の御前会議からちょうど十日後の午後であった。十一日から開始されていた図上演習の六日目である。例年よりも二カ月繰り上げて開催されたこの図上演習では、西太平洋管制作戦（南方作戦）が徹底的に研究されていた。フィリピン、マレー、オランダ領東インドの広大な南方地域を占領する多方面同時作戦が検討されていたのである。

米国を中心とした経済封鎖陣が完成して以来ひと月半、日本の産業界、経済界は日に日に困窮の度合を深めていた。庶民の暮らしもいっそう窮屈で貧しいものになっていった。国鉄の三等寝台車が廃止され、食堂車も削減された。乗用車のガソリン使用は、十月一日から全面禁止となることも決まった。政府は金属類回収令を公布し、家庭からも鉄製品や銅製品を回収する策に出た。

近衛《このえ》首相や野村大使ら、政府関係者の努力にもかかわらず、日米関係にはまったくの進展がみられない。ルーズベルトとの首脳会談についても、協議は進んでいなかった。日本の経済的孤立がいつとけるか、見通しはまったくたっていない。

好戦的な世論は、いよいよ激しく南方進出を言い立てていた。

たとえば東京日日新聞の社説は主張していた。

「英米の搾取《さくしゅ》から東南アジアを解放するために、日本は必要とあらばさらに南方に進出することを躊躇《ちゅうちょ》しない」

また中外商業新報もこう書いていた。

「大東亜共栄圏の樹立は当然南方への進出を意味するものである。太平洋の平和が維持されるかどうかは、イギリスおよびアメリカの態度にかかっている」

こんな情勢であったから、海軍大学校に集まった海軍の首脳たちは、南方作戦の発動は必至との見方で一致していた。その意味では、日本の東南アジア占領計画は、隠しだてしなければならぬほどの重大な秘密ではなかった。すでに日本海軍内部で数年にわたって論じられ、検討され、研究されていたことでもあったのである。

しかし海軍大学校大ホールの東側には、入室を厳重に制限された特別室があった。この日十六日、この特別室では、極秘のうちにハワイ作戦特別図上演習が開催されたのである。出席を許されたのは、三十人ばかりの関係者だけであった。

大貫はあらためて出席者の顔をひとりひとりうかがった。

図上演習を司会したのは、山本五十六《いそろく》連合艦隊司令長官である。テーブルの中央についていた。参謀長宇垣纏《うがきまとめ》少将ほか、先日軍令部を共に訪れた黒島参謀、有馬参謀も、長官の左右に着いている。

第一航空艦隊からは、司令長官の南雲《なぐも》忠一中将をはじめ航空参謀の源田実中佐ら主要幕僚たち。ほかに第二航空戦隊山口多聞《たもん》少将、第三戦隊三川《みかわ》軍一中将らの顔がある。軍令部からは、第一部長福留《ふくとめ》繁《しげる》少将、第一課長富岡定俊大佐のふたりと、何人かの部員が見学していた。軍令部総長永野修身《おさみ》大将は、この演習に招かれていたのだが、なぜか欠席していた。

山本長官は、憮然《ぶぜん》とした表情でテーブルの上の地図をにらんでいる。腕を組み、唇《くちびる》をきつくかんだまま身じろぎもしない。ハワイ作戦を推し進めようとする連合艦隊司令部の参謀たちも、これに反対する第一航空艦隊司令部、それに軍令部の部員たちも、沈黙したままだ。

演習では、青軍は航空母艦六隻、戦艦二隻を中心にした機動部隊をもってオアフ島真珠湾を攻撃したのだが、接近中に赤軍の哨戒機《しょうかいき》によって発見され、赤軍が防空態勢を整えて待ちかまえているそのただ中へ突入してゆくことになったのである。攻撃隊の半数の飛行機が撃墜された。

ハワイに集結する赤軍の損害は、空母二隻沈没、主力艦四隻沈没と判定された。しかしその赤軍側も、帰投する攻撃隊を追尾して青軍機動部隊の航空母艦を発見、二隻の空母を撃沈していた。攻撃第二日目には、さらに一隻の空母が撃沈され、小破した空母も合わせて三隻。つまり機動部隊の六隻の航空母艦は全滅という審判結果が出たのである。

第一航空艦隊の大石参謀が、誰に聞かせるともなくつぶやいた。

「哨戒機に発見された時点で、勝敗は決していた」

連合艦隊の黒島参謀は小さく息を吐き、天井を見上げて言った。

「確かだ。強襲では、この作戦は不首尾に終わる。奇襲が絶対条件だ」

「接近以前の段階でも、計画が漏れたが最後です」と大石参謀。「しかし、はたして訓練から動員、出港、集結、そして攻撃と、作戦のすべてにわたって、完全な計画秘《ひ》匿《とく》が可能でしょうか」

「できる」と黒島参謀が答える。「いや。やらねばならない」

ふたたび部屋に沈黙が満ちた。誰ひとり異議をとなえたわけでもないが、黒島参謀の言葉がそのまま受け入れられていないことは明白だった。

第一航空艦隊の源田参謀が、重苦しい空気を追いはらうかのように言った。

「きょうの反省をふまえて、明日もう一度試してみてはどうです。わたしは、青軍は攻撃前夜にオアフ島北方千二百キロの海上まで進んでおいてはどうかと提案したい。千二百キロの距離は索敵圏外であり、そこから夜陰に乗じて高速で南下、翌朝、米軍の昼間哨戒機が発進する前に攻撃部隊を発進させる。これであれば、赤軍哨戒機によって機動部隊の接近を察知される心配はほぼなくなる」

連合艦隊の有馬参謀が言った。

「オアフへの接近の経路も変更したほうがいいでしょう。北方コースをとる点はそのままですが、いま計画している北緯四十度の線よりももっと北、四十二度の線に沿って航路をとり、民間船舶に発見される危険を減じてはどうでしょうか」

大石が有馬に言った。

「開戦が十一月か十二月となれば、北太平洋の天候はきわめて不安定だ。大機動部隊をこれ以上北の航路に進めるのは危険すぎます。だいいち洋上補給がいよいよむずかしくなる」

「それだけに、機動部隊を発見される危険は少なくなる」

「そうでしょうか。しかしそもそも北海道の厚岸《アッケシ》湾集結では、機動部隊が発進する前に計画が漏れるおそれがある。これだけの機動部隊が集結したとなれば、演習といった名目では目撃した民間人を納得させることはむずかしい。いろいろ風評も立ちます。わたしはむしろ南方コースをとりたい。小笠原《おがさわら》諸島の父島を集結地点とするなら、厚岸湾を集結地とするよりもはるかに人の目につく可能性も少ない」

「いや。それでは民間船舶や漁船の目に触れる可能性が高まる。やはり北方ルートしかない」

黒島参謀が大貫中佐に顔を向けてきた。

北海道・厚岸湾に替わる案は、すでに連合艦隊司令部内で検討にかけていた。それを発表しろということなのだろう。

大貫はその地名を口に出した。

「単冠《ヒトカップ》湾を集結地とします」

「単冠湾？」

居並ぶ出席者たちがいっせいに大貫を見た。

大貫は立ち上がると、北太平洋の地図の一点を指で示して言った。

「南千島の択捉《エトロフ》島です。ここの単冠湾なら、小さな漁村が三つあるだけ。もともと人口希薄な島ですから、機密保持には理想的です。我が海軍の飛行場もあり、電波管制を敷いた後も、通信連絡上困ることはありません」

大貫は横目で山本長官の顔をうかがった。山本は相変わらず唇を結んだまま、ハワイ諸島の地図をにらんでいるだけだった。

同じ日の夜、駐日米国大使館のH・J・アームズ書記官は、東京駅南口の待合室でひとりの民間人と言葉を交わした。

待合室のベンチ、アームズが左に、男は右側に腰をおろしていた。アームズはタイム誌を手にしており、男は新聞を持ち上げている。視線はそれぞれの雑誌と新聞の上に浮いていた。周囲の者は、ふたりが勝手に自分が読んでいる記事をぶつぶつと口にしているのだと思ったことだろう。

「きょうは少ないんです」と、粗末な身なりの男は言っていた。「どうしてか、三……三十人くらいです」

彼は朝鮮半島出身の男だった。若い頃に北海道の監獄部屋で、棒頭を殺害して東京に逃げてきたのだ。長期間の重労働のせいで、肺を病んでいた。日本語はアームズよりはましという程度だ。歳《とし》のころは三十前後。東京東部の植民地出身者の多い地区に住んでいる。

アームズは訊《き》いた。

「時間がずれていたということはないのか。昨日までは百人近くの提督やら士官やらが集まってきたんだろう」

「いえ」男は新聞紙の陰で小さく首を振った。「わたしは朝の七時すぎから、仲間と一緒に長者丸のそばの道路でドブさらいをしていたんです。九時半ころまでいたんですが、それ以上の数じゃありませんでしたよ。そのあと残った七、八十人が遅れてやってきたのならべつですが」

「誰か、区別のついた顔はあったか」

「はっきりわかったのは、山本五十六大将。南雲中将。海軍省の福留とかいう将官。この三人は確かです」

「ほかにも提督は多かったんだな」

「顔の区別がつかない連中が何人かいました。佐官クラスの士官たちは、ほとんどが参謀肩章《けんしょう》を吊《つ》っていました」

まちがいないな、とアームズは思った。海軍の図上演習が二カ月繰り上げられたようだ、という情報は、一週間ばかり前にアームズの耳に入った。十日にはべつのルートから、芝の水交社に海軍の高官たち高級士官たちが多数泊まっているとの情報がもたらされた。図上演習が始まったと直感したアームズはただちに数人の協力者と連絡をとり、海軍省ビルと海軍大学校周辺で監視にあたらせた。水交社前でもいっそうの監視を強め、この時期東京に集結した提督や参謀たちの身元を割り出そうとした。その結果、全艦隊の司令部から司令長官や参謀たちが集まっていることが判明したのだ。

日本海軍が開戦間近と見ているのでなければ、恒例の図上演習の時期が二カ月も早まるわけがない。米国海軍もいよいよ砲塔からカバーをはずして待機する日がきたようだ。ただ、きょうの様子は気になる。

アームズは訊いた。

「きょうは、高橋伊望《いぼう》中将の姿は見たか。あるいは井上成美《しげよし》中将は」

男は首を振った。

「どちらも、きていません」

第三、第四の各艦隊司令長官が欠席している。ということは、将官クラスだけを集めて、演習終了の打ち上げ会を開いたというようなことでもないようだ。部隊を限定して何ごとかの図上演習か打ち合わせを行ったのだろう。出席者の中ではっきりしているのは、連合艦隊司令長官と、第一航空艦隊司令長官、それに軍令部長。つまり日本海軍の主力および機動部隊が、何ごとか大作戦を企てていると考えられる。日本海軍が公言してきた南方作戦とはべつの、何か極秘の作戦が検討されているのかもしれない。

アームズは今年一月の寒い夜、米国人宣教師からもたらされた情報を思い出した。

日本海軍は、開戦劈頭《へきとう》、ハワイの米国太平洋艦隊基地を奇襲攻撃するだろう……。

奇襲成功のための必須《ひっす》の要件は、作戦計画の厳重な秘匿だ。日本海軍の機動部隊がハワイへ向かった、という情報が漏れただけで、その奇襲作戦は失敗する。遠路はるばる大機動部隊を繰り出しての作戦は、満を持して来襲を待つ米国太平洋艦隊や航空部隊の前に水泡《すいほう》に帰することになるのだ。それは日本海軍もわかっているはずだ。

あの情報はやはり本物だったか、とアームズは思った。日本海軍が内部にまで機密扱いにして打ち合わせなければならぬ作戦。それはこのハワイ奇襲攻撃のように大胆で奇想天外なものであるはずだ。最大限の緻密《ちみつ》さと機密保持が求められる作戦であるはずだ。あの情報を、空想冒険小説だ、と笑った者もあるが、ハワイ作戦が実施される可能性はけっして低くはない。

「金森」とアームズは男に言った。「今夜、海軍大学校の焼却炉を点検してくれるか」

「きのう試しているんです」名を呼ばれた植民地人は答えた。「周辺の警戒は厳重でした。あまり期待しないでください」

「頼みの綱なんだよ」

「精一杯はやっているんです」

「わかっている。明日も同じ時刻でいいかな」

「わかりました」

「グッド・ラック」

アームズは言って立ち上がった。今夜も、帰ってすぐ大使館の暗号室にこもらねばならなかった。

翌日、海軍大学校の特別室では、ハワイ作戦があらためて図上演習にかけられた。出席者の顔ぶれは前日とまったく同じである。

この日、青軍は、前日の反省をもとに隠密裡《おんみつり》にオアフ島に接近、みごと早朝の奇襲攻撃に成功した。六隻の航空母艦から飛び立った三百機あまりの艦上戦闘機、爆撃機、攻撃機が、真珠湾に停泊する米国太平洋艦隊に襲いかかったのである。

赤軍は空母レキシントン、ヨークタウンを失い、サラトガを大破した。主力戦艦は四隻が沈没、一隻が大破。さらに巡洋艦も三隻が沈み、航空機の被害は百八十機にものぼった。これに対し青軍の被害は軽微で、攻撃機数の三十五パーセントの航空機を失ったが、機動部隊はほとんど無傷のまま避退に成功したものと判定されたのである。

第一航空艦隊の南雲司令長官は、この日の判定結果を見て青くなった。昨日はその無謀さが証明されたかに見えたハワイ作戦であったが、きょうは逆にハワイ作戦の現実性が急浮上してきたのである。しかもその作戦を実行するのは、南雲自身であった。

山本は自分こそが機動部隊を直率したいと言ってはいたが、その希望がかなえられることはない。第一航空艦隊司令長官たる自分が、このだいそれた作戦に全責任を負うのだ。

「機密保持にすべてがかかっている」南雲は暗い声でつぶやいた。「この作戦は、秘密が保たれなかったならば、完全に失敗する。完全に」

図上演習は二十日まで続けられた。一般図上演習、特別図上演習のあと、各種の打ち合わせや研究会も続いたのである。

図上演習が終了したのち、連合艦隊司令部と軍令部とのあいだでは、さらに検討が重ねられた。慎重というよりは、むしろ反対してきた軍令部も、図上演習の第二回目の結果を見て、ハワイ作戦に理解を示すようになってきていた。大型空母翔鶴《しょうかく》、瑞鶴《ずいかく》があいついで就役、最新鋭の高性能戦闘機、零式艦戦の配備も進んで、航空戦力が飛躍的に充実したこともその理由のひとつとなった。

九月二十四日、とうとう軍令部は、軍令部総長永野修身大将の承認を得て、この日ハワイ作戦を採択したのである。

九月　択捉島

盆を過ぎると、島は急速に秋へと傾斜していった。

ほとんど唐突とも思えるほどに日差しから熱が失《う》せた。それでも日中はまだ夏の名残りの温《ぬく》みを感じることもできたが、陽が沈むとたんに空気は肌寒《はださむ》く感じられるほどに冷えた。八月の末に冷たい雨が降り、翌朝になると、単冠山の森の緑には、はっきりそれとわかる朽葉色が混じっていた。九月に入ると、灯舞《トウマイ》川の浅瀬では、さかのぼる鮭《さけ》の背鰭《せびれ》が目撃できるようになった。数年前に灯舞川をくだって北海を回遊してきた鮭が、産卵のために母川《ぼせん》に帰り始めたのだ。同じころ、茸《きのこ》採りに単冠山に入った住民が、山麓《さんろく》の沢でヒグマと出会った。択捉島に秋がきたのだった。

九月も末となるころには、灯舞の集落にも夏とはまたちがった活気がもどっていた。捕鯨場は八月いっぱいで閉じられていたが、その代わりに鮭漁が始まっていたのである。部落の男たちの大半は定置網漁に雇われていたし、筋子とりや塩鮭作りに雇われた女たちも多かった。桟橋《さんばし》の沖には、片桐水産が借り上げた百トン級の冷凍船が投錨《とうびょう》して、その船倉がいっぱいになるのを待っていた。

単冠湾を騒がせたあの朝鮮人労務者の射殺事件も、すでに古い話題となっていた。

事件はいまなお住民が集まるたびに持ち出されてはいたが、誰もがすでに同じことを何度も語り尽くしていた。新しい事実は何ひとつつけ加えられることもなくなったし、新しい見方が示されることもない。ただ、動員された巡査の数や撃たれた弾の数が、初めのころよりはいくらか多めに語られるようになっていただけだ。住民たちの話題の中心は、秋の漁や舞茸《まいたけ》の出来に移っていた。

宣造も廃材や海岸に流れ着いた流木を利用して、また小さな小屋を同じ位置に建て直していた。前と同様に半地下式の、クリル様式の小屋である。ゆきは宣造に、駅舎のほうで寝泊まりするように何度も言ったのだが、宣造は、気ままをしたいからと言って聞かなかった。

そんな秋のある夜、駅逓《えきてい》の母屋《おもや》の扉《とびら》が激しくたたかれた。ゆきがいつものようにストーブのそばでぼんやりと回想にふけっているときのことだ。

「岡谷さん、ちょっと出てくれ」誰か男が外で怒鳴っていた。ドアは外からたたき壊されそうだ。「岡谷さん、起きてるんだろ」

時刻は夜の九時すぎ。朝の早いこの島では、深夜と言ってよい時刻である。ゆきは木椅子《いす》から飛び上がり、ドアに駆け寄ってかんぬきをはずした。

天然孵化《ふか》場の監視人がいた。室田という名だ。先日の事件のときには、あの朝鮮人労務者に丸太で殴られて頭に怪我《けが》をした男だ。トウマ沼《トウ》の湖畔の小屋で眠っているところを襲われ、銃を奪われている。もう歳は五十歳くらいか、不精ひげにも、むさ苦しい髪にも白いものが混じる男だ。犬の皮のチョッキを身につけていた。

室田は左手で宣造の首をつかまえていた。右手には古い熊《くま》撃ち用の銃。あの労務者に奪われたというのが、この銃なのかもしれない。ただごとではない空気だった。宣造は目を伏せて、ゆきの顔を見ようとしない。

室田は言った。

「この野郎、また性懲りもなく密漁してやがった。あんたのとこでは、泥棒《どろぼう》を使ってるのか」

「何を言ってるの。ひと聞きの悪いことを言わないでよ」

言いながらも、事情が呑《の》みこめた。いまは鮭の漁期。鮭が母川に帰る時期だ。この灯舞でも、連日鮭が群れをなして灯舞川を遡《さかのぼ》っている。上流の沼・トウマ沼で産卵するためである。

灯舞川と灯舞浜の漁業権は、根室にある片桐水産という法人が所有している。ブカタと呼ばれる監督が片桐水産から委託を受ける形で、灯舞での定置網漁に従事していた。村の大半の住民たちは、その監督の下に雇われて働いている。

トウマ沼の天然孵化場は、片桐水産に雇われたこの室田という男が管理していた。組織的な密漁を監視するためであった。ときどき北海道から密漁者たちがやってきて、沼に投げ網を入れて大量に密漁してゆくことがある。大きな港には、密漁の鮭を買い入れる仲買人も存在していた。この当時、鮭の密漁は択捉島ではかなり公然と行われていたのである。片桐水産は組織的な密漁に対抗するため、トウマ沼に監視人を置いたのだった。室田は管理人にはうってつけの荒っぽい男で、密漁者には容赦なく発砲した。五年近く前には、ひとりを撃ち殺したらしい、という噂《うわさ》も立ったほどの男である。

しかし村の者がトウマ沼や灯舞川で自家消費のぶんを捕る程度は黙認されていた。さすが巡査や室田の前でおおっぴらに鮭に手を出すものはいないが、どの家でも冬には鮭の料理が出るのだ。灯舞川やトウマ沼で三本鉤《ばり》を入れたのでもなければ、食卓に鮭の切身や鮭漬《づ》けが出てくるわけがない。宣造もそれをやったのだろう。

ゆきは室田にきつい調子で反駁《はんばく》した。

「宣造が鮭を一、二匹釣《つ》ったくらいで、泥棒って言い方はないわ。そのくらいなら、部落じゅうの家でやっていることでしょう」

「一、二匹じゃないんだ」室田はせせら笑った。「二十匹隠してやがった。多すぎやしないか」

「二十匹」ゆきは宣造を見た。まさか、密漁団に加わっていたのでは。「ほんとうなの、宣造」

宣造は小さくうなずいた。

「待って」ゆきは部屋から財布をとってきて、適当と思われる札を一枚、室田に渡した。「鮭は買うわ。これでいいでしょう」

「何言ってるんだ。金の話じゃねえよ。漁業権の話をしてるんだ。このアイヌは、片桐さんのとこの鮭を密漁したんだ。漁業権をどうしてくれるってんだ」

「宣造が釣ったのは鮭なの。それとも漁業権なの」

「鮭が二十四だ。密漁を認めるのか」

「それが泥棒だって言うなら、駐在さんのとこに行きなさい。わたしのところに来たのは、あんただって泥棒とは言えない程度のものだって知っているからでしょう」

「ホッチャレじゃない。筋子の入った雌鮭もまじってるんだぞ」

「金を受け取るの。それとも駐在さんのとこにいって、ことを大きくする気。もし宣造が二十四の鮭のことで手錠をかけられるんなら、村じゅうの家の台所を調べてもらうわよ。そしてよそでも鮭の頭が出てくるようなら、そっちだってきっちり訴えてもらうわ。ただしそれをやったら、片桐さんは来年からこの浜からの上がりは望めなくなるわ。それはいいのね」

少しのあいだ、室田はゆきの顔をにらみつけていた。これほど強い調子で女に何か言われたことはなかったのかもしれない。憤怒のせいか、顔はいよいよ赤くなった。

室田は鼻の穴を広げていたが、ようやくゆきの手から札を引ったくった。

「今回は見逃してやる。だけど、次はいきなり鉄砲が出るからそのつもりでいろ」

「聞いたわ。管理人が狂ったようだと、村じゅうに注意しておく。灯舞の人たちは、今年は一匹も鮭が口に入らないって、片桐さんのことを悪く言うことになるでしょうね」

室田は宣造を離すと、くるりと背を向けて夜道へ歩み去っていった。

ゆきは、うなだれている宣造に言った。

「わかっているでしょうけど、捕まえられたのは、あなたがクリル人だからよ。ほかの村の人には、あんなにかさにかかってこないわ」

「ちょっと、とりすぎました」宣造がうつむいたまま言った。「もともと意地の悪いやつだったけど、でも今度のことは密漁と思われてもしかたありません」

「一度に二十四となると、たしかにひとりで食べるには多すぎるわね。仲買人に売るつもりだったの」

「いいえ」

「じゃあ、どうしてそんなに」

「燻製《くんせい》をつくろうと思ったんです。千島桜の薪《まき》も用意してあるし、一度にいぶしたほうが手間もかかりませんから」

「できたら、半分はうちに分けてちょうだい」

「最初からそのつもりでした」

「鮭はいま、どこにあるの」

「沼のそばです。隠しておいたやつを取りにいって、見つかってしまったんです」

「明日、堂々と行って運んでらっしゃい」

「すいません。金は給料から引いてください」

「いいわ。きょうはもうおやすみなさい。明日は馬が十頭必要よ。覚えているでしょ」

宣造はぴょこりと頭を下げて、厩舎《きゅうしゃ》の裏手へと消えていった。

翌朝には、また珍しい訪問者があった。

海軍天寧《テンネイ》警備隊の隊長がやってきたのだ。あの朝鮮人労務者の脱走事件の際、警備隊を率いて駆けつけた若い中尉《ちゅうい》である。天寧の駅逓の官馬にまたがっていた。

「覚えてますかな」中尉は馬の上からゆきにほほ笑みかけて言った。「浜崎です」その制服と、その傲岸《ごうがん》そうな微笑を見て思い出さないはずはなかった。

ゆきは手綱を抑えながら言った。

「もちろんです。宣造の小屋を燃やしてくれた海軍さんじゃないですか」

「お宅の使用人を救ったと、感謝くらいはされていると思っていましたが」

「駐屯地《ちゅうとんち》まで、お礼に出向かなければなりませんでしたか」

「正直言いますと、それを期待しないでもなかった」

「無作法だったのでしたら謝ります。きょうは、その件を言いにいらしたんでしょうか」

「いや。留別《ルベツ》の本村まで、命の洗濯《せんたく》に行くところです。馬を替えてもらいたいのですが、ついでにお茶でもいただけませんか。喉《のど》が乾いているんです。冷たい手拭《てぬぐい》があればなおいい」

言葉はていねいであったが、かすかに指図めいた調子があった。ゆきは軽く反撥《はんぱつ》を感じながら、駅舎を手で示した。

浜崎は馬から降りると、手綱をそばの宣造に手渡した。宣造はすぐにその馬を厩舎へ引いていった。

ゆきは浜崎を駅舎の土間に案内した。

駅舎の土間には、入り口から奥のストーブに向かって細長く通路が続いており、客は土足のままでストーブの周囲に陣取ることができる。逆に駅逓の取扱人は土間の板の上に座ったままで、客と応対できるようになっているのだ。

浜崎はストーブのそばの上がり框《がまち》に腰をおろすと、帽子を脱いで脇《わき》においた。

ゆきは茶を一杯いれて浜崎の前に差し出した。浜崎は湯呑茶碗《ゆのみぢゃわん》を両手で持ちあげ、そっと口をつけた。茶をすするときも、音をたてない。兵学校の士官教育の成果なのか、それとももともと躾《しつけ》の厳しい家の出身なのか、浜崎の物腰には軍人にありがちな粗野さは見られなかった。

「つい先日までは」と、ゆきは好奇心を隠しきれずに訊いた。「警備隊の隊長さんというのは、年配の特務中尉さんでしたわ。兵学校出身の中尉さんがこられるところとも思いませんが、何か理由があるんでしょうか」

浜崎は湯呑茶碗を盆の上において、苦笑の表情を見せた。

「あの飛行場は、島の人たちが信じている以上に大きな基地なのです。新型の戦闘機の一部隊が駐屯している。特務中尉には務まりません」

「ほんとうですか。そうとは思っていませんでした」

「冗談ですよ。じっさいは、下士官以下、十数人がいるだけの部隊です。滑走路一本を毎日整備して、草取りをやっているだけです。お察しかと思いますが」

「何がです」

「わたしは左遷《させん》されたのですよ。天寧にくる前は、上海《シャンハイ》におりました。支那《シナ》派遣軍の駆逐艦に乗り組んでいたんです」

「どうしてまた、左遷など」

浜崎は短く答えた。

「女です」

ゆきは浜崎を見つめた。浜崎はすでに苦笑をひっこめている。代わりに唇の端が持ち上がっていた。ゆきの当惑を楽しんでいるようにも見える。

「そんなこと、わたしに言ってしまっていいんですか」

「かまいません。隠そうという気もない。わたしは女で失敗して、上官たちに覚えよろしくなくなり、この島に飛ばされたんです」

「いったいどうしてまた」言ってから、ゆきは首を振った。「立ち入りすぎですね。失礼しました」

「聞かせてさしあげますよ。わたしは上海でとある紡績会社の社長令嬢だというお嬢さんと知り合いになったんです。パリから東京に帰る途中だとのことでしたね。共同租界の豪勢なホテルに泊まり、中年の女中に身のまわりの世話をさせていた。パリでもぜいたくざんまい、遊びまわっていたような女でしたね」

「おいくつの方です」

「二十一。童顔でしたが、身体はすっかり成熟した女のものでしたよ。名字を聞けば、あなたもすぐにどの一族か思い出しますよ。たしか、華族の系譜にもつながっているはずだ。そんないいとこのお嬢さんですよ。わたしは艦隊勤務でしたが、ま、ときおりは共同租界に遊びに出かけていたんです。そしてあるダンスホールでそのお嬢さんと知り合った。アメリカ人の貿易商に連れられてやってきてたんですが、わたしたちはすぐに意気投合しましてね、そのアメリカ人を置き去りにして、まっすぐベッドへ飛びこんでしまった」

浜崎はゆきの反応を確かめるかのように、首を傾けた。ゆきは黙ったまま、話の続きを待った。ダンスホール勤めのころに、男と女のあいだの話はさんざん聞かされていた。いまさら情事についてあからさまに語られたからといって、顔を赤らめたりはしない。

「上海では甘い暮らしを楽しんでらしたようですね」

「そのとおり」浜崎は悪びれずに認めた。「日本人の醜悪さかげんがよく見える街でしたよ。ふんぞりかえる。いばりくさる。札ビラは切る。支那人を犬扱いして恥じない。ま、わたしもそのひとりでしたが」

「その女性とは、どうなりました」

「昵懇《じっこん》になりましたよ。たっぷりフランス仕こみのベッドの技巧を楽しませてもらった。お嬢さんは、何ごとにつけ積極的な人でしたがね。ところが、同じことの裏表かもしれませんが、手のつけられないわがまま娘でね。ボーイの態度が気に入らないと言っては、レストランでマネージャーを呼びつけて抗議する。夜の夜中に、なんとかいうフランスの赤ワインが欲しいと言い出して、ホテルの従業員をキリキリ舞いさせる。そういったことで疲れ果てましてね、正直、三回お相手したあとは、もう誰かにあとを引き継ごうという気持ちになってましたよ」

「そう簡単にできることでしょうか」

「別れること自体は、さほどむずかしいものでもありませんでしたね。いろいろ理由をつけて会うのを避け、ことづけを受け取ってもしらんぷりを通しました。どんな鈍い女でも、三度つれなくされたら、男の気持ちが離れたことはわかるでしょう。いくらか誇りや矜持《きょうじ》を持っている女なら、それでもなお相手にとりすがったりはしませんよ。向こうもそのとおりの女だった。艦や租界の水交社にことづけがくることもなくなった。こうしてわたしたちの仲は、始まってからふた月足らずで終わったんです」

浜崎の言葉には、かすかに自嘲《じちょう》めいた調子が感じとれた。いっぽうで彼は、どこか自分の自堕落な精神を誇っているようでもあった。

浜崎の話によれば、浜崎が左遷されることになった直接のきっかけは、今年の春に起こったのだという。

その夜、浜崎は英米租界のとあるダンスホールへ出向いた。そのダンスホールでは、日本人の女性歌手が出演中であり、浜崎は富豪の娘と別れたあと、その歌手と親しくなっていたのだ。

彼女の出番が終わり、浜崎は彼女を連れ出して、べつのホテルのナイトクラブへと移った。女はステージ衣裳《いしょう》のままだった。そこでばったり、そのパリ帰りの女と出会ってしまったのだ。女は何人かの日本人の遊び人たちと一緒だった。もみあげを伸ばし、白い上下を着て、胸に蘭《らん》を差したような男たちだ。

女はすぐに事情を察したようだった。浜崎と、女の歌い手の顔を交互ににらんできた。自分がどんな女にとって代わられたのか、そのことに猛烈な屈辱を感じたようでもあった。頬が深紅に染まったという。

一週間後、浜崎は女の兄だという男の訪問を受けた。男は上海で途中下船したまま帰らない妹を案じて、東京の実家からやってきたのだ。女は帰国が遅れた理由に浜崎の名を上げ、彼と婚約したのだ、と告白したのだという。帰国が遅れたのはそのせいだと。

男はその真偽を確かめようとして、面会を求めてきたのだった。浜崎は、婚約については否定した。今後についても、その意思はない、と。ただし、女と何度かホテルの部屋で過ごしたことは認めた。女の兄は顔を蒼白《そうはく》にして帰っていった。

ふた月後、浜崎は艦長に呼ばれて、転属の辞令を受け取った。新しい勤務地は、択捉島、天寧飛行場の警備隊である。兵学校出身の士官が赴任すべき土地とはいえない場所だった。明らかに左遷である。軍中央が浜崎の行状に不快を感じていなければありえない人事だ。浜崎はこの人事の背後にあるものの正体を察したが、すでに辞令はおりている。抗弁することもできなかった。こうして海軍の人事異動としてはかなり異例な時期に、浜崎は択捉島の見捨てられたような飛行場に赴任したのである。

浜崎が話し終えた。

どうです、とでも訊いているかのように、ゆきの瞳《ひとみ》をのぞきこんでいる。

ゆきには、これだけあけすけに自分の情事について語る浜崎の真意が読み取れなかった。女には凄腕《すごうで》だと言いたいのか、それとも択捉島勤務が理不尽なものであることを強調したいのか。

ゆきは皮肉をこめて言った。

「興味深いお話でしたわ。舞台が上海というだけで、わくわくさせるものがありますものね。まるで武勇談を聞かされたようでしたわ」

「そうですね」浜崎はゆきの皮肉に気づいた調子も見せずにうなずいた。「共同租界。パリ帰りの女。豪華なホテルや白人客で埋まったダンスホール。ジャズの歌い手やフィリピン人の楽団。博打《ばくち》のテーブルに阿片《アヘン》の煙管《きせる》。道具立てはなかなかのものでした。その意味では、いかにも上海らしい色事でしたね」

「上海では、戦争の影もなかったのですか」

「戦争は支那の内陸のことですからね。もっとも、わたしが赴任した直後、日本人居留民がテロに遭ったりしています。英米租界に軍を入れる入れないで、陸軍部隊と海軍陸戦隊が英米租界の入り口でにらみあった。あのときはさすがに緊張しましたが、ま、おおむね平和だったと言えるでしょうね」

「殿方同士で話されるときは、もっとおもしろい挿話《そうわ》がつけ加えられているのでしょうね」

「お望みなら、いつか聞かせてあげますよ。こと細かに、尾ひれをいっぱいつけてね。近いうち、酒でも酌《く》みかわしながらいかがです」

「そんな機会がありますか」

言いながら、ゆきは浜崎の湯呑にお茶を注《つ》ぎ足した。

浜崎が手を伸ばしてきて、急須《きゅうす》を持つゆきの手をとった。

ゆきは驚いて手をとめた。浜崎の顔がすぐ目の前に近づいていた。瞳の輝きが強くなっており、鼻孔がふくらんでいる。すぐ間近に見る浜崎の容貌《ようぼう》は、以前にも感じた以上に端正で貴族的だった。ゆきは視線をそらした。

浜崎は言った。

「きょう、わたしは留別の警察署長に招《よ》ばれているんです。ご接待ということですが、ころあいを見て抜け出してもいい。留別でお会いできませんか。福家という旅館に部屋をとるつもりでいるんです」

「残念ですが」ゆきは手を引いて腰をずらし、浜崎から身体を離した。「ここの仕事がありますわ」

浜崎は何ごともなかったかのように姿勢をもどして言った。失望の色は見せてはいないし、弱気になったようでもない。

「仕事など、あのアイヌにまかせておくといい。あなたが一日いなくても、駅逓がひっくりかえったりはしませんよ」

「ご自分が何をおっしゃってるのか、わかっていらっしゃるのですか」

「承知しておりますよ。わたしはゆきさんとふたりきりになりたいと言っているんです。この部落では人の目もあるでしょうが、留別ならどうということもない。もっとはっきり言うなら」

「いえ」ゆきは浜崎の言葉をさえぎった。「わたしを芸妓《げいぎ》か何かとかんちがいなさっていませんか」

「かんちがいはしていませんよ。十九のときには恋人を追って島を出た。函館一の写真館のご主人がお相手だったとか。写真のモデルをなさっていたこともある。函館のダンスホール、北洋館にもお勤めだったそうですね。天寧の村でも、あなたの一途《いちず》な人柄《ひとがら》については、ずいぶん聞かされているんです。わたしはそういった話をきいて、すっかりあなたに敬服しているんですよ」

要するに、尻《しり》が軽いことは知っている、とでも言ったつもりなのだろう。ゆきはきっぱりとした口調で言った。

「馬の支度ができたようです。そろそろご出発なさってはいかがです」

「福家という旅館です」浜崎は立ち上がって帽子をかぶった。「一、二時間あとにあなたもここを発《た》つといい。夜にお会いしましょう」

「まいりませんわ」

「福家旅館。楽しみにしています」

「途中、お気をつけください」

浜崎は軽く一礼すると、駅舎の土間を出ていった。

ゆきは浜崎を見送らなかった。

胸の奥がざわついている。血が逆流し、ふつふつとたぎっているような気分だ。尻軽と見られている。簡単に転ぶ女だと見られている。そのことがゆきを憤慨させていた。断られるはずはないと確信しているかのような、浜崎のあの自信たっぷりの物言いにも腹が立った。自分の色恋沙汰《ざた》を、男に聞かせているかのように得意気に語るその神経も気にさわった。

上海ではともかく、とゆきは思った。

ここ択捉島ではその男っぷりも通用はしない。この島での男の価値は、漁に耐えられるたくましい肉体と、家庭を築き守ろうとする健康な意思のうちにある。教育や家《いえ》柄《がら》や顔立ちではなかった。ましてや、遊び方の優雅さや洗練の度合ではないのだ。

しばらくして表で馬のいななきが聞こえた。蹄《ひづめ》の音が遠ざかってゆく。浜崎が出立したようだ。ゆきは土間へと降りて、駅舎の外へ出てみた。

浜崎が官馬にまたがって年萠《トシモエ》への道を去ってゆくところだった。白い士官服を着たその海軍中尉のうしろ姿は、彼のいくらか病んだ性根にもかかわらず、輝かしく見栄《みば》えのするものであった。ゆきはふしょうぶしょう、それを認めた。

九月　横浜―東京

斉藤賢一郎がマニラ発の貨客船リベルタ号で横浜に着いたのは、九月も末に近いころであった。

入国手続きは想像していたよりも簡単にすんだ。中年の入国管理官は、賢一郎の国籍よりも血のほうを重視してくれたのである。頑固《がんこ》な父系主義をとる日本の法務官僚は、日本人の父親の血を引いているというだけで、賢一郎が天皇陛下の赤子《せきし》のひとりなのだと信じてしまったようだ。旅行目的や滞在先、期間など、あらかじめ答えを用意しておいたことについて質問があり、賢一郎が日本語でなんなく答えると、旅券にはあっさりと入国許可のスタンプが押された。

その係官は、旅券を賢一郎に返しながら言ってきた。

「アメリカ人ってのは、こういう時代でも毎日音楽やらダンスやらに浮かれて、堕落しきってるんだそうだね。兄貴ぶんのイギリスが苦しんでるのに、自分は中立を守って泥《どろ》をかぶろうとはしない。あいつら、金は持ってるけど、戦争ができるほどの根性はないんだろうな」

「だらしないもんだよ」賢一郎は吹き出したい気持ちをこらえながら答えた。「みんな根性なしばかりさ。軍隊になんか、とても入ってやってけるものじゃない」

「ああいう国にはなりたくないもんだね。金があったって、国を守ろうとか、大義のために戦おうって気概のない人間がのさばってる国には」

「まったくだよ」

「あんたも、いざとなったら日本のために戦うつもりなんだろう」

「そのつもりでいる」

「それでこそ日本男児だね」

入国管理事務所を出ると、男がひとり、近寄ってきた。賢一郎と同い年くらいか、肩幅が広く、くすんだ色の詰襟服《つめえりふく》を着た男だ。戦闘帽のような帽子をかぶっていた。

「斉藤さんですね」男が言った。「ぐうたら野郎《グーフボール》の知り合いです。あんたの案内役をいいつかっています」

賢一郎は男を一瞥《いちべつ》した。拳《こぶし》に目鼻をつけたような、ごつごつとした印象のある顔立ちだった。鼻が曲がり、眉《まゆ》がないのは、あるいはひどく殴られたり虐待《ぎゃくたい》された名残りなのかもしれない。三白眼で、その目にはまったく感情が表れていなかった。

賢一郎は用心して言った。

「おれにはもうひとつ名前があるんだが」

「フォックス。でもこの国では、キツネ、と呼ぶほうが自然ですがね」

「あんたの名前は」

「金森」

「おれも、その珍妙な服を着たほうがいいのかな」

「用意してありますよ。身分証明書も、配給手帳も」

賢一郎はその日は横浜港に近いホテルに泊まった。金森と名乗った男も一緒だった。監視がついてはいないかと注意をはらったが、とりあえずは見当たらなかった。テイラー少佐が地下工作員に日系人を採用したのは正解だったようだ。賢一郎はホテルのレストランで旅券を提示し、外国人特権を利用してドル払いの食事をとった。金森は自分用の弁当を用意していた。

部屋にもどると、金森は言った。

「入国には成功したわけですから、明日からあんたには、ふつうの日本人になってもらいます。田舎で失業し、東京へ職探しに出てきた男です。東京の安下宿に住んで、工場やら商店やらを訪ねまわっていると。巡査に尋問されても、そう言い逃れてください。もちろん米国籍であることが有利な場合は、堂々それを主張することですね」

金森は東京で怪しまれずに暮らすための注意をあれこれと教えてくれた。電車の切符の買いかたやら、居酒屋の入りかた、旅館を使う際のマナー、人気の相撲とりたちの名前など、あのプロフェッサー・ウォードも教えてはくれなかったことばかりだった。

教示を受けている途中で、賢一郎は気になって訊《き》いた。

「あんたの日本語は、どこのなまりなんだ。おれが知っている日本語とは、少しちがうようだが」

金森は答えた。

「朝鮮なまりですよ」

「じゃあ」

「そう」金森はうなずいた。「日本語はわたしの母国語じゃあないんです。いまだに不自由してます。どういう事情か、ご存じでしょうね」

「米国でいくらか、この国が極東でやってきたことを教えられた。あんたも故郷を無理やり追われてきたということなのか」

「九州の炭坑で働いていました。十年ばかり前に脱走してきたんです」

「この仕事は長いのか」

「慣れてますよ。ご安心を」

「ひとつ聞きたいんだが」

「答えられることなら」

「あんたは、いまのこの仕事を自分の意思でやってるのか」

「どういう意味です」

「自分から進んで、米国の諜報《ちょうほう》活動を助けているのかと訊いたのさ。それとも何か弱みを握られているとか、金が目的だとか」

金森は無表情に賢一郎を見つめ返し、低い声で言った。

「わたしたちは祖国を滅ぼされ、家族を引き裂かれ、名前も言葉も奪われたんですよ。わたしは、この国を滅ぼすためなら、どんなことだってやりますね」

賢一郎が黙ったままでいると、金森はさらに続けた。

「やむをえず日本人を殺さなくちゃならなくなったとき、ちょっとでもためらうようでしたら、わたしに言ってください。喜んで代わってあげますよ」


翌朝、賢一郎は国民服に着替え、金森に連れられて東京へ移動した。尾行を警戒し、高架の電車や路面電車を何度も乗り継いだ。最後に金森が案内したのは浅草だった。地下鉄をおりて狭苦しい寺院を見学し、露店の並ぶ道を歩き、完全に尾行がないことを確信してから浅草の繁華街を出た。それから木造の粗末な家が密集する住宅街へと入った。

路地の奥の古びた下宿屋に、金森が部屋を借りていてくれた。畳三枚の広さの、ほとんど営倉の独房と変わらぬような部屋だった。便所の強い臭気が鼻をついた。七十歳になろうかという老婆《ろうば》が女主人で、賢一郎たちに何度も頭を下げた。


老婆が消えると、賢一郎はふしぎに思って訊いた。

「おれはずいぶん歓迎されてるようだな」

金森は答えた。

「ひと月分の下宿代のほかに、米を二斗ばかり渡してあるんです。朝食と夕食が出ますよ」

「統制が厳しいんだろう。おれのような員数外の者にも、米は配給になったのか」

「こういう言葉があります。世の中は、星と錨《いかり》と顔とヤミ、馬鹿《ばか》な面《つら》して並ぶ行列」

「意味がわからん」

「物が足りないと言っても、軍人と役人と、統制団体の偉いさんたちはうまい汁を吸えるんです。律義《りちぎ》に配給を待ってるのは、町場の貧乏人だけですよ」

「あんたは裏にルートを持っているのか」

「ドルが闇《やみ》ではえらく高く取引きされてますからね」

「しかし、もう貿易そのものが成立してないじゃないか」

「よその国にも、ドルでだったら商売しようって商人がいるんですよ。タイやフィリピンとか、中南米のあちこちとかにね。もっとも、例の経済封鎖以来、そろそろほんとに物がなくなってきたような感じはありますが」

　賢一郎が、テイラー少佐から指定されていた人物に会ったのは、翌々日午後のことである。朝から雨の降る日のことで、賢一郎はひんぱんに乗り物を変え、遠まわりして、閑静な住宅街の中に建つその教会を訪れたのだった。

礼拝堂に入って指定の時刻まで待っていると、やがて長身の宣教師が現れた。賢一郎は合い言葉を口にした。宣教師のロバート・スレンセンはすぐに手招きし、宣教師館のリビング・ルームに賢一郎を招じ入れてくれた。ふたりは型どおりのあいさつを交わして、テーブルに着いた。

賢一郎はスレンセンをすばやく観察した。宣教師にしては若い男で、年は三十歳くらい。北欧系と思われる白人で、そのブルーの瞳《ひとみ》には深い憂《うれ》いが見てとれた。信徒たちに愛想をふりまきつつ信仰を説く牧師ではないようだった。

スレンセンが訊いてきた。

「日本の印象はいかがです。初めてなんでしょう」

賢一郎は素直に答えた。

「話に聞かされていた以上の息苦しさですよ。誰も彼もが同じ格好で、同じ顔をして、おもしろくなさそうに歩いてる。長く住みたくはないところだ」

「ダンスもだめ、洋楽も禁止、英語は排撃、笑うことすら不謹慎と言われています。知っていますか。劇場などではマイクを使うことも禁止されました。電気で声を増幅するような卑怯《ひきょう》な機械は、日本男児にはふさわしくないそうです」

「ジョークなんですか」

「ほんとうのことですよ。わたしには、この国のいまのありようは、何かとほうもなくできの悪い冗談としか思えない」スレンセンは長い溜息《ためいき》をついた。「しかし、わたしもこの国にそう長くはありません」

「どうするんです」

「わたしは来月末、米国へ帰ることになったんです。宗教統制法ができて、日本のプロテスタント組織はひとつに統合されてしまいました。もう自由な布教活動は不可能です。教団本部は、この教会の閉鎖を決めました」

「おれはどうしたらいいんです。あんたから指示を受けろということだったのですが」

「米国海軍情報部との約束もあります。帰国までは、中継役としての役割を果たしてゆきましょう。ぐうたら野郎《グーフボール》はどうあなたに指示したんです」

「漠然《ばくぜん》としたことです」と賢一郎は答えた。「日本海軍の動向、それも艦隊の移動に関《かか》わるような情報を通報することなんです。新兵器の開発の情報やら、補給物資の動きなどは二の次だそうです。いや、極端な話、日本海軍の動きの決定的な情報をひとつ送れば、それだけでもいいとのことでした」

「横須賀《よこすか》や広島には、外国人は近づくこともできません。この春以来、警戒は極端に厳重になっています。確かな用事があればべつですが、そうでなければまちがいなく引っ張られ、尋問を受ける。写真撮影や写生も当然全面禁止です」

「試してみます。合衆国海軍は、そのためにおれを選んだんだ」

「試されるといい。でもわたしはほかの方法をあなたに提案することになっている」

「どんなことです」

「少し荒っぽくて危険なことですよ」

「気にはしない」

「あなたは、たとえば侵入したり、盗んだりといったこともできますか。必要とあらば相手を殴ったり、縛り上げたり、傷つけたりすることも」

「そのための訓練を受けてきました」

「では、艦隊を山の上から見張ったりするよりも、艦隊の移動を裏付けるような文書を手にするほうが簡単とは思いませんか」

「まさか海軍省ビルに侵入しろというのではないでしょうね」

「何人かの軍令部の士官たちの宿舎を突きとめてあります。そこから書類を盗み出すというのはどうです」

「牧師さんから、そういうことを勧められるとは、意外でしたね」

「あなたに便宜をはかるために、いろいろ用意もあります」スレンセンは立ち上がった。「屋根裏の納戸《なんど》を見ていただきましょう」

宣教師館の屋根裏に、小窓のついた狭い空間があった。やっと大人が立てるほどの高さで、不要の家具やら什器《じゅうき》やらが整然と収められている。

スレンセンは、古い革のトランクを床に広げた。毛布にくるまれた電気機械が出てきた。

「短波の無線送信機です」スレンセンが言った。「交流電源で使用可能です。重さは約十キログラム」

「いよいよ決定的なときには、おれがそいつを自分で操作するよ」

「武器も預かっています」

スレンセンは、革鞄《かわかばん》に入った二挺《ちょう》の拳銃《けんじゅう》も見せてくれた。ひとつは米国陸軍の半自動制式拳銃。もうひとつはリボルバーだった。

宣教師館の屋根裏部屋には、ほかにふたつの小型の鞄があった。賢一郎が確かめてみると、ひとつは米国製の工具類のセットだった。専門家が見るなら、侵入と金庫破り用の道具のひと揃《そろ》いとすぐわかるだろう。もうひとつの黒鞄は医者の往診用のものと似ているが、これも賢一郎の目には、誘拐《ゆうかい》や拉致《らち》のための必要な道具と薬品と判断できた。

賢一郎は訊いた。

「あんたはほんとうに宣教師なのか」

スレンセンは答えた。

「神学を学び、教団本部でも専門的な教育を受けてきました」

「そうは見えない」

「わたしが若すぎるからですか」

「いや」賢一郎は正直に答えた。「あんたはどちらかと言うと、説教壇の上よりも下にいるべき人間に見えるよ。救いが必要なのは、むしろあんたのほうだ」

スレンセンは屋根裏の明かりを消した。部屋にあるのは、小窓からさしこむ弱々しい光だけとなった。雨水が窓のガラス面をつたって流れている。スレンセンの顔の大部分が影となった。

スレンセンは、その薄明かりの部屋で訊いてきた。

「あなたは、一九三七年の南京《ナンキン》で何が起こったかご存じですか」

「南京アトロシティか。米国で、その記録映画や写真を見せられたよ」

スレンセンは、とくに自慢げな調子もこめずに言った。

「記録映画はわたしの先輩宣教師が撮ったフィルムでしょう。写真のほうは、たぶんわたしが写したものです」

驚いて賢一郎はスレンセンを見つめた。

スレンセンはうなずいた。

「わたしはあのとき、南京にいたんです。ＹＭＣＡの職員だったんですよ。そしてあの暴虐の一部始終を体験し、目撃した」

「そして、信仰を捨てた、といいたいのか」

「いえ。逆です。わたしは信仰に生きることを決めた。国へ帰って、あらためて教団で神学を学びなおしたのです」

「かたわら、スパイ活動に従事している」

賢一郎の皮肉に気づいたのか、スレンセンはほんの少しのあいだ、言葉を探したようだった。

「信仰をお持ちじゃないんですね」

「おれは三八年当時、スペインにいた。バリケードの向こう側、ファシストたちの戦線の側に、カソリック教会があったんだよ。たぶんあんたと同じ神を信じる連中だと思うが」

スレンセンは首を振って言った。

「よしましょう。わたしたちは論じ合うことはない。議論をするためにここにいるんじゃありません。とにかくここが、あなたの活動の拠点のひとつであるし、わたしはメッセージの仲介もする。うまくやっていってください。くれぐれも日本の憲兵隊や特別高等警察には注意して」

賢一郎は鞄のひとつに手をかけて言った。

「きょうは、工具だけをもらっていく」


斉藤賢一郎と名乗った日系人が帰ると、スレンセンはひとり礼拝堂に入って、ベンチに腰をおろした。

人気《ひとけ》のない礼拝堂の空気は、ひんやりとしている。時刻はもう六時近くだろうか。正面のステンドグラスを通して入ってくるほのかな明かりだけでは、堂の四隅《よすみ》までは見ることもできない。その暗さは、苦悩する顔を隠すにはうってつけだった。

男の言った言葉が、まだ胸に残っている。

あんたこそ、救いが必要なのではないか。

スレンセンは、そうだ、と素直に認めることができた。自分にこそ、救済が必要だった。他人に道を説くよりも前に。聖書の言葉を異教徒に伝えるよりも先に。

「美蘭《メイラン》」と、スレンセンは口にした。「美蘭」

すべてはあの、ひとりの美しい中国娘の思い出にゆきつく。美蘭。


それは一九三七年の暮れのことだった。

揚子江《ようすこう》に面した古い都・南京が、日本軍に占領されてほぼ一週間がたとうとしていた。

これより前、急速な戦火の拡大の前に、国民党政府は南京を放棄して、首都を揚子江上流の重慶に移していた。政府機能も移転し、列国の外交団も政府とともに重慶へ去っていた。唐生智《とうせいち》将軍率いる中国軍は、蔣介石《しょうかいせき》から南京死守を命じられてこの街にとどまっていた。

いっぽう上海から中国軍と激戦をまじえつつ進撃してきた日本軍は、十二月九日、ついに南京を包囲、十二日には城壁に達していた。もはや南京陥落は時間の問題と見えた。

スレンセンたち、この街にとどまった二十人ほどの外国人たちは、市内に難民区を設定、ここを非武装地区とすることで、市民の安全をはかろうとした。進撃してくる日本軍の規律の乱れは、すでに南京にも伝わっていたのである。もし日本軍が市内に進入した場合、手に負えない無秩序状態の出現が懸念《けねん》されていた。

十二日から十三日にかけて、ついに日本軍が八カ所の門から城内に突入した。中国軍は総崩れの状態となり、ただひとつの脱出路であった下関《シャーカン》に向けて殺到した。一部は軍服を脱ぎ、武器を捨てて市民のあいだにまぎれこもうとした。逃げ遅れた兵士たちは、白旗をかかげて日本軍に投降した。

虐殺《ぎゃくさつ》が始まった。投降した中国軍兵士たちは、日本軍の手によって次々と集団処刑されていったのである。市民の中に逃げこんだ中国兵を摘発する便衣隊狩りも開始された。若い男や髪の短い男など、兵士と疑われた男たちは容赦なく引立てられ、やはり同様に殺されていった。多くの市民もまきぞえになった。とくに警官と消防士たちに犠牲者が多かった。

加えて、街のいたるところで掠奪《りゃくだつ》と放火、そして強姦《ごうかん》殺人が繰り広げられた。入城した日本軍の指揮系統は乱れきっており、軍紀はないも同然だった。補給も間に合わぬほどの急進撃で、日本軍兵士たちはみな戦闘に疲れきり、飢えていたのである。南京入城は、ニワトリ小屋にイタチを放したも同然の光景を現出させたのだった。士官から一兵卒に到るまでが、無法のし放題に狂奔した。大きな屋敷や商店、官公署などは軒並み掠奪の対象となった。彼らは現金や宝石をあさり、食料を徴発し、自動車や自動二輪車を奪い合った。建物は片っ端から接収され、家具や美術品が持ち出された。無意味に火をつけられる建物も多かった。

若い女は、日本軍兵士たちの最大の獲物《えもの》だった。将校が娘たちの拉致と暴行の先頭に立ったケースも多かった。日本兵たちがクーニャン狩りと呼ぶ若い女の狩り出しに、市民たちは息を殺して耐えた。兵士たちは後の処罰を恐れ、あるいはただの気まぐれから、暴行した女たちをしばしばその場で殺した。

スレンセンたち、南京に残った数少ない欧米人たちは、この無法をとめるために必死だった。国際難民区委員会は市民たちからの通報を受けつけ、そのつど日本大使館や日本軍司令部へ出向いて抗議し、取締りを強く要望した。しかし、虐殺、放火、掠奪、そして強姦と強姦殺人の数はあまりにも多すぎた。

「掠奪と強姦は軍の常」と公言する師団長さえいたのである。

わずか二十人ばかりの委員会のメンバーでは、それはもう押しとどめようもなかった。

スレンセンは市民の救援活動にあたるいっぽうで、日本軍の非道の現場をカメラに収めようとした。日本軍による残虐行為はほとんど吐き気を催すほどのもので、それが毎日膨大な規模で、組織的に、かつ公然と続けられていたのだった。その方法を考えると、機関銃で掃射されたものは幸福であった、とさえ言えるほどであった。多くの捕虜や市民が軍刀で首を切られ、また銃剣で串刺《くしざ》しにされた。生きたまま穴に埋められた者もいれば、燃えさかる火の中に追い立てられる者、頭に火をつけられる者、木材で撲殺される者もあった。それはさながら人間の残忍さの見本帳であった。驚いたことに日本軍は、その行為を写真に撮影されることにも平気だった。隠さねばならぬ行為、という認識すら彼らにはなかったのである。

その日の夕刻、スレンセンは残っていた最後のフィルムに虐殺現場の惨状をおさめて、安全区に帰ってきた。揚子江岸に放置された捕虜たちの銃殺死体を写真に撮ってきたのだった。フィルムは、上海からくるという米国領事館の職員に手渡すつもりだった。

ＹＭＣＡが日本兵によって焼かれたため、スレンセンはこのころ安全区の金陵女子文理学院に寝泊まりしていた。国際委員会はここに多くの難民たちを収容しており、スレンセンも世話人のひとりとなっていたのだった。

「ボブ！」

中国人の老婆が駆け寄ってきた。金陵女子文理学院の寮の舎監である。

「ボブ」と寮母はスレンセンにとりすがって言った。「美蘭が、美蘭が連れていかれた」

「美蘭が！」

スレンセンは度を失った。

日本兵の目から遠ざけるため、文理学院の女子学生たちは、奥の寮の二階に起居させていた。これまでに何度かクーニャン狩りが行われていたが、スレンセンたちはそのつど日本兵たちを追い払っている。それがとうとう……。

スレンセンはせきこむように訊いた。

「いつです。どこへ連れていかれたんです」

寮母は言った。

「きょうの昼だよ。便衣隊狩りということで、強引に入ってきたんだ」

「美蘭だけですか。ほかには」

「玲花と一緒に連れていかれて、玲花だけは帰ってきた。玲花は三回暴行されたんだ。美蘭は帰ってきてない」

スレンセンは泣きじゃくる玲花から、連れてゆかれた場所を訊き出した。中正路の中央ロータリーの南にある三階建ての飯店だという。日本軍の一小隊が接収して宿舎にあてている。

スレンセンはすぐにその飯店に向かった。中正路は南京市街を南北に貫く目抜き通りだったが、道の両側には焼け落ちた建物が目立った。いまだくすぶっている火災の跡も多い。そして路面のあちこちに赤黒い血痕《けっこん》が残っている。街じゅうに火薬の匂《にお》い、焼けた建物の匂い、血の匂い、そして腐臭が漂っていた。出歩く市民の姿はほとんどない。動いているのは、日本軍の軍服だけだ。大きな交差点には、戦車や装甲車がとまっていた。

中正路のロータリーに腕章をつけた日本軍の憲兵が立っていた。日本軍による掠奪や放火の警戒にあたっているようだ。その憲兵にスレンセンは身振りで事情を説明、同行を頼んだ。憲兵は英語を話さなかったが、すぐに事情を察したようだ。小さな目と、丸い鼻をもった三十代なかばの兵士だった。憲兵はうなずき、スレンセンについてきた。

店に着くと、警備の兵士が制止するのも聞かず、スレンセンは二階に駆け上がった。憲兵も続いて階段を上がってきた。

見当をつけた部屋の前までゆくと、べつの兵士が立ちふさがった。日本人にしては大柄《おおがら》な兵士で、軍服の胸をはだけていた。兵士を押しのけようとすると、兵士はスレンセンに殴りかかってきた。スレンセンは相手をかわしてから、おもいきり拳を繰り出した。兵士の顎《あご》がくだける感触があった。兵士はうっとうめいて、廊下の隅にうずくまった。

小銃を持った兵士たちが、靴音《くつおと》も荒々しく階段を駆け上がってきた。スレンセンはかまわずドアに手をかけた。中から施錠されていた。スレンセンはドアに体当たりした。冒瀆《ぼうとく》的な、汚い言葉を吐いていたかもしれない。それまで、他人が口にすることすらきらっていた類《たぐい》の言葉を。

ひとりの兵士が小銃の台尻《だいじり》でスレンセンの背を殴打した。スレンセンは痛みに背を丸めた。銃剣が目の前に突き出された。

そこへ憲兵が割って入った。スレンセンにはわからぬ言葉で、激しい応酬があった。兵士はやがて沈黙し、一歩下がった。

憲兵がドアをノックし、大声で何か言った。憲兵の物腰を考えると、中には将校がいるらしかった。

兵士たちが立ちふさがり、スレンセンに小銃をつきつけてきた。スレンセンは両手を上げて一歩しりぞいた。

三十秒か、あるいは一分以上の時間がすぎ、やっとドアが開いた。

そのとき顔を出した日本陸軍の将校の顔を、スレンセンはまだ忘れてはいない。眉が濃く、どこか爬虫類《はちゅうるい》めいた濡《ぬ》れた黒い目をした将校だった。年齢はせいぜい二十五、六。酷薄そうな薄い唇《くちびる》のはしをゆがめていた。上半身が裸だった。

将校は憲兵を一喝《いっかつ》した。憲兵は不服げに直立不動の姿勢をとった。将校はスレンセンの顔を見つめ、嘲笑《ちょうしょう》するかのように歯を見せた。それからもう一度憲兵に向きなおり、きつい調子の言葉を浴びせた。

ドアの隙間《すきま》から、部屋の中が少しだけ見えた。寝台の上で裸の娘が放心している。美蘭ではなかった。まだ少女と言ってもよいほどの、幼い身体《からだ》つきの娘だった。

憲兵がスレンセンの顔をみつめ、申しわけなさそうに首を振った。

スレンセンは目の前の銃をはねのけ、部屋に向かって突進した。すぐに兵士たちがとびかかってきた。四方からスレンセンをはがいじめにした。銃剣が鼻の下に当てられた。スレンセンはもがくのをやめた。部屋の中で、かすかに誰かがすすり泣いていた。

「美蘭！」

思わず叫んでいた。

部屋で女の声があがった。救いを求める、かん高い声だ。

「ボブ!」美蘭の叫び声だった。「ボォブ!」

兵士たちがスレンセンの身体を強引に階段へ引っ張った。スレンセンはもう一度兵士たちを振り切ろうとした。しかし相手は数に勝っている。振り切ることはできなかった。スレンセンは何人かの兵士たちとともに階段の下へ転げ落ちた。あらためて銃剣が突きつけられ、スレンセンは外へと追いやられた。

憲兵も顔にはっきりと怒りを見せている。

どうする、と目で訊《たず》ねると、憲兵は、一緒についてこい、と手招きした。出なおそうということのようだ。スレンセンは憲兵のうしろについて、中正路へと出た。

憲兵はちょうど通りかかった日本軍の乗用車を停《と》めると、強引にその後部席に乗りこんだ。スレンセンもあとに続いた。

憲兵がスレンセンを連れていったのは、日本陸軍の上海派遣軍司令部だった。中山北路の、つい数週間前までは首都飯店と呼ばれていた建物の中にあった。

スレンセンは憲兵隊の将校に面と向かい合うことになった。英語の話せる将校だった。細面《ほそおもて》で、左目に黒い眼帯をつけている。右の目の周囲には疲労が色濃くにじんでいた。

　スレンセンは一部始終を説明した。憲兵も日本語で事情を伝えた。その片目の将校は事情を聞き終えると言った。

「婦女子の拉致、暴行などもってのほかです。わたしたちは、皇軍の兵士たちにそんな真似《まね》を許してはいません」

　スレンセンは言った。

「お言葉ですが、この街で毎日どれだけの娘が暴行されていると思ってるんです。あんたたちは、いったい何をやってるんです。街じゅういたるところで行われていることが、目に入らないんですか」

「これだけの街に」と将校は暗い顔で言った。「憲兵はいま五十人ばかりしかいないんです。二十万の大軍に対して、たったの五十人ですよ」

「早く、あの娘を解放してください」

「すぐまいりましょう」

　スレンセンとその将校、それに憲兵の三人は、乗用車で中正路を南に走った。車の中で、スレンセンは憲兵たちの名前を聞き出した。将校は秋庭保《あきばたもつ》大尉《たいい》。兵士のほうは、磯田茂平上等兵だった。

問題の飯店に着くと、スレンセンたちは自動車を降りてロビーに飛びこんだ。また兵士たちが制止してきた。押し問答となった。憲兵隊の将校が強引に階段を上がろうとしたときだ。上からあの将校がおりてきた。あざわらうかのような視線をスレンセンに向けてくる。

スレンセンが階段を駆けあがって部屋に飛びこんだが、中は空だった。美蘭の姿も、あの幼い娘の姿もない。ただ強い汗の匂いだけが部屋に充満していた。

スレンセンは二階の部屋をすべて見てまわった。娘たちはいない。彼女たちがこの建物の内部にいた痕跡すら見つからなかった。櫛《くし》ひとつ、リボンひとつ見当たらないのだ。部屋を捜索するスレンセンを、兵士たちがにやついて見守っていた。

一階のロビーに降りると、秋庭大尉が近づいてきて言った。

「あの中隊長は、婦女子の拉致などなかった、と言っています」

「わたしは見たんだ」スレンセンは秋庭にくってかかった。「ここに幼い女の子がいた。わたしの知っている美蘭という娘も、この部屋で叫んでいた。それをうそだというのか」

「もう帰してしまったのかもしれない」

「拉致したことは事実なんだ。金陵女子文理学院の寮から、女学生をむりやり引っ張っていったんだ」

秋庭は言った。

「命さえ無事だったのなら、ひとまず引き下がってもらえませんか。暴行されたあとに殺される女だって多いんです。殺されなかっただけましだったと思ったほうがいいかもしれない」

「暴行を許してやれというのですか」

「あらためて告発してください。厳正に処理することはお約束します。将校だろうと参謀だろうと、軍紀を紊乱《びんらん》する者には、容赦なく対処します。ですから」

「あの将校を告発します」

「いつでも司令部へいらしてください。きょうはまず帰って、その娘さんの安全を確認してください」

しかし、金陵女子文理学院に帰ってみても、美蘭はもどっていなかった。

考えられるのは、あの将校がうそをついて美蘭をどこかへ隠したか、あるいは帰る途中でべつの日本軍兵士たちに襲われたかだ。もしあの館《やかた》から解放されたのだとしても、日本軍の横行する南京の市街路を、二十歳の娘がひとりで無事に抜けられるわけがない。あらたな野獣の餌食《えじき》になるだけだ。どちらであれ、あの日本兵らの罪が減じられるわけではなかった。

美蘭の叫び声が頭の中でなんども反響した。救いを求める、悲痛なあの叫び。

「ボォブ！」

その夜、スレンセンはほとんど一睡もせずに過ごした。

翌朝になって、文理学院に日本軍の憲兵隊が訪れた。前日スレンセンに力を貸してくれたあの兵士と黒い眼帯の将校のふたりである。磯田茂平上等兵と秋庭保大尉だった。スレンセンに用があるという。

「一緒に行っていただけませんか」秋庭が言った。「お手間はとらせません」

小雪のちらつく、寒気のきつい朝だった。秋庭の吐く息は白く変わって、南京の冬の風に散った。

スレンセンは不安を押し殺してふたりに従った。乗用車に乗りこんでも、秋庭も磯田もあとは無言だった。どんな用件なのか、説明しようとはしない。その堅い表情から、けっして朗報ではないだろうとは想像がついた。あるいは最悪の事態なのかもしれない。

連れてゆかれたのは、中山東路の裏手の住宅街だった。一軒の建物がくすぶっていた。中でぼやがあったようだ。昨日、美蘭が監禁されていた飯店からもさほど遠からぬ距離、ちょうど裏手に当たる位置だった。

秋庭大尉にうながされてそのぼやの現場へ足を踏み入れた。老人や子供たちなど、何人かの住民が遠巻きに見ている。石だたみの路地の奥に共同の上水道の設備があった。その上水道の前にむしろが一枚、敷かれている。むしろの下が盛り上がっていた。

磯田がそのむしろを半分だけのけた。むしろの下の凍てついた地面には、人間の死体があった。裸の女だ。下半身が焼けたように変色している。

スレンセンは近寄って、ひざまずいた。

美蘭だった。美蘭は苦悶《くもん》に顔をゆがめ、虚空《こくう》を見つめている。鼻の下から口もとにかけて、血がこびりついていた。上体のほうぼうに内出血の跡があり、胸にふたつ、黒っぽい穴が開いている。

雪が美蘭の顔の上、胸の上に降りかかったが、溶けて消えてはゆかなかった。結晶の形をそのままに、温《ぬく》もりを失った美蘭の肌《はだ》の上にとどまっている。

将校が言った。

「あなたが探していた娘さんですか」

「ええ」スレンセンは乾いた声で答えた。「美蘭という娘です。まちがいありません」

「昨夜遅くに、ここから火が出た。付近の住民たちがすぐに消しとめたんですが、中からこの遺体が発見されたのです。死体を運んで、焼いてしまおうとしたのでしょう」

スレンセンはふるえる手で、美蘭のまぶたを閉じてやった。胸の中に急速に空洞《くうどう》が広がっていくようだった。何の痛みも苦悩もなく、何の色彩も光もない暗黒の空虚だった。

秋庭が言った。

「あなたにこんなことを言うのは残酷なことですが、発見されたとき、陰部には木っ端が突っこまれていました。輪姦されたあと、なぶり殺しになったのかもしれません。直接の死因は、胸の銃創だと思います。拳銃弾《けんじゅうだん》のようです」

死体の右手に、白っぽい輪のようなものが握られていた。指を広げてとってみると、象牙《ぞうげ》細工の腕輪だった。スレンセンが美蘭に贈ったものだ。一部が欠けて、半月状になっている。美蘭が手荒に扱われ、そのとき折れてしまったのかもしれない。大事にする、と美蘭が約束した、思い出の品だ。美蘭は最期《さいご》の瞬間に、その腕輪をきつく握りしめていたということになる。

スレンセンはその腕輪を外套《がいとう》のポケットに収めて立ち上がった。顔から血の気が引いているのがわかった。その朝の強い寒気のせいだろう。まつげに雪がかかり、スレンセンの目のふちを濡らしていた。磯田上等兵が、不安げにスレンセンの顔を見上げていた。

スレンセンは低い声で訊いた。

「あの将校は逮捕されるのでしょうね」

自分でも驚いたほどに、その声は冷やかで落ち着いていた。

秋庭は首を振った。

「彼の行為だと示唆《しさ》するものはありません」

「美蘭は彼の部屋にいました。文理学院から拉致されていったときも、彼が指揮していたそうです」

「直接この殺人の証拠にはなりませんよ」

「彼が拉致したことは確かです」

「昨日の夕刻には、この娘さんはすでにあの宿舎にはいなかった。あなたも確認したはずです」

「あの将校を逮捕して、追及してください。拉致と暴行の容疑は否定できないはずだ」

「この混乱の中です。現行犯でもないかぎり、逮捕はむずかしい」

「やつをかばうつもりなんですね」

心外だったようだ。秋庭は強い調子で言った。

「そんなつもりは、毛頭ない。皇軍の名を汚す者を、わたしは許さない」

「だったら、彼を」

「いいですか。わたしたち憲兵隊は、すでに国際委員会から何百件もの抗議や告発を受けている。数少ない陣容で、これをかたづけてゆかねばならないのです。証拠の明白なものから順にやってゆくしかないんですよ」

スレンセンは秋庭に身体を向けた。そうとは意識もないままに、両手が秋庭の襟元《えりもと》へ伸びた。スレンセンは左手で外套の襟首を締め、右手を喉《のど》もとに入れた。右手にそのまま力をこめてゆくと、秋庭の喉の筋肉がこわばってゆくのがわかった。秋庭は地面から足を浮かせ、身体をのけぞらせた。秋庭の帽子がずり落ちて地面に転がった。秋庭は抵抗しようとはしなかった。目が大きくみひらかれたが、そこにあるものは恐怖や驚愕《きょうがく》ではなかった。むしろスレンセンを哀れむかのような、悲しげな目の色だった。

「アメリカ人！」

磯田上等兵が横で怒鳴った。拳銃を操作する音が聞こえた。遊底を引き、薬室に最初の弾丸を送る音だ。横目で見た。磯田上等兵が両手で拳銃をかまえている。銃口はまっすぐにスレンセンの頭を向いていた。

「アメリカ人！」と、磯田はもう一度叫んだ。

スレンセンは秋庭大尉を突き飛ばした。秋庭は凍った地面に、尻もちをつくように転がった。

すぐに振り返った。

声にならない想《おも》いが、スレンセンの喉からほとばしり出た。悲痛で、呪詛《じゅそ》に満ちた声。野獣の咆哮《ほうこう》にも似た、聞く者をふるえ上がらせずにはいないような、狂気じみた唸《うな》り声だった。

磯田は拳銃を空に向けて発砲した。スレンセンの表情に尋常ならざるものを認めたのだろう。はっきり恐怖を感じたのかもしれない。

スレンセンはかまわず磯田に組みつき、その腕をねじ上げて拳銃を奪いとった。小《こ》柄《がら》な磯田の抵抗はむなしかった。あっさりと地面に転がされた。

スレンセンは奪った拳銃を両手にかまえた。磯田が、さっと地面に伏せた。

「よせ」秋庭が叫んでいる。「よすんだ」

スレンセンは引金を引いた。たて続けに、ふたつ。三つ。遠巻きにしていた住民たちが、悲鳴を上げて物かげに隠れた。スレンセンは少しずつ身体の向きを変え、拳銃を水平にかまえたまま、撃ち続けた。路地の建物の木っ端がはじけ、ガラスが砕け散った。甕《かめ》に孔《あな》が開いて割れた。銃声と、物の壊れる音がいくつも重なりあい、増幅しあって、スレンセンはいよいよ激しくたかぶった。絶叫が銃声をしのぐほどに大きくなった。

そうして、とつぜんの静寂。

我にかえった。

どのくらいの時間がたったのだろう。一瞬？　それとも、数十秒は経過したのか。拳銃弾を撃ちつくしてしまったようだ。耳もとの大音響は、もう聞こえない。スレンセンは正気を取りもどしつつあった。

秋庭と磯田が、地面から身体を起こすところだった。

スレンセンは拳銃をおろした。意味もなく、理由もなく、どこへ向けられたものなのかもわからない、愚かしい激情の爆発だった。スレンセンの身体がふるえた。

秋庭が近づいて、手を出してきた。

スレンセンは素直に拳銃を差し出した。身体がまた激しくふるえた。悪寒《おかん》でもするかのようだ。

スレンセンは秋庭を見つめ、弱々しい声で言った。

「わたしは、いま、自分を見失ってしまった。申し訳ない」

秋庭は一度咳払《せきばら》いをすると、スレンセンに同情を見せて言った。

「あの娘さんは、あなたの大事な人だったんですね」

スレンセンはうなずいた。

「婚約者だ」

「できるかぎりの捜査はします。それは約束する」

「あてにはしていない」

「日本軍のすべてを、こうと決めつけないでください」

「あなたがたの誠意はわかっています」スレンセンは両手を縮めて、ふるえる身体をおさえこんだ。「でも美蘭はもう帰ってこない。あなたがたには、これ以上暴行事件が続かぬよう、パトロールに力を入れてもらうべきなのでしょう」

「来週になれば、補助憲兵が増員される。軍紀も回復します」

スレンセンは秋庭に訊いた。

「遺体は、引き取っていいんですね」

「わたしたちの車を使いましょう」

美蘭の遺体は金陵女子文理学院まで運ばれ、三日後に簡単な葬儀がいとなまれた。一九三七年十二月も末、クリスマスも近い時期のできごとだった。美蘭に手をかけた男は、ついに判明することはなかった。スレンセンが南京を離れるのは、それからおよそ二カ月後、南京にどうやら治安が回復してからのことである。

「美蘭」

すっかり暗くなった礼拝堂のベンチで、スレンセンはまたその名を口にした。両の手を堅く握り合わせ、あえぐように顔を上げて正面の壁に目をやりながら、スレンセンははっきりと声に出したのだった。

美蘭、とスレンセンは虚空に呼びかけた。きみは、わたしのすべてだった。わたしにとって、ほとんど全世界に等しいものだった。あの日以来、わたしは世界を喪《うしな》ったままだ。信仰も、信仰すらも、わたしに新しい光を、新しい希望を与えてはくれない。美しく調和した世界の存在を、信じさせてはくれない。それを切望し、激しく焦《こ》がれながらも、わたしはいまだ世界を喪ったまま、暗い不毛の荒れ野を歩み続けている。わたしは荒野に放たれた一頭の不幸な羊だ。わたしは胸に荒野を抱えた悲しき復讐者《リベンジャー》だ。美蘭。きみは、わたしから、わたしを奪った。きみがきみの生命を終えたとき、同時にわたしの生命をも、奪っていったのだ。

「美蘭……」

声は礼拝堂の内部に響きわたり、かすかな余韻を引いて消えた。

十月　東京

賢一郎は防火用水槽《すいそう》の陰で、腕時計に目をやった。夜光塗料を塗った針は、深夜零時を示している。

「そろそろだ」

賢一郎は黒い目出帽の下で、ささやくように言った。

となりにいた金森が腰を浮かせたようだ。衣類のすれる音がして、金森の体温がすっと離れていった。

そこは東京・麻布の、塀《へい》をまわした宏壮《こうそう》な屋敷の庭だった。

塀に沿って周囲をひとまわりするだけでも、ゆうに二十分はかかった。表通りに面した正門のほかに、西側にも門がひとつ、通用口が二カ所ある。敷地の中には、石造りの洋風の母屋《おもや》のほかに、和風の離れがひと棟。文庫倉がふたつ。使用人たちの住む木造の建物が一棟と車庫、それに茶室があった。庭の大半に芝が張られており、必要とあらば牛の十頭や二十頭を放牧することも可能と見えた。庭のほうぼうでケヤキや公孫樹《いちょう》の大木が豊かに枝を広げており、庭の裏手には和風庭園とテニスコートも配置されている。

いまこの屋敷に住んでいるのは、華族の一族八人のほかに、書生がひとり。使用人とその家族が十一人だ。昨年秋以来、家長の縁戚《えんせき》にあたる若い海軍士官がひとり、この屋敷に居候《いそうろう》していた。

この四日間の観察によれば、そろそろ家人も寝静まっているはずだ。ましてやきょうは当主の誕生日ということで、内々の酒宴があった。参加した大人たちの眠りは深いにちがいない。海軍の軍令部に勤務している加藤光雄中尉《ちゅうい》も、もう二階の客間で眠りについているはずだった。見当をつけていた窓の明かりは、一時間以上も前に消えている。

日付は変わって、十月十八日となっていた。斉藤賢一郎が日本に上陸してから、ほぼ三週間がすぎている。

この三週間のあいだに、賢一郎は金森と組んでいくつかの仕事をこなしていた。最初の成果は、近衛《このえ》内閣のブレーンたちによる朝食会の存在を突きとめたことだった。外務大臣の豊田提督を尾行し、彼の公用車の運転手から運転日報を盗み出したのである。日報を丹念に見ていくと、主要閣僚とそのブレーンとのあいだで、月に二度、定期的に朝食会がもたれていることがわかったのだ。おそらくは閣議にかかる前の国策が議論され、あるいは検討されるにちがいないミーティングだった。朝食会はいつも赤坂の山王《さんのう》ホテルで開催されていた。

賢一郎は十月初めに開かれた朝食会をホテルの外の路上で監視して、出席者全員の写真を撮ることに成功した。これによりブレーンたちの顔触れもあらかた判明した。その中には、外務省の元事務次官や東京帝国大学の教授、東京日日新聞を退職したジャーナリストらが入っていた。

スレンセンから新しい指示が届き、賢一郎はこのブレーンのうち、東京帝大の教授から鞄を奪うことになった。この教授がもっとも無防備で、スパイ活動などに対しても認識が甘いと考えられたからである。しかも職業柄、彼がさまざまな覚え書きをノートに記している可能性は大きい。鞄の中には、日本政府の最高決議に関する情報が入っていると想像できたのである。賢一郎は金森と一緒に、本郷の路上で強盗を装って鞄を強奪した。鞄はスレンセンを通じて米国情報関係者に届いたはずだが、それがじっさいどれほどの価値であったのか、賢一郎は知らされなかった。

一度は横須賀へ出向き、海軍基地を見渡すことのできる地区に住まいを確保できないものか試してみた。しかし空き部屋は払底していた。海軍横須賀工廠《こうしょう》の工員たちが増員され、国民徴用令による技術者たちの動員で、横須賀には賢一郎のような正体不明の男が住む空間はなくなっていたのである。ましてや、軍港を見渡すことのできる部屋などは探しようもなかった。

このときは軍港に近づきすぎて、巡査から不審尋問を受けた。うまく言い逃れたが、たしかにスレンセンの言うとおり、軍港周辺の警戒は厳重だった。巡査たちの態度は硬直しており、つけいることのできるような士気のゆるみなどはまったくない。日本の省線鉄道のダイヤ並みに厳格で完璧《かんぺき》だ、と賢一郎は思った。おそらくこれでこそ日本なのだろう。


賢一郎と金森は身をかがめて庭を進み、組石造りの建物の前まで進んだ。

犬は麻酔剤入りの肉を与えて眠らせてある。あと二時間ばかりは安心していい。通用口脇《わき》の小屋に寝泊まりする使用人もすでにやすんでおり、明日の朝、日が昇るまでは庭に出てくることはないはずだった。

まず金森が、雨樋《あまどい》を使って二階屋上へ昇っていった。ぼんやりとした月明かりの下では、金森の姿はほとんど夜に溶けこみ、見分けることができない。彼は黒いシャツに黒いニッカーボッカー姿。顔をすっぽり目出帽でおおい、背嚢《はいのう》を背負っている。地下足袋をはいていた。

金森が軒蛇腹《のきじゃばら》の向こうの立ち上がりへ消えた。賢一郎がすばやく続いた。

立ち上がりを右手に移動し、陸屋根《ろくやね》をそろそろと奥へ進んだ。金森はすでに二階の屋上部分に取りついている。予定では、彼は建物中央の階段室の上へ出ることになっていた。階段室の上は塔のように二階の屋根の上に突き出しており、明かり採りの円窓がある。賢一郎が二階屋上までたどりついて見守っていると、金森は塔の棟飾りからロープを垂らしてぶらさがった。

金森は見かけよりもずっと身軽だった。あるいはこのような任務に慣れているのかもしれない。あぶなげのない身のこなしで壁に身を乗り出し、工業用の粘着テープを使って、音をたてぬようにガラスを割った。やがて金森は階段室の明かり採りの窓を開け放し、その内部に消えた。

ほんの一分ばかりの後、塔の脇のドアが内側から開かれた。長いこと開けられたことがなかったのだろう。重い木板のドアがきしんだ。賢一郎は自分の背嚢から機械油を取り出し、蝶番《ちょうつがい》と額縁に油をさした。

身体ひとつ通れるまでドアを押し広げて、賢一郎は建物の内部に入った。天井に小さな赤い豆電球がついていた。夜目のきく目には、十分照明として通用するだけの光の量だ。賢一郎と金森は階段をおり、吹き抜けを左手に見ながら奥へと進んだ。吹き抜けを囲む三方の部屋は、ここの家族が使っているはずだ。客間は階段室からもっとも奥まった位置にある。廊下には絨毯《じゅうたん》が敷きつめられており、足音はまったくしなかった。廊下の壁には、肖像画が等間隔でいくつも並んでいた。

見当をつけておいたドアの前まできて、足をとめた。耳をすまして内部をうかがったが、中で人が起きている気配はない。

ドアをそっと押し開けて、いったん様子をみた。何も起こらなかった。賢一郎が先にその暗い部屋の中へ入った。

こぢんまりとした居間だった。正面に縦長の上げ下げ窓があって、カーテンは引かれていない。外からの薄明かりで、すぐに室内の様子がわかるようになった。ドアの脇に暖炉があり、真ん中には丸テーブル。テーブルの上には乱雑に洋酒の瓶《びん》やらコップやら氷入れやらがのっている。椅子《いす》のうえに海軍士官の軍帽が置かれていた。右手にもひとつドアがある。こちらが寝室なのだろう。居候中の中尉は、寝室で熟睡中のようだ。耳をこらすと、そのドアの下の隙間から、かすかにいびきが聞こえてきた。

賢一郎は小型の懐中電灯をつけて、その部屋の中を点検した。ガラス戸のついた本箱があり、肘《ひじ》あてのついたソファもあるが、簞笥《たんす》や鏡台などはない。それらはたぶん寝室に用意されているのだろう。生活の匂いの薄い部屋だったが、海軍軍人の本省出仕中の仮住まいとなればそれは当然かもしれなかった。

隅《すみ》のティーテーブルの上に黒い革鞄があった。賢一郎は懐中電灯を当てて中身を点検した。海軍省の用箋《ようせん》に書かれた書類やら、タイプ打ちのさまざまな資料類が入っていた。中尉がいまかかっているにちがいない作戦計画のための資料類にちがいない。相手は軍令部第一課の士官である。この時期、彼がまさか海軍省ビルの改装計画の見積り書などを持ち歩いているわけがないのだ。

金森が目で訊《き》いてきた。

盗みだしてゆくのか。

賢一郎は首を振った。

機密が漏れたらしい、ということすら、勘づかせてはならない。

相手は大学教授ではなく、軍人である。書類鞄が盗まれたとなれば、すぐに諜報《ちょうほう》活動と疑うことはまちがいない。まるごと盗むのではなく、このうちの何枚かだけをいただいてゆく。たとえば三十枚ある書類のうち、中から三枚だけがなくなったとしたら、持ち主は盗まれたと思うよりもまず、自分が置き忘れたかどこかに紛れこませてしまったと考えるのが普通だ。自分が窃盗の被害にあったと申告することもないだろう。

賢一郎は書類を取り出して、一枚一枚丹念に見ていった。漢字まじりの書類を読むのは、なかなかの骨だった。日本語で教育を受けたもののようにはいかない。

数字の並んだ手書きの書類があり、どこのものか折りたたまれた海図の青焼きがあり、タイプで打たれた小冊子があった。どうも通信封鎖と機密保持に関する計画草案のようだった。

いくつかのメモが頭に入った。

「計画秘匿《ひとく》上、作戦発動後も内地に残る飛行機を使って、わが方の母艦が内地で訓練中であるかのようにカモフラージュする必要がある」

「機動部隊出撃中は、東京の繁華街に訓練中水兵らを多数派遣、横須賀に艦隊が集結し、半舷《はんげん》上陸が行われているよう偽装の要あり。外国外交官の目に公然と印象づけることとす」

「進出方面偽装のため、寒地行動用衣服は、出撃直前に積みこむこととする」

「機動部隊は、内地出撃後は電波戦闘管制とし、最高度の電波輻射《ふくしゃ》制限をおこなう」

「内地出撃直後から、空母部隊が九州南部方面に行動中のように欺瞞《ぎまん》通信を行う」

「集結点では村落を完全に封鎖、いっさいの外部通信を禁止して、機密漏洩《ろうえい》をふせぐ。必要とあらば住民全員の強制退去もなしうるべし」

「住民の数は三村合計で約三百。電話は三台あるのみ。機密保持は容易と考えうるも、駆逐艦一隻《せき》程度をあらかじめ派遣することを考慮」

賢一郎はこのうちから、「通信計画案」と題された書類と、「偽装工作案」と記された二枚のメモを抜き取った。

青焼きの海図については、盗みだすべきかどうかためらった。広げると新聞紙ほどの大きさとなるものだ。大きさが大きさだけに、持ち主が置き忘れや単純な紛失と思いこむとは考えにくい。

あきらめて賢一郎は広げた海図に目をこらした。どこか細長い島の一部のようだ。大きな湾が中央にあり、細かく数字が書きこまれている。水深を意味する数字なのだろう。湾の中央に、X－16集結、X－12出撃、と鉛筆で記してあった。海軍部隊の集結地ということのようだ。不鮮明な文字で地名が印刷されているが、賢一郎には読めない漢字の地名だった。賢一郎はその形だけをなんとか記憶に残そうとした。

となりで物音がした。

賢一郎は息をとめた。眠っていた士官が目を覚ましたようだ。

金森がさっとドアの脇に立った。右手にはもう小型の格闘用ナイフが握られている。

賢一郎は海図をたたむと、テーブルのうしろに隠れた。

毛布とシーツとのあいだで人が動く気配。寝返りをうっているだけではないようだ。ベッドから抜け出そうとしているらしい。ささやき声も聞こえたような気がした。

女?

賢一郎もテーブルの陰で、電工用のナイフの柄を握った。

この部屋に明かりがついたなら、異変は一目でわかる。となれば、すぐに誰何《すいか》の大声が出るはずだ。そうなる前に口をふさがなくてはならない。もう、盗みに気づかれたくはないとは言っていられない。

脇の下に汗を感じながら、そのまま動かずにいた。かなり長い時間がたった。三分か。あるいは五分ほどか。

隣室の人物は、ベッドからおりたようだ。きしみ音がもれ聞こえてきた。

ドアがそっと押し開かれた。

女だった。息をひそめて、まず顔だけをだしてきた。それから身体。若い女だ。丈の長い白っぽい寝間着を着ている。裸足《はだし》だった。

士官は、ひとりではなかったのか。

女は忍び足で廊下へと通じるドアに近づいた。長い髪が背中にむぞうさにたれている。何か香水をつけているようだ。女の体臭にまじった甘ったるい匂いが部屋をよぎった。

女はドアノブを慎重にまわすと、隙間から外をうかがった。人の目を気にしている。それから身体を廊下へと出し、外からドアを閉じた。金具がかちりと小さな音を立てた。人の気配が、廊下を遠ざかっていった。

士官の寝室に、女が忍びこんでいたということのようだ。

屋敷の中を寝間着姿で歩きまわっているのだから、使用人ではありえない。吹き抜けの向こう側にそれぞれの部屋を持つ、この家の家族のひとりなのだろう。年格好から判断すると、当主の孫娘あたりかもしれない。たしかつい最近、パリ遊学から帰ってきたという女。それが親の目を盗んで、居候中の縁戚筋の若い海軍士官とねんごろになってしまったということのようだ。

賢一郎は苦笑して立ち上がった。

引き揚げよう。

金森に合図を出し、そのままもう一分だけ待った。隣室の士官にも、いましがた情事のあとの匂いを漂わせて出ていった女にも、あらためて眠りについてもらわねばならない。十分たち、屋敷の中にあらたな物音がしないことを確かめてから、賢一郎たちは部屋を出た。

庭におりると、賢一郎たちは芝生のはしの植えこみに沿って塀へと向かった。屋敷の南側の築地塀《ついじ》に達して時計を見た。午前一時をいくらかまわっていた。遠くで犬が吠《ほ》えている。それに呼応する遠吠えもまじった。いずれこの屋敷のジャーマン・シェパードもなきだすだろう。

賢一郎はエンジュの木にのぼって、塀の上に顔を出した。塀の外は満洲国大使館へと通じる坂道だった。左右の様子をうかがってから枝を先に進み、塀の瓦《かわら》の上に身体をおろした。耳をすます。聞こえるのは、犬の遠吠えだけだ。賢一郎は築地塀の屋根から外の路面に飛び下りた。

振り返って様子を見た。金森が賢一郎と同じようにエンジュの枝を伝わってくるところだった。金森がふいに咳こみ、枝がゆれた。咳の音は寝静まった屋敷街に、銅鑼《どら》でも打ちならしたように大きく響いた。金森は咳こんだまま塀の屋根におりたが、身体の平衡をくずして屋根からすべり落ちた。瓦の何枚かも路面に落ちて、派手な衝撃音をあげた。屋敷の中でとうとう犬が吠えはじめた。

　ふたりは目出帽をはずして近くの排水溝《こう》にほうりこみ、満洲国大使館裏手の土塀に沿って駆け出した。この先の小公園の植えこみの中に、自転車が二台、隠してあるのだ。

　駆けながらも、金森は苦しげだった。何度も立ち止まっては、背を折り曲げて咳こんだ。

　背後、大使館正門の方角で、切迫した調子の人の声がする。警備の巡査が異状を察知したようだ。

「金森」賢一郎は相棒に言った。「あんたの背嚢を、塀の中に放りこめ」

「どうしてだ」と、金森。

「あの華族の屋敷に忍びこんだと思われたくない。狙《ねら》いは満洲国大使館だったと思いこませるんだ」

　金森はうなずいて背嚢をはずし、腕を振りまわしてその背嚢を土塀の内側に放りこんだ。侵入用の道具が収められた背嚢は、庭に大きな音を立てて落ちた。

　公園までできたとき、前方の路上に明かりが見えた。警邏《けいら》中の巡査だろう。ふたりはすぐに公園の暗がりの中へ飛びこんだ。また金森に咳が出た。話し声が聞こえる。巡査が賢一郎たちに気づいたようだ。この時刻、このあたりの路上をうろつく男たちを、不審と思わないほうがおかしい。

懐中電灯の明かりが、公園の植えこみをなめていった。

「ふたりだ」「隠れた」と声がする。巡査もふたり組らしい。

賢一郎と金森は公園を突っ切って石段を駆けおりた。

「あっちだ」との怒声。

うしろで呼子の音が長く響いた。

そのまま勢いをゆるめずに、フランス大使館の方向をめざした。

三叉路《さんさろ》まできて、賢一郎は言った。

「べつべつに逃げよう」

金森がうなずいた。

「おれのせいで、すまなかったな」

「逃げとおしてくれ。無事だったら、またあの下宿にもどる」

金森は一回手を振ると、すっと右手の道の奥に消えていった。

賢一郎も反対側へと走った。

靴音が追ってくる。ひとりではなかった。ふたりだ。断続的に呼子が鳴る。賢一郎は道の両側に目をやった。塀をまわした屋敷が続いている。ゆきあたりばったりで、そんな屋敷の庭に飛びこむのは危険だった。とにかく身を隠す建物や施設の多い場所まで出なければならなかった。

土塀と土塀とのあいだの道を走った。寺らしき門に突き当たって、しかたなく道なりに右手に折れた。両側の塀が、簡素な堅板塀にかわった。あいだにところどころ、塀もまわさぬ民家がまじるようになった。ほうぼうで犬が吠えだしている。あたりが騒がしくなってきていた。

前方に交差する道があった。正面には洋館らしい黒い影が見える。ゆきどまりかもしれない。賢一郎は左手に曲がった。

その瞬間に、明かりに照らされた。

すぐ十歩ばかり先に巡査がいる。懐中電灯を向けて、こちらへ駆けているところだ。

「こら、とまれ」巡査が怒鳴った。「とまらないと」

賢一郎はかまわず突っ走って巡査に体当たりした。肩と横腹に激しい衝撃があった。巡査はもんどりうって倒れた。賢一郎も転がったが、すぐに立ち上がった。相手はよろよろと身を起こすところだった。サーベルを抜こうとしている。賢一郎はもう一度飛びかかり、馬乗りになって、巡査の鎖骨に手刀を入れた。鎖骨が折れたのがわかった。巡査は悲鳴を上げた。

背後で男の声。

「どうした」

この巡査のパートナーのようだ。

すぐに身体を離して駆け出した。鎖骨を折られた巡査はしばらくは激痛で動くことなできないはずだ。うしろでまた激しく呼子が吹かれた。

坂道を駆けおり、商店街らしき通りに出た。雨戸を開ける音がいくつか聞こえた。騒ぎを聞きつけて、住民たちが起きだしているようだ。黒猫《くろねこ》が一匹、逃げるように足もとを横切っていった。

前方に明かりが見えた。提灯《ちょうちん》のようだ。自警団の詰所でもあるのかもしれない。その前を通り抜けるわけにはゆかない。

道を引き返した。足音を聞きつけられたようだ。

「あいつはなんだ」「泥棒《どろぼう》だ」と、何人かの男たちが怒鳴り合っている。やつらが追ってきたら、両側からはさまれてしまうことになる。

賢一郎は手近な路地にとびこんだ。路地はさすが真っ暗だ。数歩先も見えない。手さぐりで奥へ進むと井戸があった。陰にまわって身をかがめると、数人の男たちが通りを駆けていった。

どうするか。

賢一郎は事態を整理してみた。

ここは麻布の南はずれ。天現寺というお寺に近い場所のはずだ。浅草の隠れ家にもどるには、いずれにせよ明るくなってから、通勤客らのあいだにまぎれなければならず、それまでは身をひそめていなければならない。夜中に黒装束の男がひとり、都心を突っ切って歩いてはゆけない。

しかし、身をひそめているあいだに、東京の警察は一帯を包囲するかもしれない。やがてはあの華族の屋敷でも、騒ぎを聞きつけて邸内の点検にかかっても不思議はない。あそこの金庫や文庫倉には、そうとう価値あるものが収まっているにちがいないのだ。そうなると、塔の円窓のガラスが不自然な割れかたをしていることも発見されるだろう。とうぜんあの士官は、自分の鞄《かばん》の中身をあらためてみるはずだ。メモ程度のものとはいえ、軍令部出仕の士官の鞄から書類が盗まれたとなれば、東京憲兵隊か特別高等警察に通報がゆく。徹底的な捜索が行われることになりそうだった。

賢一郎は東京都内の地図を思い描いてみた。どこの国の都市であれ、港であれば、賢一郎が身を隠す場所には不自由はない。賢一郎は港の事情を熟知している。どこの国の港にも、同じような施設、同じような建物があり、同じような人間が出入りしていて、同じような管理が行われているのだ。少なくとも、シアトル、ニューヨーク、サンフランシスコ、そしてハワイではそうだった。ここ東京でも、さほどひどくちがっているわけではあるまい。港へゆくべきかもしれない。

港への道を思い出そうとして、気がついた。中継所として指定されたキリスト教会は、ここからさほどの距離ではなかった。逃げこむにはあそこほど便利なところはない。

深夜の東京都心の住宅街が騒がしくなってきていた。賢一郎は井戸の陰からそっと身を起こした。

その朝を、安藤真理子は東京・麻布の山脇順三の実家で迎えた。

いかにも十月らしい快晴の朝だった。青空にくっきりとした輪郭を見せて雲が浮いているが、風はなく、気温も高めだった。結婚式にはふさわしい日和《ひより》だ。記念写真を撮るにも好都合の晴天。真理子はその朝目覚めて窓を開けると、思いきり深呼吸していた。

反対の多い結婚だったが、少なくとも表向きは、山脇の両親と兄弟たちはふたりを祝福してくれていた。真理子の血筋、家柄《いえがら》のことなどは、もう持ち出されなかった。うちとけるまでには至っていないが、ひややかというわけでもない。真理子は伯母と一緒に前夜から山脇の実家に泊まり、真理子は近所の髪結いにいって、この朝を迎えたのだった。

朝食がすむと、真理子は近所の髪結いにいって、髪をととのえてもらった。結婚式は午後の一時からだった。山脇の同僚たちや友人の多くはこの土曜日も出勤だったが、結婚式とそれに続く小宴には勤めを抜け出して出席してくれるのだという。

真理子は髪を結うと、十時には山脇の実家へもどった。このあと山脇よりも先に東京改心基督《キリスト》教会にゆき、横浜からやってきた友人や伯母の手を借りて白いブライダル・ドレスを着ることにしていた。ドレスは横浜に住む米国人貿易商の夫人が貸してくれたものだ。そうとう古いもので、わずかに黄ばんでもいたが、真理子にはぜいたくを言う気持ちはなかった。

山脇順三は礼服にボウタイをしめて、落ち着かなげに庭を歩きまわっている。昨夜はこの近所で何か警察が駆り出される騒ぎがあったようで、あまり熟睡していないとのことだった。何本か海軍省からの電話も入っていたらしい。

真理子が心配そうに見ているのに気づくと、山脇は言った。

「仕事のことを考えているんだ。ひょっとすると、きょうからまた忙しくなる。新内閣ができたことは知ってるね」

「新聞で読みましたわ」真理子は答えた。このところ自分がまったく世の中のできごとに気をとめていなかったことが恥ずかしかった。「昨夜、東条さんに大命がおりたとか」

「そう。よりによって、あの東条英機《ひでき》が総理だよ。この先が見えたよ」

「海軍大臣はどなたです」

「まだ決まっていないようだ。嶋田さんと永野大将が会談しているらしい。決まれば、書記官室も忙しくなる。新婚旅行はどうなるか、ちょっとわからなくなってきたよ」

「お仕事であれば、がまんいたしますわ」

ほどなく木炭燃料のタクシーがやってきた。

真理子はドレスの箱を持ってタクシーに乗りこんだ。伯母と友人が一緒だった。真理子は運転手に、三田松坂町の東京改心基督教会へ行くよう頼んだ。タクシーはのっそりと、黒い排気ガスを吐いて動き出した。

古川橋を通るとき、タクシーはいったん巡査に停止を命じられた。検問が行われている。通行人がひとりひとり身元をあらためられていた。巡査は中をのぞきこんできて、客が女三人と見ると、すぐに通してくれた。

市電通りから左手に折れて、改心基督教会に入る道に入った。タクシーはまた停まった。こんどは長靴に軍刀の憲兵たちが道を封鎖している。トラックが道をふさぎ、前方には移動型の柵《さく》が置かれていた。

ひとりの憲兵が近づいてきて運転手に訊いた。

「どこへ」

「改心基督教会」運転手は答えてから、逆に憲兵に訊いた。「何があったんです。ものものしいけど」

その憲兵隊の兵士は答えた。

「泥棒だ。このへんに逃げこんでいるんだ」

「たかが泥棒で、憲兵が出るんですか」

「満洲国大使館に忍びこんだらしいんだ。ただのこそ泥じゃないかもしれないんでね」

「人でも殺したんですかね」

「いや。そうじゃない」

「どんな男なんです。あたしが乗っけたかもしれませんよ」

「黒いニッカーボッカーに地下足袋をはいてる。労務者ふうの男だったそうだ。今朝がた、古川橋の下からはい出てきたところを人に見られてるんだ。乗せた覚えはあるかい」

「労務者は乗っけてないな。あいにくとね」

憲兵はもう行けとでも言うように白い手袋を振った。タクシーはまた動き出した。改心基督教会に着いて、真理子はタクシーをおりた。早めにきてしまったかもしれない。

礼拝堂の扉は閉じられていた。真理子たちは横の門から庭に入って、宣教師館へと歩いた。身仕度は宣教師館のほうでするといいでしょう、と、スレンセン牧師は言ってくれていたのだ。

宣教師館のドアをノックしたが、返事がなかった。

この教会は、近々閉鎖されることになったと聞いていた。日本人の使用人夫婦も解雇されて、田舎に帰った。米国籍の老婦人もすでに帰国している。いまここにはスレンセンひとりしか住んではいない。

真理子は庭の奥の建物に目を向けた。つい先頃までは、幼稚園として使われていた木造の家屋だ。式のあと、ここで披露宴《ひろうえん》をもつことになっている。宴といっても、宴会自粛の昨今だから、ほんのささやかなものだ。山脇がなんとか手に入れてくれた葡《ぶ》萄酒《どうしゅ》をあけ、山脇の両親から簡単な挨拶があるだけのことになるだろう。そのあと、山脇の実家に帰ってから、親族一同への披露がある。

スレンセンはその建物のほうで宴会のための準備にかかっているのかもしれない。

真理子は伯母と友人をその場に残して、建物へと歩いた。幼稚園はこの七月に閉鎖されており、園児たちが描《か》いた絵も取り払われ、テーブルも隅にかたづけられている。いまは空いている建物だった。

建物の扉を開けると、部屋の隅にいたふたりの男がはじかれたように振り向いた。ひとりは黒い宣教師服のスレンセン。もうひとりは、真理子の知らない日本人だ。なにごとか話しこんでいたところらしい。

真理子も驚いて身を堅くした。

「ごめんなさい」真理子はあわてて言った。「お話の邪魔をするつもりじゃありませんでしたの」

「真理子さんでしたか」スレンセンはほっとしたように言った。「早かったのですね」

もうひとりの男は、裏手の窓のほうに顔を向けた。真理子の視線から顔をそらしたようにも見えた。三十歳前後だろうか、サイズの合わない国民服を着ている。

スレンセンが近づいてきた。

「お支度には、宣教師館の二階を使ってください。鏡もあります」

真理子は弁解するように言った。

「ちょっとパーティの会場を見ておきたかったものですから、こちらにも勝手に顔を出してしまいました」

スレンセンは振り返り、男に向かって言った。

「斉藤さん。じゃあ、この部屋にテーブルをセットしておいてもらえますね」真理子に顔をもどして続ける。「式が終わるまでには、準備もできていますよ。さ、宣教師館にまいりましょうか」

男は隅に重ねられたテーブルのひとつを持ち上げ、部屋の中央に運んで据《す》えた。スレンセンがきょうのために頼んだ臨時雇いなのかもしれない。

一瞬、男と目が合った。陽に灼けた精悍《せいかん》そうな顔立ちで、現役の運動競技の選手のような身体つきだ。このキリスト教会の空気にそぐわぬ、妙にとがった、すさんだ印象があった。男はすぐにまた真理子に背を向けた。

真理子はスレンセンと一緒に、宣教師館へと歩いた。スレンセンは訊いてきた。

「ここへくるとき、警官たちを見ましたか」

「ええ」真理子はうなずいた。「古川橋のところにいました。道を入ってくるときには、憲兵隊が道をふさいでいましたが」

「道をふさいでいた」

「泥棒が逃げこんだとか」

「ぶっそうですね。静かな住宅街なのに」


宣教師館へ入ると、真理子は二階の一室で、伯母と友人に手伝ってもらってブライダル・ドレスを身につけた。いったん細部をなおしてあったから、ドレスは真理子にぴったりと合った。カスケイドカラーとプリンセス・ウエストラインのドレスで、裾《すそ》は帆立貝ふうの波型にデザインされている。長い引き裾がついていた。帽子とベール、それに手袋とブーケは、式の直前に身につけることにした。

時刻を確かめると、まだ十二時を少しすぎたばかり。真理子は思いついて、礼拝堂のほうへ行ってみることにした。しばらくオルガンを弾いていない。

宣教師館の二階の窓から、なにげなく庭に目をやった。スレンセンと斉藤という男の姿が目に入った。隅の焼却炉のそばで立ち話をしている。ふたりとも、深刻そうな表情だった。スレンセンは話しながらあちこちを指差したり、手を振ったりしている。

道を教えているかのようなしぐさに見えた。

斉藤という男は何か黒っぽい包みのようなものを手にしている。見ていると、話をしながら、男はその包みを焼却炉にほうりこみ、火をつけた。衣類だったようだ。煙突から煙が立ち昇ってきた。

真理子は一階へおりると、渡り廊下を通って礼拝堂に入った。正面のステンドグラスを通して、秋の日が差しこんできていた。

真理子はオルガンの前に腰をおろすと、鍵盤《けんばん》に指を走らせた。自然に指が弾き出したのは、スコットランドの民謡だった。トランペットを吹く兄も好きだった曲だ。神の愛をたたえる歌詞、というよりは、生きる喜びを無条件に肯定する詞がつけられている。オルガンの音にあわせて、ハミングが出た。

こんな時代なのに、と真理子は歌いながら思った。わたしは浮かれている。あの人と結婚するということに、すっかり浮かれ、上きげんになっている。不謹慎のそしりはまぬがれないわ。

興のままに、暗譜している曲をいくつか弾いた。弾き終えて顔を上げると、礼拝堂の奥から拍手があった。

真理子は驚いて顔を向けた。

男が礼拝堂横手のドアの前に立っていた。スレンセンから斉藤と呼ばれていた男だ。

「お上手ですね」男は言った。身体《からだ》が放つ印象とはちがって、低く、思慮深げにも聞こえる声だった。「スコットランドの音楽ですね」

真理子は頰を赤らめて言った。

「ずっと聴いてらしたんですか」

「途中からですが」

「しばらくオルガンは弾いていないんです。何度もひっかかりましたわ」

「好きな曲ばかりでした。アメイジング・グレイス。アラン島。キンタイア岬《みさき》。それに」

「アニー・ローリーです」

「そうでしたね。思い出のあるメロディばかりだ。スコットランドの音楽がとくべつお好きなんですか」

「母から教えられたんです。母方の一族は、スコットランドからの移民でした」

「アメリカへの？」

「ええ。わたしは混血なんです」

「そうなんですか」さほど意外でもないような調子で男は言った。「そうそう。パーティの会場のほうは、支度ができました。でもお天気もいいし、なんでしたら庭のほうにもテーブルをしつらえますが」

「そうですね」真理子は外の青空を思った。たしかにいい陽気でもあるし、どっちみちかしこまった披露宴ではない。パーティは庭の芝生で開催するほうがしゃれているかもしれない。「お手間じゃありませんの」

「式は一時からでしょう。間に合いますよ」

「では、お願いできますか」

男はうなずいた。

「ところで、新郎は海軍さんとうかがいましたが」

「ええ。でも文官です。海軍省勤務の」

「お客さんも、海軍さんが多いんですか」

「たぶん、半分くらいは海軍の方だと思います」

男は首をかたむけ、何ごとか考えていたようだった。やがて言った。

「わたしは斉藤といいます。この教会で働いています。式をのぞかせていただいてかまいませんか」

「もちろんです。スレンセンさんのお知り合いに祝福していただけるなんて、大歓迎ですわ」

男は笑みを見せて礼拝堂を出ていった。

真理子はあらためて鍵盤に指を置き、曲を弾き始めた。今度は米国のはやり歌を。

午後一時には、出席を予定していた客がほぼそろった。

教会前の路上には、何台かのハイヤーのほかに、海軍の公用車が三台ほど並んだ。山脇の同僚や懇意にしている士官たちが駆けつけてくれたのだ。中に連合艦隊司令部参謀の大貫誠志郎中佐も入っていた。大貫は数日前から軍令部との打ち合わせのため上京していたのである。

山脇は大貫中佐に、花嫁の父親役を頼んでいた。海軍中佐であった真理子の父は、七年ほど前に飛行艇の事故で殉職している。兄の安藤啓一海軍大尉《たいい》もいまベルリンの駐独海軍武官室勤務だった。花嫁には、父親の代わりをつとめる男が必要だったのだ。大貫中佐は山脇の頼みを受け、これを快諾していた。

「なるほど、お兄さんによく似てらっしゃる」と、大貫は真理子をまじまじと見つめて言った。「おれに真理子さんのような娘がいても悪くはなかったな」

それは子供のいない大貫の本音であったかもしれない。

真理子の付き添い人は、真理子の友人の看護婦がつとめてくれることになった。フラワーガールは山脇の姪《めい》で、十二歳になる女の子だった。

式は一時を十分ばかりすぎてから始まった。

東京改心基督教会の、さして広くはない礼拝堂は、三十人ばかりの列席者で埋まった。そのうち十人ほどが、海軍士官の軍服姿だった。蠟燭《ろうそく》に火がともされ、オルガンによる賛美歌の演奏があったあと、スレンセンが列席者に起立をうながした。

このあいだ、真理子と大貫は礼拝堂の扉《とびら》の前で待っていた。中から聞こえてくるオルガンの音が高まり、やがて扉が開かれた。中央の通路には、いつのまにか白い布が敷かれていた。

真理子は大貫中佐につき添われて、ゆっくりとバージン・ロードを歩みだした。純白のブライダル・ドレスに身を包み、顔をベールでおおって、手にはブローディアと霞草《かすみそう》のブーケ。長身の大貫中佐は、ネイビーブルーの第一種軍装に短剣姿である。

真理子が聖壇へ向かって足を進めてゆくと、起立した列席者たちのあいだから溜息《ためいき》がもれた。真理子の美貌《びぼう》に感嘆する声のようだった。

真理子は、キリスト教式の式を挙げようと言ってくれた山脇に感謝した。自分のような白人の血のまじった顔には、おそらく和服の花嫁衣裳《いしょう》は似合わなかったにちがいないのだ。滑稽《こっけい》に見えるか、あるいはいかにも借り着然としていたことだろう。

聖壇の前で立ちどまった。山脇が待ちかまえている。山脇もまた、ブライダル・ドレスを着た真理子の姿に、声を失ってしまったかのようだ。口が半開きだった。聖壇のうしろでは、スレンセンがほほ笑んでうなずいている。

大貫中佐から離れ、真理子は山脇の横に立った。

山脇が小声で言った。

「きみがどんなに素敵に見えるか、自分で知ってるかい」

「ドレスのせいでしょう」真理子も小声で答えた。「七難隠してしまう服ですから」

「ぼくがきょう結婚するんじゃなかったら、きみに求婚するところだ」

スレンセンがふたりに言った。

「山脇さん、真理子さん。わたしを見てください」

「はい」「はい」

スレンセンはまず山脇を見つめて訊いた。「山脇順三。汝《なんじ》は彼女、安藤真理子を妻とし、病めるときもすこやかなるときも、彼女を敬い、彼女をいたわり、その命の限り節操を守って、これを愛することを誓いますか」

山脇が答えた。

「誓います」

スレンセンは真理子に身体を向けた。

「安藤真理子。汝は彼、山脇順三を夫とし、病めるときも、すこやかなるときも、彼を敬い、彼に従い」

とつぜんスレンセンの言葉が途切れた。

礼拝堂の背後で、物音がする。扉が開いて、靴音《くつおと》も荒々しく誰かが入ってきたようだ。

真理子は顔を上げてスレンセンを見た。スレンセンは聖書を手にしたまま、不安げに礼拝堂の後方に目を向けていた。

真理子も振り返った。

憲兵隊員がふたり入ってきていた。彼らもまた、ちょうど式の真っ最中であったことに驚いているようだ。憲兵たちは顔にとまどいを見せ、出ていった。

スレンセンはひとつ咳《せき》ばらいをした。列席者たちの注意がまたスレンセンに集中した。

スレンセンは言いなおした。

「汝は彼、山脇順三を夫とし、病めるときも、すこやかなるときも、彼を敬い、彼に従い、その命の限り貞節を守って、これを愛することを誓いますか」

真理子は言った。

「誓います」

真理子と山脇とのあいだで、結婚指輪が交換された。

「父と子と聖霊との御名により、ふたりの夫婦たることを宣言します」

スレンセンは胸の前で十字を切り、ふたりを祝福した。接吻《せっぷん》は日本の習慣にしたがい、省略された。ふたたびオルガンによる賛美歌の演奏が始まった。列席者たちがベンチから立ち上がった。賛美歌を歌うことができたのは、真理子とスレンセン、それにほんの数人の女性客だけだ。あとの客は、とくに海軍士官たちは、居心地わるそうに口を動かしていただけだった。賛美歌の斉唱《せいしょう》が終わると、スレンセンが会衆全員のために祝禱《しゅくとう》をささげた。最後に真理子と山脇は婚姻証にそれぞれサインした。

式が終わり、真理子は山脇に腕をとられて、バージン・ロードをもどった。後方の列に斉藤が立っていた。真理子に会釈《えしゃく》してきたが、顔にはいくらか緊張が見えた。真理子は頭を下げて横を通りすぎた。

礼拝堂の外に出た。周囲に切迫した響きの声が飛び交っている。門の外の路上で、大勢の憲兵たちが駆けまわっていた。何か大がかりな捜索でも行われているようだ。

「いったいこれはなんだ」山脇が憮然《ぶぜん》とした顔で言った。「式を台無しにされるところだった」

「無事に終わったじゃないですか」真理子は山脇の腕を軽く抑えて言った。「庭のほうにいきません」

真理子は気になって礼拝堂の出口に目をやった。憲兵隊のふたりが、出てくる出席者の顔をひとりひとり不遠慮にあらためていた。列席者の中に不審者がいないか、たしかめているのだろう。

斉藤がひとりの士官に親しげに話しかけながら礼拝堂を出てきた。

「あれだけおきれいな花嫁さんを見るのは、初めてですよ。別嬪《べっぴん》ですねえ。たとえて言うなら、大輪の白いバラを見たような感じだ。あの新郎ともじつによく似合っていた」

真理子はいぶかった。話しかけている士官は、海軍省副官のひとり。斉藤という男の知り合いとは思えなかったからだ。士官は適当に相槌《あいづち》を打っているようだった。斉藤は陽気にしゃべりながら、憲兵隊員のあいだを抜けてきた。

披露宴は芝生の庭で行われることになった。すでにテーブルがしつらえられ、葡萄酒の瓶とグラスが並べられている。料理はなく、真理子の友人が焼いてくれた堅いクッキーが大皿に盛られているだけだ。

ほんの少し風が出てきていた。秋の雲が空を走り、その影が庭の芝生の上をよぎっていく。真理子のベールが風になびいた。

写真師が山脇と真理子を中心に、列席者たちを集めた。マグネシウムをたいて、まず最初の記念写真。それから真理子と山脇のふたりだけで、もう一枚の写真が撮られた。

山脇の父親が列席者にあいさつし、大貫中佐が音頭《おんど》をとって、乾杯が行われた。あちこちで、つつましやかな歓談がはじまった。山脇は真理子の手を引いて、ひとりひとりの列席者を紹介してくれた。こちらは東京帝国大学の同期生、こちらはプリンストンで同じころに学んだ外務省の書記官、こちらは海軍省航空本部のだれそれで、こちらは横須賀鎮守府のだれそれ……。真理子はていねいに頭を下げてまわった。

斉藤がスレンセンのそばに立っていた。

山脇は斉藤の前まできて言葉につまった。真理子の側の客とも思えなかったのかもしれない。

真理子が笑って言った。

「この方は、わたしからご紹介しますわ。スレンセンさんのお知り合いで、斉藤さん。音楽のお好きな方です。さっきわたしのへたなオルガンを聴かれてしまいましたわ」

「いや、お上手でしたよ」斉藤は言った。「お世辞じゃあありません。スコットランドの民謡も素敵でしたが、そのあと、ガーシュインなども弾かれてましたね」

「ほう」と山脇。「アメリカの音楽などもお好きなんですか。いまどき珍しいけど」

「こっちにきて」斉藤は言葉を切ってから言いなおした。「このところ、聴けなくなってしまいましたね。いい音楽には国境はない、って教えられたものですが」

「いまのように、ダンスも洋楽も禁止って時代だと、ぼくたちは出会うこともなかったでしょう」

「どういう意味です」

「ぼくら、ダンスホールが営業禁止になる最後の夜に知り合ったんです。去年のことです」

「駆けこみで間に合ったわけですね」

真理子は言った。

「あいだをとりもってくれたのが兄でしたわ。トランペットを吹いていたんです」

ふいに歓談の声がやんだ。潮が引いてゆくように、人の声が消えていった。客たちの笑みがこわばった。

真理子と山脇は振り返った。門から庭に何人もの憲兵が入ってくるところだった。拳銃《けんじゅう》を手にした憲兵がふたり、出入りをふさぐように門の両側に立った。

ひとりの憲兵が歩み出てきた。黒い眼帯をかけた将校だった。腰に軍刀をさげ、長靴姿、少佐の襟章《えりしょう》をつけている。

将校は言った。

「この建物の責任者はどこです」

「わたしです」スレンセンが一歩前に出た。「教会の宣教師ですが」

将校はスレンセンに向いて言った。

「この近所にひとり、凶悪犯が逃げこんでいます。教会内部と宣教師館のほうをあらためさせていただきたいのですが」

将校はいったん言葉を切った。ふしぎそうに頭をかたむける。

スレンセンもまばたきして口を開けた。

将校はスレンセンに訊いた。

「どこかでお会いしていますかな」

スレンセンは、相手の将校を見据えて言った。

「そのようですね。記憶があります」

「人ちがいでしたら失礼。以前、南京にいらしたミスター」

「スレンセンです。ロバート・スレンセン。南京のＹＭＣＡの」

「これはこれは」将校の頬がほころんだ。「帝国陸軍上海憲兵隊におりました秋庭保少佐です。覚えていらっしゃいますか。四年前の冬の南京ですが」

スレンセンの顔は、憲兵隊将校のようにはほころんだり輝いたりはしなかった。思いがけない再会を喜んでいるというよりは、いまわしい記憶をつきつけられて当惑しているかのように見える。

将校は言った。

「あのときは、国際難民区委員会にはたいへんお世話になりました。我々が力不足のため、委員会のご期待には十分こたえることができなかったのが残念です」

「残念です。たしかに」

「わたしは、いまは東京憲兵隊に配属されています。捜索を許していただけますか」

「日本では、教会を捜索する際、捜索令状のようなものは必要ないのですか」

「非常時ですからな。それとも、拒否なさいますか」

横から大貫中佐が大股《おおまた》に歩み出た。

秋庭と名乗った片目の憲兵隊少佐は、中佐の襟章を見て敬礼した。

大貫中佐は厳しい調子で言った。

「祝いごとの席だぞ。少しは配慮できないのか」

「お言葉ですが中佐」秋庭は卑屈になることなく応《こた》えた。「国家の安全にかかわる事件なのです」

「凶悪犯ひとりがどうしたと言うんだ」

「正しく言いますと、諜報《ちょうほう》関係者を追っているのです。昨夜遅く、満洲国大使館に賊が侵入しました。慰留品から、賊は明らかに専門的訓練を受けた者とみられます。賊はふたり組で、ひとりは麻布から渋谷川を越え、この三田近辺に潜入しました。今朝がた、目撃した者がいるのです。いま一帯を封鎖して、しらみつぶしに家捜しを行っているところです」

「ここを見ろ。大半は帝国軍人で、ほかの者もみな身元は確実だ」

「存じております。自分たちは、賊が建物の内部に潜んではいないか、それを確認したいのであります」

「あとにはできないのか」

「地区の民家をひとつずつ、順につぶしてゆかねばならないのです。みなさんのお邪魔はいたしません」秋庭と名乗った将校は、もう一度スレンセンに顔を向けた。「中を拝見させていただけますかな」

スレンセンはほんの短い時間ためらいを見せた。ちがうことを言おうとして、言葉を呑《の》みこんだのかもしれない。けっきょくスレンセンは言った。

「どうぞ。ご案内しましょうか」

「それにはおよびません」将校は振り返って言った。「磯田。手早くやれ」

丸い鼻の下士官が、ふたりの兵士を連れて小走りに宣教師館へ向かっていった。将校はもう一度大貫に敬礼すると、自分は門の前までもどって腕を組んだ。

宴はすっかり白けきってしまった。もう歓談はもどらなかった。みな面白くなさそうにグラスの底を眺《なが》めたり、煙草《たばこ》をふかしたりしている。山脇は手を腰にまわして、鼻から荒い息をついていた。

真理子はふと気づいて、斉藤の姿を探した。斉藤は何人かの海軍士官たちのあいだで、横を向いていた。彼だけがこの場で浮いている。身なりも質素だったが、それ以上に、彼が発散させる強い暴力の匂《にお》いが気になった。まるで戦地から帰ったばかりの兵隊のように、とげとげしい雰囲気《ふんいき》がある。

真理子は横目で、憲兵隊の将校の表情を盗み見た。

将校も、宴の出席者の中にひとりだけ違和感のある男がいることに気づいたようだ。不審げに斉藤に目を向けていた。眉間《みけん》に皺《しわ》が寄っている。

下士官たちが、宣教師館とかつての幼稚園の建物の捜索を終え、門の前までもどってきた。

「おりません」磯田と呼ばれていた軍曹《ぐんそう》が将校に言った。「侵入の形跡もありませんでした」

将校はうなずくと、斉藤に目を向けたまま、庭を横切ってきた。

将校は斉藤から数歩離れたところで立ちどまった。斉藤も将校を見つめ返した。

「名前は」将校は斉藤に訊いた。

「斉藤」と、斉藤がぶっきらぼうに答えた。

「きょうの新郎新婦と、どんな関係だ」

「新婦の、真理子さんの知り合いだ」

山脇が一歩前に進み出て言った。

「失礼だぞ。結婚式の客に対して」

大貫中佐も怒鳴った。

「おい。いいかげんにしろ」

将校は耳を貸さなかった。なおも訊《たず》ねる。

「その胸のポケットに入っているものは何かね」

誰もが斉藤の国民服の胸を注視した。ポケットは四角く堅そうなふくらみを見せている。長さ十五センチばかりの、板か金属棒でも入っているように見えた。

「これか」

斉藤は指を胸ポケットへと持っていった。

たぶん、そのとき誰もが同じことを想像したにちがいない。庭の空気が瞬時に張りつめた。庭にいた列席者の誰もが息を呑んだのがわかった。

軍曹が庭を駆け寄ってきて、ホルスターに手をかけた。拳銃が引き出された。

さっと客たちが引いた。女性客たちは小さな悲鳴すらもらした。真理子は山脇の腕をきつくつかんだ。山脇が真理子の手を強くにぎり返してきた。

斉藤は顔色を変えるでもなく、ゆっくりと胸のポケットのボタンをはずした。

軍曹の両腕が伸び、拳銃がまっすぐ斉藤に向けられた。

斉藤は指でつまみ出すように中のものを取り出した。鈍い銀色の、細長い金属の板のように見える。

斉藤は将校に向かって皮肉な口調で言った。

「ハモニカを知っているか」

将校は応えなかった。予想とちがう成り行きだったのだろう。憎々しげに斉藤をにらみ返しただけだ。

斉藤は真理子に顔を向けてきた。

「真理子さん」と、斉藤ははっきり彼女の名を呼んだ。「きょうのお祝いに、ぼくもこの曲を吹きますよ」

斉藤はハモニカを口にあてた。庭にハモニカの音色が流れ出した。メロディはさきほど真理子自身が弾いたスコットランドの民謡のひとつだった。午後の草原を風が吹きわたってゆくかのような、牧歌的でみずみずしい旋律だった。ハモニカそのものの音色のせいか、いくらかもの悲しく、哀愁を帯びた音楽にも聞こえる。

誰もがその音色に聴きほれた。黙ったまま、斉藤という男の吹くハモニカの曲に身をまかせた。和音とビブラートを加えた、なかなかの技巧だった。憲兵隊の将校自身、斉藤をにらみ据えたまま、曲に耳をすましているように見える。軍曹はいつのまにか拳銃をおろしていた。

真理子は一歩前に進みでた。斉藤はすぐに察したようだ。同じメロディのリフレインに入った。

きっかけをつかんで、真理子は歌いだした。英語で覚えた、アメイジング・グレイス。

ハモニカの伴奏にのせて、庭に真理子の澄んだ歌声が流れた。花嫁となった歓《よろこ》びと幸せを隠しようもない、甘く温かい歌声だった。

途中で、宣教師館の中から小さく電話の音が聞こえてきた。スレンセンがすっと離れて宣教師館へ入っていった。

真理子が歌い、斉藤が伴奏し、その音楽にほかの者すべてが聴きほれているとき、庭には外の喧噪《けんそう》はいっさい入りこんではこなかった。軍人たちの荒い言葉も、駆けまわる兵士たちの軍靴《ぐんか》の響きも何も。ただ秋の風が庭木の枝をゆらし、葉をそよがせているだけだった。

やがて曲が終わり、ハモニカの音色の最後の余韻が、その緑の芝生の庭に消えた。

山脇順三が手をたたいた。

真理子は斉藤にほほ笑みかけて黙礼した。斉藤も頭を下げた。

ほかの客たちも、遅れて手をたたきだした。拍手の音はしだいに大きくなり、庭にいた全員をまきこんだものとなった。庭に心のこもったあたたかい拍手の音が満ちた。

真理子はもう一度、客たち全員に向かって深々と頭を下げた。

スレンセンが庭にもどってきて、山脇に言った。

「海軍省書記官室から電話でした。至急本省に出るようにと」

「何の用と言っていました」と山脇。

「こう伝えてほしいとのことでした。嶋田繁太郎《しげたろう》大将が、海軍大臣を受けることに決まった。夕方には東条総理が組閣完了。初閣議が開かれるとか。海軍省の書記官全員に呼集がかかったそうです」

聞いていた海軍士官たちが顔を見合わせた。

「嶋田大将が」「やっぱり」「海軍大臣？」「東条内閣に協力するのか」

山脇は真理子に向きなおって肩をすくめた。これでハニムーンはおあずけだ。そう言ったように見えた。

そこへ門の外から憲兵隊の伝令らしい兵士が駆けこんできた。

伝令は秋庭保少佐のそばまで駆け寄ってきて、何事かを早口で言った。秋庭の目の光が強くなった。

秋庭は軍曹に向かって大声で指示を出した。

「磯田。おれは本部に帰る用事ができた。お前は夜までにこのあたりをもう一回捜索しろ。絶対まだ逃げてはいないから」

「はっ」と磯田軍曹。

秋庭と磯田はほかの兵士たちに合図して、来たときと同様、あいさつひとつせずに庭を出ていった。

大貫中佐が山脇に訊ねた。

「あの将校、顔色を変えていたようだが、何が起こったんだって」

山脇が答えた。

「ソ連のスパイ組織が、今朝、一斉《いっせい》検挙となったそうです。緊急の会議があるとか」

「ソ連のスパイ組織って、いったいなんだ」

「ゾルゲ、という名前を口にしていました」

「ゾルゲ」

「聞きちがいでなければ、ゾルゲというのはたしかドイツ大使館の職員です。彼が組織の中心だったらしい」

山脇は真理子の肩を抱き寄せてから言った。

「本省に帰らなくちゃいけない。披露宴は、これでおひらきだ」

庭にささやき合う声が広がっていった。

列席者たちが、動きだした。

東京改心基督教会の前から、つぎつぎと自動車が発進していった。海軍士官たちは公用車に乗りこみ、民間人の客たちはタクシーに相乗りだった。真理子はブライダル・ドレスのまま、山脇と一緒にタクシーに乗った。山脇はいったん着替えてから本省に出向くという。山脇の両親も同じタクシーに乗った。

発進するとき、斉藤が大貫中佐と話しているのが聞こえた。

「途中、飯倉あたりまで」と斉藤は言っていた。「そのへんでおろしてもらえると助かります」

大貫は無言でうなずいて、公用車の前部座席を示していた。

三田松坂町の封鎖線を抜けるときも、海軍の公用車はあっさりと通されていた。乗っている士官たちの軍服が、何よりの身分証明書だったのだろう。あたりにはまだ大勢の憲兵や巡査たちの姿がある。諜報員らしい男の捜索は、このあと夜まで続くようだ。もう一度あの教会の内部も徹底的に調べられるのかもしれない。

古川橋の交差点をすぎたところで、海軍の公用車は速度を上げて、真理子たちの乗る木炭燃料のタクシーを追い抜いていった。中の一台が追い抜いてゆくとき、助手席に乗っていた斉藤が真理子に微笑を向け、小さく頭を下げたのが見えた。どこかすさんだ雰囲気の男でありながら、そのときの微笑は妙にすがすがしく、少年っぽいものであった。清潔で無垢《むく》な微笑と見えた。真理子はそんなふうに微笑する男をごく身近に知っていたように思った。

斉藤賢一郎が浅草の隠れ家に帰り着いたのは、その日の夕刻近くだった。金森が無事かどうかわからなかったので、下宿の近辺を慎重にうかがってからもどったのだ。彼がもし捕まっていた場合、拷問《ごうもん》にあって賢一郎の隠れ家のありかを明かしてしまっているかもしれなかった。用心すべきところだった。

二次、三次の連絡方法や接触相手は知らされていたが、いったん隠れ家にもどらないことには、金も衣類の替えもない。とりあえず下宿に帰ってみたほうがいい。賢一郎は周辺に非常線が張られたり監視が置かれたりしていないことを確かめてから、路地の奥の自分の部屋にもどったのだった。部屋には金森が訪れた形跡はなかった。

つぎの日、賢一郎は本郷へ出て、比較的大きめの書店で世界地図帳を買った。学生向けの粗末な印刷のものしか手に入らなかったが、とりあえず役には立つ。賢一郎は近くの公園まで歩いて適当なベンチに腰をおろし、その地図帳を丹念に眺めた。

あの軍令部の士官が携帯していた青焼きの海図がどこのものか、それを確認しなければならなかったのだ。縮尺も入っていない図面だったから、その大きさからは位置の見当をつけることができない。日本列島の大きな一部であるかも知れず、あるいはごくごく小さな岬か島である可能性もあった。賢一郎はまず琉球《りゆうきゆう》諸島からその島の形を凝視し、地図をさかさまにしたり、横に見たりして、記憶にある形と合致する場所を探した。二度、日本領全土をあたってみたが、確認できなかった。台湾や朝鮮半島にまで範囲を広げてみたが、やはり判然としない。地図を眺めているうちに、自分の記憶自体があいまいなものに変わってゆくようだった。

いったん地図帳をたたみ、煙草を一本吸ってからもう一度眺めた。南から日本領土を見ていって、その地図帳のうしろのほうでようやく似た地形を発見した。二度、見過ごしてしまった島だ。

賢一郎はもう一度記憶と照らしあわせて、その島の地形を確かめた。海岸線の曲がり具合を目で追い、湾や半島の形を検証してみた。どうやらまちがいはない。あの軍令部の士官が持っていたのはこの島の周辺の海図だ。

賢一郎は島の名を確かめた。

千島列島の、南側から数えてふたつ目の島だった。択捉《エトロフ》島。

奇妙な数字が書きこんであった湾には、単冠湾《ヒトカップ》、と記されていた。

浅草のとある映画館に入って、便所の落書きを確かめてみた。取り決めてあった非常時の連絡方法のひとつだった。

新しい落書きがひとつ、目に入った。

1610 19と数字が並び、丸の中に「金」の文字。さらにその下に、矢印と三角が書かれている。

金森は無事だ。賢一郎の下宿に行っているらしい。賢一郎はすぐに下宿にもどった。金森がきていた。

「ご無事でなにより」金森がほんの少しだけくちもとをゆるめて言った。「そうとう場数は踏んでるようですね」

賢一郎は安堵《あんど》して言った。

「あんたも、なかなかのもののようだな」

「話しましたっけ。九州の炭坑を脱走した話。そのあと、北海道のタコ部屋も脱走してるんです。わたしは逃げることに関しては、師範免状をもらってもいいくらいだ」

「胸のほうの具合はいいのか」

「迷惑をかけてしまいましたね。炭坑で炭塵《たんじん》を吸ったせいです。肺がうまく働いていないらしい」

「結核とはちがうのか」

「ちがいます。結核だとしても気にはしませんが」

金森が朝鮮の食べ物を何種類か用意してくれていた。それに密造酒。ふたりの無事を祝おうとのことだった。賢一郎に異存はなかった。

酒を飲みながら、金森は問わず語りに自分のおいたちの一部を明かしてくれた。

それによれば、金森の本名は、金東仁。朝鮮半島の慶尚南道、固城郡の出身である。十八歳のとき、日本の土地掠奪《りゃくだつ》政策により疲弊した故郷を捨て、日本の炭坑の募集に応じて九州の筑豊《ちくほう》にわたった。五年間の契約であった。まだ強制徴用は始まっておらず、むしろ朝鮮人の渡航制限が議論されていたころのことである。

炭坑の労働条件は、契約とは大ちがいだった。二交替制の十二時間労働で、住居も食事もお粗末そのもの。しかも作業は危険で、ひんぱんに事故が起こって坑夫が死んだ。働き始めてから一カ月目には、金森は脱走を考えるようになっていた。大阪か東京まで逃げることができれば、同胞の飯場に潜りこむことができる。それがさほど好待遇の職場ではなかったとしても、地底で恐怖と闘いつつ重労働に耐えるよりはましと思えた。しかしときおり脱走を試みた坑夫が、近くの駅などであっさりと捕まり、連れもどされた。そんな坑夫は、同胞の隊長によってみせしめに凄惨《せいさん》な私刑を加えられるのが常だった。やるときは慎重に、と金森はひそかに決意した。働きはじめて半年ほどたったある日、炭坑で落盤事故があり、坑夫四人が死んだ。もうこれ以上はここにとどまることはできなかった。数日後、金森は日本語のできる仲間とともに脱走を決行した。

福岡市の郊外に、幸運にも同胞たちが固まって住む一帯があった。金森たちはここで親切な夫婦にかくまわれ、大阪までの行き方を伝授された。金森たちは下関の検問を無事に切り抜け、途中何カ所か同胞の飯場で働いて金をためてから、大阪に入ることができたのだった。

金森は、大阪に着いたときには、さらに東京をめざす気になっていた。幸運が作用したとはいえ脱走を成功させて、いくらか自分を過信したのかもしれない。帝国の首都を見てみたいという思いもあった。彼はこのとき、やっと十九歳。好奇心の旺盛《おうせい》な盛りだった。タコ部屋の募集屋にひっかかったのは、金森が東京に着いたその日のことだった。

「あんた、タコ部屋がどんなところか、いくらか知っているのかい」いったん話を中断して、金森が訊《き》いてきた。

「少しは教えられた」賢一郎は答えた。「奴隷《どれい》制度みたいなものだそうだな。この国の辺地には、まだ残っているとか」

「この世の地獄だよ。この国がアジアじゅうでやろうとしていることの、一番わかりやすい見本かもしれない」

東京に着いた早々、親切そうな男が近づいてきた。北海道の工事現場で働かないかという。賃金は悪くないが、なにせ遠い土地なので作業員のなり手が少ない、と男はなげいてみせた。短い期間働いて金をためるには何よりの飯場だと。男は金森に煙草と煎餅《せんべい》をすすめてくれた。

男の愛想のよさに胸を開いたのがまちがいだった。男は金森が興味を示したことを知ると、さっそく金森を浅草の酒場に連れてゆき、さんざん酒と食事を振る舞ってくれた。そのあとは遊郭である。金森はこのとき初めて女を抱いた。またこれとはべつに、男は肩入れ金として十五円の金を渡してくれた。まだ言葉も不自由だったし、そもそも世間知らずだった。金森はその金を一夜のうちにたちまち、酒と女とにつかい果たしてしまった。借用書に名を記したときも、まだ自分がそれほどひどい契約を交わってしまったのだとは気づかなかった。

ひと晩豪遊した後、金森は男と一緒に東北本線に乗った。青森からは青函《せいかん》連絡船で北海道に渡り、函館でべつの男に引き渡された。そうして連れてゆかれたのが、瀬棚《せたな》の道路工事現場だったのだ。朝鮮人と日本人あわせて四十人ほどの労務者が働く飯場だった。棒頭たちはみな猟銃を持っていた。親方は得意げに日本刀を持ち、拳銃さえ所持していた。

「一日十六時間も働きましたよ」金森は言った。「食事は、豚にでも食わせるようなものが一日四回。一本の丸太を枕《まくら》にして、みんな眠るんですがね、朝になると棒頭がその丸太を思いきりたたくんです。それで目をさまして起きだすというわけですよ。筑豊の炭坑が遊園地と思えるようなところでしたよ。襦袢《じゅばん》やら袴下《こした》やら地下足袋やら、どうしても必要なものは、棒頭たちから法外な値段で買うしかないんです。するとそれが借金に加えられて、いつまでたっても肩入れ金を返し終わったことにはならない。抗議するとリンチ。怠けたと言ってはリンチ。病気も怪我《けが》もおかまいなし。反抗の素振りでも見せたら半殺しです。いや、じっさいに殺されてしまう。わたしが逃げ出すまでの一年のあいだに、六人の同胞が殺されました。生きては絶対にでてゆけない、とわたしは思いましたよ」

「よく逃げ出すことができたな」

「腕っぷしの強い男を仲間に引きこみ、棒頭をひとり殺したんです。寝こみを襲って銃を奪い、川に飛びこんで逃げた。相棒は失敗しました。なぶり殺しになったはずです。それ以来十年間、わたしはこの国のどん底の暮らしを体験し続けてきましたよ」

「いまこうやっているのは、やはりそのタコ部屋の経験がきっかけだったのか」

「いえ。タコ部屋に入ろうと入るまいと、いずれやることになっていたでしょうがね」

「どっちみち米国の協力者となっていたって言うのか」

「そうじゃありません」金森はこんどははっきりと歯を見せて言った。「前にも話したじゃありませんか。わたしは植民地の人間です。その後何があろうと、わたしはけっきょく、この国を滅ぼすために力を傾けていただろうと思いますよ。知っておいてください。わたしはこの国が一面焼け野原となるところを見たい。この国の連中が上から下まで飢えて路頭に迷い、わずかな食物を争って殺し合うところを見たいんです」

少しのあいだ、ふたりは無言となった。賢一郎は密造酒を飲みながら金森の言葉を吟味したし、金森は金森で、自分が語った言葉を反芻《はんすう》して物思いにふけっているようだった。

米国海軍情報部は、と賢一郎は思った。たしかにうまいところから地下工作員を採用した。金森のような男なら、その自発性やら忠誠心を疑う必要もあるまい。この帝国に対する彼らのたぎるような憎悪《ぞうお》こそ、どんな困難な任務も可能にしてくれるだろう。

「じゃあ、そろそろおれたちの仕事といくか」賢一郎は胸から数葉の書類を取り出して言った。「こいつを、あんたの上のレベルに渡してくれ」

「向こうさんも、こいつを待ちかねてますよ」と金森。

金森は書類を受け取ると、一瞥《いちべつ》しただけで、すぐに新聞紙のあいだにはさんだ。

「何かの偽装工作に関する計画の草案だと思う」賢一郎は自分の判断を口にした。「日本海軍の艦隊の所在をくらますための工作が行われるようだ。この書類をそれなりの知識を持った人間が検討するなら、かなり具体的なことがわかるはずだ」

「いよいよ連中は大博打《おおばくち》を打って出ますよ。こいつはきっと、それに関連したことでしょう」

「打って出るとどうしてわかる」

「総理大臣が変わったことは、もう聞いてますね」

「昨日、新聞で見た」

「今度の総理大臣は陸軍出身ですよ。陸軍大臣を兼ねてる。ある日本人の話じゃ、やっこさんなら陸軍を抑えられるから戦争はない、ってことですがね。わたしはそんなことは信じません。陸軍がここぞとばかりに阿呆《あほう》なことを言い出すはずです。そう思いませんか」

「分析したり予測したりすることは、おれの任務のうちじゃないんだ」

金森が食器を片づけて立ち上がった。

賢一郎は言った。

「もうひとつだけ伝えてくれ。一昨日見たあの地図は、千島の択捉島のものだった。単冠湾というところに、意味のわからぬ数字が書きこんであった。たぶんその偽装工作に関連した場所なのだろうと思う」

「択捉島というのは、正確ですか」

「おれの足同様に、目も信じてくれていいんだぜ」

「伝えますよ。では、わたしたちは明日の夜、もう一度。新橋駅で」

つぎの日の午後一時、金森は東京駅南口のホールに入った。

何もかもが戦時色に染まり、統制が強まってきているとはいえ、ホールにはまだターミナル駅特有の賑《にぎ》わいと喧噪が満ちている。列車を待つ乗客や、列車からおりてきた客が方々に立ち、あるいは足早に横切ってゆく。行き交う者の大半は、国民服か労働着の男たちだ。徴用されてゆくところなのか、あるいは休暇の途中なのか。女や家族連れの姿はごく少数だった。

改札口を出て、金森はいったん立ちどまって急に振り返ってみた。あわてて顔をそむけた者も、とつぜん進路を変えた者もいない。尾行はないように見える。とはいえ、金森は完全には気をゆるめたりはしなかった。特高や憲兵の雰囲気はおおよそ見分けがつくようにはなっていたが、それでも自分の嗅覚《きゅうかく》を信じきってしまう愚は避けたほうがいい。

手洗いを探すような表情をつくってホールを見渡し、それから待合室に入った。入り口で中を素早く見渡す。ベンチに腰かけている客の中で、ソフト帽と背広着用の男を探した。壁ぎわのベンチで、雑誌を読んでいる白人がいた。アームズだ。

金森はベンチの空きを探すようにアームズに近寄っていった。アームズは自分の隣りに黒革の鞄《かばん》を置いている。

金森はその鞄の隣りに腰をおろしてアームズの顔を見つめ、周囲の客たちに聞こえる程度の大きさで言った。

「おや、ドイツの人かい」

「いえ」アームズが顔を上げ、愛想よく答える。「アメリカ人です。わたしに何か」

「べつに。外人さんだったからさ」

申し合わせどおりのやりとりだった。もしこれがアームズの側に尾行や監視がついていた場合、アームズは金森に、英語を話せるのか、と聞くことになっている。その場合は、できない、と答えてすぐに退散することになっていた。

金森はベンチに腰をおろし、持っていた新聞をふたりのあいだに置いて、ひざの上で風呂敷《ふろしき》包みを広げた。のらくろの漫画本を何冊か持ってきている。金森は一冊を広げ、台詞《せりふ》を小声でぶつぶつと読んだ。

アームズが、自分の読んでいる雑誌から目を離さずに言った。

「ふたりとも、無事に逃げられたんだな」

金森も応えた。

「彼は、なかなかのものですよ」

「気をつけてくれ。この二、三日、外国人に対する監視が急に厳しくなっているんだ。噂《うわさ》では、ソ連のスパイ組織が一斉摘発されたとか。中に日本の政府筋に近い人物がいたという情報も飛び交っているんだ。もしかするとこれは、日本政府が重大な決意を固めた徴候かもしれん」

「三田の一帯が封鎖されて、東京憲兵隊が出てきたそうですからね。このところ、連中がかなり神経質になっているのはまちがいないようです」

「それで、きみらの首尾は」

「書類を三枚ばかり抜き取ってきました。日本海軍が何か、大がかりな偽装工作を計画しているようです」

「読ませてもらう」

「フォックスからの伝言です。択捉島、単冠湾。そこで何か動きがあるらしい。持ってきた書類の計画と関係したことです」

「択捉島？」アームズがその地名を繰り返した。

「ええ。千島です。くだんの士官が、その島の海図を持っていたんです」

「持っていたのは、千島のだけか」

「そうでした」

アームズはひと呼吸置いて言った。

「検討させてもらう。ありがとう」

アームズは自分の腕時計に目をやり、脇《わき》の新聞紙の上に自分が読んでいたライフ誌を置いた。待合室の中を見渡し、ひとつ決意したかのように雑誌を書類鞄に収める。新聞紙も一緒に鞄の中に消えた。

五分後に、金森が風呂敷をたたんで立ち上がった。切符売り場へいって、上野までの切符を買う。改札口の手前でふいに向きを変えて待合室へもどり、忘れ物でも探すかのように中をひとまわりした。それからあらためて改札口を抜けて、プラットホームに入った。

省線電車に乗りこむときも、金森には尾行はついていないという確信があった。妙な動きを見せた男はひとりもいない。目つきだけが鋭い無表情な男もなければ、不自然に窓の外を眺め続けている乗客もなかった。

しかしこのとき、同じ車両の前方には、特別高等警察に所属する私服の捜査員がひとり、吊革《つりかわ》をつかんでいたのだった。この数日来、かねてから不審な動きのあった植民地出身者監視のために、大量に投入された捜査班のひとりだった。

彼は尾行対象の金森が待合室でさりげなく白人と接触したことを見てとり、いよいよ金森の動きに疑念を深めた。まだ二十二歳のその新前の捜査員は、特高の臭みも空気も発散させてはいなかった。たいがいの人間なら、いくらか内気な若い職工くらいにしか思わなかったろう。金森はまんまとその外見、雰囲気にだまされたのだった。

十月　択捉島

東京で新しい内閣が誕生し、スパイ組織が摘発されたちょうど同じころ、択捉島は早々と冬を迎えていた。単冠湾に初雪があったのである。

すでに単冠山系は雪をかぶり、山裾《やますそ》近くまでが優美な白い衣におおわれていた。このころ気温は日中でもせいぜい十度前後で、天候は乱れがちだった。その日の初雪も、前夜からのみぞれがとうとう深夜に雪に変わったものだ。朝には、五センチばかりの積雪となっていた。

択捉島の平野部が根雪となるのは、十二月に入ってからである。この日の雪も数日のうちに消えてしまうものだ。降っては解け、また降っては消えを繰り返して、島の冬は確実に深まってゆくのだった。

造材作業にはまだ雪が足りず、氷切りにかかるには沼が厚く結氷する年明けまで待たねばならない。北海道からタラ漁の船がやってくるにも、まだ少しの間があった。いっぽうでどの家でも冬ごもりのための支度はすっかり終えていたから、この時期は湾全体が小休止する季節と言えた。家々の煙突からは薪《まき》を燃やす白い煙が立ちのぼっていた。

灯舞《トウマイ》の村へ浜崎真吾海軍中尉《ちゅうい》がやってきたのは、午後一時ころのことである。小雪の中、凍《い》てついた道を馬で訪れたのだった。襟《えり》と袖口《そでぐち》に毛皮のついた防寒衣を着こんでいた。帽子の上から耳当てをつけている。水兵がひとり、従っていた。

浜崎たちはまず駅逓《えきてい》を訪れて馬を降りた。ゆきと宣造が浜崎たちを迎えた。

浜崎は白い息を吐いて、ゆきに屈託のない笑顔を見せた。

「熱いお茶をいただけますか」

誘いを黙殺したことは、気にとめていないようだ。少なくとも、そう見せている。

「どうぞ」ゆきも、こだわりを見せずに言った。「きょうは公用なのですか」

「ええ。この単冠湾の村全部をまわらなくちゃいけない。小一時間で年萌《トシモエ》に発ちますが、馬を替えてもらえますか」

宣造が浜崎たちの馬を厩舎《きゅうしゃ》に引いていった。

ゆきは浜崎を土間のストーブの前に案内した。浜崎は水兵にも気づかいをみせ、寒気に身体《からだ》をふるわせている水兵に、土間の隅《すみ》にいるよう指示した。水兵はほっとうれしそうに土間に入ってきた。

お茶を出すと、あたりさわりのない話がしばらく続いた。浜崎は相変わらず人あたりがよく、如才のない話しかたをした。女を退屈させない術《すべ》を心得ている。かといって、空っぽの軽薄なだけの男という印象もなかった。こんな辺境への左遷《させん》さえなければ、かなり有能な士官として評価されるにちがいない人物なのだろう。表には出さないものの、浜崎にはやはりかなりの鬱屈《うっくつ》があってしかるべきだった。自分の知識や受けてきた教育を持て余した、有為の青年士官。ゆきは、浜崎のやくざな性根を蔑《さげす》みつつも、ほんの少しだけ彼に同情を感じた。

世間話が終わると、ゆきは浜崎に訊いた。

「単冠湾をひとまわりとは、どんなご用なんですか。こんな雪の日だっていうのに」

浜崎は答えた。

「通信設備のあり場所や道路の状況を確認することです。海軍はとつぜん、この島にも海軍の警備隊が置かれていることを思い出したようです」

「いっそのこと、ずっと忘れてくれてもよかったのに。戦争に巻きこまれるなんて、まっぴらですから」

「戦争が始まるとお考えなんですか」

「校長先生のお宅で、ときどきまとめて月遅れの新聞を読ませてもらっています。内地じゃ、誰もがアメリカやイギリスとの戦争を望んでいるようですね」

「南方進出を主張してる連中はおりますがね。まさかこんな北のはしの島まで戦争に巻きこまれることはないでしょう」浜崎は帽子を手にとって言った。「わたしはこのあと、駐在所のほうへ寄っていきます。そのあと年萌にゆきます」

「もう馬の支度はできていると思います」

「帰りにまた寄らせてもらいますよ」


浜崎が年萌から灯舞の村にもどってきたのは、午後も遅い時刻になってからのことだった。雪こそやんでいたが、寒気はいっそうきつくなっていたかもしれない。潮風に単冠湾の波頭が白く砕けて散っていた。海鳴りのする夕刻だった。

「泊めていただきます」浜崎は言った。鼻が赤く、身体は細かにふるえていた。「食事もできるといいんだが」

ゆきは浜崎の外套《がいとう》を受け取って言った。

「お部屋をふたつ用意しますわ」

「ひとつでけっこうです。水兵は天寧《テンネイ》の部隊まで帰します」

「こんな暗くなっているのに。ラッコ岩の崖《がけ》を夜に通るのは危ないんじゃありません」

「ご心配は無用です」

水兵はそそくさと出されたお茶を飲み、馬を替えると、八キロ先の天寧の飛行場まで帰っていった。

ゆきは宣造に風呂《ふろ》をわかすように言い、自分は台所で浜崎のための食事を作りにかかった。この日はほかに泊まり客はなかった。単冠湾の駅逓に客がもどってくるのは、西海岸の港が流氷に閉じこめられる一月以降のことになるのだ。いまが一年を通して最も閑散とした時期といってよかった。

土間で食事を終えると、浜崎が言った。

「この駅逓のフレップ酒が絶品と聞きましたが、少々いただけるとありがたい」

「イジッチャリを焼酎《しょうちゅう》につけこんだだけのお酒がありますが」ゆきは言った。「お口にあうかどうか」

ゆきは、前年秋に仕こまれたイジッチャリの酒を小さめのグラスに満たして出した。透明な赤い色をした、強い果実酒だ。甘く、ほのかな酸味がある。浜崎はひとくちなめてから、ほうと感嘆したような表情を見せた。ゆきは自分のためにもグラスを用意した。

つまみには、宣造が作った鮭《さけ》の燻製《くんせい》を出した。浜崎は初めて食べるという。皿に小刀を添えて出すと、浜崎は自分で薄切りにして、少しずつ口にした。

「これも灯舞の名産ですね」お世辞とは思えぬ口調で、浜崎はその鮭の燻製をほめた。

浜崎はいつかのように上海の思い出話をしながら、そのフレップ酒を少しずつ喉《のど》に流しこんだ。東京も横浜も知らないゆきである。国際都市・上海の話題は興味深いものだった。ゆきは慎重にフレップ酒を飲んでいたが、それでも話につりこまれ、つい量がすぎていたかもしれない。

時刻は夜の八時をまわっていた。宣造は自分の小屋でそろそろ眠りについているだろう。ランプの下で、ただ薪の燃える音だけが大きく聞こえる。ストーブの空気取りからもれる炎の明かりが、天井や壁を照らしてゆらめいていた。

「ひとり、素敵な日本人の歌い手がいたんですよ」と、上きげんで浜崎は語っている。

「アメリカ人の経営するナイトクラブでした。ガーデン・ブリッジを渡った、旧英米租界にあったんです。フィリピン人バンドが入っていたけど、何人かは日本を見限ってやってきた楽士たちでした。客はほとんどが白人たちっていう、そんなクラブです。彼女はそのクラブの人気者だった。かすれた声で、そう、とても色っぽい歌いかたをした。男を腑抜《ふぬ》けにさせるような声でね」

「おきれいな方でしたの」

「ええ。子猫《こねこ》を思わせるような顔立ちでね、瞳《ひとみ》がミラーボールの光を反射して、いつもきらきらと光っているんです。金色のチャイナドレスがよく似合っていた。長い脚を惜しげもなくさらしてましたよ」

「もしかすると、あのパリ帰りのお嬢さんと出くわしたというのは、その歌い手さんですね」

浜崎は笑った。

「そのとおりです。まったく偶然ですがね、その人の名前もあなたと同じだった。もっとも彼女は、漢字で由紀と書いたんですが」

「恋をなさったんですね」

「片思いでしたよ。意外に堅い女でしてね。何度か食事に連れ出したことはあったんですが、それ以上の仲にはなろうとしない。恋い焦《こ》がれてあしもとにひれふしたものですがね。それでも首を縦に振ってはくれないんです。最後には、なぜだ、と怒鳴るようにしてわけを訊いたものですよ」

「どんなわけがおありだったんです」

「海軍士官はいやだって言うんです。以前横浜で、航空隊の士官に振られたことがあったって言うんですね。だから海軍士官はみんなきらいだと。薄情けで身勝手。もう海軍士官なんかとはつきあいたくはないって」

ゆきは浜崎のグラスにフレップ酒をつぎたした。

浜崎がゆきを見つめ、いくらか声をひそめるように言った。

「あなたの真っ白だった頰が、いまは桃色に染まっていますよ。目もとは夢を見ているようだ。ぼくまで夢見心地になってしまう」

浜崎の目を見つめ返していて、ふと我にかえった。自分はいま、彼の言葉の響きを楽しんでいた。甘くささやかれた口説き文句に、ついうっかり気持ちを許していた。

「さて」ゆきは頭を一回振って言った。「中尉さんのおやすみをすっかりお邪魔してしまいました。わたしはそろそろ母屋《おもや》のほうにもどります」

「いいじゃありませんか」浜崎は腰をずらして身体を寄せてきた。「これだけ楽しく酒が飲めたんだ。こちらにこのままいたって、かまわないんでしょう」

「でも」言って立ち上がろうとすると、浜崎がゆきの手を抑えて、顔を近づけてきた。ゆきは顔をそむけた。浜崎に触れまいと背を倒したので、平衡を失ってそのまま床に転がる格好となった。浜崎がゆきの身体の上にのしかかった。浜崎の軍服の下に、よく鍛えられた若い肉体が感じられた。

「やめてください」ゆきは小声で言った。「そんな」

浜崎はゆきの両手を抑えこんで、じっとゆきを凝視してくる。ゆきの抵抗の意思が本物かどうか、見きわめようとしているのかもしれなかった。

粗野な男ではない、という想《おも》いが顔に出たのだろう。そのために、力が一瞬抜けたのか。浜崎は微笑すると、また顔を近づけてきた。ゆきは激しくあらがった。首を振り、手を振りほどこうとした。

「世間の目なんて、気にすることはない」浜崎はささやくように言った。「ばかばかしいことだ。大人の男と女のことじゃありませんか。人の目などかまうことはありません」

「よしてください。ほんとに」

右手がはずれた。ゆきは浜崎の身体の下で、素早くあたりをまさぐった。何か細長い物が手に触れた。小刀。鮭の燻製を切るために出した小刀のようだ。

ゆきは小刀の柄をつかんで、浜崎の鼻先に小刀を突きつけた。ちょうど小刀の刃で浜崎の欲望を遮断《しゃだん》するように、刀身を横にして。刃が一瞬、浜崎の鼻の頭に触れた。

浜崎は身体の動きをとめ、真顔となった。ゆきの真意をもう一度はかっているようだ。それとも体裁をとりつくろっているのか。

そのままの姿勢で数秒が過ぎた。ゆきは隙《すき》を見せずに、浜崎をにらみ返した。もし浜崎が自分の気持ちを取りちがえたとしたら、彼は鼻を失うことになる。

ふっと浜崎が笑い、身体を起こした。

ゆきはすぐにはね起きて、スウェーターの裾をなおした。胸が大きく隆起している。

浜崎が言った。

「やれやれ、明日がバツの悪いものになりますな」

ゆきは呼吸をととのえながら言った。

「中尉さんは、まだわたしのことをかんちがいなさってます」

「誤解されてるのは、きっとわたしのほうですよ。多情なのは認めますが、それもわたしが女性の崇拝者だからだ。女性を軽《かろ》んじているわけではありません。現にわたしは女ひとりのために軍人生活のしょっぱなでつまずいてしまいましたが、他人が心配してくれるほど悔やんでもいないんです」

ゆきは浜崎から目を離さず、小刀を持ったままあとじさった。

浜崎は言った。

「今夜のところは、酒の勢いということにしておいたほうがいいようですな。ランプはわたしが消しておきますよ。跡始末はご心配なく。このお酒をいただいてから、勝手にひとり寝しますから」

泥酔《でいすい》しているようではない。火の始末はまかせても安心だろう。いよいよ心配であれば、あとからまた様子を見にくればよい。

「お言葉に甘えます」

「おやすみ」

ゆきは立ち上がって頭をさげ、勝手口から外に出た。寒気がゆきの身体を包んだ。フレップ酒の酔いもすっと引いていくようだった。地面は初積雪で真っ白だ。ゆきは雪の上でゴム長靴の底を鳴らして、母屋のほうに帰った。

十一月　東京

賢一郎はレリーズボタンから指を離し、電球の明かりを消した。部屋の中はまた暗くなった。住人が留守中の、こぢんまりとした一軒家の一室だった。書斎として使われている北向きの洋室の床の上で、賢一郎は背中を起こした。

午後八時。ここに住む夫婦は、箱根へ旅行中だ。人が現れる心配はないが、しかしあまり深夜になれば、出たところでまた先日のように警戒中の巡査と遭遇してしまうことになる。そろそろ引き上げるべき時刻だった。

賢一郎は手近の椅子《いす》とテーブルとで作った明かり覆《おお》いを解体し、家具類をそれぞれあった位置にもどした。三脚からカメラをはずし、照明用の道具もばらす。撮影した書類はまとめて、元どおり黒い革鞄に収めた。賢一郎はおよそ十五枚くらいの書類を、長時間露光で写真複写していた。

書類はほとんどが賢一郎には読むことのできない漢字の多い文書で、ほうぼうに赤い書きこみがあった。たぶん外交関連の文書と想像できた。書きこみは書類の持ち主が検討を加えた痕跡《こんせき》らしい。

中に二通、英文の書類の写しがあり、読んでみると、宣戦布告文だった。中国、それにロシアに対して宣戦されたときのものだ。この書記官はいま、日本が過去に発表した宣戦布告文の文面に強い関心を持っているということになる。もっと言うなら、海軍省の法律顧問はいま、あらたな宣戦布告文の内容について検討を命じられているということだ。おそらくは内閣や陸軍省の側でも、同じ作業が進んでいると推測できる。

ほかに「帝国海軍占領地の取扱いに関する布告、通達等の文面準備案」と題された書類が数通。日本海軍の動向を直接示唆《しさ》する文書とは言えないかもしれないが、分析次第ではなんらかの未来を予測しうるにちがいない。書面を精査するなら、どこかに時期や土地、占領の形態などについての言及があるにちがいないのだ。それにだいいち海軍省書記官のひとりがこの時期に家まで持ち帰って検討中の書類だ。米国海軍情報部にとって、まったく価値がないはずもない。これらの書類を写したフィルムは、未現像のまま、翌日金森に渡すつもりだった。

この日の侵入は、スレンセンから指示されたものだった。あの結婚式の当事者、若い海軍省書記官が、新妻とようやく新婚旅行に出ると知らされたのだ。新婚旅行とは言うが、箱根の温泉で一泊二日、水いらずで過ごすだけのことだ。

書記官は麻布の実家に近い場所に、家を借りていた。和室がふたつと、板敷の洋間がひとつという、小さな民家だ。結婚式の直後に引っ越してきたという。夫婦ふたりきりの住まいだから、夫婦が旅行中は完全に無人となる。スレンセンはこの情報を苦渋に満ちた顔で賢一郎に教えてくれたのだった。三日前のことだ。そうして賢一郎はこの夜、小型の写真機と複写用の電球を持って、この一軒家に侵入したのだった。

賢一郎は道具を帆布製のバッグの中に収めると、部屋の中を見まわした。侵入の痕跡をとどめてはならない。すべては元の位置に、もともとあったときのように配置されているか。

その本の多い、よく整頓《せいとん》された書斎は、賢一郎が見るかぎり入ってきたときのままだ。大きなローズウッドのデスクの上に、山脇と真理子の写真が立てられていた。三週間ばかり前、スレンセンの教会で行われた結婚式のときのものだ。ふたりはいくらか緊張した面持《おもも》ちで、並んで正面を見つめている。賢一郎は写真に片目をつぶって、その書斎を出た。

翌日午後六時が、金森と接触する取り決め時刻だった。

新橋にある酒屋がランデブーの場所である。ふだん金森と接触するのは、浅草か上野近辺であることが多かった。この日、新橋が指定されたのは、たぶん金森がその後、上のレベルの諜報員《ちょうほういん》とランデブーする都合があるせいなのだろう。賢一郎はその時刻に合わせて上野から電車に乗った。前夜に撮ったロールフィルムを煙草《たばこ》の箱につめ、国民服のポケットに入れていた。

新橋の駅を降りて、外堀通りを築地《つきじ》方向へ二百メートルばかり歩いた。市電新橋停留所を越えて直進すると、汐留《しおどめ》川の手前、操車場に近い位置に倉づくりの酒屋があった。周辺に労働者ふうの男たちが十数人固まっている。歩道にミカン箱がいくつも置かれており、労働者たちは立ったままで、てんでに酒を飲んでいた。卸売市場や汐留貨物駅で働く男たちなのだろう。酒場に行くほど財布に余裕はなく、かといって一杯ひっかけないことには、家路につくだけの気力もなくなっているのかもしれない。酒屋から安酒を買い、つまみもなしに喉に流しこんでいるところのようだ。シアトルやニューヨークの波止場近くにも、これとよく似た雰囲気《ふんいき》の場所がないでもない。賢一郎には親しめる空気だった。

酒屋の手前で立ちどまって、賢一郎は男たちの顔を確かめた。金森は街灯の薄明かりから少しはずれて立っていた。道路ぎわの柵《さく》によりかかり、ほかの労働者同様、白い器を手にしている。

賢一郎は金森の前を通りすぎ、店で匂《にお》いの強い酒を買った。買いながら油断なく周辺の労働者を観察してみたが、とくべつ不審な男は見当たらなかった。

賢一郎は碗《わん》を持って金森の横に立ち、酒を少しだけなめてから言った。

「冷えますね」

金森が答えた。

「もう十一月ですからね」

なにげないあいさつを装って、状況を確認する。このまま接触しても安全なものかどうか。何か異常な事態が発生してはいないかどうか。とりあえず目立った危険は迫っていないようだ。

と、賢一郎がポケットに手を入れかけたときだ。酒を飲んでいた労働者のひとりが、ちらりと顔を賢一郎たちに向けた。まだ年若い男だが、妙に緊張した面持ちだった。酒を楽しんでいる顔ではない。賢一郎とその男の視線が合った。男はあわてて顔をそむけた。

賢一郎はポケットから手を抜き、男のほうに顔を向けたまま、金森に訊いた。

「右のほう、ニッカーボッカーの一団の向こうに若い男がいるが、見えるか」

金森がゆっくりとその方向に視線を向けた。

「ああ。いま、横顔を向けている男だな」

「見覚えはないか」

ほんの少し間があってから、金森が言った。

「ある。何日か前に一度見た」

「どうやら」

「特高か、憲兵隊だな。おれはへまをやったようだ」

賢一郎は無理になごんだ表情をつくって言った。

「いまフィルムを持っているが、きょうのところは離れたほうがいいようだな」

「明日の朝、やりなおそう」

「場所は」

「新橋駅」

「あんたが先に行け」

金森は酒の器を地面に置くと、すぐに新橋駅方向へ歩き出した。足音を立てない、猫科の動物を思わせるような歩きかただった。やがて金森の姿は街灯の向こうの暗がりの中に溶けこんで見えなくなった。

若い男は反応を見せてはいない。金森の接触相手を確認するための監視だったということのようだ。となると、こいつをまくのは自分の責務だ。

賢一郎も酒をそばのミカン箱の上に置いて、通りを新橋駅方向へ歩きだした。ひとりだけなら、駅周辺のにぎわいの中で振り切ることができるだろう。自分の身元や居住場所を知られずにすむ。ただ金森がはっきり日本防諜網の監視対象となってしまったことは痛手だった。今後の接触の手段や方法を再検討しなければなるまい。

賢一郎は貨物駅脇の低い柵に沿って歩道を進んだ。暗い通りには人通りは少なく、脇の車道を間歇的《かんけつ》にヘッドライトをつけたトラックが通過していった。うしろから靴《くつ》音《おと》がつけてくる。あの若い男が賢一郎の尾行を開始したようだ。

三十メートルほど歩いたとき、道路ぎわに停まっていた小型のトラックの陰からひとりの男が出てきた。猪首《いくび》の中年男だった。男は賢一郎の行く手をさえぎるように立ちはだかった。私服だが、賢一郎にはすぐに警官か軍人と判断できた。体格はなんらかの格闘術を身につけている者に特有のものだ。男は両足を開いて立ち、右手を伸ばしてきた。その先に、拳銃《けんじゅう》らしきものが握られている。

賢一郎は男の数歩前で足をとめた。

猪首は横柄《おうへい》な調子で言った。

「所持品を見せてもらう」

賢一郎はうしろを振り返った。若い男が小走りに近づいてくる。

「早く」猪首は怒鳴った。「全部見せろ」

「あんたは?」賢一郎は訊いた。「何の権利で」

「特高だ。さからうのか」

賢一郎の目に、ふいに金森の姿が映った。猪首の男の背後に、わいて出たように現れたのだ。金森は猪首の男に腕をまわし、彼の口をふさいだ。男は、声にならない声をもらした。のけぞって、一度激しく痙攣《けいれん》した。

うしろから、若い男が叫んだ。

「やめろ。撃つぞ!」

賢一郎は若い男に向きなおった。男は拳銃を抜いて、こちらに突進してくる。

賢一郎は横に飛んで相手をかわし、足払いをかけた。男はぐらりと前のめりになった。賢一郎はすかさず男の首に手刀をたたきこんだ。男はうっとうめいて舗道に倒れこんだ。

猪首の男に目をやった。猪首は路上に横たわっている。金森がそのすぐ脇で、ナイフと拳銃を手にして油断なくあたりを見渡していた。賢一郎にうなずいてくる。猪首の男の背中を刺したようだ。たぶん肋骨《ろっこつ》の隙間から、正確に心臓へ向けて。拳銃は男から奪ったのだろう。

それだけ確かめると、賢一郎は若い男の腹を蹴《け》り上げて、その右手首を靴でつぶした。靴底に骨の砕ける感触があった。若い男は情けない悲鳴を上げて身体を丸めた。

ふいに周囲で呼子が鳴りわたった。夜の路上に人影がいくつも躍り出てくる。尾行はふたりきりではない。このあたり一帯に、何組かの監視班が配置されていたようだ。

金森が叫んだ。

「逃げろ。操車場だ」

賢一郎はうなずいて柵を飛び越えた。目の前に汐留貨物駅の広い操車場が広がっている。夜間照明に照らされて、多くの貨物列車の列が見えた。レールを鳴らして移動中の貨車や、白い湯気を噴き出している蒸気機関車が目に入った。

賢一郎は線路のあいだを全速で駆けた。金森も追ってくるようだ。呼子の音。男たちがたがいに叫び合う声。連中の数は五、六人といったところだろうか。レールを飛び越え、走ってくる列車の直前を横ぎった。制動をかけたのだろうか。蒸気機関車の動輪のあたりで火花が散った。連結器のかみあう重い音が続いた。賢一郎は操車場の奥へと走った。どこへ逃げるべきか、当てはなかったが、とにかく連中を一度振り切らねばならない。操車場内には作業員の姿も散在している。とつぜん構内で始まった追跡劇に、あっけにとられているようだ。

二本の長い貨物列車のあいだに入った。左手の列車は、轟音《ごうおん》を立てて後方へ移動中だった。列車と列車とのあいだの幅は、わずかに一メートルほどだ。駆けながら振り返ってみた。金森がずっと後方にいた。背をかがめ、両手を膝《ひざ》に置いている。走ることができないようだ。賢一郎は金森のそばまで駆けもどった。金森は舌を出して、苦しそうに荒く息をついている。賢一郎は金森の背中を支えた。

「だめだ」金森は賢一郎を見上げて首を振った。「おれの肺じゃ、逃げるのは、無理だ」

また呼子の音。二本の貨物列車のあいだの細い溝《みぞ》の向こうに、追手の人影が現れた。

金森は言った。

「引き受ける。行け」

賢一郎は驚いた。引き受ける、とはどういう意味だ。

「しかし」

「馬鹿《ばか》野郎！」金森は怒鳴った。「ぐずぐずするな」

剣幕に気圧《けお》されて、賢一郎は金森から離れた。

金森はあごを前方へとしゃくって言った。

「まかせたぞ。この帝国を、滅ぼしちまってくれ」

銃声があった。すぐ脇の貨車の車体で、弾丸が跳ねた。金森は背を起こすと、追手たちに向きなおった。蒸気機関車の吐き出す白い湯気をスクリーンにして、三つほどの黒い影が浮かび上がっている。

金森は両手で拳銃をかまえると、もう一度賢一郎に怒鳴った。

「早く行くんだ。馬鹿野郎！」

賢一郎は駆け出した。貨物列車のあいだの細い通路を全速で駆けた。背後で銃声がたて続けに聞こえた。乾いた短い破裂音が、二回か三回、たて続けに。

すぐ頭の上の空気を、弾丸が切り裂いた。賢一郎は思わず首をすくめた。左腕に激しい衝撃。腕が激しい勢いではじかれた。移動する貨物列車に接触したのだ。

痛みをこらえて振り返ってみた。金森が仁王立ちになって、連射していた。彼の身体のまわりに、白い煙が散っている。追手の人影のひとつが転がった。その向こうで、また閃光《せんこう》。

すぐそばで蒸気機関車の警笛が鳴った。悲鳴とも聞こえるような、かん高く細い音だ。鉄のかたまりがぶつかりあい、きしみ音を立てている。金森がゆっくりひざから崩れ落ちてゆくのが見えた。

「金森！」

追手がまた撃ってくる。閃光と硝煙が連続した。

賢一郎は態勢をなおすと、もう一度駆けた。左手の貨物列車が途切れた。賢一郎はその前方をまわって軌道を横切った。隣りの線路で、貨物列車が速度を上げて操車場の先へ移動してゆくところだった。賢一郎はその列車と並行して走り、てすりに手をかけて、車両と車両とのあいだに飛び乗ろうとした。左手に激痛が走った。いったんふらついたが、賢一郎は右手だけで身体を持ち上げて列車に飛び乗り、連結器の上に足を置いた。

手首の痛みがひどい。打ち身。あるいは骨にひびが入ったのかもしれない。

貨物列車の速度がしだいに上がってゆく。もう飛び乗るには不可能な速度だ。人の足では追いつくことはできない。操車場を出てゆくところなのだろう。

鉄の車輪がレールの継目をつぎつぎと越えてゆく。その音の間隔が次第に短くなり、大きさは質量のあるものになっていった。足もとで連結器が賢一郎を振り落とさんばかりにふるえている。

「金森」賢一郎は右手で身体を支えながらつぶやいた。「約束した。約束したぞ」

蒸気機関車が汽笛を鳴らした。列車は切り替えポイントに入って、少しだけ向きを変えた。振動が強くなった。

賢一郎は轟音の中で、こんどははっきりと口に出した。

「金森。約束したぞ」

十一月　広島

大貫誠志郎中佐は、狭い階段を駆け上がって、艦橋最上層の戦闘艦橋に入った。

前方へ向かってくびれたその狭い艦橋の、ちょうど羅針儀《らしんぎ》のうしろに長官は立っていた。格子《こうし》状の木の敷物を敷いた、戦闘時の指揮所である。三方に窓があるその位置で、長官は腕をうしろに組み、柱島錨地《びょうち》に停泊中の帝国海軍主力の艦隊を見おろしている。窓から見える広島湾上空は暗い曇り空で、風が強く北西方向から吹いていた。

ふだんはおだやかな錨地の海面も、いつになく荒れている。海面上四十メートルの高さにある戦闘艦橋では、かすかにこの巨艦の揺れを感じ取ることができた。

大貫が近づいて立ちどまると、長官は振り返って言った。

「よくこことわかったな」

大貫は言った。

「当番兵に聞きました。戦闘艦橋でひとりきりでいらっしゃると」

「少し、考えごとをしたかったものでな。ここまで上がっていた」長官はいくぶん疲労の感じられる声で言った。「それで、何か報告かな」

「はい。たったいま佐伯から連絡がありました。第三潜水戦隊の九隻《せき》の潜水艦が、本日十一時《ヒトヒト》十一分《ヒトヒト》、佐伯湾を出発しました。マーシャル群島ケゼリン泊地を経由して真珠湾へ向かうものです。このあと十八日には特別攻撃隊が、二十日には第一、第二の各潜水戦隊が出発します。第一航空艦隊、第一水雷戦隊、第三戦隊も作戦計画どおり十七日から内地各地を相ついで出発、集結地へ向かう予定です」

「いよいよ、ハワイ作戦が動き始めたわけだな」長官はまた窓の外に目を向けて言った。「よもや遺漏はないと思うが、計画秘匿《ひとく》には今後も十分以上の注意をはらってくれ。もし単冠湾での集結が米軍側に漏れたなら、作戦はその時点で失敗が決まる。南雲のおそれていたとおりのことになる」

「は」と大貫は答えた。

昭和十六年十一月十一日の午後である。

来栖《くるす》三郎特派大使が日本政府の最後の期待をになって、香港からサンフランシスコ行きのチャイナ・クリッパー機に乗りこんでいた日であった。

十一月　東京

ひんやりとした屋根裏部屋のマットの上で、賢一郎は背を起こした。

階下で物音がしたのだ。

時計を見ると、午後四時四十五分。明かりとりの小さな窓から、晩秋の夕暮れどきの光が弱々しく入ってきている。

三田松坂町にある東京改心基督《キリスト》教会の宣教師館だった。いま賢一郎がいるのは、天井の低い屋根裏。物置として使われている小部屋である。八日前の夜、特別高等警察の追跡を振り切って、この宣教師館に逃げこんできたのだ。

左手首から肘《ひじ》にかけてが、貨車に接触したせいで挫傷《ざしょう》していた。スレンセンの応急手当てを受けたが、一日目は熱と痛みでひと晩じゅう歯を食いしばらねばならなかった。

その傷はもうどうやら完治していた。手首を無理にひねると痛みが走るが、ふつうに使っているぶんには支障はない。スレンセンにも二日前にそれを伝えていた。そろそろ任務に復帰するべき時期がきていた。

階下の物音は、靴音のようだ。外出していたスレンセンが帰ってきたのかもしれないが、念のために枕《まくら》の下から拳銃を取り出した。

靴音が階段を昇ってくる。ふっと安堵《あんど》した。あれはこの一週間近く親しんだ靴音だ。スレンセンだった。

靴音はドアの前まできてとまった。

ドアがノックされた。

「ごきげんはどうです」スレンセンの声だ。

「入ってくれ。もう窒息しそうな気分だ」

ドアが開いて、スレンセンが入ってきた。相変わらず、苦悩を浄化できずにいる青年の顔のままだ。ブルーの瞳は、このところいっそう悲しげに見える。

スレンセンはベッドの脇《わき》の箱の上に腰かけて言った。

「あなたに、新しい任務を持ってきました。もう動けるとのことでしたよね」

賢一郎は拳銃を脇に置き、毛布を払いのけて訊《き》いた。

「何をやるんだ」

「たったひとつだけ。日本海軍主力部隊の動きを見張ることです。見張って、その動きを米国へ打電することです」

「どこで見張るんだ。横須賀はもう無理だとわかっている。新しい諜報員が入りこむ余地はなかった。協力者の通報をあてにするしかない」

「横須賀に行ってほしいのではありません」

「では」賢一郎は首を傾けた。「広島へ行けというのかな。連合艦隊を直接この目で見張れと。広島市のずっと沖合、柱島に潜入して」

　スレンセンは首を振った。

「柱島でもありません」

「どこだ」

「択捉島」

　賢一郎はその答えを吟味してから言った。

「ずいぶん遠いところのようだぜ」

「北海道という島の、さらに先です。北緯四十五度。じっさいには、ヨーロッパの北緯五十七、八度あたりを思わせる気候と風土の島ですよ。そうですね。スコットランドかスカンジナビアあたりを連想させましたね」

「知っているのか」

「日本にきたその年の夏、わたしは北海道から千島にかけてを旅行したことがあるんです。植物の採集と写真撮影が目的でしたが、かたいっぽうで軍事施設近辺の観察も頼まれていた」

「行って楽しいところだといいが」

「日本の辺境です。鉄道もなく、ろくな道もない。農業もほとんど行われていません。漁師たちだけの島です。大きな村落以外には、たぶんまだ電気も通じていないはずです」

「そんな島に、日本海軍が集まっているというのか」

「あなたが先日、軍令部の士官の鞄《かばん》の中を盗み見たことを思い出してください」

「択捉島の地図があったが」

「米国政府に近いわたしの友人は、ほかのさまざまな情報も総合して、ひとつ大胆な仮説を立てたんです」

スレンセンがもったいをつけた言い方をしたので、賢一郎は肩をすくめて続きを待った。

　スレンセンは言った。

「近々、日本海軍は、ひそかにその主力部隊を出撃させるはずです。一部は南方地域を急襲、占領するため。もう一部は、米国海軍基地を奇襲攻撃するためです」

　賢一郎は、思い浮かんだ地名を口にした。

「ハワイだな」

　スレンセンは否定しなかった。

「あなたが見た地図は、米国海軍基地奇襲部隊のその集結と出撃のための位置を示している、と友人は判断しています」

「おれは、その島で艦隊がやってくるのを確認し、出撃してゆくところも通報するってことなんだな」

「そうです。大がかりな偽装工作も計画されているようです。日本の国内基地から出撃してゆくところを確認できない以上、確度の高い情報を得るには、最終の集結地点で待ちかまえるしかない。友人はそう判断しているのです。その情報さえ入手できれば、奇襲攻撃が予想される基地に、日時までも特定して警報を発することができます。そうなると日本海軍が計画している奇襲攻撃は、ただの強襲攻撃となってしまい、日本のファシストたちの狙《ねら》う世界制覇《せいは》の夢は瓦解《がかい》します」

「いつ出発すればいいんだ」

「できるだけ早く。これも友人がもらしてくれた極秘の情報ですが、先日、天皇の前で重大会議が開かれ、日米交渉の期限が十二月一日と決められたとか。それまでに交渉に進展が見られない場合、日本は自動的に戦争に突入するそうです」

「きょうは十一月の何日だった」

「十五日」

「間に合うのか」

「急いでいます」スレンセンは床に日本地図を広げ、指で示してきた。「きょうの七時発の夜行列車で、青森へ向かってください。青森から青函《せいかん》連絡船に乗り、函館にゆきます。明日の夕刻に、函館から択捉島の漁港をまわる小さな連絡船が出ますので、これに乗って択捉島に潜入してほしいのです」

「船の便が止められていることも考えられる」

「そのときは、北海道の根室に行ってください。ここから国後島《クナシリ》ゆきの連絡船に乗って択捉島に入るか、漁船を借り上げて直接択捉島に上陸するという手もあります。函館を出てから二ヨくらいで着くでしょう」

賢一郎は手近の紙に鉛筆で、通過地点の名をローマ字で記してみた。一枚目を書き損じてやりなおす。青森、それに函館。根室。そして択捉島単冠湾。なじみのない日本の地方の名だ。こうして覚えなければならない。

「通報は、どういう手段を使うんだ」

「先日ご覧に入れた携帯型無線機があります」

「単冠湾には、電気はないんだろう」

「発電機が皆無というわけでもないでしょう。紗那《シャナ》という村には、無線局があります」

「いざとなれば、無線局を襲って通報することもやれってことだな」

「そのへんの判断はおまかせします。あなたなら、臨機応変にやれるはずだ」

賢一郎は立ち上がった。どうやらこれが、自分の最終任務となりそうだ。テイラー少佐から指示されていたのは、日本海軍の動向についての決定的な通報一本でもいい、とのことだった。米国海軍基地の奇襲攻撃に向かう艦隊の出撃を通報することは、まちがいなくその決定的な一本と言えるだろう。つまり、その時点で、賢一郎に期待される任務は終わったということになる。

賢一郎は北太平洋の地図を頭に思い描いた。

択捉島からソ連のカムチャツカ半島までは、島づたいにおよそ一千二百キロメートルくらいか。カムチャツカ半島から米国領アリューシャン諸島のアッツ島までは、たぶん七、八百キロ。漁労民族たちが粗末な船で行き来していることを考えるなら、自分にも渡ることが不可能ではないはずだ。一本、最後の通信を入れたあとは、自力脱出を試みるべきだろう。

それとも、と賢一郎は思いなおした。どうしてもアメリカ領土まで帰らねばならないということはない。北千島でもカムチャツカでも、あるいはアリューシャンでも、国家の支配が及ばぬ土地があれば、そこで腰を落ち着けるべきだろうか。北太平洋に連なる島々の中には、どこかひとつくらい近代国家が見落としたような島があってもふしぎはない。どこかの国家に領有を宣言されていても、実効支配がなされていない小島くらいはあってもいいのだ。甘すぎる認識だろうか。

賢一郎は国民服のパンツをはき、シャツの上に上着を着こんだ。

「出発するんですか」

スレンセンが賢一郎を見上げて訊いてきた。

賢一郎は国民服のボタンをとめながら答えた。

「まだ、何か聞いておいたほうがいいことはあるか」

「単冠湾には、小さな漁村が三つあって、そのうちふたつに駐在の警官がいます。ひとつだけ天寧《テンネイ》という集落には、海軍の飛行場があるという情報があります。だから、行くのなら、天寧という集落は避けたほうが無難かもしれません。警戒がよそよりも厳しいはずです」

「小さな村であれば、どこでもよそものは警戒されるだろうな」

「下でお茶を用意します。それを飲んでから出発なさってください」

スレンセンは部屋を出て階段をおりていった。

賢一郎は携帯無線機のトランクを持ち上げてみた。十キログラム前後。長い距離を持ち歩くのはつらいが、乗り物から乗り物への移動だけなら平気だろう。蓋《ふた》を開けてあらためて確かめてみると、中に乱数表がわりのペーパーバックが隠されていた。ポケット・ブックス双書の一冊、「バンビ」だ。これもテイラーとの打ち合わせどおりだ。もし賢一郎自身の手で暗号電を打たねばならなくなったときは、この「バンビ」を乱数表として使うことになっていたのだ。

賢一郎はスレンセンが用意したリュックサックの中に衣類を片っ端から放りこんだ。外套《がいとう》や冬用の作業着もあった。工具類はいくつか最小限のものだけをいれるにとどめた。螺子《ねじ》まわしのセットと大小のカッター、特殊鋸《のこ》に電工用ナイフ。それにハンドドリル。リボルバーはシャツにくるみ、リュックのいちばん下に収めた。

これでいいか、と室内を見渡す。マットと食器はスレンセンに片づけてもらおう。書き損じたメモも、そのままでいいだろう。出発できる。

リュックサックとトランクをさげて、屋根裏部屋から階下のリビングルームへとおりた。スレンセンがテーブルにすでにお茶を用意してくれていた。

お茶を飲みながら、スレンセンは言った。

「気をつけてください。択捉島には、あなたを支援する態勢はないんですから」

「場数は踏んでいる。心配はない」賢一郎は答えた。「あんたも、そろそろこういうことを終える潮時じゃないのか。噂《うわさ》では、ソ連のスパイ網が根こそぎ検挙されたって言うし、あのとおり金森までやられてしまった。日本の防諜組織は、すぐそこまできていると思うぜ」

「今月末に出国します。いったん香港を経由して、アメリカに帰るつもりですよ」

「おれたちに幸運がついていたら、どこかでまた会おう」

「お会いしましょう」

スレンセンは手を差し出してきた。賢一郎は彼の手を握り返し、宣教師館の玄関口を出た。日はすっかり暮れていた。

賢一郎は教会の表の路上に目をやり、少しためらったすえに、宣教師館の裏手へとまわった。八日前にやってきたときと同様、裏手の塀《へい》を越えて、他人の屋敷の中を突っ切ってゆくほうが無難だった。金森が尾行されていたということは、おそらく彼が接触していた米国大使館員や米国人諜報員も、二十四時間監視されるようになったのだと想像できる。スレンセンの接触相手も米国人にはまちがいないはずであり、これだけ切羽つまった時期となっては、スレンセン自身にも尾行がついていると判断するべきだった。賢一郎はリュックを背負い、トランクをさげて、隣家の暗い庭におりた。市電を乗り継いで、上野駅に向かうつもりだった。

賢一郎が出てゆくと、スレンセンは食器棚《だな》から一本の日本産ウイスキーの瓶《びん》を取り出した。ウイスキーを名乗ってはいるが、原料さえ不確かな安物だ。あんがい米の蒸《じょう》溜酒《りゅうしゅ》にウイスキーふうの色をつけただけのものかもしれない。しかしスレンセンには、酒の味はわからない。とにかくアルコールにはちがいないはずだ。十分だった。

紅茶にキャップひとつぶんだけウイスキーを足し、何分かの時間をかけて飲み干した。カップが空になって、スレンセンは指の爪《つめ》をかみながら酔いがまわるのを待った。

教会には信徒も集まらなくなっている。ただひとりの話相手だった老婦人も帰国しており、かくまっていた日系人スパイも去った。今夜スレンセンは、ひっそりと身をすくめたこの宣教師館で、ひとりみずからのうちに向き合うしかない。言葉もなく、なんの共感も愛もないままに。酒なしでは、ときをつぶすこともできなかった。

何分か待ったが、頭はさえたままだった。

だめだ。

スレンセンはグラスをとってきて、ウイスキーをグラスに注《つ》いだ。最初からこうすべきだった。スレンセンは顔をしかめながら、そのウイスキーをひと口、喉《のど》に流しこんだ。

グラスを持ったまま、酒が食道をおりてゆく感触を味わった。かつては葡萄酒《ぶどうしゅ》をほんの少し飲むだけで悪酔いしたものだった。しかしこの半年ばかりのあいだにずいぶん強くなってきている。どうしても眠れない夜のためのナイトキャップとして飲み始めたものだったが、いまは眠れないことがふつうであり、つまり酒を飲む夜のほうがふつうだった。教団が教会の閉鎖を決め、いっぽうで米国大使館職員のアームズとひんぱんに会見を持つようになって以来のことだ。

スレンセンは隅《すみ》のチェストの上から、写真立てと象牙《ぞうげ》の細工ものをテーブルに運んだ。四年前の夏に南京で撮った写真。スレンセンと美蘭の、湖畔の記念写真だ。象牙細工は、欠けた半月形の腕輪だった。スレンセンは写真と腕輪を交互に眺《なが》めながら、ウイスキーをあおった。

気がつくと、グラスは空になっていた。スレンセンはウイスキーをつぎたした。瓶を持つ手がおぼつかなかった。ウイスキーが少しテーブルにこぼれた。

つぎたしたウイスキーを口に運んだとき、庭で足音がした。敷石の上を歩いて、誰かがこの宣教師館にやってくる。

賢一郎がもどってきた？

椅子に腰をおろしたままで、玄関口を見つめた。

誰かが表のドアをノックした。

スレンセンは言った。

「カムイン」

ドアが開いて、入ってきたのは軍服姿の日本の軍人だった。

スレンセンは驚いて目をみはった。あの秋庭保《あきばたもつ》少佐。東京憲兵隊の将校だ。安藤真理子と山脇順三の結婚式のときにもやってきた、黒い眼帯の男だった。

憲兵隊が、いまごろここに何の用だ？

秋庭が会釈《えしゃく》して言った。

「どなたか、アメリカ人のお客でもいらっしゃるのですかな」

「どうしてです」スレンセンは訊き返した。「なぜアメリカ人が訪ねてくると」

「英語でお答えになっていましたよ」

「つい母国語が出ただけです。それより、ご用件は」

秋庭がテーブルの上のウイスキーの瓶とグラスに目をとめた。ほんの少し、皮肉な笑みをもらしたかもしれない。

秋庭は言った。

「もう一度、家の中をあらためさせていただきたいのです」

「また誰かが逃げこんだとおっしゃるのですか」

「その可能性が考えられる」

「誰なんです」

「某国のスパイらしき男です。一週間ほど前に、新橋で特高ふたりを殺して逃げています。ふたり組のうちひとりは死にましたが、もうひとりはうまく逃げおおせた」

「そのことと、この教会とどう関係があるんです」

秋庭はテーブルに近寄ってきて、スレンセンの向かいの椅子に腰をおろした。将校帽をとり、テーブルの上の紅茶のカップを横にのけて、帽子を置いた。

不安と疑念とが、スレンセンの胸のうちにわきあがってきた。この将校は何もかも承知のうえで教会を訪ねてきたのか。

秋庭は軍帽の糸屑《いとくず》をつまんで床に落とすと、スレンセンを横目で見ながら言った。

「新橋で特高ふたりを殺した男は、とある米国人とひそかに接触を重ねていました。ひじょうに不自然な、また複雑な方法を取りながらです。特高が彼の監視を強め、周辺の関係者の身元をすべて洗い出そうとした矢先、先日のような事件が起こった」

「スパイだとわかったのですか」

「そいつは朝鮮人でした」まるで、それで証明されたとでも言っているような調子があった。「職もないのに、毎日東京都内をぶらぶらしていた。生活にもわからない部分が多すぎました。状況証拠は、彼がスパイであったことを示しています」

「それがわたしとどう関係するんです」

「彼がよく会っていた米国人と、あなたもきょう会っているんですよ。帝国ホテルで、午後に」

そこまで知られている……。

アームズに監視がついていたということなのだろう。そうして、午後以降の自分にも。

スレンセンは動揺を気取られぬように言った。

「わたしが会ったのは、米国大使館員です。もうじきこの国を引き払うので、その事務処理のためでした」

秋庭少佐は胸ポケットから一葉の写真を取り出して、テーブルの上をすべらせてきた。写真にはケニー斉藤が写っている。背景はこの教会だ。先日の結婚式の際に撮られたもののようだ。

「お知り合いでしたね」

否定はできない。認めるしかなかった。

「ええ。この教会の雑用をしてもらったことがある」

「先日、特高ふたりが殺されたとき、逃げたうちのひとりがどうもこの男らしいのです。特高の捜査員がこの写真を見て確認しました」

スレンセンは目をみひらいてみせた。さも意外な事実を聞かされた、とでもいうように。芝居がうまく通じたかどうかは、秋庭の表情を見るかぎり、判断つかなかった。

秋庭は言った。

「この男を雇った経緯を聞かせてもらえますか」

「礼拝にときどき出席していた男でした。仕事がなくなったというので、働いてもらったんです」

「どこに住んでいるんです」

「知りません」

「連絡先は」

「知りません」

「なんという名の男なんです」

「斉藤。斉藤なにがしとか言っていました」

「さほど親しくはなかったというわけですかな。先日はそうとは思いませんでしたが」

「親しい男だと、わたしが言いましたか」

秋庭は鼻で笑うと、部屋の中を見渡した。

「二階を拝見できますかな」

「捜索令状をお示しください」

「わたしはこのとおり、非番の時間にひとりでやってきているんです。純然たる公務とはちがう。古い知り合いにかけられた嫌疑《けんぎ》を、自分で晴らしたいと思っているだけですよ。何をおそれてらっしゃるんです」

「基本的な人権の問題ですよ」

「人権、ですか。少し外国の法制度を学んだことがありますが、日本ではなじみのない言葉ですな。存在しない概念と言ってもいい。どうなんです。あらためて憲兵隊を動員し、徹底的な捜索を行ってもいいんです。この教会の信徒やら、先日の結婚式の出席者なども、片っ端から取り調べることになりましょうな」

「捜索令状なしでは、お断りですね」

「ご好意を期待してきたのですが」

「なぜ、わたしがあなたに好意を示さなくてはならないのです」

「あなたは牧師でいらっしゃる。それにわたしたちはまんざら知らない同士でもない。わたしとしても、ことさら杓子《しゃくし》定規に進めたくはないのです。進んで潔白を証明していただきたいのです」

「潔白を証明しろということは、わたしにもスパイの嫌疑がかかっているということなのですね」

秋庭はうなずいた。

「なぜです」スレンセンは笑った。「なぜそんな馬鹿げたことを思いついたんです」

「いま言ったとおりですよ。奇妙なつながりが存在するんです。先月、我々が満洲国大使館に侵入した賊を追っていたとき、ここに正体不明の男がいたということ。その男は一週間ほど前、われわれがスパイと見ている朝鮮人と行動を共にしていたこと。その朝鮮人とあなたとが、アームズという米国人外交官を通じてつながっているということ。どうです」

スレンセンは言葉を探した。秋庭の疑念を解き、ここから追い払うための論理を。うまい言い訳を。見つからなかった。

スレンセンはそのときふいに、激しい疲労感に襲われた。すべてがむなしく、徒労だという想い。説教も、献身も、抗議も、抵抗も、すべて。主の愛を語ることも、民主主義の理念を唱えることも、ファシズムの非道を弾劾《だんがい》することも、何もかもが愚劣であり、無意味で、徒労だった。何をもってしても自分の胸の空虚は埋めることができず、自分が青空を仰ぎ見ることの支えにもならない。

「わかりました」スレンセンは溜息《ためいき》をついた。「どうぞ、ご覧ください」

「ご案内いただいたほうがよいのでしょうね」

「どの部屋にも錠はかかっていません。ご自由にどうぞ」

「ありがとう」

秋庭は立ち上がって帽子をかぶり、二階へと通じる階段を昇っていった。しばらくのあいだ、リビング・ルームの天井から靴音《くつおと》や戸を開けたてする音が聞こえていたが、いつしかそれも消えた。屋根裏部屋へと上がっていったのかもしれない。つい小一時間前まで、斉藤賢一郎という日系人が寝起きしていた部屋へ。マットや食器もそのまの部屋へ。

スレンセンはグラスにもう一杯ウイスキーを注ぎ、ひと息にあおった。

五分後、軍靴《ぐんか》の音が階段をくだってきて、秋庭が姿を見せた。黒い革鞄を手にしている。二挺《ちょう》の拳銃《けんじゅう》を収めていた書類鞄ふうのものだ。

秋庭はテーブルの正面に立ち、勝ち誇ったような笑みを浮かべて言った。

「正式に逮捕状をとらねばなりませんな、ミスター・スレンセン」

スレンセンは椅子に腰かけたまま訊いた。

「何か、不審の点でも」

「あの屋根裏部屋には、不審なものが充満していますよ。いまひとつだけわかりやすいものを持ってきました。この鞄は何か、ご説明願えますかな」

秋庭は鞄をテーブルの上に置いて蓋を開けた。内張りの黒い別珍の上に、収められていたものの跡がくっきりと残っている。別珍の繊維が、長いこと抑えつけられていたせいで寝てしまい、そこだけ白く光っているのだ。白い部分が、かつてそこにあったものの形を示している。大型半自動拳銃とリボルバー。

「あなたのお仕事には必要のないものではありませんか」

「もう尋問が始まっているんですか」

「取調べ室で話すよりは、おらくかと思いますよ」

「引っ張って、試してみるといい」

「あの斉藤という男は、どこにいるんです。ついいましがたまで、ここにいたはずですが」

「知りません」

「この中身はどこにあるのです」

「ひとつは」とスレンセンはうなずき、牧師服の下から、米軍制式拳銃を取り出した。「ここです」

秋庭は息をとめてスレンセンを見つめてきた。

その一瞬後だった。窓ガラスが割れて内側に飛び散った。一カ所だけではない。東側の上げ下げ窓も、南側のフランス窓も。その割れた窓から、黒い鉄の棒のようなものが突き出された。小銃の銃身だった。

スレンセンはかまわず拳銃を握りなおし、テーブルの上で持ち上げた。

玄関の扉《とびら》がはじけ飛ぶように開いた。飛びこんできたのは、憲兵隊の軍曹《ぐんそう》だ。南京でも、先日の結婚式でも、秋庭の指揮のもとにいた男。磯田といったか。磯田は両手に拳銃をかまえている。

「アメリカ人！」

磯田はまっすぐスレンセンに狙いをつけて怒鳴った。

秋庭が、ひとりでやってきた、と言っていたのは、スレンセンを試す罠《わな》であったというわけだ。たぶん憲兵隊一個分隊くらいが、この教会を包囲していたのだろう。家捜しの途中で、不審な男がこっそり逃げ出してゆかぬように。

秋庭がおだやかに言った。

「拳銃をわたしてください。ミスター・スレンセン。わたしを撃ったところで、事態は変わらない」

スレンセンは答えずに、自分の手の中の金属の塊りを見つめた。黒というよりは、濃い灰色。光の具合によっては、青みがかっても見える無骨な金属製の武器だった。ずっしりと重量のある、強い破壊力をひめた飛び道具。スレンセンは、自分がなぜこれを手にしているのか、その理由を思い出すことができなかった。そもそも秋庭が訪れる前に手にとったのであったか、そのあとであったのかさえ判然としない。

「さあ」と秋庭が続けた。「あなたはもうスパイ組織の一員であることを認めてしまったようなものだ。とりあえず任意ということで、本部まで同行願いましょう」

スレンセンは視線を上げた。秋庭の顔がぼんやりかすんで見えるのは、酔いのせいだろうか。それとも何かべつのものが、自分の意識か網膜にかかっているのか。なぜ世界はこうも不透明で、ゆがみ、混沌《こんとん》として、支離滅裂なのか。

スレンセンは拳銃をゆっくりと両手で持ち上げ、胸元に引き寄せた。秋庭は意外そうに目をむいているようだ。何か思いがけないものでも見ているかのように、少しだけ口が開いていた。

スレンセンは銃口を自分の喉にあてると、引金に力を加えていった。頭の中を衝撃が貫いた。スレンセンは髪の毛をすべて逆立てて、椅子ごとうしろに倒れこんだ。

秋庭保少佐は、スレンセンのそばから立ち上がった。

脈を見るまでもなかった。即死だ。

銃口をあごのうしろで垂直にあてて、引金を引いたのだ。米軍制式拳銃の四十五口径の弾丸は、いとも容易にスレンセンの大脳を破壊し、頭蓋骨《ずがいこつ》の頂点部分を砕いて外に飛び出していた。スレンセンの死体は木の床の上で仰向《あおむ》けになっており、右手には拳銃が握られたままだ。頭の下に血が広がっている。天井にも無数の血痕《けっこん》が飛び散っていた。

秋庭の横で、磯田茂平軍曹が茫然《ぼうぜん》とした面持《おもも》ちでスレンセンの死体を見おろしていた。この米国人牧師がとつぜん自殺という挙に出たことが信じられないようだ。それは秋庭自身も同じだった。キリスト教徒が、それも聖職にある者が自殺するというのは、いったいどんな場合なのだ。日本の国防保安法や治安維持法を、あるいは憲兵隊の取調べを、そこまでおそれていたということなのだろうか。それともほかに何かべつの理由があるのか。

「磯田」と、気をとりなおして秋庭は言った。「この教会を封鎖し、現場をこの状態のまま保全しろ。米国公館に連絡して、米国人立会いのもとで現場を検証する」

「どうしてです?」磯田軍曹が訊いてきた。「そんな手間が必要なんですか」

「一触即発の日米関係だぞ。処理をまちがえると、開戦の口実にされかねない。自殺であったことを連中に納得させるんだ。憲兵隊が殺したのではないことを、きちんとませ、外務省を通じて憲兵隊本部へ事情を伝え、応援を求めた。米国大使館に対しては、外務省を通じて連絡することになった。たぶん小一時間くらい後に、米国大使館から書記官が急行してくることになるだろう。スパイ嫌疑のかかっていた米国人が、拳銃で頭を撃ち抜いて死んだのだ。それも日本の憲兵隊の面前で。となれば彼らが、殺害されたと疑ってかかることははっきりしている。外務省もあわてふためくことだろう。ましてや最終的な国交断絶が懸念《けねん》されているこの時期では。

電話をかけ終えると、秋庭はもう一度磯田に向かって言った。

「磯田。お前にはすぐにでも東京を離れてもらうことになる」

「は」磯田が背を伸ばす。「どっちへ行くんですか」

秋庭は、屋根裏の小部屋に残されたメモ用紙をポケットからひっぱり出した。日本地図の上に落ちていたのだ。メモの書き損じなのだろう。部屋にいた誰かが、旅行なり移動なりの計画を練った際のメモと判断できた。メモにはローマ字でこう書かれていたのだ。

AOMORI↓H　2DAYS?

秋庭は答えた。

「とりあえず青森だ」

「青森で何か」

「確かなことは言えんが、あの斉藤という男が、今夜、青森に向かったようなのだ。屋根裏には、ついさっきまで人がいた形跡がある。あの貨物駅を脱出して以来、そいつがここに隠れていたことはほぼまちがいないようだ」

「では、ひと足ちがいだったわけですね」

「そうだ」秋庭はうなずいた。「おれたちが駆けつけた直前に出ていったのだろう」

「牧師は尾行に気づいていたんでしょうか」

「いや。気づいてはいなかったはずだ。たぶんあの男は、きょう米国大使館の職員から何か重大指令を受け取ったんだ。ここの牧師が中継し、男に伝えたんだろう。そうして男は、あわただしく出発していったんだ」

「青森で何をするつもりなんでしょう。大湊《おおみなと》の軍港でも調べにゆくんでしょうか」

「わからんが、最終目的地は青森ではないように思う」秋庭はメモにあったHの意味を考えた。函館。あるいは北海道を差しているのだろうか。「青森の先だ。北海道のどこか。あるいは樺太《カラフト》からソ連へ逃げるつもりかもしれん」

「いますぐ手配が必要ですね。弘前《ひろさき》や北海道の憲兵隊にも」

「とりあえず、青森の手前で列車を調べてもらわねばなるまい。青函連絡船の乗客もチェックだ。三十前後の、日に灼《や》けた、精悍《せいかん》な顔つきの男。背は五尺三寸くらいだったかな。肩幅が広く、胸が厚い。斉藤、を名乗っている。銃器を所持している可能性が強い」

磯田が同じことを復唱した。男の写真は磯田自身が運ぶことになる。

秋庭は言った。

「ただ、青森へ向かったという確証はないんだ。単に隠れ家を移したというだけとも考えられる。やつの顔をはっきり覚えているのは、おれとお前くらいだから、ふたりとも青森にゆくわけにはいかない。おれは都内の捜索を指揮しようと思う。お前は出発できるか」

「いつでも」

「本部に寄っていまの件を伝えろ。それから上野駅へ急げ」

「は」

磯田茂平軍曹は敬礼し、その宣教師館を出ていった。

玄関口では、若い兵卒がこわごわとスレンセンの死体を眺めている。

秋庭はスレンセンの死体を見おろして、あの南京の冬のことを思い出した。ひどい無秩序と大量殺戮《さつりく》が横行した、混乱の南京。硝煙と血と腐臭の街。そこで中国人の生命を守るために駆けずりまわっていた何人かの欧米人たち。

スレンセンもそのひとりだった。まだ紅顔の、夢見がちな瞳《ひとみ》を持った青年だった。怒りにうちふるえ、戦争を激しく呪《のろ》いながらも、なお好ましい覇気と初々《ういうい》しさを持っていた。しかしそれから四年の歳月は、この青年を大きく変貌《へんぼう》させたようだ。あの結婚式の日にも感じたが、あのころの生気や積極性はどこにもなく、ただ苦悩と孤独とに耐えることを生涯《しょうがい》の主題と決めたかのような、醒《さ》めた瞳を持つ男になってしまっていた。それになにより、聖職につきながら諜報《ちょうほう》活動に従事する魂のありようを、秋庭は信じることができなかった。どちらかが巨大な偽りであったのだろう。信仰生活か、あるいはスパイとしての生きかたのどちらかが。

テーブルの上で、写真立てが倒れていた。秋庭は写真立てを手にとって、写真を見つめた。若く健康そうな微笑を見せるスレンセンと、頬を輝かせた美しい中国娘が並んで写っている。娘は、あの日死体で発見された女なのだろう。

あのかわいそうな中国娘の名をなんと言ったろう。

秋庭はその名を思い出そうとしてみた。あの街で皇軍の兵士たちに暴行され殺された多くの娘のうちの、たったひとりの名を。拉致《らち》されて輪姦《りんかん》され、あげく拳銃弾を撃ちこまれて焼かれた中国娘の名を。スレンセンも、そして秋庭も救うことのできなかった不幸な娘の名を。

美蘭《メイラン》。そう、あの娘の名を、スレンセンは美蘭と言っていた。

十一月　青森―函館

列車から、冷たい風の吹き抜けるプラットホームへとおりた。

東北本線の終着点、青森駅の構内である。

この日、賢一郎は上野発の二〇一長距離急行列車を、野辺地《のへじ》の駅でおりていた。青森の手前五十キロメートルほどの位置にある小さな駅で、急行列車は二分だけ停まる。賢一郎はここで普通列車に乗り換えて、いま午前八時五十分、青森駅に着いたのだった。長距離列車で直接目的地へ入ってはならない、という逃走の鉄則にしたがったのだ。

一緒におりた乗客たちの一部は、改札口へまわらず、そのままプラットホームの前方へ進んでいく。青函連絡船の乗場は、その先にあるらしい。賢一郎はリュックを背負って、油断なく周囲に目をやった。改札口の奥にふたり、憲兵の姿が目に入った。

通常の検問なのか。それとも、特定の誰かを探しているのか。

賢一郎には判断がつかなかった。青森港は北海道へ渡る際の本州側の最大の出口である。国境の町なみに警戒が厳重であってもおかしくはない。しかし連中が正確にこの自分に狙いを定めている可能性も皆無ではないのだ。少なくとも自分が青森経由で択捉島《エトロフ》に渡ることを知っている人間が、ほかにふたりは存在する。この二十四時間のあいだに、東京で状況が一変したことだって考えられるのだ。まさか写真入りの手配書までがまわっていることはないにしても。

そばで、母とその娘のふたりづれが、荷物を背負いなおそうとしている。列車の中で向かい合っていたふたりだ。賢一郎は娘を相手にすることをきっかけに、いくらかうちとけていた。

母親のほうは三十歳くらいか、着物に雪袴《もんぺ》姿。やせぎすで、どこか不健康そうな印象があった。自分の身体《からだ》の倍もありそうな荷をかついでいる。行李《こうり》ふたつと木箱ひとつを重ね、それをたすき様の紐《ひも》でまとめて背負っているのだ。両手にもそれぞれ大きな包みをさげていた。

娘は六、七歳だろう。おかっぱ頭で、頬が赤かった。やはり風呂敷《ふろしき》の包みを背負っていた。

賢一郎は母親に言った。

「連絡船に乗る前に、つぶれてしまいそうですね」

母親は愛想笑いを見せてうなずいた。声が出なかったところをみると、荷物の重さは尋常ではないのかもしれない。

「船まで、お手伝いしましょうか」

「え」

「荷物をどれか持ってあげましょう」

「そんな」母親は遠慮している。とくに警戒している様子でもなかった。ただとつぜん示された好意に、とまどっているだけだ。

賢一郎は母親の持つ包みに手をかけた。ふたつとも、その重さはかなりのものだった。賢一郎のトランクのほうがまだ軽い。この日本の小柄《こがら》な女性が運ぶには、いささか無理がある。

「函館まではどうせ一緒ですから」言いながら、賢一郎は荷物を持ちなおしてみた。自分のトランクと、母親の包みがふたつだ。バランスよく持ち上げることができなかった。

賢一郎は、困った、というようにおどけて顔をしかめてみせた。娘が笑った。

「こうしましょう、奥さん」賢一郎は提案した。「ぼくが奥さんのそのばかでかい荷物を背負い、この荷物ふたつを両手にさげる。代わりに奥さんがぼくの小さなリュックを背負って、両手でこのトランクひとつを持つ。それのほうがうまくゆきそうですよ」

「だけど、そんな」母親はまだためらっている。

「持ち逃げなんかしませんよ。ご安心なさい」

「いいんですか。知らない人なのに」

「函館までいくんです。それまでは、なんとかの縁ですよ」

「それじゃあ、お願いします」

賢一郎はその女と荷物を取替えた。賢一郎が最も大きな荷を背負い、両手に包みをさげたのだ。これでいい。賢一郎はおおげさにうなずき、娘に笑いかけた。娘はまた喉を鳴らして笑った。母親の顔もなごんだ。

「じゃ、待合室のほうへいきましょうか」

「船は一一時すぎですけど、すぐに乗れるはずです」

「函館まで、どのくらいかかるんでしたっけ」

「五時間くらいかしら。連絡船に乗るのは初めてなんですか」

「北海道は初めてなんですよ。奥さんは」

「あたしは函館です。郊外の七飯《ななえ》ってとこなんです。三沢で働いていたんですが、不景気なんで実家に帰ることにして」

「ご主人は」

「戦地です。支那《シナ》にいってます」

「それはたいへんだ」

母親は娘に向かって言った。

「ちよ。さ、遅れるんじゃないよ」

三人は歩きだした。はためには、賢一郎たちはおそらく故郷に帰る途中の親子とでも見えたことだろう。

吹きさらしの長いプラットホームを進み、階段を昇った。女の話では、その先に連絡船の待合室があるという。階段を上がりきったところで、賢一郎は足をとめた。

前方、待合室の入り口の手前で、乗客が止められているのだ。行列ができている。腕章をつけた憲兵が十人ばかり、行列の左右を固めていた。乗客たちは一様に緊張した面持ちだ。待合室のガラス戸ごしに、すでに接岸している連絡船の乗降口が見えた。

「何かあったのかしら」女が言った。「人殺しでも逃げてるんでしょうかね」

賢一郎は顔をできるだけゆるめて言った。

「スパイでも捜しているのかもしれませんよ」

観察していると、憲兵が尋問し、身体検査をしているのは、二十代後半から三十代にかけての男だけだ。それも、ひとり旅の男だけが尋問にあっているらしい。行列からひっぱり出され、脇で荷物の中身をすっかり見せている男もいた。

娘が退屈そうに行列を離れた。待合室の大きなガラス扉の方へ向かってゆく。

賢一郎は大声で言った。

「ちよ。こっちにきてなさい。きちんと並ばなきゃだめだよ」

女の子は振り向いてはにかんだ。

何人かの憲兵が、ちらりと賢一郎に視線を向けた。大声の主が気になったのだろう。

賢一郎はさらに言った。

「さ、ちよ。こっちにきて、おかあさんにつかまってなさい」

女の子がもどってきて、母親の雪袴をつかんだ。

賢一郎は母親に小声で言った。

「よそのうちの子を呼びすてにしてしまった。ごめんなさい」

「いいんですよ」母親は笑って言った。「誰にだって、ちよ、ちよ、って、怒鳴られてばかりなんだから」

列は少しずつ前へと進み、賢一郎たち三人も憲兵の前まできた。賢一郎は女の子をみおろし、おとなしくしていなさい、と目で合図した。女の子がこくりとうなずいた。身分証明書を求められるか、荷物をすべて開けるように言われるか。

指示を待ったが、憲兵たちは三人の風体を一瞥《いちべつ》しただけだ。ひとりだけが賢一郎の背負った行李に目を向けたが、それ以上の関心は示さなかった。

憲兵のひとりが、あごで待合室を示した。賢一郎はちよを追い立てるようにして待合室に入った。振り返ると、賢一郎たちのすぐうしろに並んでいた三十男が、身体検査を受けるところだった。背が高い、といっても賢一郎ほどだが、日本人の平均よりは背の高い、戦地帰りとも思えるようなきつい目をした男だった。

やはりおれが手配されたのか。

この日、この青森駅に、憲兵隊の追う男が同時にふたりいる蓋然性《がいぜんせい》はきわめて少ない。やはり自分が彼らの捜索対象だとみたほうがいいのではないか……。

もし自分が手配されているのだとしたら、野辺地の駅で普通列車に乗り換えたのは正解だった。たぶんこの地を管轄《かんかつ》する憲兵隊は、青森駅に入ってくる長距離列車を最も重点的に洗っていたにちがいないのだ。

それにしても、なぜ自分が手配された？ スレンセンの身に何かあったか。それともその上のレベル、米国の上級諜報員《ちょうほういん》の線からもれたのか。見当がつかなかった。もし自分が単冠《ヒトカップ》湾に向かっていることまでも知られてしまっているのだとしたら、函館以降のアプローチには、いっそう慎重にならねばならない。

すぐに乗船が始まった。

連絡船に乗りこむと、賢一郎は広い畳敷の三等船室で横になった。昨夜上野を発《た》って以来、一睡もしていない。憲兵隊が検問にあたっていた理由を検討するつもりだったが、賢一郎は横になってすぐに熟睡に入っていた。目を覚ましたのは午後三時半すぎ、連絡船が函館港に入る直前である。汽笛の音と、それまでとはちがった船の揺れに、熟睡からさめたのだった。

函館港では、憲兵隊による検問は行われていなかった。乗降口に警官がひとりいたが、とくべつ誰かを探しているようでもない。

賢一郎はいぶかった。

函館に憲兵隊が配置されていないということは、連中は賢一郎の最終目的地を知らなかったことになる。賢一郎が択捉島へ向かっていると突きとめていたなら、青森と函館両方の港で検問をおこなってふしぎはないはずだ。青森だけで十分と考えたのか。それとも、手配されているのは、賢一郎ではないべつの誰かなのか。

判断つけかねた。

もっとも合理的な解答はこうだろう。連中はやはり賢一郎が上野から北に向かったことはつきとめた。どこから得た情報かはわからないが、人相風体、年格好についても、かなり正確な知識がある。賢一郎の移動の意図についても、かなりの危機感を持って受けとめているということだ。だからこそ、憲兵隊一小隊を動員して、青森駅に警戒線を張ったのだろう。

賢一郎たちは長いプラットホームを歩き、改札口を抜け、いったん函館駅前の広場へと出た。市場や港で働く男女なのだろう。馬車が何台も、鈴を鳴らして大通りを抜けていった。冷たい風には、かすかに魚と馬糞《ばふん》の匂《にお》いがまじっている。賢一郎とその母娘《おやこ》はいったん路面に荷物をおろし、たがいに取り替えた。

「ほんとうに、ありがとうございました」母親は恐縮してしきりに頭をさげた。

「おたがいさまですよ」賢一郎は自分のリュックサックを背負って言った。

「それじゃあ、あたしたちは市場のほうに寄っていきますから」

「お気をつけて」

母娘が消えると、賢一郎はもう一度函館駅に入って、駅舎内の地図と時刻表に目をこらした。択捉島行きの千島汽船が出る時刻は、午後の六時だった。それまで二時間あまり、函館でじっと時間をつぶすというのは、あまりにも芸がない。そのあいだに、手配書がまわる可能性もあるのだ。つぎつぎと移動していったほうがいい。

賢一郎は切符売り場に歩いて、窓口で言った。

「二等。室蘭《ムロラン》まで。大人二枚、子供一枚」

「二等。室蘭まで」と駅員が繰り返す。「大人二枚、子供一枚?」

「そう」

金を支払い、賢一郎は切符一枚だけを改札係に見せてプラットホームに入った。ちょうど長万部《オシャマンベ》経由根室行きの列車が出発するところだった。駅員が笛を吹いている。賢一郎はリュックを背負い、トランクを手にさげて、その根室行きの急行列車に飛び乗った。

東京憲兵隊の磯田茂平軍曹が青森駅に到着したのは、賢一郎の到着からおよそ九時間の後である。

東京改心基督教会で起こった米国人宣教師の自殺事件の件で、いったん本部に報告に立ち寄ってから、上野発の普通列車に乗ったのだった。午後九時四十分発の急行列車には間に合わなかった。やむなく十時五十分発、常磐《じょうばん》線まわりの鈍行列車を使い、この日の午後五時三分に、青森駅に到着したのだ。

すでに東京憲兵隊から弘前憲兵隊には、斉藤某というスパイ容疑者の人相風体は連絡ずみだった。追跡にかかるのは遅れたが、あんがい着いたころには、斉藤某が逮捕されているかもしれなかった。いや、磯田はじっさいそれを期待していた。

しかし青森駅で検問にあたった弘前憲兵隊青森分隊は、まだめざす男を発見できずにいた。引続き青森駅で検問を続けている最中だったのである。

「青森に向かったという確証はないが」と磯田は言った。「しかしもしこちらへ向かったとすれば、早ければきのうの深夜。遅くとも午前八時くらいには着いているはずの相手なんですがな」

青森駅の駅長室である。検問にあたった憲兵隊の軍曹が、磯田の質問に答えていた。

責任者の軍曹は言った。

「急行列車の客は全部調べた。連絡を受けてから以降、上野発の急行列車はすべて青森の手前で停めて、乗客を検分したんです」軍曹は壁の地図を指さした。「浅虫という小さな駅があるんだ。ここでまず網を張って、急行を臨時停車させたんですがね。該当する男は見当たらなかった」

「急行列車を使わなかったのかもしれない」

「青函連絡船に乗る客、青森駅でおりる客もすべて調べた。鈍行もなにもかもひっくるめてね」

「弘前行きも」

「青森駅を通過した客は、全部ですよ」

磯田は雑嚢《ざつのう》の中から斉藤某の写った写真を取り出して軍曹に見せた。先月、三田松坂町を封鎖したとき、あの教会前で撮影したものだ。

「こいつなんだがね」

軍曹は写真を手にすると、目を見開き、口を開けた。

「見覚えがあるのかい」

軍曹は写真に目を据《す》えたまま訊《き》いた。

「こいつが、その斉藤某かい」

「そいつをつかまえて欲しかったんだ。歳のころ三十前後で、日に灼けて精悍な顔立ち。背は五尺三寸くらい。そう手配したでしょうが」

「家族を連れてるとは思わなかった」

「家族？」

「かみさんと、娘を連れてた。はっきり覚えてる。大きな荷物を背負ってた」

「調べなかったのか」

「女房子供を連れて旅行してるとは思わなかったんだ。そういう連中は調べの対象からはずした」

「やられたのか」磯田は顔をしかめて舌打ちした。「で、そいつはどこへ行った」

「青函連絡船に乗った。昼の十一時二十分発の船だった。三時五十分には函館に着いてる」

「自分も函館に行くしかないな」

「船は一時間後に出る」

「電話を借りたい。東京と函館にかけなきゃならない」

「鉄道省の電話だが、勝手に使ってもかまわないだろう」軍曹は不安げに訊いてきた。

「我々は、とんでもないへまをやったかね」

「いや」磯田は暗い声で言った。「やつがとにかく北海道へわたったことだけは確認できた。ま、考えようによっては、収穫と言えるだろうな」

秋庭保少佐の指示は簡潔だった。

追いかけろ、とそう言ったのだ。どこまでも追いかけろ、と。


それからほぼ六時間の後、磯田茂平軍曹の乗った青函連絡船が函館港に入港したころ、賢一郎は札幌駅のプラットホームで、駅員たちに話しかけて顔を記憶させていた。五分の停車時間のあいだに切符を買い、稚内《ワッカナイ》到着時刻を確かめていたのだ。それからあらためて、根室行き急行のべつの車両に移った。

この日、賢一郎は函館を出ると、長万部、小樽《オタル》を経由して札幌に入っていたのだった。青森駅でのトリックの有効時間はせいぜい六時間だろう、と踏んでいた。もし自分の手配写真などが青森にまわったりしたなら、トリックは見破られる。憲兵隊はこんどは北海道じゅうに非常線を張ることだろう。

その刻限がくる以前に、つぎつぎと相手の意表をつく行動をとってゆかねばならなかった。それには自分の目的地を決して気どられないこと。次の行動をさとられないことが肝心だった。

ちらりと時計を見た。

午後の十一時になっていた。

「どちらまで」と、向かいの席に腰かけた初老の男が訊いてきた。

「決めてないんですよ」賢一郎は用心深く答えた。「帯広か、釧路《クシロ》か。仕事のありそうなところならどこでも」

男はお茶を勧めてきたが、賢一郎は断った。話相手になっていれば、いやでもうそを並べたてなければならない。首尾一貫したうそをつき続けることは神経を使うことであるし、そのような神経は官憲相手にこそ使うべきだった。

「すいません。昨日からろくに眠っていないもので」

賢一郎は男にわびて目をつぶった。眠ったふりを通したほうがいいだろう。男も話しかけることをやめた。

函館駅に着くと、磯田はすぐに駅長に面会を申し入れ、事情を説明した。某国諜報組織の構成員とみられる男が、今夕北海道に上陸した模様であると。駅長はすぐに関係の駅員たちを部屋に呼び寄せてくれた。

駅長は駅員たちに、憲兵隊の捜索に協力するよううながした。

「こいつなら」と、切符窓口の職員が言った。「室蘭までの切符を買いましたよ。大人ふたりと、子供ひとりのぶんだ。ピンピンの新札を出してきたんで覚えてるんですがね」

家族連れだった、という青森の憲兵の証言と一致する。手配内容を書き替える必要があった。

べつの職員がその写真を手にとった。改札係である。

「ひとりで通ったように思うな。女房子供ってのは覚えがないね」

「たしかかね」と磯田はたしかめた。

「一緒だったのかもしれないよ。だけど、わたしがはっきり覚えてるのは、この男ひとりだけだ」

べつの職員が言った。

「函館本線に駆けこんできた男だ」

「何人だった」

「ひとり」

「それは室蘭を通るのか」

「いえ。小樽まわりですから」

「どこ行きの列車なんです」

「札幌、滝川を経由して、根室までゆきます」

磯田は考えこんだ。

情報が混乱してきた。彼に家族あるいは行動を共にする女と子供がいるのかもしれず、その女子供は先に列車に乗っていたのかもしれず、いずれにせよ斉藤某を男ひとりだけで旅行中と断定することはできない。ましてや、買った切符そのまま、室蘭に向かったとは。

磯田は駅長に訊いた。

「もしこいつが札幌へ向かったとして、着くのは何時ころです。駅に手配することは可能だろうか」

駅長は懐中時計に目を落として答えた。

「ちょうど、いま札幌に着いたころですな。連絡をとってみましょうか」

「よろしくお願いします」

駅長は駅員たちを帰した。

磯田は手洗いを借りることにした。ひとまず、じっくり手を読まなければならない。しかし、詰め将棋のようなわけにはいくまい。自分は必ずしも頭の切れを評価されて、憲兵下士官まで昇進した男ではないのだ。東京・中野の憲兵学校での席次も、ほとんど尻《しり》に近いものであった。ただ律義《りちぎ》さと、愚直なまでの勤務熱心さ。それが身上の軍人だった。いったんは暗唱した軍人勅諭も、いまではつっかかることなく言えるかどうかもあやしい。頭痛を引き起こしそうな気分だった。

手洗いから駅長室へもどってくると、駅長がメモをかざして言った。

「いま札幌の車掌区と連絡をとっていたんですが、駅員のひとりがおたずねの男によく似た男を見ていましたよ」

「どこです」磯田は軍袴《ぐんこ》の前ボタンをかけながら訊いた。

「札幌駅です。稚内行きの切符を買った男がそうじゃないかと。そいつは室蘭までの切符を持っていて、差額を精算しています」

「ひとりでしたか」

「ひとりだったそうです。帆布のリュックサックと革のトランクを持っていたとか。三十歳くらいで、カーキ色の国民服。体格がよく、きつい目をしていたそうです」

「稚内ですか」

「ただ、いま十一時になるところですからね。明日の朝まで、札幌から稚内行きは出ませんよ」

「途中に、どんな街を経由するんです」

「滝川。旭川」

旭川。強力な師団の所在地だ。諜報員が潜入する先としては、札幌よりはこちらのほうが意味があるだろう。あるいは秋庭少佐が言っていたように、やつは樺太へ向かっているのかもしれない。樺太へ向かっているのだとしたら、稚内から連絡船に乗ることになる。

とにかく札幌、旭川、稚内駅に連絡しよう、と磯田は決めた。自分もつぎの列車で札幌に向かうべきだろう。へたをすると、樺太まで渡ることになるかもしれない。股引《ももひき》が必要だったな、と磯田は思った。長袖《ながそで》のネルのシャツも、手に入れておかなければならないようだ。自分は厳寒用の身仕度はしてきていないのだ。

「ひとつだけお訊きしたいのですがね」磯田は気になって駅長に訊《たず》ねた。「樺太行きの連絡船というのは、毎日出ているものですか。それとも一便逃すと、あと何日も待たねばならないものですか」

斉藤某という男がふいに東京を発《た》って、この日北海道に入ったのには、何かわけがあるはずだ。きょうであることが望ましい理由。きょうでなければならない理由が。たとえば、交通機関の乗り継ぎの都合とかが。

駅長は眉間《みけん》にしわを寄せて答えた。

「大泊《オオドマリ》航路は、毎日一便往復しています」

「ほかの航路もあるんですか」

「真岡《マオカ》や敷香《シスカ》方面でしたら、この函館からも毎月二、三便、小さな船が通っています。ちょうど千島汽船みたいに」

「千島汽船?」

「函館から択捉島に出てる船です。夏のあいだは月に二便ありますが、冬になると月に一便になる」駅長は壁のカレンダーに目をやって続けた。「ちょうど、きょうが出る日でしたが」

「きょう」

「ええ。夕方出ています」

「択捉島ね」

磯田は煙草《たばこ》を一本取り出して火をつけた。

十一月　函館―根室

賢一郎は荷を背負いなおして、釧路駅の駅舎を出た。

十一月十七日の朝の九時。駅前の広場の向こうに、暗く低い家並みが広がっていた。道路は埃《ほこり》っぽく、建物はどれもどこか仮小屋めいたたたずまいだ。米国北西部の田舎町の風情《ふぜい》にも似ている。ここも函館同様、風に魚と馬糞の匂いがまじっていた。

賢一郎は駅前の広場にとまっていた荷馬車に近寄り、御者台の男に訊いた。

「花咲って港に行きたいんだが、便乗させてくれるトラックなんて知らないかね」

男は荒っぽい声で答えた。

「汽車がいま出たばかりだぜ。乗り逃がしたのか」

「目の前で出ていったよ。このあとは、一時すぎまでないし、待ってられないんだ」

「乗せてくれるかどうかは知らないけど、港のほうにいってみな。まだ行き来してるトラックがいくらかあるかもしれん」

頭を下げて、賢一郎は教えられた港まで歩いた。港の付近はさすが人の出も多く活気がある。この町が貴重な食糧の荷揚げ基地となっているせいだろう。おそらく重油や石炭など、さまざまな統制物資が優先的にこの町の漁業関係者に割り当てられているにちがいない。

倉庫街の裏手に、食堂の並ぶ一角があった。そばの広場には十数台の荷馬車がとまっており、トラックも数台まじっている。魚の匂いが強く鼻をついた。

賢一郎は手近の食堂の戸を開けた。中では赤い肌《はだ》の男たちが声高に話しながら飯をかっこんでいる。賢一郎が入ってゆくと、何人かの男たちが戸口を振り返った。ひとりと目が合った。四十歳くらいの、血色のいい男だ。二重あごで、爪楊枝《つまようじ》を使っている。テーブルの上に、自動車の始動用クランクらしきものが置かれていた。

賢一郎はその男の向かいに腰をおろし、魚の刺身を注文した。男はうさんくさそうに賢一郎を見つめてきた。賢一郎は愛想笑いを見せた。刺身が出てきたので、男に勧めると、男は首を振った。

「いらん。もう出るところなんだ」

賢一郎は訊いた。

「表のトラックかい」

「アメ車だ。よたよたの国産じゃないぜ」

「どっちへ行くんだ」

「根室だ」

「じつは、おれも根室に行きたいんだが、つぎの汽車を待ってられない。一緒に乗せていってもらえないかな」

「このところ、そういう人間が多いんだよ」

「どうなんだい」

「荷台でいいなら、乗っけてやるよ。ただし、金はもらうぜ」

「いくらだい」

「五円」

「高いぜ」

「このご時世だぜ。おれがトラックを動かすのにどれだけ苦労してると思ってるんだ。なんならどこかからガソリンの一斗缶でも持ってきな。ただにしてやるから」

「わかった」賢一郎は男に一円札を五枚渡した。

男は爪楊枝でひとしきり歯の奥をせせると、立ち上がった。

「来な。昼前には着く」

磯田茂平軍曹《ぐんそう》は、札幌駅の事務室でその後の状況を聞いていた。

旭川憲兵隊札幌分隊の軍曹は首を振って言った。

「連絡を受けてすぐ、札幌駅の待合室を捜索しましたが、該当する男は見当たりませんでした。今朝以降発の稚内方面行きの列車にも、乗りこんだ様子はみられません。稚内のほうは、このあと数日、駅と連絡船桟橋《さんばし》で検問を実施しようと思いますが」

「頼みます」と磯田。「しかし時間的には、手配は十分間に合っていたはずなんだがね。やつは朝まで札幌駅で時間をつぶすしかなかったんだから」

「相手は稚内に向かっていなかったのかもしれません。稚内行きは、確実だったんでしょうか」

駅員のひとりが、おずおずと口をはさんだ。

「この写真の男かどうかは自信がないんですけどね。よく似た感じの男は、根室本線に乗りましたよ」

「どこに行く列車だ」

「帯広、釧路を経由して、根室へ」

「根室」

千島に近い港町ではなかったか。

駅員がつけ加えた。

「茶色の革の鞄《かばん》を持ってました。たぶん、たぶんこの男だと思うんですが」

「ひとりだったか」

「そのようでしたが。きのう十時五十七分発の列車です。函館を夕方に出ています」

「なんでまた、根室に」磯田は壁の地図に目をやった。「稚内とは、まったく方向がちがう」

駅長が言った。

「昨夜の列車となると、もう釧路を通過しています」

駅員のひとりが、受話器を手にして磯田に言った。

「東京、つながりました」

磯田は受話器を手にとった。

「まだ逃げてるって？」秋庭少佐だった。「もう一歩みたいだったが」

「やつは根室方面へ向かったようです」磯田は報告した。「函館で行先をまどわせるような小細工をしてまして、ちょっと目的地を特定できませんでした。でも釧路か根室へ向かったのは確かなようです」

「追え。諜報員がひとり自殺してまで秘密を守ろうとしてるんだ。何か重大な謀略の可能性が高いんだぞ。貴様のいい手柄《てがら》になる」

「もう一度確かめさせていただきたいんですが」

「なんだ」

「少佐殿が発見したメモには、青森の次に何と書かれていたんでしたっけ」

「Hだ。アルファベットのH。函館や北海道の頭文字になる」

「択捉島の頭文字は、何なんですか」

「Eだ。どうしてだ」

「やつの目的地が、択捉島のような気がしたものですから」

「どうしてそう判断したんだ」

「きのうの夕刻、月に一便だけの船が函館から出ているんです。それが、やつがきのう函館に入らねばならなかった理由ではないかと、ちょっと思ったもので」

「船には乗っていたのか」

「いえ。函館警察署に依頼して港の関係者をあたらせましたが、該当する乗客はなかったそうです」

「汽車に乗ったんだろう。だったら、その線はありえない。青森から先のHなら、函館、北海道、日高、広尾。そういったあたりが考えつくがな」

「は」

磯田は引き続いて釧路市と根室町の警察署に電話を入れた。東京憲兵隊からの要請として、それぞれの駅で不審者を尋問することを求めたのである。両警察署の担当幹部はこれを諒承《りようしよう》した。

磯田は電話を切ると、駅長に訊いた。

「これから根室に向かう列車はあるのかな」

駅長はそっけなく言った。

「いま軍曹がおりられた列車が、根室行きでした」

磯田は軽いめまいを感じた。寝不足と空腹がこたえている。

「つぎの列車まで、あと何時間ある」

「急行は、明日の朝までありません」

「そんなに辺鄙《へんぴ》な町なのか」

「なにせ一日に一本だけしか急行が通ってませんからな。内地とは、交通事情がちがうんです」

「できるだけ早く根室まで行きたいんだが」

駅長は少しのあいだ首をひねってから言った。

「鈍行と貨物を乗り継げば、明日の急行を待つよりは早く着けるでしょう。手配いたしましょうか」

「頼む」

磯田はそばの椅子《いす》に腰をおろして思った。根室まで行けば、カニが食べられるだろうか。カニの缶詰《かんづめ》は日本の貴重な輸出品のひとつだったが、いまは経済封鎖のせいでアメリカには売ることができない。かといって、国内にさほど売り先のあるものでもないだろう。料亭にも鮨屋《すしや》にも縁のない磯田にとって、これは千載一遇のカニを食べる機会かもしれなかった。磯田はこの追跡行のあとの褒美《ほうび》として、自分のためにカニ料理を奮発しようと決めた。

根室町は、茫漠《ぼうばく》とした台地の上に広がる町だった。周囲に山は見当たらず、背の高い樹木も見当たらない。海からの風に一年じゅう吹きさらしになっているせいだろうか、民家はほとんどが平屋づくりで、どこの家の壁板も白っぽく風化し褪色《たいしょく》している。ここも釧路同様、通りを行き交う荷馬車が目につく町だった。

天気のよい日であれば、港の沖合はるかには国後《クナシリ》島の島影が見えるという。しかしこの日は曇り空で、港を見おろす高台から北の海を眺《なが》めてみても、陸地を認めることはできなかった。

賢一郎は港へと歩き、連絡船の事務所を探した。岸壁近くの、倉造りふうの建物がその事務所と待合室になっていた。事務所の中で、中年の男がひとり、帳簿にペンを走らせている。

賢一郎は事務員に訊いた。

「国後に行く船があるって聞いたんだが、ここから出るのかい」

男は帳簿から顔を上げて訊き返してきた。

「国後のどこまで行きたいんだ」

「乳呑路《チノミノチ》って町だ」

もちろんじっさいに行くのは択捉島だが、ここでいまその地名を明らかにすることはない。

男は言った。

「明日になるよ。泊《トマリ》に行くんなら、きょうの午後にも出るけどな」

「そこから乳呑路までは、遠いのか」

「駅逓《えきてい》の馬を乗り継げば、三日で着く」

「三日か」

「急ぐんなら、そこの吉田屋って回漕屋《かいそうや》に行ってみな。貸切りで船を出すってところを教えてくれるかもしれん」

「貸切りの相場はどのくらいだ」

「三十円くらいじゃないのかな。明日まで待って、うちの船に乗ったほうがいい」

教えられた回漕屋へ行くと、さらにひとりの男を紹介された。渡辺という男で、小型の漁船を持っているという。船は昨夜、漁からもどってきたばかり。岸壁に係留中とのことだった。

賢一郎は港を歩いて、その漁船を見つけた。長さ三十フィートほどの、手入れの悪い木造船だった。船首にもり突き台にも似た設備があり、マグロ漁や棒受網《ぼうけあみ》漁の漁船の形にも似ている。一応は内燃機関を搭載《とうさい》しているらしかった。船体には、薄れかけた塗料で船の名が記してある。八代丸《やしろまる》、と読めた。

男が後尾の操舵室《そうだしつ》から顔を出した。彼が渡辺なのだろう。五十がらみで、頭に手拭《てぬぐい》をまき、黒い毛糸のスウェーターを着ている。はれぼったい目で、怪訝《けげん》そうに賢一郎を見つめてきた。

賢一郎は言った。

「貸切りで船を出してくれるって聞いたんだが」

渡辺は訊いてきた。

「どこに行きたいんだ」

「国後。乳呑路って港だ」

進路を択捉島に向けろ、という交渉は、国後島に近づいてからの相談ということになる。

「ひとりかい」と渡辺。

「おれだけだ」

「八十円」

「五十円」

「七十五円。いやなら、定期便に乗りな」

「七十円なら借りる」

「前金だ」

「いいだろう。どのくらいかかる」

「急げば四時間くらいだな」

賢一郎は時計を見た。いま、正午ちょうど。夕刻には、国後島の東端近くまで行けるということだ。渡辺がちらりと時計に目を向けたのがわかった。

「どら、荷物をよこしな」

渡辺が手を出してきたが、賢一郎は自分でトランクを持ち上げて甲板に乗り移った。

「大事なものかね」

「こわれものなのさ」

「じゃあ、金を」

賢一郎は財布を取り出して、金を支払った。渡辺はまた財布の中をのぞきこんできた。かすかに渡辺の汗が匂った。

「乳呑路まで、何しに行くんだ」

「商売さ」

「どんな」

「ラジオの注文をとりに」

「船賃に七十円も出して、元はとれるのかい」

「数で帳尻《ちょうじり》を合わせるさ」

渡辺は操舵室のうしろのハッチを指さした。

「そこに入ってな。すぐに出すから」

渡辺は岸壁へ上がって、回漕屋や雑貨商の並ぶ一角へと歩いていった。

賢一郎はハッチを開けて船員室へと入った。畳を敷いた狭い空間で、ハッチのガラスが天窓がわりとなっている。賢一郎はトランクを畳の上に置くと、リュックの底からシャツにくるんだ回転式の拳銃《けんじゅう》を取り出した。スレンセンが保管しておいてくれた拳銃のうちのひとつだ。三十八口径のスミス&ウエッソンだった。賢一郎は弾倉をもどすと、拳銃を国民服の内側、ベルトの下に押しこんだ。

渡辺がもどってきたのは、十分ほど後である。ひとり、男をともなっていた。国民帽を後向きにかぶった、まだ若い男だった。

「出発するぞ」渡辺が発動機に点火してから言った。

若い男は、桟橋のともづなを解いて甲板に放《ほう》ると、船に飛び乗ってきた。

磯田茂平軍曹が四本の普通列車、貨物列車を乗り継いで、なんとか釧路駅に到着したのは、その日午後二時のことだった。釧路には、軍用馬を運ぶ特別列車で入った。帯広で馬と一緒に無蓋車《むがいしゃ》に乗り、藁《わら》の上に腰をおろして運ばれてきたのである。おりたとき、磯田は自分の軍服に馬の匂いがしみついていることを意識していた。

彼は、釧路駅でも落胆させられた。

警察はこの朝、釧路駅で不審者の尋問をおこなっていたが、斉藤某なる男を拘束することはできなかったのだ。根室警察署も、この日午後一時に到着する函館からの列車を検問していた。根室町に入る手前、落石《オチイシ》の駅で乗客をあらためていたのである。手配に該当する客はなかった。

根室には向かっていない？　ではどこへ。

磯田の顔が曇ったのを見て、署長はさらにつけ加えた。

「ただ、足どりを完全に見失ったわけではありません」

「どうしてだ」

「漁港の食堂で、ひとつ有力な情報を得ています」

手配にあったような風体の男が、花咲行きのトラックに便乗していったようだ、というのだ。花咲は根室町に近い漁港であり、半島の南側の海岸にある。トラックはこの花咲港へ向かって朝の九時すぎに出発していた。じっさいに乗ったかどうかの確証は得られなかったが、その男は、茶色い革鞄を持っていたという。

列車には乗っていなかったはずだ。

「先にそれを報告してくれたらよかった」

言って、磯田は釧路駅駅長室の壁の北海道地図を見た。根室町は北海道東端、根室半島の、その中ほどに位置する小都市だ。半島のつけねを押さえると、町への出入りを完全に掌握できる。逃げようとしても、海へ出るしかなくなるのだ。

磯田は釧路警察署の担当警部にむきなおった。

「花咲か根室には、何か軍の特別な施設はあるか」

警部は答えた。

「根室に海軍の飛行場があります」

「基地航空部隊が？」

「いえ、飛行場だけですが」

海軍の何か秘密施設があるのかもしれない。部外者にはおおっぴらにされていない、何か重大な機密性を持った施設が。

「そこには部隊は駐屯《ちゅうとん》しているのか」

「基地警備隊と通信隊があります」

「基地に対して、何か破壊工作のようなことが計画されているのかもしれん。根室警察に連絡して、半島への出入り口を封鎖してくれ。港でも検問にあたるんだ。三十歳前後の不審者は、片っ端から拘束していい」

「おおごとですな」

「国家の危急に関《かか》わることだ、と、もう一度言ったほうがいいのか。旭川憲兵隊には確認をとってもらったはずだが」

「承知してます」警部は軍隊式に敬礼した。「すぐやらせましょう」

「そうしてくれ」磯田は帽子をかぶって言った。「おれは根室に行く」

「明日まで、根室行きの列車は出ません」

「相手はトラックに乗ったんだ。自分も車で行って悪くあるまい」

署長は口をつぐんでうなずいた。注文の多い憲兵、とでも思ったのだろう。

署長は若い巡査に言った。

「軍曹のためにトラックを出せ。根室までお送りするんだ」

カニ料理まで、あとほんの一歩のように思えた。


揺れる船員室で仮眠していたときだ。ハッチが開いて、渡辺が顔を出してきた。

「小一時間で、乳呑路に着く」渡辺が言った。「上に握り飯があるが、食わないか」

「いただこう」

賢一郎は起き上がって、渡辺と一緒に操舵室に入った。賢一郎たちと入れ替わりに、若い男が操舵室を出た。

　操舵室は男三人も入れば窮屈に感じられるほどの広さで、中央にこぶりの金属製の舵輪がある。操舵盤の脇《わき》に革のナイフケースのようなものが見えた。針金でコンパスの下の台にくくりつけてある。

　賢一郎は窓ガラスごしに北洋の鉛色の海に目をやった。空はいくぶん暗くなってきている。天候が悪化しつつあるようだ。波は大きな周期でうねりを繰り返しており、しばしば舳先《へさき》に波が砕けて、爆発したかのような水しぶきを上げた。左手から前方にかけての水平線上には陸が見えた。国後島の影なのだろう。正面右手よりに姿のととのった白い山がそびえたっていた。

　賢一郎は渡辺が差し出してきた握り飯を受け取り、ひと口ほお張った。

　渡辺が言った。

「なあ、ひとつ相談なんだが」

「言ってくれ」賢一郎は渡辺を見た。

　渡辺は舵輪を持ったまま、顔だけを賢一郎に向けてきた。汚れた歯を見せてはいたが、目の光は異様に鋭くなっている。

「最近は油も闇《やみ》で手に入れてるんだ。ひとり、相方も頼んで乗ってもらったし、船賃に少し色をつけてもらえないか」

「話はついたと思ってたが」

「もう一回、話し合いたいってことなんだ」

「七十円。あんたが承知して、おれは先払いしたよ」

「なあ。事情がよくわかってないようだが、ここは海の上で、あんたはひとり。ほかに誰も見てる者はいない。北洋じゃあよく転落事故も起こるんだが、そういう心配はしていないのかね」

「七十円で、乳呑路まで。これで不足なのか」

「あんたはもっと出せるはずだぜ。高そうな時計をしてるし、財布もふくらんでる。あの鞄には、さぞかしいいものが詰まってるんだろう。そうでなければ、七十円出して貸切りで国後まで渡らないさ」

「行先を変えてくれたら、もう少しはずもうとは思っていたんだがね」

「ほう」渡辺は首をかたむけた。「どこまで」

「言う気はなくなったな。それより乳呑路までなら、あといくら取るつもりだ」

「百円はもらわなきゃあな」

「法外だぜ」

「鞄の中身しだいでは、もっと出してもらうことになるのさ」

「それでいま、下でおれの鞄を開けて見てるんだな」

図星だったようだ。長年潮風にさらされてきたらしい渡辺の皺《しわ》の多い顔がゆがんだ。

「あんたも」と渡辺は言った。「見たところ、ただの堅気とは思えねえ。冬がきたってのに、いまごろわざわざ千島に渡るって言うんだ。なんかわけありなんだろう。悪いことは言わねえ。突っ張らずに、おれと相談したほうがいいんじゃないのか」

操舵室後部のドアが開いて、若い男が顔を見せた。当惑したような表情だった。手には漁師の使う大型のナイフが握られている。鞄の錠をこじ開けていたのだろう。

「どうだ」渡辺が若い男に訊いた。「何が詰まってた」

「変な機械だ」若い男は、賢一郎を不審げににらんできた。「ラジオみたいだけど、ラジオじゃない」

「余計なものを見てしまったな」

賢一郎は握り飯を左手に持ったまま、右手で拳銃を引きだした。

男たちふたりの顔色が変わった。

一瞬のためらいも見せなかった。賢一郎は若い男に銃口を向けて、引金を引いた。狭い操舵室に銃声が反響した。若い男の額に穴が開き、男はのけぞって外へ転がった。

「野郎！」

渡辺はナイフを抜いて飛びかかってきた。

もう一発撃った。撃ってさっと一歩横にずれた。渡辺の巨体がぶつかってきて、賢一郎をはね飛ばした。ナイフが突き出される。賢一郎は渡辺のその腕を押さえ、しゃにむにねじり上げた。渡辺の左手が賢一郎ののどを締め上げてきた。気管をつぶそうとしてくる。賢一郎はあごを引き、首の筋肉に意識を集中して喉《のど》を守ろうとした。

と、ふいに渡辺の巨体が縮んだ。腕から力が抜けた。渡辺はただの空気袋にでもなったように重さを失い、賢一郎から離れた。

賢一郎はひざで渡辺を蹴《け》り飛ばした。渡辺はどうと背後の壁にぶちあたり、その場にくずれ落ちた。賢一郎は拳銃を持ちなおして、あとじさった。

渡辺は床にひざをつき、ゆっくりと身体《からだ》をひねってきた。何が起こったのか、まだ理解できていないようだ。目をいっぱいにみひらき、説明を求めるかのように賢一郎の顔を見上げてくる。スウェーターの胸のあたりに、何か粘性のある液体のぬめりがひろがっていった。右手はまだナイフを握っているが、それを持ち上げる力はもう失ってしまっているようだ。

賢一郎は渡辺に拳銃を突きつけたままで言った。

「少し欲張りすぎたな。鞄の中まで見られたら、生かしてはおけないんだ」

渡辺が言った。

「船を、誰が、動かすんだ」

ろれつがまわっていない。泥酔《でいすい》した男の言葉のようだった。

賢一郎は答えた。

「おれが船員だってことを、言ってなかったな」

「くそ」

渡辺の口から血が噴き出した。血はナイフの刀身に落ちてはねた。

賢一郎はもう一度拳銃の引金を引いた。こんどは正確に心臓を狙《ねら》って。

破裂音と同時に、渡辺の身体が痙攣《けいれん》した。それが最期《さいご》だった。彼はナイフを握ったまま、身体を床に倒してきた。背の当たっていた壁に、赤いしみがひとつできていた。

賢一郎は揺れる船の上で立ち上がり、波の方向を見て舵輪を修正した。

周囲の海に目をやったが、遠く根室半島の方向に数隻《すうせき》の漁船らしき影が見えるだけだ。近くに船はない。いまの銃声が誰かに聞こえたはずもなく、ましてや殺人の瞬間を目撃されてもいない。

賢一郎は渡辺の死体に近づいて、その手からナイフをもぎとった。刃渡り十五センチほどの、肉厚の重い刃物だった。

ふいに賢一郎は海の音を意識した。船の発動機の音さえかき消すほどの音量で、海はごうごうと音を立てている。波動がたがいにぶつかりあい、干渉しあい、渦《うず》を巻き、さらに大きな波動に成長して、音を増幅させていた。海全体が地鳴りのように轟《とどろ》きを発している。鋭くかん高い風の音が、その轟きの隙間《すきま》を縫ってうなっていた。いまのいままで、この音を意識できなかったことがふしぎだった。

海が鳴り響く中、賢一郎はナイフを持って、ハッチの上に転がっている若い男を引き起こしてみた。死んでいる。賢一郎は死体の腹にナイフを突き刺し、横に切り裂いた。死体からまた血が流れ出した。

賢一郎は男の手を引っ張ってハッチの上を引きずり、舷側《げんそく》から海に放り投げた。少しのあいだ、死体は波のうねりに浮き沈みしていたが、やがて海中に没し、それきり見えなくなった。

操舵室にもどって渡辺の死体をひきずり出し、これにもやはり深く身体に切り傷を入れて海に放り投げた。溺死体《できしたい》は海に浮く、とは、船員時代に教えられたことだった。似たようなことを、サンディエゴのテイラー少佐の訓練所でも伝授された。海に死体を放りこむ際、浮かんできてほしくなければ、身体に切り傷をつくってやれと。これで洋上殺人の証拠は、文字どおり海の藻屑《もくず》となったことになる。甲板についた血も、あとで洗い流さねばなるまい。

操舵室の前方へと歩いて、機関室のハッチを引き開けた。

狭い機関室で鼓動しているのは、ボリンダー型の重油発動機だった。日本ではたしか焼玉エンジンと呼ばれている種類のものだ。扱った経験がある。

賢一郎は機関室にもぐりこみ、ウォーター・ジャケットを点検した。冷却水は十分だ。あと五、六時間の運転にも耐えられそうだ。燃料も、たっぷり七分目ほど残っていた。

機関室から上がって、ハッチを閉じた。船の揺れが大きくなってきている。水しぶきが上がって、賢一郎の国民服を濡《ぬ》らした。夜には、海ははっきり荒れていると言える状態になっているかもしれない。

操舵室にもどって、操舵盤の下の引出しを探した。近海の海図が入っていた。そうとう傷んだ地図が十数枚だ。ありがたいことに、択捉島周辺も渡辺の海賊行為の領海だったようだ。賢一郎は書きこみの多い択捉島東海岸の海図に目をこらした。

とにかく進路を変更する必要がある。国後島乳呑路から、択捉島へ。北北東の方角から、北東へ。択捉島東海岸の、どこか適当な入江か湾へ。賢一郎は面舵《おもかじ》をとって船の向きを変えた。右手にあった白い山が、ゆっくりと正面から左手にまわっていった。

回漕屋の職員が、磯田に言った。

「ええ。国後の、乳呑路ってとこに行きたいって言ってましたね。貸切りで行ってもらいたいって。一時すぎのことですよ」

午後六時少し前の根室港だった。釧路警察署の公用車で根室町に到着した磯田は、根室警察署の署長から、またも相手が一歩先行して消えたことを知らされたのだ。根室警察署が連絡を受けた時点で、すでに斉藤某は根室港から国後島へ向けて出港していたようだという。根室海運の職員も、この回漕屋の従業員も、磯田が見せた写真で、その男が斉藤某であることを確認した。

回漕屋の職員は続けた。

「だから、八代丸って船を紹介してやったんです。三十トンばかりの小さな漁船ですよ。ふだんは色丹《シコタン》島のあたりに漁に出てるんですがね、ときどき貸切りで千島に客を運ぶこともやってるんです」

磯田はいましがた根室警察署で手に入れた千島の地図をのぞきこんだ。国後島は根室の北方五十キロの位置にある。千島列島の最南端の島だ。乳呑路というのは、島の東部、爺爺岳《チャチャダケ》と呼ばれる活火山の南にある港で、役場も置かれている。国後島の中では、大きな村のようだ。

根室警察の署長が、奥の電話のそばから言った。

「乳呑路にはまだ着いてませんな」

磯田は署長に言った。

「そのまま港で待機させてください。海の上を行くんですから、多少の遅れはあるでしょう」

署長がうなずいた。

待機を指示しながらも、磯田は思った。あと何時間待とうと、八代丸は絶対に乳呑路の港には入らない。少なくとも、斉藤某を乗せて入港することはない。やつはべつの港に向かっている。

乳呑路ではないとしたらどこだ。

磯田は地図をにらんで考えこんだ。

そんな小さな船で、どこに行こうとしているんだ。

磯田は国後島の東隣りの島に視線を移した。択捉島が、細長く右上がりの姿態で延びている。函館からなら、直接連絡船が出ている島だ。それも、斉藤某が函館に着いたちょうどその日に、月に数便だけの連絡船が出ていた。ただ、彼がその連絡船に乗らなかったのだから、この島が目的地とは思えない。

それでもひっかかった。

彼は青森駅の検問を抜ける際、自分が手配されたことを知っただろう。一応検問を無事通過したが、函館港に着いた時点では、連絡船の出港までまだ二時間近い待機時間があった。このあいだに手配が函館港まで及ぶことは十分想像できたはずだ。彼が出港までの二時間を無駄《むだ》に過ごしたはずはない。危険が迫っていると判断して、千島汽船に乗ることをあきらめたのではないか。鉄道をつぎつぎと乗り換え、トラックに便乗して根室にやってきたのは、択捉島に渡るための次善の策だと考えると納得がいく。

ではメモにあったというHの意味は？

Hはどこを差しているのだ。

磯田は根室警察署の署長に訊いた。

「択捉島のこの湾は、なんと読むんですか。たんかん湾、ですか」

「ヒトカップ、です」

磯田は恥をしのんで、目の前の内務省の官僚に訊いた。

「自分は、ローマ字は苦手なのですが、ヒトカップというのは、ローマ字で書くと、頭文字は何になります」

署長は、かすかに侮蔑《ぶべつ》とも嘲笑《ちょうしょう》ともつかぬ笑みを見せた。一瞬の、ほんのかすかな笑みではあったが、磯田にははっきりと読み取ることができた。あの南京でも、自分よりも階級の高い軍人たちの軍紀違反をとがめたとき、よくこれと似た笑みを見せられたものだった。

署長は目をそらし、謹厳そうな表情をつくって言った。

「H、ですな」

H！

磯田はせきこむように訊《たず》ねた。

「ここには、何か軍の施設は？」

「天寧《テンネイ》ってところに、海軍の飛行場があります」

「択捉島には、ほかに何か大きな軍事施設はありますかね」

「いや。聞いておりません」

単冠湾だ、と磯田は確信した。もうここまできたなら、可能性のある土地はそう多くはない。単冠湾に海軍の飛行場以外の何があるのかは知らないが、やつが目差しているのは、単冠湾だ。

「署長」磯田は言った。「択捉島の警察署に、斉藤某の件を連絡してくれませんか。一刻を争うことかもしれない」

署長は慇懃《いんぎん》に言った。

「もう少し待ってみてはいかがですかな。八代丸が乳呑路に入るかもしれないんですし、乳呑路の駐在があっさりそいつを拘束するかもしれません。それを確認してからでは遅すぎますか。根室管内のことには、わたしが責任を取らせていただきますから」

下士官風情《ふぜい》の言いなりにはならない。署長の口調は、そう言っているようであった。

磯田は訊いた。

「あと何時間」

「一時間。海の具合によっては、それくらいかかってもおかしくはない。べつの港に寄ってから向かってるのかもしれないし」

「いいでしょう」磯田は引き下がった。「一時間待って船が入らないようなら、択捉島に連絡をお願いします。わたしはそれを確認したうえで、島に渡ります」

「択捉までの定期便となると、来週まで出ませんが」

「それを待ってはいられない」

回漕屋の職員が言った。

「紗那《シャナ》行きの船でよければ、明日の朝に出ますよ。道庁の千島調査所の船です。便乗させてくれるでしょう」

磯田は署長に訊いた。

「紗那というのは？」

「択捉島西海岸の、北よりの漁村です。単冠湾に行くのなら、少し遠回りになりますが、定期便に乗るよりは早く着く」

「それで行こう」

けっきょく一時間待ったが、八代丸は乳呑路の港には現れなかった。出港からほぼ七時間たっている。遅れているとは考えられない。べつの港へ向かったか、あるいは、遭難したか、そのどちらかだろう。

磯田は遭難説を取るつもりはまったくなかった。やつは択捉島、単冠湾に向かったのだ。それ以外ではありえない。

根室警察署長は、斉藤某という男が乳呑路から単冠湾へ目的地を変更したとは信じなかった。代わりに、国後島のほかの部落の駐在所にも、八代丸と斉藤某という男を手配すべきと判断したのである。手配は乳呑路駐在を経由して島全体に伝わった。

それでも磯田との約束どおり、署長は一応択捉島紗那村の警察署にも長距離電話を入れた。紗那警察署が択捉島全島を管轄《かんかつ》していたのである。

署長は簡潔に指示した。

「八代丸という漁船が、不審な男を乗せて単冠湾に向かっている可能性がある。もし八代丸が入港した場合、不審者を拘束し、根室警察に連絡をくれ」と。

紗那警察署長は諒解《りょうかい》した。

しかし電話が切れたあと、紗那村の警察署長はひとりごとをつぶやいたのだった。

「単冠湾はいま、海軍の海防艦が封鎖している。いったいどんな船が入ってこれるというんだ」

それは単冠湾・年萌《トシモエ》の駐在からの連絡だった。この数日来、単冠湾沖に帝国海軍の海防艦・国後が居座り、沖合を通過する船を監視し、あるいは湾へ入ろうとする船を追い返しているのだという。事情は誰にも説明されていなかったが、国防上の機密事項ということなのだろう。択捉島近海で、何か重大な事件なり事故なりが発生しているのかもしれない。いずれにせよ、海軍は単冠湾の沖で異常に神経質になっているのだ。

そんなわけで、いまの単冠湾は、挙動不審の男が出入りできる状況ではない。警戒するのは、西海岸の港だけでいい。

それでも紗那警察署長は、年萌と灯舞《トウマイ》の村の駐在には、こう伝えた。

「もし八代丸という漁船が入港したら、ちょっと調べてみてくれ。何か犯罪に関係しているかもしれん」

年萌と灯舞の駐在は、その指示を言葉どおりに頭に入れた。

# 第四部

## 十一月　択捉島《エトロフ》

船底にどんと鈍い衝撃があった。

舳先《へさき》が持ち上がり、スクリューが空まわりを始めている。賢一郎は機関室へ飛びこんですぐに発動機のクラッチを切った。

東の空が青みがかってきていた。午前六時という時刻だった。日本本土よりも経度でいえばかなり東側にある島だ。日の出が本土よりも早いのかもしれない。

賢一郎は夜明け前の青い光の下、正面に見える海岸線に目をこらした。人気《ひとけ》のない荒涼とした砂浜が広がっている。海図だけを頼りに、岩礁《がんしょう》の多い択捉島東海岸の沖を航行してきたが、ここまできてやっと上陸できそうな浜を発見したのだ。地図で確かめると、具谷《グヤ》という漁場の手前数キロの地点らしい。

ところどころに雪の残る砂丘が左右何キロにもわたってひろがり、砂丘の背後にはそうとうの標高のある山並みがそびえている。単冠《ヒトカップ》山と呼ばれる、島の背骨にもあたる山塊のようだ。その山の方角から、強い風が吹きおろしてきている。

賢一郎は大きく息を吸うと、リュックを背負ったまま舷側《げんそく》から海の中に飛び下りた。海水のあまりの冷たさに、全身の筋肉が収縮した。悲鳴すら上がるところだった。水の深さはちょうど胸のあたりまでだ。賢一郎は筋肉が水に慣れるのを待ち、それからトランクをとって頭の上にかざした。リュックの中身もトランクの中のものも、油紙で厳重にくるんでおいた。多少の水がかかっても、濡《ぬ》れて使いものにならなくなることはない。賢一郎は海の中を砂浜に向かって歩きだした。

砂浜に上がって、トランクを雪の上におろす。ガラスの破片の中を抜けてきたような気分だった。皮膚の表面に無数の切り傷ができたような、そんな痛みさえ感じる冷たさだ。背骨から頭頂部にかけて、殴られたあとのような痺《しび》れが貫いている。神経の繊維が水の冷たさに機能停止を起こしているようだ。身体《からだ》じゅうの血管も縮みきってしまったのだろう。激しい頭痛さえ感じた。膝《ひざ》や肘《ひじ》の関節は動くが、指先にはもうまったく感覚はない。

身体を硬直させたままひと息つき、振り返った。つぎは船を始末しなければならない。賢一郎は思い切り息をすいこむと、目をつぶってもう一度海の中へ歩きだした。後頭部に再び激しい痛みが襲った。思わず口が開き、悲鳴がもれた。

動いているかぎりは、死にはしない。

賢一郎はみずからに言いきかせた。アザラシも鯨も、生きて泳ぐことのできる海だ。同じ哺乳類《ほにゅうるい》の自分が、凍死するほどの水温ではない。

船の甲板にはいあがった。濡れた衣類が、鉛でも縫いつけてあるかのように重く感じられた。

発動機のクラッチ・ハンドルを操作して、スクリューを逆回転させた。船底できしみ音が聞こえる。回転数を微調整して、砂の上で船を揺らしてやった。船はやがて海底からゆっくりと離れた。

賢一郎はまたいったんクラッチを切って機関室を出た。身体がぶるりと大きくふるえた。下半身の感覚がほとんど消えかけている。賢一郎は自分が機械にでもなったような気分でのっそりと動きまわり、予備タンクの重油を船内にぶちまけた。船員室に雑巾《ぞうきん》やら海図やら可燃性のものをすべて集め、火をつける。船員室を出て船首の甲板にたたんである魚網にも火を放った。また身体がふるえた。

賢一郎は舵《かじ》と発動機を操作し、船を海の方向へと向けた。それから発動機の回転を最大にして、海へ飛びこんだ。無人の八代丸は、海中に賢一郎を残し、発動機の規則的な破裂音を残して沖合へ進んでいった。あの木造船は択捉島の沖でしばらく燃え続け、やがて沈没することだろう。

海岸へ上がった。濡れた衣類に風があたり、身体から急速に体温を奪った。すぐに乾いた衣類に着替えなければならない。呼吸がおさまったところでリュックを開け、かじかんだ手でどうにか着替えた。

あたりを見渡してみた。すっかり明るくなるまで、この海岸で風にさらされているわけにはいかない。砂丘の背後に一本の道が延びていた。海岸に沿って、どこまでも続いているようだ。地図を出して確かめてみると、単冠湾と西海岸とをつなぐ道路のようだ。

賢一郎はリュックを背負い、トランクを手にさげて、その道を東に向かって歩きだした。一歩足を踏み出すたびに、濡れた編み上げ靴《ぐつ》の中で水が音をたてた。ここから単冠湾までは十五キロか二十キロくらい。その途中、風をふせいで眠ることのできるような岩でもあることだろう。とにかくいまは、この吹きさらしの海岸を出なければならない。

二十分ばかり歩いて、賢一郎は岩の多い海岸に粗末な小屋を見つけた。用心深く近づいてみると、無人の番屋のようだった。賢一郎は引戸の針金を切って中に入った。小屋の中には、竹籠《たけかご》やら、縄《なわ》、用途のわからない棒や鉤《かぎ》などが収まっていた。海草採りの作業に使われる小屋なのかもしれない。隅《すみ》に何枚かの筵《むしろ》が重なっていた。賢一郎はその筵を床に広げ、倒れこんだ。

寒気に耐えきれなくなって、賢一郎は目をさました。

外をのぞいてみた。朝の青白い光の中を、小雪が舞っている。風が地表付近の雪をからかうかのように散らして、もう一度空へ追い上げていた。もう完全に夜は明けたようだ。

リュックを開けて、持ってきた衣類をすべて出してみた。下着がもうひと組余分にあるだけだ。賢一郎は油紙を背中と腰に張り、その上から衣類を着なおした。海岸で取り替えた衣類は凍りついていた。

賢一郎は残っていたもう一足の靴下をはき、その上から木綿の手拭《てぬぐい》をていねいに巻いた。いくらかはしのぐことができるだろう。凍って固くなった靴に足を入れ、その場で足踏みしてみた。すぐにまた水がしみ出てくるかもしれないが、靴の代わりはないのだ。しかたがあるまい。

丈の短い外套《がいとう》を着こみ、八代丸で見つけた毛糸の帽子をかぶった。木綿の作業用手袋をはめる。これだけ慎重に身づくろいしたのだから、上陸した直後よりは戦意を持って道を歩くことができるだろう。午前中に、単冠湾の奥に入ってしまうことができるはずだ。

トランクに縄をくくりつけて、背負うことができるようにした。リュックは肩にひっかければよい。賢一郎はトランクを背負い、リュックを手にして小屋を出た。戸を開けたとたん、烈風が賢一郎を襲った。帽子が飛びかけた。賢一郎は帽子を目深にかぶりなおすと、薄く雪の積もった道路へと歩み出た。

小雪の密度が薄くなってきたようだ。まだ身体には感じられないが、いくらか気温は上がったのかもしれない。

海岸沿いの道を二時間ばかりも歩いた。左手すぐに迫っていた丘陵が後退し、開けた原野の端に出た。前方で海岸線が大きく左手に屈曲し、大きな湾を形づくっている。単冠湾だ。真正面、湾の反対側には高い山があるようだったが、中腹から上には雲がかかっていた。

賢一郎は枯れた草の上に腹ばいになり、双眼鏡を取り出して湾内を観察した。湾内には、艦隊が集結している様子はない。ただの一隻《せき》の軍艦も民間船も見当たらなかった。銀のトレイのようにつややかで、濁りのない暗い灰色の海面がひろがっているだけだ。遅かったのだろうか。

賢一郎は双眼鏡を移動させた。原野の先の海岸に小さな村落があるようだ。天寧《テンネイ》の漁村だろう。灯舞《トウマイ》、年萌《トシモエ》の村は、遠すぎて判別できない。もう少し明るくなるのを待つべきかもしれない。原野の左手、ちょうど天寧の集落の裏手にあたる位置に、兵舎らしき建物がいくつか見えた。吹流しのポールもあるようだ。これが日本海軍の天寧飛行場にちがいない。格納庫のようなものが見当たらないところを見ると、常駐の航空隊があるわけではないのだろう。

湾の外側に双眼鏡を向けた。船が一隻、浮かんでいた。漁船や貨物船ではなかった。小型の軍艦らしい。砲艦あるいは駆逐艦かもしれない。

フォーカスを調節した。やはり軍艦だ。外洋の、ちょうど湾への出入りをふさぐような位置にある。微速で前進していた。その位置で周回しているようだ。

賢一郎は立ち上がった。軍艦が一隻、哨戒《しょうかい》行動中ということは、まだ艦隊は集結していないと考えていいだろう。しかし、集結の時期はそう遠くはないはずだ。移らなければならない。湾全体を監視できる場所に。できれば暖をとることができ、食べるものが手に入る場所に。電気がきていたなら、申し分ない。

賢一郎は天寧の村落を背後から迂回《うかい》して、湾の奥深くへ進入することにした。

道をはずれて、原野の中へ足を踏み入れた。植生の貧しい島のようだ。大地の上には背丈の低い地衣類のような植物があるだけだ。それに笹《ささ》のたぐい。道がなくても、歩いてゆくことにさほどの困難はない。

山は完全に雪におおわれているが、低地はまだ根雪にはなっていなかった。にこ、ぼうに吹き溜《だま》りはあるし、広い範囲にわたって白くなっている部分もあるが、それも何日か前に降った雪が、かろうじて解けずに残っているだけのようだ。その雪の部分でさえも、スキーやかんじきが必要な深さではない。健脚の賢一郎なら、一時間に六キロや七キロは進めそうだった。

磯田茂平軍曹《ぐんそう》は、十一月十八日の朝七時、北海道庁の調査船、羅臼《ラウス》丸《まる》に便乗して根室を出港した。

この朝まで、八代丸のその後についての情報は入ってきていない。どこかの港に入港したという連絡もなく、目撃したという通報もなかった。斉藤某という男は、八代丸に乗ったまま、北洋で消息不明となってしまったのである。

出港直前、磯田は根室警察署長に訊《き》いていた。

「単冠湾からも、連絡はないんですね」

「ありません」署長は答えた。「国後《クナシリ》や択捉へ向かったのではないのかもしれませんな。根室で情報をお待ちになってはいかがです」

「いや、択捉島に行っておきますよ。情報は必ず択捉島から入るはずです。そのとき、すぐ動けるようにしておきたい」

「確信がおありのようですな」

「憲兵の嗅覚《きゅうかく》ってやつです」

「お身体には気をつけてください。あちらはもうそうとう寒いはずです」

「きのう、シャツやら股引《ももひき》やらを買いこみましたよ」

署長は敬礼してきた。磯田も敬礼で応えた。汽笛が鳴り、道庁千島調査所の羅臼丸は、白い船体をふるわせて岸壁から離れた。船が択捉島西海岸、紗那《シャナ》の港に入るのは、午後六時ころの予定であった。


賢一郎は丘陵地帯の原生林のあいだを、黙々と歩き続けていた。

丘陵とはいっても、標高はせいぜい百五十から二百メートル。起伏が少なく、どこが稜線《りょうせん》かを見きわめることもむずかしい広い尾根がひろがっている。さすが平地とちがい、尾根全体に雪が積もっているが、足首をすっかり埋めてしまうほどの深さではない。賢一郎が歩いたあとには、靴跡の中から下草がのぞく程度だ。

とはいえ、強い風の吹く尾根を、もう半日以上も歩き続けているのだ。この間、口にしたのはあの船で見つけた干魚だけ。そろそろ体力の消耗が気になってきている。

単冠湾は右手方向にある。木立ごしにときおり灰色の海面が見えるが、賢一郎は自分の身体が砲艦から発見されることのないよう、できるかぎりその平坦《へいたん》な尾根の北側に道をとっていた。海岸沿いの道をゆくときに比べ、おそらくは倍以上の遠まわりとなっていることだろう。とりあえずの目的地は、湾のちょうど最深部、灯舞という村落の背後の丘陵である。

しかし賢一郎には、村落へおりてゆくつもりはなかった。この島は東京のような大都市とはちがう。人の中に匿名《とくめい》の自分をひそませるわけにはゆかない。しかもこれが最後の任務である。まともな市民を装う必要もまたなかった。山中にひそんで、早めに島内に発電設備の所在を確かめ、それからあとはただ単冠湾に異変が起こるのを待つだけでいい。賢一郎は、単冠湾背後の山中に、生存と監視のための穴でも設けるつもりでいた。

足が重くなり、一歩踏み出すことも大儀になってきた。賢一郎は空を見上げた。昨日と変わらぬ曇り空で、太陽の位置は判然としない。しかし明るさからみて、日没に近いことはたしかだ。気温も急に下がってきている。賢一郎はこの丘陵地の中で夜営することにした。

尾根を北へ歩いて、一本の沢に入った。沢はちょうど風の方向に対して直角に切りこんでいる。賢一郎は雨風をしのぐことのできる浅い穴をみつけた。沢の岸の土壌《どじょう》が流出して、表土の部分だけが軒のように差しかかっているのだ。親子五人が暮らせるほどの広さはないが、あの八代丸の船員室よりは広く、天井も高くできている。天然の屋根には植物の根が張っているから、頭から崩れるおそれもない。賢一郎は穴に入って荷をおろし、ゴム引きのシートを使って簡単な天幕をしつらえた。

「飯と、暖かい衣類がいる」賢一郎は夜営の支度をととのえながら、ひとりつぶやいた。「明日は、近くの民家にでも押し入らなければならないだろうな」

また身体が激しくふるえた。悪寒《おかん》が強くなってきていた。

ちょうど同じころ、磯田茂平軍曹は択捉島西海岸、紗那の港に到着した。

「さすが寒いな」磯田は、出迎えに出た紗那警察署長に言った。「それで、何か情報は」

「とくに入っておりませんな」鼻の赤い署長は言った。「単冠湾の駐在からも、とくに」

「おれもすぐに単冠湾に向かいたいんだが」

「雪の峠を越えてゆかなくちゃなりませんよ。馬の扱いはできますか」

「憲兵教習隊で、訓練を受けた」

「乗れるんですね」

磯田は口ごもって答えた。

「その、得意ではないんだが」

「すぐに慣れます。この島では、女子供も乗ってますから」

「誰かの橇《そり》に乗せてもらうってことはできないのか」

「橇でゆくには、まだちょっと雪が足りない。明日の朝、駅逓《えきてい》で馬を借りて行かれるといい」

「どのくらいの距離なんだ」

「隣りの留別《ルベツ》の村までは、山を越えておよそ三十五キロ。七時間くらいでしょうかね。留別から単冠湾の年萌までは、およそ二十キロでしょうか。あわせて二日がかりです」

二日がかり。いっときを争っていたはずの追跡だったが、根室を出たとたんに時間を測る単位が変わってしまった。その二日のあいだに、ものごとがすべて終わっていなければいいが。

「もっと早く行く方法はないのか」

「馬の腹を思い切り蹴《け》ってやればいいんです。走ってくれますよ」

磯田は肩を落として言った。

「試してみよう」


翌朝、賢一郎はこの日も寒気のせいで熟睡できぬままに目覚めた。身体じゅうの筋肉がこわばっている。少しりきむなら、繊維質は音を立てて折れてしまいそうだった。きょうじゅうに、食糧と衣類の調達が必要だった。賢一郎は、残っていた最後の干魚を口に入れ、雪を口に含んで、朝食とした。

天幕の下で体力の回復を待っているうちに、昼近い時刻となった。雲の量は減り、青空がのぞいている。絵具をことさら惜しんで薄く延ばしたような青い色の空だ。深みのない、冷え冷えとしたブルー。目には見えないが、高空では薄い絹雲が幾層にも重なっているのかもしれない。

夜営の跡を片づけると、賢一郎はトランクとリュックサックを持って崖《がけ》の下から出た。荷物がいっそう重く感じられた。早めにベースキャンプを設けて、身軽になる必要がある。

尾根に上がり、湾を見はるかすことのできる位置まで歩いた。まだ湾は空っぽのままだ。砲艦らしき軍艦の影は、単冠湾の外の海上にあった。

賢一郎は尾根を北西に向かって歩きだした。二時間ばかり歩いてから、木立ごしに湾を見て位置を確かめた。どうやらめざす位置にきていた。賢一郎は稜線からいくぶん南へおりて、丘の下の方角に目をこらした。

左手に平坦な原野があり、岸辺の凍結しかけた沼が見えた。湖畔には小屋らしきものがある。

農家だろうか。人は住んでいるのか。

その位置からは、なんとも判断しがたかった。もし無人の小屋であれば、ベースキャンプには好都合だ。海岸線からは離れているが、監視のための高台には近い。漁村の住民たちに出くわすこともないだろう。

湖畔を道が通っている。そのまま目で追ってゆくと、道はどうやら原生林を抜け、その先の砂丘を越えて、単冠湾へと通じているらしい。右手は段丘となっており、海岸線はその段丘の端の陰になっている。灯舞という村は、その陰のあたりにあるようだ。

身体がぶるりとふるえた。かすかに悪寒がする。汗が背中で冷えてきているようだ。賢一郎は斜面を進んで、ひとつ小さな沢すじに入った。おそらく沼に流れこんでいる沢の一本だろう。沢は冬枯れで水の流れはない。

足もとがおぼつかなくなっていた。寒気と疲労と空腹とで、体内に蓄えておいた脂肪と糖分が尽きかけている。

枯葉の上で足がすべった。左手が反射的に支えを探した。左手はそばの立木の根もとをつかんだが、その上に自分の身体が倒れこんだ。手首から肩に激痛が走った。

賢一郎は思わず身体をひねった。身体が沢の凍った泥《どろ》の上に落ちた。動くことができない。背中のトランクがとつぜん倍の重さにでもなったようだ。地中の水が衣類にしみてきた。痛みがまだ肘の奥に残っている。貨車とぶつかった際の挫傷《ざしょう》を、呼びもどしてしまったようだ。

痛みが薄れるのを待って、ようやく立ち上がった。足もとがふらついた。疲労は困《こん》憊《ぱい》の極にまできているようだ。衣類はすっかり濡れてしまっていた。

十分ほど沢をくだってゆくと、かなりの広さのある沼地へと出た。湖面がすっかり氷結する季節には、スピードスケートのトラックを何面かつくることができるだろう。対岸に小屋が見える。また双眼鏡を出して、その小屋の様子をうかがった。小屋には小さなガラス窓があり、煙突がついている。煙は上がっていない。裏手には、おそらく便所だろうと想像できる細い小屋。窓のない納屋《なや》ふうの建物もあった。

賢一郎はその場で一時間、観察を続けた。相変わらず人の気配はない。無人とみてよいのかもしれない。

賢一郎は湖畔をまわり、慎重に小屋に近づいていった。小屋の周辺の吹き溜りにはいくつか足跡があったが、いつのものかはわからない。

表に立って、耳をこらした。中に人がいる様子はうかがえなかった。つぶやきも、足音も聞こえず、薪《まき》のはぜる音も、煮炊《にた》きしている音もしない。

戸口に立って、ドアをノックした。二回、はっきりと。応答はない。賢一郎は周囲を見渡し、戸を引き開けて中に身を入れた。

中は雑然としていた。中央に薪ストーブがあり、その右手には畳を敷いた寝床がある。寝床の上には汚れた布団《ふとん》やら丹前やらが重なっていた。ストーブの左側には簡単な流し場があり、幼児の背丈ほどの水瓶《みずがめ》が置いてある。流し場の上には、玉葱《たまねぎ》やらトウモロコシやらが吊り下げられていた。隅にジャガイモを詰めた袋があり、黒光りする鮭《さけ》の燻製《くんせい》も、無造作に梁《はり》からさがっていた。奥の壁には、旧式の猟銃。

薪ストーブの上に鍋《なべ》が載っていた。賢一郎は近寄って蓋《ふた》を開けた。底のほうにジャガイモの煮物が残っている。賢一郎は手でその冷えたジャガイモをつかみ、頬ばった。醤油《しょうゆ》味の煮物をたいらげるまで、ほんのわずかの時間しかかからなかった。

人が住んでいる。

食べ終えてから、賢一郎は思った。ここを根城に使うというわけにはいかない。いまここの住人は、たまたま外出しているというだけのことだ。早くここから離れなければならない。

賢一郎は燻製と生のジャガイモを少量ずつ自分のリュックに詰めた。

食い物を盗むようになるとは、と賢一郎は皮肉な気分で思った。おれは人殺しや間《かん》諜《ちょう》以下の存在に成り果てたのかもしれん。

賢一郎は小屋を出ると、納屋のほうものぞいてみた。こちらのほうは、この季節にはあまりひんぱんに出入りはないようだ。網やタモ網、鉤などの漁具が詰まっている。

賢一郎は自分のトランクをこの小屋に隠すことにした。どっちみち、山中にいるあいだは、無線通信機は使用できない。持ち歩けば行動は制約されるし、破損のおそれもある。雨を完全にしのぐことができる場所に保管しておいたほうがいいのだ。たぶんここの魚網は、来春まで使用されることはないだろう。賢一郎は積み重なった網の奥にトランクを置き、網に手を触れたくらいでは発見されることがないよう偽装した。

悪寒がひどくなっていた。少し熱が出ているようだ。このまま納屋の中でやすんでゆきたい気分だった。できることなら、ひと晩ぐっすりと眠りたいところだ。

賢一郎はその誘惑と闘い、納屋を出た。

目の前に、銃が突き出された。


磯田茂平亘曹は、留別の村に到着したとき、自分がぼろ雑巾にでもなったような気分だった。

慣れない馬に乗ったことに加え、寒風吹きすさぶ峠を越えての移動だった。しかも道は林道も同然のもので、雪のせいでしばしば道そのものも見失った。紗那の警察署長は、せいぜい七時間ほどの道のりと保証してくれたのだが、出発から九時間かかってしまったのである。それも最後の一時間は、股《また》ずれの痛みに耐えかねて、馬を引いて歩かねばならない始末だった。

留別の駐在が、駅逓まで駆けつけてきた。留別村には、紗那警察署の巡査部長派出所が設けられていたのである。

巡査部長は言った。

「単冠湾からは、とくべつな報告は入ってませんな」

磯田は駅逓の土間で、かじかんだ手をストーブにかざしながら訊いた。

「ほかの村からはどうです。根室からも連絡はないんですか」

「全然」

「船ももどっていないんですね」

「もどったとも聞きませんでした」

「船も男もかき消えてしまったわけか」

「択捉島が、まったく方向ちがいということはないんですかな。釧路《クシロ》とか厚岸《アッケシ》方面に向かったのかもしれません。あちらのほうには、手配はされてるのですか」

「根室署の管内すべてには、手配がいっているはずだが」

「このまま船が見つからないとなると、遭難の可能性が強くなってきますな」

「難破した船が見つかるまでは、そう信じるわけにはいかないな」

「明日はどうします」

「単冠湾に行くさ」

「年萌という村にゆく道がいい。灯舞という村にも直接通じる道はありますが、冬場は内地の人には勧められない」

「やっぱり馬に乗るしかないのか」

「あいにくと、この島には人力車はないんですわ」

磯田は尻《しり》を浮かして、股ずれの部分を手でもんだ。

「鞍《くら》の上に、座蒲団《ざぶとん》を一枚敷いてゆくことにしよう」

夕刻、四時少し前という時刻だった。

同じ時刻、灯舞の村落に近いトウマ沼《トウ》のほとりでは、猟銃の細い銃身が鈍く冬の薄日をはね返していた。

賢一郎は動きをとめて相手を見た。

彫りの深い顔立ちの青年だった。くすんだ色の毛糸の帽子をかぶり、重ねて着たスウェーターとシャツの上に、厚手の刺子胴着を羽織っている。驚きとも警戒ともつかぬ複雑な表情で、賢一郎を凝視していた。銃の先は、賢一郎の身体の前で円を描いている。

拳銃《けんじゅう》を抜き出すか。すぐ拳《こぶし》を突き出すべきか。

賢一郎は迷った。自分が弱気になっているのを感じた。

この態勢ではランドルフ・スコットにはなれない。かといって、自分にはいま、ジョー・ルイスの百分の一のパンチ力もないにちがいないのだ。体力が落ちている。二日前のときのようには敏捷《びんしょう》に動くことはできず、格闘しても身につけた技をうまく発揮できるかどうか。

青年が言った。

「なにをしてたんだ」

威圧する調子はなかった。言葉どおりの疑問を発しただけと聞こえた。目を確かめた。青年には、殺意はない。その目には、怒りや嫌悪《けんお》、排斥の色はなかった。ただ驚き、湧《わ》き上がってくるさまざまな疑念の解答を見いだそうとしている。そんな顔だ。

「道をまちがえたようだ」賢一郎はつとめておだやかに言った。「腹も減っていたんで、ここの人を探してたんだ」

「どこからきたんだ」

「あんたはここの人なんだろう」

「ちがう。どこからきた」

「あっちだ」賢一郎は北の方角を指さした。

「留別からか」

「ああ。あっちから」

「歩いて」

「そうだ」

「どこへ行く気なんだ」

「単冠湾」

「単冠湾に、何をしに」

「仕事を、探すつもりだ」

「タラ場にでも行くのか」

「そうだ」

「その格好じゃ、誰も雇っちゃくれないだろうな」

賢一郎は青年から目をそらさずに、自分の見てくれを想像してみた。泥に汚れた国民服と半外套。何日も伸ばし放題のひげ。東京を出て以来、シャワーも浴びてはいないのだ。うさん臭く見えるのは当然だった。

「貧乏してるんだ」賢一郎は弁解するように言った。「着替えも濡らしてしまって、しかたなくこんな格好だ」

「歩け」青年は銃の先を振って言った。

「え」

「そっちを向いて歩け」

「どうするんだ」

「村へ行く」

「おれはここで、ジャガイモを少し失敬しただけだ。金なら払おう」

「何を心配してる」

「警察に行くんだろう」

「行きたくないのか」

「わずかばかりのイモのことで、警察の厄介《やっかい》にはなりたくない」

「イモだけのことか、すぐにわかるさ」

青年は賢一郎の腹を銃で押してきた。

賢一郎はしかたなく青年に背を向けた。部落に着くまでに、拳銃を抜き出す暇はあるだろう。賢一郎は両手をたらしたまま、湖畔の道を歩きだした。

三百メートルほど歩くと、幅五、六メートルの川にさしかかった。沼から流れ出ている川だ。細い橋がかかっている。橋をわたりながら、賢一郎は右手をそっと腹のほうへ引き寄せた。そろそろ一回の裏になってしかるべきときだ。攻守は交替しなければならない。

橋をわたりきって、雑木林のあいだの細い道に入った。賢一郎の指が拳銃の銃把《じゅうは》にかかった。

賢一郎は青年を油断させるために言った。

「なあ、ひとつ聞きたいんだが」

その瞬間だ。とつぜん青年は背後から身体をぶつけてきた。道からはじき出すように、賢一郎の左肩を突き飛ばしたのだ。挫傷の腕に、長い針を突き刺したような痛みが走った。賢一郎は道から転げ落ちた。拳銃が指から離れて飛んだ。

賢一郎は雪の上で身体を丸めた。腕の痛みが尾を引いている。その上さらに、全身の筋肉と関節が痛んだ。圧搾機《あっさくき》にでもかけられたような、身動きもできない痛みだった。賢一郎は口をいっぱいに開けて、その激痛に耐えた。風邪のせいだ、と思った。自分が意識していた以上に、風邪は重くなっていたようだ。

青年は賢一郎の身体の上におおいかぶさってきた。銃口がぴたりと喉《のど》につけられた。

賢一郎は抵抗をあきらめた。相手もふっと力を抜いたのがわかった。

青年は賢一郎に顔を近づけ、口許《くちもと》に指を当てた。

声を出すな？

わけがわからなかった。彼はおれの逆襲の意図を察したわけではないのか。拳銃を取り出すことに気づいて、突き飛ばしてきたのではないのか。

道の先から、何者かが近づいてくる。鼻唄《はなうた》をうたっているようだ。酔っているのかもしれない。調子っぱずれで、言葉がよく聞き取れない。

青年は賢一郎におおいかぶさったまま、息を殺している。意識は賢一郎にではなく、鼻唄のほうに向いていた。いまこの瞬間、賢一郎が反撃に出て自分の喉を切り裂くかもしれないなどとは、まったく想像もしていないようだ。

やがて鼻唄は賢一郎たちのすぐ脇《わき》を通りすぎ、遠ざかっていった。

青年が背を起こした。その手には、いま賢一郎が手放してしまった拳銃がにぎられている。青年はふしぎそうに拳銃と賢一郎の顔とを見比べてきた。

賢一郎が訊いた。

「どういうことだ」

「あの小屋に住んでる男だ」と青年は答えた。「こんなところで見つかったら、盗みを疑われて半殺しにあってた。じっさい、密漁者を殺したこともあるって噂《うわさ》の男なんだ」

「どうしておれを突き出さなかった」

「突き出してほしかったのか」

「いや。だけど、あんたに助けられる理由もない」

青年は、自分でもうまい答えを用意してはいなかったようだ。唇《くちびる》をすぼめてから、言った。

「突き出すにしても、あんたはまず腹に何か入れたほうがいいよ。それに、自分の顔色がどんなものか、わかってるのかい」

「鮭の身みたいなピンクじゃないことはわかってる」

「肺炎の手前だと思うよ。いま、すごい熱だってことがわかった」

「おれをこれからどうする」

「手を上げて立ち上がるんだ。それからゆっくり先を歩いてくれ。もうおかしなことを考えないほうがいい」

「見逃してくれたら、米国の金貨で二十ドル出すが」

「そいつはあとで相談するさ。とにかくまずおれの小屋に行くんだ。部落のこっちはずれにある」

道を十五分ばかり歩かされた。途中、原生林を抜けたところで、べつの道と合流した。空が暗くなってきている。あたりにはもう色彩はほとんど感じられない。灰色のその濃淡だけの世界となっていた。

川に沿って歩き、砂丘をひとつ越えると、海岸が見えた。段丘の下の浜に、戸数二十ばかりの集落がある。手前に、馬が放し飼いにされた開けた牧草地があった。周辺に人影は見当たらない。ちょうど夕餉《ゆうげ》の時刻になるのだろうか。

青年が後ろから銃で突ついた。

「右にいきな。おれの小屋がある」

牧草地のゆるやかな斜面の途中に、半分地中にもぐったような小屋があった。廃材やら流木で作られたらしい、粗末な小屋だ。屋根には石が置かれている。一世紀ばかり前の米国北西部の開拓者たちが住んでいたのも、こんなような半地下式の小屋だったはずだ。

賢一郎が自分でその小屋の戸を開けて中に入った。

「ここにあんたをひとりにしたら、あんたは逃げるかい」と、青年は戸口で言った。

右手に猟銃、左手には賢一郎のリボルバー。両方の銃口が賢一郎の胸に向いている。

賢一郎は首を振った。

「逃げないと約束はできないが」

「約束してくれるんなら、食い物を持ってきてやるよ。あんたが何者か、なぜ拳銃を持っているのか、なんてことはそれから聞かせてもらう」

「警察には行くな。二十ドル金貨の話を忘れないでくれ」

「約束できるのか」

「ここにいるよ」

「その寝床に横になってな」

青年は戸を閉じて消えた。

賢一郎はランプに火をつけて、小屋の中を見渡した。寝床とストーブがあり、その周囲に木箱やら丸太やらが散らばっている。隅にキツネの皮が何枚かまとめてあった。きょうも青年はキツネ狩りにでも行っていたところだったのかもしれない。

賢一郎は事態の見きわめがつかず、つぎの手を決めることができなかった。警察に突き出される心配はないようだったが、それも確信できるものではない。こうなったら、最初に話したとおり、単冠湾で仕事を探しているということで通すべきかもしれない。拳銃の件はどうごまかすか。この辺境の島でもやはり、拳銃の所持はそうとう不審を抱かせるものだろうか。護身用に買ったのだ、とあくまでも主張してみるか。

賢一郎は胸のポケットからナイフを出して枕《まくら》の下に隠すと、寝床に横になった。確かに熱があるようだ。悪寒がひどくなってきている。

賢一郎は丹前を身体にかけた。それでもまだ寒気はおさまらない。身体が激しくふるえている。賢一郎は丹前を首もとまで引き上げ、裾《すそ》を足の下にたくしこんだ。いくらか寒気が薄れたような気になった。横になってものの三分もたたないうちに、賢一郎の意識は白く濁っていった。

岡谷ゆきは、駅逓の台所で食事の支度をしているところだった。

この日は、駅逓には客はなかった。明日は千島汽船が着くが、その船にはひと組かふた組の行商人が乗っているはずである。その客たちのために、ゆきは明日、鮭を味《み》噌《そ》で煮こんだ鍋料理を出すつもりだった。

「ゆき嬢さん」と、土間に宣造が顔を出した。

ゆきは宣造に目を向けた。宣造は刺子の胴着を着て、手に猟銃をさげている。猟から帰ってきたところのようだ。先月、留別の町で古い猟銃を手に入れて以来、宣造は暇があるとキツネ撃ちにゆくようになっていたのだ。

「明日は、馬が十頭ぐらい必要になるかもしれないわ」ゆきは料理の手を休めて言った。「東春丸から、きっとお客さんがおりるはずだから」

「ゆき嬢さん」と、宣造は今度はいくらか声をひそめて呼んでくる。

「どうしたの」

宣造の表情は、親に叱《しか》られることをおそれる子供のように見えた。何か困ったことでも起きたのかもしれない。客室のほうを気にしている。

ゆきは台所を離れ、土間に立っている宣造に近づいた。

「なあに。言ってみて」

宣造は訊いてきた。

「何か、駐在から訊いていませんか」

「何って、何よ」

「何か、泥棒とか、強盗があったっていうようなことです」

「この村でってこと」

「いえ、島のどこかで」

「何も聞いてないわよ。どうしたの。はっきり言いなさい」

「その」宣造はまた言いにくそうに唇をなめた。「タコが、逃げてきたらしいんです」

ゆきも声をひそめて訊いた。

「タコが。どこから」

「わかりません。島のどこかの飯場からでしょうけど、孵化場《ふか》の室田の小屋のところにいたんです。こ汚い格好をして、腹をすかしてるようだった。何日も山の中を歩いてたのかもしれない」

「その人はいま、どこにいるの」

「おれの小屋です。こんなものを持ってた」

宣造は懐《ふところ》から拳銃を取り出し、すぐに引っこめた。

「おだやかじゃないわね」

「どうします。駐在に言いますか」

「だって、タコ部屋を逃げたってだけで、駐在にご注進することはないでしょう。タコ部屋の契約なんて詐欺《さぎ》みたいなものだってみんな知ってるんだし。人を殺したっていうんならべつでしょうけど」

「室田の小屋に忍びこんだのを見つけたときは、こいつは捕まえてやんなきゃ、と思ったんですけどね。考えてみりゃ、おれは室田にもタコ部屋にも警察にも、何の義理もないし」

「おなかをすかしてるって言ったわね」

「ええ。それに病気してるみたいで、顔なんて、トウマ沼の氷みたいに真っ青ですよ。どうしたらいいと思いますかね」

「事情を聞いてみて、人を殺したりしてるようだったら、駐在に言うしかないわね」

ゆきはスウェーターの上に伯父が愛用していたアノラックをひっかけ、宣造と一緒に彼の小屋へと向かった。

戸を開けたとたん、男は寝床の上ではねおきた。背を起こし、枕の下に手をつっこんだ。まるで機械仕掛けの人形のばねがはずれたような動きだった。

ゆきと宣造は、戸口で立ちどまった。男は目をみひらいて、じっとこちらを凝視してくる。ちょうど眠っていたところだったようだ。何か恐ろしい夢でも見ていたのかもしれない。

宣造がうしろ手に戸を閉じて言った。

「そんなにびくつかなくても」

男はふっと身がまえを解いた。男の身体《からだ》から、体温と汗の匂《にお》いが発散していた。たしかに顔色もふつうではない。

ゆきは男のそばに膝をついて、額に手を伸ばした。男はふっと身を引いて顔をそむけた。殴られるとでも思ったのだろうか。ゆきは、かまわずに男の額に手を当てた。

「ひどい熱だわ。いつからなの」

男は言った。

「覚えていない。そんなにひどいのか」

しわがれて鼻にかかった声だ。風邪声。ふだんのときは、もっと澄んだ張りのある声を出す男なのだろうが。

ゆきは訊いた。

「どこから逃げてきたの」

「どこからとは」と、男が訊き返す。

「隠さなくてもいいわ。タコなんでしょう」

男は意味がわからなかったのか、もう一度問いなおしてくれとでも言うような目でゆきを見つめてきた。

ゆきも男を観察した。こけた頬に、不精ひげ。一重瞼《ひとえまぶた》の下の目には、どこか拒絶的な鋭い光がある。唇からあごにかけての線は、この男のかたくなさと強靭《きょうじん》な意思力を語っているようだ。歳《とし》は三十前後だろうか。

ゆきにもう一度訊いた。

「タコなんじゃないの」

男は口を開け、それから頬をゆるめた。ゆきが何を問うたのか、やっとわかったかのような表情だ。芝居だろう。ばれたか、という苦笑を隠すためのものにちがいない。

男は言った。

「そうだ。そのとおりだが、詳しくは聞かないでくれ」

「誰かに怪我《けが》をさせたり、殺したりしたの」

男は慎重に言葉を口にしてきた。

「棒頭は、そうだな、怪我をしたかもしれない。そうでなければ、おれは逃げられなかった」

「人は殺していないのね」

「していない」

「あの小さな鉄砲はどうしたの」

「棒頭から奪ったんだ」

「追いかけられてるの」

「ああ」

「飯場はどこなの。この島？」

「いや。国後《クナシリ》だ。国後の乳呑路《チノミノチ》ってとこの近くだ」

「どこへ逃げるつもりだったの」

「決めてない。とにかく安全なところへ行こうと思った」

「北海道へ逃げたほうがよかったんじゃない」

「連中も、おれが北海道へ逃げたと思ってるんだ」

「もうひとつ訊くわ」

「詮索《せんさく》するんだな」

「あなたは、日本人なの」

質問が想像外のものだったのだろうか。男は少しのあいだとまどいを見せた。目に一瞬、逡巡《しゅんじゅん》の色が走った。

男は、短く言った。

「朝鮮人だ」

やっぱり。

「名前は。もし聞いていいなら」

「金森。金森で通ってる」

ゆきは振り返って宣造に言った。

「この人を、駅逓にまで運ぶわ。肩を貸してやってくれる」

宣造が不服そうに言った。

「おれはまだ、そいつのことを信用できませんよ」

「この人を寝かせなきゃ肺炎になるわ。それに駅舎のほうなら、駐在所にも近いのよ」

男が割って入った。

「警察に突き出されたら、また飯場にもどることになる。おれは棒頭に殺されるよ。それくらいなら、ここで自分で頭を撃って死ぬ」

ゆきは男に向きなおって言った。

「ひとまず、風邪をなおすことにしたら。あんたの言ってることがほんとうかどうか、いずれわかるんだし」

宣造が寝床の脇に立った。

言われたとおりにするしかない。男もそれを納得したのだろう。

男は丹前の下から身体を引きずり出し、床に立った。立って一歩歩きかけたところで、膝が折れた。男はその場に倒れこんだ。

男は貧血を起こしたようだ。しばらくのあいだ、目をさまさなかった。男が意識を回復してから、宣造とふたりがかりで男を駅逓まで運んだ。筋肉質の、鍛えられた身体であることがわかった。

最も奥の客室に寝床をのべ、男を呼びいれた。

「肌着《はだぎ》を取り替えなきゃ。脱いでちょうだい」

金森と名乗った男は、素直に衣類を脱いだ。

「すごいな」宣造がもらした。

ゆきも男の裸の上体を見て、思わず声を上げるところだった。

厚みのある肉体は単冠湾の漁師たちと競《せ》り合えるだけのものだが、漁師たちの肉体には彼ほど多くの傷跡はない。まず右の脇腹に大きな切り傷の跡がある。刃物で切られたものか、あるいは手術の跡だ。左肩の下には、丸い火傷《やけど》のような跡。ほかにも淡紅色に盛り上がった、長さ一寸ほどの傷跡が五カ所ばかり。この男はそうとう苛酷《かこく》な私刑を受けてきたか、事故に遭ってばかりいたにちがいない。

「この傷か」男はふたりの視線に気づいて言った。「いろいろと手痛い目に遭ってきたせいだ」

ゆきがうしろを向いた。男は股引《ももひき》とパンツを脱ぎすてて、浴衣《ゆかた》を着た。振り向くと、不器用そうに前を合わせようとしている。着物を着ることになれていないようだ。

ゆきは膝立ちで男に浴衣を着せ、帯をしめてやった。

着せるとき、ゆきの指が男の胸や腰に触れた。よく引き締まりながら、同時にしなやかさをも感じさせる筋肉の感触があった。指先が一瞬、男の皮膚に吸いつくようにも感じた。男はかすかに照れたようだった。

「ごはんを食べる元気はある」ゆきは男に訊いた。

男は答えた。

「腹ぺこだ。牛だって丸ごと食えそうだ」

じっさい、男はいま貧血で倒れたばかりとは思えぬほどの健啖《けんたん》ぶりを見せた。どんぶりに五杯の三平汁をたいらげたのだ。

途中で熱をはかると、四十度あった。動きまわっていい体温ではない。ゆきは男を寝かせると、富山の風邪薬を飲ませた。

部屋をでるときに、ゆきは言った。

「明日、午後に千島汽船がやってくるわ。熱が引いたら、それに乗っていく？」

男は答えた。

「熱が下がったら、考えてみる」

「おやすみなさい」

「あんたの名前を教えてくれ」

「ゆき。岡谷ゆき。この駅逓の女主人よ」

「あの若いのは」

「宣造」

「助けてもらって、感謝している」

「病気を早くなおすことよ」


賢一郎は目を開けて、そっと首をめぐらした。

畳八枚ほどの広さの和室にいた。清潔で暖かい寝具にくるまっている。口の中には、鮭鍋《さけなべ》の味さえ、まだ残っていた。

夢か。

意識が明瞭《めいりょう》になってきた。暖かい寝具は本物だ。鮭鍋の記憶も、現実のものだったと思い出した。自分はいま、灯舞の村の駅逓の一室にいる。監獄部屋の飯場を逃走した労務者と誤解されて、あの青年と女の好意を受けているのだ。なぜ自分が逃げたタコであれば好意を受ける対象になるのか、賢一郎はその理由に見当もつかなかったが、この誤解は好都合だった。とっさに金森の語った境遇を思い出して口にしていたが、これからも金森で通すのがいいのだろう。

もし駐在に身元を聞かれた場合は、またちがう身の上をでっちあげるべきか。警察はおそらくは、日本の監獄部屋制度の味方であるはずだ。逃げた土工の側には立つまい。

ほの明るいランプの炎が、天井に映ってゆらめいている。時間の経過がわからなくなっている。何時間眠ったのか、いま何時ころなのか。いや、そもそもまだきょうなのか。

この任務のことが脈絡なく思い浮かんでは消えた。天井にさまざまな顔が浮かびあがり、ある者はほほ笑みかけ、またある者は憎悪をむき出しにしてののしってくる。ひとりひとりの名を思い出し、応《こた》えているうちに、賢一郎は再び眠りに入っていた。

十一月二十日の朝となって、単冠湾に、日本海軍の海防艦・国後が入ってきた。国後は排水量八百五十トン。十二センチ砲三門を搭載《とうさい》した新鋭艦である。大湊《おおみなと》警備府に所属していた。この国後が、一週間ほど前から湾の入り口付近を哨戒《しょうかい》、いっさい外部の船の進入を許していなかったのである。その理由については、単冠湾の役人たちにもいっさい説明されなかった。演習があるのかもしれない、と単冠湾の部落の住民たちは噂《うわさ》しあっていた。

この日の早朝、国後はそれまで回遊していた単冠湾入り口付近から進路を湾内へととり、天寧の集落の沖合約六百メートルの位置に投錨《とうびょう》した。すぐに内火艇がおろされ、二十人ばかりの水兵たちが乗りこんだ。天寧飛行場警備隊の浜崎真吾中尉《ちゅうい》は、国後が湾内に入ってきたときからこれを監視していたので、すぐに天寧の桟橋《さんばし》へと向かった。

内火艇から最初におりてきたのは、防寒服と寒冷地用野戦服に身を固めた士官だった。相楽《さがら》中尉、と名乗った。浜崎よりも年下と見えたが、見事な口ひげをはやしている。

相楽中尉は浜崎に敬礼して言った。

「連合艦隊の一部が、当湾に集結して演習を実施します。隠密裡《おんみつり》におこなわれる演習ですので、湾内の全村から住民全員を、稜線《りょうせん》の向こう側へ立ち退《の》かせていただきたいのですが」

初耳だった。先日の、通信設備の点検の命令と何か関係があるのだろうか。そもそも天寧飛行場警備隊長の自分には、演習の計画がまったく連絡されていない。それがふしぎでもあり、また大いに不満にも感じた。

「演習はいつから始まるんだ」と浜崎は訊《き》いた。

「近々です」

「いつまで」

「知らされてはおりません。しかし、住民の立ち退きについては、早急に実施しろと」

「馬鹿《ばか》を言え」浜崎は言った。「夏場ならいざ知らず、単冠湾三村の住民全員を、いったいどこへ立ち退かせると言うんだ。三百人からの住民が、いったいどこで寒さをしのげばいいんだ。そもそも何日ぶんの食糧を用意させろと言うんだ」

「わたしが受けている命令は」

「わかってる」浜崎は相楽の言葉を制して言った。「要は機密保持だろう。ここの住民はみな顔見知りで、不審な者もない。移動を制限するだけで十分ではないのか」

「もうひとつ受けている命令があります。択捉島から島外への通信も一切遮断《しゃだん》いたします」

「いくら隠密裡の演習とはいえ、厳重すぎやしないか」

「お答えできる立場にはありません」

「とにかく、住民立ち退きの件に関しては、不可能だというしかない。なんなら年萌と灯舞の駐在に相談してはどうだ」

相楽は少しのあいだためらってから言った。

「そのようにいたします。つきましては、道路封鎖に関して、警備隊と分担させていただきたいのですが」

「いいだろう」

けっきょく、住民全員の立ち退きはとりやめとなった。演習が終わるまで、湾外への移動を禁止することで、駐在たちと諒解《りょうかい》がついたのである。湾内から外の村へ通じる電話線も遮断されることになった。

択捉島でただ一台の紗那郵便局の無線通信機も、海軍の指示により封鎖された。島から北海道につながる電話回線も同様だった。相楽中尉が年萌の郵便局から紗那郵便局に電話で命令したのである。

この命令を受けた紗那郵便局長は、はじめ封鎖の指示を突っぱねた。逓信省《ていしんしょう》からの直接の指示を受けないかぎり、無線機も電話回線も封鎖することはできないと応えたのだ。局長は、海軍省と逓信省のあいだで話はついている、という相楽の言葉にも耳を貸さなかった。押し問答のすえ、紗那郵便局長が直接札幌逓信局に電話で問い合わせ、ようやく封鎖が決まったのだった。

相楽中尉は、年萌の郵便局で言った。

「ほんとはおれがこの手で封印すべきなんだろうが、六十キロ先ではやむをえまいな。夜を徹して行っても、往復二日がかりの大仕事になる」

湾へ通じる三本の道路は、すべて稜線部で封鎖されることになった。天寧―内保《ナイボ》線は飛行場警備隊が。灯舞―留別線と、年萌―留別線は国後の乗組員が封鎖を担当することとなったのである。午前十時ころには、封鎖部隊がそれぞれ七、八人ずつ封鎖点に展開、警備についた。

「封鎖解除の命あるまで、誰ひとり入れるな。誰ひとり出すな。例外はない」

それが水兵たちに下された命令だった。


紗那警察署・灯舞駐在所の巡査、大塚が、午前十時すぎに、岡谷ゆきの駅逓を訪ねてきた。海防艦・国後の武装水兵たちが、灯舞街道を封鎖すべく、桟橋から上陸していった直後である。

大塚は、海軍の演習が始まること、千島汽船は演習が終わるまで、単冠湾には入港しないことを伝えてきた。

ゆきは腹を立てて言った。

「ずいぶん一方的なんですね。東春丸が入ってこないと、うちには売り切れになってしまう品も出ますわ。灯油やマッチまで品切れになったら、この部落の人の生活はいったいどうなるんです」

「軍のやることだよ」大塚は頭をかいた。「初めはなんでも、住民全員を、湾の見えないところにまで立ち退かせろとまで要求してきたらしいんだ。飛行場の浜崎中尉とか、年萌の駐在が反対したんで、立ち退きだけは勘弁してもらえたけどもね」

「あたりまえです。いくら演習だからといって、立ち退きなんて無茶です」

「ついては、部落に妙な人間がいないかどうか、それを確認しておかなくてはね。客はいるんだろう」

ゆきは答えた。

「きょうの千島汽船に乗るつもりだったお客がひとりいますが」

「演習が終わるまで待ってもらうしかないな」

「東春丸がいつくるか、わからないんでしょう。だったら、西海岸の港にでも行ってもらいますか」

「いや。単冠湾を出入りすることも禁止された。道路は水兵たちがふさいだそうだよ。客の部屋に案内してもらえるかい」

ゆきは金森と名乗った男のことを案じた。彼の熱はまだ下がらず、客室で寝こんだままだ。駐在の質問に対して、彼は不審を抱かせることなく答えることができるだろうか。もし彼が、殺人か強盗といった重犯罪をおかして手配されていたならば、駐在もすぐに相手の正体を知ることになる。そのときは、ゆきもおとなしく男を駐在に引き渡すつもりだった。でも……。

金森の眠っている客室の戸を開けた。

金森は布団《ふとん》の上で背を起こしていた。ゆきと大塚とのやりとりを耳にしていたらしい。巡査の制服を見ても、狼狽《ろうばい》したりすることはなかった。

ゆきが言った。

「金森さんって方です。ちょうど風邪がひどくなって、昨夜から寝こんでしまっていたんですわ」

金森が頭を下げた。伸び放題の不精ひげで、目の下には隈《くま》ができているが、目の光の鋭さは相変わらずだ。

大塚が訊いた。

「千島汽船に乗るつもりだそうだね」

金森が答えた。

「そうなんだが、入港が延びたんだって」

ゆきが言った。

「熱を出していたところだから、延びてちょうどよかったかもしれない」

「名前と、本籍地は」と大塚。

「金森。金森賢一郎。本籍は静岡県の焼津《やいづ》です。宿帳に書いたとおりですがね」

「職業は」

「船員。機関士です」

「択捉島には、何をしに」

金森はよどみなく答えた。

「冷凍船に乗ってた。根室と紗那とのあいだを往復してたんだけど、急に紗那でおりることになったんです」

「どうしておりたんだ。何か理由でも」

「ほかの乗組員と、ちょっともめたんですよ」

「もめたって言うのは」

「警察に言うのは、ちょっとはばかられるんだが」

「正直に答えてみろ」

「じつは」金森は頭をかきながら言った。「骰子賭博《さいころとばく》の金の払いをめぐって、ぎくしゃくしてしまったのさ」

うそが上手だわ、とゆきは思った。いかにももっともらしいことを、とっさにでっちあげてしまった。見かけ以上に、口のうまい男なのかもしれない。

大塚は納得したようだった。

あらためて金森に、湾一帯が封鎖されていることを告げ、演習が終わるまで湾を出ないよう、念を押していった。

ところがその午後になって、千島汽船の貨客船、東春丸が単冠湾に入ってきた。入港できないはずの船である。十六日の夕刻に函館を出港し、択捉島東海岸の漁場をいくつかまわって、予定どおり単冠湾に入ってきたのだ。

ちょうど海防艦・国後が湾の北、年萌方面へ移動していたときだった。天寧の沖合に近づいてきた東春丸を見て、天寧の戸長は大あわてで磯船《いそぶね》を出した。いっさいの出入りが禁止されたいま、東春丸はこのまま湾内に留め置かれることになるかもしれない。そうなると東海岸の孤立した集落や漁場では、食べるものにも事欠く事態が発生するのだ。戸長は、海防艦・国後が気づいて引き返してくる前に、至急単冠湾を出るよう伝えに行ったのだった。東春丸の船長はすぐに事情を諒解し、逃げるように湾を出ていった。

浜崎真吾中尉は、この様子を飛行場の双眼鏡で監視していた。やりとりの中身まで聞こえたわけではないが、およそのことは察することができた。すでに択捉島に半年、島の事情にも通じてきていた浜崎であるから、戸長の行為をとがめるつもりはなかった。

同じころ、道路と通信の封鎖をめぐっての最初の悶着《もんちゃく》が、年萌と留別とを結ぶ道路上で起こっていた。

磯田茂平軍曹《ぐんそう》が、馬で年萌湖北側の封鎖点に達したのである。

磯田は道路の前方に、武装した海軍の水兵たちが展開しているのを発見した。ゆるやかな登り坂のその頂きの手前あたり、島を横断するこの道路の、いわばその峠にあたるにちがいない地点である。道路には丸太を組み合わせた防止柵《さく》が置かれ、その前後を十人ばかりの水兵が固めているのだ。道路脇の木立の中には、三張りの天幕がある。

磯田は馬をおりて、その封鎖線へと近づいていった。磯田の軍服に気づいたのだろう、後方から海軍の下士官が駆け寄ってきた。

磯田は名乗った。

「東京憲兵隊、磯田軍曹だ。防諜《ぼうちょう》上の重要任務を帯びて、単冠湾へ向かう途中だ」

「帝国海軍大湊警備府、吉村上等兵曹であります」相手の下士官は言った。「本日より、単冠湾は封鎖されました。これより先への通行はできません」

「封鎖？　どういうことだ」

「演習です。極秘に実施されます」

「おれは憲兵隊の軍曹だぞ。おれも入ってはならないのか」

「例外はありません」

「責任者は」

「この場では、自分でありますが」

「士官はどこだ。連絡をとってくれ」

「できません。連絡の必要を認められておりません」

「杓子《しゃくし》定規なことを言うな。だいいちこいつは、海軍をめぐっての事件の可能性もあるんだ。おれはその容疑者を追っている」

「お引き取り願うほかありません」

「いつまで」

「存じません」

しばらくのあいだ、同じようなやりとりが続いた。相手の下士官は、磯田以上に融通のきかない漬物石《つけものいし》のような男だった。頑《がん》として磯田を突っぱね続ける。

とうとう磯田は言った。

「一刻を争うことなんだ。こんな埒《らち》のあかない問答はやってられない。おれは通らせてもらうぞ」

相手の下士官が振り返り、武装水兵たちに合図を出した。

水兵たちが防止柵の後ろに整列し、銃剣のついた銃を磯田に向けてきた。

「どうしてもと言うなら、発砲の命令を出します」

「馬鹿なことをやってる場合か。いったいどうしたらいいんだ」

「引き下がっていただくしかない」

「知るか」

磯田は馬を引いて、道の先へ足を進めようとした。

水兵たちが一斉《いっせい》に銃のボルトを操作した。少しずつずれた金属音が、森閑とした原生林に響き渡った。

磯田は足をとめた。

背後から、下士官が言った。

「たとえ相手が陸軍大臣でも、わたしは自分が受けた命令にしたがいますが」

磯田は馬を引き、いまきた道をもどるしかなかった。

しかし磯田は、そのまま留別の村には帰らなかった。はるばる遠まわりしてやってきているのに、訳のわからぬ理由で追い返されて承服するわけにはいかない。封鎖点が見えなくなるところまでくると、磯田は馬を放し、その尻をたたいた。馬は一回いななくと、留別の村の方向へ立ち去っていった。

磯田は道からはずれて原生林の中へ踏みこんだ。峠にあたる部分を迂回《うかい》して、年萌へと通じる道に入ろうとしたのだ。いったん入ってしまえば、海軍も自分を追い返すわけにはゆくまい。士官と直接談判することもできる。磯田は原生林のあいだを小走りに抜け、年萌湖の見える稜線まで出ようとした。

平坦《へいたん》な地形を十分近くも進むと、やがて地面にはゆるやかな勾配《こうばい》がついた。その斜面を登りきると、稜線だろう。磯田は何度も雪の上に手をつき、足を滑らせながら、その斜面を登った。

空が広く見えるようになった。稜線に着いたようだ。磯田は背を起こし、その最後の勾配を息せききって登った。目の前には、年萌湖の湖面が広がっているはずだ。

たしかにそこには、灰色の空を映す湖があることはあった。それに加えて、三つの人影。稜線のすぐ背後に、武装水兵がいたのだった。銃口が三つ、正確に磯田を狙《ねら》っていた。

中のひとりは、吉村上等兵曹だった。

吉村は磯田に銃を突きつけたまま、真顔で言った。

「軍曹。つぎは、警告なしに撃ちます」

磯田は両手を上げ、深く溜息《ためいき》をついた。


その日の夕刻、ゆきは金森の部屋に夕食を運んだ際に言った。

「機関士だったなんてうそ、すぐによく思いついたものね」

金森は言った。

「他人から聞いた話を思い出したんだ」

「骰子賭博で船をおりただなんて、いかにもほんとらしく聞こえる」

「あの飯場にはもどりたくない。必死だったのさ」

「日本にきたのはいつごろなの」

「十年くらい前だが」

「日本語がうまいわ。半島の人って、濁音が苦手だって聞いたけど。あなたの言葉を聞いていても、あちらの人には思えない」

「十五円五十銭」言って金森は笑顔を見せた。そのとげとげしい印象には似つかわしくないとさえ言えるほどの、清潔で人好きのする笑みだった。「きちっと言えるさ」

「あなた、ずっとタコ部屋に入っていたわけじゃないんでしょう」

「最初は炭坑だった。炭坑を逃げ出してから、いろいろ土方仕事をやってきた。水夫をやったこともある。船員だって答えたのは、まったくうそってわけでもないんだ」

「漁船員ってこと」

「ちがう。貨物船の乗組員さ。外国航路の」

「外国に行ったなんて、うらやましいわ。どんなところに行ったの」

「アメリカが多い。シアトル。サンフランシスコ。サンディエゴ。ニューヨークにも行った。それにスペイン」

「すてきなんでしょうね。わたしはこの島以外では、函館しか知らない。そのうち、話をきかせてもらいたいわ」

「元気になったら」と男は言った。一瞬、視線が遠くへ泳いだように見えた。何か心に残ることでも思い出したのだろう。「元気になったら、話ができるかもしれない。世の中はいろいろで、世界にはつくづくいろんなことがある。おもしろいものだったな」

「ずっと船員だったらよかったのかもしれないわね」

「あるとき、仕事にあぶれてしまったんだ。そしてとうとうタコ部屋に入る始末になってしまったのさ」

「これからどうするつもり」

「東京か大阪に行こうと思ってる。あっちのほうには、朝鮮の人間が多く住んでるんだ。何か仕事を探せるだろう」

「無事に逃げとおせるといいわね」

「逃げてみせるさ。あんたも、このあとおれがふいにいなくなっても、ふしぎに思わないでほしいんだが」

「風邪をなおすことが先よ」

「もう一晩眠ればなおるだろう」

「新しい浴衣を持ってきたわ。あとで着替えておいてちょうだい」

「世話になるな」

「宿賃を請求するかもしれないわよ。金貨を持ってるって、宣造に言ったらしいから」

「おれは船員で手品師だったのさ。そのうち宙から金貨を取り出してみせるよ」

「船員で手品師で大法螺《おおぼら》吹きかもしれないわね」

「ところで、おれの拳銃《けんじゅう》は、どこにある」

「預かってるわ。ここにいるあいだは、あんなものを使わないで。あなたのためにもならないわ」

男は肩をすくめた。不本意だが従う、という意思表示なのだろう。

ゆきは立ち上がった。

「おやすみなさい」

「おやすみ」

帳場までもどってきて、ゆきは思った。

金森というあの男は、長いこと奴隷《どれい》労働に甘んじて、考えることもやめてしまった男のようではない。監獄部屋で酷使されながらも、つとめて人間としての品位と誇りを保とうとしてきた男のように思える。

女を目の前にしながら、その目に卑猥《ひわい》な好奇心を浮かべることもなく、軽口をたたく余裕さえ見せた。あのうそにしても、男の頭の回転のよさを示すもののように思える。この男は、日本の植民地という不幸な環境に生まれなければ、もっとちがった種類の人生を生きることができた存在なのではないか。たとえば平和な漁村の、人望厚い船頭とか網元とか。

ゆきは自分が少しだけ男に惹《ひ》かれていることに気づいた。とうぶん船が入ってこないのだ。じっくり男と話をする機会もあるだろう。彼のひととなりを、もう少し詳しく知ることもできるにちがいない。彼はフレップ酒など飲むだろうか、とゆきは脈絡なく思った。

十一月二十一日となった。

単冠湾の空は前日同様の薄曇りだった。ときおり薄日がさすが、気温は低く、しかも空気は極度に張り詰めていた。針でひと突きするなら、湾の空気は音を立てて破裂しかねないほどに緊張しきっている。海防艦・国後のとった封鎖措置に、住民たちは帝国海軍のただならぬ意思を感じとっていたのだ。国際情勢にはうとい住民たちも、この時期に海軍が極秘に大演習をおこなうとなれば、そこに日米開戦の影を感じないわけにはゆかなかったのである。

この日、海防艦・国後は湾のちょうど中央あたり、灯舞の集落から三キロほど沖合に、島の住民たちを威嚇《いかく》するかのように錨《いかり》をおろしている。裏手の山には登らぬよう、住民たちは指示されていた。山をうろついている者には、海防艦から機関銃弾が見舞われるだろうという。誰もそれがただの威《おど》しだとは思わなかった。

学校こそ通常どおりに授業をおこなっているが、住民たちの生活は事実上凍結したも同然であった。海に面した道路を使わず、住民たちは裏手の庭を背を丸めて足早に歩き、互いの家を訪ね合っては、噂話《うわさばなし》に額を近づけるのだった。例年十一月は、一年じゅうで最も静かな、とくに目立った漁も行事もない時期ではあったが、この日の静けさは単冠湾に日本人が住みつくようになって以来のものであった。

朝には、金森と名乗った男の容体がかなりよくなっていた。体温がほぼ平熱近くにまで下がったのだ。二十四時間前まで、四十度近い高熱のあった男とは思えぬ回復ぶりだった。

「もうひと晩眠ればなおるわ」ゆきは、食事を運んで言った。「あなたの服は洗っておいた。枕《まくら》もとに置いておくわね」

夕食の支度をしているとき、ゆきは背中に視線を感じて振り返った。

金森が土間に入ってきていた。少し前から、流し場で働くゆきのうしろ姿を見ていたらしい。もう浴衣は着ていない。シャツの上に黒い丸首のスウェーターを着ていた。スウェーターは、ゆきが枕もとに置いておいたものだ。もともとは伯父が着ていたものので、ざっくりと極太の毛糸で編まれている。肘《ひじ》に鹿《しか》のなめし革を当てていた。そのスウェーターを着た金森は、見るからに船員ぽい印象があった。ちょうど函館で何度か見た英国船の水夫のようだ。

金森はゆきが振り返っても目をそらすでもない。壁によりかかり、そのままゆきの視線を受けとめている。七月の青空でも眺《なが》めているような表情だった。ほんの少し、まぶしげに目を細めているように見える。

「どうしたんです」ゆきは照れて訊《たず》ねた。「黙ってうしろから見ているなんて、人が悪い」

金森は言った。

「あんたは、きれいなんだな」

ゆきはあわてた。どんな意味で言ったのかはわからないが、知らない人が聞いたなら、誤解しかねない言葉だ。村の口さがない女たちには、絶対に聞かれたくはない。

「お世辞を言っても、きょうの晩御飯は石狩鍋《なべ》とお新香だけですよ」

「お世辞なんて言わん。思ったことが口に出た」

「宣造から聞いていませんか。わたしの髪とか目の色が目立つのは、ロシア人の血のせいです。父親がロシア人だったの」

「そのせいかどうかは知らんが、あんたはきれいだ」

「ほらほら」ゆきは思わず頬がゆるむのを抑えきれなかった。「そんなに口がうまいと、まるで内地の商人みたいだって言われますよ」

「ただ素直に口にしただけなんだが」

「あなたにも男前だって言ってあげるわ。おひげもそのスウェーターもよく似合ってる。だから、もうじっとうしろから眺めたりしないで」

金森は言った。

「飯ができるまで、厩舎《きゅうしゃ》のほうにいる。大声で呼んでくれないか」

「宣造の仕事を手伝ったりしなくてもいいのよ。宿賃はしっかりいただくつもりなんだから」

「馬の世話をするのは、きらいじゃないんだ」

金森は土間からおりて、外へ出ていった。

ゆきはまた台所仕事にもどった。なぜか鼻唄《はなうた》が出た。むかし函館で男が聴かせてくれた曲の旋律が、たて続けによみがえった。米国のダンス音楽や、英国の古い民謡。あるいはウィンナ・ワルツなどが。

同時にゆきは、男に愛され、かわいがられ、毎日のように美しいと耳もとでささやかれていたころのことを思い出した。自分の幸福がいつまでも続くものと、無邪気に信じることができた日々。夜ごと自分の身体《からだ》のうちに新しく、敏感でうるおいやすい部分を発見していたころ。自分では抑えることのできない、うずきや痺《しび》れの感覚を知っていたころのことだ。

ゆきは自分の身体の奥に、古い官能の記憶が呼びさまされたことを意識した。金森とのやりとりに触発された、思いもかけない反応だった。ゆきはひとり顔を赤らめた。

夕刻近くになって、ゆきは妙にもの悲しい音色の楽器の音を聞いた。

誰かが笛を吹いている？

ゆきは土間で繕いものの手をとめ、音のする方角へ出てみた。楽器の音は、厩舎の方向から聞こえてくる。

表に出てみると、金森が厩舎の戸口に寄りかかり、ハモニカを吹いているところだった。吹きながらも、金森の視線は沖合の海防艦に向けられている。

ハモニカの奏《かな》でる旋律は、この異様な静けさの中にある海辺の村落にふさわしいものだった。どこか哀調をおびた、やるせない響きがある。報われない愛の悲しみをうたっているようでもあり、あきらめきれぬ夢を吐露しているようでもあった。あるいは遠い故郷をしのぶ曲なのか。ゆきのよく知らない曲ではあったが、ゆきが感じた曲想はそう見当はずれでもあるまい。

金森がハモニカを吹き終えてから、ゆきは声をかけた。

「そんな隠し芸があるなんて、いろいろ驚かせてくれるのね」

金森はゆきに顔を向けて微笑してきた。そばで聴かれていたとは気づいていなかったようだ。金森は言った。

「見かけによらないことをやっているかな。おれはこれでも、音楽の方面にはなかなかの天分を持ってるんだ。ときがときなら、天才と呼ばれていたかもしれん」

ゆきは金森の言葉に笑った。

「あなたみたいな人が、どうしてタコ部屋なんかに入ってしまったの。世間も広く見てきたようなのに」

「あそこまでひどいところだとは、入ってみるまでわからなかった」

「逃げられたのは、ほんとに幸運だったわ」

「逃げるに逃げられない、かわいそうな男たちが、まだ大勢残ってるよ」

言葉が途切れた。単冠山の方向から、冷たい風が吹きおろしてきたのだ。ゆきも風を避《よ》けて顔をひねった。リボンでまとめておいた髪が乱れ、その一部が目にかかった。ゆきは乱れをととのえてから訊いた。

「いまの音楽、聴いたことがあるような気がするけど、名前を思い出せないわ」

「スコットランドのものだそうだ」男は答えた。「音楽は好きなのか」

「何年も前に、この島を飛び出して、男の人と暮らしたことがあるの」自分でも奇妙に思えたほど、素直にそのことが口に出た。「函館で、囲われるようにして暮らしたんだけど、そのころその人が聴かせてくれたわ。蓄音機を持っていて、音楽の好きな人だった。ふたりでいるとき、いつもレコードをかけて聴いたの。楽器ができたらいいなって思ったこともあるわ」

「おれにも、このハモニカとこの曲には、ちょっと思い出があるんだ」

「女の人、でしょう」

「ちがう。友だちさ。何年も前、肩を並べて、たいへんな日々を過ごしたことがあるんだ。うれしいことも、つらいことも、少ない食糧や煙草《たばこ》も、何もかもみんな分け合うような時代さ。そのころ、その友だちがこのハモニカで、いつもスコットランドの民謡を吹いていたのさ」金森は自分の口調が感傷的なものになったことに気づいたようだ。調子を変えて言った。「スコットランドって、知っているか」

「ヨーロッパのどこかね。北のほうの国じゃなかった？」

「イギリスの北のほうだ。雪がこんなにも積もっていない季節なら、この島の様子と似たようなところがあるんじゃないのかな」

「あなたは行ったことはあるの」

「いや。友だちから聞かされただけだ。きれいなところらしい。緑の丘と、牧草地と、そしてこんな海があるところだそうだ」

「ずいぶん悲しげな音楽に聞こえたけれども」

「そうかな。だとしたら、たぶんおれの気分のせいだろう。もともとは、べつに悲しい曲じゃないんだ。神さまに、自分は生きていて幸福だ、と感謝を捧《ささ》げる内容の曲だよ」

ゆきは蹄《ひづめ》の音を聞いたような気がして振り返った。

道路に浜崎真吾中尉《ちゅうい》がいた。防寒衣を身につけて、馬にまたがっている。ゆきと金森とを交互に見つめていた。尊大そうで皮肉っぽい表情は相変わらずだが、目には不審と警戒の色がある。

「こんにちは、中尉さん」ゆきは言った。「大演習が始まるんだそうですね」

浜崎は帽子に指をかけて言った。

「ご迷惑をおかけしてますね」

「泣く子と軍隊には勝てませんわ」

「そちらの御仁は？　島の住人ですかな」

ゆきは金森を見た。金森はほんのわずかに緊張を見せて、浜崎を見上げている。

「お客さんです。千島汽船に乗れなかったので、そのままここにいるんです」

浜崎は金森に直接訊いた。

「いつからここに」

高圧的な調子があった。

浜崎の口調に反撥《はんぱつ》を感じたのだろう。金森の返答もぶっきらぼうなものだった。

「おとついから」

「何をやってる」

「船を待ってる」

「仕事を訊いたんだ」

「船員だ」

「どこへ行くんだ」

「函館」

浜崎は金森の答えに満足したようではなかった。まだ何か疑念でもありそうに男を凝視している。男は男で、そんな浜崎の疑念をはねつけるかのように挑戦《ちょうせん》的な目で、浜崎を見つめ返していた。

やがて浜崎がゆきに言った。

「駐在に用があったんです。後ほど馬を替えてください。また天寧にもどります」

「お忙しくなりそうですね」

「退屈しきってましたからね。歓迎ですよ」

浜崎はもう一度、金森に敵意のこもった一瞥《いちべつ》をくれると、厩舎の前から立ち去っていった。

そのころ、磯田茂平軍曹は、灯舞街道の封鎖点で、ほとんど自棄《やけ》になりかけていた。ここでも道路を封鎖する海軍水兵隊の下士官から、進入を突っぱねられていたのである。

前夜、徒歩で留別の村に帰った磯田は、なんとか年萌か灯舞の駐在と連絡を取ろうとしてみた。しかし電話はまったく通じない。単冠湾につながる電話線が切断された可能性があるとのことだった。海軍は極秘演習のために、単冠湾で徹底した通信封鎖を実施しているらしかった。

東京の秋庭保《あきばたもつ》少佐とも連絡を取りたかったのだが、島外への電話は取り次ぎを拒否された。札幌逓信局の指示だという。

しかたなく、磯田はこの日、単冠湾の灯舞の村に通じる道に馬を進めてきたのだった。年萌に通じる道よりも険しく、冬場はあまり使う者もない道と聞かされたが、それだけに海軍も手を抜いた可能性がある。

しかし峠まできてみると、ここにも水兵隊が封鎖線を張っていた。前日同様のやりとりとなったが、融通がきかないという点では、こちらの下士官もあの吉村上等兵曹とまったく変わりがなかった。強引に進もうとして銃を突きつけられたというところまで、昨日と同じ展開だった。

「話のわかる士官を連れてこい！」たまりかねて磯田は怒鳴った。「もしかすると、演習そのものの妨害工作があるのかもしれんのだぞ」

水兵たちは磯田の言葉を黙殺した。黙って銃を向けているだけだ。

磯田は駅逓の馬に八当たりして、これを蹴飛《けと》ばした。馬は驚いて立ち上がり、そのまま道を留別の方向へ駆けおりていった。

磯田は重い足をひきずり、馬を追うしかなかった。

その夜、駅舎のストーブのそばで、ゆきは金森と名乗った男にフレップ酒を振る舞った。これも風邪薬の代わりだから、と理由をつけたが、それが正直な言い種《ぐさ》ではないことは自分でも承知していた。要は、金森というこのふしぎな男の人となりをもっと知りたかったのだ。

朝鮮人で、船乗りの経験を持ち、タコ部屋から脱走してきた男。拳銃やらナイフやら、ぶっそうなものを身につけているいっぽうで、古びたハモニカを大事に持ち歩いている男。男の人生はあまりにも陰が多く、秘密めいていた。犯罪の匂《にお》いすらしないわけではない。金森という名前だって、果たして本名かどうかさえわからないのだ。また無学なはずなのに、まったくの無知とも思えない。論語を読む男ではないかもしれないが、監獄部屋《タコ》の棒頭たちよりははるかに脳味噌《のうみそ》の皺《しわ》は多いにちがいない。

ゆきは男に、その謎《なぞ》めいた、しかし魅力ある生きようを語ってもらいたかったのだ。この夜は宣造も、食事のあとそのまま駅舎の土間のほうに残っていた。ランプの黄色っぽい光が、土間に球形の光を満たしている。ストーブの中では白樺《しらかば》の薪《まき》が燃え、ときおり樹皮がパチパチと音をたてた。

「炭坑の生活には、楽しいことは何もなかった。ただ契約が満期になって、故郷に帰ることだけが夢だった」

金森はストーブのそばに腰をおろし、ゆきと宣造の顔を交互に見ながら語っている。風邪が抜けてみると、やはり金森の声は思慮深げで、言葉は一語一語、胸の奥の深い部分から発せられていることがわかった。たえず誰かを怒鳴ってばかりいるような暮らしでは、このような声音は身につくまい。

「ときどき事故が起こる。落盤や、ガスの突出、トロッコの暴走。事故で死んだ坑夫のことを聞くと、もうとても坑内には入ってゆけなくなるんだ。入り口まできて、炭車から飛びおりたこともある。いやだ、絶対に坑内にはもどりたくないとわめいたこともあるんだ。とうとうあるとき、我慢しきれなくなって脱走した。満期まで二年以上あったが、やむをえなかった。おれがそのあと、貨物船に働き口を見つけたのは、たぶん広くて明るい海にあこがれ続けていたせいだろう」

金森の声が、ゆきの耳に心地よく響いている。まるで声がゆきの耳やうなじや頰を愛撫《あいぶ》しているかのようだ。

何度か我にかえって、自分が陶然と金森の声に聞きほれていたことに気づいた。目を細め、金森の瞳《ひとみ》に見入り、小さくうなずいているのだ。ゆきがあわててまばたきし、姿勢をなおすと、金森は何もかも見透かしてしまったかのように、かすかな微笑を見せるのだった。

宣造は土間のすみで膝《ひざ》を抱え、黙ったまま金森の話に聞き入っている。彼にも、波《は》瀾《らん》に富んだ金森の思い出話には、興味つきないものがあるのかもしれない。

単冠湾の封鎖二日目の夜は、そうやって更《ふ》けていった。

明けて十一月二十二日。

ゆきは朝食の前から、海鳴りのような低い音が気になっていた。音は湾の沖合遠くからしだいに近づいてきているようだ。無数の猛獣がうなっているかのようにも聞こえるし、津波の前兆のようでもある。何度も霧にかすむ沖合に目をやったが、正体はわからなかった。

やがて部落の住民たちも、海岸沿いの道路に出てきて、沖に目を向けるようになった。海鳴りと聞こえていた音は、いまは大型の発動機の音とわかる。それも千島汽船の二百トン級の船の発動機ではない。もっと大きな、そして数多くの船の発動機がたてる多重奏だった。何隻《せき》もの大型船が、単冠湾に接近してくるらしい。

ゆきも宣造と一緒に道路へと出て、桟橋《さんばし》のたもと近くから沖に目をやった。海面には霧が発生しており、湾の右手の植別《ウエンベツ》の岬《みさき》も、左手の大山崎の岩も見えない。単冠山や焼山も中腹から上は、低くたれこめた雲のためにすっかり隠れている。そんな灰色の不透明な大気の彼方《かなた》から、そのうなりは近づいてきていた。

と、海霧の向こうに、ふいに黒い影が現れた。

「船だ」宣造が言った。

ゆきも同じものを見ていた。船はみるみるうちに霧を突き破り、単冠湾中央の水面へと進んでくる。途方もなく大きな船だ。背の高い艦橋は、古城の天守閣のように黒くそびえたち、その前後左右に数多くの槍《やり》の穂先が見える。大砲の砲身や機関銃の銃身なのだろう。

ゆきはその船を見て、単冠湾の潮位が上がったのではないかとさえ感じた。それほどにその船は巨大で、非現実的に見えた。

霧の背後から、また同じような巨艦が現れた。

「海軍絵ハガキみたいですよ」宣造がまたもらした。「絵ハガキを見てるみたいだ」

住民たちも口々に驚きの声を上げていた。

「戦艦だよ」「比叡《ひえい》だ」「うしろは霧島じゃないのか」

駐在の大塚が怒鳴っていた。

「双眼鏡を使うんじゃない。そんなふうにして、眺《なが》めてるんじゃない」

ゆきは言った。

「見て。まだまだうしろから」

二隻の戦艦に引き続いて、いくらか小型の新しい船が何隻も湾に入ってくる。巡洋艦と駆逐艦のようだ。

住民たちのあいだに、またひとしきりどよめきが走った。平坦な甲板を持つ巨大な船が、新しく姿を見せてきたのだ。

「航空母艦ですね」宣造が言った。「飛行機を乗っけてるんですよ」

「一隻だけじゃないわ。ほら、そのあとからも三隻。いえ、四隻いるわ」

大艦隊だわ、とゆきは思った。函館にいた当時だって、これだけの数の軍艦を一度に見たことはない。いや、そもそも戦艦や航空母艦をこの目で見ることすら初めてだった。

なるほど、海軍が神経質になるだけの大演習がおこなわれるらしい。軍の事情にはうといゆきではあったが、戦艦二隻と数隻の航空母艦が集結しているのだ。彼らはまさか択捉島沖で、手旗信号の訓練程度でお茶を濁すはずもない。

ふと気づくと、横に金森が立っていた。

金森は目をいっぱいに見ひらき、単冠湾に出現した大艦隊に目をこらしている。唇《くちびる》をきつく結び、無感動を装っているようだが、目の光の強さはごまかすことはできない。金森の目は、まるで目の前に野ネズミの群れを発見した野性のキツネのそれであった。

いつのまにか、湾は海軍の艦隊で埋められていた。湾の中央に戦艦と航空母艦が陣取って投錨《とうびょう》、これを巡洋艦や駆逐艦が取り巻いている。単冠湾入り口付近の海上には、油《ゆ》槽船《そうせん》が八隻あまり、ちょうど湾内の軍艦を守る形で錨をおろしていた。それは単冠湾の住民たちが初めて目にする日本海軍の偉容であり、現実の国際社会の緊張を垣間《かいま》見せる鉄の楔《くさび》でもあった。住民たちは最初の驚きがしずまると、あとはただほとんど言葉も交わさぬまま、その大艦隊の壮観さに目をこらしていた。

あとに続く艦船が絶えると、湾の入り口付近を駆逐艦が走りだした。艦尾から激しく煙が噴き出ている。煙幕のようだ。外の目から遠ざけようというのだろう。白い煙幕は海面近くに低い目隠しの壁を作った。湾から外洋を望むことはできなくなった。

横を見た。いつのまにか、金森はいなくなっていた。朝食がすっかり遅れてしまった。ゆきは宣造をうながして、海岸から離れた。

賢一郎は駅逓《えきてい》に戻ると、リュックサックから双眼鏡を取り出して、海に面した客室の窓から艦隊を観察した。

米国海軍情報部の読みは的中したわけだ。この辺境の島に、これだけの海軍部隊が集結するとは、ただごとではない。しかも航空母艦が五隻まじっている。ある意味では、日本海軍の主力部隊とも言える大艦隊である。機動部隊、と呼ぶのが適切かもしれない。日米開戦が懸念《けねん》されているこの時期、この機動部隊の集結にとくべつな意味を見ないものはないだろう。

賢一郎は双眼鏡をのぞきながら、つぎつぎと艦のタイプを確認していった。どの艦船もなぜか船首の艦名は消されており、記されていたのは番号だけだが、艦影図を見て訓練してきた目には、さほどの障害とはならない。

まず戦艦は金剛型が二隻。艦名までは特定できなかった。いっぽう航空母艦の名を当てるのは容易だった。赤城《あかぎ》、蒼龍《そうりゅう》、飛龍、瑞鶴《ずいかく》、それに翔鶴《しょうかく》の五隻である。赤城のマストには将旗がひるがえっていた。艦隊の旗艦はこの空母・赤城ということになる。軽巡洋艦は長良《ながら》型が一隻。駆逐艦は朝潮型が二隻、陽炎《かげろう》型が六隻、夕雲型が一隻の合計九隻。それにタンカーが八隻である。

単冠湾の水面を丹念に見てゆくと、空母群の右手、天寧側の水面に、ほとんど海面すれすれに顔を出した艦影があった。潜水艦だった。二隻までは確認できたが、もう一隻、背後にあるようでもあり、ないようでもあり、これだけはその数を断定することができなかった。

賢一郎は双眼鏡をはずして、あごの不精ひげをなでた。

ここに集結した日本海軍部隊の詳細を、暗号で送信しなくてはならない。そのためには、この単冠湾か択捉島のどこかで発電機を確保する必要があった。それからあの湖畔の小屋まで、通信機をとりにゆくのだ。

発電機はそもそもどこにあるか。ランプ生活のこの湾で、果たして発電機といった機械が手に入るものなのか。

賢一郎は窓から海岸沿いに建ち並ぶ民家を眺めた。右手には駐在所、郵便局、小学校、それに水産会社の倉庫群と作業場、その向こうに一般の民家が並んでいる。左手は、灯舞橋を越えて、捕鯨場と缶詰《かんづめ》工場。もし発電機があるとすると、水産会社の作業場か、捕鯨場のどちらかだろう。

午後になって、単冠湾にはさらに二隻の軍艦が入ってきた。利根《とね》型の巡洋艦が二隻だ。利根型は二隻だけだから、艦名はすぐに特定できた。利根と筑摩《ちくま》である。集結してくる艦隊を、後方から護衛していたのかもしれない。これで単冠湾に集結した艦船の数は、海防艦・国後をべつにしても、総計で二十七隻となった。ほかに潜水艦が二隻ないし三隻。明日になれば、その数はさらに増えているかもしれない。発信の準備にかかるときだった。

その夜、食事がすんだあとのお茶のひとときでは、やはり入港してきた艦隊のことが話題の中心だった。演習の目的や意図がいろいろ憶測された。ゆきと宣造がもっぱら話し、金森という男が聞き役にまわった。

そうしてけっきょく話の結論はひとつのところに落ち着いたのだった。支那《シナ》事変の解決のめどもたたないまま、日本は米国やイギリスと新しい戦争を始めるようだ……。

宣造が最後にぽつりと言った。

「おれ、北千島に帰るのを早めようかな。兵隊にとられて死ぬのなんてまっぴらだ」

ゆきが言った。

「この国の中で逃げてるなら、どこへ行っても同じよ。赤紙と特高は追いかけてくるわ」

金森が怪訝《けげん》そうに宣造の顔を見た。

ゆきはあわてて弁解した。

「宣造は、クリル人なんです。自分が日本人だとは、まだ思えないらしくって」

宣造がつけ加えた。

「おれの爺《じい》さんたちは、北千島の占守《シュムシュ》島から無理やり色丹《シコタン》につれてこられたんです。この国にいたっていいことは何もないし、だったらもともとクリル人が住んでたところに帰ったほうがいい。あんたも朝鮮からきたんなら、こういう気持ちはわかるだろう」

ゆきは宣造に諭《さと》すように言った。

「あまり人前では言わないほうがいいわね。この島ならともかく、内地なら非国民だってことで、引っ張られるわ」

ゆきは、金森が興味深げに宣造を見つめなおしたのがわかった。またあのキツネの目だ。目の前に獲物《えもの》を見いだしたときのような。目の前にあるものが餌《えさ》であることに気づいたときのような。

その目の真意を確かめようとしたとき、もう金森は宣造から視線をそらし、湯呑茶《ゆのみぢゃ》碗《わん》を持ち上げていた。


翌朝二十三日、賢一郎は目覚めるとすぐ双眼鏡を手にして、湾を見渡すことのできる窓辺に寄った。

艦隊は前夜の陣形のままで、暗い曇り空の下の単冠湾に投錨している。戦艦も駆逐艦も航空母艦も、正確に昨夜と同じ位置にある。

双眼鏡を単冠湾の入り口右手方向に向けたときだ。また一隻の航空母艦らしき艦影が見えた。信号灯を点滅させながら、単冠湾に入ってくる。航空母艦・加賀のようだ。監視を続けていると、加賀はすでに投錨している空母陣の後方に錨をおろした。これで単冠湾に集結した日本海軍の航空母艦は、合計六隻となったことになる。これは日本海軍が持つ全空母の三分の二にあたる兵力だった。

湾内の各艦から、それぞれの内火艇が空母・赤城に向かって進んでゆくのが見えた。士官たちに召集でもかかっているのだろう。

この艦隊が出撃してゆくのは、きょうになるのか。それとも明日か。いずれにせよ、通信文を暗号に組み、至急第一報を送る必要がある。

朝食のとき、賢一郎はゆきに訊《たず》ねた。

「鯨の缶詰工場ってのが見えるが、あそこはまだ操業してるのか」

ゆきは米飯をよそいながら答えた。

「いえ。九月で鯨漁は終わったわ。来年の夏まで、空き家になってるけど。でもどうして」

「仕事があるかなと思ったのさ」賢一郎はごまかした。「そうか。冬のあいだは休業なのか」

「鯨の解体の仕事をやったことはあるの」

「いや。しかし銛《もり》を撃ちこむのとはちがう。さほどむずかしくはないだろう」

「もうじきタラ漁が始まるけど、でもあまり勧められないわね。冬の北洋は危ないから、タラ漁船に乗りこんでるのは、北海道の荒っぽい漁師たちだけよ」

「あの工場なら、発動機か発電機を扱う仕事なんかはあったろうか」

「どうかしら。それ専門の人がいたのかどうかはわからないわ」

「発動機は使ってないのか」

「使ってたわよ。缶詰を作るんで大きなボイラーもあったし、ガソリンの発電機で電灯もつけていたわ」

発電機がある！

賢一郎はさらに訊《き》いた。

「そういう設備は、冬のあいだ、引き払ってしまうのか」

「ううん。そのまま来年まで残しておくはずだけど」

賢一郎は質問をそこまででとめた。これ以上あれこれ聞けば、ゆきはきっと怪しみ出すだろう。情報は喉《のど》から手が出るほどほしいが、ここでこらえておかねばなるまい。

賢一郎は言った。

「あとで、裏を散歩してこようと思う。寝こんでいたんで、足がなまってしまったような気がするんだ」

「山には登らないようにね。あなためがけて、大砲の弾が飛んでいくから」

「この近所を歩くだけだ。ところで、あの宣造っていう若い衆は、どうしてあんな小屋に住んでるんだ。不便だろうに」

「あの子は、自分がクリル人なんで遠慮してるのよ。内地からのお客の中には、千島アイヌをきらう人もないわけじゃないの。ひとつ屋根の下では眠りたくない、同じ風《ふ》呂《ろ》を使うことなんてもってのほか、っていう人たちがね。中には宣造に向かって本当にひどいことを言う人もいる。あなたもたぶん、そんな目には何度もあってるでしょう」

「ああ。あの子の胸のうちは想像がつく」

午後になって、賢一郎は駅舎裏手の厩舎《きゅうしゃ》へと入った。ちょうど宣造が清掃しているところだった。

「もう身体の具合はいいのかい」と宣造が熊手を持つ手をとめて訊いてきた。

賢一郎は愛想よく言った。

「よくなった。世話になったな」

「汽船に乗れなくて、残念だったね。この艦隊が出ていくまでは、船はもどってこないよ」

「なあに。いざとなったら、島を出る方法はほかにもある」

「へえ。どんな」

「おれが船員だったって話はしたな」

「発動機が使えるんだろう」

「発動機のついた船を、ちょっと拝借したっていいんだ」

宣造は意外そうに賢一郎を見つめてくる。かすかに、裏切られたという想《おも》いがあるように見えた。彼はこれまで、純朴《じゅんぼく》で気の毒な朝鮮人を助けたつもりでいたのかもしれない。その男が、想像以上に悪党だった。助けてやらねばならぬほどの、まっすぐで清廉《せいれん》な人間ではなかった、と思い始めているのか。

賢一郎は言った。

「おれは世の中の酸《す》いも甘いも味わってきたんだ。きれいごとだけじゃ生きていけないことを知ってる。タコ部屋の棒頭たちにつかまって殺されるくらいなら、船一隻盗んだって逃げとおすつもりだ」

宣造は言った。

「盗んだって、北海道の港に着いたところで、つかまってしまうさ」

「北海道に逃げるんじゃなく、北千島に逃げたらどうだ」

宣造は口を開けた。まばたきして賢一郎を見つめてくる。聞いたことが信じられないようだ。

「北千島に逃げる、と言ったんだ」

「北千島は、立ち入り禁止だ。住むことはできないよ」

「お前は北千島に行こうとしてるじゃないか」

「おれはクリル人だ」

「いま、クリル人がいるのは、カムチャツカのほうだけだ」

「カムチャツカに行ってもいいと思ってる。正直に言えばカムチャツカに行くしかないんだ」

賢一郎はうなずいて言った。

「おれも北千島の島づたいに、カムチャツカのほうに逃げようかと思ってるんだ。おれみたいな男は、内地にもどったって同じことだからな」

「どうしてそんなことを、おれに言うんだ」

「おれはどこかの港で船を盗もうかと思ってる。お前なら、この島の事情に詳しいだろうと思ってな。どこの港には、どんな船が出入りしてるのか。巡査はいるのか。警戒は厳しいのかどうか」

「盗みの手助けをしろって言うのかい」

「ちがう」賢一郎は首を振った。「おれと一緒に、カムチャツカへ行かないかと誘ってるんだ」

宣造はひと呼吸おいてから笑い出した。不自然に湿った笑いかただった。宣造は賢一郎から目をそらし、しばらくのあいだ身体を細かくふるわせていた。

笑いがおさまると、宣造は目に強い光をたたえて訊いてきた。

「あんた、ただのタコじゃないんだな」

「そのとおりだ」賢一郎は答えた。「おれは、自分の同胞をタコ部屋や炭坑から逃がす運動に加わっていたんだ。タコ部屋にもぐりこんで、これまでたくさんの仲間を脱走させてきた。そのために、棒頭だけじゃなく、特高にも追われてる」

「拳銃《けんじゅう》やナイフを持っていたのは」

「そう。そのためだ」

「おれにそんなことを話してしまっていいのかい。おれは駐在に駆けこむかもしれんよ」

「まずいことを話してしまったのか」賢一郎は自分の軽率さを呪《のろ》うかのように顔をしかめて言った。「おれは人を見る目がなかったのかな。そういう気があるなら、おたずね者がいるって、密告してくれ。おれのリュックの底の隠しには、このあいだ言った二十ドル金貨が入っている。それもお前のものだ。金が欲しいんだろ」

「ちがうよ」宣造は傷ついたような表情を見せた。「金なんかで、人を売ったりしない」

「じゃあ、いまの話、忘れてくれるか」

「カムチャツカに行く話か」

外の道路で足音がした。賢一郎は振り返った。一度見たことのある、あの酔いどれが歩いてゆくところだった。湖畔の小屋に住む男だ。村へ向かっている。

「忘れてくれ」賢一郎は宣造にもう一度言って、厩舎を出た。

賢一郎は灯舞街道と呼ばれる細い道を歩き、見覚えのある橋を渡って、湖畔に近づいていった。湖畔の小屋の管理人、室田という男はいま村にいる。納屋《なや》にもう一度忍びこむのは造作のないことだった。

納屋に入って、隅《すみ》の魚網の山をくずした。板の下に自分の茶色のトランクが隠してある。先日、宣造に銃を突きつけられる直前、ひそませておいたものだ。

ところが、そのトランクがなかった。

賢一郎は素早く納屋のほかの個所を点検した。宣造か。あるいは管理人の室田が発見したのか。

漁具や橇《そり》の陰を確かめ、天井の裏も見てみた。トランクはなくなっている。

賢一郎は納屋を出ると、管理人の住む小屋のほうに歩いた。周囲に目をやってから、小屋の戸を引き開ける。中は無人だが、薪ストーブにはまだ火が残っていた。

賢一郎は流し場の下をのぞき、寝床の下を探して見た。ない。あの大きさのものが入る場所は、ほかにはどこだ。

賢一郎は床に膝をついて、床板をはがしてみた。床の下は小さな室《むろ》になっていた。ジャガイモや大根などの野菜が、籠《かご》に入れられて収まっている。トランクはその籠の上に置かれていた。

賢一郎は把手《とって》をつかんでトランクを引き上げようとした。

ドアがふいに開けられた。

「何をやってる」

しわがれた男の声。

賢一郎は飛びのいて振り返った。

室田だ。室田が銃をかまえて、賢一郎を見おろしている。

「そいつはお前のものだったのか。ただのラジオじゃないようだな」

賢一郎は右手をスウェーターの下に伸ばした。

「動くな」室田は言った。「お前はおれのイモを盗んで食った。おれの燻製《くんせい》も盗んだ。駐在まで行ってもらうぞ」

賢一郎は吹き出したい気分になった。無線機を発見していながら、この男が問題にしているのは、むしろあの醤油味《しょうゆあじ》のイモの煮つけと、鮭《さけ》の燻製一尾のことのほうなのか。

賢一郎は左右を見渡した。ナイフを抜き出す時間がないとしたら、手近な得物を手にしなくてはならない。

ストーブの上には鍋がかかっている。またイモでも煮ているのだろうか。

「ちょっと話をさせてくれ。イモのことなら、金ははずむ」

言いながら、賢一郎はのっそりと立ち上がり、左手を鍋の把手にひっかけた。鍋はストーブの上でひっくりかえった。シューッとストーブが音を立て、お湯と湯気が飛び散った。室田は驚いて顔をそむけた。

賢一郎は室田に飛びかかった。銃を左手ではねのけ、あごに拳《こぶし》を突きこんだ。男はのけぞって背後の壁に倒れこんだ。賢一郎は銃をもぎとって横へ放《ほう》ると、膝で室田の腹に蹴《け》りを入れた。二度。三度。室田は体格こそいいものの、たぶん格闘の訓練はまったく受けてはいない。守勢いっぽうだった。

床に転がった室田に、さらに激しく拳をあびせた。室田はひるんで顔を両手で覆《おお》った。

ナイフを。

身を離したその一瞬の間隙《かんげき》をついて、室田は跳ね起きてきた。賢一郎の身体はストーブにぶつかった。ストーブは煙突からはずれてひっくりかえった。薪やおきが床に散り、灰が舞い上がった。賢一郎は身をよじって火から逃れた。

すぐ脇《わき》に、半分燃えさしの薪が転がっていた。室田は銃に手を伸ばそうとしている。賢一郎は薪を振り回して室田の顔を殴った。真っ赤に焼けた薪の先が、室田の頬をなぎはらった。室田は悲鳴を上げた。

ナイフを取り出して、もう一度室田に飛びかかった。室田は逆上していた。強い汗の匂《にお》いが、賢一郎の鼻をついた。突き出したナイフを素手で受けとめると、賢一郎の左腕をねじ上げてくる。

また左腕だ。痛みに耐えかねた。賢一郎は腕をかばって、自分から床に倒れこんだ。

「野郎！」

室田は脇に落ちていた銃をつかみ、戸口の光を背に熊《くま》のように立ち上がった。左の頰はただれて皮がむけ、赤い肉が露出していた。目には床に散らばった真っ赤なおきが映りこんでいる。

「ぶっ殺してやる」

室田は銃床を肩に当ててかまえた。銃口がまっすぐ賢一郎の胸に向いて静止した。

賢一郎は身構えた。室田が引金を落とす直前、身体をかわさなくてはならない。飛びのいて、体勢を逆転させなければならない。

室田の巨体が、どんと手前へ飛んできた。うしろから強く突き飛ばされたようだ。賢一郎は身を半回転させてよけた。室田の身体が、いま賢一郎が横たわっていたその場所に、激しい音をたてて倒れてきた。うしろに宣造が組みついている。宣造の右手は、室田のちょうど首のうしろに当てられていた。ナイフの柄《え》らしきものが見えた。

賢一郎は腰をずらして姿勢をたてなおした。室田はうつぶせになったまま、身体を痙攣《けいれん》させている。首のあたりから、勢いよく血が噴き出していた。この様子なら、室田は数分後に失血死するだろう。木や衣類の焦《こ》げる匂いがただよってきていた。

宣造は身体を起こして、室田の首からナイフを引き抜いた。鹿《しか》の角の柄をつけた、よく使いこまれた狩猟用のナイフだ。

宣造は荒く息をつきながら言った。

「あんたの話に乗りたくって、追いかけてきたんだ。室田がおれの前を走っていた。あんたが小屋の方に向かったんで、気になったんだろう」

「わかった」賢一郎は宣造の思い詰めたような表情に当惑を感じながらも言った。

「ここまでやってしまったんだ。引き返せないぞ」

「どっちみち、この島を出るつもりなんだ。ちょっと早まっただけさ」

「数日中に出よう。それまでもう少し手伝ってくれるか」

「やるよ。なんでも言ってくれ」

「死体を片づけよう。それから、そこの」賢一郎は室にある茶色の革のトランクを指さした。「トランクをお前の部屋にあずかってくれないか。今夜取りにいく」

「中身は何なんだい」

「ラジオと金だ」

「え」

「ラジオは、上海から放送されてる朝鮮語の放送を聞くためなんだ。仲間の様子や運動の状況がわかる。金は仲間を脱走させるための資金だ。おれがあずかってる」

「もしかして、あんたは」宣造が賢一郎の顔をまじまじと眺めて言ってきた。

「なんだ」

「あんた、もしかして、日本にとっては大悪人なんだろうね。スパイとか、共産主義者みたいな」

「いいか、若いの」賢一郎は諭すように言った。「お前はもう身体でわかってると思うが、おれがこの国の警察や政府から見て何か、なんてことは、おれとお前が組むうえでなんの障害にもならない。おれたちはどっちも、むりやりこの国に組み入れられた一族のひとりだ。この国ではけっしていい目にはあってこなかった余計者同士だ。おれが特高からなんと呼ばれていようと、お前までが特高の基準でおれを見ることはない」

「わかってるよ。おれは、あんたがスパイでも共産主義者でも、一緒に行くつもりでいるんだから」

賢一郎は宣造の肩をたたき、陽気に言った。

「正直に言うが、おれはスパイで、人殺しなんだ」

宣造もつられたように笑みを見せた。

「おれもクリル人で、人殺しだよ」

ふたりは短いあいだ、互いの目を見つめ合って笑った。

「よし、宣造。このあともお前はふつうにしていろ。こいつが見えなくなったことに誰かが気づいたとしても、誰もお前が殺したとまでは考えない。疑われたときに逃げ出せばいいんだ」

「こういうことには、慣れているようだね」

「いくらかはな。さ、血の跡をふいて、死体を納屋の帆布にくるむんだ」

宣造はナイフを腰の鞘《さや》に収めて立ち上がった。


小屋からもどったあと、賢一郎は夕刻までゆきとは顔を合わせずにすごした。放牧地を歩き、厩舎で馬を眺め、宣造の仕事に手を貸し、ときおり単冠湾に目を向けて、機動部隊の様子を監視したのだ。

格闘とそれに続く殺人のあとだ。気分が異常にささくれだち、たかぶっている。できるかぎり、ゆきたちとは距離をとっておく必要があった。賢一郎は、工作員の教程のうちでも、演技力に関してはさほど優秀な生徒ではなかったと自覚していた。

日が落ちてから駅舎の土間に入って、ストーブの前に腰を落ち着けた。機動部隊には動きはないが、第一報は今夜じゅうにも送らねばならない。

「ツブ貝でもつまみますか」

ゆきが声をかけてきた。

賢一郎は振り返った。

ゆきが笑みを向けてきている。霜降りの暖かそうなスウェーターに、ツイード地の長いスカート。その様子は、日本の北辺の島の住民というよりは、それこそスコットランドあたりの漁村にふさわしい姿に思えた。大柄《おおがら》な姿態と、その大造りな顔だちのせいかもしれない。ゆきの振りまく印象は、どこか日本人離れしていた。

「こんな時間からあのフレップ酒が飲みたいといったら怒るかな」

「いいえ。こんな寒い日ですからね。出してあげる」

「一杯たのむ」

ゆきは厚手のグラスにフレップ酒を出してくれた。

ゆきは賢一郎のそばに腰をおろし、ストーブの薪をひっくり返した。

「宣造と仲よくなったみたいね」

「おもしろい青年だ」賢一郎はフレップ酒を口にふくみながら答えた。「北千島に帰るってのが気に入ったよ」

「あの子、まったくのみなし児なの。兄さんのような人が欲しかったのかもしれない。あなたを慕いだしたみたいよ」

「おれは兄貴になるわけにはいかないが」

「ひとりなの」

「なに」

「家族はいるの」

「ああ、そうか」やっと質問の意味がわかった。「おれはひとり身だよ。ずっと落ち着かない暮らしをしてきたし、家庭を持つゆとりなんてなかった」

「所帯をもってもいい年頃にみえるけど」

「そういうあんたは」

「一度失敗してるって、話したじゃない」

「そんなに美人なのに」

ゆきの白い頬がかすかに赤く染まった。

「美人じゃないわ。変わった顔立ちっていうだけよ」

「父親はロシア人と言っていたな」

「ええ。船乗りだったそうよ。単冠湾の沖で遭難して、この村にしばらくいたの」

「その船乗りと、あんたの母親が結婚したのか」

「いえ。結婚はしなかった。船員はロシアに引き取られていって、そのあと母は私生児としてわたしを生んだの」

「情熱的な人だったんだな」

「ただの尻軽《しりがる》だったって、噂《うわさ》されてるわ」

「どちらにせよ、あんたのその美貌《びぼう》に、あの海軍士官は惹かれてるんだな」

「どういうこと」

「あの中尉《ちゅうい》さんのことだ。あんたに焦《こ》がれているように見えたけども、勘繰りすぎかな」

「あの人の気持ちはわからないわ。でも、この島には年頃の、それもひとり身の女は少ないから、いくらか気にはしてくれているみたいね」

「ずいぶん礼儀正しい言い方をするな」

「しょってる、って思われたくないから」

「あの軍服姿の凛々《りり》しい士官は、しりぞけるには惜しい男に見えるが」

「しりぞけてるつもりはないわ。浜崎中尉のことも、ただ好みではないってだけ」

「どんな男が好みなんだ」

ゆきはひかえめな笑みを見せて、目をそらした。

「宣造があなたを慕う気持ちがわかるわ。頼りがいのある人。自分の足で立っている人。大きな手と、大きな背中を持っている人。そんな殿方にあこがれるわ」

「この島には、そういう男は多いんじゃないか」

「多いわ。函館なんかよりはずっと。でも、ちょっぴり何かが足りない」

「何が足りないんだ」

ゆきは少し考える素振りを見せた。唇をかみ、天井に目をやる。言葉を慎重に選んでいるようだ。

「人柄のひだ、って言ったらいいかしら。この島の男たちは、みんないい人だけども、つるんとした卵みたいなの。明るくって真っ白で、とてもわかりやすい。どこにも陰がない人たちなのよ。たくさん学んで、たくさん遊んで、奥深いふところを持つようになったたって人はいない。いろいろ苦労して、人のあいだでもみくちゃにされて、酸いも甘いも知ってしまったっていう人も少ないわ」ゆきは賢一郎に目を向けて続けた。

「たとえば、あなたのような」

賢一郎は、ゆきの瞳《ひとみ》の中に一瞬、すがってくるような切羽つまった想いを見たように感じた。宣造があの小屋で見せたような、どこか思いつめたような光。いまこの機会を逃せば、つぎの機会はほとんど期待もできないのだと言っているかのような、そんな目の色だった。それが、いったい何の機会なのか、賢一郎には読み取ることはできなかった。結婚の機会か。それとも島を出る機会。あるいはただ単に、身体《からだ》を投げ出すことのできる機会ということなのか。

賢一郎が黙ってグラスを持ち上げると、ゆきが訊いた。

「ずっと逃げまわらなくちゃならないの。なんとか終わりにするわけにはいかないものなの」

「いや」賢一郎はひとくちフレップ酒を含んでから答えた。「いずれ、逃げまわることはやめる。どこかに、自分がいるべき場所を見つけなきゃならないな」

「もしそんなときがきたら」と、ゆきが言った。声が細くなっていた。「この島のことを、もう一度思い出して」

勝手口に中年の女が顔を出した。

「ゆきさん。灯油欲しいんだけども」

商店に買物にきた客のようだ。

ゆきが立ち上がった。

「はあい。いま店のほうに」

賢一郎はグラスに残ったフレップ酒を飲み干した。

磯田茂平軍曹《ぐんそう》は、単冠湾《ヒトカップ》にすでに海軍の艦隊が集結していることなど知るよしもなかった。

彼はこの日、留別村の巡査部長派出所にいて、ストーブの周囲を落着きなく歩きまわっていた。昨日灯舞街道の峠で追い返されたあと、しかたなくここ留別村にもどってきていたのである。島外への長距離電話には封鎖措置がとられたままだ。東京憲兵隊の秋庭少佐とも連絡の取りようがなかった。単冠湾の状況は皆目見当がつかず、事態が動く様子も見えない。磯田の焦《あせ》りはそろそろ極限に近づいていた。

磯田は煙草《たばこ》をふかしながら、また択捉島の地図に目を向けた。

もう午後の三時。そろそろつぎの手を考えるべきかもしれない。人の行き来はあるというのに、八代丸と斉藤某に関する情報が、根室からも、あるいはほかの港からも何ひとつ入ってきていないのだ。それは斉藤某がまんまと単冠湾に進入したことを意味しているのではないか。完全に封鎖された湾の中にいるからこそ、忽然《こつぜん》と足跡が消え、消息が不明となっているのだ。そう考えることが合理的であった。

　磯田は駐在に訊いた。

「なんとか単冠湾に連絡をつける方法はありませんか。士官と話ができれば、自分は絶対に湾に入れてもらえるんです。それだけの重要任務を持ってきていますので」

　駐在は首を振った。

「ありません。思いつきませんな」

「たとえば伝書鳩《ばと》を返してやるとか」

「通常であれば、ここはそんなものが必要なほど辺鄙《へんぴ》な島じゃないのですよ」

「船を出して、島をひとまわりして単冠湾に行くというのはどうです」

「道路が封鎖されてるんですから、海から行っても同じことでしょうな。たぶん湾の入り口で追い返されるでしょう」

「部長に同行願っても、水兵たちの態度は同じですか」

「憲兵隊の腕章よりも、わたしの制服が力を持っているとは思えませんよ」

「くそ！」磯田は悪態をついた。「演習が妨害工作に遭って流れてしまっても、おれの知ったことじゃないぞ。それ見たことか、と笑ってやる。きっと」

駐在がなだめるように言った。

「ま、ふいに封鎖が解かれるかもしれません。夜まで待ってみたらどうです。海軍のほうと、うまく話がつくかもしれないじゃないですか」

磯田は煙草を灰皿にねじこむと、頭を抱えてベンチに腰をおろした。

暗闇《くらやみ》の中で、賢一郎は身体を起こした。

マッチをすって、時計を確かめた。十時十五分。朝の早いこの漁村では、もう誰ひとり起きている者などいない時刻だ。

賢一郎は起きて身仕度をととのえ、客室を出た。女主人のゆきは、商店のある母屋《おもや》のほうで寝入っているはずだ。さほど音を忍ばせなくても、聞こえることはない。

賢一郎は土間に出て靴《くつ》をはき、提灯《ちょうちん》を手にとるとそっと戸を開けて駅舎の外に出た。風が出ている。波の打ち寄せる音が強くなっていた。しかも雪がまじっている。天候は夜になって荒れてきたようだ。

湾の方角に目をやったが、水平線すら判然とはしなかった。手前の艦船がいくつか、おぼろげな影となっているが、ほかはみなこの息苦しい闇の中だ。

賢一郎は厩舎の脇を通り、宣造の小屋へと近づいていった。

小屋の戸をたたくと、中で人が起きだす気配。すぐに戸が開いた。

「しっ」賢一郎は宣造の言葉を制した。目で、トランクを出せ、と指示する。

宣造はうなずいて、すぐにトランクを手渡してきた。

やつは、自分が朝鮮語放送を聞くところなのだと、素直に信じてくれたのだろうか。それとも何か疑念を感じながらも、信じたふりをしてくれているのか。賢一郎はこの場合は強気で賭《か》けても安全と踏んでいた。法律上の国籍よりも、民族の血の濃さを期待してよいときが多々ある。金森がいい例だった。みずからクリル人と名乗るこの青年も同様だ。


捕鯨場は、事務棟と缶詰工場と宿舎の三つの建物から成っていた。事務棟の玄関口には、U字型の巨大な鯨の顎《あご》の骨が立っている。門柱の代わりのようだ。三つの建物に囲まれてコンクリートの中庭があり、中庭は道路をはさんで、海岸の舟揚げ場に面していた。たぶん鯨の解体作業は、コンクリートの中庭でおこなわれるのだろう。漁期の終わったいま、どの建物も閉鎖され、扉《とびら》には厳重に錠がかけられていた。

賢一郎は工場の扉に近づくと、まず五分ばかりの時間をかけて南京《ナンキン》錠をはずした。

扉を五十センチほど開けて中に身体を入れ、扉を閉じる。マッチをすって、駅逓《えきてい》の名が書かれた提灯のろうそくに火をつけた。工場の内部が見渡せるだけの光がともった。そこは小学校の教室をふたつ合わせたほどの広さの空間だった。角材を重ねた壁の上に、太い梁《はり》で組んだ屋根が載っている。中央にふたつの大釜《おおがま》があり、その両脇に鉛を貼《は》った広い作業台があった。床はコンクリート敷きだ。

賢一郎は工場内を歩いて、ボイラーの脇に小型の発電機を発見した。ガソリンを使用するもので、大きさから判断するに、おそらく二千から三千ワットの出力だろう。ガソリンの缶のあり場所もわかった。

賢一郎はトランクを配電盤の脇のテーブルの上に置いた。中から油紙にくるまれた電鍵《でんけん》を取り出し、送信機を組立てた。手製らしい機械だが、仕上げはていねいだった。能力については、これを作った技術者の腕を信用するしかない。送信が米国海軍情報部に届かなかったとしても、賢一郎にはそれを確認するすべはなかった。

つぎにアンテナを張らなくてはならなかった。賢一郎ははしごを探し出して小屋組みの梁にさしかけ、線を持ってのぼった。長さは最低八メートルは必要だった。賢一郎は梁の上を歩き、束《つか》と束とのあいだにアンテナ線を張った。アースがわりの線も一本、これは床の上十センチばかりの高さに張って取りつけた。

送信機の用意が終わると、賢一郎は発電機に給油して火を入れた。発電機ははじめ咳《せき》こむようにふるえていたが、やがてなめらかに回転を始めた。爆発音と排気音が工場内部に反響しだした。最初その音の大きさが気になったが、漏れたとしても、民家からは離れている。潮騒《しおさい》の音と区別することはできまい。

配電盤のコンセントにプラグをさしこみ、電源スイッチを入れた。二本の真空管のフィラメントが、しだいに赤くなってきた。真空管が暖まり、出力が安定したと見えたところで、賢一郎は一枚の紙を取り出した。暗号電の電文だった。

電文を暗号化する作業は、昼間のうちにやっておいた。乱数表には、指示どおりペーパーバック「バンビ」を使っている。賢一郎は、単冠湾からの第一報を、このように打つつもりだった。

フォックスよりぐうたら野郎《グーフボール》へ

四一年十一月二十三日二二〇〇時

日本海軍の大部隊が、前日より択捉《エトロフ》島単冠湾に集結、現在もなお投錨《とうびょう》中。集結艦船は、金剛型戦艦が二隻《せき》。空母は赤城、蒼龍、飛龍、瑞鶴、翔鶴。それに加賀が二十三日朝に遅れて合流。ほかに巡洋艦二、軽巡洋艦一、駆逐艦九、タンカー八。潜水艦二ないし三。旗艦は空母・赤城とみられる。乗組員の上陸は皆無。単冠湾一帯に極端な通信管制。最高機密扱いの行動と思われる。

賢一郎は、あらかじめテイラー少佐から指示されていた周波数で発信を始めた。電鍵のリズムは最初はぎこちないものだったが、電文の三分の一を越えたあたりから指が慣れてきた。賢一郎は十五分ほどで暗号電を打ち終えた。

暗号電は、米国海軍情報部によってしっかりと受信されただろうか。

賢一郎はテイラー少佐が電文を読むところを想像してみた。やつはこの情報に喜色満面となるのだろうか。それとも蒼白《そうはく》になるのか。あるいは眉間《みけん》に皺《しわ》をよせて考えこむのか。その場面にぜひとも立会いたいところだった。

通信を終えるとすぐに発電機の主スイッチを切った。送信機をもう一度分解し、トランクに入れなおす。トランクは工場内の物置の隅《すみ》に隠した。

時計を見た。十一時ちょうど。

賢一郎は提灯の火を消して工場を出た。

翌二十四日の朝も、艦隊は単冠湾に居座ったままだ。出動する気配はまったく感じられない。艦砲射撃もおこなわれなければ、空母の飛行甲板から飛び発《た》つ戦闘機もないのだ。それはちょうどライオンの群れが灌木《かんぼく》の茂みの陰にうずくまり、狩りに立ち上がるその最適の時機をうかがっている様子を想像させた。ライオンたちが鹿の匂いをかぎつけるのはいつなのか、すでにまったく外部から情報を遮断《しゃだん》された賢一郎には、見当をつけることもできない。

賢一郎が監視していると、湾の中央に位置する赤城に向けて、ほかの各艦から内火艇が向かっていった。内火艇は赤城に接舷《せつげん》すると数人ずつの士官をおろし、引換えるかのようにまた何人かの士官を乗せてまたそれぞれの艦に帰ってゆく。重大会議が連続して開かれているようだ。

賢一郎は双眼鏡をおろして思った。

これだけの機動部隊が、北辺のほとんど無人にも等しい泊地で息を殺し、出撃を待っているのだ。予定されている作戦がどれほど大胆なものか、逆に想像がつく。

やはり連中が出撃してゆく先は、ハワイなのだろうか。

テイラー少佐による「テスト」を受けた、南国のあの島。そして米国太平洋艦隊の艦船が集結していた、あの真珠湾。

ここからあの島までは、六千キロはある。

その六千キロの距離を、日本海軍の軍人たちは遠征してゆくつもりなのだろう。吃《きっ》水線《すいせん》まで沈みこんだ大型タンカーをしたがえ、怒濤《どとう》逆巻く北の海を突っ切って。

もし賢一郎の通信が米国海軍情報部によって正確に受信され、その内容が吟味されているなら、その六千キロの彼方《かなた》に待ちかまえているものは、米国陸海軍の戦闘機の群れと、無数の対空砲火ということになる。

この先、何があろうと知ったことか。

賢一郎は思った。

国家同士がどれほど愚劣な戦いを始めることになろうと、将来どれほどの惨劇が起きようと、自分の知ったことではない。この機動部隊の行く先も、やがて火蓋《ひぶた》が切られることになる大戦争の行く末も、おれが気にとめるべきことではない。

自分はもう約束を果たしたのではないか、とさえ考えた。人を殺し、酷寒の海に飛びこみ、雪の荒野を歩いて自分は指示されたこの湾にまでやってきた。そうして日本海軍機動部隊の秘密裡《り》の集結を確認し、打電したのだ。それが何を意味するのかは、テイラー少佐たちが考えればよいことだ。駅逓の女主人や駐在を、いつまでもだまし通すこともできない。逃げるなら、いまのうちだ。

ゆきの微笑が脳裏に浮かんだ。

いま逃げて生き延びることができれば、何か新しい生き方が開けるかもしれない。金で殺人をうけおったり、盗みや侵入を強いられたりするのとはちがう、何か別の生き方が。でもどこで？　いったいどんな？

金森の面影《おもかげ》が、ゆきの顔にとって替わった。

わたしはこの国が、一面焼け野原となるところを見たい……そう言って彼は顔をゆがめ、口もとから歯を見せたのだった。あの夜、貨物駅の構内で、おれの楯《たて》となって殺された植民地人。金森こと、金東仁。

賢一郎は頭を振って決めた。

もう少し。もう少しだけ留《とど》まろう。

「金森さん、食事にしませんか」

土間のほうから、ゆきの声が聞こえた。

賢一郎は振り返った。ちょうど戸口にゆきが顔を見せたところだった。

ゆきの視線が、賢一郎の持つ双眼鏡に走った。まばたきがあった。

賢一郎は双眼鏡を持ち上げて言った。

「これも、タコ部屋から失敬してきたものだ。軍艦が珍しくて眺《なが》めていた」

ゆきは微笑を見せて言った。

「宣造も呼んだわ。一緒に食べましょう」

双眼鏡のことには触れてこなかった。賢一郎には、それがかえってゆきが何か疑念を感じたことの証左のように思えた。

賢一郎はゆきのあとに続きながら言った。

「気になるようだったら、こいつも拳銃なんかと一緒にしまっておいてくれてもいいな」

ゆきは応《こた》えなかった。


帝国海軍天寧《テンネイ》飛行場警備隊は、天寧と内保《ナイボ》とを結ぶ海岸沿いの道路の封鎖にあたっていた。

単冠湾の西端、植別《ウエンベツ》の岬《みさき》からほぼ十キロの地点、カンケカラウスという浜である。内保方面からの道路は、ここでせり出した鼻を越えて、単冠湾を見渡す原野に入るのだ。下士官以下四人が、交替で封鎖点についていた。

朝七時ごろ、ひとりの水兵が、岩浜に木材らしきものがいくつも流れ着いていることを発見した。近寄って調べてみると、木造船の一部のようだ。焼け焦げた跡のある船材もいくつか目に入った。中に漁業用の浮材がひとつあり、八代丸、と書かれた文字を読み取ることができた。

下士官は、島の漁船が遭難したおそれもあると判断、正午の交替のあとで、警備隊長の浜崎真吾中尉にこれを報告した。

それどころではない、と浜崎は言おうとしたが、すぐに思いなおした。

自分はどうやらすでに海軍主流からは振り落とされてしまっているらしいのだ。このような辺境の島の飛行場に左遷《させん》され、日米開戦近しというこの事態に及んでも、いまだ艦隊への復帰の内示すらない。目の前に機動部隊の輝かしい雄姿を見ながら、巡査まがいの任務を割り当てられているだけだ。

だったら、と浜崎は思った。自分の持ち場で十全を尽くしてやるか。

浜崎は当番兵に言った。

「天寧にゆく。そのあと、灯舞《トウマイ》、年萌《トシモエ》の巡査と会ってくるぞ」

昼食のあと、賢一郎は厩舎《きゅうしゃ》に入った。宣造と逃亡の細部を打ち合わせるためだった。

宣造は言った。

「船を盗むんだったら、留別《ルベツ》の村がいちばん近い。紗那《シャナ》はひと山越えていかなくちゃならないけど、船の数は多いよ。発動機つきの漁船も何隻もつながれてる。でもどっちの村も人が多すぎる。盗む前に見つかってしまうかもしれない」

賢一郎は言った。

「こっちが指名手配されてるんじゃないかぎり、人の多い町のほうがやりやすい。おれが一緒なら、うまくやれるさ」

「だけど、おれは人を殺してしまった。ばれたときは、逃げなくちゃならないよ。堂々と留別の村には入っていけないかもしれない」

「お前は、山の中でも何日も暮らせるか」

「山の中でも、海岸でも。やわな日本人とはちがうよ」

「じゃあ、いっとき身を隠して、ころあいを見て、どこかの港から船を盗むってことも考えなきゃならんな。身を隠せる場所を知っているか」

「紗那の村から振別川って川をさかのぼったところに、露天風呂《ぶろ》と小屋がある。その小屋はいまは使ってなかったと思うよ。冬のあいだは、誰もこないはずだ」

「よし、そこがひとつ」

「紗那沼の奥の孵化《ふか》場跡。ここの小屋にも、いまは誰もいない」

「そこが二番目の案だ。おれたちが巡査に追われるようなことになったら、べつべつにその小屋に行こう。小屋で落ち合って、一緒に船を盗み、カムチャツカをめざすんだ。燃料がなくなったら、途中の島に寄って調達する。農林省の役人たちが住んでる島なら、燃料の取り置きくらいはあるだろう。海防艦が追いかけてきたら、どこかの島の入江に隠れてやりすごすさ。三十トンくらいの漁船でも、一週間あればカムチャツカに着けるだろう。真冬になる前にだ」

「いつやるんだい」

「二、三日のうちだ」

「いよいよなんだね」

「お前は人を殺してしまってるんだぞ。もう誰かが、あいつがいなくなったことに気がつくからな。そのときには、いやおうなく逃げださなきゃならないんだ。支度をととのえておけ」

宣造は賢一郎を見上げて、顔をほころばせた。

磯田茂平軍曹は、ついに強硬手段をとることに決めた。

単冠湾が封鎖されてからもう四日目、演習はそろそろ開始されているかもしれない。斉藤某という工作員が、いよいよ破壊工作に乗り出していておかしくはないところまできているのだ。

磯田は道路を使って単冠湾に進入することをあきらめ、雪の山を横断して、単冠湾の漁村に強引に到達することにした。

留別の駐在は、磯田の執念にいささかあきれた様子を見せながらも、山越えに必要な装備をあれこれととのえてくれた。スキー、アザラシの革、かんじき、防寒具一式、乾パンに魚の干物、水筒。地図。

磯田は駐在と相談し、いったん西海岸の老門《オイト》という漁場へ馬で移動し、ここから島を横断することにした。ちょうど天寧という集落の裏手に出るルートである。道もない丘陵地をしゃにむに突っ切るルートであるから、海軍側の警戒も手薄と考えられた。いったん村まで入ってしまえば、海軍側の責任者と交渉することもできるだろうし、あるいは直接駐在と接触できるかもしれない。とにかく湾に到達してしまえば、あとはなんとかなるはずだった。

磯田は駅逓から二頭の馬を借り出し、一頭に山越えの装備をまとめて積んだ。

出発しようというとき、駐在がいくらか不安げに訊《き》いてきた。

「ところで軍曹。スキーの経験はおありですかな」

磯田は答えた。

「ありません。しかしこの島にきて、苦手だった馬にも慣れました。スキーのほうも、一時間もあれば滑れるようになるでしょう」

駐在はうっと小さく息をもらし、それから言った。

「斜面を下るときは、スキーははずされたほうがいいかもしれませんな」

磯田は駐在に敬礼して、ひとまず老門という漁場に向かった。


浜崎真吾中尉が灯舞の村に着いたのは、午後の二時すぎだった。

八代丸という漁船が遭難したらしい、という事実を駐在の大塚に告げるためである。

大塚は駐在所の中でその話を聞くと、首をかたむけた。

「何か心あたりでも」浜崎は大塚に訊《たず》ねた。

「ええ」大塚はうなずいた。「そんな船の名前を最近訊いたことがありましたな」

大塚は机の上の日報を一枚ずつめくった。

「あっ、これですな」

「八代丸が行方不明にでもなっていたのですか」

「根室警察署からの連絡ですな。十七日のことですが、紗那の本署を通じて連絡がありました。八代丸って船が入港したら、ちょっと調べてみてくれと。何か犯罪に関係する可能性があるそうです」

「どういう犯罪なのです」

「そこまでは聞きませんでした」

「漂着物を見るかぎり、八代丸って船は火災に遭って沈没したように思えますがね」

大塚は、さして気にとめたふうもなく言った。

「あのときの電話の調子では、たいしたことではなかった感じでしたがね。この演習が終わったら、紗那のほうと連絡をとってみますわ。そのとき詳しいことを聞かせてもらいます」

大塚の判断とは逆に、浜崎は演習との関連が気にかかった。自分が演習の予定を知らされたのは、二十日に海防艦・国後《クナシリ》が入港してきたときだが、演習の計画そのものはそれ以前に動きだしていたはずだ。単冠湾が集結地となることも、かなりの人間が関与して知っていたことだろう。

その演習と相前後して、単冠湾近辺で犯罪に関係しているかもしれないと見られている漁船が遭難した。それも単純な転覆事故などではなく、船舶火災を起こして。乗組員の遺体等は、海岸には漂着していない。

単なる偶然だろうか。

浜崎は大塚に訊いた。

「十七日前後に、誰かが湾に流れ着いたなんて話はないんですか」

「ありませんな」と大塚。「少なくとも、ここ灯舞では」

「不審な者が長逗留《ながとうりゆう》してるってこともないだろうか」

「隊長さん、思い出してください。二十日からは海軍が全部の道を封鎖してしまった。東春丸も追い返してしまったから、二十日以降は妙な人間はおろか、キツネ一匹この湾には入ってきておりませんよ」

「二十日以前には」

「駅逓にひとり、客がありますな。でもあの客は、二十日の東春丸に乗るつもりだったのに、置いてゆかれたんですよ」

浜崎はその客の顔を思い出した。

体格のいい三十男。浜崎の軍服を見ても卑屈になるどころか、むしろ反撥《はんぱつ》さえ見せてきた。船員だと言っていた。船員……。

浜崎は大塚に言った。

「わたしは駅逓で、馬を替えてきますよ。年萌のほうには、駐在さんのほうから連絡の手筈《てはず》をとってくれますね」

「やっておきます」大塚は言った。

浜崎は駅逓の戸口で足をとめた。

中からハモニカの音色が流れてくるのだ。先日、この駅舎の前で聴いたときのものほど巧みではない。簡単なメロディを、つっかえながら繰り返している。

この旋律は、アメイジング・グレイスか。

上海の英国人の多いバーで、とつぜん男たちが大合唱を始めたことがある。英国船員たちが大挙してやってきていたときだ。由紀という歌い手がその日、一緒にこの曲を聴いていて、すぐに彼女は覚えてしまった。アメイジング・グレイス。歌詞はともかく、その旋律は、この択捉島の風土には奇妙に似つかわしいもののように思える。

メロディが途切れ、ゆきの笑い声が聞こえた。してみると、ハモニカを吹いていたのは、ゆきだったのだろう。

浜崎は勝手口の戸を開けた。

ゆきの笑い声が途中で消えた。

浜崎は戸口から中を眺めた。

土間のストーブのそばに、岡谷ゆきと、あの船員がいた。ふたりの顔には、まだ微笑の残りが張りついている。ゆきは男にほとんど寄りかからんばかりの格好だった。いや、あわてて身を離したところなのかもしれない。ゆきはハモニカを手にしていた。

ふたりの前には、茶呑茶碗《ちゃのみぢゃわん》と菓子の器があった。駅逓の女主人とその客のあいだにしては、いま耳に残っているゆきの笑い声には、どこかもっと親しげな印象があった。

ゆきが姿勢をなおして言った。

「いらっしゃいませ、中尉さん」

男も上がり框《がまち》の上で足を組みなおした。

浜崎はふたりを交互に見ながら言った。

「馬を替えていただきたいのです」

「すぐに宣造に用意させますわ」

「それと、こちらの客人にひとつふたつ、お聞きしたいことがあって」

「どうぞ」と、男が言う。

浜崎はうしろ手に戸を閉じて訊いた。

「名前はなんといったかな」

「金森」男は答えた。「金森賢一郎」

「この部落には、どこからきたと言っていたんだったか」

「留別からだ」

「山を越えて」

「そう」

「馬を使ったのか」

「いや。歩いた」

「馬に乗るのがふつうだが」

「馬は苦手だ。ふところも寂しかった」

「身分証明書のようなものは持っているか」

「とくに、何もない」

「八代丸という船を知っているか」

男の答えが、ほんのわずか遅れたように思った。

「いや」

「単冠湾の沖で遭難した。乗組員が見つかっていないんだが、もしやあんたかと思ってね」浜崎はゆきに顔を向けた。「このお客は、ほんとうに留別からやってきたのか。海から上がってきたんではないのか」

「中尉さん」ゆきがきつい調子で言った。「うちのお客に向かって、ずいぶん失礼なものの言いように思いますわ。何をお聞きになりたいのか、よくわかりませんが、少々海軍さんはこの島で横暴なんじゃありません」

「答えてくれるか」

「この人がやってきた日は十九日です。単冠湾に汽船は入ってきてませんよ」

男が言った。

「おれは、何か犯罪の嫌疑《けんぎ》でもかけられているのか。だったら身体検査でも、所持品検査でもしてみるがいいだろう。よその警察とも連絡をとってみてはどうだ」

浜崎は男をにらみ返した。

強気だが、ただのはったりだろうか。それとも、ほんとうに憤激して言っているのか。

ゆきも敵意のこもった目で浜崎を見つめてくる。浜崎は一カ月ばかり前のばつの悪い夜のことを思い出した。彼女は、いま自分がここでこうも高圧的に出るのは、あの夜の意趣返しだなどとは思っていまいか。そう取られることは本意ではない。ここで恥の上塗りをするわけにはいかない。

「失礼した」浜崎は男に言った。「艦隊の集結で、いささか神経質になっている。忘れてくれ」

男は黙ったままだ。それもまた癇《かん》にさわる態度だった。

「馬を早く取り替えてくれ。外で待っている」

浜崎はゆきに一礼して、駅舎を出た。

磯田茂平軍曹は、番屋の戸を激しくたたいた。

中から怪訝《けげん》そうな男の声が聞こえ、やがて戸は乱暴に内側から開いた。あごひげを伸ばし、手拭《てぬぐい》を頭に巻いた男が顔を出してきた。男は磯田の頭から足もとまで不遠慮に一瞥《いちべつ》したが、磯田の腕章が目に入ると、あんぐりと口を開けた。

「東京憲兵隊の者だが」と磯田は言った。寒さのせいで、舌がよくまわらなかった。

「ここで一泊させてほしい」

「かまわんけどよ」男は興味深げに訊いてきた。「いったい何ごとだい」

「公用で単冠湾に向かうところなんだ」

「じゃあ、道をまちがえてるな」

「知ってる」

「単冠湾に行くんだったら、留別の村から」

「知ってると言ったら！」磯田は怒鳴った。「おれは七時間馬に乗り続けてきたんだ。凍え死にしそうだ。中に早く入れてくれ」

男はやっと、磯田を中に招じ入れてくれた。

留別の村からおよそ二十五キロ。西海岸・老門の入江である。磯田はこの日の朝九時に留別を出発し、まともに北西からの潮風を受けながら七時間、ようやくここ、老門の小さな漁場に到着したのだった。老門は単冠湾ラッコ岩のちょうど真うしろ、湾まで直線距離で十キロの位置にある。しかも漁場と単冠湾のあいだにあるのは、最も高い地点でも標高百七十五メートルというゆるやかな台地だ。道に迷うことさえなければ、半日で湾まで到達することができる。磯田は明日じゅうに単冠湾の天寧か灯舞の部落に入る予定だった。

十一月二十四日。午後四時二十分のことである。

夕食のとき、ゆきが膳《ぜん》を出しながら訊いてきた。

「浜崎中尉は、あなたが海からきたのではないかと訊いていたわね」

賢一郎はとつぜん持ち出された話題に警戒しながら言った。

「そうだったか」

「どうして、船できたのか、と訊かなかったのかしら。八代丸とかいう船が遭難したと言っていたけれども」

「相手がどういう意味で言っているのか、おれにはわからない」

「あなたの持っていた服を洗濯《せんたく》したけど、ひと組、塩を吹いていた。まさか海を泳いで、ここにやってきたわけじゃないでしょ」

「飯場から逃げてくるとき、海に飛びこんだことが一回ある」

「その八代丸って船の乗組員じゃなかったのね」

賢一郎は碗を取り上げ、ゆきの目を見ずに答えた。

「ちがう」

「あなた、もし大きな隠しごとがあるんなら、早めにこの村から消えたほうがいいわ。あなたの身のためでもあるし、この村にこの先ずっと住み続ける人たちにとってもいい。誰も傷つかないうちに出てしまうのがいちばんよ」

「この封鎖された湾から、どうやって出て行けっていうんだ」

ゆきは答えずに立ち上がり、流し場の方へ歩いていった。

その夜も、賢一郎は夜十時をすぎてから駅舎を抜け出し、捕鯨場へと駆けた。

通信機を組み立てることも、発電機をまわすことも、最初のときよりははるかに容易だった。発信の用意がととのうまで、ほんの十分足らずだった。真空管が赤くなると、賢一郎はあらかじめ組んでおいた暗号電を発信した。

フォックスよりぐうたら野郎《グーフボール》へ

十一月二十四日二二〇〇時

日本海軍機動部隊は、引続き単冠湾にあり。編制に変化なし。戦艦二、航空母艦六、巡洋艦二、軽巡洋艦一、駆逐艦九、タンカー八。潜水艦二ないし三。日中二度にわたって九八式陸上偵察機《ていさつき》飛来、空母・赤城飛行甲板に通信筒落下せしむ。午後に数隊の汚物処理班上陸、海岸で汚物等焼却処分。

機動部隊の出撃の日も迫っているはずだ。それは明日になるのか、明後日になるのか、国際情勢から切り離された賢一郎には憶測することもできないが、そう遠いことではない。

賢一郎は最後の通信を発するときのことを思い描いた。

そのときはもう自分の身元がばれてしまうことさえ気にかける必要はないのだ。

「日本海軍機動部隊は、いま単冠湾を出撃」

そう打ったあと、すぐに宣造に知らせて、べつべつに山へと逃げる。山狩りの追手をまいて、宣造と打ち合わせた小屋に走り、彼と合流したうえで発動機つきの漁船か小型の貨物船を盗むのだ。ナイフと拳銃も取り返してゆかねばならないだろう。ゆきがそれらを土間の箪笥《たんす》の奥に隠していることは知っている。

ゆきに別れを告げる余裕はあるだろうか。事情を説明し、正体を明かし、許しを乞《こ》うだけの時間の余裕は。

駅舎の勝手口の戸を開けて、素早く身体《からだ》を中に入れた。身体が冷えきっている。駅舎の中のぬくもりがうれしかった。

戸を閉じて靴を脱ぎ、土間に上がった。そのとき、ふいに気づいた。

誰かがいる！

人の体温が感じられる。それに、かすかな息づかい。

土間の暗がりに目をやった。目が慣れると、ストーブの残り火がつくるかすかな明かりの中に見えるのは、ゆきだった。

ゆきは寝間着のような着物の上に、綿入れをはおっている。髪をすっかり解き、ストーブの前に正座して、賢一郎を見つめていた。膝《ひざ》の上で両手が組み合わされている。その手のあいだに、黒い金属塊。リボルバーが賢一郎に向けられていた。

賢一郎は訊いた。

「いつからここにいたんだ」

ゆきが答えた。

「三十分くらい前から」

声には当惑しているような調子が感じられた。事態を理解しかねているようだ。

賢一郎は言い訳を探しながら言った。

「おれは外に出ていた」

「知ってるわ。さっき、部屋をのぞいてみたの」

「眠れなかったんだ」

「だから、こんな夜に散歩でもしてたの」

「散歩じゃないんだが」

「酒場も賭場《とば》もない村よ。どこに行ってたの」

賢一郎はここでも、危険な賭けに出ることに決めた。

「たぶん察していると思うが」

「何を」

「おれは、盗みに行っていたんだ」

ゆきは表情を変えなかった。あとに続く言葉を待っているようだ。

賢一郎はつけ加えた。

「あの捕鯨場だ。発電機があると聞いた。だったら銅線なんかもあるんじゃないかと思ったんだ」

賢一郎はあらためてゆきの反応を待った。

彼女は黙ったままだ。うそだとも言わず、うなずきもせず、まっすぐに賢一郎を見つめてくる。

賢一郎がさらに言葉を足そうとしたとき、やっとゆきは口を開いた。

「あなたを、けちな泥棒《どろぼう》とは思いたくはなかった」

賢一郎は開きなおってみせた。

「おれは吟遊詩人や貴族の御曹司《おんぞうし》じゃないんだ。世界をあちこち渡ってきたが、生き延びるためには多少の悪さもしてこなくちゃならなかった。あんたがおれをどう誤解しているかは知らんが、おれは植民地出身の労務者だ。どこに行ってもつまはじきの、ろくな仕事にもありつけなかった男なんだ」

「そうね」ゆきの口調はおだやかだった。「それは最初からわかっていたつもりだったわ」

「それを承知で助けてくれたんだろう」

賢一郎はひざを床について、ゆきに近づいた。

賢一郎はゆきの顔をのぞきこんだ。ゆきも賢一郎の瞳《ひとみ》を見つめてくる。ゆきの瞳が落着きなく左右に動いた。自分の想《おも》いの整理をつけかねているようだ。悲しむべきなのか、怒るべきなのか、あるいは落胆し溜息《ためいき》をつくべきなのか。ゆきは困惑していた。

そのとき賢一郎はようやく、ゆきがこの時刻に土間に寝間着姿でいることの理由を、はっきりと理解した。賢一郎を待つかのように、この場に正座していたわけに思い至った。彼女は賢一郎の身体の具合を心配して、夜中に熱をはかりにきたわけではない。また、賢一郎が泥棒である証拠を探しにきたわけでもないのだ。

おれはとことん野暮な朴念仁《ぼくねんじん》だ。

賢一郎は膝立ちのままゆきの肩に手を置き、引き寄せた。ゆきは枯れた葦《あし》が折れるときほどの抵抗も見せずに、賢一郎にしなだれかかってきた。膝もとにことりと固い音がした。ゆきが拳銃を離したのだろう。

賢一郎はゆきを強く抱きしめてから、その形のよい唇《くちびる》に自分の唇を重ねた。一瞬の躊躇《ちゅうちょ》のあとにやわらかな唇が開き、ゆきは賢一郎を受け入れた。賢一郎はゆきに接吻《せっぷん》しながら、右手で彼女の髪をまさぐった。

賢一郎はゆきの豊満な肉体のうちに、はっきりと熱い激情を感じることができた。それは血管の中を駆けめぐり、沸きたって、ほとばしり出る瞬間を待ち望んでいる。抑制がはじけとぶ、そのきっかけを狙《ねら》っている。

賢一郎は自分のうちにも、ゆきの激情に応《こた》えようとする意思のあることを意識した。長いあいだ他人と深く関《かか》わり合うことを拒み、他人の生にはいっさい干渉すまいと決めていたが、いまゆきの身体に触れながら、その決意が揺らぎかけていることを感じた。

ただ通りいっぺんの、表層だけの触れ合いではなく、精神のもっとも奥深い部分で他人と関わりたいと望んでいる自分を発見した。弱さも病もひっくるめた自分の人格のすべてで、誰かと関わりたいと願っている自分がいることを知った。ゆきはその具体的な相手のひとりだった。

よせ、と、もういっぽうで思った。

自分がここにいるのは、誰かに恋をするためでも、家庭の夢を見るためでもない。自分はここに落ち着くことはできず、ここに何か価値ある生活を打ち立てることもできない。あと少しのあいだ、自分はうそ偽りを練り固めて作り上げた仮面をまとっていればいいのだ。

賢一郎が唇を離すと、ゆきは息をはずませて言った。

「あなたが泥棒だっていい。朝鮮人だって、タコだっていいのよ。そんなことは気にしていない。あなたは、あなたが自分で思っている以上に大きな人だわ。わかってるの」

賢一郎は苦渋をのみこみながら言った。

「おれは、ここにはいるべきじゃない男だ」

「わたしはあなたを困らせている？」

「あんたに迷惑がかかる」

「気にはしていないわ。わたしは混血で、私生児よ。家を飛び出して、男に囲われていたこともある女だわ。そんなわたしに、これ以上どんな迷惑がかかるの。言って。わたしはあなたを困らせているかしら」

賢一郎はゆきの唇に、頰に、耳たぶに、つぎつぎと接吻していった。ゆきは賢一郎の唇を受けながら、両手を賢一郎のスウェーターの下にもぐりこませてきた。

「身体が冷えきっているわ」と、ゆき。

「暖めてくれるか」

「一緒に、暖かくなりましょう」

「ここでいいのか」

「あなたの部屋に行きたいわ」

最初の行為は、一方的で思いやりのないものであったかもしれない。賢一郎は失策を犯した後悔を忘れるために、ゆきをことさら乱暴に扱い、その肉体を責めたように思った。

ゆきの反応は、初め羞《は》じらいがちで、つつましやかなものだった。目も開けず、みずから賢一郎の器官に触れることもなかった。賢一郎のとる動きに身をまかせ、ときおり苦しげに唇をかんだ。やがてゆきの内部は蜜《みつ》を満たしたように潤《うるお》い、裸身に汗が浮かぶようになった。賢一郎の身体の下で、ゆきは次第に昇りつめ、とうとうゆきは我を忘れたかのように喜悦の叫びを上げた。その声を耳に聞きながら、賢一郎も果てた。

夜が明け、白い冷やかな光が部屋に満ちてきて、賢一郎は目を覚ました。ゆきは賢一郎の胸にぴったりと頭を押しつけ、幼女のような姿勢で眠っている。朝の光の中で見るゆきの肌《はだ》は、まったく色素を感じさせないほどに白かった。透明の薄い皮膚の下に、毛細血管の分布がはっきりと見える。しみはどこにも見当たらず、豊かに張った乳房の先は薄い紅色だった。

肩が涼しく感じられたので、賢一郎は掛け布団《ぶとん》を引き上げた。ゆきが目を覚まし、その淡い茶色の瞳で賢一郎を見上げてくる。

「寒くないか」と、賢一郎は訊いた。

ゆきは小さく首を振った。

「きのうは、おれは荒っぽかったな」

「ううん」ゆきは頰をゆるめて言った。「ありがとうって言いたいくらいだわ」

「あんたも素敵だった」

「はしたない声を出したでしょう」

「さあ。覚えていない」

「うそ」

「そう。おれはうそつきなんだ」賢一郎はゆきの鼻の頭に接吻して言った。「うそつきで泥棒だ。おれをやっぱり駐在に突き出すのか」

「意地悪を言わないで」

賢一郎はゆきの手をとり、自分の下腹へと導いた。ゆきの手はすぐに賢一郎のペニスに達し、それをいとおしげになで始めた。その形と大きさを確かめるかのように、細い指が何度も往復した。賢一郎は自分にまた力がもどり、急速に成長してゆくことを感じた。

「おれは悪党だが」賢一郎は言った。「あんたを悲しませたくはない」

「いいのよ。わかってる」ゆきの呼吸が、少しだけ荒くなってきた。「あなたがどんなにつらい想いで生きてきたか、わかってるんだから。泥棒くらい、しかたのないことだったんでしょう。わかってるわ」

「もう一度、いいか」

ゆきは顔を賢一郎の胸に押しつけてきて言った。

「言わせないで」

同じころ、灯舞の部落のとある漁師の家には、五人ばかりの男たちが集まっていた。密造酒と骰子《さいころ》賭博の好きな男たちである。この季節、毎夜のように酒と骰子で盛り上がる仲間同士だった。

ひとりが言った。

「きょうは、どうして室田はこないんだ」

もうひとりが、仲間の顔を見渡し、そのとき初めて気がついたかのように言った。

「そういやあ、きのうもあいつの顔は一度も見ていないな。ずっと小屋から出なかったんだろうか」

「べつの家にでも上がりこんでるのか」

「そんなはずはねえ。風邪でも引いて寝こんだのかもしれんぞ」

「まさか。あいつが風邪で寝こむなら、熊《くま》が肺病で療養所に入る」

いちばん年長の男が言った。

「明日、小屋のほうを見てみるか。あいつのことだ。悪いものでも食って、うんうんうなってるのかもしれねえ」

ほかの男たちも納得し、またひとりが骰子を丼鉢《どんぶりばち》の中に放った。骰子は氷柱《つらら》をたたいたときのような冷たく細い音を立て、鉢の底を転がった。


十一月二十五日。

賢一郎はその朝も、夜が明けるとすぐに湾内の機動部隊の偵察に出た。土間の簞笥の引出しから双眼鏡を取り出し、湾を眺めることのできる客室に入ったのだった。

朝霧のたちこめる単冠湾には、日本海軍の機動部隊がまったく陣形を変えぬままに居座ったままだ。新たに戦列に加わった艦船はなく、ひそかに出港していた船もない。海防艦の国後が、投錨《とうびょう》する機動部隊の外側を航行しているところだった。

賢一郎は客室にもどると、その日打つ通信の暗号化作業にかかった。こう打つつもりだった。

フォックスよりぐうたら野郎《グーフボール》へ
日本海軍機動部隊は引続き単冠湾内に停泊中。戦艦二、航空母艦六、巡洋艦二、軽

巡洋艦一、駆逐艦九、タンカー八。潜水艦二ないし三。編制は変わらず。目立った動きなし。

ゆきは、駅逓《えきてい》の台所で朝食の支度をしながら、小さく溜息をついた。演習が終わり、単冠湾に千島汽船が入ってくると、金森はこの湾を去っていってしまう。それが明日になるのか、それとも三日後、あるいは一週間後になるのか、見当もつかなかったが、その日がやってくることは確かなのだ。

もしタコ部屋の棒頭たちがここまで追いかけてきたとしても、彼らから金森をかばうことはできる。借金を肩がわりすることも考えられた。しかし、金森をここに引き留めておく方策はない。彼がこの島を気に入ってるのかどうかさえ確かめてはいないのだ。東春丸が入ってくれば、彼は予定どおりその船に乗ってこの島を出てゆくだろう。

追いかけていこうか、と考えないでもなかった。彼が行くところなら、どこにでも。彼の男としての器量や、機関士をつとめたこともあるという仕事の能力、彼のすぐれた理解力や洞察力《どうさつりょく》は、植民地の出身という不利も帳消しにしてしまうのではないか。

彼は日本人の女が十分自分の人生を託すに足る人物なのではないか。

いや、とゆきは思いなおした。自分はもう十八、九の小娘ではない。あの函館の写真家に惹《ひ》かれてあとを追ったときのような、うぶな娘とはちがうのだ。岡谷家の駅逓と商店をまかされた責任ある社会人だ。そんな我儘《わがまま》や身勝手ができるはずはない。彼の気持ちを確かめることもなく、一方的な妄想《もうそう》に身をまかせること自体が、ばかげていた。はやらない稚拙な純愛物語だった。

それに、とゆきは思った。彼はひょっとすると、自分で語っていた以上に悪党かもしれないのだ。拳銃《けんじゅう》やナイフ、双眼鏡といった所持品。駐在や浜崎の尋問をとっさのうそで切り抜ける才覚。銅線を盗む、という理由をつけて、夜中に外出してゆく不審な振る舞い。おりしも、単冠湾には帝国海軍の艦隊が集結中だ。男と海軍の演習とのあいだには、何のつながりもないのだろうか。

朝鮮人で、監獄部屋からの逃亡者で、こそ泥。この村の住民を警戒させずにはおかないこうした要素も、もっと大きな犯罪か悪業の隠れ蓑《みの》に使っているのではないか。彼の気の毒な身の上話は、全体がまったくの大うそ、見事に築かれ積み上げられた大ペテンなのではないか。だとしたら、自分は……。

指に鋭い痛みが走った。包丁が芋を持つ指の上ですべったようだ。血がにじみ出してきた。ゆきは唇を指に近づけ、その血を吸った。

昼少し前に、三人の男たちがトウマ沼のほとりにある室田の小屋を訪れていた。室田の酒仲間、博打《ばくち》仲間たちである。室田が前日、仲間のもとに顔を見せなかったので、様子をうかがいにやってきたのだった。

三人は室田の小屋に入って、彼の姿が見えないことをいぶかった。小屋の中は冷えきっており、この一昼夜ストーブに火が入っていた形跡もない。納屋《なや》で仕事をしているわけでもなく、沼にも見当たらなかった。孵化《ふか》場のボートは岸に引き上げられていた。

室田が外出するにしても、行先といえば灯舞の部落しかない。灯舞街道を使って留別の村に行くことも可能だが、駅逓の馬も借りずに遠出するはずもなかった。猟銃は壁にかかっているから、キツネ猟に行ったということも考えられない。室田は雲隠れしてしまったようだ。

ひとりが床にしゃがみこんだ。板と板との隙間《すきま》に、赤黒いしみが残っていた。男はそのしみを指でこすってから言った。

「こいつは血だぜ」

ほかのふたりも、しみのまわりに膝をついた。

「まちがいねえ。そんなに古いもんじゃねえな」

「室田が怪我《けが》をしたのかな」

「怪我をして、どこへ消えたっていうんだ」

三人は顔を見合わせた。

「駐在に言わなきゃなんねえな」


磯田茂平軍曹《ぐんそう》は、ようやくの想いで、丘陵地の広い尾根を抜けた。蝦夷《えぞ》松《まつ》の原生林のあいだを、かんじきをはいて歩き続けて五時間。足は疲れきっていた。膝がいまにも笑い出しそうだった。

木立ごしに、海が見えた。大きく湾曲した海岸線が見える。単冠湾だ。その方向は、磯田が想像していたよりずっと左手だ。沢筋を一本まちがえてしまったようだ。まっすぐ湾に向かって歩いてきたつもりが、いつのまにか、海岸線に並行して進んでいたらしい。

磯田は地図を出して自分の位置を確かめた。進路を修正しなくてはならない。五時間歩き続けたのに、湾まではまだ七キロ以上ある。すっかり遠まわりしてしまったようなのだ。

地図を雑嚢《ざつのう》にもどすと、ゆるやかな斜面を湾の方向へと進んだ。木立がまばらになって、やがて湾の全景が見渡せるところまできた。

「こいつは……」

磯田は息を呑《の》んだ。

単冠湾の鉛色の海面に、数多くの艦船が見える。ただの漁船や貨物船ではない。灰色に塗装した、海軍の大型艦が中心だ。

二十隻《せき》。いや、三十隻近い数だ。

磯田は、海軍の艦船を一度にこれだけまとめて見たことがなかった。大艦隊と言ってよいだけの規模だろう。湾の中心に六隻の航空母艦。これを取り囲むかのように五、六隻の戦艦と巡洋艦が停泊している。駆逐艦らしき小型の艦船も十隻近い。湾の出口方向、かすんで見えるのは油槽船《ゆそうせん》だろうか。飛行機の影は見当たらない。

大演習だ。それも、そうとう高度な作戦を試す演習なのだろう。これならば海軍が単冠湾を完璧《かんぺき》に封鎖した理由にも、納得がゆくというものだ。

それだけに逆に斉藤某なる諜報員《ちょうほういん》の潜入が、おそろしい意味を持つように思えてきた。彼がこの極秘の演習を事前に察知していたということは、大規模な破壊工作、あるいは大胆な軍事機密収集工作が、じっさいにおこなわれていることを示しているのではないか。

磯田はかんじきを脱ぐと、背中にしょってきたスキー板をおろして、靴《くつ》を固定した。スキーをはくことは初めての経験だったが、ほかの人間にできることが、憲兵隊の自分にもできないはずがない。そろそろとスキーの上で立ち上がってみると、足もとは想像していた以上に心もとなかった。磯田は足を開いて腰を落とし、荷物を背負いなおした。

あとはもう湾までは下り一方だ。いったん滑り出せば、いつか見たドイツ山岳兵のニュース映画の一場面のように、斜面をさながら水すましのように滑降してゆくことができるだろう。磯田はストックをついて斜面に身体《からだ》を進めた。たちまちスキーをはいた足がもつれ、磯田は雪の上にうつぶせに倒れこんだ。

海防艦・国後の艦橋では、相楽中尉《ちゅうい》が十二センチ双眼望遠鏡から顔を上げた。相楽は国後の艦上から、単冠湾を取り巻く山並みの監視を続けていたのである。不審な人影を発見した場合、ただちにこれを追跡、拘束して、機動部隊集結の機密を守るためであった。

相楽はそばの下士官に言った。

「雪の上を歩くことは得意か」

下士官が答えた。

「自分は信州の出身です。泳ぐことよりは、むしろ雪合戦のほうに親しんできました」

「山の中に行ってもらわなくちゃならん。少しばかり好奇心の旺盛《おうせい》なやつが現れたんだ」

「追い払うのですか」

「いや。すでに機動部隊の集結を目撃された。身柄《みがら》を拘束しろ。抵抗した場合は、射殺もやむをえない。見ろ」相楽は双眼望遠鏡を下士官に代わった。「尾根をこちらにおりてくる男がいる。あいつを捕らえてこい」

「はっ」下士官が双眼鏡に目をつけたまま答えた。

午後の二時すぎ、賢一郎はアノラックをひっかけて厩舎《きゅうしゃ》に入った。宣造が藁《わら》や馬糞《ばふん》の始末をしているところだった。頬は蒼白《そうはく》で、こわばっていた。

宣造は賢一郎が近づいてゆくと、声をひそめて言ってきた。

「さっき、駐在が室田の小屋のほうに飛んでいった。室田の博打仲間が、室田がいなくなったことに気づいたらしいよ」

声がふるえているのは、寒気のせいと言うよりは、やはり緊張が原因なのだろう。二十前後の青年には、やはり人をひとり殺したという事実は、耐えがたいまでに苦悩と悔恨を強いたのかもしれない。

賢一郎は、厩舎の入り口に目を向けながら、小声で言った。

「知ってる。あんがい早くばれてしまったな」

「死体は見つからないと思うけど、どうなるだろう」

「片っ端から取調べを受けることになるだろう。人口百人足らずの村だ。容疑者は限られてくる。すぐにお前やおれに呼び出しがかかるだろう」

「おれは、もう逃げたほうがいいんじゃないかな」

「そうだな。食い物をたっぷり用意していけ」

賢一郎は財布を手早く宣造に渡した。中に二十ドル金貨が五枚入っている。カムチャツカの方面では、日本の円紙幣よりは重宝するだろう。宣造は中身を見て、小さく頭を下げた。

「あんたはどうする」

「もう少しここにいたい。湾が封鎖されているあいだは、タコ部屋の連中も追ってはこれないんだ」

「一番目か二番目の小屋であんたを待ってるよ」

「一週間。それ以上は待つな。それまでにおれが行かなきゃ、行けない事情ができたってことだ。そのときは、お前ひとりでやれ」

「どっちみち、はじめはそのつもりだった。船がだめなら、流氷の上を渡ってでも、北千島に行く気だったんだよ」

「気をつけてな」

「ゆき嬢さんに、いままでのお礼とさよならを言っていきたいんだけどな」

「おれが言っておいてやる」

宣造は箒《ほうき》を片づけると、厩舎の裏口から放牧地へと出ていった。

薄く雪をかぶった放牧地には、この日も十数頭の道産馬《ドサンコ》が放し飼いにされている。

放牧地の先の斜面には、半ば地面に埋もれた宣造の小屋が見えた。賢一郎は、宣造が小屋の中に消えるまで彼のうしろ姿を見つめていた。

「ここにいたの」

うしろからゆきの声がした。

賢一郎は振り返った。ゆきが厩舎の入り口に立っている。綿入れを着て、寒そうに両手を隠しに入れていた。何か困りごとでもできたのか、賢一郎を上目づかいに見つめてくる。

「ちょっと、お話があったんだけど」

「なんだ」賢一郎は言った。「あらたまって話すようなことか」

ゆきはひとつ切なそうな吐息をもらしてから言った。

「あなた、どうしても内地に帰ってしまうの。この島で働きたいとは思わないかしら」

きたか、と賢一郎は思った。ついにその問いが発せられた。まだおれが答えを用意していないうちに。

賢一郎は言った。

「この島では、ろくに仕事もない。タコ部屋からの追手がくるかもしれん」

「もしタコ部屋から追いかけられなくなったとしても、それでも内地に帰るの」

「おれは日本人じゃないんだ。だから大きな都会で暮らすべきだよ。そのほうが目立たないし、やっかいごとにも、あまり巻きこまれずにすむ」

「わたしは、あなたがどこの出身だろうと、そんなに気にしないつもりだけど。ただ真っ正直で、誠実な人であってくれたらいい」

「部落のほかの連中はちがう。おれの身元を知ったら、そうそう愛想よくはしてくれないはずだよ」

「ここは内地からは遠いし、みんな互いの素性をとやかく言わずに暮らしてるわ。混血女もいれば、クリル人もアイヌもいる。ここは内地なんかとはちがうのよ」

「いや。ここも日本には変わりはないさ。じっさい目の前には」賢一郎は表の海の方角を指差した。「帝国海軍が腰を据《す》えてる」

「海軍なんて、すぐに消えてしまうわ。海軍が消えたら、ここはまた平和でおだやかな島になる」

「宣造が言っていたように、いったん日米戦争が始まれば、ここも平和ではいられないさ。召集令状はこの島の男たちのところにも、分けへだてなくやってくる。法律はここにだって同じように適用されているんだ。どこも同じことだ」

ゆきはうつむいて黙りこんだ。

　賢一郎は横の馬に向きなおり、そのたてがみをなでながら言った。

「おれは、あんたに悪いことをしてしまったようだな。すべきじゃないことをしてしまった」

「ううん」ゆきはか細い声で言った。「そうね。それしかないってことはわかってた。わたしは、とんでもないことを考えたものね」

　ゆきが隣りに立って、同じ馬の鼻面《はなづら》をなでてきた。賢一郎の手とゆきの手とが触れた。賢一郎は手を離した。

「おれはあんたに介抱され、親切にしてもらったってことで、つい身の程知らずのことをしてしまった。あやまらなくちゃならない」

「いいのよ」ゆきはかなり無理の見える笑みを作って言った。「ちょっと、気持ちをはっきり聞いておきたかっただけ」

「この数日、おれはほんとうに幸福だった。寝床の中のことだけを言ってるんじゃない。あんたと話をするとき、あんたにハモニカを吹くとき、あんたの作った料理を食べるとき、おれは幸福だった。うそじゃない。おれがこんな境遇でなかったら、もっと先のことも考えることができたかもしれない」

「もういいってば」

賢一郎はかまわずに言った。

「もう少し時間をくれないか。あんたに、まだ話してはいない、いろんなことを話せるようになるかもしれないんだ。どうしておれがここには住むことができないか、そのわけをきちんと話せるようになると思うんだ」

「ずいぶんもったいをつけた言いかたをするのね」

「いまは、こんな言いかたしかできないんだ。うまく説明できないのがつらいが」

「あなたが、自分のことをぜんぶ正直に話していないことは知ってるわ。わたしは、いまはあなたがただのタコだとは思っていない」

厩舎の表で足音がした。

賢一郎もゆきも、入り口へと顔を向けた。

駐在の大塚が中をうかがってきた。外套《がいとう》に長靴《ながぐつ》姿だ。猟銃を手にしている。うしろに、何人か地元の男たちが見えた。

「どうしたんです」ゆきが訊《き》いた。「馬の用意ですか」

「いや」

大塚は外套のフードをはずした。長いあいだ戸外を歩きまわっていたようだ。口ひげのはしに氷の粒がついていた。

「中で、お茶でも」と、ゆき。

「いいんだ。それより」大塚は賢一郎に番犬めいた視線を向けてきた。「そっちの人と、少し話ができるかね」

「いったいなんです」賢一郎はとぼけて訊いた。「おれに何か」

「あんたの荷物を見せてもらいたいんだ」

「どうしてです」

「犯罪に関係しているんじゃないかと思ってる」

ゆきがきつい調子で訊いた。

「いったいどんな犯罪なんです。この人が、何か盗んだとでもおっしゃってるんですか」

「それもある」と、大塚がゆきに顔を向けて答える。

「何をです」

「何かはわからん」

「何が出てくれれば、満足なんです」

「室田が持っていたものさ。それが何かはわかってないんだが」

「どうしてこの人が、その何かはっきりしないものを盗んだと疑うんです」

「この村の住民はみんな知り合い同士だ。とりあえず、よそ者から疑ってかかるべきだからだよ」

「ですから、いったいどんな犯罪があったと言うんです」

大塚は言った。

「どうやら、室田が殺されたようなんだ」

「室田さんが」ゆきは目をみひらいた。「いつです」

「昨日か。あるいは一昨日だ。姿が見えない。小屋に血の流れた跡があるんだ。ボートのへりにも血がついていた。わたしは、室田は小屋で殺され、死体は沼に沈められたと判断したが」

ゆきは口を開けて賢一郎を見つめてきた。銅線泥棒のような軽犯罪とはちがう。その驚愕《きょうがく》はとうぜんだった。否定してくれ、とその目が訴えている。

賢一郎は言った。

「おれはやってはいない」

「どう言おうと、わたしはお前をまず洗うことから始める。身元の問い合わせも、きちんとやらなくちゃならないな」

ゆきが大塚と賢一郎とのあいだに割って入ってきた。

「何か証拠のようなものはないんですか。いくら島の人じゃないからといって、それだけで人殺しの疑いだなんて」

「こういうものが落ちてた」大塚は外套の下から、革の巾着《きんちゃく》を取り出した。紐《ひも》に海獣の牙《きば》らしいものがくくりつけられている。「見覚えはないか。ボートの中にあったんだが、室田のものじゃない」

「宣造の」ゆきが茫然《ぼうぜん》として言った。

大塚は聞き逃さなかった。

「宣造のだって」

ゆきはあわてて頭を振った。

「いえ。ちがうわ。わからない」

大塚は厩舎の通路を奥へと進み、裏手の扉《とびら》を勢いよく開け放した。外には放牧地がひろがっており、その向こうの斜面に、宣造の小屋が見える。ちょうど宣造が馬にまたがって、放牧地から灯舞街道へと躍り出たところだった。背嚢と銃を背負っている。

「宣造！」大塚が怒鳴った。

宣造は馬を山の方向へ向けた。蹄《ひづめ》の音が厩舎の中まで聞こえてくる。賢一郎もゆきも、大塚の背後へ駆け寄った。

宣造は砂丘の背後へと消えてゆくところだった。たぶん道を行けるところまで駆け、途中で馬を捨てて山の中に逃げこむのだろう。

大塚は厩舎の通路を入り口まで駆けもどりながら叫んだ。

「やったのは、宣造だ！　あの千島アイヌだ！」

表の男たちが顔を見合わせた。

大塚はさらに怒鳴った。

「山狩りだ！　あいつを追うぞ」

大塚が外へ消えた。男たちの駆ける音が遠ざかってゆく。

ゆきが賢一郎に目を向けてきた。

ゆきの顔には、いまは驚愕以上のものがあった。当惑と混乱とが、その顔の上で渦《うず》巻《ま》いている。世の中にははたして信じることのできるものがあるのかどうか、誠意を尽くして裏切られることのないものが存在するのかどうか、それを賢一郎に問うているようでもあった。

答えられることではない。賢一郎は首を振った。そうして、鉛でも呑みこんだような気分で思った。

彼女はごく、ごく近いうちにもう一度、同じ表情をすることになる。

その夜、村は暗くなるまで、騒がしかった。駐在の大塚に率いられた山狩りの一隊が、宣造を捕らえることができぬままに帰ってきたのだ。べつの男たちは、トウマ沼で室田の死体を発見していた。帝国海軍機動部隊の集結に加え、殺人事件である。夜になっても、住民たちはあちこちの家に集まっては、さかんに噂話《うわさばなし》に興じていた。やっと人の行き来が絶えたのは、午後十一時をまわってからであった。賢一郎が手早く通信をすませて駅舎にもどり、ストーブの前で暖をとっていたときだ。

勝手口の戸が開き、ゆきがためらいがちに身を入れてきた。まだ賢一郎に拒まれることをおそれているようだ。息をつめ、瞳にかすかに哀願の色をたたえて、賢一郎の表情をうかがってくる。昨夜の情事が、賢一郎にはどれだけの意味のある行為だったのか、それをはかりかねているのかもしれない。賢一郎がうなずくと、ゆきはその白磁の頰を淡紅色に染めて土間に上がってきた。

賢一郎はゆきを見上げて言った。

「きょう、きてくれるかどうか、心配していた」

ゆきも小声で言った。

「きょうもきていいのか、考えてしまった」

「人の目を気にしなくてもいいのか」

「今晩は、誰もわたしたちのことなんて気にしてはいないわ」

ゆきは賢一郎の前に座り、膝《ひざ》をくずしてもたれかかってきた。

「あの青年が逃げたんで、あんたにはつらい夜になったな」

「人を殺すような子じゃないのよ。室田とはたしかにあまり仲はよくなかったけれど」

「見えない確執があったんだろう。あの若いのも、ただかっとなって人を殺すような男には見えなかった。何か深い事情があったんだ」

「深い事情があるってことを、おくびにも出したことはなかったわ」

「北千島に行きたいって言っていたじゃないか」

「そうね。さよならも言わずに行ってしまったわ。よくしてあげたつもりだったのに」

「姉さんを見るような目で、あんたを見ていたな」

「十四のときから、うちで育ってた子だから」ゆきは深く溜息《ためいき》をついた。「あんなふうに行ってほしくはないわ」

「え」

「あんなふうに、男には去っていってほしくないって言ったの。それまで一緒に笑ったり歌ったり食べたり、一緒に馬で遠出したり、厩舎を掃除したり、そんな長い積み重ねも、その男には何の意味もなかったんだ、なんて思い知らされたくはないわ。正直そうな言葉も、すがすがしい笑顔も、何かべつの気持ちを押し隠すためのものだったなんて、知りたくはないのよ」

賢一郎はゆきの頭を抱き寄せて、ゆきに接吻した。ゆきは昨夜以上の激しさで賢一郎を迎えた。腕をまわして、賢一郎の身体をまさぐってくる。ゆきの手が賢一郎のスウェーターの下の肌をはい、胸の厚みに触れ、ズボンの上から股《また》のあいだをなでた。耳の穴に舌を入れ、耳たぶをかみ、肩に手を当ててきた。ゆきは節度も技巧もなく、奔放に欲情に身をまかせて、せわしなく身体のあらゆる部分に触れようとしてきたのだった。

賢一郎はあらためて、一見気丈そうなこの駅逓《えきてい》の女主人の、その内側に隠れた孤独と諦念《ていねん》の深さを知る想いだった。辺境の小さな漁村で、ひとり駅逓と商店を守っている女。混血で私生児。男に誘惑され、けっきょく捨てられて、故郷に帰ってきた……。

そんな女から見たとき、賢一郎が虚実とりまぜて語った人生は、彼女に一種自棄的とも言える欲情をあおりたてるのかもしれなかった。ゆきが賢一郎にむしゃぶりつく印象には、どこかそんな切実さ、一途《いちず》さが感じられた。賢一郎はゆきを抱き上げ、客室へと歩いた。

浜崎真吾中尉が当番兵に起こされたのは、午前五時三十分のことだった。海軍天寧飛行場の警備隊営舎、士官室である。浜崎は寝台から足を床におろし、目をこすりながら言った。

「もう一度、言ってくれ」

当番兵はドアの前でかしこまって言った。

「海防艦・国後の乗組員が、ラッコ岩背後の丘陵地で、東京憲兵隊の下士官と名乗る男の身柄《みがら》を拘束しました。昨日、山を越えて単冠湾内に進入してきた者です。その男が、いま飛行場に到着したのであります」

「憲兵隊の下士官が」

「はっ。昨日夕刻、ラッコ岩方面に通じる沢の途中で、へたりこんでいたそうです。

乗組員たちはこの男を拘束、天寧の集落まで連行しようとしましたが、天候が悪化し、夜に入ったということで、途中の無人の番屋で天候の回復を待っていたものであります」

「その憲兵がどうしたって言うんだ。この湾が封鎖されてることは知っているんだろう」

「二度、進入を試みて追い返されたそうです。しかし、どうしても単冠湾にこなければならない理由があったとかで、山の強行突破をはかったということです」

「その理由ってのは、言ったのか」

「防諜《ぼうちょう》上の重大任務だそうです。警備担当の士官と直接話したいと言い張っております」

「わかった」浜崎は立ち上がって言った。「おれが話を聞く。着替えるまで、待たしておけ」

「下士官室に入れてあります」

五分後に、浜崎は身仕度をととのえて下士官室のドアを開いた。

ストーブの前から、憲兵がはじかれたように立ち上がった。小柄で、丸い鼻を真っ赤にした下士官だった。そうとうの寒気にさらされてきたらしい。肌の表面がささくれだち、皮膚が醜くはげかけている。軽い凍傷にかかっているのかもしれない。

下士官は敬礼して言った。

「東京憲兵隊、磯田茂平軍曹です」

「かけてください」浜崎は磯田と名乗った憲兵に椅子《いす》を勧めた。「海軍天寧飛行場警備隊の、浜崎真吾中尉です」

言って自分もストーブのそばの椅子に腰かけた。

磯田は椅子に腰をおろすと、身を乗り出すように言ってきた。

「事情は聞かれたと思いますが、自分は東京から防諜上の重要任務を帯びてやってきました。具体的には、米国諜報組織の一員とみられる男を、単冠湾まで追ってきたのです」

浜崎は相手の身すぼらしい格好に同情しながら言った。

「単冠湾は、一週間前から完全に封鎖されています。誰も不審な者は入ってきておりません」

「その男は、根室から八代丸という漁船で、この湾に向かったらしいのです。八代丸も入ってはおりませんか」

「八代丸」思い出した。「その漁船なら、遭難したようです。残骸《ざんがい》をこの近くで発見した」

「遭難」磯田はその小豆のように小さな目を丸くした。「乗っていた者はどうなりました」

「わかりません。生存者は見つかっていないし、ひとつの遺体も上がっていない」

「湾内では、不審人物の尋問等は行われたのでしょうか」

「不審者はほとんどいない。ご覧の艦隊が集結してくる前に、湾は封鎖されてしまったのですからね」

「皆無ですか」

「住人以外の者が、湾に残っていないことはないが、とくに不審な者はなかった。その男の人相風体等はわかりますか」

「ええと」磯田は軍服の胸ポケットから、一葉の写真を取り出してきた。「斉藤某。三十歳前後の、体格のいい男です」

浜崎は写真を手にとった。とった瞬間にわかった。この男なら！

磯田が浜崎の顔色に気づいたようだ。不安げに訊いてくる。

「いるんですね」

「ええ。まちがいなく」浜崎はうなずいた。「単冠湾内の村におります」

「破壊工作か、軍事機密の漏洩《ろうえい》が懸念されます」

「この男の目的が見当つきますよ」

「なんです。この演習の妨害ですか」

「米国のスパイがはるばるここまでやってくるんだ。この機動部隊の集結の理由は、演習なんかではないと見るべきでしょうな」

「何なんです」

「わたしの口から言うわけにはいかないが、ご想像ください」

磯田は首をかたむけた。

浜崎は写真を磯田に返して言った。

「同道願えますかな。至急こいつを逮捕しなければならない」

「どのへんまでです」

「八キロほど先の村です。駅逓で馬を借りて飛ばしましょう。馬には乗れますか」

磯田は目をつぶって、上体を揺らした。軽い貧血でも起こしたようだ。

「乗れます」磯田は額に手を当てながら言った。「馬でも、スキーでも」

賢一郎は目を開けて耳を澄ました。

まちがいない。海の方角で、発動機の音がしている。それに連続する鈍い金属音。船乗りだった自分には、聞き慣れた音だ。船が錨《いかり》を巻き上げている。四日間動きを見せなかった艦隊が、ついに動き始めたのだ。

まだ空は薄暗いようだ。夜明けには小一時間ばかり早い時刻なのだろう。前夜から天候も悪化していた。空には暗い雲が厚くたれこめているのかもしれない。

賢一郎はそっと隣りの布団《ふとん》をうかがった。ゆきが寝息をたてている。口もとをゆるめ、まだ前夜の情事の名残りを楽しんでいるように見える。

ゆきを起こさぬようにそっと布団を抜け出した。衣類を手に取ると、賢一郎は音をたてぬように慎重に土間へと出た。

土間で身づくろいをして、時計を確かめた。

午前六時五分すぎだ。

アノラックを着こんで、簞笥《たんす》の引出しを開けた。中から双眼鏡を取り出す。拳銃とナイフは、とりあえずは必要ない。あとで逃走するときに、回収してゆけばいい。

双眼鏡をアノラックのポケットに収めると、中で固い音がした。手で探った。ハモニカを入れたままだ。賢一郎はハモニカを取り出して見つめた。銀色の古いクロマチック・ハモニカ。遠いスペインの思い出の品。自分がまだ真実や友愛といった言葉を信じていた時代の、そのころの潰《つい》えた夢のかけらだ。

彼女を、誘う。

唐突にそんな想いが浮かんだ。彼女を連れて、宣造と一緒に、どこか国家の支配のゆるい土地を目差す。行進曲ではなく、葦笛《あしぶえ》やハモニカの旋律こそが似合う土地へ。競争や陰謀とは無縁の、貧しくもたしかな愛のある土地へ。それはあまりにも非現実的な夢想だろうか。望むことすらばかばかしいことだろうか。

きょうこのあと、一切を明かして謝るとき、言ってみよう。いずれにせよ、通信を終えてからだ。

賢一郎はそのハモニカを引出しに入れ、土間を出た。

雪がちらついている。暗鬱《あんうつ》な曇り空の下、霧が単冠湾の海面からわきたっていた。単冠湾に停泊する艦船は、海岸に近い十隻ばかりの影が見分けられるだけだ。どの艦も、表面に白く雪をかぶっているように見える。あるいは波しぶきがそのまま舷側《げんそく》で凍ったのかもしれない。

空母・赤城の艦橋上では、しきりに信号灯が点滅していた。鈍いうなり声のような音が、霧を通して響きわたってくる。連中は全艦船の発動機を全開にしたようだ。駆逐艦が白く波をけたてて前進を始めた。とうとう出撃のようだ。その奥で、戦艦や航空母艦も微速前進を始めている。

賢一郎は雪の上を小走りに、鯨の解体工場へと向かった。

解体工場の扉を開けて、身体を工場の中に忍びこませた。天窓から夜明け前の冷やかな光がさしこんでいた。

無線通信機を組み立てた。発電機を回転させ、コンセントにプラグをさしこむ。通信の支度はできた。

賢一郎は通信機の前の椅子に腰をおろし、乱数表代わりの「バンビ」を取り出した。この通信は、きわめて簡潔なもので十分だ。たとえば、文面はこうだ。

フォックスよりぐうたら野郎《グーフボール》へ
二十六日〇六〇〇
日本海軍機動部隊は、本日単冠湾を出撃。

ふいに記憶の奥底からよみがえったものがあった。あの択捉島の海図に記されていた意味不明の文字。

『X－16集結、X－12出撃』

あの棒線をハイフンと解したが、間違いだった。あれはハイフンではない。マイナスと読むべきだ。つまり、

『Xマイナス16集結、Xマイナス12出撃』

Xは、奇襲攻撃のその日を意味するのではないか。

じっさいには、機動部隊は二十二日に集結、きょう二十六日の出撃である。単冠湾待機は四日間だった。五日目に出港している。あの数字の差と符合する。ということは、奇襲攻撃は、十二日後だ。日本時間で十二月八日ということになる。

素早く暗算してみた。

速度の遅い油《ゆ》槽船《そうせん》を基準にするなら、艦隊は丸十日間で約七千二百キロメートルの距離を移動することになる。十一日間で計算するなら、およそ七千九百キロメートル。シアトルならギリギリ。サンフランシスコ、サンディエゴは不可能だ。シンガポールは方向が全く違う。シドニーも到達不可能。となると、やはり目的地はひとつしか考えられない。

賢一郎は今度こそ確信した。

ハワイ。ハワイだ。

暗号電につけ加えねばならない。

十二日後、当機動部隊はハワイの米国海軍基地奇襲を計画しているものと推測しうる根拠あり。

賢一郎は「バンビ」の裏表紙を破りとり、ポケットから短い鉛筆を取り出した。暗号化の作業は、たぶん五分もあればすむ。そうして、これが自分の最後の送信になるはずだった。テイラー少佐に期待されていた、決定的な一本の通信だ。

賢一郎はもう一度時計を見た。六時十五分になっていた。賢一郎は椅子をなおし、通信機を置いたデスクにまっすぐ向き合った。



浜崎真吾中尉と磯田茂平軍曹は、駅逓の手前で馬をおりた。

機動部隊は、いま続々と動き出していた。まず駆逐艦や巡洋艦が、湾の内側から大きくまわって湾の出口を目差している。戦艦や空母もその向きをゆっくりと変えているところだった。発動機のうなりが、霧のたなびく海面をわたってきていた。海岸沿いの道には、何人かの住民が出てきて、この出撃の様子に目をこらしている。

浜崎はホルスターから拳銃を抜き出し、薬室に実包を送りこんだ。磯田が緊張した面持《おもも》ちでこれにならった。

浜崎は磯田に言った。

「駅逓には、玄関と裏手の勝手口の、二カ所の入り口がある」

「自分が勝手口から入りましょう」と磯田。

「頼みます」

浜崎は玄関口へと進み、十秒待ってから、玄関口の引戸を開けた。引戸の滑車が、思いがけないほど大きな音を立てた。浜崎はかまわず土足で廊下に駆け上がった。

右手に帳場。その奥に土間。左手に廊下があって、その左右に客室の襖《ふすま》が並んでいる。

土間から磯田が駆けこんできた。

目で合図して拳銃をかまえ、海岸側の客室の襖を蹴《け》り飛ばした。無人。次の襖。ここも無人。磯田は廊下の反対側の襖を、順に開けてゆく。

三つ目。布団が敷かれていた。ふたつ並べて。

布団に向けて拳銃を突きつけた。襖が布団に倒れかかった。どちらの布団も空だ。

壁に古びたリュックサック。半外套もひっかけてある。

磯田が廊下を駆け寄ってきた。

「誰もいません」

「ここですよ」浜崎は背を伸ばして、部屋の中を指さした。「いましがたまで、いたらしい」

「女連れだったんですか」

「いや。女はこの駅逓の女主人です。うまくたらしこんでいたんでしょう」

「逃げられましたか」

「逃げ出したはずはない。どこかへ、理由があって消えているんだ」

浜崎は玄関口へ歩き、戸外へと出た。空がいくらか明るくなっていた。霧もいくぶん薄れてきたように見える。すでに機動部隊の何隻かは、海霧の彼方《かなた》、単冠湾の外洋へと出ていっていた。空母も戦艦も、その巨体をゆっくりと海面上に進めている。

浜崎は集落を見渡した。やつの目的は、破壊工作や演習の妨害ではないとわかった。この機動部隊の消息を探り、その動向を米国へ通報することだ。

しかし、では通報の手段は？　島内の無線は封鎖され、湾から外へ通じる電話線も切断されている。やつはどうやって、この出撃を通報するつもりなのだ。

何週間か前、湾内の通信設備の有無や、発電機のありかを調査したことを思い出した。この村には、一カ所、発電機のある施設がある。

浜崎は、湾の左手に目をやった。灯舞川にかかる橋の向こうに、鯨の解体処理と缶《かん》詰《づめ》のための工場が見えた。夏場だけ操業している捕鯨場だ。この季節は閉鎖され、ボイラーも発電機も使用されてはいないが、もしやつが携帯型の無線通信機でも運びこんでいるとしたら、あの工場の発電機を使うのではないか。

磯田が浜崎の隣りに立ち、同じ方向に目を向けた。

「あそこですか」

「たぶん」

浜崎は工場に向かって駆け出した。

少し遅れて磯田が続いた。

少しのあいだ、賢一郎はその音色に危険の意味を読み取ることができなかった。

はじめは発電機のうなりが、その音の進入を消してくれていたのだ。あるいは、外の海岸に打ち寄せる波の音、多くの艦船の発動機の音が。それほどそのハモニカの音色はひそやかでつつましいものだった。賢一郎にささやくように呼びかけているようでもあり、また誰かが嗚咽《おえつ》をこらえているようにも聞こえた。

それから慄然《りつぜん》とした。

賢一郎は椅子を倒して飛びのいた。電鍵《でんけん》のコードがひっかかって床に落ちた。衝撃音が冷えきった広い工場の内部に響きわたった。

工場の扉《とびら》が押し開けられている。青みがかった光が、扉のあいだに白い矩形《くけい》を形づくっている。その光の中にひとつの影が立っていた。その影が音源だった。誰かがハモニカを吹いているのだ。旋律は、賢一郎にはすでに親しい、あのスコットランド民謡の冒頭部分だった。

ハモニカの音色がやんだ。見ていると、影の腕が大きく振れた。きらりと光るものが飛んできた。賢一郎は一瞬身をよじった。光るものは賢一郎の足もとに転がってとまった。賢一郎のクロマチック・ハモニカだった。

賢一郎は腰を落とし、影から目を離さずにハモニカをひろいあげた。

ゆきだった。

霜降りのスウェーターの上に、紺のアノラックをひっかけている。長いツイード地のスカートに、漁業用の長靴《ながぐつ》。そうして手には、賢一郎のリボルバーを握っていた。

ゆきはゆっくりと近づいてきた。靴音が乾いたコンクリートの床に反響した。賢一郎はハモニカを胸ポケットに収めると、通信機の前から一歩しりぞいてゆきに向きなおった。ゆきは賢一郎の五、六歩ほど手前で足をとめた。拳銃をかまえたままだ。

ゆきは口を開けて、賢一郎の顔と、脇《わき》の通信機を見くらべてきた。顔には血の気がまったくなく、その色白の肌《はだ》はいまは単冠山の山肌よりも青ざめて見える。

ゆきは、消え入りそうなほどに細い声で言った。

「そういうことだったのね」

自分が見ているものを、まだそのとおりには認めることができずにいるような、頼りなげで弱々しい口調だった。網膜に映っているものが夢であってくれたら、とでも望んでいるのかもしれない。

ゆきはもう一度繰り返した。

「やっぱりそういうことだったのね」

賢一郎は動揺をおさえて言った。

「説明させてくれないか」

「いらないわ」ゆきは首を振った。「何を説明しようっていうの」

「おれが、なぜここにいるか。なぜこんなことをしているのか」

「いらないわ。あなたはどこかの国のスパイだった。海軍のことを調べるために、この島にやってきた。そういうことなんでしょう」

「そうだ。だが」

「いらないって。説明なんていらない」

「おれはうそをついた。あんたの早とちりをいいことに、タコ部屋から逃げてきたと言い、朝鮮人だと言って、あんたの同情を買った。だけど」

「もういいのよ。わたしはまんまとだまされた。あなたはわたしをいいように利用することしか考えていなかった。わたしをだまし、まわりをだまし、きっと宣造までだまして人を殺させたんだわ。そうじゃないの」

「だましたんじゃない」

「あなたの言葉は、全部うそだったわ。ひとことだって信じるわけにはいかない」

「おれはうそをついた」賢一郎は必死の想《おも》いで言った。「あんたをだました。そのとおりだ。しかし、まったくのうそだけでもなかった」

銃声があった。目の前で閃光《せんこう》。賢一郎は顔をそむけた。身体《からだ》には当たっていない。横を見た。弾は通信機に当たって、真空管を砕いている。

賢一郎はもう一度ゆきに顔を向けた。意外なことに、彼女の、瞳《ひとみ》にあるものは殺意や憎悪《ぞうお》のたぐいではなかった。むしろ自嘲《じちょう》であり、自分をこの場から抹消《まっしょう》したいとでも渇望《かつぼう》しているかのような、自分の内部へ向けられた強い憐愍《れんびん》であった。

賢一郎は言った。

「おれは、自分がスパイであることを恥じてはいない。おれが恥じなきゃならないのは、その部分じゃない。おれは非国民でも、売国奴でもないんだ。おれは日本に国籍を持たない男だ。おれはこの国のファシスト連中の馬鹿《ばか》げた野望を……」

「しらない」ゆきは賢一郎の言葉をさえぎって言った。「国のことなんて言ってないわ。海軍やら戦争やらがなんだって言うの。そんなことは知らない。わたしが悲しんでいるのは、そんなことじゃないわ。あなたはひとの真心をいいように利用した。好きなようにもてあそんで、陰では舌を出していたんだわ。あなたはひとの善意につけこんで、親切や優しさを食べちらかし、ひとの誠意を踏みにじった。そのことを言っているのよ」

「おれは、あんたを最後までだます気はなかった。あんたに打ち明けるつもりだった。ほんとのことを明かすつもりだった」

「信じないわ」

「信じてくれと言うのが、虫のいい頼みであることは知ってる。だけど、おれは」

そのとき、工場内に男の声が反響した。

「斉藤。女から離れて、こっちへ歩いてこい」

賢一郎は間髪を入れずにゆきから拳銃を奪いとり、ゆきの腕をひねった。ゆきがうしろ向きになって、賢一郎の前に立つ格好となった。

賢一郎は拳銃をゆきの背後から突き出し、ゆきには小声で素早く言った。

「おとなしくしてくれ。怪我《けが》はさせない」

「しらない」ゆきも小声で返した。「好きなようにしたらいいわ」

扉の陰から、浜崎と呼ばれていた海軍士官が、身体半分だけ姿を見せてきた。外套を着こみ、拳銃を手にしている。

浜崎がまた大声で言ってきた。

「斉藤。もうこの工場は包囲されている。女を離し、両手を上げて出てくるんだ」

賢一郎はゆきの耳元でささやいた。

「おれのほんとうの名前は斉藤だ。斉藤賢一郎。金森というのは、うそだった」

ゆきが泣きそうな声で言った。

「何もかもうそだったんだわ」

浜崎が言った。

「ゆきさん。そいつは米国のスパイですよ。国を売った男だ。東京では人も殺している。この島では、海軍の情報を米国に送ろうとしていたんです」

賢一郎はまた小声でゆきに言った。

「おれは朝鮮人でも、日本人でもない。日系のアメリカ人なんだ」

「何人《なにじん》でもいい。ただの下司男《げす》よ」と、ゆき。

浜崎がいらだったように怒鳴った。

「さあ、斉藤。いいかげんにあきらめろ。女を楯《たて》にすることなんてやめて、両手を上げてこっちへくるんだ。帝国海軍を相手に、粋《いき》がった真似《まね》はしないほうがいい」

賢一郎も浜崎に怒鳴り返した。

「陰に隠れていないで、姿を見せろよ。海軍の軍服を堂々とおれの前に出してみろ」

「決闘でもやろうって言うのか」

「情けをかけてやる前に、顔をじっくり見ておきたいのさ」

「へらず口をたたくな、斉藤。お前は最初に見たときからうさん臭かった。早めに締め上げて吐かしておくべきだったな」

言いながらも、浜崎は扉の陰から全身を見せた。拳銃を持った腕をたらし、扉から差しこむ青っぽい光の中に、両足を開いて立つ。距離は十メートルほどか。

賢一郎はゆきの肩をつかんで、身体を半回転させた。ちょうどジルバでも踊るときのように、ゆきが自分に向き合うように。ゆきの顔が目の前にきた。ゆきの淡いブラウンの瞳には、涙が浮かんでいる。

とまどっているゆきに、賢一郎は素早く接吻《せっぷん》した。唇《くちびる》に触れた瞬間、ゆきの体内を電流のような刺激が走ったのがわかった。おののいたようでもあり、賢一郎が送った最後の真実にうたれたようでもあった。小さく一回、ふるえたかもしれない。

賢一郎はゆきの腰を抱え、ゆきの瞳をのぞきこんで言った。

「おれはスパイだが、本職にはほど遠いものでしかなかった。おれはこんなところで、女に惚《ほ》れたりすべきじゃなかったんだ」

ゆきの瞳孔《どうこう》が開いた。

賢一郎は続けた。

「うそだらけだったが、これだけはほんとうだ。おれはあんたに恋をした。おれはこのあと、あんたや宣造と一緒に、どこか北の果てに逃げたいと思っていた。一緒にきてはくれないかと、頭を下げるつもりだった。この通信さえすませたなら、それを言うつもりだった」

賢一郎はゆきを突き飛ばした。ゆきはよろめき、茫然とした表情で賢一郎を見つめてきた。賢一郎はゆきから離れて、拳銃を持った手を伸ばした。浜崎は賢一郎の真正面、冷えきったコンクリートの床の上で、拳銃を両手にかまえている。

賢一郎は照星の向こうに浜崎の姿をとらえた。彼もまた同じように、銃口をぴったり賢一郎の胸に向けてきている。賢一郎は引金にかかった人差指に力を加えた。

その刹那《せつな》、賢一郎は肩に激しい衝撃を受けた。身体がその場で独楽《こま》のように回転した。回転しながら、足から力が抜けた。賢一郎の身体は床に投げ出され、角材を組んだ壁にぶちあたった。

浜崎真吾は驚いて照星から視線を離し、顔を上げた。

相手も自分も、まだ発砲していない。銃声はべつの方向から響いたのだ。ゆきがその場で棒立ちになり、両手を口に当てて悲鳴を上げている。銃声の余韻とその悲鳴とが、天井の高い工場の内部で反響していた。

男は壁に背中を預けてもたれかかっている。工場の奥、ボイラーの方角からひとつの影が走り出てきた。磯田軍曹《ぐんそう》だった。磯田は男に駆け寄ると、男の持っていた拳銃を蹴り上げた。リボルバーはコンクリートの床をすべり、浜崎の足もとまできてとまった。浜崎はかがみこんで、すぐにそのリボルバーを拾い上げた。

磯田が男のすぐ前で、拳銃を突きつけている。浜崎も男の前まで駆け寄った。

男は壁に背をつけて、酒に酔ったような顔で浜崎を見上げてきた。黒いスウェーターの左の肩口に濃い色のぬめりが広がっている。致命傷ではないにしても、戦闘能力は奪われたようだ。男はもう駆けて逃げることも、反撃することもできまい。

横のテーブルの上に、壊れた通信機が見える。浜崎が駆けつける直前に聞こえた銃声は、ゆきがこの通信機を撃ったときのものだったのだろう。男は傷口に手を当て、いまいましそうに赤く染まった指を見つめた。

浜崎は男に拳銃を突きつけたまま訊《き》いた。

「本名はなんというんだ。斉藤というのもどうせ偽名なんだろう」

男は答えなかった。顔を浜崎に向け、鼻で笑った。どこか不遜《ふそん》にさえ見える表情だった。

浜崎はさらに訊いた。

「通信は終わったのか。機動部隊の出撃を打電したのか」

男は言った。

「どちらかだ。当ててみろ」

言ってから咳《せき》こんで、口から血を吐いた。

どちらだ?

浜崎は混乱した。

もしやつがすでに機動部隊の出撃を通報していたとしたら、艦隊の行く手に待っているのは鉄壁の防御陣だ。空母六隻《せき》を抱えた大艦隊は、米国海軍の格好の餌食《えじき》となって全滅する。作戦計画の漏洩を大本営に打電しなければならない。

しかし、もしこの男が出撃の通信を終えていなかったとしたら、機密漏洩の疑いあり、と打つことで逆に米国海軍に作戦の存在を知らせてしまうことになる。機動部隊の位置や出撃の目的地を示唆《しさ》してしまうことになる。機動部隊全体、単冠湾一帯に敷いた通信管制や無線封鎖の努力も、水泡《すいほう》に帰してしまうことになるのだ。

「どうした」と、男はせせら笑うように言った。「機密はばれたと賭《か》けるか、機密はばれていないと賭けるか。好きなほうを選べ」

「そう挑発《ちょうはつ》する以上、お前はまだ通信を終えてはいなかった」

「そう信じていればいい」

男はふいにアノラックの下に手を入れた。素早い動きだった。何か光るものが取り出された。

浜崎が撃つ間もなかった。また磯田が撃った。浜崎のすぐ脇で銃声がはじけ、硫黄の匂《にお》いが散った。

男は身体を一回大きく痙攣《けいれん》させた。頭が背後の壁にあたり、それからぐらりと折れてきた。

浜崎は男のそばに近寄って、身体をあらためた。胸に新しい弾傷ができていて、その傷口から激しい勢いで血が噴き出している。弾丸はおそらく肺を射抜いた。男が完全に息絶えるまで、あとわずかの時間しかかからないだろう。

男が手にしているものを見た。古びた銀色のハモニカだ。いつか厩舎《きゅうしゃ》の前で吹いていた場面に遭遇したことがある。あらためてみたが、男のアノラックの下には何の武器も隠されてはいなかった。男は小細工を使って、浜崎との面倒なやりとりを打ち切りにしたというわけだ。

男が口を開いた。

浜崎は耳をその口もとに近づけた。

男はほとんど消え入りそうな声で言った。

「おれは、最後の最後まで阿呆《あほう》だった」

「え」浜崎は訊いた。「なんだって」

男は重そうにその首を上げて言った。

「貴様らの帝国が滅ぶときには、おれのことを思い出せ。ひとりの女の心と世界とを、天秤《てんびん》にかけた馬鹿がいたと。わかりきったことをわざわざはかろうとした愚かな男がいたんだと。貴様たちの帝国が地上から消えるのは、そんな阿呆が最後の選択をまちがえたせいなんだと。貴様らは……」

男はまた咳こんだ。泡立《あわだ》つような音をたてて、血が口から噴き出した。男は眼球を一回転させ、再び首を折った。

「おい。何をわけのわからぬことを。おい」

男は応えなかった。

こと切れたようだ。

「くそっ」浜崎は舌打ちした。「この野郎は、おれにとんでもない難問を押しつけてきやがった」

「え」と、磯田。

「いや、いいんだ」

浜崎はゆきに目をやった。ゆきはコンクリートの床に力なく座りこみ、放心している。その大きな淡い色の瞳は、現実の何をも見てはいなかった。どこにも焦点を結ばず、どんな想いをも表してはいない。彼女の表情からは、恐怖から解放された喜びも、殺人を目撃した衝撃も、見知った男が死んだことに対する動揺や悲嘆も、一切感じ取ることができなかった。ただゆきの顔にあるのは、深く激しい拒絶だった。現実を認めることも受け容《い》れることも拒む、徹底した意思だけだった。浜崎はゆきから顔をそむけた。

磯田がゆきに近寄り、肩に手を置いて言った。

「奥さん、あんたは大手柄《おおてがら》だ。スパイを追い詰めて、通信機を破壊したんだ。表彰ものですよ」

ゆきは何の反応も見せない。両手を床につき、顔を男の方に向けているが、いま磯田に声をかけられたことさえ、意識のうちにはないかもしれない。

浜崎は拳銃《けんじゅう》をホルスターに収めると、工場の外へと出た。光からは夜明け前のあの青みは消えている。曇り空の上には、もう日が昇っているのだろう。

浜崎真吾は湾の見える位置まで歩き、海に目をやった。単冠湾の海面には相変わらず小雪が降りしきり、霧は湾の外洋を隠している。灰色の濃淡だけで描き分けることのできる冬の風景。単調で湿ってぬくみのない、辺境の島の冬の朝の光景だった。機動部隊はすでにあらかた、この灰色の湾を出ている。ちょうどしんがりについた油槽船の群れが、海霧の彼方に消えようとしているところだった。海防艦・国後と、一隻の油槽船だけが、湾の隅《すみ》に残されていた。

くそ、と浜崎はもう一度思った。やつは、出撃を打電したのか。しなかったのか。おれは無線封鎖を破って、このことを報告すべきなのか。無視すべきなのか。

最後の油槽船の船影が、単冠湾の霧に隠れて見えなくなった。昭和十六年十一月二十六日午前六時三十分。真珠湾攻撃の十二日前のことだった。

十二月　日本―米国

アーノルド・テイラー少佐は、思わずハンバーガーを呑《の》みこんでいた。

米国ワシントンD.C.、コンスティテューション通りに建つ海軍省ビル二階のオフィスである。

十二月七日、日曜日、ワシントン時間午後二時五十分。

通信室から真珠湾空襲の続報が届いたのだった。通信の写しを持ってきたのは、情報部極東課の同僚士官である。

それによれば、日本海軍の航空機部隊による真珠湾空襲の被害は甚大《じんだい》。米軍側はほとんど有効な反撃をおこなうこともできないまま、主力艦船十隻《せき》以上に大損傷をこうむったようだという。ヒッカム、ホイラー等の飛行場も一方的な攻撃を受け、陸海軍あわせて二百機以上の戦闘機、爆撃機が破壊された。いまもなお日本海軍機の攻撃は続き、多くの艦船が炎上中だ。日本海軍機動部隊はまだ発見されていない。二隻の航空母艦は外洋に在って被害を免《まぬが》れたが、これが不幸中の唯一《ゆいいつ》の救いというべき点であった。

「いったいどういうことなんだ」テイラー少佐は、ハンバーガーを呑み下してから怒鳴るように言った。「どうして奇襲を許したんだ。どうして防御態勢に入ってなかったんだ」

士官は言った。

「我々は先月二十七日以来、ハワイに対してずっと警報を発していました。今朝で、きょう午後米国と日本とが断交する可能性が強いと、あらためてキンメル長官宛《あ》てに緊急報を発信しています。彼らがきょうの奇襲攻撃を予期していなかったとは信じられません」

「そうだ。日本海軍の機動部隊がハワイを目差していると警報を出してきたはずだ。日本海軍の空母が日本近海から消えたのは、ハワイに向かっているからだと、ありとあらゆる情報源からの情報を分析して伝えてきたじゃないか。フォックスからの暗号電を考えてみろ。太平洋艦隊は、あの情報すら無視したってことなのか」

士官がテイラーをなだめるように言った。

「どうやら、我々の出した警報《シグナル》はぜんぶ雑音《ノイズ》になってしまっていたようですね」

「ばかを言うな」テイラー少佐は残りのハンバーガーを屑入《くずい》れの中にたたきこんだ。

「これだけ苦労して集めた情報をただの雑音《ノイズ》にしてしまったというなら、おれたちがこれまでやってきたことは何なんだ。なんのために情報部があったんだ。パンツを下げて尻《しり》を日本海軍に蹴飛《けと》ばしてもらうためか。くそったれ。おれは徹底的にこの真珠湾の責任を追及するぞ。誰の怠慢なのか、誰の無能のせいなのか、そいつをはっきりさせてやるぞ。やらずにおくか」

当番兵がオフィスのドアを開けて言った。

「テイラー少佐」

「なんだ」

「FBIがきています。こちらのオフィスの全書類を押収するよう、命令を受けているそうです」

言いおわらぬうちに、ダークスーツを着た長身の男たちが部屋になだれこんできた。

キャスリン・ウォードは、サンディエゴのひとり暮らしのアパートで米日開戦のニユースを聞いた。

西海岸時間の午前十時すぎ、米国海軍情報部のサンディエゴ支部から電話連絡があったのである。

「やっぱりきょうだったのね」キャスリンは言った。「それで、攻撃を受けたのは、ハワイなの」

「真珠湾です」相手の士官は言った。「早朝、奇襲攻撃を受けました。いまもまだ日本海軍の航空機部隊が攻撃中のようです。日本大使館は大へまをやりました。奇襲攻撃は、宣戦布告の前に始まったんです。断交の文書は、連中が持参してくる前に、我々がすっかり解読していたっていうのに」

「真珠湾の被害は大きいのかしら」

「まだ全容は判明していませんが、真珠湾はしばらく機能停止となるかもしれません」

「わたしたちの仕事が、いくらかでも人の命を救えたならいいんだけど」

相手の士官は言った。

「日曜日に仕事の話で申し訳ないんですが」

「なあに」

「とうとう戦争ということで、日本語の翻訳要員と通訳を大量補充します。陸軍からもいま、日本占領に備えるためにウォード教授のお力を借りたいと非公式に申し入れがきました。こういったことを協議するため、今夜六時、司令部のほうでお目にかかりたいんですが」

「いいわ」キャスリンは気になっていたことを訊いた。「フォックスからはその後の通信はないのかしら。彼の安否は、あなた、確認できてない？」

「残念ながら。二十六日発信の暗号電が最後です。クリル諸島択捉島《エトロフ》の発信でした」

「救出の準備はできていなかったのね」

「テイラー少佐の作った組織も潰滅《かいめつ》しました。支援できる態勢がなかったのです」

「もし、何か情報が入ったら、すぐに知らせてもらえるかしら」

「生死にかかわらず、ですか」

「そうね。生死にかかわらず、知りたいわ」

「お約束しますよ。我々も、もしまたフォックスから通信が入ったら、あらためて接触したいと思ってるんです。救いを求める通信があれば、あの島に潜水艦を送ることもやぶさかではありません」

「そのときは、必ず助け出して。彼は」キャスリンはいったん言葉を切ってから続けた。「彼はデモクラシーの戦士なんだから」

「わかっています」

キャスリンは電話を切ると、窓ぎわのラジオに近寄ってスイッチを入れた。

勝手口の戸が開いて、雪まじりの冷たい風が吹きこんできた。

ゆきは清掃の手をとめて、土間へと出た。

駐在の大塚が、防寒衣をひっかけて入ってきたところだった。眼鏡が曇っている。

「どうしたんです」ゆきは訊いた。「何かまた事件でも」

大塚は眼鏡をはずすと、歯を見せて何度もうなずいた。頬《ほお》が赤いのは、必ずしも外の寒気のせいだけではないようだ。

「いま紗那《シャナ》から連絡が入ったんだ。あの機動部隊、ここを出てどこへ行ったか、見当つくかい」

「どこへ行こうと知ったことじゃありませんけど。どこかで演習をしていたんでしょう」

「それが演習じゃなかったんだ」

「じゃあ、何だったんです」

「戦争だよ。ほんとの戦争」

「どことです」

「アメリカさ。今朝、機動部隊はハワイの真珠湾を攻撃したんだそうだよ。ハワイの太平洋艦隊は大打撃だそうだ。ここから出ていった艦隊がやっつけちまったんだよ。英米とはきょうから戦争だ。天皇陛下が宣戦の詔勅を出されたって」

「ずいぶんうれしそうに聞こえますけど」

「だって、うれしいじゃないか。もうこれで、屑鉄もだめとか、石油もやらないとか、横暴はやらせないよ。南方へ堂々と出てゆけるようになれば、いくらか暮らし向きも楽になるだろうしね」

「逆だと思いますけど」ゆきは冷たく言った。「だいいち、そんな話をどうしてわざわざうちに言いにくるんです」

「いま、村じゅうに伝えるがね。紗那の警察署長が、あんたに表彰状を出すべきだって言ってるのさ。ほら、あの憲兵も言ってたじゃないか。あんたがあのスパイの通信機をこわさなきゃ、今度のハワイ奇襲は成功しなかったんだ。こてんぱんにやられていたかもしれん。あんたは言わば、帝国海軍の救い主かもしれないんだよ」

「表彰状なんてほしくありません。そう署長さんに伝えてください」

「そんなに頑固《がんこ》にならなくても」

「いりません」

大塚は少し鼻白んだようだ。

「ま、じっくり考えてみてくれ。わたしは校長にこのことを伝えに行くから」

大塚は帰っていった。

ゆきはストーブの前に腰をおろし、薪《まき》を一本足した。新しい薪の皮に火がつき、ストーブの中で花火のような音を立ててはぜた。炎の勢いが強くなった。

海軍も戦争も表彰状も、とゆきは思った。わたしには何の縁もないことだわ。何の意味も持たない言葉。何の感情も呼び起こさない響きだわ。

ストーブの炎を見つめた。寒気と根雪の、ほんものの冬が目前まできていた。信頼していた雇い人も去った。あの数日、ともにストーブの炎を眺《なが》め、肌を暖め合った男も失ったのだ。自分はこれからくる冬には耐えられないのではないかと思った。この島の冬は、女がひとりで過ごすには、厳しすぎる。寂しすぎる。空っぽすぎるのだ。

表から半鐘の音が聞こえてきた。半鐘はせわしなく一本調子で鳴っている。大塚が誰かにたたかせているのかもしれない。住民たちを集め、戦争が始まったことを伝えるつもりなのか。

ゆきは目をつぶり、耳を両手で抑えた。半鐘の音は小さく遠くなったが、かわりにべつの楽器の音色が聞こえてきた。男が吹いていたハモニカの、あのたっぷりと愁《うれ》いを含んだ響き。そうしてあの旋律。ゆきにとっては、さらにひとつ昔の思い出と結びついた、印象深いメロディ。思い出すまいとしても無駄《むだ》だった。思い出しながら、ゆきは泣いた。ストーブの薪がすっかり燃えつきるまで、泣いた。


宣造は銃を背中にくくりなおすと、茂世路《モヨロ》の漁場へ向かって斜面を下り出した。伝わっている話では、あの漁場には海獣の密猟に従事している男がいる。発動機のついた船を持ち、ひそかに中部千島の島に出ていっては、ラッコをとっているという。船にはとても堅気とは思えぬ荒っぽい猟師たちが乗り組んでいるという噂《うわさ》だった。

宣造は、この逃走のあいだにとった四匹のキツネを手土産に、その密猟の元締めと話をつけるつもりでいた。茂世路にも自分の殺人事件はいちおう伝わってはいるだろうが、相手はもともと警察とは仲の悪い男のはずだ。いきなり自分を縛り上げて、はるばる紗那の村まで巡査を呼びに行ったりにすまい。自分の銃の腕を見て、きっと密猟船に雇い入れてくれるはずだ。

中部千島にまで出猟できたら、あとのことはまた考えよう。できるだけ北の島でおろしてもらってもいいし、こじれるようなら、ちがう解決法もある。とにかく択捉島を離れることだ。

夕刻の択捉島東端、茂世路の漁場を見おろす丘の斜面だった。宣造は、この二週間あまりのあいだに、自分が何かまったくちがった種類の男になったような気分だった。筋肉が二重にも三重にも厚くなったような気がしていた。肝がすわってきたのかもしれない。もしかすると、あの男に会って以来の変化だった。

あの男がとうとう約束の小屋に姿を見せなかったのが残念だった。自分たちは、なかなかのいい相棒同士となったかもしれなかったのに。一緒にカムチャツカに行くことができたのに。

宣造は雪の斜面を踏みしめながら、何ひとつ臆《おく》することなく、何ひとつ見くびるつもりもなく、大股《おおまた》に集落へと向かっていった。

十二月八日。この日、大多数の日本人たちがもっぱら何を話題にし、何に興奮しているのか、宣造は知らなかった。知る理由も意味もないことだった。もし聞かされたところで、たぶん気にとめることもなかったろう。宣造がその日気がかりだったのは、海獣密猟船の出てゆく先だけだった。新知島《シムシル》あたりだといい。温禰古丹島《オンネコタン》ならもっといい。占守島《シュムシュ》まで行くんなら一番だ、と宣造は歩きながら思った。来年の春までには、自分はカムチャツカまでたどりついているだろう。そう確信していた。

# エピローグ

一九四七年（昭和二十二年）七月　択捉島《エトロフ》

乗船が始まった。

村の住民たちの列が、桟橋《さんばし》へ向かって動き出した。ゆきも荷物を背負って立ち上がった。

桟橋の先には、小型の艀《はしけ》が一隻《せき》接岸している。行李《こうり》ふたつにまとめた荷物は、すでに単冠《ヒトカップ》湾沖合の貨物船に運ばれていた。前日、急にこの日引き揚げ船がくると通告を受け、大あわてで荷造りしたものだった。半月ぶんほどの食糧と、あとは冬用の衣類が詰まっている。

船はいったん樺太《カラフト》に行くらしいと噂《うわさ》が流れていた。大泊《オオドマリ》か真岡《マオカ》で日本船籍の船に移り、そこから函館へ向かうという話だ。住民たちの大半は、長い抑留生活の終わりを迎えた安堵《あんど》と、これからの暮らしに対する不安とで、その顔に奇妙な当惑を見せている。

ゆきの顔には、たぶん微笑めいた表情が浮かんでいることだろう。世の中の皮肉や悪意をやりすごすことに慣れたような、超然とした笑みが見えるにちがいない。事実そうなのだろう。故郷の島を追われるというとき、微笑を浮かべることができる胸のありようというのは、それ以外ではありえない。

栈橋の周辺にソ連兵たちが出ていた。小銃をさげてはいるが、緊張した様子ではない。にこやかに笑っている兵士さえいた。ゆきと親しくなったロシア人の家族の姿もあった。屈託なく手を振っている。

ゆきは手を振りながら、単冠湾の風景を振り返った。夏の陽が、山や森のつややかな緑に照り映えていた。単冠山に残る雪渓《せっけい》の白さが目にしみた。風はみずみずしく、ほのかに甘く香っている。択捉島の、一年で最も美しい季節。ゆきがもっとも好きな季節の真っ盛りだった。

択捉島の山並みや原生林のたたずまいは、この六年間にほとんど変化はなかった。しかし村や裏手の原野の様子は一変している。あの冬の日、米国との戦争が始まって以来、村には海軍専用の栈橋が新設され、やがて陸軍も進駐してきた。砂丘の裏手には駐屯地《ちゅうとんち》が拓《ひら》かれ、防空壕《ごう》や滑走路さえ作られた。村の通りは兵隊たちであふれるようになり、生活そのものが戦時色一色に染まったのだ。

よもやこんな辺境の島までは、と思っていたが、戦争は容赦なくこの島のこの湾をも巻きこんだ。軍隊が進駐してきただけではない。男たちの多くが兵隊にとられ、そしてその何割かは、とうとう帰ってはこなかった。最後には、ソヴィエト連邦軍の上陸、占領だった。二年前、日本が無条件降伏して後のことだ。

いま住民たちは、住み慣れた島から着のみ着のままで、日本本土へ移り住むことになった。引き揚げ、とは言うが、もともとこの島に生まれ育った者にとっては、それは引き揚げではなく、やはり追放と言うべきものだろう。ゆきにとっては、漁業権も土地の登記書も駅逓《えきてい》取扱人の書類も、まったく無価値となってしまっていた。

ハマナスの咲く砂丘の上に、七、八人の人影が見える。引き揚げ船に乗ることを断り、ソヴィエト連邦軍占領下のこの島に引き続き留《とど》まることを選んだ人たちだ。アイヌ系の家族に加え、島の監獄部屋から解放された労務者も二人いる。その労務者たちは、残るかそれとも引き揚げるかとソ連の役人に問われて、ほんの少しの迷いも見せずに残ると答えたのだという。いま彼ら残留者は、引き揚げ船に乗り込む人々を見送ろうと、砂丘に上ったのだろう。

ゆき自身は、半日考えた末に引き揚げを決めたのだった。自分の身体《からだ》の中に流れるロシア人の血よりも、生まれ育った土地よりも、慣れ親しんだ言葉や習俗のほうを選んだのだ。しかし、はたしてこれが妥当な選択であったのかどうか、ゆきには確信がない。おそらくこの先もずっと、明快な答えは持てないままに終わるにちがいない。

列の動きが早くなった。

ゆきは息子を探した。そばでソ連兵のひとりが、もうじき五歳になるゆきの息子を抱き上げていた。子供は銀色の小さな楽器をおもちゃがわりに手にしている。

ゆきは息子に声をかけた。

「賢一、さ、お船に乗るのよ。もうさよならしてらっしゃい」

男の子がソ連兵の腕の中で振り返った。利発そうな、しかしいっぽうでどこかかたくなそうな顔立ちをした男の子だった。ゆきにはそれが父親の面影《おもかげ》そっくりに思える。髪が赤っぽいのは、ゆきの遺伝子を受け継いだせいだろう。ソ連兵がその子を地面におろした。

男の子はゆきに駆け寄ってきた。

ゆきはもう一度言った。

「賢一。自分の荷物を背負いなさい」

男の子はすなおに、帆布製の古いリュックサックを背負った。子供の背には少し大きすぎると思えるリュックサックだった。

「続いて。あいだを開けないで」

駐在の大塚が叫んでいる。住民たちは足を早めた。

ゆきは息子の手を引いて、桟橋を歩いた。

あの機動部隊が集結したときから数えて六年。戦争が終わってから丸二年たっている。ゆきはこの年、三十歳になっていた。未婚のまま父親のいない子供を生んだ、三十歳の母親だった。

あらためてそのことを思ったとき、ふいに脳裏によみがえる旋律があった。それを小さく口にしてみた。長いこと忘れかけていたメロディが、流れ出るように思い出されてきた。ゆきはいつのまにか、歌詞を口にせずに歌っていた。そばのソ連兵が、ふしぎそうにゆきの顔を見つめてきた。

昭和二十二年七月十四日、択捉島単冠湾のことであった。

# 解説

長谷部史親

本書『エトロフ発緊急電』は、『ベルリン飛行指令』に続いて、太平洋戦争に取材した三部作構想の第二作である。連合国の包囲網をかいくぐって、零《れい》式戦闘機を日本からベルリンまで飛ばす過程を描いた『ベルリン飛行指令』は、直木賞候補にも列せられ、作者の文名を大いに高からしめた。同じ時代を背景とする本書の中にも、わずかながら前作のエピソードへの言及が見られる。そして本書は前作にも増して好評を博し、第三回山本周五郎賞ならびに第四十三回日本推理作家協会賞（長篇部門）を受賞した。

現代の日本では多種多様な文学賞が制定されており、特定の一年間の受賞作を数え上げるだけでもきりがない。あまりに数が多いために、受賞の時点では各界の話題を呼ぶにせよ、ともすれば短期間のうちに印象が薄れてしまいがちである。また実際のところ、あまたの受賞作の中で、真に後世に語り伝えられるに足るものは、けっして多くはない。しかるに本書にかぎっては、まぎれもなく現代日本の小説界が生み出した新たな名作のひとつと断言しても差し支《つか》えないのである。その魅力の源泉は、果たしてどのへんに求められるのであろうか。

今から五十年以上も前の昭和十六年十二月、日本はハワイの真珠湾に奇襲攻撃を加え、アメリカとの全面戦争に突入した。すなわち太平洋戦争の勃発《ぼっぱつ》である。このとき日本海軍は、ひそかに主力艦船を択捉島《エトロフ》の単冠湾《ヒトカップ》に集結させ、そこから六千キロも離れたハワイへ向けて進攻を開始した。本書はまず、そうした歴史的局面に着目するとともに、熱く哀《かな》しい人間ドラマを展開したものと見ることができよう。舞台はアメリカから、東京、そして択捉島と広範囲に及び、開戦を目前に控えた日米両勢力の暗闘を軸に、間口も奥行きも広い重層的な物語が構築されている。

たとえば東京では、対米宣戦の可否をめぐって軍部が紛糾していた。軍事同盟を締結したドイツやイタリアの動向もさることながら、日中戦争や大東亜共栄圏構想を推進する上では、アメリカとの深刻な軋轢《あつれき》が避けられなかったからである。やがて、三田にある教会を利用する形で、アメリカ側の対日情報収集の窓口となっていた宣教師スレンセンに、匿名の中年男性から日本のハワイ奇襲作戦の可能性が示唆《しさ》された。別のルートからも同様な情報を得たアメリカ海軍情報部のテイラー少佐は、日本に工作員を潜入させる必要を痛感する。彼が白羽の矢を立てたのが、日系二世の斉藤賢一郎であった。他の候補者に比べて、日本語を話せる点で適任だったのである。

一方択捉島では、岡谷ゆきという二十四歳の女性が、灯舞《トウマイ》という集落の駅逓《えきてい》の管理人となっていた。鉄道の敷設《ふせつ》されていない択捉島では、馬に乗るのが最も有効な交通手段で、駅逓とは馬を替えたり宿や食事を提供する国設の施設である。ゆきの曾祖父《そうそふ》が権利を買い、傍ら日用品を商う店を営みつつ、祖父から伯父へと引き継がれてきた。そして伯父の急死に伴い、ゆきが後を継ぐことになったのである。ゆきは、母親がゆきずりのロシア人船員との間にもうけた私生児であった。しかも母親は、ゆきが六歳のころに自殺を遂げている。伯父夫婦に育てられたゆきは、十九歳のときに函館からやってきた写真家の誘いに乗って出奔し、結局のところ苦汁を飲まされた。そうした経験を通して精神的にたくましくなった彼女は、過去の醜聞が色濃く残存する郷里に戻ってきたのである。

駅逓では、ゆきが子供のころから、宣造というクリル人が働いていた。宣造は、日露間の協約によって北千島の占守《シュムシュ》島から強制移住させられてきたクリル人の子孫で、いずれは日本を脱出してカムチャツカ方面のクリル人に合流する望みを抱いている。だが当面は、ゆきにとって殆《ほとん》ど唯一の味方であり、駅逓の運営に欠かせない貴重な労働力であった。間もなく、このような北の地にも戦争の影が忍び寄ってくる。

物語は、訓練を経た賢一郎が東京に潜入してから俄《にわ》かに躍動感を増す。アメリカに協力している金森の手引きで情報を入手した賢一郎は、北上して択捉島へ向かう。スパイの跳梁《ちょうりょう》を察知した軍部は、たまたま賢一郎と面識のあった磯田という憲兵に追跡を指示する。しかしながら奇襲作戦を知らされていない磯田は、自分が死守すべき情報の実体を明確に把握《はあく》していない。そのために磯田の追跡行も、手配に気づいた賢一郎の迷彩工作に翻弄《ほんろう》され、効率を減殺《げんさい》されてしまう。この中段部分の追いつ追われつのサスペンスは、本書の見せ場のひとつである。そして物語は、前半部分の伏線を生かしつつ、一気に結末に向かってなだれこんでゆく。虚心坦懐《たんかい》に楽しめるエンターテインメントの秀作であり、多くの読者の支持を得たのは当然の帰結であろう。だが良質のエンターテインメントの常として、深い認識や問題意識が物語世界を支えている点を無視するわけにはいかない。

全体の帰趨《きすう》は概《おおむ》ね史実に則しているので、くどくどと説明する必要はなかろう。本書の力点がどこにあるかといえば、むしろ登場人物の個々に投影された人生の重みであり、そこから浮かび上がってくる普遍的なテーマの重みにほかならない。たとえばスレンセンには、南京《ナンキン》事件で最愛の女性を殺された経験があった。聖職者でありながらスパイ行為に加担する動機に、彼自身の私怨《しえん》が潜んでいないとはいいきれない。その宗教的苦悩が、彼のキャラクターに陰翳《いんえい》を与えている。また金森には、アメリカ側の情報収集に協力する強烈な民族的意思があった。そこからは、日本のアジア進攻の歴史や、大勢として切り捨てて顧みなかった少数民族問題を見据《みす》える視座がうかがえる。

少数民族問題に関しては、宣造という人物に賦与《ふよ》された背景も見逃せない。北海道先住民のアイヌが、民族的自立の道を閉ざされ、半ば以上強制的に日本に同化させられたように、宣造の先祖も国家間の都合で生地を追われ、なおかつ差別扱いを受けてきた。宣造に流れるクリル人の血が帰郷本能をかきたてるのは、おしつけられた国籍から自らを解き放ち、民族のアイデンティティーを模索する切実な欲求であろう。タコ部屋から脱走した労務者が射殺された場面での宣造の対応には、彼の内面の激しい思いが暗示されているし、瀕死《ひんし》の賢一郎を助けて受け入れたのも、そうした素地と無縁ではない。

そして主人公の賢一郎、およびヒロインのゆきの人物造形は、ことさらに秀逸である。日系二世の賢一郎は、アメリカ国籍を持ちながら疎外された生活を余儀なくされた。スペイン内戦に義勇兵として参加したのは、自分の居場所を探すためだといえよう。ついに国家の一員たる意義を見いだせないまま、彼は金で請け負った殺人の現場を目撃されたがために、スパイに仕立てられて日本へ行くことになった。そこで彼は、意識せずにいた自己の民族性に初めて直面する。一方ゆきは、先に述べたようにロシア人との混血であるがゆえに、周囲から冷たい視線を浴びせられてしまう。それを超克するすべは、あるがままの自然を受け入れ、自分に忠実に生きようとする強靭《きょうじん》な意思であった。

このように眺《なが》めてみると、本書の主要な登場人物には、帰属意識の喪失という共通項が見られるように思う。宣教師であるスレンセンは神に帰依できず、金森も宣造も日本国籍への反発心を抱いている。賢一郎はアナキストであり、ゆきも日本社会におけるアウトサイダーにほかならない。こうした既存の価値体系に帰属しない人々が織り成すドラマの中で、たとえば憲兵の磯田のように、自分の社会的立場に全く疑問を持たない人間たちの姿も、くっきりと見えてくる。ここから、彼らが帰属しているもの、あるいはそう信じているものの実体が何だったのかという問題も生じてこよう。ほんの脇役《わきやく》にすぎないまでも、本土から択捉島に転属になった浜崎中尉《ちゅうい》の胸中に、反骨心の片鱗《へんりん》がかすかにきざす場面などは、強固なはずの体制に小さなひびが入る瞬間を暗黙のうちに捉《とら》えている。

帰属意識は、支配と被支配の関係に置き換えて考えることも可能であろう。支配と被支配の関係は、差別と被差別の関係にも直結する。さらにいえば人類の歴史は、支配する者と支配される者との緊張関係の繰り返しによって積み重ねられてきた。こう考えると、本書の主題の中には、特定の局面から普遍性へとかぎりなく外へ向かうモメントが潜んでいるように思えてならない。ある特定の局面で「国を守る」ことや「国を愛する」ことの重要性は、「愛せる国とは何か」という永遠の命題の前では遠くかすんでしまう。

本書の題材となった真珠湾奇襲作戦に関しては様々な学説や俗説が存在する。アメリカ側が、択捉島での艦船の集結や進攻の日程を察知していたのは間違いないらしいが、それでも奇襲が成功したのは、急報を受信したハワイの担当者が的確な対応を怠ったせいだといわれてきた。近年では奇襲成功は、肉を切らせて骨を断つためのルーズベルト大統領の陰謀だったという説が浮上している。また日本にとっての太平洋戦争の意義についても、いろいろな見解があって一概には断じきれない。だが本書は、渦中《かちゅう》に巻き込まれた人間を通して戦争の意義を問うというよりも、開戦前夜という切迫した状況の中に、一国の浮沈を超越するほどの命題を背負った人々を投げ込むことによって成立しているように思える。これが本書の魅力の源泉であろう。

末筆ながら、この作品が出た直後には、ケン・フォレットの『針の眼《め》』との類似点を指摘する声がしきりに聞かれた。たしかに『針の眼』と本書とでは、物語の構造に共通する因子が少なくない。それゆえ佐々木譲氏が『針の眼』をモチーフに本書を構造したという推測は、正鵠《せいこく》を射ているのかもしれない。だが問題はその先である。『針の眼』は、イギリス人の愛国心を臆面《おくめん》もなく謳歌《おうか》することによって成り立っている小説であった。しかるに本書は、既成の価値観による正邪の概念に疑問を投げかけている。結末で対峙《たいじ》する賢一郎とゆきの二人はともに、どこの国家にとっての正義も代表していない。しいていうなら本書は、『針の眼』から出発したとしても、異次元の境地に到達した作品なのである。その差異を明瞭《めいりょう》に認識したとき、われわれは世界に誇るべき名作を手中に収めたのだという実感が得られるにちがいない。

（平成五年十一月、文芸評論家）

この作品は平成元年十月新潮社より刊行された。

佐々木 譲著
# ベルリン飛行指令
開戦前夜の一九四〇年、三国同盟を楯に取り、新戦闘機の機体移送を求めるドイツ。厳重な包囲網の下、飛べ、零戦。ベルリンを目指せ！

佐々木 譲著
# ストックホルムの密使（上・下）
一九四五年七月、日本を救う極秘情報を携えて、二人の密使がストックホルムから放たれた……。〈第二次大戦秘話三部作〉完結編。

佐々木 譲著
# 制服捜査
十三年前、夏祭の夜に起きてしまった少女失踪事件。新任の駐在警官は封印された禁忌に迫ってゆく――。絶賛を浴びた警察小説集。

佐々木 譲著
# 警官の血（上・下）
初代・清二の断ち切られた志。二代・民雄を蝕み続けた任務。そして、三代・和也が拓く新たな道。ミステリ史に輝く、大河警察小説。

佐々木 譲著
# 暴雪圏
会社員、殺人犯、不倫主婦、ジゴロ、家出少女。猛威を振るう暴風雪が人々の運命を変えた。川久保篤巡査部長、ふたたび登場。

佐々木 譲著
# 警官の条件
覚醒剤流通ルート解明を焦る若き警部・安城和也の犯した失策。追放された〝悪徳警官〟加賀谷、異例の復職。『警官の血』沸騰の続篇。

高村薫著　**リヴィエラを撃て（上・下）**
日本推理作家協会賞／日本冒険小説協会大賞受賞

元ＩＲＡの青年はなぜ東京で殺されたのか？白髪の東洋人スパイ《リヴィエラ》とは何者か？　日本が生んだ国際諜報小説の最高傑作。

高村薫著　**マークスの山（上・下）**
直木賞受賞

マークス――。運命の名を得た男が開いた扉の先に、血塗られた道が続いていた。合田雄一郎警部補の眼前に立ち塞がる、黒一色の山。

高村薫著　**レディ・ジョーカー（上・中・下）**
毎日出版文化賞受賞

巨大ビール会社を標的とした空前絶後の犯罪計画。合田雄一郎警部補の眼前に広がる、深い霧。伝説の長篇、改訂を経て文庫化！

乃南アサ著　**女刑事音道貴子　花散る頃の殺人**

32歳、バツイチの独身、趣味はバイク。かっこいいけど悩みも多い女性刑事・貴子さんの短編集。滝沢刑事と著者の架空対談付き！

黒川博行著　**大博打**

なんと身代金として金塊二トンを要求する誘拐事件が発生。驚愕する大阪府警だが、犯行計画は緻密を極めた。驚天動地のサスペンス。

原田マハ著　**楽園のカンヴァス**
山本周五郎賞受賞

ルソーの名画に酷似した一枚の絵。秘められた真実の究明に、二人の男女が挑む！　興奮と感動のアートミステリ。

安東能明著

**撃てない警官**

日本推理作家協会賞短編部門受賞

部下の拳銃自殺が全ての始まりだった。警視庁管理部門でエリート街道を歩んでいた若き警部は、左遷先の所轄署で捜査の現場に立つ。

安東能明著

**総力捜査**

捜査二課から来た凄腕警部・上河内を加えた綾瀬署は一丸となり、武闘派暴力団と対決する――。警察小説の醍醐味満載の、全五作。

安東能明著

**消えた警官**

二年前に姿を消した巡査部長。柴崎警部ら三人の警察官はこの事件を憑かれたように追いはじめる――。謎と戦慄の本格警察小説！

帚木蓬生著

**逃亡**（上・下）

柴田錬三郎賞受賞

戦争中は憲兵として国に尽くし、敗戦後は戦犯として国に追われる。彼の戦争は終わっていなかった――。「国家と個人」を問う意欲作。

真山仁著

**黙示**

小学生が高濃度の農薬を浴びる事故が発生。農薬の是非をめぐって揺れる世論、暗躍する外国企業。日本の農業はどこへ向かうのか。

宮部みゆき著

**理由**

直木賞受賞

被害者だったはずの家族は、実は見ず知らずの他人同士だった……。斬新な手法で現代社会の悲劇を浮き彫りにした、新たなる古典！

# 新潮文庫最新刊

小池真理子著
**神よ憐れみたまえ**
戦後事件史に残る「魔の土曜日」と同日、少女の両親は惨殺された――。一人の女性の数奇な生涯を描ききった、著者畢生の大河小説。

長江俊和著
**掲載禁止　撮影現場**
善い人は読まないでください。書下ろし「カガヤワタルの恋人」をはじめ、怖いけど止められない全8編。待望の〈禁止シリーズ〉！

小山田浩子著
**小　島**
絶対に無理はしないでください――。豪雨の被災地にボランティアで赴いた私が目にしたものは。世界各国で翻訳される作家の全14篇。

紺野天龍著
**幽世《かくりよ》の薬剤師5**
「不老不死」一家の「死」。薬師・空洞淵は「人魚」伝承を調べるが……。現役薬剤師が描く異世界×医療×ファンタジー、第5弾！

賀十つばさ著
**雑草姫のレストラン**
タンポポのピッツァ、山ウドの天ぷら、よもぎのアイス……八ヶ岳の麓に暮らす姉妹の草花ごはんを召し上がれ。癒しのグルメ小説。

泉　鏡花著
東　雅夫編
**外科室・天守物語**
伯爵夫人の手術時に起きた事件を描く「外科室」。姫路城の妖姫と若き武士――「天守物語」。名アンソロジストが選んだ傑作八篇。

# エトロフ発《はつ》緊《きん》急《きゅう》電《でん》

新潮文庫　さ－24－2

平成　六　年　一　月二十五日　発　行
平成二十九年　四　月　十　日　二十三刷改版
令和　五　年十一月　十　日　二十四刷

著者　佐《さ》々《さ》木《き》譲《じょう》
発行者　佐藤隆信
発行所　株式会社　新潮社
郵便番号　一六二―八七一一
東京都新宿区矢来町七一
電話　編集部(〇三)三二六六―五四四〇
　　　読者係(〇三)三二六六―五一一一
https://www.shinchosha.co.jp

価格はカバーに表示してあります。

乱丁・落丁本は、ご面倒ですが小社読者係宛ご送付ください。送料小社負担にてお取替えいたします。

印刷・TOPPAN株式会社　製本・株式会社大進堂

ISBN978-4-10-122312-4 C0193